闯关东 2

高满堂
孙建业 著

作家出版社

图书在版编目（CIP）数据

闯关东. 2/高满堂，孙建业著. - 北京：作家出版社，
2009. 8

ISBN 978 - 7 - 5063 - 4826 - 3

Ⅰ. 闯… Ⅱ. ①高…②孙… Ⅲ. 长篇小说 - 中国 - 当代
Ⅳ. **I**247. 5

中国版本图书馆 **CIP** 数据核字（2009）第 126532 号

闯关东 2

作　　者：高满堂　孙建业

责任编辑：王宝生　韩　星

特约编辑：韩明人

装帧设计：视觉共振

出版发行：作家出版社

社　　址：北京农展馆南里 10 号　　邮码：100125

电话传真：86 - 10 - 65930756（出版发行部）

　　　　　86 - 10 - 65004079（总编室）

　　　　　86 - 10 - 65015116（邮购部）

E - mail：zuojia@ zuojia. net. cn

http：//www. zuojia. net. cn

印刷：北京京北印刷有限公司

成品尺寸：170 × 240

字数：500 千

印张：28.25　　　　　　插页：2

印数：001 - 100000

版次：2009 年 8 月第 1 版

印次：2009 年 8 月第 1 次印刷

ISBN 978 - 7 - 5063 - 4826 - 3

定价：36.00 元

过了白露是秋分，按说天该有凉味儿了。可是你看吧，这都到九月十八号了，秋老虎还在发着威。1931 年 9 月的沈阳城，到了下午，热气一个劲儿地逼人。老日头挂在西天边，好像被焊在蓝天上，动都不动。天上没一丝云彩，只有日光耍威风，好像在发着怨气。

是啊，兵荒马乱的，沈阳城老百姓的日子难过，怨气又能对谁发？再加上小日本捣乱，日子更比黄连苦。看看人来人往的沈阳火车南站，啥都明白了。来来往往、进进出出的老百姓，一个个灰头土脸，衣衫破旧，人们匆匆而过，很少看到有人说笑。

东北军营长宋承祖已经在火车站检票口等了好长时间，他不时地掏出怀表看钟点。可是，眼下连火车也不能正点，谁知道他要接的四个孩子啥时才能到呢！红日西沉，染就天边一片血红的霞光，又一趟车到站，检票口拥出一帮人，多是蔫头呆脑，面带菜色。突然，三个漂亮的闺女和一个挺精神的半大小子出现在检票口，给这站口晦气中带来一道好风景。这就是宋承祖要接的人：天好、天星、天月和小儿子天虎。

大姐天好很快看到了宋承祖，她惊喜地对弟妹们说："看，咱爹在那儿！"孩子们蹦跳着尖声呼喊着："爹！我们在这儿！"姐弟们向宋承祖跑来，一个个欢呼雀跃。宋承祖紧紧抱住老儿子虎子说："孩子，可把你们盼来了。走，咱回家！"四个孩子眼中都饱含欢乐激动的泪水望着宋承祖，尽情地笑着。

宋承祖问："你娘都安顿好了？"天好点点头，从怀里掏出一张全家福照片，送到宋承祖手里："爹，我娘临咽气的时候，叫我们把这张照片给你。娘说，这张全家福照片在哪里，家就在哪里。"

宋承祖望着全家福照片，看到老伴儿那熟悉的笑容，他的精气神儿一下子就被

"拽"进那照片中。他在内心动情地呼唤着:好儿她娘啊,好儿她娘,六年了,咱终于又见面了!你还是那么清秀,简直就和咱洞房花烛夜我第一眼看到你的样子差不离。我记得,我一揭你的红盖头,你那水灵周正的脸蛋儿就让我喜欢得不得了。我禁不住就伸手摸你那葱皮儿似的白脸蛋,原想你会不好意思地躲闪,哪承想你倒是上来一把紧抓住我的手,那个紧啊,从此就把我的心抓了去。二十年恩爱夫妻,没吵过一次嘴。你连生三个丫头片子,我倒还没说个啥,你却说你对不起宋家人,没给我生个带把儿的,不能传宗接代。老天有眼啊,你还是给咱生了个老儿子!好儿她娘啊,我闯关东五六年,心想混出点名堂来让你也跟我享享清福,现在总算有了条件,哪想到……

虎子拉着胳膊喊爹,把宋承祖的精气神儿从全家福中拉回到现实。一眨眼的工夫,宋承祖的脑子里竟像"拉洋片"一样一片一片地闪拉这么多的"片子"。他鼻尖发酸,喉头发哽,腮帮子鼓了几鼓,泪花在眼眶里转了几转,在孩子们面前,总算忍了回去。唉!大义凛然真英雄,怜子并非不丈夫,楚霸王也有儿女情长的时候。

宋承祖小心地把照片揣在怀里,长出一口粗气对孩子们说:"好了,咱回家!回家好好说话!"他伸开长胳膊,一边搂着俩孩子,像老母鸡护小鸡似的朝前一边走一边问,"路上还顺利?"

天好急忙答道:"还算顺利,就是走水路的时候遇上风,都晕船,晕死了。"老儿子宋天虎骄傲地说:"爹,我没晕船。姐姐们都吐,苦胆水都吐出来了,就我没吐,一点事也没有!"

宋承祖爱抚着虎子圆圆的脑袋高兴地笑:"还是儿子,像我,从来不知道什么叫晕船。好了,跟爹走吧,爹好好犒劳你们!"他说,"都饿了吧?走,前边就是惠宾楼,咱们到那儿吃顿团圆饭去,那儿掌柜的爹熟悉,也是咱山东平度人。"

宋承祖一家在惠宾楼吃团圆饭,一桌子饭菜,诱得孩子们胃口大开。饭店老板过来热情地打招呼:"宋营长,和孩子们团聚了?"老板大方地说,"我送你们几个菜,算是给孩子们接风。"他召唤伙计,"顺子,给这桌上一道咱们的招牌菜,水晶肘子。"

伙计端来一盆猪蹄子边走边喊:"水晶肘子,来了!"天星野巴巴地啃着猪蹄子,男孩子似的擦着嘴。天好皱着眉头说:"二妹,谁也没和你抢,就不能吃得文明点?"天星满脸不在乎地反问:"我哪儿不文明了?"

天好不紧不慢地说:"还用我说吗?你看三妹,吃相多斯文,嘴张得不大,慢条斯理的,可一口也没少吃;再看看你,我的娘嗳,嘴都咧到耳根子了,瞎忙活。你看这猪蹄子,这儿,这儿,都是好肉,你啃到了吗?好东西叫你吃糟蹋了。"说着,拿起天星啃过的猪蹄子,又啃了一遍。天星不满地回应:"就你事多,啰啰嗦嗦,吃顿饭光听你嘚嘚了,累不累呀?"

天月倒是心平气和:"二姐,不是我说,你的吃相,就是不上讲究。开春,老谭家给他大小子提亲,后来为啥黄了?不就是因为你吃相不好?"天星满不在乎地笑:

"说些屁话,我那是故意的,我没看中他儿子。大姐,还说我呢,你没过门的女婿,吃相比我还难看,怎么没看你挑剔?"天好皱眉头:"你能和老爷们儿比吗?"天星十分豪气地回应:"怎么不能比?要是论下地干活,我比老爷们儿差到哪里去了?"

宋承祖笑道:"好了,都别说了,饭也堵不住你们的嘴。看你弟弟,什么也不顾,闷头吃自己的,这才叫正经精神。"

天好忽然问道:"爹,春海哥呢?他怎么没来接俺们?"宋承祖掏出怀表看了看:"他呀,现在在我手下当排长了,忙着军务呢。嗯,说好了在这儿碰面,也该来了。"

天星笑道:"这小子,混上排长了?"天月白了天星一眼:"二姐,你说话就是不中听,他是咱姐夫,别没大没小的。"天星执拗地说:"没过门,我就不叫姐夫。"

正在这时候,裴春海风风火火地跑来大呼小叫:"对不住,来晚了,来晚了!"宋承祖看看怀表:"坐吧。怎么才来?"裴春海喘着粗气说:"咳,别提了,排里出了个逃兵,才处理完。"他不由得看着天好问道,"一路上没遭罪?"

天好羞赧地答道:"就算顺风顺水吧。""我来晚了,认罚。"裴春海倒了一大碗酒站起身,面对在座的人说:"这酒我干了,算是给弟弟、妹妹们接风。"说罢一饮而尽。天好心疼春海,急忙给他布菜:"谁也没逼你,喝那么急干啥?吃口菜压压。"

宋承祖对大伙说:"你春海哥这几年跟着我,作战没的说,勇敢,脑瓜也灵活,要不怎么升排长了呢。"

天好看着裴春海,两人眼里交流着分别后的思念。她关心地问:"没受过伤?"说着两眼上下扫视着裴春海,好像要透过衣服寻找他身上有无伤疤。

裴春海笑道:"没有,子弹不认我,我认识子弹。营长,弟弟、妹妹们来了,我真高兴,咱们今天不讲上下级,爷儿俩干一杯。"宋承祖满脸堆笑:"我也高兴,来,换大碗。"虎子更高兴:"我给你们斟酒!"说着就斟酒。

裴春海感慨道:"唉,一晃五六年,虎子都这么大了,日子不经混啊。来,喝酒!虎子,你大小也是个爷们儿,干一碗!"宋承祖正在兴头上,也凑趣说:"对,虎子,也喝点。从今以后你也是东北爷们儿了,东北爷们儿没有不会喝酒的。"虎子高兴地说:"好嘞,给我满上。"喝了一口,不由得咧嘴皱眉地叫着,"噗,辣嘴!"夜,渐渐深了,三个爷们儿都喝多了。

宋承祖有点醉意,带着家人走到老北市场的大好时光照相馆前。天月指着照相馆的牌匾问:"爹,这是家照相馆?"宋承祖醉态可掬地一挥手:"对,照相馆,相机对着你,咔嚓,你的影就留到相片上了。"天好有意提醒着:"爹,咱们啥时候全家照个相就好了。"

宋承祖似乎有些醒悟:"对呀,照张全家福,现在就照。"天月提醒道:"爹,人家关门了。"宋承祖喊着:"叫门呀。"走到照相馆门前,敲照相馆的门叫道,"开门,我们要照相,照全家福!"

照相馆老板开门赔着笑脸说:"长官,对不起,太晚了,照相的师傅回家了。"宋承祖耍起军人作风喊:"我就不信,死了张屠夫,还能吃带毛猪?!今晚老子偏要照相不可!"老板装出一副无奈相:"长官,我不会照啊。"裴春海凶巴巴地掏出盒子炮:"你不会照?这东西能把你教会。"老板吓得哆哆嗦嗦:"能,能!"赶紧请他们到屋里照相。

灯光下,全家人坐成一排,欢欢喜喜地照了张全家福。之后,天好和裴春海又照了张单独的。刚照完,突然大炮声轰然响起,震得地动山摇。几个孩子哪经过这阵势,吓得不知如何是好。照相馆老板已经浑身打哆嗦,街上传来哭嚎呼喊声。

宋承祖和裴春海拎着枪向外跑去。作为军人,突如其来的枪炮声就是命令,他们得赶快归队。过了一会儿,宋承祖又跑回来说:"天好,看来日本人终于动手了,你带他们回家。咱家就在后街96号,这是钥匙。"又从怀里掏出那张全家福,塞到虎子手里,他特意安排虎子道,"儿子,这张照片放在你手里了,这可是传家之宝,你千万别把它给弄丢了!"说完他拎着枪大步流星地朝外跑去。四个孩子呆呆地望着父亲的背影,直到那高大的背影消失在黑暗之中。

天好对弟妹们喊:"咱们也快去找家吧,黑灯瞎火,人生地不熟的,说不定还难找着哩。"天星一瞪眼:"怕个啥?我打头阵,不就是后街96号嘛!"说着几步冲出照相馆。姐弟四个在昏暗的大街上跑着。

虎子酒劲儿还没过去,踉踉跄跄地跟在姐姐们的屁股后头晃悠着。天星跺着脚:"虎子,来,二姐背着你。"说着背起虎子跑着。孩子们不知跑了多久,也不知有多远,一个个累得浑身是汗。天星背着虎子,更是上气不接下气。

眼尖心细的天月忽然叫道:"别跑啦,看,96号到啦!"

天好气喘吁吁地跑到门口,拿出钥匙,颤抖着开锁。天星背着虎子跑过来,天好刚刚打开锁,急性的天星一膀子撞开门。四个人进了屋,天好打开灯。

天星喊着:"虎子,下来吧,到家了。"虎子耍赖道:"我不下,我还没过瘾呢,你这匹大马又快又好,再给我跑几圈!"天星叫道:"你下不下?我可不惯你的毛病!"虎子搂紧天星的脖子:"我就不下,你能把我咋着?"天星猛一下把虎子扔到炕上。虎子被摔疼了,哇哇叫着:"哎呀,你敢欺负我,我打你!"

虎子张牙舞爪地和天星闹起来,他兜里的全家福照片落到地上。天好捡起全家福,她端量着,心里想着,一家人好不容易才算团圆,一眨眼的工夫,又分开了。唉,咋就这么倒霉呢!不由得眼圈红了。

天月忙对天星说:"别闹了,你看大姐!"天星和虎子一起望着天好,看着大姐的样子,再也没心思闹。天好默默地把全家福照片摆到柜子上。天星、天月、虎子默默地看着大姐。

天好轻声而又动情地自语:"娘,到家了,我们又有家了……"转身对弟妹们说,"不早了,都快睡吧。咱可都得记住这一天,羊年,阴历八月初七,阳历九月十八号!"

2 实在太乏,四个人躺在炕上头刚挨上枕头,不一会儿就都睡着了……天好做了一个梦,好像自己才三四岁的样子,娘一边拍打着她的小屁股,一边轻轻地哼着《摇篮曲》,那曲子真好听!

炮声突然响起!一声连一声,越来越响。天好和弟妹们都被炮声震醒,四个人吓得慌乱成一团,互相依偎着。这时候,天还没有亮,孩子们也不敢开灯,只好在炕上呆着,不知道以后会咋样。炮弹不断地在远处炸响。

天麻麻亮的时候,四姐弟站到门口看着大街上乱糟糟的情景。大街上全是逃难的人群,呼儿唤女,乱作一团。一颗炮弹在远处炸响,街上立刻一片混乱,竟然有一颗炮弹在院里炸响了。

一个老大娘对四姐弟喊道:"孩子们,还不赶快跑呀,看热闹咋的?日本鬼子进城了,那是些野兽啊,见了男人就杀,见了女人就糟蹋,快跑吧!"天好急忙对弟妹们说:"赶快跑吧!碰不到日本鬼子也得叫炮弹炸死!"

逃难的人群中,宋家四个孩子手扯着手奔跑着。虎子忽然想起了什么,他挣脱了姐姐的手,朝后跑去。

三个姐姐着急坏了,她们不知道虎子为啥往回跑,这不是添乱吗?!天星说找到了一定先揍他一顿,天月也说虎子是被大姐惯的。天好说现在埋怨谁也没用,还是快找吧。她们就在人群中呼喊着,寻找着虎子,姐仨也被人群冲散了。

别看虎子小,紧要关头他可不会添乱。他想起爹对他说过,全家福照片是传家宝,千万不能丢。爹没交给姐姐们,交给他,可他却把全家福忘了拿,这咋行?说啥也得回去拿,他可是宋家的小男子汉!虎子奔跑着回家,推开屋门,跑进去,把全家福照片揣进怀里,又跑出去。他在人流中奔跑着,惊恐地呼喊着姐姐……

天大亮了,满街的尸首,有军人的,也有平民的,但没有人走动。一幢楼上,太阳旗升起来了,日本兵排着整齐的队伍,唱着歌,穿街而过。这时候,个别地方还有零星的巷战。

太阳出来了,还是昨天的老样子,温暖而慈祥,可是整个沈阳城已经面目全非变了天!天好、天星、天月三姐妹在慌乱的人群中呼喊着,她们又相聚了。

天好忙着问找到虎子没有,天星急得直跺脚,天月猜想虎子可能回家取全家福照片了。天好很有主见地一挥手:"走,赶紧回家看看!"

三姐妹跑到昨天才住下的新家门前一看,房屋已被炸塌。三个人呆呆地看着,天月哭了。谁也不说明,三姐妹都害怕虎子是不是被埋在下面了,她们不约而同突然发疯地用手扒起瓦砾来……瓦砾被翻了个遍,哪有虎子的影子?三个人呆呆地坐在瓦砾前。

天好到底是大姐,这时候可是妹妹们的主心骨,啥主意还得她拿。她决定先找个地方住下,以后再找虎子。天好领着妹妹们问东问西,总算在一位好心大娘的领引下,找到一个叫罗士圈子的地方,在贫民大院租了一间窝棚。

天好对天星说："你出去走走，想办法打听咱爹和虎子的消息。"又低声地嘱咐，"顺便打听一下春海怎么样了。"天星一脸坏笑："知道了，还用你嘱咐吗？"

天星出去老半天，什么也没打听到，只听说东北军不和日本人打，撤出沈阳城，到关里去了。姐仨不甘心，每天都到被炸毁的家门前等啊等，她们呆呆地坐着，望着远处……

这一天，姐仨正准备出去打探消息，女房东一步跨进了小窝棚。她告诉天好，有个叫黄显声的人，组织了抗日队伍，叫义勇军，有十几万人，吓得小日本没敢打锦州。

天月对俩姐说："我估摸，咱爹没跟着少帅的队伍撤走，说不定干上义勇军了呢。"天星点头赞同："我也是这么估摸的，咱爹不能跑，一定会带着队伍打回来的。"姐仨说着说着，心情慢慢好起来，总算有个盼头，谁不往好处想呢？

这些天，老百姓传说的事情多了去了，只要有什么消息，姐仨就会主动上前打听。这天，房东在院子里又给姐仨传消息了："哎，听没听说？最近义勇军又把小日本好一顿揍。"

天星忙凑上前："你快给大伙说说吧。"女房东有点神秘地引出话头："听没听说这样一句话，一马占山，二马占海？"天月摇摇头："没听说过。"女房东解释着："马占山原来是东北军旅长，现在是黑龙江代主席。听说前儿指挥义勇军在江桥和小日本打了一仗，狠狠教训了小日本，马占山的名字全国叫响了。"

天好问："这就是一马占山？那二马占海呢？马占海是谁？"女房东笑道："咳，二马占海说的不是马占海，是冯占海，马字加二不就是冯字吗？爷们儿是吉林省督军兼省长张作相的外甥，现在是义勇军的首领了，前不久在黑龙江的依兰又打了个大胜仗。"天星一攥拳头："可惜我不是爷们儿，要是爷们儿，我立马就去投奔他们，把小日本杀个干干净净！"

女房东忽然岔开话题问："哎，你弟弟呢？有信儿了？"天好长叹一口气："愁人，还没信儿。他能跑哪儿去呢？"女房东劝道："沈阳城这么大，别乱找了，你们姊妹三个也该想想找饭辙才是。"她好心提醒道，"天好，你不是说你爹认识惠宾楼的老板吗？找找他吧，你们山东人，最讲究老乡帮老乡。"她又对两个妹妹说，"我看你们俩也别闲着。你们山东人多数都会摊煎饼，院里有磨，你们俩支个棚子，盘个灶，摊煎饼卖吧。怎么不能赚个肚子饱？"

天好到惠宾楼饭店找到老板，诉说爹爹没信儿、弟弟失散的悲痛，又如实讲出姐妹三人日子的艰难，请求老板帮忙。老板倒也义气，很热情地对天好说："孩子，慢慢找吧，会找到你爹和你弟弟的。这样吧，你们姐妹无论谁都行，到我这儿来一个，再多我也用不了。唉，现在的生意不比以前了。"天好千恩万谢："谢谢大爷，你这就算救了我们姐妹了。"

3 宋承祖和裘春海跑步回到北大营,立刻参加了与日本鬼子的战斗。在一片火海里,战斗十分惨烈。东北军的部队渐渐顶不住了,士兵们在炮火中乱成一团。宋承祖挺身而出,呼喊着,指挥士兵还击敌人的进攻。

宋承祖沙哑着嗓子对张大个子喊叫:"团长呢?他怎么不来指挥?"张大个子回答:"营长,没有管事的了。"副营长刘胡子气喘吁吁地跑来:"营长,别打了,长官有命令,不让抵抗。"

宋承祖气愤地骂:"放他娘的屁,都骑咱脖子拉屎了,还不许抵抗。这口气我咽不下,都听我的,给我狠狠地打!"裘春海劝道:"营长,咱是当兵的,违抗命令能有好果子吃吗?我看还是撤吧。"宋承祖暴怒地吼:"坚决不撤,给我打!"

宋承祖带领大伙向敌人发起冲锋,裘春海叹了口气,也跟着冲上去。宋承祖和裘春海率领弟兄们巷战,他们渐渐抵挡不住了。裘春海急急地喊:"营长,实在顶不住了,咱们撤吧!"宋承祖无奈道:"撤吧。"队伍撤出了街垒。

面对装备精良的日军疯狂进攻,宋承祖与敌人血战着,从大街打到小巷,又从小巷打到野外。天已大亮,战士们死了不少,活着的也是疲惫不堪,宋承祖带着队伍且战且退。

裘春海对宋承祖说:"营长,天好他们也不知咋样了。我想回去看看,把他们安顿一下。"宋承祖点头道:"也好。"裘春海脱下军装换上不知啥时准备的便衣:"我去去就来。"

裘春海悄悄来到宋承祖家门前,他在那儿站着,看着被炸毁的家惊呆了,心想这四个孩子不知是死是活,得找个邻居问一问,天好可是他的人啊!他一转身,忽然看见一队日本兵开过来,他看事情不好,拔腿就跑。

裘春海赶上了部队,他把所见所闻告诉宋承祖。宋承祖一个字能砸个坑:"我相信他们四个人还都好好的,我一定想办法找到他们!"

宋承祖所在部队经过一天的急行军,天色已经到了黄昏。红日西坠,树叶萧萧,田野上荒草衰败,一片凄惨景象。

宋承祖问团长:"团长,咱们还要撤呀?"团长长叹一声:"唉,这是上头的命令。撤吧,一直往关里撤。"宋承祖发着牢骚:"团长,我就想不通。咱们也不是不能打仗,可一退再退,就这么拱手把东北让出去了,太他妈的窝囊了。"团长愤愤地喊:"就你窝囊?谁不窝囊?可不撤怎么办?违抗军令?"宋承祖问:"也不知少帅怎么想的,他怎么就那么听老蒋的?他这么做不是替老蒋背黑锅吗?"团长也是无奈:"唉,他们是把兄弟,老蒋葫芦里卖的是什么药,谁知道?咱不管那些,叫撤就撤。"对勤务兵,"传我的命令,部队在前边的村子驻扎,今天不走了。"

宋承祖听团长这么下了命令,忙把一个士兵招呼到跟前,悄声吩咐:"你回沈阳到我家看看,我那四个孩子不知道怎么样了?你要是找到他们,把这笔钱交给他们,叫他们好好活着,一定要等我回去!"士兵接过钱,骑马奔去。宋承祖叹了口气,转身跟上部队。

天黑透了，部队才在一个小村庄住下。副营长刘胡子洗着脚高声骂："妈了个巴子，撵兔子似的，老子的脚上都跑出血泡了。"张大个子也跟着发牢骚："什么事呀，把家都扔了，当兵保护不了老婆孩子，还叫什么军人？这个兵当不当的没意思！"大伙胡乱嚷嚷着："妈的，不干了，回家种地去！""还种什么地呀，家都让日本人占了，不如到山上当胡子！"

这时宋承祖和裘春海过来了。宋承祖问："都在嚷嚷什么？"刘胡子答："营长，弟兄们说了，再撤我们就不走了。东北不能丢在咱们手里呀，对不起祖宗，也对不起老婆孩子！"张大个子说："营长，带领弟兄们打回去吧，我们都听你的！"

宋承祖看到大伙这种情绪，知道时机已到，就故意问："弟兄们都不想走了？"刘胡子吼着："都不想走了，就等你一句话！"大伙都嚷嚷："营长，打回去吧，不能丢了家不管啊。"宋承祖摆了摆手："好，都别嚷。刘胡子，悄悄传我的命令，愿意跟我走的，今天下半夜两点在村口集合。"

夜深了，宋承祖在悄悄准备行装。裘春海悄无声息地摸到宋承祖身边问："营长，你真的要带弟兄们打回去？"宋承祖说："打回去，我不能给后人留下骂名。你呢？跟不跟我走？"裘春海反问："能不跟你走吗？我这一辈子是跟定你。咱往哪儿走呢？"宋承祖悄声道："我打算领着队伍奔吉林。那边有个警卫团长，叫冯占海，是个有血性的爷们儿，是我的拜把子弟兄。他早就想和小日本干仗了，咱们和他联起手来和小日本斗！"

裘春海试探着问："那就不回沈阳了？"宋承祖说："我倒是想回去，可回得去吗？""那天好他们……"裘春海总是忘不了他那成亲没圆房的媳妇。宋承祖皱着眉头说："顾不了那么多了，等到吉林，站住脚再说吧。"

宋承祖率部投奔冯占海。冯占海把军营扎在吉林城外，知道宋承祖要来，他率士兵相迎。俩把兄弟在这种情况下相见，真是百感交集。宋承祖握着冯占海的手嚎啕大哭："大哥，沈阳丢了，我投奔你来了！"冯占海跺着脚拉着宋承祖："哭什么！走，屋里说话。"

二人携手来到冯占海的屋里，桌子上已备好酒菜，他们喝酒话旧。冯占海听宋承祖讲述了他妻亡子散的悲惨遭遇，不禁叹道："弟妹刚殁，四个孩子也在沈阳失散，真是不幸啊！"宋承祖长叹一声："仅仅是一天的事，我就尝到了国破家亡的滋味！"

冯占海问："孩子们不会有什么事吧？"宋承祖答："我已派人回去找他们，听天由命吧。说说你吧，你怎么把队伍驻扎在城外？为什么不跟着张作相省长？"冯占海颇为无奈："唉，前些日子，姨夫奔丧不在任内，代理省军政要务的是参谋长熙洽……"

宋承祖问："就是那个爱新觉罗的后裔？"冯占海怒火中烧："正是此人！他一

直做大清国复辟的梦,此番见日军入侵沈阳,妄图投靠日军复辟清王朝。事变后没过两天,老东西佯称与日军谈判,把我所辖的卫队团,还有其他驻省城部队支出城外,随后他就命令吉林省军队放下武器,与日本人合作,开城纳敌。等我得知真相,一切都晚了。小日本兵不血刃,毫不费力地占领了省城。熙洽派人对我威逼利诱,劝我投降,被我一顿痛斥。"

宋承祖问:"大哥准备怎么办?""如今我已经通电全国,宣誓抗日。"宋承祖一拍桌子,豪气满怀:"大哥,咱不能当亡国奴,抗日我跟着你!"冯占海高兴地拍着宋承祖的肩膀:"好!这才是我的弟兄!我是这么打算的,率部渡过松花江,挺进舒兰县境,招募义勇军,和小日本血拼一场!"宋承祖更是一腔激情:"对,拼他个鱼死网破!"

吉林的舒兰县也算个中等县城,是吉林城到哈尔滨的必经之地,战略位置很重要,所以冯占海要到这里和鬼子周旋。到了舒兰县境内,与鬼子干了几仗。一眨眼就到了冬天,部队作战越来越艰苦。又一次战斗打响了,冰雪中,冯占海和宋承祖率领义勇军与日军展开激战,日军被打退了,留下一片尸体……战斗的间歇,宋承祖和裴春海趴在战壕里。

裴春海又提天好:"营长,真担心天好他们,也不知他们怎么样了。""唉,刚团聚就分手,我也担心。特别是虎子,这孩子,几年没见,成大小伙子了。"宋承祖不禁长叹一声。

裴春海问:"营长,今后咱就跟定冯占海了?"宋承祖反问道:"春海,你还有什么想法吗?""打小日本我绝不含糊,就是想回沈阳一趟,找到天好他们,安顿一下。要不然不放心。"裴春海说出了自己的心思。宋承祖宽慰道:"放心吧,我已经派人去找他们了。"

4 前清遗老左云浦是最后一次科考中的举人,本想着再来个"进士及第",谁知末代皇帝溥仪被赶出了皇宫,左云浦的当官梦也就成了泡影。事变那夜不停的炮声吓得他龟缩炕头,一夜不敢动。天大亮了,炮声已停,他才闪开大门缝,藏在大门后,小心而又惊惧地看着大街混乱的场面。忽然,他发现了倚在门旁石狮子边正打盹的虎子,他急忙打开院门,一把把虎子拖进院里:"小孩子,你不想活命了!"

虎子仰起头问:"大爷,你看到我爹了吗? 我爹是挎枪的,挎枪打仗的。"左云浦笑起来:"挎枪的多了,都是你爹呀? 傻小子!"虎子很不高兴:"没看见就说没看见,骂人干什么? 我去找我爹。"说着要走。

左云浦忽然想起了什么,问虎子:"小孩,叫什么名?"虎子答:"虎子。大号宋天虎。"左云浦调侃着笑道:"嗬,天上的老虎,够厉害呀!"又问,"属什么的?"虎子调皮地学羊叫:"咩……属羊的。"左云浦突然愣住了,他仔细地端详虎子,老半天,又问:"嗯? 属羊的? 今年虚岁十三了,对不对?"虎子点点头:"俺是正月十五过的生日,可不就十三了!"

左云浦惊喜地抓住虎子的手,急匆匆地朝家里走:"走,跟我回家。"虎子挣脱道:"不,我要去找我爹,咋能去你的家?"左云浦不得不和和气气地哄着虎子:"你是不是不想活了? 没看见外边打枪吗? 等街面平静了,我领你去找你爹。"虎子正犹豫着呢,已经被左云浦拉到堂屋的客厅里。

左云浦的妻子正在家里烧香跪拜菩萨,嘴里念叨:"菩萨保佑太平吧,也保佑保佑我们老左家。左家五世单传,可不能在云浦这一辈子断了香火啊。大慈大悲的观世音菩萨,您就让我们遂愿,让我们有个儿子吧。"

正在这时,左云浦领着虎子风风火火地进来了。左妻不解地问:"云浦,这孩子是谁呀?"左云浦没搭茬儿,只是又急又喜地说:"虎子,你坐这儿。老婆子,快,把萨其马拿给孩子吃。"

虎子早已饿得不行,又不知萨其马为何物,吃起来才知道好,就大口大口地吃着。"虎子你慢点吃,都是你的,别噎着。"左云浦说着忙拽妻子往里间去。

左妻不明就里,一掀门帘进了里间,往床边上一靠问:"这个孩子到底是谁呀? 神神秘秘的!"左云浦白了妻子一眼:"我不是对你说了吗? 咱俩没孩子,可香火不能断啊。"

左妻为此事总觉有愧,平常也得赔着小心,听男人又提此事,不觉心虚,忙接道:"谁说不是,可这孩子也不是咱的骨肉啊!"左云浦一脸的虔诚:"前儿我到苏家屯找大仙儿算了一卦,大仙说,咱俩要亲生亲养肯定不行了,可我命中注定有儿子。还说了,一个月之内,要是碰到一个属羊的男孩找上门来,那就是老天给我安排的儿子,下辈子香火一定兴旺。今天我一开门就遇见了这个孩子,一问,嘿,属羊的,应个正着,活该我有儿子了。"

左妻不放心:"人家能没有父母?"左云浦解释着:"他说他娘死了,他爹是当兵的,当兵的能养活儿子? 什么也别说了,这就是老天爷送给我的儿子。"

虎子吃完了萨其马,哭着叫喊:"大爷,我要回家!"左云浦和妻子跑出屋来。左云浦忙哄着虎子:"虎子,别哭呀,外边打着枪,出去就没命了,先在我家呆着,等街面平静了,我送你回家。"虎子瞪着大眼瞅左云浦:"你可要说话算话。"左云浦一脸笑意:"你放心,说话算话,说话一定算话!"

这一整天外面虽然大乱着,可左云浦却是心花怒放,天刚黑,他就关了大门,喝着小酒,哼唱京剧:"我坐在城楼观山景,城外来了司马的兵……"左妻不解地问:"云浦,日本人打进来了,你高兴什么?"左云浦抿一口酒:"我高兴了吗? 日本人打进来是早晚的事,今天不来明天来,挡都挡不住! 国家大事啊,你女人家懂得什么? 溥仪早就密谋着复国当皇帝,一直没有机会,这下子机会来了。"

左妻问:"你是说大清国还有戏?"左云浦摇摇头:"大清国? 你就别想了。"他压低声音,"你不知道,日本人早就和溥仪有了联系,说要宣告东北独立,建立一个

'满洲国'，请溥仪来东北当皇帝呢。"

左妻更是不解："他当不当皇帝关你什么事？"左云浦端起一杯酒，一饮而尽："这你就不懂了。我和溥仪有私交，还沾着点拐了不少弯的亲戚。在天津那阵子，他和我称兄道弟呢。要是溥仪当了皇帝，我还不能捞个一官半职的？说不定赏我个顶戴花翎，到那时候，你就是诰命夫人，老左家光宗耀祖的日子就要到了！""真的？"左妻惊喜地问，好像凤冠霞帔已经到了她手上。"你就等着吧，这一天就要到了！"左云浦给老婆吃定心丸。

俩人正高兴呢，虎子哭着来到屋里喊："大爷，外边不打枪了，我要找我爹。"左云浦问："虎子，你不愿意在我家给我当儿子？""我自己有爹。"

左云浦忙给虎子吃定心丸："好好好，明天一早找你爹。"虎子这才用手揉着泪眼走出去。左妻小声地问："你真要领他找他爹？"左云浦不说话，好像在想什么好主意。左妻催促提醒道："你倒是说话呀！要想把这孩子留住，就要绝了他的念想！"左云浦笑了笑："我有办法！"说着，嘴巴凑到老婆耳边如此这般小声嘀咕一阵子。左妻也笑了，指着丈夫的鼻尖："你个老东西，真够鬼的，但愿这孩子能信。"

第二天中午，左云浦让吃饱喝足了的虎子领着来到宋承祖家住的地方。左云浦正要找人打听消息呢，就走过来一个中年女人。左云浦上前问道："请问知不知道住在这儿的一位长官到哪儿去了？"那女人对左云浦说："你说那个当兵的？事变当天就再也没回来，听说他已经战死了，可惜呀，可惜呀。"那女人还说，"事变那天，姐三个回来找弟弟，谁知道一颗炮弹飞过来，姐妹三个活活被炸飞了！"

虎子一听，喊了声："姐……"嚎啕大哭起来。他一边哭一边喊着，"我爹没了，我姐姐也没了，我没有家了……"左云浦趁此时机忙拉着虎子："虎子，别哭了，跟我回去。"虎子哭着说："我不给你当儿子！"左云浦又进一步宽慰道："我不让你给我当儿子了，好不好？你先跟我回去，别害怕，有我吃的就有你的，这辈子我养着你，走吧。"虎子嘟囔着："我自己养活自己。"

左云浦问："你怎么养活自己？要饭吗？听我的，还是跟我回去。""我不回去。"左云浦问："那你住哪儿？"虎子答不上来了。左云浦十分有耐心地劝道："跟我回家，你先住些日子，什么时候想走，跟我说一声，我绝不拦你。好了，在这儿给你爹和三个姐姐磕个头吧。"虎子望着这片废墟，慢慢跪下来，认认真真地磕了三个头，然后跟着左云浦走了。

日军特务头子土肥原贤二出面，召集已经投降的沈阳官员和前清遗老议事，左云浦和他的学生金子顺也参加了这个会议，二人非常兴奋。

土肥原说话像念经："诸位，今天把大家请来，想通知你们一件事。众所周知，张作霖父子在满洲的虐政很不得人心，大日本在满洲的权益也得不到保障，我们有责任和义务帮助满洲人民建立王道乐土。因此，满洲独立已经刻不容缓，必须建立一个新的国家,这个国家的名号就叫'满洲国'!"

大家议论纷纷。土肥原继续念叨:"安静!听我说。我们的计划是,'满洲国'国都设在长春,改名新京。这个国家由五个主要民族组成,满族、汉族、蒙古族、日本族和朝鲜族。要说明的一点是,日本人在满洲花了几十年的心血,法律地位和政治地位自然和别的民族相同,同样可以充当国家的官吏,我的意思大家明白吗?"大家又议论纷纷。

左云浦问道:"请问阁下,这个国家的君主呢?谁来担任?难道也是你们的人吗?"土肥原答:"不不不,国家的元首我们已经考虑好了,就是你们前大清国的皇帝溥仪阁下。"大家惊呼:"哦!皇上回来!"

左云浦又说:"阁下,既然是这样,我觉得这个国号有点问题,溥仪是大清国的皇上,这个国号还应当叫做大清国才对。"土肥原声色俱厉地说道:"不!这不是大清国的复辟,这是一个全新的国家,它就叫'满洲国'。我们不是请溥仪做皇帝,是做元首,做执政,你没听明白吗?"众人都吓傻了,胡乱回答着:"明白,明白!"左云浦倒是不怯,壮着胆子说:"可据我所知,溥仪还在天津呀。"土肥原反而温和地回应道:"你说得很对,溥仪在天津。现在万事俱备,只欠东风,我们一定会想办法让他到东北来的!"

金子顺悄声地对左云浦说:"老师,你就少说几句吧,没看见日本人不太高兴。"左云浦大嘴一撇:"我管那些,谁也别想堵住我的嘴!"金子顺岔开话题:"老师,告诉你个好消息,我托人在警察署谋了个差事,已经有眉目了。"左云浦有点不屑:"哦?你挺有章程的呀。"金子顺得意地一笑:"什么呀,就是混口饭吃罢了。"

左云浦垂头丧气地回到家,天黑之后,关起大门喝闷酒。他喝醉了,拍着大腿唱小调:"我好比笼中鸟……"唱着唱着,竟老泪纵横地哭起来。左妻十分不解地问:"云浦,你哭什么?要成立'满洲国'了,你应该高兴啊!"左云浦怒吼着:"我高兴个屁!日本人不要皇上,叫什么执政。完了,我的顶戴花翎没指望了,你的诰命夫人也要泡汤。"

忽然间,前朝的旧官员佟致远来拜访左云浦,二人正好对酌。左云浦十分客气地问:"致远兄黄夜光临寒舍,不知有何见教?"佟先生笑了:"所来不为别的事,受日本人之托,想请你去天津见一个人。"左云浦问:"去天津见个人?见谁?"佟先生笑道:"跟我装糊涂了不是?见皇上啊。"左云浦颇为不满:"见他干什么?日本人为什么不自己去?"

佟先生慌忙解释:"云浦兄有所不知,日本人要建立'满洲国'的事是他们的设想,还没有征得溥仪的意见。听说溥仪对建立'满洲国'很有些天真的想法,抱定主意要做皇帝呢。"左云浦继续发着牢骚:"我就奇了怪了,日本人为什么不让溥仪做皇帝呢?溥仪本来就是皇帝,满洲又是龙兴之地,他回来做皇帝也是顺天理合民意。所谓名不正则言不顺,言不顺则事不成,没有皇帝的称谓,请他来做什么?"佟先生耐心解释："这你就有所不知了。你想啊,日本国也有皇帝,在满洲又安排个皇帝,两国的关系不好处理,说白了,人家日本人是要溥仪做个傀儡,不能明说就是了。"

左云浦丧气地问:"这么说,拥立皇帝就彻底没戏了?"佟先生急忙交底:"也不是说就没戏了,日本人的意思,让你去探探溥仪的口风,有些事可以商量嘛。"左云浦心中似乎又有了点希望,便松口道:"要我去见皇上也不是不可以,可我就这么空手大脚地去见皇上?"佟先生回应道:"这你就不用担心了,日本人都给你备好觐见礼了。"左云浦这才有点笑意:"那好吧,等我准备准备,带着儿子跑一趟。"

左云浦带着虎子到沈阳火车站和前清遗老们拱手告别。虎子瞪着大眼睛听遗老们说些莫名其妙的话。

一伙人在站台上正说着,快要上车了,佟先生匆匆跑来,呼喊道:"云浦兄留步!"左云浦奇怪地问:"致远兄,何以匆匆而来?"佟先生急急地说:"云浦兄,天津不必去了,事情有变。"左云浦奇怪地问:"何以言之?"佟先生悄声地说:"土肥原已经秘密到了天津,成功说服了皇上。皇上答应了日本人的条件,现在已经来到东北了。"

左云浦笑道:"看来皇上比咱们还心急。"佟先生详细介绍内情:"有消息说,皇上先前一口咬定要复辟登基,日本人不同意。先是说实行共和制,让皇上做大总统,皇上不干;后来日本人改了说法,说是实行执政制,说这只是一个过渡,还答应,将来议会成立之后,由议会通过恢复帝制的宪法。"左云浦高兴了:"这么说,皇上早晚要登基的?"佟先生满脸堆着笑:"那是一定的,要不然咱们忙活一腔沟子汗,图了什么?"

溥仪到了旅顺,住在大和旅馆。旅馆大门由荷枪实弹的日本兵把守,一般人不能随便靠近,日本军人可以进进出出。溥仪住进这旅馆,实际上和住在监狱里没什么区别,只不过活动空间大点,吃穿用也都应有尽有。

太阳把暖洋洋的光线洒在溥仪住的楼上窗前的桌面上。窗外有小鸟在欢快地叫着,它们自由自在地飞来飞去,有几只小麻雀还飞到窗台上蹦跳。

溥仪对着镜子理装,郑孝胥和儿子郑垂看着溥仪的举动,不时拿眼睨着旁边站得笔挺的日本人上角利一。这个人是日本派给溥仪的顾问官,实际上就是监视溥仪的特务。

上角利一问:"阁下,你要干什么?""想出去走走。"溥仪说着,拿眼角余光看着这个日本人。上角利一毫无表情地说:"对不起阁下,奉板垣大佐的命令,你不能出去。"溥仪不满地问:"为什么?"郑孝胥讨好地笑道:"皇上,听他们的,他们是为了您的安全。"

溥仪皱着眉头问:"我们在这里要住到什么时候?"他的眼镜的圆镜片,对着日本人的脸,一闪一闪的。上角利一腔调呆板地答:"这要听板垣大佐的。""为什么不接我到奉天?"溥仪不满地问道。上角利一又呆板地答:"这也要听板垣大佐的。""这个板垣,他现在在忙活什么?"溥仪毫不隐瞒自己的愤懑。郑孝胥凑趣地解释着:"现在正在讨论新国家的体制问题,一旦讨论出意见,他会来请皇上的。"

"怎么?还在讨论新国家的问题?这可太奇怪了,土肥原不是说一切没问题,就等我来主持建国大计吗?"溥仪一连串地发问。上角利一简直就像一具木偶,仍是老腔老调地应付道:"阁下太性急了,到时候听板垣大佐的通知就行了。"溥仪气哼哼地嘟囔:"太不像话了,这不是拿我当小孩子看待吗?"上角利一眨巴眨巴小眼睛:"阁下说话不要这么难听,这对你不好。"

第 2 章

1 虎子终于肯喊左云浦为爹了。虽然虎子忘不了自己的亲爹宋承祖,虽说他也
   忘不了自己的三个亲姐姐,但是,现在他们都死了,是那个女邻居亲眼所见。
没了亲人虎子无依无靠,他只能靠左云浦了。况且左云浦对虎子那是真不错,虎子
长到这么大,没吃过的好东西左云浦都给他吃了。

　　这天,左云浦给虎子打扮得一身新,像个小公子哥儿似的。他们一同从沈阳坐
火车去大连,然后再去旅顺。左云浦是作为请愿代表去见皇上的,其实,这不过是
日本人导演的一出丑剧。溥仪这个原来大清国的皇帝被赶出了皇宫,现在"满洲
国"要成立了,日本人答应他,先让他当一年的"执政",一年以后再登基当皇帝。
为了堵一堵国际舆论的嘴,走个过场,来个障眼法,就说是溥仪并不想出来干,是前
朝的"代表"们请愿,他才出来当这么个"执政"。

　　左云浦与虎子来到旅顺的大和旅馆,左云浦这个"代表"去开会,虎子在旅馆
内到处走动。旅馆虽然有日本兵把守,闲杂人等不能入内,但左云浦是"代表",虎
子是"代表"的儿子,有走动的自由。"代表"们都去开会了,溥仪却故意拿捏着架
子,不去见"代表",得遮遮羞啊。他无事可干,就在楼上练书法。这时上角利一和
郑孝胥走进来。

　　上角利一呆板地面对溥仪:"阁下,有件事情通知你。""哦? 说吧。"溥仪不在
意地应道。郑孝胥上前报喜:"皇上,好消息,沈阳方面来了信儿,'全满洲会议'已
经通过决议,宣告东北'独立',拥戴您出任新国家执政。"溥仪毫无兴趣:"知道
了。"他要的是皇位,哪理会什么"执政"!

　　上角利一说话面无表情:"阁下,会议代表已经从沈阳动身了,他们要来见你。"
"还见什么? 有必要吗?"溥仪兴味索然地反问道。郑孝胥说话时倒是满面春风:
"皇上,代表们要向您请愿,请您出任执政,您要准备一下答词。""这件事你就办一

下吧。"溥仪心想,这事也要我动手吗?"阁下,答词要准备两份,第一份是表示拒绝,等代表们二次请愿,再拿出第二份表示接受。"上角利一好像老师教学生。溥仪无奈地皱眉:"好吧,就按你们的意思办。"他当然明白,这完全是日本人玩的一套鬼把戏,哄人何至于此,可是,不答应能行吗?

于是,由郑孝胥这个小丑领演的一场闹剧就在旅馆的会议室内开场了。郑孝胥笑吟吟地走进会议室,咳嗽了一下,会场安静了。他可着嗓子喊:"诸位的请愿书皇上已经看过了,我代表皇上致答词。"

郑孝胥念答词:"予自经播越,退处民间,闭户读书,罕间外事。虽宗国之砥危,时轸于私念,而拯救之方略未讲。平时忧患余生,才微德鲜。今某某等前来……"郑孝胥那干瘪的声音吞吐着每一个字,简直就是念悼词。

正在这时,虎子从一间屋里出来,在走廊里探头探脑,东张西望。他蹑手蹑脚地推开溥仪屋子的门,溜了进去,好奇地看着溥仪。

溥仪发现虎子,问道:"嗯? 你是谁家的孩子? 怎么到这儿来了?"虎子口齿伶俐地答:"我是左云浦的儿子,叫虎子,对啦,你是谁?""我叫溥仪。你爹是左云浦? 我认识。不对呀,我听说他没有儿子呀。"溥仪觉得这小孩虎头虎脑的挺好玩,就和他聊起来。虎子爽快地答道:"我是他捡的,我爹叫宋承祖。"

"哦,你跟你爹来干什么?"溥仪觉得有意思,顺口问道。虎子照左云浦教的回答:"我爹说要保你做皇帝,让我来见见世面。""做皇帝? 还没谱儿呢。"溥仪苦笑道。"我爹说了,你当皇帝是早晚的事。"溥仪笑了:"借你吉言,你看我像皇帝吗?"经虎子这么一说,他的心情好了一点。"现在还不像,穿上龙袍就像了。"虎子实话实说。

溥仪脸上有了点笑意。"你是不是挺闷的? 咱们做游戏呀?"虎子从兜里拿出玻璃球,"咱们弹玻璃球好不好?"溥仪说:"好啊。"二人做开了游戏。

会议散了,"代表"们走出屋子。左云浦找不见虎子,就在走廊里叫着:"虎子,虎子!"虎子开门探出半个身子喊着:"爹,我在这儿!"

左云浦走进屋里,看到溥仪,大吃一惊道:"皇上!"忙要磕头。溥仪摆摆手:"云浦呀,大礼就免了吧。你也来请愿呀?"左云浦恭敬答道:"我也是受大家的委托。皇上,我儿子不懂事,到这儿打扰您了,我知罪。"溥仪摇摇头:"没事,我和他玩得正高兴呢。"

左云浦敬问:"皇上,刚才海藏说您推辞了做执政?""那都是虚应故事,不必当真,你们二次请愿吧,答词都准备好了。"溥仪摇摇头,面无表情地说。左云浦恍然大悟:"哦!"似乎明白了其中的猫腻。

溥仪对左云浦说:"云浦,我有件事想托你办一下。"两片眼镜片对左云浦一闪一闪的。左云浦问:"皇上有什么事尽管吩咐。"溥仪拿出一卷画轴:"我手头最近不太方便,这是苏东坡的《答客帖》,你给我搭个茬儿出手吧,值多少钱你比我懂行。""皇上既然信得过我,我一定会把这件事办好!"左云浦说着心里有点酸,原来皇上的日子也不好过啊!

这次左云浦带虎子到旅顺见到了皇上,他的心情好多了,皇上交代他办的事他心中已经有底。这天上午,天很好,左云浦坐在院子里,心境开阔,他一边抽着水烟袋一边对虎子说:"虎子,这回到旅顺,开眼了吧?""那个戴眼镜的就是皇上啊?"虎子问。左云浦点着头说:"对呀,他就是大清国的逊帝溥仪。"虎子不屑地摇头:"我看他不像皇上,倒像个教书先生。"

左云浦正色道:"虎子,皇上就是皇上,别看他住在旅馆,那也算皇上的行在,一切要讲皇宫的规矩。"虎子问:"皇宫有什么规矩? 你说给我听听。"

左云浦立即讲开了:"皇宫里的规矩多了去了,就说陪皇上玩的事吧,那叫陪王伴驾,你得哄着皇上高兴。有一回,一个小太监陪着太后老佛爷下棋,老佛爷也就是慈禧太后。小太监玩得忘乎所以,说了一句,我杀了老佛爷的马。老佛爷翻脸了,说你杀我的马,我杀你全家! 结果呢,嚓嚓嚓,小太监的全家成了刀下之鬼。"虎子挺讲道理:"老佛爷不叫玩意儿,输了还要赖皮,那谁还和她玩呀?"

左云浦继续说教:"虎子,今天爹高兴,给你说说皇宫里的一些规矩。从哪儿说起呢? 就先从坐卧行走说起吧,在宫里,伺候皇上,站要有站相,坐要有坐相。"说着示范,"站要这么站着,双手要搭在这里,头要这么低着;走呢,要悄然无声,不能扑腾扑腾的,也不能像贼似的。来,你试试看。"

虎子学站立、行走,左云浦作着纠正。虎子问:"爹,你教我这些干什么? 我又不是皇宫里的人。"左云浦意味深长地说:"这都是本事,所谓技不压人,你学会这些,早晚会派上用场!"

一切似乎都循日本人的安排在进行着,长春变成了新京,执政府就安在旧道尹衙门里,一切都已就绪。1932 年 3 月的一天,溥仪就任"执政"的仪式就在旧道尹衙门的大厅里举行,"满铁"总裁内田、关东军军官、伪政权官员郑孝胥父子、罗振玉、旧奉系官员张景惠等全都到场。

蒙古族宝王爷带着小女儿娜日托娅格格出现在人群中。左云浦带着虎子,从侧面看到了这一仪式。大家互相祝贺。郑孝胥对宝王爷笑道:"哎哟,这不是宝王爷吗? 也来参加大典了?"宝王爷笑中带刺道:"哟,海藏兄,你可是春风得意呀,弄了个'国务总理',由你来组阁? 这不是嘛,皇上复出,我怎么也得来捧捧场啊。"

郑孝胥笑道:"唉,国家急着用人,我是被逼出山的。怎么,宝王爷想不想谋个差事?"宝王爷一点也不客气:"拉倒吧,狗的聚会在骨头上,官的聚会在权势上,我可不跟着你蹚浑水。"

郑孝胥倒是兴头十足:"你呀,我还不知道? 老滑头一个,你是看形势呢。我可告诉你,过了这个村,就没这个店了,别看现在皇上没登基,日本人都答应了,皇上执政一年为期,明年准能复位,到时候别后悔。""我有什么后悔的? 他做他的皇上,我在科尔沁放我的马,高兴了和他走动走动,他要是不理我,我还不理他呢。"宝王爷一脸不屑地回应道。"你呀你呀,不和你说了,说不到一块去。"郑孝胥和别人应酬去了。

正在这时,娜日托娅拉拉宝王爷的手:"阿爸吉,我要撒尿。"宝王爷说:"先憋着,一会儿皇上就要出来了。"正好站在旁边的虎子悄悄地告诉娜日托娅:"你要撒尿吗? 我也要撒尿,领你去。"说着,扯着娜日托娅的手就走。在厕所撒完了尿,两个小孩在院里一边溜达,一边互相打问各人的名字和家住哪里。

俩人正说着,大厅里铜管乐响起。虎子喊道:"皇上出来了,咱们快去看热闹吧。"二人扯了手一同来到大厅里,这里很热闹,俩孩子在旁边偷看。

音乐声中,一身西式大礼服的溥仪,面无表情地站在大厅前方。记者的镁光灯闪烁。在日本要人的旁观下,"元勋"们向溥仪三鞠躬,溥仪一躬答之。司仪官高声叫道:"进献'满洲国'印绶!"臧式毅和张景惠捧着黄绫包裹的"执政印"走上前献印。

司仪官继续呆板地叫道:"宣读执政宣言!"郑孝胥宣读"宣言":"人类必重道德,然有种族之见,则抑人扬己,而道德薄矣。人类必重仁爱,然有国际之争,则损人利己,而仁爱薄矣。今立吾国,以道德仁爱为主,除去种族之见,国际之争,王道乐土,当可见诸实事。凡我国人,望其勉之。"

司仪官接着大声道:"下一项仪式,升'国旗'。诸位庭院里请。"众人纷纷走出大厅。虎子和娜日托娅也跟着人群来到大大的院子里看热闹。大伙在院里举行升旗仪式。司仪官宣布道:"升旗开始!"音乐声中,旗子升起来了。宝王爷看着奔拉着的旗子不禁生气嘟囔着:"完了,完了,这是什么'国旗'呀,一块尿布。"

一帮子前清遗老们倒是被感动得嚎啕大哭。虎子和娜日托娅不知道这些老头为什么会哭,而且哭得十分滑稽,他们偷偷笑起来。二人要分别各回各家去了,娜日托娅问虎子:"咱们还会见面吗?"虎子笑道:"说不定呢。"娜日托娅很热情:"你到我们科尔沁草原来玩吧。"虎子问:"我要真去了,你给我吃羊肉吗?"娜日托娅答:"管你吃个饱!"二人相对笑得真开心。

当天晚上在新京的大酒店里,前清的遗老遗少酒宴庆贺,大家弹冠相庆,欢欣雀跃。大伙演习皇宫里的礼仪,一个个跪地叩拜,三呼万岁……

"执政"仪式这出戏已经演过,左云浦暂时还没打算离开新京,他还有他的小九九呢。第二天上午,左云浦又带虎子来到执政府,在厢房里,他找到了大管家。

大管家态度倨傲阴阳怪气:"哟,左先生,找我来了? 有什么吩咐啊?"左云浦赔着笑脸小心地说:"是这么回事,我这个儿子已经老大不小了,想送到宫里历练历练,请您给说说话。"大管家装腔作势:"哦,不好办啊,想送进宫里的孩子太多了,你也知道,宫里不是幼儿园,他来能干点什么?"

"知道不好办,这不来找您了吗?您会有办法的。"左云浦说着,把自己的袖筒子对接了大管家的袖筒子。左云浦看着大管家的脸色。大管家的脸色由冷转热,最后笑道:"你呀,真拿你没办法,不就是为了给孩子讨个前程吗?和我还客气什么?别人的面子不给,你的面子我敢不卖吗?你和皇上的交情是一天半天了吗?行啊,孩子留下给皇上做个小答应吧。"

左云浦和虎子回到小旅馆,已经是下午了。左云浦要给虎子收拾带到宫里的东西,他一边收拾着行李,一边对虎子嘱咐着:"虎子,爹的愿望总算达到了。你也看到了,进宫谋个差事多不容易,你都不知道我花了多少钱啊!以后要好好伺候皇上,把皇上伺候好了,他老人家一高兴,就会封你个一官半职的,爹以后就靠你光宗耀祖了。"

虎子不大高兴:"爹,我不想伺候皇上,我要跟你回沈阳,我还要找我爹。"左云浦有点生气了:"你这孩子,怎么不懂好赖呢?你以为谁都能谋到这个好差事吗?"

虎子已经不相信那个邻居女人说的爹和姐都死了的鬼话,他执拗地说:"我不想干好差事,我就想找我爹和姐姐。"左云浦怕说重了虎子不干,只好耐着性子哄他:"我也不是不让你找,我一直在为你找啊!这样吧,你先在这里干着,找到他们我就来领你回家,你看这样可以了吧?""你可要说话算话。"

左云浦连忙点头答应:"那当然。好了,今晚我就要回沈阳了,你在这儿好好干,要给我长脸,听见没有?"他又接着叮嘱道,"和皇上见面,要经常念叨,我爹是左云浦,非常想念皇上。"虎子问:"说这些干什么?"左云浦十分认真地说:"傻孩子,给他留下好印象啊!说不定哪一天,他老人家一高兴,赏我件黄马褂,备不住还能放我个道台呢。"

2 宋承祖跟着冯占海的部队在舒兰与鬼子打了几仗,后来转战到哈尔滨,部队在郊外与日本人进行殊死的战斗。隆冬季节,冰雪覆盖着原野,义勇军的部队在潜伏着。

寻找四姐弟的士兵回来了,他趴到宋承祖身旁报告:"营长,我回来了。"宋承祖擎着望远镜观察敌情,没有说话,他真的怕听到最不好的消息。士兵小声道:"营长,孩子们没找到,你原先住的房子已经被炸塌了。"宋承祖的望远镜颤抖了一下,停了一会儿他才轻声地问:"孩子们呢?"士兵说:"我打听了邻居,他们说,房子炸塌前,孩子们已经跑出去了⋯⋯"宋承祖轻轻地喘了口气,心想,这真应了那句家破人亡、妻离子散的话了,都是小日本给害的!

宋承祖率领义勇军和日本军队展开了一场惨烈的战斗,他跳出战壕高举盒子枪,大声喊着:"弟兄们,报效国家的时候到了,誓死保卫哈尔滨,跟我冲啊!"一场激战,敌人留下了大片尸体。

义勇军被日军包围,陷入了困境,宋承祖指挥义勇军战士拼死抵抗。日军嗷嗷叫着发起一轮进攻,被打退后,留下一片尸体。敌人又发起了更疯狂的进攻,嗷嗷叫着扑向义勇军阵地。义勇军跳出掩体,与敌人展开惊心动魄的肉搏战,义勇军损失惨重,不过日军还是撤退了。日军又一轮炮轰之后,嗷嗷叫着再次冲向义勇军的阵地。宋承祖负伤了,这时,刘胡子跑来叫道:"营长,司令部要你回去开会。"宋承祖来到义勇军营地会议室,冯占海正给大伙开会。

冯占海讲道:"目前的形势不用我说了,日军是想要在最短的时间内占领哈尔滨,荡平东北,为建立'满洲国'扫平障碍。现在大敌压境,咱们面临着很大的困难。咱们是孤军作战,得不到国民政府的后援,部队缺少补给,粮食、弹药、衣物、医药样样奇缺。虽然咱们给了敌人重创,但付出的代价太大了。现在日军正疯狂围剿过来,甚至出动了飞机坦克,咱们以血肉之躯,抱必死之决心,奋力抗击日寇的优势兵力和装备,但毕竟力量的对比太悬殊,很难坚持下去了。"

宋承祖问:"司令,那我们下一步怎么办?"冯占海瞪着布满血丝的双眼说:"再坚持下去,和日军正面斗争是不明智的,咱们要调整战略。司令部决定,我部迁回南下,偷袭吉林、长春,以攻为守,粉碎日伪军对哈尔滨的进犯!"宋承祖使劲儿一挥拳头:"对,抄敌人的后路。"

部队撤出哈尔滨,开始向南撤退。裘春海搀扶着受了伤的宋承祖和部队前行。裘春海愁眉不展地说:"营长,哈尔滨失守了,和日本人玩命,这不是拿着鸡蛋碰石头吗?再这么打下去,我看是一点前途也没有。咱们还是回去找天好他们吧,那是你的骨肉,你不能扔了不管,你得顾顾自己的家了!"

宋承祖声色俱厉:"你给我闭嘴!你这些话说得太多了,我就不心疼我的孩子吗?可眼下咱们就要成亡国奴了,没有国哪儿来的家?要是当了亡国奴,成天生活在日本鬼子的铁蹄下,那和做牲口有什么区别!现在什么也顾不得了,咱们眼前就有一条路,和小日本死拼到底,不赶走日本人,咱对不起这片黑土地,对不起东北的父老乡亲!"

裘春海还要解释:"这些道理我都懂,可就是……"宋承祖厉声打断他的话:"春海你记住,要是再和我提起这些,别怪我翻脸!"裘春海忙放出软话:"好好好,我再不说了,其实我就是不放心天好他们。"宋承祖说:"我的这些孩子,哪个不是铁匠的砧子?皮实得很,再大的苦难也能熬过来。"突然,子弹像雨点一样落下,部队遭到敌人的重兵伏击,宋承祖部损失惨重!日军的飞机来了,一连串地往下投掷炸弹。雪地开阔,无处隐蔽,义勇军人马被炸得血肉横飞,惨不忍睹。敌人攻上来了,一场激战开始。宋承祖高喊:"弟兄们,冯占海司令来救援我们了,冲啊!"这场激战,敌人留下尸体千余。

宋承祖率义勇军残部行进在群山之间,天空有敌机飞过,疯狂地投掷炸弹。义勇军被炸,伤亡惨重,队伍被打散了。宋承祖和裘春海且战且退,逃进一个挖参人的窝棚。二人坐在窝棚里休息。

裴春海哭道:"营长,队伍全完了,咱们怎么办啊?"宋承祖咬着牙说:"哭什么?没出息! 留得青山在,不怕没柴烧!"裴春海抹着眼泪:"唉,东北军到底哪里去了?义勇军也不行了,咱们还有什么前途?"宋承祖皱眉道:"我就不愿意听你这话,怕什么? 打破了头扇子扇,结了痂就好了。"裴春海问:"现在咱们怎么办?""想尽办法集合旧部,往南撤,继续跟敌人周旋! 义勇军的大旗不能倒!"宋承祖斩钉截铁道。

裴春海忽然告诉宋承祖:"营长,还有一件事,朱传武团长已经在哈尔滨巷战中牺牲了!"宋承祖一惊:"什么? 传武兄战死了?"裴春海沉痛地说:"朱团长抱着一捆手榴弹和敌人的装甲车同归于尽了!"宋承祖泪水奔涌而出。裴春海继续讲着:"是鲜儿把他拉回山东大院的,朱团长直到回家眼睛都没闭上。"宋承祖问:"朱家怎么样?"裴春海答:"朱开山用飞镖杀死了森田,一家人不知去向,听说全家坐着马车进了长白山……"

宋承祖面对苍天,双拳一抱:"传武兄弟,你给我做出了样子,我宋承祖佩服你。传武兄弟,我知道你没闭眼,你要看着我宋承祖是不是个孬种,传武兄弟,你放心,我绝不会让你失望!"

宋承祖和裴春海扔掉军装,穿着老百姓的衣裳回到了沈阳老城,他们要找天好姐弟四个。他俩正在街上走呢,迎面来了警察。他们赶紧用破帽子遮脸,躲过了警察。这帮警察由金子顺领着在大街上拦人、搜身、盘问。

沈阳城可真是大变样,伪警察满街窜,街面上到处是"满洲国"的"国旗",像小孩的尿布耷拉着,半死不活的吊丧样。街墙上张贴着通缉告示,一些人在观看。

宋承祖对裴春海示意:"你去看看,什么事。"裴春海看明白告示的内容后,吓出一身冷汗,他抽身走出人群,来到宋承祖跟前,慌张悄声地说:"营长,不好了,你被日本人通缉了,还贴着你的照片呢。怎么办?"宋承祖镇定自若:"慌什么? 先找个地方立住脚。"

二人在背静小巷子找了一个小旅馆住下,宋承祖让裴春海以后改称他掌柜的。吃过晚饭,他们关了客房门休息,准备第二天到老房子打探四个孩子的消息,找到孩子之后,就回山东老家。

宋承祖发现裴春海藏了一条狐狸围脖,就问道:"春海,你藏了什么东西?"裴春海见隐瞒不住,说了实话:"一件战利品。"说着把狐狸围脖递给宋承祖。

宋承祖拿着狐狸围脖说:"这是女人的东西,你留着它干什么?"裴春海有点不好意思:"我知道是女人的东西,想留着送给天好。"

宋承祖长叹一声:"唉,你俩真是不容易! 当年在山东老家,你俩就要拜天地了,你惹事跑了,跑到关东来找我。当年你到底惹了什么事? 也没跟我细说过,我忙着也懒得问。"

裘春海如实讲了过去令他痛心的事："还不是为了天好？娶天好前，我借了本乡财主田大爪子一笔钱，那天正要拜天地，田大爪子来了，说要么我立即还钱，要么让我把新婚第一夜让给他尝鲜。我苦苦哀求也没有用，后来假装应允，洞房里手刃了老淫棍，这才连夜跑到关外找你。"

宋承祖听了也十分气愤："老东西该杀！这些年苦了我的天好。这世道还有你们俩这样的情分，不容易啊。天爷保佑，赶快找到孩子们，等咱们团聚了，你就和天好成婚吧。"

第二天，宋承祖和裘春海破帽遮颜地走在大街上，正准备往他们的老房子走，一队日本兵排着队伍走来，突然吹哨子，拦住众人，盘查身份。二人跑到一户人家院门外，一推院门，虚掩着，他们忙躲到院里。这是左云浦家。正在漱口的左云浦发现了二人，呼喊道："喂，你们怎么私闯民宅？"

宋承祖赔着笑脸说："老哥，外边挺乱的，我们进贵府躲一躲。打扰您了。"左云浦见裘春海那不善的样子，只好用一副救人于危难之中的慷慨大方的派头说："哎，屋里请吧，我正沏了一壶好茶，进来品一品。"三个人同进客厅。

左云浦打量着宋承祖："老弟，我怎么看着你面熟？"宋承祖有点吃惊："哦？咱们见过面吗？"左云浦笑道："我想起来了，你是东北军的……"裘春海一看露了馅，不禁惊慌，他一个箭步蹿上来，捂住了左云浦的嘴，左云浦挣扎着。宋承祖大喝："春海，不得鲁莽！有话好好说。"裘春海放了左云浦。宋承祖使了个眼色，裘春海到院里警戒去了。

宋承祖正色道："老哥，我在一位朋友家见过你的墨宝，知道你是书法家左云浦先生，实话告诉你吧，我就是东北军的营长宋承祖，你要想告密领赏，现在就可以把我送给日本人。不过义勇军的兄弟们知道了，他们不会饶了你的！"左云浦忙不迭地说："哪里，哪里，我左云浦不是那样的人，你是抗日的大英雄，我敬仰得很呢。"宋承祖解释着："我们暂时躲避一下，街面平静了就走，不会连累你，你别害怕。""我不害怕。唉，听说义勇军被打散了，你怎么敢回沈阳呢？我劝你还是到安全的地方，躲一躲吧。"左云浦此话也确实是一番好意。

宋承祖说："实不相瞒，我们是想躲一躲，可是有件心事，不得不冒险回来。""哦？有心事？说说看，我能不能帮上忙？"宋承祖叹了一口气，终于实话相告："唉，'九一八'当天，我在山东的四个孩子来找我，我们正在照相馆照全家福，日本人炮轰北大营。国难当头，我急着回部队和日本人作战，就这样和孩子们失散了，后来远去吉林投奔了冯占海的义勇军。现在抗日无门，想找回孩子们，回山东老家种地去。左老眼大手大，能否帮着找找我的孩子？"左云浦问："你的四个孩子？都叫什么名字？""三个大的都是姑娘，天好、天星、天月，最小的叫虎子，是我的独子。"左云浦听罢大吃一惊，心里想，事情怎么就这样巧呢？虎子竟然是他的孩子！他不动声色地应承道："哦，好说，我一定帮你找，找到你的儿子，一定亲自送到你手里。"他又装作真心地问,"哎,你住在哪儿啊? 到时候怎么和你联系?"宋承祖摇摇头:"落魄之人,居无定所,到时候我会来找你的。"

正在这时,裴春海走进屋里道:"掌柜的,日本人撤了,咱们走吧。"宋承祖对左云浦拱手:"那就不打扰了,后会有期。"

看宋承祖走了,左妻惊恐地问:"云浦,虎子的爹找来了,你怎么不把孩子还给人家?""你知道什么? 他要是知道我把孩子送到溥仪那儿了,还不宰了我?"

宋承祖和裴春海出了左云浦家的大门,上街没走多远,迎面正巧走来一个穿警官制服带护兵的人,此人就是左云浦的学生、伪警察署副署长金子顺。宋承祖和裴春海不敢和金子顺对脸,只是无意似的往另一方向偏了一下头,算是和金子顺擦肩而过。金子顺成了日本人的狗,那鼻子尖得和狗差不多。他职业性地回头看了看,好像也没发现刚才过去的俩人有什么不妥之处,这才带着护兵推开左家的大门,走进院子,一直闯进客厅。

金子顺大咧咧地坐下,对左云浦摆谱儿:"云浦,有日子没来看你了,近来可好啊?"左云浦冷冷地问:"子顺,你刚才是怎么称呼我的?""我称你云浦啊,不对吗?"左云浦一脸冰霜:"我敢说不对吗? 不过我记得以前你拜我为师学书法,称我左老师。自从靠上了日本人,你出息了,这称呼就变了,先是左老,后来变成老左,今天变成云浦了,你干脆叫我小左得了。"金子顺怪笑:"你看看,挑理了不是? 这样不是显得亲热吗?"

左云浦问:"行,随你怎么亲热吧,警察署副署长大人,找我有何贵干啊?"金子顺道:"这不是嘛,宪兵队的日本上司酒井大佐酷爱书法,听说你是书法大家,托我求你的墨宝来了,赏个面子吧。""巴结日本人? 我犯得上吗? 没那闲工夫!"左云浦不屑于此。金子顺阴阳怪气地说:"云浦,你这就不对了,日本人是瞧得起你,再说,你得罪得起人家吗? 惹得日本人火起,挑你一个错儿,把你抓到宪兵队,压杠子,灌辣椒水,你哭都来不及了。"左云浦连连回应着:"好好好,我得罪不起,谁叫现在刀把子攥在人家手里呢。"

金子顺干笑了两声:"这就对了。哎,刚才我看见一个人从你家出来,谁呀?"左云浦一时走嘴:"哦,那个人? 说起来赫赫有名,起先的东北军营长,宋承祖。"金子顺一听,两眼直放贼光,像猫闻到了鱼腥:"啊? 宋承祖? 你怎么不早说? 我说有些面熟呢,咳! 立功的好机会当面错过了! 哎,你和他有交往?"

左云浦这才想起来金子顺现在是日本人的看家狗了,刚才怎么能无意中把宋营长给说了出去! 立马又自我安慰着,我这可不是出卖咱中国军人啊! 在金子顺的追问下,他只好说:"没有,刚才街面上戒严,他是偶然跑到我家躲避风头的。"

金子顺又问:"他住哪儿? 你知道不?"左云浦如实回答:"我也不知道他落脚何处。""你怎么不问问?"左云浦实打实地说:"我就是问了,人家能告诉我吗? 再说,我和宋承祖既无冤又无仇,凭什么把他交给日本人?""啊? 你不知道吗? 他是日本人通缉的要犯!"左云浦一个劲儿地摇头:"我成天大门不出,二门不迈,不知道。"金子顺又装出一副笑脸道:"以后你要是再碰见他,一定要告诉我,抓到他,日本人大大的有赏呢。"

左云浦一脸的鄙夷:"这样做有点不仗义吧?""迂腐!都什么年代了?还讲仗义。"左云浦斜视着金子顺:"我不管什么年代,忠孝节义还是要讲的,圣人的教诲不能不听。"

金子顺摆摆手:"看来咱俩谈不到一块去,好了,我走了,托你的事一定要办。""那我就不送了。"左云浦看着金子顺远去的背影,"什么玩意儿!"

不料金子顺又回来了,他对左云浦道:"我想起来了,听说你有件苏东坡的墨宝?拿出来看看啊。"左云浦忙摇头否认:"谁说的?我没那东西。""得了吧,我都打听清楚了,溥仪请你出手的,听说你自己留下了。酒井大佐一直惦记着那件东西,你要是把这件东西献出来,他准能赏你个一官半职的。"

左云浦装着糊涂:"真的啊?你怎么不早说?可惜呀,东西是皇上的,早出手了。"金子顺一撇嘴:"那我就信了?"左云浦不管不顾了:"信不信由你。"

街上贴了通缉告示,宋承祖暂时不敢白天到处走动。下午,他让裘春海到原先住的家附近打听一下,看能不能得到一点孩子们的信儿。裘春海来到宋承祖原先的家外,见房子塌了。他没注意到,远处,正有一个细作瞄着他。

裘春海向房东打听四个孩子的下落,房东说:"你到罗士圈子打听打听吧,可能在那儿落脚了。"

裘春海前脚走了,细作从暗处走来,拦住房东问:"刚才那个人是干什么的?"房东把刚才的事又重说一遍。细作说:"我是他们的远房亲戚,我也要找那几个孩子,他们哪儿去了?"房东又是那句话:"你到罗士圈子找找看吧。"

那细作回到伪警察署,把他打探到的消息详详细细向金子顺讲述一遍。金子顺兴奋地一拍大腿说:"太好了!现在宋承祖就在沈阳,他肯定会找孩子的,你去罗士圈子盯紧了,找到孩子就会找到宋承祖。"

3 天好这闺女人勤嘴甜,干活又麻利,有眼色,她在惠宾楼饭店干得挺好,老板也满意,就这么一直干了下来。她是个有心人,知道饭店这种地方各色人等都有,食客们吃喝中又爱说话,所以在这里最能得到各种各样的消息。她平常十分留心食客们的话,想从中听到有关爹和虎子的消息,哪怕是一点点也好啊!

这天,天好给食客们上好了菜,在一旁等着食客呼唤,不停地侍候着食客们,一双耳朵可是注意听着。

食客们看着报纸议论纷纷——

一位食客气愤地拍着报纸:"'满洲国'到底出笼了,溥仪也出面了,还当什么

'执政'？瞎胡闹！"另一位食客道："他这是第三次上台吧？"看报纸的食客说："可不是嘛，第一次是光绪死后，才三岁，第二次是张勋复辟，这回是被日本人扶上台了。"另有一位食客说："溥仪这个卖国贼，日本人扔了块骨头给他，啃起来还有滋有味的，中国人的脸叫他丢尽了！"

众人纷纷议论："真他妈的窝囊，东北军可以说是兵精粮足，怎么没和日本人干一仗就悄悄地撤到关内了？我看了，少帅也是个怕死鬼，比起大帅来差老了！""怨不得少帅，没听说？蒋介石手下有秦桧，鼓动他三道金牌把少帅召回京，少帅也是迫不得已呀。""就有不听金牌宣的，没听说东北军有个营长，叫什么来着？对，宋承祖，带领弟兄们投奔吉林的冯占海了，扯起了义勇军的大旗，和小日本好一番血战，杀了日本人无数。""你说宋承祖呀？被日本人打散了，日本人到处贴告示，要抓捕他呢。""要是都像宋营长那样，东北何至于沦陷？"

天好听了食客们的议论，心里真像是十五个吊桶打水，七上八下的，乱得不行。无风不起浪，食客们说的有关爹的那些消息，不像是瞎编乱造的，说不定爹真的来沈阳了。天好相信，队伍真要散了，爹一定会来找她们，还有春海哥，他也一定会来找我！天好决定出去找找看。

天好立即来到账房，对老板说："掌柜的，我想请个假，到故宫看看。""天好，不是我不准你的假，那种热闹看不看的没意思。"天好解释着："掌柜的，我也是这么想的，可是，那儿看热闹的人多，说不定会碰到我弟弟。""你的想法也有道理，那你明天上午就去看看吧。"掌柜的准了假。

当天晚上，天好回到租的窝棚中，把她听到有关爹的消息告诉了天星和天月，并对她们说已经请好假，明天上午带她们到故宫去看看，因为故宫人多，什么样的人都有。妹妹们听了又高兴又兴奋，既能找人又能看热闹，多好哇！虎子爱热闹，说不定真能碰上他！

第二天早饭后，三姐妹来到故宫，东挤西窜地在人群中看着、找着。三个人六只眼睛忙得不行。故宫内外很热闹，耍各种玩意儿的，做买卖的，变戏法的，卖大力丸的，干什么的都有，天月高兴得又蹦又跳。故宫的红墙下，前清的遗老遗少们大耍龙灯。善扑营一群人在摔跤。一个白发老者打开场子，泪流满面地抱拳言道："诸位，在下当年是光绪帝的带刀护卫，皇室蒙难，在下蛰伏了二十年，整整二十年啊，没想到，总算盼到皇上又登大宝了。今天没有别的意思，老朽给大伙展示一下宫里的绝活，摔跤给大伙看看。哪位肯赏脸进场子切磋切磋？"

三姐妹在人群中寻觅着，可是并没有发现什么。

4 执政府已经迁至新修缮的榷运局。大管家领着穿戴一新的虎子走进侍应房。大管家给虎子交代着："虎子，你的活儿呢，就是个小答应，来了求见皇上的人，你负责开门关门，说一声大人请。接过他们手里的公文包啊，帽子啊，文明棍啊,放好了;人家走的时候,把东西还给人家,说声大人走好。"虎子点点头:"哎,明白了。"他有点好奇地问,"现在皇上在宫里吗?"大管家说:"皇上领着皇后和她的两个妹妹逛公园去了。"

虎子心想,这个皇上,还怪喜欢玩的嘛,可自己是个小答应,还得干活侍候人呢。于是他就按照大管家交代的那样,跑到大门口垂手站立。

几辆小轿车在大门外停下了。日本宪兵和军警簇拥着溥仪和婉容姊妹走进执政府大门。虎子惊奇地看着他们,跟着进了大门。虎子看着溥仪的女人和她妹妹去了她们的房间,看见溥仪进了自己的办公室。虎子听到里面溥仪大声说话,就趴在门缝上向里边窥探。

原来是溥仪正大发脾气:"我去逛逛公园还不行吗?你们为什么要把我接回来?我还有没有自由了?"上角利一面无表情:"阁下息怒,我们完全是为了阁下的安全和尊严考虑。你不经同意,私自出游是很危险的,也不合乎你的身份,你是'满洲国'的'执政',重任在身,不要一意孤行。"听了这些不紧不慢的话,溥仪才算消了点气。

上角利一好像在下命令:"作为顾问官,我有责任告诉你,今后未经关东军的同意,请你不要走出大门。"溥仪又不高兴地冷着脸:"这么说,我以后所有的行动都要听从关东军的了?"上角利一如同哄小孩:"也可以这么说。不过阁下不要想得太多,军部没有别的意思,完全是从安全考虑。""你要这么说我还可以接受。"溥仪松了一口气,点了点头说。上角利一脸上阴转晴:"这就对了。阁下如果没别的事,我就走了,忙你的政务吧。"

虎子一看日本人要出来,赶忙溜回到大门口。他想,当这个皇上还真不痛快,总是有人管着。虎子刚站到大门口,郑孝胥和郑垂过来了,他赶紧伺候这二人走进执政府大门。虎子没事可干了,又溜达进走廊,窥探溥仪的办公室。

虎子从门缝往里看,只见溥仪正指着郑孝胥爷儿俩发脾气:"一群废物!你们都干了些什么?啊?口口声声说要我来东北做皇帝,龙袍在哪儿?我都成了他们养活的百灵鸟了!"郑孝胥躬身赔着笑脸:"皇上不要性急,咱们和日本人不是有协议吗?您做'执政'就是一年的事,做皇帝要有个过程,日本人说话算数,到时候您会穿上龙袍的。"溥仪眼镜片一闪一闪地道:"我可告诉你,这个'执政'我就干一年,要是不让我当皇帝,到时候我就走人。"

郑孝胥硬挤出笑脸:"那都好说。有件事情想跟皇上汇报。""说吧。"虎子看到溥仪脸有点放晴了。"关东军有个提议,决定要在'满洲国'成立一个政党,名字就定为协和党。""嗯?什么意思?这个党是干什么的?"溥仪脖子一扭,不大高兴地问。

"这个党的任务就是组织民众协力建国,培育民众尊重礼教、乐听天命的精神。"郑垂连忙解释着。溥仪忙打断,一个劲儿地摇手:"要什么党?要党有什么好处？辛亥革命不是乱党闹的吗？孔夫子曰：君子矜而不争，群而不党，难道你们全忘了吗？"郑孝胥耷拉着脸说："皇上的话很对，可这是关东军军部的决定！"

溥仪沉了脸子："你口口声声军部的决定，我早已经厌烦至极，你对日本人说去，我不愿意听了！"郑孝胥好像还要说点什么，可皇上真的不耐烦了，连连挥手，像驱赶一只苍蝇："你不去和日本人说，那好，你把他们叫来，我对他们说！"郑孝胥实在无奈："那好吧。"说完，和儿子郑垂就要出门。

虎子一看有人出来了，急忙闪身跑到走廊里，看着郑家父子垂头丧气地出门走掉。不一会儿，溥仪从屋里信步走出来。

虎子躲闪在一边毕恭毕敬地说："皇上吉祥。"溥仪认出了虎子："嗯？你好面熟。""皇上忘了吗？咱们还玩过玻璃球呢。"虎子看着溥仪笑。溥仪高兴了："哦，想起来了。你怎么到这里来了？"虎子连忙回答："我爹把我送进来的。"溥仪点头道："对了，你爹是左云浦。"

"嗯。我爹说，让我在你眼前多念叨他几句。"溥仪笑了笑："你爹真是用心良苦啊！""我爹想让你赏件黄马褂。""你爹呀……"溥仪想说什么，可又没说出来，竟扯了别的事儿，"哎，你带玻璃球了吗？咱们再玩一会儿？"虎子十分认真地摇摇头："不敢了。上回因为和你玩玻璃球，被我爹好一顿臭骂，把我的玻璃球都扔茅房了。"溥仪说："咳，你爹呀，太没意思了。"

这一阵子，虎子在执政府上下跑跑颠颠的，见了不少事，有些事他不明白，有些事他也能品出点滋味来。比如有一次，虎子看到溥仪会见日本政要、关东军司令官——白头发的武藤大将。溥仪说："阁下，能不能给我一个明确的答复，贵国什么时候才能恢复我的皇帝尊号呢？"武藤说出这番话："阁下不要着急，我已经对天皇陛下申明了你的要求，我本人也支持你的诉求。这次回国述职，对阁下的意见，我会再次报告天皇陛下，我相信日本政府会认真地加以研究。"

溥仪又说了："阁下多次说过要研究，但每次都是石沉大海，我为这件事寝食难安，还望阁下理解我的苦衷。"武藤是这么讲的："我理解，完全理解。啊，想当年，阁下的先祖努尔哈赤，披肝沥胆创建了大清帝国，威震夷蛮，我是很钦佩的，恢复祖业是应该的。"溥仪有点高兴："阁下能理解我的心情就好。"武藤讲得更热乎了："我对阁下的诸位先祖都有研究，尤其佩服康熙皇帝，了不起呀，大清国在他的手里走向了辉煌，这是爱新觉罗氏的骄傲啊。"溥仪叹口气道："那是的。可我愧对祖先啊，大清帝国在我手里断送，我一定要殚精竭虑，为恢复祖业不惜一切。"

比如有一次，虎子看见溥仪率领文武大臣和日本政要在大厅里签署文件，互换文本，握手祝贺。虎子不知他们搞些什么。

再比如还有一次，溥仪在看日本电影，虎子也偷偷地观看，他看到上角利一坐在溥仪身后说："阁下，今天满洲铁路的一个呈文，你为什么不签字呢？"溥仪装作没听见，继续看着电影。上角利一又说那个呈文是军部同意的，必须签字。溥仪还是装作没听见。上角利一又催："阁下，我问你话呢！"皇上装聋道："哦？你说什么？军部怎么了？同意什么了？"上角利一断喝道："阁下，你的耳朵聋了吗？太不知自尊了，不像话！"溥仪吓得一哆嗦："对不起，我看得太投入了，你是说那个呈文啊？我交给总理办了，那样的事不必我签字。"

虎子是个勤快的孩子，他除了当小答应之外，有时还爱往御膳房跑，而且还跟在御厨腚前腚后帮点忙，那御厨自然也喜欢虎子，少不了给虎子好吃的。这一天虎子又到御膳房给御厨侯云德帮忙了。

虎子站在旁边讨好地说："侯大爷，这些日子皇上的客人多，把你忙坏了。"侯云德一边切肉一边说道："我忙？皇上更忙啊！你说，这些天，来的客人，哪还能数得过来呀？日本人他妈的就是嘴馋，找个由头就来面见皇上，还非得找饭口来，也不知谈了些什么屁事，我看就是来蹭饭吃的。"

虎子说："我早就看出来了，他们心眼子太多了，吃着别人的，省了自己的，太会算计了。"侯云德埋怨着："你就说吧，这些日子，皇上的花费大了，熊掌就消耗了八副，鲍鱼进了好几百斤，山珍海味不计其数，这得花多少钱啊！心疼人。"说着，侯云德指着案桌道，"小力巴儿，这些剩的熊掌和鲍鱼你吃了吧！你一辈子也吃不上这些好东西。"虎子大口大口地吃着："真好吃。"

第3章

裘春海在黄昏时分来到罗士圈子的贫民大院,在女房东的指引下,终于来到了天好姐妹们住的窝棚。三姐妹正在窝棚里吃饭,裘春海一身土老百姓打扮走进屋子。

天好看见裘春海,简直觉得他像是从地下钻出来的,她放下手中的碗,立马站起来惊呼道:"春海哥!"裘春海激动地说:"老天保佑,可找到你们了!"天星着急地问:"春海哥,我爹呢?"裘春海压低了声音:"营长就在沈阳呢。"天月不由得哭起来:"我爹怎么不来找我们? 他不要我们了?"裘春海忙着解释:"别急嘛,听我说。事变那天,我和营长回军营去了,和日本人一场血战,后来营长派人找过你们,没找到。"

天星给春海搬过凳子问:"你们这一阵子怎么打的仗啊?"裘春海坐下来把大致的经过讲了一遍,他问:"嗯? 虎子呢?"一提虎子,天星哭了:"虎子那天和我们跑散了,我们一直在找他,至今也没找到。"说着,眼泪"吧嗒、吧嗒"直往下掉。"哭什么? 慢慢找,会找到的。"裘春海这也是宽心话,顺嘴说的。

天好这才想起来:"没吃饭吧? 今天正好从惠宾楼带回来一些老客剩的饭菜,一块吃点。"说着,忙给裘春海盛饭。裘春海边吃边问道:"大半年了,你们是怎么熬过来的? 真不容易!""你们更不容易,没受伤吧?"天好看着春海,似在探察。"我没什么,倒是营长受了点伤,放心,也无大碍。"裘春海说着放下了碗筷。天月给天星使了个眼色,她很细心,想让那俩人说说贴心话。"姐,我和三妹出去看看。"天星知趣地说着,和天月走出小窝棚。

屋里只剩两人,裘春海这才深情地看着天好道:"天好,我给你带了件东西,喜欢不?"说着拿出狐狸围脖。天好接过围脖高兴地看着:"这么金贵的东西,哪儿来的?""从日本人手里缴获的,我一直带在身边,想送给你。"天好摩挲着狐狸围脖,贴在脸上,忽然惊呼:"怎么,这上边还有血!"裘春海一笑:"别害怕,那是我的血,不脏。为了这件东西,我差点把命搭进去。"

天好软软地说:"春海哥,人家一直挂念着你,你怎么不顾死活呢?今后可不敢这样了!"她的心似乎化成了一摊水,不由自主地靠上了裘春海的肩头。裘春海慨叹道:"为了自己的女人,就是死了,也值!"听了春海的话,天好感动极了,心想有这样的男人,也算有了依靠。两人都不再说话,只是互相紧紧抓着对方的手,以此进行着感情的交流。过了好一阵子,天好才说:"天大黑了,你带着我们姐妹去见爹吧。"

裘春海摇摇头:"都去?那不行,人多了目标太大。我先带你和你爹见面吧,你爹和我的意思,沈阳是站不住脚了,想带你们回山东老家。我们俩手头都有点积蓄,回老家置上几亩好地,过安稳的小日子。"天好高兴地说:"那好,那好,咱们快去吧。"她出来和天星、天月安排了几句,就和春海一同走出贫民大院。

裘春海带天好来到大车店,他出去警戒。天好上来一把抓住爹的手哭着说:"爹,我可找到你了!"宋承祖也十分难过:"哎,让你们受苦了。别哭了,你们姐弟都挺好的?"说着,不禁眼圈红了。

天好颤声哭诉:"爹,我把虎子丢了!"宋承祖听到这消息,如晴天炸雷,他大吃一惊道:"虎子丢了?怎么丢的?快说!"天好痛心疾首地把事变那天的事讲述一遍,她哭着怨自己没看好弟弟。

宋承祖听罢天好声泪俱下的诉说,心几乎要碎了。虎子可是他宋家的命根子!事已至此,也怨不上哪个,他只好安慰天好:"好了,别哭了,兵荒马乱的,不怨你。唉,本来想立马带你们姐弟回山东,看来……"话还没说完,裘春海慌张地跑进屋里:"掌柜的,警察把咱们包围了!"

宋承祖拔出枪:"都别慌!天好呆在这儿别动,他们不会把你怎么样。"到底是军人,久经沙场,临危不惧。"掌柜的,咱们跳窗跑吧!"裘春海压低声音,慌乱地说。宋承祖眼睛机警地转着:"不行,他们是有备而来。""怎么办?"裘春海很着急。宋承祖一脚踹开窗户,却拉着裘春海藏到门后,摆了一个迷魂阵。金子顺带领伪警察闯进屋里,一看窗户打开,窗扇子还在微微动着,以为有人刚从这窗户上逃跑,也带着伪警察们跳窗追去,宋承祖和裘春海趁机从门里跑出去了。

不一会儿,金子顺率领伪警察又返回来。金子顺懊恼地骂着:"他妈的,煮熟的鸭子飞了。"细作指着天好:"局长,她就是宋承祖的大闺女,抓不到他,把他闺女抓走!"金子顺一挥手:"一边呆着去!"转脸对天好说,"闺女,你爹呢?""跳窗跑了。你们为啥要抓我爹?"金子顺斜着眼说:"为什么?你爹是反满抗日分子,你不知道吗?"天好毫不怯场地反问:"我哪知道!"金子顺鬼笑道:"真不知道?那就算了,撤!"出了大车店,他对细作说,"你长不长脑子?有他闺女在,宋承祖能不来找孩子?早晚的事!"

天黑得很,路灯半死不活地亮着,金子顺领着一伙伪警察在大街上走着,一个个如鬼影子晃动。街上除了他们,几乎见不到别的什么人。这时候,又一个细作跑来,对金子顺说:"长官,有个新的情报对你说。"金子顺道:"说!"细作道:"宋承祖有个儿子,我知道在谁手里,他肯定会去找那个人。"金子顺问:"那个人是谁?"细作答:"不是别人,就是你的老师,左云浦。"金子顺叫道:"啊? 是他? 走,找这个老东西去!"

宋承祖和裘春海从大车店逃出来,钻到一座大桥下,躲在黑影里喘息着。宋承祖压低声音:"看来你被人盯梢了,要不,他们怎么知道咱们的住处?"裘春海一边喘气一边说:"我也不是他们通缉的人,怎么会被盯梢呢?"

宋承祖背靠着桥墩墙说:"肯定是左云浦告了密! 那天咱们前脚从他家出来,警察署的人后脚就进了他的家门。""对,肯定是他! 这个老不死的,找机会结果了他!"裘春海说罢,又出主意道,"掌柜的,我想回大车店看看,不能让天好落到他们手里。"宋承祖拦住:"别胡来! 他们不会把天好怎么样,咱们还是先找个地方立住脚吧。"

裘春海忽然想起一件事:"对了,那天咱们到左云浦家躲藏,我出门警戒,在他家对过的杂货铺听说,事变的第二天,有个孩子被左云浦领家去了,会不会是虎子?"宋承祖十分奇怪:"他把虎子领回家干什么?"裘春海道:"我还听说左云浦一直没子女,虎子会不会被他收养了?"宋承祖寻思了一会儿点点头:"也有可能。这样吧,今晚咱们就去他家看个究竟。"

灯下,左云浦打开苏东坡的墨宝《答客帖》,对妻子说:"唉,看来日本人盯上这件东西了,说不定它就是惹祸的根苗。""我看还是把它出手吧。"左妻说着,也伸头过来看字帖。

左云浦双手捧着帖:"你懂什么? 这件东西是我从皇上那儿淘换来的,花了我不少银子。有道是,乱世藏金,盛世藏宝。现在兵荒马乱的,别说书画卖不出价,就是卖出价也不能卖,这是国宝啊。咱们要把这件东西当成左家的传世之宝,好好收藏起来。"

两口子说话之间,忽然有人敲院门。左妻赶忙收拾字卷,等收拾妥藏利落了,左云浦才去开门。他一看是金子顺这个丧门星黑夜前来,岂不是应了"半夜鬼敲门"那句老话? 但是,瘟神来了,不接也不行,左云浦只得把金子顺让到厅堂:"子顺,这么晚了,来我这里又有何见教啊?"

金子顺一脸晦气地说:"他妈的,刚才去抓宋承祖,让他从眼皮底下跑了,真窝囊。他最近来没来找你?""我和他不沾亲不带故的,他来我家干什么?"左云浦反问道。

金子顺冷笑一声："不沾亲不带故？不对吧？我听说他的儿子被你收养了？"左云浦慌了，说话有点语无伦次："你听谁说的？完全是胡说八道！"

金子顺反倒卖乖："你别忘了我是干什么的！不管怎么说，你是我的老师，我得照应着你点。宋承祖是日本人的要犯，你收留他的儿子是犯杀头罪的！"左云浦知道事情赖不过去了，只好硬着头皮说："不错，我是收养了这个孩子，不过，起先我不知道他是宋承祖的孩子，后来才知道的。谁想到这孩子死活不跟着我，后来没看住，自己跑了。"

金子顺一脸坏笑："算了吧，你撒谎骗人是第一流的！上回你说苏东坡的帖子你出手了，我跟酒井大佐说了，人家说你撒谎，东西还在你手里。别说日本人不信你的话，我更是不信。"左云浦再无法解释，只好一口咬定，死硬到底："事实如此，你们不相信，我也无可奈何。"金子顺知道这会儿是要不出什么来的，就说："算了，我也不和你掰扯，可我告诉你，酒井酷爱中国字画，他看好了的东西，你藏是藏不住的，早点交出来吧，别惹火烧身。"

左云浦看着金子顺走了，对着他远去的背影吐了一口唾沫，嘴里小声咕囔道："呸！算我瞎了眼，收了你这么个畜生做学生！"

宋承祖和裘春海从大桥下摸出来，直奔左云浦家而去，专门追问虎子的消息。快到左云浦家门口，宋承祖突然改变了主意，他让裘春海回去照看天好她们，自己一个人去左云浦家。

事情也真巧了。那金子顺带着护兵刚走出左家大门，忽然发现前边有人影在走动。夜深了，月黑头加阴天，一般人不会出来走动。金子顺断定那个黑影一定是宋承祖，于是就悄悄在左家附近设下埋伏，单等着宋承祖上门自投罗网。这回还真让金子顺猜对了，那黑影就是宋承祖。

夜深人静，只有墙根的小蛐蛐还在不知疲倦、无忧无虑地低吟着，整条街简直就是一条死街。宋承祖翻墙进了左家院子，又用匕首轻轻拨开门插板。宋承祖悄无声息地进了屋，这时候，左云浦和他老婆都睡着了。宋承祖来到床前一把捅醒左云浦，同时用匕首顶住他的脖子。左云浦吓得浑身抖如筛糠，左妻吓得尖叫一声。

宋承祖低声道："别喊，要不然我宰了你们！"左云浦听声音知道是宋承祖，在被窝里哆嗦着说："宋，宋营长，你这是干什么？有话好好说。"宋承祖问："警察署去抓我，是不是你告的密？""冤枉啊，都是中国人，我为什么要告你的密呢？"宋承祖又问："金子顺为什么三番两次来找你？"左云浦急忙解释："他以前是我的学生，不争气的东西，投靠了日本人。他说日本人看好我手里的字帖，替日本人讹我的东西呢，我没答应。"

宋承祖这才问最要紧的事："好，就算是这么回事。我的儿子是不是被你领来家了？"左云浦一口抵赖："没有的事，你的儿子怎么会到我家里来呢？"宋承祖动了动顶着左云浦脖子的匕首道:"看来你是不想说实话了,我就这么个独苗,你要不把他交出来,我今天就结果了你!"

左云浦害怕了:"别别别,我说,是我收养了他,他和你失散了,我收养了他还有罪吗?"宋承祖急急地问:"他在哪里?"左云浦只得老实承认:"咳,我把他送到溥仪那儿去了。"

宋承祖终于打听到了虎子的下落,是真是假只能下一步再说,眼下得赶快从左家脱身。他从屋里出来,为了不致有大的动静,他仍然敏捷地越墙而过,然后紧贴着墙边快步前行。忽然他发现不远处有一个黑影紧跟着他,他知道事情不妙,拔出枪来,撒腿就跑。街上警笛大作,一群伪警察围追堵截。宋承祖且战且跑,二十响的盒子枪发挥着巷战的威力。眼看着伪警察越来越多,宋承祖子弹打光,终于被金子顺抓住。

裘春海来到罗士圈子天好姐妹们的住处,好久也没见宋承祖回来,天星就对裘春海发脾气,说他只想着自己的媳妇,太私心。天好也不放心爹,催他赶快看看爹的情况,裘春海只好再去左云浦家。他刚走到那条街,就看到金子顺率领伪警察正押着宋承祖走过来,裘春海悄悄地跑了。他摸着黑一溜小跑来到罗士圈子天好姐妹家,气喘吁吁地向姐仨讲述了他所见到的情况。天月首先放声大哭,接着天好、天星也哭了,姐妹们哪经过这种事,好像天塌了一样,真不知该咋办才好。裘春海忙劝解着:"都别哭了,哭也没用,想办法救出你爹要紧。"

裘春海背着手,在屋里踱着步子,竭力在想办法,过了一会儿,他停住步子说:"这事不能急,一急就出乱子,现在得想办法,给你爹送进一样能让他破开浑身绳索的东西!就是一段锋利的锯条!他有了这个东西,我就敢里应外合了!"天好似乎也有了主意:"好,让我想想,你也快走吧,这地方你不能呆长了。"

裘春海走出去,三姐妹呆坐着发愣。天好让俩妹妹去睡觉,她自己却走出窝棚。这时候,夜已很深,她一个人在院里慢慢地转着,想着……忽然她想起什么,转身进了屋子。

天好烙一张大饼,反复地在锅里摔着,砰砰作响。天星和天月醒了,望着天好。"姐,深更半夜的你烙什么饼啊?"天星有点烦躁地问。天好不作声,继续摔饼。天星和天月从炕上爬起来走到她跟前,默默地看着。天好一边摔着饼,一边说:"这张饼就能救咱爹!"天星和天月面面相觑,不明白天好葫芦里卖的什么药。天好把烙好的大饼起了锅,然后把大饼放到桌子上。她从兜里掏出一段锋利的锯条,从大饼的侧面把锯条塞进去。天月和天星轻轻地惊叹,她们终于明白了姐姐的主意。

天好眼望着俩妹妹一脸的悲壮:"这个法子虽然好,但咱们也要随机应变。这件事不是闹着玩的,要是让人识破了,救不了咱爹,咱们三个人也得跟着爹一块坐牢,你们怕不怕?""怕他个鸟!"天星总是快人快语。"大姐,说句实话,我怕……"天月是有点胆小怕事。天好紧抓天月的手:"老三,我不怨您,爹也不会怨你,你不要去了,就在家里!"天月趴在桌上哭了:"我是怕,可我一定要去,咱的命都是爹娘给的,大不了把命还给咱爹咱娘,我去……"天好心痛地把天月搂在怀里,热泪禁不住就掉下来,砸在天月的脸上。

2 姐妹仨度日如年,终于等到了接见日。这天,她们仨来到阴森恐怖的监狱,进了监狱,三个人跟着老狱警在走廊里慢慢地走着。天月紧张得把装着饼的包袱掉在地上,天好赶紧捡起包袱。狱警转过身,盯着地上的包袱,似有所思。在会见室里,老狱警抽着烟袋锅,默默地看着那个包袱。仨女儿见了爹,一个个哭天抹泪的。

宋承祖颇有气概地说:"不要哭哭啼啼的,这哪像我的女儿!""爹,我们不哭。"天星说着嗓子里发出哽咽声。"爹,你可得好好保重自己呀。"天月的声音更是充满哭腔。宋承祖深情地望着三个女儿:"我,你们就放心吧,交给你们一件任务。""爹,你说吧,我们一定完成。"天好全是一副大姐姐的派头。

宋承祖加重语气说:"记住了,你们一定要把他找到,他在哪里你们问问他就知道了。"说着指自己的左臂,"找到他赶紧离开沈阳,回山东,东北不是你们久留之地。"

心直口快的天星倒糊涂了:"问他? 他是谁?"聪明细心的天月踢了她一脚。天星这才明白了:"爹,你放心,他是因为我丢的,就是死我也要找回他来。"

"天好,回了山东你就和他赶紧把婚事办了吧!"宋承祖也有英雄气短、儿女情长的时候。天好摇着头,语意坚决:"不,我们等着爹出来再说。"宋承祖叹口气:"看来我是出不了这个监狱了,家里需要个男人。"

天好拿出包袱里的大饼递给爹:"爹,家里也没什么好吃的,给你烙了张大饼,你好好吃,你牙口不好,别硌了牙。"说着递着眼色。宋承祖一愣,旋即明白了:"你们这些孩子,面粉这么金贵,我一个要死的人了,吃了也白费。好吧,你们的心意我领了。"说着就伸手接大饼。

老狱警忽地站起来:"慢着!"他拿过大饼说,"得检查检查。我在这监狱里呆了四十年,什么事都见过,当年就是有人在饼里藏了脚镣手铐的钥匙,把犯人放跑了。"天好十分坦然:"那你就检查吧!"老狱警一点一点地掰着大饼,宋承祖、天星、天月都紧张地望着大饼,老狱警又一点一点把大饼搓成粉末,可是饼里什么也没有! 几个人都如释重负地长出了口气。好险啊! 天星和天月呆呆地望着天好,奇怪大饼里的锯条哪里去了? 老狱警两手兜起包袱,把已成粉末的饼放到宋承祖面前。宋承祖把饼的粉末一抖,粉末扑到老狱警的脸上。

姐妹三人出了监狱,在街道上慢慢地走着,刚才紧张的心情放松了不少。天星和天月在天好左右追问着:"姐,你会变戏法啊? 锯条呢?"天好笑了笑:"我是在饼里藏了锯条,不过临出门的时候我又给抽出来了。我得试探一下,还得考考你俩的胆量,你俩要是吓得让人看出来,下回我就不带你俩去,懂吗?"

"大姐真行,我算服了你!"天月拉着大姐的手摇呀摇地说。天星问:"那下回咱还送不送饼?"天好说:"送! 这叫兵不厌诈。""大姐,看来咱爹知道虎子的下落,可他说的是谁呢? 他指着自己胳膊是什么意思呢?"天星想起爹刚才的话,仍不大明白他的意思,就向天好讨教。天月白了天星一眼:"你长的木头脑子啊? 咱爹指的是哪只胳膊?""左胳膊呀。"天星仍不明白,她不是个细心的人。天月点拨着:"你想想,知道的人有没有个和左有关系的?""你是说左云浦?"天星终于有点明白了。天好说:"没错,他肯定知道虎子的下落。"

三姐妹回到罗士圈子的窝棚中,裘春海跟脚也到了。仨女孩子七嘴八舌地把到监狱中的经过告诉了裘春海,数天月说得详细生动。裘春海警惕地望着门外:"你们还得抓紧把东西送进去。我现在找了老东北军六个老枪手,都能百步穿杨,但是你爹在我们枪响之后,必须自己斩断绳索,要一切都来不及。好了,我走了,再联系!"说着他闪身出了门,匆匆地走了。

没过几天,三姐妹又到监狱来看爹了。天好拎着和上次一样的包袱,姐仨跟着老狱警进会见室。这一次天好有了经验,她没等那老狱警开口,就主动把小包袱交给老狱警检查。老狱警打开天好的包袱说:"嘿,今天送了两张饼,还是肉丁馅的。宋营长,你这仨闺女可没白养,孝顺,不过,我还得检查检查,这也是例行公事啊!"

天好笑了笑,十分爽快地说:"那是啊,请看仔细点,不过,别弄得俺爹没法吃。"老狱警用手枪管指着饼问天好:"这两张饼你爹也吃不了啊。"天好大大方方地说:"对,这两张饼有一张我特意给你吃,好照顾照顾我爹。"老狱警望着天好:"那就谢谢了,哪一张给你爹?"天好毫无表情:"都是一样的饼,一样的馅,你随便。"老狱警点点头,用枪管一点一点挑开饼馅检查。

宋承祖望着天好,天好笑了笑。老狱警检查完饼,把破肚露馅的饼送到宋承祖面前。宋承祖接了过来。老狱警又拿起另一张饼,仔细地看着,并用手仔细地捏了捏:"这张不检查也罢,检查完了怎么吃啊? 谢谢啊。"

老狱警吃起肉饼来。他吃了几口,突然眼直了,他慢慢地抬起枪,对着天好。宋承祖大惊:"你想干什么?""爹,没事。"天好不慌不忙地说。老狱警突然狞笑起来,他从嘴里慢慢往外掏东西,竟然掏出了一块小石头。老狱警把小石头放在手心里,注意看着,用心琢磨着。宋承祖趁老狱警瞅石头的工夫,悄悄地用手指冲天好做了个圆圈状,他这个动作三个女儿都注意到了。过了一会儿,老狱警说:"你们这几个闺女干的什么活? 烙肉饼能把石子儿烙进去?"

三姐妹出了监狱,快步往家走,姐仨都不说话,到了家中,早已憋不住的天星才问:"姐,你往肉丁馅里塞块石子干什么?"天好笑道:"我就是想试探试探他们的警惕性。还是咱爹说的那句老古语,兵不厌诈,他们总有大意的时候。"

紧接着,三姐妹讨论起爹给她们做的手势,三个人都做着这个手势,琢磨着。

"对了,是不是要一枚大铜钱啊?"天月恍然大悟地拍手道。"胡闹,咱爹要大铜钱干什么?"天星又是不明白。天好也十分不解:"监狱里也不能让送大铜钱啊。"天月说得头头是道:"咱爹肯定是要一枚大铜钱,他自有他的用处,咱爹身经百战,出生入死,什么事都见过,他要一枚铜钱,肯定有大用处,听爹的吧!""老三说得有道理,可这枚大铜钱怎么送给咱爹呢?"天好又开始动脑筋想点子了。

日本宪兵队的酒井大佐一身戎装,大摇大摆地走进伪警察署金子顺的办公室,金子顺忙起身对酒井毕恭毕敬地行日本军礼。酒井傲慢地坐下:"金桑,祝贺你,终于抓到了宋承祖。"金子顺谦卑地问:"正要请示您,宋承祖怎么处理?"酒井右手往下一劈:"枪毙,反满抗日分子,罪大恶极的统统枪毙!""遵命!"金子顺双手紧贴裤腿边缝,双脚跟并拢,头一低答道。

酒井问:"金桑,我托你办的那件事怎么样了?"金子顺哈巴狗一样讨好:"您是说左云浦手里的字帖?这个老滑头,一直不肯透露口风,我看不要和他客气,我派手下的弟兄给你抢来就是了。"

酒井装模作样地摇头:"不不不,你们中国人有句话可以套用,君子爱财,取之有道,可以和他做个公平交易嘛。"金子顺问:"怎么交易?"酒井笑道:"你会有办法的。"金子顺莫名其妙:"我有办法?我有什么办法?"酒井笑眯眯地说:"你好好想一想,今晚就枪毙宋承祖!"

三姐妹又来到监狱看爹,当然还是送吃的饼,天好还是拎着同样的包袱。在会见室里,天好还是先把包袱交给老狱警检查。老狱警打开包袱说:"嘿,这下子可好,烙了一摞饼!"天好说:"多送点,以后我们就不能经常来了。"话音刚落,金子顺走进来。他当然得来看看,今晚要枪毙宋承祖,千万别出岔子。金子顺默默地看着老狱警把一张张饼掰碎。天星拿过一张饼,飞快地扔给父亲。宋承祖接过饼,大口地吞咽着。

金子顺一惊,好像发现了什么,大喊了一声:"有诈!"几个警察一起摁住宋承祖,金子顺拼命地捶打着宋承祖的后背。慌乱中,天好把一枚大铜钱塞到宋承祖的袜子里。宋承祖哇的一声,把什么东西吐在了地上。老狱警低头看了看,捡起一个红枣。金子顺奇怪地叫一声:"红枣?"

老狱警问天好:"这是什么意思?"天好答:"这是我们山东人的讲究。"金子顺问:"什么讲究?"天好胸有成竹:"早早团圆。"金子顺点点头:"哦,是这样,早早团圆,是挺讲究!"

三个女儿走了,宋承祖又被押回监舍。铁门"咣当"一声关上,宋承祖坐在草堆上,他知道今晚已到了最关键的时候。宋承祖从袜子里摸出那枚大铜钱,他看着那枚大铜钱,眼睛湿润了,心想,这仨宝贝女儿,真聪明,真能干!

宋承祖站起来，把铜钱放到铁凳子腿下，然后坐到凳子上，不停地晃动着铁凳子。铁凳子腿不停地碾压着大铜钱，宋承祖不停地颠着铁凳子，铁凳子腿把铜钱压扁，抢出锋利的长刺。

老狱警跑到监舍门外喊："你要干什么？"宋承祖说："我吃饼吃得太多了，快要胀死了！不活动肚子痛。""你使劲地晃吧，可别胀死。你要胀死了，我可没饭吃了！"老狱警说着，离开监舍门。

宋承祖更加疯狂地在铁凳子上颠着，等到老狱警走远了，他才从铁凳子腿下拿起铜钱。铜钱已被压得扁扁的，锋利无比。他忙把这东西藏在鞋子里。

黑夜里，裴春海来到三姐妹家，急急地对她们说："我这些天花三十块大洋买通一个狱警，他说今晚对你爹动手。铜钱送到了？"天好哀告着："送到了。你要救救我爹呀！"

裴春海悲怆地说："能不救吗？我来告诉你就是要去救你爹，可能这一去就回不来了。""我不许你说不吉利的话！"天好说罢，对妹妹们使了个眼色，俩妹妹知趣地到院子里去了。

"救你爹要冒杀头的危险，就是把你爹救出来，一时半会儿的也不能和你们见面，我们得猫起来，避避风头，要不然咱们都很危险，你们住在这儿，别挪动地方，到时候我会来找你们的。"裴春海一腔真情地说着。天好依偎在裴春海的肩膀上："春海哥，你是个有血性的汉子，我这辈子没看错你。你大胆地去吧，要是你有个三长两短的，我给你守一辈子寡，我生是你的人，死是你的鬼！"

裴春海抓紧天好的手："别胡说！我走了。"听了天好这掏心窝子的一席话，他十分感动。天好依依不舍："春海哥，你千万要小心啊！"裴春海一步三回头："你放心，我会小心的，你等着，我一定会回来娶你！"

金子顺带着伪警察到关宋承祖的囚室来了。他一身警官服穿戴整齐，真是黄鼠狼去赶集——过来过去一张皮。金子顺狞笑着："宋承祖，你的好日子到了，走吧，领你出去透透风。"

宋承祖仰天长叹："唉，想不到我宋承祖拼命打日本鬼子，却死在中国人的手里，窝囊啊！好吧。"说着，带着一身浩然正气大步走出囚室，在一群伪警察的押解下走出监狱，上了一辆卡车。卡车开到荒郊野外停下来，宋承祖被俩粗壮的伪警察架下卡车，被推搡着来到一个大坑前。

宋承祖厉声训斥金子顺："姓金的，我奉劝你一句，别忘了，你也是中国人，跟着日本人残害中国人没有好下场！"

金子顺一扭脖子一歪嘴："哼哼，你死到临头还嘴硬，大帅怎么样？和日本人拧着干，有好下场了吗？少帅又怎么样？不是也一枪没放，跑到关内去了？中国是你自己的？你逞什么能？"

宋承祖大义凛然地说："中国是全体中国人的，你们跟着日本人为虎作伥，屠杀自己的兄弟姐妹，还有一点人性吗？中国人的脸面被你们丢尽了！我劝你们早日回头，掉转枪口打日本人！"

宋承祖的话似乎打动了一些伪警察，有几个直往后缩。金子顺气急败坏地喊："不要听他的宣传，马上行刑！"

这时候，裴春海和六个老枪手在草丛里正把枪对准行刑人。

宋承祖大声喊着："金子顺，还有你们这些软蛋，你们要是手不发抖就开枪吧，到了另一个世界，我会化作厉鬼取你们的狗命！"他的声音在寂静的深夜里特别响亮。

金子顺喊道："赶快开枪！"行刑人颤抖着举起了枪。枪声响了，不是一声而是六声。宋承祖没有倒下，行刑人却栽倒在地。金子顺也中了一枪，哎哟一声摔倒了，伪警察们大乱。宋承祖趁机取出那枚锋利的铜钱，斩断绳索，钻进夜幕中。

天刚麻麻亮，天好姐妹们就忙着推磨、生炉子，做着摊煎饼的准备。天星和天月的煎饼摊子生意还算不错。

天好忧心忡忡地说："也不知咱爹怎么样了，天星，你腿快，到监狱外边看看，有没有什么动静。"话音未落，受了伤的金子顺率领伪警察包围了大院。伪警察们闯进屋里，搜查着，打破瓶瓶罐罐。天星气愤极了："你们要干什么？让不让人活了？"

金子顺问："你爹呢？"说着一双鼠眼四下里乱瞅。"不是被你们抓去了吗？"天星气愤地反问道。一个伪警察透了信儿："妈的，被人劫走了！"另一个伪警察跑出屋子："报告，屋里没有。"

"哼，我谅他也不敢回来。"金子顺望着三姐妹说，"你爹命大，我就放过他这一回了，你们姐妹在这儿好好过日子吧，我们就不打扰了，走吧。"

伪警察们撤了，三姐妹紧紧地抱在一起。天好宽慰地说："谢天谢地，咱爹得救了！看来春海哥也没事。"

过了一天，一大早就有一辆马车停在天好她们家对门，这是新搬来的。三姐妹都感到奇怪，昨天住着的老周家当晚急急地搬走，今天就新搬来一家。更奇怪的是天月发现那新邻居还戴着手表。戴手表的人谁还住这贫民大院呀！天好入情入理地分析着："咱爹跑了，金子顺能放过咱们吗？这是他派人来在这里守株待兔，要抓咱爹的，咱爹可千万别找到这儿来啊……"这时候，新邻居转过身来朝她们笑着，招了招手。天好也笑着和新邻居招了招手。

宋承祖深夜法场脱险，他没跑多远，就和接应他的裴春海会合。他们不敢停留，趁着夜色一个劲儿地跑着。天亮后，他们来到苏家屯，住进一家小客栈。安顿好后,宋承祖让裘春海出去办事。大半天了,还不见裘春海的影子,宋承祖在屋里抽着烟,焦急地踱步。

裘春海终于回来了。宋承祖急切地问:"要你办的事怎么样了?"裘春海坐在炕沿上拍打着裤子上的尘土:"你放心,我把寄存在朋友家的钱都拿回来了。"

宋承祖说着他的打算:"山东肯定要回去的,但现在不能走,我打算暂时留下来,等安稳了,去长春找虎子。你嘛,想办法给天好送信儿,给她们一笔钱,等市面平静了,你先带她们回山东老家,我找到虎子会回去的。"

裘春海真心实意地说:"那不行,把你自己撂在这儿我不放心,找虎子我陪着你,让她们姐妹自己走,那样更安全。""也好,先这么打算着。"宋承祖同意这么办。

裘春海按宋承祖的吩咐,立马找人把钱送到罗士圈子贫民大院天好的女房东手中,让房东转给天好,并让她们快回老家去。

在贫民大院的家中,姐妹三个议论着。天星兴奋地说:"我打听到了,那天晚上咱爹被押赴刑场,警察刚要开枪,有人劫了法场,咱爹趁乱跑了。"天月问:"这个劫法场的人是谁?""还用问吗? 咱姐夫呀。"天星有点得意地说。"嗯? 你怎么肯叫姐夫了?"天月指着天星的鼻子笑。"有这么个姐夫,咱们脸上有光啊!"说着,天星也笑了。天好还是不放心:"唉,他们跑到哪儿去了呢? 真叫人挂念。"

姐仨正说呢,女房东来了,她悄声地说:"有人托我给你们捎口信儿,他说了,你爹嘱咐你们,让你们瞅着机会赶快离开沈阳,到大连,奔水路回老家去。他和你春海哥找到虎子,随后也回老家。"天好发愁道:"可是我们没有盘缠哪!"女房东掏出一把钱来交给天好:"你爹早就替你们打算好了,这是捎给你们的路费。""谢谢婶儿。你这么操心照料我们,真是难得的大好人。"天好说着忙接过钱来。"不说谢。你们可得小心点,那个新邻居一直盯着你们,昨晚我就看他在你们窗下听墙根。"说完,女房东悄悄地走了。

三姐妹不敢消停,当下就关起门,默不作声地收拾行李。天黑之后,等到夜色已浓时,她们悄悄溜出罗士圈子,直奔火车站。

姐妹三人坐火车到了大连,刚下火车,她们就急匆匆赶到大连港口码头。有好多旅客排队买船票。天好把行李交给妹妹看管,也急忙跟着排队。人们都焦急地等待着开始卖票,时间过得好像特别慢。忽然,一个职员从售票处出来,对大伙喊:"都不要排队了,渤海湾有战事,航船取消,都回去吧。"

在大连呆着花费可真大,船票不知啥时才能卖。天好姐妹三人在好心人的指点下,来到小平岛,希望能找点活干,总不能傻等着坐吃山空吧。她们来到焦老大家,把自己从沈阳来要回山东老家的事简单讲述一遍,问能不能在他家干点活。焦大婶和儿子焦大海都正好在家。焦老大打量着三姐妹,停了一会儿,他说:"我这里没什么活给你们干。"

焦大婶疼爱地握着天月的手,很喜欢这闺女。他们的儿子焦大海偷偷地看着天星。焦大婶对儿子嚷着:"大海,愣着干什么?给妹妹们拿些干海鲜来,让她们尝尝咱们小平岛的出产。"焦大海高兴地拿来蚬子干、海虹干给姐妹仨。

焦老大看着天好她们问:"你们三个女孩子,来我这里能干点什么?"天星忙回应:"我可以学着下海捕鱼。"焦大海笑了:"你听谁说女人可以下海捕鱼?那是犯忌的。"天好忙说:"我们可以干点岸上的杂活啊。"焦老大说:"在海边可没省力气的活,风里雨里的,你们吃得了苦?"三姐妹都说不怕吃苦。

焦大婶说着好话:"当家的,孩子挺可怜的,你就收留她们吧。"焦大海也恳求:"爹,把她们留下吧。"焦老大寻思了一会儿道:"那好吧,我正好有个破屋闲着,你们收拾收拾住下吧。不过我也用不了你们姐儿三个,你们留下一个给我干点杂活,其余的到别家找点活干,可要吃得了苦。"

3 金子顺的气可是真不顺,正要枪毙宋承祖呢,想不到竟被人劫了法场,他这个副署长也受了伤,虽说伤不重,够丢面子的,真是倒了血霉!按说,枪毙宋承祖也是为了讨好日本人,现在宋承祖跑了,要讨好日本人得另想办法。酒井大佐喜欢苏东坡的《答客帖》,得赶快从这儿下手。今天他刚一进办公室,就接到酒井打来的电话,他对着话筒说:"酒井大佐,是我,您说那件东西呀?别急,让我再想想办法,您放心,东西肯定会落到您手里。"

这时,天好家那个新邻居走进来:"报告长官,宋承祖的女儿昨晚跑了!"

金子顺大怒:"跑了?你们连几个女孩子都看不住,干什么吃的!滚!给我找去!"可是一转念又说,"算了,叫上几个弟兄,给我把左云浦抓来!"

这回金子顺没有亲自出动,直到左云浦被抓到伪警署的审讯室,金子顺才与他曾经拜过的老师见面。

左云浦问:"子顺,我犯了哪家王法?为什么把我抓来?"金子顺狞笑道:"老东西,你还给我装糊涂!""子顺,怎么说我也是你的老师,你怎么骂我?你这叫欺师灭祖!"左云浦不忘师道尊严,借机训斥着。

金子顺一拧眉毛:"骂你?我还要打你!你通匪!"

左云浦被好一顿暴打,他哪受过这种罪,立马瘫软了。他哭着哀求:"子顺,看在师生一场的面上,你饶了我吧!"金子顺奸笑一声:"饶了你?我是想饶了你,酒井大佐能饶吗?日本人调理人的手法比我可高明多了。"

金子顺为何抓他,左云浦心中明镜似的,说到底还是为了苏东坡的《答客帖》。此事他早有所料,并且已妥善安排。前不久,他让老婆带着那件宝贝回辽南老家去了,至于他呢,先守着这个家,还等着虎子混出头的好日子。他装出一副可怜相:"哦,我明白了,他不就是想要那件苏东坡的东西吗?可是,我确实把那东西出手了,不信你们去抄我的家。"

金子顺阴阳怪气地对手下喊："扒了他的裤子,给他那玩意儿拴上秤砣,我看他还能硬多久!"左云浦呼喊道："子顺,不能啊,士可杀不可辱,你杀了我吧!"金子顺尖叫着："杀了你?杀你不像杀个小鸡仔?告诉你,经过我手处决的反满抗日分子刚好九十九个,加上你正好一百。你想死不是吗?行,我成全你!"

左云浦和几个日本人要处决的要犯被押解到荒野。金子顺站在左云浦面前张牙舞爪："老东西,你不是想死吗?我今天就成全你。看没看见?今天我连你押来九个犯人,我要把你们一勺烩了,加上我以前杀的,正好凑够一百单八将。"

左云浦哆嗦着："子顺,你真的要杀我呀?"金子顺嘿嘿一笑："你当我和你闹着玩呀?今天我谁也不用,专让你看看学生的绝活。"说着,一连八枪击毙了八个犯人。左云浦吓得哆嗦成一团。一个伪警察喊："看啊,老东西尿裤子了!"伪警察们哈哈大笑。

左云浦哭着："子顺,你放了我吧,酒井要的东西我送给他就是了!"金子顺听左云浦这么说,心中暗喜,总算可以对酒井大佐有个交代了："你可别糟蹋酒井,人家要和你交换,送你一幅浮世绘,那幅画我看过,画的是个日本娘们儿,老漂亮了。"

金子顺率领伪警察,押解左云浦走进左家的厅堂。左云浦知道,到了这种地步,已无力回天了。他对金子顺说："你让他们都出去,那可是苏东坡的墨宝真迹,太金贵了。"

金子顺一挥手,伪警察们退出屋子。金子顺对左云浦喊："把东西拿出来吧。""东西在仓房里,你跟我看去。"左云浦在前,金子顺在后,二人进了一个有门无窗的不大的仓房。房里黑暗,什么也看不清。左云浦抖着手点亮了一盏玻璃罩煤油灯。

左云浦从箱箱柜柜里抱出一堆字画："子顺,我想通了,这些东西我都献给酒井,你先看看。""这就对了。"金子顺也曾是一个书画爱好者,见了这么多的好东西,他颇为高兴,甚是喜爱,不由得一幅幅地展开欣赏。左云浦趁机锁上仓房的门,拿起一桶煤油泼向字画。金子顺惊呼："老东西,你要干什么!"

左云浦哈哈大笑："金子顺,你这个汉奸走狗,字帖我早就转移了,你见鬼去吧!"说着用煤油灯点燃了字画。金子顺急忙去扑灭火,哪里能行?那些字画见火星就着,更何况还泼上了煤油!金子顺要开门逃出去,可是门已上了锁,小仓房又无窗子,他急疯了,习惯性地要掏枪。左云浦咬牙切齿地喊着："你这禽兽不如的东西,你叫我陪死人杀场,我叫你陪见阎王,咱扯平了。"说着,抢起木凳砸向金子顺。

熊熊大火中,左云浦大声喊着："虎子,我的儿子,好好伺候皇上!"

这两个人的阴魂很快随着烟火飘上天空。

4　虎子在溥仪那儿当小答应,日子过得还算不错,比溥仪开心多了。虎子经常看到溥仪受日本人的气、怕日本人的可怜相,经常看到溥仪对手下人发火生气的样子。这皇上怎么当的?为啥总没有开心的时候呢?

虎子记得，有一次溥仪对郑孝胥发火，说承认"满洲国"的国家太少太少，怨郑孝胥不会办事。还有一次，溥仪说将来登基大典上要穿的龙袍还没影，催郑孝胥快去办。虎子记得，有一次，溥仪领着几个自己的人在办公室学唱他自己编的怀念大清国的歌曲，怕被日本人发现，溥仪特意叫虎子站在外面望风。皇上说，上角利一要是来了，得赶紧上来报告。虎子还记得，有一次，蒙古宝王爷来看溥仪，两人正说话呢，上角利一来了，大声责怪溥仪会客没有预先通知他，没有得到他的允许。溥仪吓得手都打哆嗦。

今天，宝王爷又来了，还带着他的宝贝女儿娜日托娅格格，来看溥仪。小答应虎子急忙奉上茶水，娜日托娅对虎子调皮地笑了。

溥仪对虎子使了个眼色。虎子领会，到门口观察动静。溥仪和宝王爷小声地说话。"皇上近来饮食起居可好啊？"宝王爷恭敬地问。溥仪愁眉苦脸："好什么，睡眠不好，常做噩梦。""这可不好，皇上操劳过度，要注意休息。"宝王爷好心进言道。"你们那边呢？形势怎么样了？"宝王爷道："关东军要强行进驻呼伦贝尔，苏炳文司令联合马占山组成了民众救国军，要和日本人干仗呢！"

溥仪又问："哦？怎么会这样呢？那德王的态度呢？"宝王爷答："德王的态度还不明朗，听说日本人正在鼓动他宣布独立呢。"

溥仪焦躁不安地在屋里踱着步："蒙古也要独立？怎么会这样呢？啊？他们这是要干什么？啊？反了！"宝王爷真心向皇上进言："皇上，日本人想干什么您还不知道吗？分裂我中华，依老臣之见，皇上这步棋是走错了。"

溥仪道："他们答应我恢复帝号，只要能恢复祖业，该舍也得舍呀。"宝王爷无可奈何地说："皇上要是这么想，我就没话可说了。"

当天夜晚，娜日托娅在执政府的客房里抓羊骨拐玩，虎子正好奉茶来了，他走到王爷身旁说："王爷，我给你捏巴捏巴？"宝王爷笑道："你这个小山东，倒是挺有眼色，来，捏巴捏巴。"虎子给王爷按摩着肩膀问："王爷，你们那儿的草原大吗？"娜日托娅接话道："还用问吗？老大老大的，一眼望不到边。"

"娜日托娅，你会骑马？"虎子好奇地问。"当然了，我们蒙古族人，会走道就会骑马，马是我们的腿。"娜日托娅说着，羊骨拐子也不玩了，走过来和虎子说话，两人已经见过一次面了，也算熟人呢。"啊，太好了，我什么时候能有一匹马骑？"虎子对草原的马无限憧憬。娜日托娅十分大方地说："那有什么？跟我们走吧，我们那儿的马有的是，你要是到我家，我送你一匹。"两人越说话越多，后来王爷要休息了，虎子只好出来。

又是一个平常的日子，虎子给溥仪送茶。郑孝胥夹着黄包袱进来了，他高兴地说："皇上，您日思夜想的东西到了，您看，龙袍啊！"溥仪惊喜地摩挲着龙袍，什么也没说，眼里流泪了。郑孝胥也泪流满面："呜呜呜……皇上，别难受，这一天肯定会来的，老臣就是豁上命，也要皇上登上大宝！"

门口,虎子莫名其妙地看着二人的表情。上角利一来了,虎子咳嗽了一声,二人赶紧把龙袍藏了。

上角利一进屋就下命令:"阁下,大日本使者团来访,请你接见一下,就在会议厅。"郑孝胥连忙帮着敲边鼓:"皇上,他们是代表日本天皇来的,见见吧。"三人走出屋子。

虎子好奇地到屋里,打开黄包袱观赏龙袍,他拿起帽子戴到头上,一不小心,帽子掉到地上,摔坏了。虎子吓傻了,他把龙袍包好,偷偷地溜了出去。虎子知道自己闯了祸,不知该咋办,想起厨师侯云德对自己不错,就跑到御膳房,把他闯祸的经过老老实实告诉了侯云德。

侯云德瞪大眼睛看着虎子:"怎么?你……我的天,你惹了大祸了,那是杀头的罪过呀,要搁在过去,嚓嚓嚓,要满门抄斩!"

虎子哭腔连连地叫:"侯大爷,怎么办啊?你得救救我!""我可救不了你,谁也救不了。我看你还是跑了吧,越快越好,越远越好,听见没有?"侯云德出了这个主意。虎子答应着:"哎。我听到了,侯大爷,你真好。"

侯云德又嘱咐:"别去找你爹左云浦,你惹这么大祸,找他也不敢收留你。"虎子说:"那我就走了。"他走了几步又回来抓起几个馒头,"侯大爷,借你几个馒头。"侯云德摇摇头苦笑:"这孩子,还真长精神头。"

这回虎子是真跑了,他不知道该去哪里,只管跑。别人当然也不知道他去哪儿了。而与此同时,有两个人正在找他呢,这俩人就是宋承祖和裘春海。

宋承祖和裘春海把天好她们仨的事安排好之后,就一门心思从沈阳来到新京找虎子。宋承祖从左云浦口中得知虎子确实被送到了溥仪的执政府衙门,就直奔而来。他们打听到厨子侯云德经常出来买菜,就想从侧面打听一下虎子的消息。这天上午,侯云德又出来买菜,宋承祖、裘春海悄悄跟了上去。到了行人稀少处,宋承祖拦住侯云德问关于虎子的事。侯云德说虎子是在这里当小答应,昨天他弄坏了皇上为登基准备的帽子,闯了大祸,吓得跑了,也不知他是往哪儿跑的。宋承祖一听,心凉了半截。

宋承祖心想,虎子是个小孩,才跑出衙门一天,能跑到哪儿去?只要不被人骗去,在新京就能找到,不过得赶快找!他们二人分头连找三天,还是没有找到虎子,问了多少人,也都说没见过这孩子。再这么找下去,二人的钱也快花光了。宋承祖估计虎子可能回沈阳找他姐,他决定也回沈阳开一家小店,边开店边找人。宋承祖告诉裘春海:"我在老家学过做火烧的手艺,租个店面,就开个火烧铺吧,也用不了多少钱。""也好,你做掌柜的,我当伙计。你是被通缉的人,少出头露面,跑外的事有我。"裘春海只好同意这么做。

第4章

1　人生好比汉子推碾子，终日抱着个碾棍，转啊转个不停，可劲儿一步一步地推着那石碾子，眼瞅着碾盘上黄澄澄的苞米，也就成了迈步向前的希望，那是老婆孩子的吃食啊。宋承祖和裴春海何尝不是如此呢，他们原在沈阳东北军当官，以后又南征北战的，现在为了孩子老婆又转回到沈阳，不得不开个小火烧铺。头一天开张，宋承祖和裴春海一算账，刨去本钱，还挣了不少。俩人正议论生意上的事，忽然有人敲门。裴春海开门看，来人是宋承祖的旧部下，副营长刘胡子。

　　刘胡子一把抓住裴春海的手说："裴排长，我可找到你们了！"宋承祖惊喜地问："刘胡子？你怎么找到这儿来了？"说着赶快招呼刘胡子进屋坐下。刘胡子急匆匆讲着："自从队伍被打散，我和张大个子他们不甘心散伙，投奔了锅盔山的胡子小旋风，做了二当家的，说服小旋风又扯起抗日大旗。和小日本干了几仗，没少踢蹬小鬼子。日本人动用几千人马，把锅盔山险些炸平，队伍又散了。我现在没处躲藏，实在没办法来投靠你了。"

　　宋承祖叹息道："唉，弟兄们受苦了。"说着，不禁一阵心酸。刘胡子哭了："营长，弟兄们大多数都遇难了，死得惨啊！最后一仗，弟兄们被堵到一个山头上，子弹打光了，大家一看没活路了，和敌人作最后一拼。一场肉搏，好多弟兄抱着小日本跳下山崖。那些受伤的弟兄一个个活活被敌人用刺刀劐了肚子，肠子淌满雪地，惨不忍睹，可是没一个弟兄缴械投降。"

　　宋承祖仰天长叹："别说了，弟兄们血染疆场，可我宋某还苟活到现在，愧对他们啊！都是因为我儿女情长，没和大伙一起捐躯报国。"刘胡子继续讲道："我抱着一个日本少佐跳下悬崖，多亏摔在日本人身上，才捡了一条命。"

　　宋承祖慨叹道："也是九死一生啊！你是怎么找到我的？"刘胡子喝着裴春海递过来的水说："昨儿碰巧遇见当年一个当兵的弟兄，他说在沈阳城郊见过你。费了好大的劲儿才找到,白天不敢来,这时候才敢露面。"

宋承祖问:"你是怎么打算的?""我打算在这里落落脚,养养伤,避避风头,要是没事了,我就奔营口回山东老家。"刘胡子说着环顾一下小店铺。宋承祖一口应承道:"行,你就放心在我这儿住着,街面平静了你就走,我给你出路费。"

裘春海不客气,当着刘胡子的面说:"掌柜的,这样不妥吧?咱俩现在也是隐名埋姓地躲祸,你收留刘副营长,这不更添了危险吗?你再酌量酌量。"宋承祖不大高兴:"春海,你说了些什么话!不脸红吗?老部下抗日遇着困难来找我,我能推出去不管吗?"裘春海继续辩解:"不是说不管,我是说咱们是泥菩萨过江,自身难保,哭不过来那么多的乱葬岗子。"宋承祖更不高兴了,喝道:"你给我闭嘴!"转脸又对刘胡子说,"刘胡子,你就留下来,不过要注意安全,白天别出门,藏在吊铺上。不是我撵你,这儿也确实不是久留之地。"刘胡子连连点头:"营长你放心,我不会久留的。"

第二天一早,宋承祖穿上长衫、戴上墨镜要出门去找虎子,临行还安排裘春海给刘胡子把吃喝送上吊铺。裘春海拿了几个烧饼,提着水壶爬上吊铺。他看着刘胡子吃喝,和他聊起来。裘春海开门见山说刘胡子不仗义,说营长正在困难处,为了找儿子不回山东老家,要是暴露了,大家都没命。刘胡子特别在意仗义不仗义的话。既然裘春海这么说了,他不能再赖着不走,当下决定趁营长不在就走。要不,出了事也对不起营长。裘春海一副歉疚的样子:"刘营副,真对不住啊,这也是没法子的事,你别怪我说话直来直去的。"说着,塞给刘胡子几个火烧,送刘胡子出门去了。

宋承祖在破烂市场溜达,寻觅着虎子,找了半上午,也没找见虎子,只好沮丧地回来了。

宋承祖问:"刘胡子呢?没事吧?"裘春海有点随意地答道:"忘了告诉你,他走了。"宋承祖急了:"你怎么能让他走呢?为什么?"裘春海耷拉着眼皮说:"这个人说了,怕给你添麻烦,死活要走,没劝住。"

宋承祖眉头紧皱:"你是不是说什么了?"裘春海满脸的无辜:"我没说什么,真的。"宋承祖疑虑未消:"你肯定说什么了!你这个人,太不仗义了!"裘春海顿足道:"掌柜的,你可冤枉死我了!我真的什么也没说!不过走了也好,这样安全。"

宋承祖一定要去把刘胡子追回来,裘春海认了错,说要和他一同去。宋承祖和裘春海趁着天黑,追上了正一瘸一拐走着的刘胡子。裘春海当面向刘胡子赔不是,宋承祖反复劝说,才把刘胡子接回火烧铺,安排他在吊铺上睡了。

下半夜,刘胡子的伤口感染化脓发烧,他忍不住难受,不由得发出呻吟声。宋承祖醒了,过来摸摸刘胡子的头,又看看他的伤口说:"哟,烧得挺厉害!不看太危险了!"说着,就推醒正熟睡的裘春海,叫他找个可靠的西医大夫看看。

裘春海不满地小声嘟囔着:"你就能找麻烦,好吧。"说着摸黑出门,骑着辆自行车去找大夫。没过多久，他还真用车子带一位背药箱的老西医回来。宋承祖心里想，春海这人还算听话，也会办事，只是私心重了点。

老西医给刘胡子处理着伤口说："得赶快手术。不敢去大医院做这种红伤手术，就到我的小医院吧，不能再等了，今晚就做。"

宋承祖让裴春海送刘胡子上老西医的小医院做手术，裴春海又担心起来："掌柜的，你是被通缉的，弄不好就被日本人盯上。咱们也是在刀刃上讨生活，不能为了他把咱俩也毁了。"

宋承祖一听这话，马上就来了气，他双眼盯着裴春海："春海，这话是从你嘴里说出来的吗？刘胡子是咱们的生死弟兄，是抗日的功臣，咱们就是豁上命救他也是应该的！你不去我去！"裴春海好像很委屈的样子："我说不去了吗？你有你的想法，我有我的想法，我说说想法还不行吗？我都是为了你好。"宋承祖只好说："行了，这我都知道了，你去吧。"

裴春海刚要出门，宋承祖突然改变了主意。他对裴春海说："把枪给我，还是我去吧！"宋承祖接过枪，收拾着东西。裴春海又急忙认错："掌柜的，你不要命了？还是我去吧。我错了还不行吗？"宋承祖感情复杂地望着这个未来的女婿，好一阵子才说："你和天好的日子还长着呢，我不能让我闺女白盼你一场……"他停了停，又满怀深情地说，"和天好把亲成了吧，好好过日子，一辈子好好对待她……"说完朝外走去。裴春海忽地心中一热，不禁想到，这个宋营长，真是个好长官、好长辈，能为手下着想，能为儿女着想。唉，可惜脑子一根筋，干事情总是不管不顾的……

已经是下半夜了，街上空无行人。宋承祖推着自行车，刘胡子坐在后座上。他们来到小医院的门前，宋承祖警惕地望着小医院，又往左右用目光侦察一遍，这才推着刘胡子从后门进了医院。宋承祖背着刘胡子，上了二层小阁楼。老西医和护士紧张地为刘胡子做手术。宋承祖从怀里掏出枪，警惕地望着楼下。

外面警笛突然响起，这声音在静夜中特别刺耳，令人恐惧。宋承祖赶紧把灯关了。他趴在地板上，透过缝隙望着楼下。楼下门响，几个军警走进来。军警问小伙计："最近有没有来看枪伤的？"小伙计答："没有。"军警又问："有没有来抓枪伤药的？"小伙计说："我们从来不进枪伤药。"军警再问："你们掌柜的呢？"小伙计说："在楼上睡了。"军警仰起头，朝楼上看了看。

众人刚要走，领头的军警突然站住了。他感到有一滴什么东西滴在他的鼻子上。他摸了下鼻子，一看手上是血，突然拔出枪，朝楼上冲去。宋承祖赶紧背起刘胡子，从后门楼梯跑出去。领头的军警对着楼梯开枪，众军警都跑上了二楼，有的军警从窗口向下开枪。一时间枪声大作。

幸好宋承祖反应快，加上天黑看不清，军警们也是乱放枪，用来壮声势仗胆的，看不准目标，更是打不准。宋承祖用自行车载着刘胡子，拼命地用脚蹬着两个脚踏子，骑得飞快，把军警甩了老远。刘胡子不住地喊："营长，放下我吧，放下我吧！"宋承祖哪顾得说话,他一手扶着车把,一手向后开着枪。刘胡子急了,不等宋承祖停车,就硬从车上跳下来。宋承祖只得停下车,气喘吁吁地把刘胡子抱到车上,用绳子把刘胡子和自己捆到一起,然后又飞快地蹬着自行车……

宋承祖走后,裘春海的心一直悬着。他知道这十分危险,可又没办法阻止,只好来到街头徘徊、张望、等待,听到远处的枪声他就知道出事了。

突然一辆自行车飞快冲过来,车上的宋承祖和刘胡子浑身是血。裘春海忙迎上去,解开他俩身上的绳子,二人把刘胡子抬进火烧铺,再把他抬到吊铺上,两人累得大口大口喘粗气。

安排好刘胡子以后,二人下了吊铺。事情到了这种地步,裘春海不禁后怕,心想刚才要是自己去了,不知会咋样。他不由得又硬着头皮对宋承祖发怨言:"营长,你早晚非被义气这两个字害死不可!"宋承祖一字一句地说:"这是我的事,人活着总得有人味儿!"

这段日子裘春海过得很窝心,又是忙着火烧铺的活,又要抽空找虎子,还得侍候刘胡子。他想,自己担惊受怕图个啥呢?还不是为了天好。俗话说,为了老婆拜丈人,真是不假。可是宋承祖把他的好心好意总当成驴肝肺,真没办法!裘春海琢磨着,今晚趁宋承祖不在,一定想法子把刘胡子这尊"瘟神"赶走,无论如何也得去掉这块心病。于是他爬上吊铺,和刘胡子聊起来。

裘春海告诉刘胡子,店里拉不开栓,营长出去借钱,既然你伤快好了,要走趁早,这几天街面风声挺紧,日本人挨条街查户口,快查到咱这儿了,掌柜的都有些担心,要知道,他也是通缉犯。刘胡子当即表示,等营长回来打个招呼就走。

"咳,还打什么招呼呀?你说你给营长打招呼,这不是给他出难题吗?他是个讲义气的人,会让你走吗?你说要是换了你,你会不会应承?要我说,你现在就走。"裘春海心想,这个刘胡子真黏糊,于是来了个再下"逐客令"。刘胡子有点犹豫:"上回没打招呼走,营长好一顿对我发火,我怕……"

"你呀,看不出火候,上回他为什么不让你走?你不是伤没养好吗?他不放心,现在你的伤养得差不多了,我听他的话味儿,也是想让你早点离开这里,说不出口就是了。为什么?你住在这里,对你对我们都是个威胁,你说是不是呢?"裘春海一不做二不休,干脆当上一回"催命鬼"。

刘胡子当然也明白裘春海的意思,他想,我刘胡子也是条汉子,枪林弹雨的从来没怵过,现在再也不能当软蛋,连累宋营长了,就明明白白地表态:"那好,我在这儿多呆一会儿,你们多一分危险,我还是早早走了吧。"说罢,他拿出心爱的盒子枪说,"春海,这家伙我道上不能带了,你就把它转交给营长吧,算我给他的礼物。""嗯,好东西,我替他收着。走吧。"裘春海连忙接过盒子枪,边往怀里掖边说。

裘春海出来送刘胡子,他们二人在街上走着,碰到伪警察斜眼迎面走来。二人不敢和斜眼对面,就低下头匆匆而过。斜眼站住叫道:"喂,你们给我站住!"他觉得大黑夜里这俩男人有点不大对劲儿。

二人只好站住了。"这么晚了,到哪儿去?"斜眼追问道。裘春海答道:"看个朋友。""看朋友?过来,搜搜身。"斜眼一边说,一边走过来。裘春海一看不好,拔腿就跑。身上带着家伙呢,哪能让他搜。刘胡子也跑了。

斜眼喊着:"站住!"并吹响了警笛。裘春海和刘胡子二人狂奔不停。斜眼开枪了,裘春海拔枪还击,一番枪战在没有岔道的直通通的大街上进行着。刘胡子中弹倒下了,斜眼也中了一枪倒在地上。回家的宋承祖正巧碰见这场面,可是,这时候伪警察们听到警笛声和枪声,一窝蜂跑过来,他躲在暗处无能为力,干着急也没办法。

裘春海看着奄奄一息的刘胡子问:"胡子,还跑得动吗?"

刘胡子也看着裘春海说:"兄弟,我不行了,给我补一枪吧。"

裘春海脑子飞快地转着,心想我可没法背你,可也不能丢下你不管,只能一了百了啦,就咬牙对刘胡子说:"胡子,不是我心狠,你要是落到了日本人手里,我和营长就都完了。我就成全你,送你回老家吧。"说着,用枪对准刘胡子的头,两眼一闭,用刘胡子的枪打死了刘胡子。裘春海一边打枪一边跑,臂上也中了一枪,不过幸亏是擦皮伤,没大妨碍。他年轻体壮,动作机敏跑得快,总算甩脱了伪警察的追赶,东拐西绕地回到了火烧铺。

裘春海对着宋承祖哭着:"掌柜的,刘胡子完了!"宋承祖追问:"他为什么要走?是不是你又撺他了?"裘春海矢口否认:"不,这次他是坚决要走,还说怕你拦挡,故意趁你不在家走的。我怎么劝他也不听,实在没办法了,我说我送送你,谁知道遇见了警察。你也看见了,为了保护他,我也中了枪,可他到底没躲过这一劫,这不怨我呀,我也尽力了。"事情到了这种地步,他只有竭力把自己洗干净。

宋承祖拔出匕首厉声喝道:"可你为什么要补了他一枪?说!"裘春海想不到姓宋的为了刘胡子竟然对他这个未来的女婿动刀子,心中一惊,又尽力表白:"他苦苦哀求我,说自己不行了,我看他也是活不了啦,怕他遭罪,我是没有办法呀,也是为他好!"宋承祖咬着牙说:"胡说!你杀了他,是怕他不死给日本人留活口!我杀了你!"说着,一刀甩去,刀插到门框上,颤着。

裘春海一股热血冲到头上,不管不顾起来:"好啊,宋承祖,为救你的命,我裘春海单枪匹马劫刑场,得到的回报就是你这一刀?你今天对我下了死手,行,看来咱们俩是恩断义绝了!"拔刀欲反击。宋承祖气冲牛斗:"裘春海,你救过我的命,我不会忘;要是不念旧情,你已经是我的刀下之鬼了。不过我今天才彻底认识了你,来吧,动手啊!我躲一下是龟孙子。"

裘春海果然甩出匕首,不过他不是真心对准宋承祖。他知道,姓宋的那一刀也不是真想杀他。宋承祖没躲避,刀贴着耳朵飞去。"宋承祖,我回报你了。咱们到此为止,今后各走各的,你保重吧。"裘春海说着推开门走出去,消失在夜幕中。

2 裘春海一个大男人，在哪里都能混。他在火烧铺和宋承祖闹翻后，找到一个小旅店住下，心中七上八下的乱得烦躁不堪。他想了很多。他为了宋承祖的大女儿天好杀人外逃，又为了天好跟着宋承祖东跑西颠、吃苦受累、担惊受怕、舍命相随，可是到头来却挨了宋承祖绝情的一刀！老实说，他是很喜欢天好，但是，真为了天好丢掉性命，那太划不来了。裘春海在心里说，我一个堂堂男子汉，到哪儿不能寻个女人？天底下比天好还好的女人多了去了，我不能在一棵树上吊死。可是，他刚一闭眼，天好那姣好的面容就会出现在他面前，就会对他现出迷人的笑靥；还有那听了就叫人心软的声音，以及她身上散发的特有的叫人闻了就会沁入肺腑的香气，无不缠绕着他的神经和五脏六腑。裘春海简直如百爪挠心，无法安宁。

红日西坠，夜色渐临。裘春海百无聊赖，独自一人到一家小酒馆里，找一个僻静的角落坐下，要了一壶小酒，一碟牛肉，一碟花生米，不紧不慢地自斟自饮，也是借酒浇愁。他喝了几小酒盅辣酒，无意间一扭头，竟然发现在酒馆的另一个角落里，宋承祖的旧部张大个子正独自饮着酒，怀里抱着一件破棉袄。

裘春海凑过去和张大个子搭上话，熟人相见，分外亲热，二人边喝酒边聊。张大个子知道裘春海和营长在一起，十分高兴，就对裘春海说了真心话："我跟副营长刘胡子一起投奔了锅盔山的小旋风，小旋风挺信任我，让我管了钱粮。小日本轰炸锅盔山，正赶上我到山下收账，幸免于难。"张大个子边说边大口地吃着卤牛肉。停了停，张大个子又说，"营长对我有救命之恩，我一直想报答。估计他现在很难，我手里有点硬货，想分给他一些，找了好多日子，怎么就碰巧遇见你了？你带我去见他。"

裘春海眼睛一亮，心想这样的好果子是从天上掉下来的，无论如何也得抓住，忙说："对对对，走吧。"他喜不自禁，说着就站起身。他见张大个子拿起破棉袄，就随意地说，"什么时候了，还穿件破棉袄。"

张大个子知道裘春海一直跟着宋营长，又是宋家女婿，也就不瞒着，神秘地说："家当都在这件破棉袄里呢。"

裘春海了解宋承祖，知道他是个感情丰富的人，有时似乎心很硬，有时心又很软，而且他最受不住软话，几句贴心的软话一说，就能把他的心说活。上回两人虽然翻脸动刀子，但毕竟还有天好这条线牵扯着。裘春海心想，我是好汉不吃眼前亏，他是宰相肚里能行船，还得厚着脸皮前去相会，见机行事吧。

裘春海领着张大个子来到火烧铺，宋承祖厉声道："你还回来干什么？"裘春海没羞没臊地笑："我是你的行过结婚大礼的女婿，还是你的老部下，今儿个我又给你带来一位咱战场上并肩作战的好弟兄。"张大个子见了宋承祖哭道："营长，我可找到你了！"宋承祖更是惊喜："大个子，真是你？"两个硬汉子抱在一起，禁不住热泪横流！

夜已经很深了，三个人还喝着酒，边喝边说，好像有说不完的话。裘春海不时用眼睃着张大个子的破棉袄。

张大个子真诚地说:"营长,锅盔山的弟兄们都完了,山上的钱财在我手里有一部分,我打算给你留一些,余下的带回山东,能找到死难弟兄的家属最好,找不到也没办法了。"宋承祖连连摆手:"你不用考虑我,我一文钱也不要,你回去给弟兄们把家安置一下,也算对得起死者了。"

三个人把酒喝了个差不多,都有了睡意,各自倒头睡去,不一会儿都睡着了。裘春海并没有真睡,他听着那俩人都睡着了,就悄悄爬起来,黑暗中摸索张大个子的破棉袄,他仿佛捏到了什么,一脸的惊喜。宋承祖的咳嗽声传来,把裘春海吓一跳,他慌忙放下棉袄,躺下装睡,打开了呼噜。宋承祖翻过身去。不一会儿,裘春海又起身,寻思了一会儿,穿上破棉袄下了铺。

裘春海悄悄出了火烧铺,在夜深人静的大街上疾步猛跑。他跑着跑着,忽然站住了,原来他穿了宋承祖的棉衣。他寻思了一会儿,又返回去,摸黑回到炕上。他在炕上到处摸索破棉袄,没有找到。宋承祖低语道:"别找了,在我头下枕着呢。"裘春海已下了破釜沉舟的决心,恶狠狠地说:"拿出来!"宋承祖冷笑道:"你动手啊。"裘春海动手抢棉袄。现在他是志在必得,不顾死活了。宋承祖一把掐住裘春海的手腕子:"我给你留着面子,你还不领情吗?"裘春海气急败坏地问:"你给不给?"说着举起匕首。宋承祖怒火中烧:"看来你是死不回头。"二人不顾一切地打斗起来。

张大个子醒来,惊愕地问:"你们俩怎么了?自己弟兄怎么动起手来?"

"这个人已经黑了心,他是死到临头了!"宋承祖说着砍了裘春海一刀。

裘春海跳窗而逃,他在窗外恶狠狠地吼道:"宋承祖,我记住你这一刀,一定要还给你!"说完,撒腿跑入黑沉沉的夜幕之中。

裘春海到老西医的小医院请求治疗刀伤和枪伤,治完伤,裘春海走出医院,真倒霉,他和来疗伤的伪警察斜眼走了个对面。裘春海低头和他擦身而过,斜眼习惯性地瞅瞅裘春海,犹豫了一下,忽然惊呼:"你给我站住!"裘春海撒腿跑去。斜眼掏出警笛吹响,巡逻的警察跑来。裘春海被捕了。

在日本宪兵队的行刑室,裘春海被打得遍体鳞伤。翻译说:"姓裘的,何苦呢?交代了吧,你只要把同伙交代出来就没有事了。""我真的没什么可交代的,我没有同伙。"裘春海还不想供出宋承祖。"日本人都知道了,你和宋承祖一起潜回沈阳,你只要把他交出来,就放了你。"翻译进一步诱惑道。"我和他一起回来的不假,可他已经回山东了。"裘春海想留条后路,不想把事做绝。"不会的,车站我们看得紧紧的,他是插翅难逃,还是说了吧。"

这时酒井大佐来问:"嗯?他还不开口吗?"翻译答:"这小子,还挺硬气。"酒井道:"别和他废话了,给他洗洗澡吧。"裘春海笑了:"好啊,巴不得,我好多日子没洗澡了,身上痒痒呢。"他不知洗澡是啥意思,就充硬汉子说硬话。酒井狞笑:"好啊,那就烧水。"

当院，一锅水烧开了，裘春海被推到院里来。酒井提了一只活鸡说："你们中国人有句俗语，饿不洗澡，饱不剃头，洗澡前吃只鸡吧。"说着，把活鸡放进沸腾的开水里，鸡出水就光腔了。酒井把鸡送到裘春海的眼前："香不香？作料就免了吧，吃完了就在这口锅里给你洗澡。"裘春海害怕极了，连连哀嚎着："不，不！我不洗澡！"他想，临死前得抓住最后一根稻草，其他的什么也不想，就对酒井哀求道，"我说，我什么都说！"

裘春海供出宋承祖，宋承祖被捕了，被押在车上送往刑场。他高声喊着："乡亲们，我宋承祖没在战场上战死，今天叫小日本拉着当猴耍，我给咱中国人丢人了。不过，我宋承祖这个面子一定要找回来，就是到了阴曹地府，也要和小日本做一辈子冤家，一辈子不让他们安生，我要把他们的头揪下来当球踢，把他们的皮扒下来做鼓面！乡亲们，宋某要和大家告别了，临走我给大家留句话，中国人是杀不绝的！小日本是兔子尾巴长不了，我宋某一辈子没求过人，今天我也求一回，我求乡亲们在小日本鬼子滚出中国那一天，在我的坟头上放一挂鞭炮让我听听！"围观的群众一片叫好声！

日本宪兵的枪口对准宋承祖，陪决的裘春海面如土色。宋承祖面对敌人的枪口从容自若。酒井问："宋承祖，你反满抗日，罪大恶极，还有什么可说的吗？"宋承祖大义凛然，慷慨陈词："呸！我堂堂中华岂能屈服于弹丸之国的小日本！你不要高兴得过早，你们早晚会为今天的疯狂付出惨重的代价，小鬼子，开枪吧！"

裘春海哭了："营长，我对不起你啊！"宋承祖蔑视道："裘春海，你为了活命出卖同胞，真是罪不容诛，可我还要劝你一句，不要再为日本人卖命残害自己的同胞了，别忘了你是中国人！"裘春海抹着眼泪鼻涕："营长，只要他们放了我，我会料理你的后事，天好他们你也放心，我会照看他们的。"宋承祖高声怒喝："呸！宋家的人从此和你一刀两断，你离他们远点！"

一排枪声中，宋承祖倒下。裘春海吓得尿了裤子，他哆嗦着问："酒井大佐，我没事了吧？"酒井笑道："你得继续为我们工作。"

3 天好姐妹三人总算在小平岛的焦老大家暂时安顿下来。她们姐妹做事勤快心灵手巧人缘好，很快就适应了这儿的生活。这天，天气不错，海边上风平浪静，人们都忙着干活。天好在给一条渔船捻船，嘴里不断地问渔民老史头，是不是这样干，这样干行不行。老史头指点着，讲工艺，说技巧……

远处，天星和膀大腰圆的焦大海用船橹抬着鱼筐从船上卸鱼，二人说说笑笑。

在海滩上，天月撅着屁股和一群娘们儿钓蝼蛄虾。渔家女们钓了一个又一个，筐子满满的，天月的筐里空空如也。焦大婶看着海滩上的洞眼笑道："咳，你找错洞眼了，幸亏不是男的，要是个男的，找不着洞眼，不叫人笑话死了？"天月懵懵懂懂地说："我也着急呢。"老娘们儿笑开了。焦大婶笑着说："天月呀，我看你文文静静的，当个教书先生蛮合适的。"

这时，渔霸老巴鲹抽着水烟袋，和傻儿子狗子来到海边。狗子看着天月，眼睛直了，流着哈喇子："爹，这个闺女俊，我要她做媳妇。"老巴鲹一脸笑："儿子，只要你看好了就行，爹托人给你说媒去。"这个老巴鲹，还真托焦大婶给他傻儿子说媒来了。天好很有心计："大婶，你给回个话，别给人家说难听的，就说谢谢看得起我妹妹，可我们不想在这里扎根，过不久就回山东老家。"

这天，天气还算不错，焦老大几经考虑，决定要出海打鱼了，焦老大和焦大海在渔船上整理网具。老史头过来好心地提醒着："渤海湾打仗，小日本的飞机军舰见了船就炸就撞，你不要命了？"焦老大无奈地说："顾不了那么多了，我这条船，是借了老巴鲹的高利贷打造的，不着急还贷，我也不想冒险。"为了能多打到鱼，焦老大和焦大海二人把船驶到深海去了。不巧碰上一艘日本人的巡海快艇，日本人对着焦老大的小渔船用机枪扫射，这爷儿俩全死在日本人的枪弹之下。

渔霸老巴鲹用报纸包几尺白布送给焦大婶算是吊丧，接着就让还高利贷，没钱还就拿房子抵押。他要收走房子，焦大婶没处住，天好三姐妹也没处住了。焦大婶好心出主意："天好，小平岛咱们是呆不住了。天无绝人之路，南大亭有个山东大院，我哥哥荆玉亭住在那里，我去投奔他。那里山东人多，是个养活穷人的地方，你们跟我到那儿去吧。"

天月是个爱读书的人，她无意间拿过老巴鲹包白布的报纸，随便翻阅着。突然，她在报纸上看到爹被日本人杀害的消息。她大声哭着，举着报纸叫道："大姐，咱爹在沈阳被日本人杀害了！"这真是晴天一声霹雳，三姐妹全都晕了，呆了，继而三人抱在一起痛哭。她们边哭边回到自己租住的屋子里，等感情平静下来，也学焦大婶家的样子，在家里设了爹爹的灵位。

"爹，你死得惨啊，日本人杀害了你，这个仇我们一定要报！"天好对着爹的灵位说。天月哭着说："爹，我们是没爹没娘的孩子了，你扔下我们姐妹怎么过啊！"天星却一点眼泪也没有，她对天好说："咱爹为了找虎子才留在沈阳没走，虎子丢了都怨我。老宋家就这么条根了，我要回沈阳找虎子，找不到虎子我就不回来！"

天好和天月都不同意天星一个人去沈阳，但是她们知道天星的脾气，特像爹的性格，一根筋。她要是铁了心想干的事，就是八头牛也拉不回头。唉，没法了，只能由她了。

焦大婶领着天好和天月来到山东大院前，这个大院面临着有大拱门的十字街面，街面有住户，也有店铺、小酒馆、肉架子、铁匠铺、大车店、水房等等。多数是大院套，大院套里是养马车的人家。

焦大婶和天好、天月三个人进了大院，觉着好热闹啊，首先就听到有人唱戏。

楼上傅磕巴唱的是《贵妃醉酒》。贾云海坐在楼梯口喝酒，他一边喝酒一边唠叨着："一早晨他妈的就嚎，天天这样。你要找打是不是？你下楼来，我咔咔咔把你脖子给扭断了！"

话音未落，楼上一盆水浇下来，贾云海成了落汤鸡，气得直骂。楼上却传来一阵银铃般的笑声，傅磕巴夹着唱戏的行头从楼上走下来。他长得眉清目秀，十分漂亮。傅磕巴问："这一阵急雨浇得你如何？"

贾云海笑着对傅磕巴说："我就奇怪，你说你唱起戏来一点也不磕巴，怎么一说话就磕巴了？"傅磕巴说："啊我就喜欢这口，你再要是让我唱戏也，也磕巴，还就让不让我活了？"忽地指着远处说，"哎，云海，我怎么看那个女人她就像铁匠铺荆、荆玉亭住在小平岛的妹妹？"

俩人正说呢，焦大婶领着天好和天月过来了。

贾云海问："玉莲，是你呀，住哥哥家来了？"焦大婶道："唉，我家的事，你们都知道了？"贾云海咬牙切齿地骂："这些王八羔子，简直就是畜生。早晚有一天，我把他们一个个的脖子都拧断，咔咔咔！"

这时，孙立武抄着袖筒过来："听说没有？最近小衙门要挨家登记户口了。这回登记有说道，当地人都要登记成'满洲国'人，咱们大院的山东人，只要申请，也可以报'满洲国'人，不愿意呢，就报寄留民，以后的待遇肯定不一样。"焦大婶扯了扯贾云海的衣襟："贾二哥，正要找你呢，屋里说话。"说着二人进了屋。孙立武嬉皮笑脸地对天月说："妹子，来个自我介绍呗。"天月白了他一眼："和你不认不识的，说不着。"孙立武觍着脸说："说说话不就认识了吗？"

焦大婶出门喊："天好、天月，进来吧，我都给你们说好了。"拉着二人进屋见贾云海。进到屋内，贾云海挺热情："姑娘，你婶子都给我说了，房子我可以租给你，可房租不能欠。房子是你庞奶奶的，我是二房东。我领你们看看房子，再见见房主你庞奶奶。"

贾云海带着天好、天月走进屋子。姐俩一看，这屋子还不错，小是小了点，倒是家具齐全，还有笔墨纸砚，进门就可以过日子。贾云海告诉天好："以前这里住着一个教书先生，还留了些书报什么的，你们识字就留着看吧。"他等姐俩在屋里逗留了一会儿，就说，"看好了？走，领你们见见房东你庞奶奶。"

三人来到住在二楼的庞奶奶家，这位庞奶奶气度不凡，像是大家出来的。

贾云海走后，庞奶奶热心地把邻居们一一介绍了："闺女，这个大院里住的人杂，我给你数数，好心中有数。进门第一家住着个瞎子，姓谢，都叫他谢瞎子，孤身一人，靠算命打卦为生。第二家住着傅磕巴，是个车把式，别看磕磕巴巴的，好唱两口京戏。第三家就是孙立武，荒料一块，也没个正当职业，听说最近拿了大衙门日本刑事的名片，当了日本人的狗腿子，你们离他远点。第四家就是你们了。你们隔壁住着的是小衙门的一个巡捕，姓曹，轱辘棒子（老单身汉）。楼上呢，我住着大半,西屋住着的是一个寡妇,都叫她翠玉嫂。是做皮肉生意的,最近靠上了小衙门的曹巡捕。这些人,都是从山东来的,可都有年数了。"

天好问:"怎么都是山东人啊?"庞奶奶答道:"细说起来我老辈儿也是山东人呢,都是闯关东来的。你不知道?大连街前清的时候归山东登州府管辖呢。"

庞奶奶很关切地问:"你们两个小人儿,在这里落脚不难,以后靠什么糊口?"天好回应道:"山东人都会摊煎饼,在沈阳我们摊过煎饼。""那好啊,这里住的都是穷人,你们摊煎饼也不错。"庞奶奶很赞成。

正当天好、天月和庞奶奶说话的时候,曹巡捕上楼,推开翠玉家的门走进去。翠玉扑上来与曹巡捕亲热:"该死的,有日子没来了,想死我了。"曹巡捕笑道:"我这些日子忙呢。"翠玉问:"都忙什么?给日本人做事,差不多就行了。"曹巡捕答:"这些日子忙登记户口。"

翠玉问:"你说过多少回了,要娶我,什么时候啊?"曹巡捕一笑:"急什么?先玩几年。"翠玉不太高兴了:"你能玩得起,我能吗?过几年我人老珠黄,你还不把我蹬了?""翠玉,你放心,我不是那种花狸脖子,早晚会娶你的。""到时候你不会嫌弃我名声不好?"翠玉赔着小心问道。"怎么会呢?那都是被生活逼的,我不是小肚鸡肠的人。"他拉着翠玉的手,说的是真心话。

翠玉听了曹巡捕的话,感动得直掉眼泪。"好了,别哭了,笑一笑。"曹巡捕用手抹去翠玉的泪。翠玉笑了:"大哥,我铺下被窝,睡一会儿?""臭娘们儿,等不及了?"曹巡捕说着用手指轻轻捏了一下翠玉的小鼻子。"我不急,不是你的工夫金贵吗?"翠玉话音未落,头已经靠在曹巡捕的胸前。"还是晚上吧。"曹巡捕拿出一沓钱说,"开饷了,拿着。"说着,塞到翠玉手里。"我不图你的钱,上回给的还没花完。""叫你拿着就拿着,我腰里不揣钱。好了,我走了,街面上遛遛去。"曹巡捕说完,走出翠玉家门。

天好和天月从庞奶奶家下楼,刚到院子里,曹巡捕也来到院子,正好碰上了。曹巡捕盘问二人:"喂,你们是才搬来的?"天月看到满脸胡子、模样凶悍的曹巡捕,吓得一哆嗦。"对呀。你是曹大哥吧?咱们轧邻居。"天好倒是坦然地回答。曹巡捕问:"报户口了吗?"天好答:"还没来得及。"曹巡捕呵斥道:"赶快到派出所报了。对你们说,在这里住不要紧,要老老实实,别给我惹事,这一片都归我管,明白吗?""大哥放心,我们都是老实人。"天好老实地说。

楼上的翠玉趴在栏杆上喊:"老曹,你凶什么凶?这两个闺女是山东人,到这里租房住的。"

天好和天月仰头望去,知道这个打扮得十分妖艳的女人就是翠玉。

虎子从溥仪那里跑出来,慌不择路地在新京的街上乱走。他知道反正是离宫里越远越好,要是被抓回去可不得了。不知爹和仁姐姐都在哪儿,想找也没处找去。流浪两天,从侯云德那里拿的馒头早已吃光,肚子空空,饿得眼冒金星,虎子只得沿街乞讨。可是,眼下这个世道,兵荒马乱,日本人横行霸道,讨口饭吃也很难。

一个街混子啃着烧饼走来,虎子走到街混子跟前乞讨:"大叔,可怜可怜吧。"街混子把啃剩的烧饼给了虎子,虎子狼吞虎咽地吃着。街混子皱眉道:"没出息,这么大的小子了,要饭干什么? 想不想吃饱饭?"虎子伸着脖子咽烧饼:"做梦都想。"街混子一挥手:"那好,跟我走,保险有你的好吃好喝。"

虎子跟着街混子来到一间破屋里,这就是街混子的家,屋里有好几个流浪儿。

到这里虎子才知道是叫他当小偷,他刚说不干,街混子就让打他。流浪儿一窝蜂地拥上来,要打虎子。虎子勇敢地反击,他摔倒了两个流浪儿,其他的又围上来,虎子又打倒了两个,四个流浪儿倒在地上直哼哼。街混子看到这种情况,连忙从椅子上惊慌地站起来:"小老弟,没想到你一身功夫,你高抬贵手。"

这时,一个流浪儿扛着一个猪肘子回来高喊:"师傅,我今天顺着大货了!"街混子高兴了:"好啊,煮一煮造了它。"虎子灵机一动忙进言:"师傅,这么好的东西煮着吃可惜了。这个猪肘子能出好几道大菜呢。我可以做个红烧肉,再来一个水晶肘子。我家以前是开饭店的,看就看会了。"其实,虎子聪明又有心思,是在御厨侯云德那里"看"会的,只是没机会动手,今天正好可以试试。街混子十分高兴:"好,今天晚上的饭就交给你了。"

街混子和流浪儿们围着桌子,等着品尝虎子的手艺。虎子把做好的菜端上来,大伙又吃肉又喝酒。虎子说他一喝酒浑身起疙瘩,就免了。等吃饱喝足了,虎子说："谢谢你们收留了我，你们都是好人，可我不想这样活着，我要去找我自己的日子，告辞了！"说完，一抱拳走出去。

众人呆呆地看着虎子的背影，似乎还没明白过来事情为啥会这样。直到虎子慢慢走到大街上，街混子和一群流浪儿才追上来，大伙儿把吃的东西直往虎子包里塞。街混子真心实意地说："兄弟，渴了饿了，就回来，累了困了，就推门上炕，咱这个破家的门不上锁……"虎子深深地给街混子鞠了个躬，转身走了。

虎子在宫里当小答应这些日子，也认识一些达官贵人，他想，如果能碰上其中的一个，也许就能改变自己的命运。从街混子那里出来后，他就专往有大宅门的地方转。这天，他在一个大宅门前发现了一辆马车很像是宝王爷的，他马上有了主意。

宝王爷从大宅门出来，辞别主人，和娜日托娅坐上马车离开新京。马车走在新京郊外的旷野上，宝王爷随着马蹄的嘚嘚声哼着京剧，娜日托娅自己无聊地翻着线绳玩。正走着，娜日托娅突然发现虎子站在一棵大树下向他们招手。宝王爷吩咐停车。虎子跑到车前对宝王爷说："王爷，我要跟你去草原！"宝王爷摇着头说："哦，那不行，你是宫里的小答应，皇上使唤的人呢，我带你走那不是坏了宫里的规矩吗？"虎子求告着："王爷，我在宫里惹了祸，把皇上要戴的龙帽掉地上摔坏了，人家不要我了，你带我去吧。"

娜日托娅撺掇道："阿爸吉，你说过，每个人心里都有一盏灯，你伸出手帮别人一下，那盏灯就会亮一些。领他走吧。"宝王爷想了想说："嗯，上回面见皇上，你一直伺候我。还别说，把我伺候得挺舒服，就念你这个，跟我走吧。"虎子高兴极了："谢谢宝王爷！"娜日托娅伸手拉虎子上了马车。虎子小声告诉娜日托娅："我打听到你们的消息，在这里等了半天了。"娜日托娅一笑："你真的鬼着呢。"

马车一路上不紧不慢地走着，虎子坐在车上心里很高兴。宝王爷告诉虎子："你没家没业，到草原我可不能白养活你。我可以给你一块地，可王府不能收留你，那里不是随便什么人都能住的。"虎子忙回应："行，听王爷的，把我带到草原我能活命。"宝王爷笑道："好，就冲你这句话，我也帮你这个忙。"

马车在辽阔的科尔沁大草原上走着。草原的早晨特别美，晴空万里，一片湛蓝，绿色的草原，牛羊成群。宝王爷的心情自打马车进入草原后就开朗起来，在马车上，虎子给宝王爷捏肩膀，宝王爷美得直哼哼。

娜日托娅提醒着："虎子，在这里你怎么叫我都可以，到了草原，你必须叫我格格。""知道了，娜日托娅格格，我比你大，你得叫我哥哥。"虎子调皮地说。娜日托娅笑道："行，叫你哥哥。"

虎子真是会黏糊："你可是说过，我要是到了草原，你送我一匹马。"娜日托娅可真大方："马儿跑了能抓回，话儿出口不能追。马有的是，就看你有没有本事了。我们的马都是野放着的，你必须用套马索去套，套着了，驯服了，马才归你。"

马车在草原上走啊走,好像路很长很长。虎子问格格蒙古族都有些什么礼道,免得以后失了礼。"我们蒙古族人待客礼道很多,你是小孩,也不算什么客人,就不必讲究了,以后慢慢学。不过有些禁忌是要知道的。"娜日托娅对虎子讲了一些最重要的禁忌,虎子一一记在心里。

王爷府终于到了,宝王爷的车马在大门外停下。下人们在门口迎接,喜管家搀扶宝王爷下了马车。在王爷内府,福晋到大厅外门口恭迎。虎子行蒙古礼道:"福晋吉祥。"福晋一看虎子懂礼的样,高兴得眉开眼笑。一行人进了厅堂之后,虎子特有眼色,他用旗人的礼节做客,处处看着别人怎么动,然后再动,倒也规规矩矩。

大伙正在吃饭,喜管家进来说:"王爷不在的时候,东北军警备司令苏炳文派人来联络,要咱们参加东北民众救国军,起兵抗日,被我回了。"福晋一听这么大的事她都被瞒了,就发火道:"喜来福,这件事你怎么没对我说?谁叫你擅自作主的?""这件事我考虑了,王爷肯定不会答应的,所以……"喜管家看着王爷说。宝王爷摆摆手:"算了,以后有重要的事情,我不在一定要向福晋禀报。"

喜管家连连点头:"记住了。还有,关东军那边派信使来了,说要咱们送五十匹好马过去,您看……"宝王爷对这事十分在意,他立即决断:"要我的马?那不行,就说我的马都卖了,钱款人家都付了。"喜管家似乎对王爷的决定另有看法,就小心谨慎地试探:"王爷,我认为苏炳文可以得罪,日本人得罪不起,还是……"福晋更是来火:"喜来福,你这个人怎么回事?你想当王爷的家吗?"喜管家忙低头躬腰:"小的不敢。"宝王爷一摆头:"那就下去吧。"喜管家走了。

福晋很是不满:"这个喜来福,越来越不像话,我发现他经常和日本人来来往往。"宝王爷对喜来福比较信任,所以随意地劝福晋:"他就那么个人,和谁都黏黏糊糊的,别当回事。"

饭后,宝王爷和娜日托娅、虎子坐着车来到草原上。宝王爷对虎子笑道:"来吧,我们蒙古族好客,不管是哪里的人,来到草原,就是我们的朋友,我给你一箭地。"说着,从车里抽出一张弓,一支箭,"孩子,你把箭搭到弓上,使足力气放箭,从你站的地方到箭头落的地方,这块地就是你的了,你可以在这里盖房子养牛放马。"

虎子接过弓箭,一箭放出,只有八九米远。娜日托娅嘲笑道:"笨蛋,才射这么一点点远。"宝王爷笑道:"好!这就是你的地了,在这里安家生活吧,有事找我。你呀,我看了,也就是只笨鸟。""王爷,你以为我真的就只能射这么远吗?"虎子不服气地说,"看我来真格的。"他把箭搭在弓上,用足力气拉满弓,"嗖"的一箭放出去,箭头飞出去足有二百来米。宝王爷惊诧不已:"好家伙,还真有把子力气!""我这是跟宫里的侍卫学的。"虎子得意地说。宝王爷哈哈大笑:"好你个小虎子,是个没有贪心的孩子。好马在养,好苗在耪,你将来肯定有出息,我没看错!回去吧。"

"还有件事呢。"虎子趁王爷正高兴着,小心提醒道。宝王爷道:"没忘,你不是要马吗?给你三天时间,你要是学会了套马,套到哪匹给你哪匹。"

虎子立即请娜日托娅当老师,先教会他骑马,以后学会套马。他看中一匹枣红马,把它套住,刚好用三天,枣红马就成了虎子的。又用几天,他把枣红马驯服了,娜日托娅送给虎子一副漂亮的马鞍子。

　　有了马和地,虎子开始脱土坯盖房子。娜日托娅跑来也要脱土坯,她脱了蒙古袍干活。脱了袍子的娜日托娅更显出女孩的娇媚。"娜日托娅,你挺好看的。"虎子出神地看着她说。娜日托娅很得意地笑道:"好看吗? 长大了你娶我做媳妇吧。"虎子咧着嘴傻笑:"行吧,能娶个格格还真不错。"娜日托娅开心地笑了:"美得你,你是穷光蛋,我才不嫁给你呢。"虎子不服气:"别看我现在穷,将来不一定穷,长大了我要像我爹一样当兵去,做比他还大的官,当团长,当旅长。"

　　2　天星不顾天好、天月的劝阻,铁了心要找虎子。她先坐火车到沈阳,直接找到左云浦家大门外。左家对过杂货铺的邱大娘好心地告诉天星,左家男人死了,女人回了乡下,他家收养的一个男孩子被送到长春溥仪那儿谋差事。

　　天星急忙坐火车赶到现在称新京的长春,到了长春,天星就守在执政府大门外等着,看见进进出出的日本兵和当官的,天星不敢上前问,她只问办事的下人。说来也巧,正好厨师侯云德出门采购,天星见这人面善,忙上前打听虎子的消息。侯云德告诉天星,虎子本来干得不错,后来惹了大祸,不敢再呆下去,就跑了,不知他跑到何处。

　　天星很少哭,这会儿也放声哭起来:"我是他姐,从大连跑来找他,他咋就跑了呢? 再往哪儿找哇?"侯云德忙劝着:"闺女别哭,听人说好像在哪里见过他,反正还在新京,再找找吧。"

　　天星开始在新京的大街小巷找虎子,见到合适的人就问,她特别在意问一些半大男孩子。她想,要是虎子还到处流浪,很可能和这些孩子在一起,但是,这些孩子都说没见过。找完了市里大街小巷,天星又把范围扩大到郊外。经过这些天的奔波劳累,面容俏丽的天星已是蓬头垢面、疲惫不堪。

　　天又黑下来了,天星来到一个小集镇。她实在走不动了,就在一家小客店门前台阶坐下来,一闭眼竟然睡着了。店里女老板发现了,让天星进去住店。天星不好意思:"大婶,我没有钱,住不起店。"好心的老板娘说:"住不起我也不能让你在门前睡呀,出了事我可担当不起,跟我进屋吧。"天星心中一热,想来这世上好人还是不少。她站起身,活动一下麻了的双腿,跟女老板来到店堂内。

　　老板娘拿出剩饭给天星吃,天星狼吞虎咽地扒拉着,哪管是不是剩饭。她把来找弟弟找不到盘缠也没了的事对老板娘讲了,老板娘很同情,免了住店钱。

　　这天晚上没有别的女客,老板娘安排天星一个人住一间客房。天星刚要睡下,店里来了一帮汉子,要住店,又要吃饭。这些汉子在店里喝酒划拳,十分豪爽,吵闹得天星半夜才睡着。

大约是下半夜了，天星被一阵乱七八糟的打斗声惊醒。她趴在女客房的门缝上往外看。原来是先前在店里吃喝的汉子和不知从哪儿跑来的一伙蒙面人搏斗厮杀，汉子们打不过蒙面人，只好慌慌张张逃命，他们把一个包裹掉在地上。蒙面人只顾去追汉子们，也没发现那包裹。

　　等这两拨人都走之后，天星忙闪开门，捡起那不大的包裹退回屋内，麻利地关好门，慌慌张张打开包裹。天星看见包裹里包的是一根像胡萝卜并且有好多须子的东西，她从没见过这东西。这时，几个蒙面人又回来，低头找什么东西，找了一阵子没找到，打了个唿哨都跑了。天星猜想蒙面人也许就是找这个包裹，她觉得这包裹里的东西一定不寻常，忙把东西包好藏在床下。

　　天亮了，警察来破案，察看现场，作着记录。天星也从客房出来看热闹。老板娘面对警察说了一通话："要我说，逃跑的是长年在长白山挖参的山东人，他们采下参以后，不少都在我这里打个站，寻个主顾把大货卖了。过后，有的就在当地置房置地或者开买卖，有的就直奔大连乘船回山东。杀他们的人，肯定是从长白山一路尾随而来，这样的事，店里每年秋天都有几回。"警察只是走个过场，也图个省时省心，因为没出人命，问问也就走了。

　　警察走后，天星问老板娘："大婶，人参真的值钱吗？"老板娘瞪大了眼说："那可不，一棵好人参，可以让穷人一夜成为人上人。"天星一听这话，心不禁"怦怦"猛跳起来，忍不住想着，要是能把捡的那棵人参换成钱……她忙回到女客房，坐在床边，手按住乱蹦乱跳的心脏，好半天才平静下来。日头老高了，天星对老板娘说她要出去再找找弟弟，悄悄从床下拿出那包裹揣在怀里，急急忙忙来到大街上。

　　天星来到一家货栈前，不敢贸然进去，瞅了半天，等柜台前没人时才敢进去。她终于鼓足勇气，把大参拿出来："掌柜的，我这件东西你们收不收？"说着，心又猛提到嗓子眼上。货栈掌柜的打开包裹一看，差点吓死过去，好容易稳过神，拿出一包银元，放在柜台上："姑娘，东西我收了，这个价可以吧？"

　　天星也吓坏了，鼓足了勇气，抓了银元便跑出去。她径直回到小客店，进房把自己的东西简单收拾一下，在身上藏好银元，出来向老板娘打探消息。天星问老板娘："大婶，到长白山挖参，真的能发大财？"老板娘说着实话："那要碰运气，有的人一辈子也没挖到大参。可也真有挖参发财的人。"天星听了女老板这话，决心也去挖参。她谢过女老板，出门走了。她本想把住店的钱给女老板，又怕说不清露馅，只好欠人家一份情了。

　　天星说干就干，她把长发剪掉，装成男孩的模样，到长白山的林子里乱转，到处寻找挖人参的人。这天她正走着，一不小心被套山鸡的夹子套住了。

　　小半达从密林里钻出来，哈哈大笑。天星问："笑什么？你下的套子？还不给我解开！""我当是套着山鸡了呢，把大活人套住了。"小半达过来解了套子。天星哭丧着脸说："都是你，把我的脚都夹破了，你赔！"小半达一脸无辜的样子："怨我吗？谁让你中套了呢？"

天星忽然问："你是打猎的吗？"小半达摇头道："我们不打猎，是挖参的，闲着没事下套套山鸡，打打牙祭。"天星惊喜地问："你们是挖参的？这儿有参？"她心里想，总算找到门路了。"这儿哪有什么参啊，参都在老山林里。不到时候，还没放山呢。""你们住在哪里？"天星又问。小半达抬手一指："那边有个窝棚，到我们那儿去看看？"天星巴不得呢："看看就看看。"

参帮的窝棚搭在山林子里，小半达挺有兴头地领天星来到窝棚时，参帮的人正在吃饭。小半达把天星介绍给参把头。参把头问："孩子，你一个人跑到山里来干什么？不怕叫熊瞎子舔了？"天星哭诉着："大爷，我妈死了，我爹是当兵的，被日本人祸害了，家也被日本人烧了，没有活路，就想找个参帮入伙，你就收留我吧。"参把头叹口气："唉，小日本就是不让中国人活。好吧，你就留下吧。小半达，这个小弟弟就交给你了，他才来，帮里的规矩不懂，给他说说。吃饭吧。"

山里的黑夜好像来得格外早，天一黑参帮的人就睡下了。窝棚不大，人们睡得比较挤，小半达和天星挨着睡下。"哎，你怎么不脱光了睡？"小半达见天星只脱外衣，就奇怪地问。"我从来都是这样睡。"其实，天星在家睡觉也爱脱光，天月不爱脱光她还笑话天月呢。那是和姐妹在一起睡，现在和一个半大小子挨着睡，可得注意。

小半达倒是真热心："还是脱光了睡舒服，一是解乏，二呢，防虱子咬，脱了，我帮你脱。""我不脱，脱光了睡不踏实。"小半达没羞没臊地说："有什么不踏实的？害怕女人看见？这山里，成年论辈子看不到女人，要是有个女人，我还巴不得让她看看我光着的样子呢。"天星听这话脸都发热了，她没话可接，只说："没正经。"

小半达话真多："男人太正经了，女人不喜欢。哎，你跑过马吗？""跑什么马？我们家没有马。"天星不明白他的意思，就话问话地说。

小半达笑嘻嘻地说："又装正经，这么大不跑马，肯定是有病了。""胡说，庄户人家有几家养马？"天星仍不明就里，也就胡乱以问代答。

小半达很是奇怪："你是真不懂啊？不知道什么叫跑马？""不懂，你告诉我。"天星被小半达绕了半天，仍听不明白，只好老实求教。小半达对着天星的耳朵嘀咕了一阵。天星故作聪明地说："就这事呀？去你的，早就知道了。"天星一转身给小半达一个后背，不再理他。

天星是十七八岁的大姑娘了，现在忽然和一个半大小子紧挨着睡觉，一下子真不习惯，浑身像长了痒痒毛似的不痛快。她一时半会儿睡不着，又不敢乱翻身，生怕小半达又来捣乱，万一他动手动脚地往她被窝里乱摸咋办？天星想，自己女扮男装并不难，难的是往后要一直"装"下去又不被别人发现，特别是不老实的小半达，叫人担心。以后的麻烦事还多了去了，比方说一天几回的"解手"，常离不开的换衣服，还有每月一次的月经，这都得小心防着。天星忽然想起大戏里唱的花木兰从军,人家花木兰当兵打仗十几年,后来当了大将军,都没人发现她是个女的,真神了,要是能找到花将军问问她是咋整的有多好！天星偷偷无声地笑起来,骂自己是傻闺女瞎胡想。天星笑着睡着了。

3 乱世的孩子早当家。天好和天月被焦大婶带到山东大院,租了庞奶奶的房子,安下身来,为了生活下去,开始摊煎饼卖。天好在老家山东早就和娘学会了摊煎饼的手艺,在沈阳也干过,现在正好用上。这天姐俩一早把煎饼摊子摆出来,现摊现卖。谢瞎子最先来光顾姐俩的煎饼摊子,他吃着天好摊的煎饼,夸手艺不错,还出主意让天好把煎饼送到贾云海的小酒馆里,让他帮衬着代卖。

姐妹俩觉得这个主意不错。直到一天的生意完了,黄昏时分,天好和天月出了山东大院,来到街面上,准备到贾云海的小酒馆里找他说说代卖煎饼的事,碰巧见到了焦大婶。焦大婶挎着个篮子,说是进点香烟瓜子仁丹什么的,做点小买卖,白天日本人不让卖,只能晚上偷着卖。姐妹俩认定焦大婶是好人,帮了她们的大忙。

天好姐妹进了小酒馆。这里聚集着山东大院的一些人,有庞奶奶、傅磕巴、谢瞎子、翠玉等等。

谢瞎子拉着京胡,傅磕巴边喝酒,边唱京戏,唱的是《击鼓骂曹》:"谗臣当道谋汉朝,楚汉相争动枪刀;高祖爷咸阳登大宝,一统江山做汤尧;到如今出了个奸曹操,上欺天子下压群僚,我有心替主爷把贼讨,手中缺少杀人刀……"傅磕巴入戏了,唱得泪流满面。

贾云海凑着热闹一个劲儿地唠叨着:"傅磕巴,拉倒吧,给你杀人的刀又能怎么样？就你那胆气,见了日本人腿就哆嗦,还唱什么？"傅磕巴不服气:"啊就谁说的？我怕日本人？小鬼子就是没惹着我,要是惹着我,我叫他们……哼！咔。"

庞奶奶问大伙:"老曹昨儿通知咱们,说小衙门要登记户口了,你们都报民籍还是报寄留？"谢瞎子眨巴着看不见东西的眼说:"当然报寄留,咱们山东人这回要心齐,咱们是中国人,谁也不许报'满洲国'的民籍。"大伙七嘴八舌地应和着:对,咱不是"满洲国"人,都报寄留。

这时,天好走过来对贾云海说想请他代卖煎饼的事,贾云海十分豪气地一口应承,他还对众人喊:"大伙都听着,以后山东大院的人,谁也不许到外边买煎饼吃,要吃就到我这儿。"

天好和天月高高兴兴地回到小屋里。天月甚是感慨:"姐,到底是山东老乡,对咱都这么热情,叫人心里热乎乎的。""咱山东人就这一样好,走到天边,只要说是山东人,老乡帮老乡没的说,不讲代价。"天好深有体会。

天月闲了又多愁善感起来:"唉,真想二姐和虎子,也不知道二姐找没找到弟弟。""你二姐现在够不着抓不着,听天由命吧。天月,大长的夜,咱俩闲着没事,练练大字吧,笔墨现成。"天好提议道。

姐妹俩开始写大楷。突然，外边警笛大作，姐妹二人急忙出门去看。她们来到街面上，站在街口往西看，西边一片火光冲天，像是什么地方失火了。这时，大院里的人也都跑出来看，人们议论纷纷，都说是南大亭日本人的油漆厂着的火。

这时，曹巡捕急匆匆走来，对大伙吼着："都看什么？有什么好看的？想惹事呀？都回家睡觉！"翠玉忙迎上去说："曹大哥你没吃饭吧？有从天好那儿拿的煎饼，我给你烙煎饼合子吃。""好啊，我最得意这口。"曹巡捕一边跟翠玉走，一边回头对大伙说，"都回家去，别乱说话。"

大伙还没走散，焦大婶挎着篮子急匆匆走来。天好问："大婶，才回来呀？""生意不好做啊，这么晚了，东西还没卖掉一半。"焦大婶说完急匆匆走了。

庞奶奶看着焦大婶的背影叹息："唉，可怜人，好好的一个家，说毁就毁了，作孽呀！"孙立武说着屁话："怨他们自己！日本人贴告示说封海了不让出海，偏偏出海，不是找死吗？"

庞奶奶生气了："小立武，别以为你拿了大衙门日本刑事的片子我就不敢说你了，你说的是人话吗？海是中国人的海，他们凭什么说封就封了？""老不死的，现在是'满洲国'了，日本人当家！"孙立武像个疯狗似的连庞奶奶也咬。庞奶奶气极了，喘着粗气指着孙立武："你个畜生，你敢骂我，你……"

"奶奶，别生气了，到我家坐一会儿吧。"天好忙扶着庞奶奶回自己的家。进了天好家，不解气的庞奶奶还在不停地骂："孩子，我过不来呀，驴拉的，我老婆子多会儿被人这么当众骂过？打听打听，山东大院的老少爷们儿，谁敢对我动动粗嗓？小立武是个什么东西，摞巴摞巴没有三块豆腐高，掐巴掐巴没有一扎韭菜粗，你奶奶就是老了，没能事了。要是以前，我一个漏风掌拍过去，小杂种脸上立马就开酱油铺！气死我了！"

天月劝慰着："奶奶，消消气，气坏了自己不值当的。"天好也劝："全当叫狗屁呲了。"

庞奶奶突然发现桌子上的毛笔大楷，就问："这是谁写的？"天月不好意思地说："奶奶，我和姐姐闲着时写的，写得不好。"

庞奶奶欣赏着说："嗯，我看写得不错，看字架，学的是欧体吧？你们姐妹念过几年书？""我们家虽然穷，可爹娘对俺姐妹念书可盯得紧，俺俩都是小学卒业。下了学，俺娘也没让俺把书本丢了，说了，识文断字就像二郎神多了一只眼，看事深。"天月说着忙给庞奶奶搬来凳子。

庞奶奶坐下来，看着天好问："你爹娘好见识。哎，我影影绰绰听说，你爹在东北军当兵，叫什么名？"天好答道："奶奶也不是外人，就实说了，俺爹在少帅手下当营长，叫宋承祖。"

庞奶奶大吃一惊："宋承祖是你爹？"天好点头："嗯，奶奶听说过？"

庞奶奶感慨地说："你们是宋承祖的孩子呀？他没对你们提起过郭金铭？"天好

忙点着头说:"听俺娘说过,郭金铭是俺爹的团长,不知怎么得罪了大帅,被大帅杀了头。你怎么认识他?"

提起这件令人心碎的事,庞奶奶哭了:"郭金铭就是我老头子啊。当年吴佩孚要收买老头子,老头子想打进吴佩孚的内部,满口答应了,可这件事他没对大帅说清楚,大帅误杀了他。大帅后来知道了内情,后悔得不得了,给了我一笔钱,置买了这些房产。大帅临死嘱咐少帅别忘了我,年年派人来给我送车马费。"

第二天一大早,人们都忙着到水房买水,天好挑着水筲也来买水。谢瞎子是管水房的,他在用心听邻居们议论昨天的事。傅磕巴说:"昨儿晚上,东关街桥洞子底下,一个日本宪兵,被人用锤子把脑袋砸碎,死了,脑浆子白花花一地!"

又一天,街面上人们又在议论。贾云海悄声说:"听说没有?昨晚,周水子又有一个日本兵被干掉了,还是被铁锤敲碎了脑瓜盖!"

傅磕巴绘声绘色地说:"啊就这个人不一般,肯定浑身的功夫,有万夫不当之勇,左手一把青龙宝剑,右手一个鎏金锤,喊一声'哒'……"正说着,傅磕巴突然闭了嘴,眼睛直了,他看见一伙日本宪兵牵着狼狗,气势汹汹地走来。

不一会儿,焦大婶五花大绑地被日本人吆喝着走在大街上。焦大婶显得平静,对看热闹的人微微笑着。天好哭着跑过来问:"大婶,你这是怎么了?他们为什么抓你?"焦大婶面色平静地说:"孩子,以后你会知道的,我给他们爷们儿报仇了,就是死也可以闭眼了!"

焦大婶被日本人打得遍体鳞伤,日本兵押着她到海滩上。她要就义了,山东大院的乡亲们来送别。焦大婶从容地大声对乡亲们说:"街坊邻居们,告诉你们,那两个日本兵都是我杀的,是我一个一个用铁锤敲碎了脑壳杀的。日本人问我,为什么要杀人?我告诉他们,我的男人、我的孩子是被你们日本人杀的,日本人欠了我家两条人命,欠命还命,没有什么好说的。我够本了,两条命抵三条命,我还嫌亏得慌呢。乡亲们,不要怕日本人,他们杀我们,我们就杀他们,不用讲道理!小日本鬼子,我告诉你们,中国人是杀不完的,一命抵一命,中国人能杀光你们七八个来回,你们就来吧!"

枪声响了,焦大婶倒在血泊中,大伙都流下了眼泪。

这天才吃过早饭,街上的邻居们都被集中到山东大院里,大家交头接耳,不知道日本人又要搞什么鬼名堂。狗腿子孙立武和小衙门的警官藤本站在当院,小立武殷勤地给藤本点烟。

翠玉对天好嘀咕:"你看小立武那臭德性,伺候日本人像亲爹,恶心!"天好不屑地白了翠玉一眼:"曹巡捕也好不到哪儿去。"翠玉脸红了:"他和他不一样,你是不知道。"

孙立武喝道：“大伙安静，藤本警官要给大家开个会，都把嘴闭上！”

藤本用半生不熟的中国话讲道：“诸位，关东州厅最近有指示，要求对‘满洲国’人推广普及日本话。这是件很有意义的大事，你们都要支持参加，高小我们已经普及了，每一个角落都不能放过。”他接着说，“上级下了命令，限期让大家学会一些日本话，上边定期要来检查。”

庞奶奶说：“藤本先生，你们日本话太不好学，我们上了年纪学不会呀。”

藤本笑着说：“日本话很好学，很美。不信？我给大家说说，不难学。”他说了一通日本话，意思是建立大东亚共荣圈啥的。

贾云海在一旁嘀咕：“什么东西，老驴放屁也比这好听。”天好笑道：“一口一个嘛丝，看样他妈死了。”大伙窃笑。

藤本得意了：“怎么样？日本话很好听吧？今天我给大家带来一些小学生，他们学的日子不多，已经说得很流利了，请他们给大伙表演一下。”藤本一挥手，一群孩子进院里站好队伍。藤本用日语说：“孩子们，开始吧！”孩子们开始表演日语，唱日本歌曲。

谢瞎子叹息道：“完了，完了，他们太恶毒了。这是奴化教育呀，从小就把孩子的灵魂抽了，长此以往，孩子们会忘记自己是中国人啊！”

贾云海气鼓鼓地说：“就给他个学不会，看能把咱们怎么样！”

庞奶奶看着眼前的一切，怒火攻心，一口血喷出。天月惊呼：“奶奶你怎么了？吐血了！”庞奶奶哀叹：“可怜咱这些孩子了！”天好叫道：“快扶奶奶回家！”

日本人召集的这个会乱得没法再开下去，藤本气得脸色铁青。孙立武大叫：“都不许走，给我站下！”没一个人听他这比狗叫还难听的话。

第6章

庞奶奶是位极有爱国之心的老人,她见中国的孩子被日本人训练成那样,一个个都被奴化了,不由得急火攻心,口吐鲜血。天好、天月急忙把庞奶奶扶回家。庞奶奶躺在炕上,老泪纵横,天好、天月伺候在一旁。

天好焦急地问:"奶奶,你好些了吗?"庞奶奶抚着胸口说:"孩子,奶奶这口气过不来呀!自打盘古开天地,咱中国人就说中国话,仓颉创字,蒙恬制笔,蔡伦造纸,毕昇印书,中华文化五千年,难道就叫驴拉的小日本一笔给抹了吗?"

天好豪气地说:"舌头长在咱自己的嘴里!"庞奶奶夸赞道:"说得好!要是一个民族,没有了自己的话,就等于割掉了自己的舌头,没有舌头的人还算正常人吗?那是不会说话的牲口啊!"

"奶奶,你说怎么办?"天月有点犯愁了。庞奶奶出了主意:"唉,我的蜡头不高了,可我不想就这么死了,想在楼下办个小学堂,把大院的孩子招进学堂,日本人不是白天教孩子们学日语吗?咱晚上教他们中国的文化,得把孩子们从日本人手里抢回来!"

天好担忧地问:"孩子们会来吗?""怎么不会呢?咱是教中国自己的文化,我不收学费,发给书本,他们会来的。"庞奶奶很有信心。

"可到哪儿请先生啊?"天月有点犯愁。庞奶奶用手一指:"先生?有啊,现成的,就是你们姐妹俩!我请你们姐妹当先生。"

天月有点底气不足:"我们?行吗?我们念过几天书不假,可没做过先生啊!"庞奶奶自有她的道理:"谁也不是生下来就会当先生,我看你们行,不过这件事要担风险,小日本会来找麻烦,就看你们有没有这个胆量了。"

事情已经很明白,天好悲壮地说:"奶奶,日本人的刀架在脖子上了,咱哼哼几声都不行吗?我敢!要不咱真成了牲口了。""我也敢!"天月信心倍增。

庞奶奶一拍炕席道："好,有种!那就把我楼下闲着的房子收拾一下,过几天开个全院大会,和老邻居们商量一下。"

庞奶奶说干就干,她真的把人召集来商议办学的事了。大院的老少爷们儿都来到当院里,天月扶着庞奶奶站在楼梯口,她高声朗朗地给老邻居们说事,她把为啥办学、怎么办学、谁当先生以及不收学费、供给书本的事讲得明明白白。大伙议论纷纷,都说这是好事,愿意把孩子送来读书。庞奶奶一脸灿烂："看来大伙没有什么意见,那就拍板定了,下个礼拜,开学!"

开学前日,姐妹俩研究上课的事。天好提议："咱们没有现成的课本,我看就像过去的开私塾,从《三字经》讲起吧。"天月赞同道："也只好这样了。"天好想得更远更深："我是这么想的,咱们要把旧课本讲出新花样,讲咱自己的文化,讲做人的道理,让孩子们别忘了自己是中国人。"天月一拍巴掌："对,就这么办。"

二人正研究呢,庞奶奶来了,她是给姐俩送两件当先生讲课穿的蓝褂子,捎带着也问问她们开篇讲什么。听天月说先讲《三字经》,庞奶奶高兴地说："好啊,讲深了孩子们吃不透。我看《百家姓》、《千字文》、《论语》、《颜氏家训》什么的,都可以挑着讲。还有唐诗宋词,也可以进课堂,只要讲出中国人的骨气就行。"她接着说,"课堂我就交给你们姐妹了,我信得过你们,给我大胆讲,怎么给中国人提气怎么讲,别害怕,出了事我兜着!明天开课第一讲,我来,给你们做个样子。"

"奶奶,你也会当先生?"天月惊喜地问。庞奶奶满面春风地说:"奶奶当年也是大户人家的千金,和少帅的娘做过耍伴儿。少帅还是我给开的蒙,小子不认真听讲,还让我扇了大耳刮子呢!就这样少帅他娘还说我打得好!"

开学了,十几个孩子坐在教室里,老邻居们都到了,站在教室后排。

庞奶奶站在前面讲:"承蒙老邻居们都来参加开课典礼,今天第一课我老婆子开讲。这第一课,我不教识字,不教算术,专说说大汉朝的一个大名人苏武。"大伙鼓掌,掌声不齐整,但是很响,在黑夜里传得老远。

庞奶奶把苏武的事讲得有声有色,最后,她激动地说:"现如今,咱们东北落到日本人手里。日本人占了咱的地,还要占咱的心,推行奴化教育。我老婆子豁上老命办这个小学堂,就是让大家不要忘了自己是中国人,不要忘了中国的文化!"庞奶奶越讲越激动,"我知道,日本人会来找麻烦。不过大家不要怕,出了事我老婆子自己承担,不会牵连大家。我已经七十多岁了,大不了一腔老血喷洒在山东大院,老婆子不怕死!"大伙含着眼泪鼓掌,天好和天月也是热泪盈眶。

天好站在庞奶奶身后大声说:"奶奶你放心,出了事我们姐妹俩跟你顶着!"

庞奶奶往后捋了捋花白的头发说:"好了,我也不多说了,大家跟我一起唱个老歌吧,就唱《苏武牧羊》。"庞奶奶起了个头,大伙一起唱起来。小学堂就这么正式开学了。

这天晚上，庞奶奶在楼上一摇铃，孩子们就都跑进教室。天月上课，天好听课。

天月用清脆悦耳的声音讲道："同学们，今天咱们学习一首古代诗歌，我先把这首诗朗读一遍：敕勒川，阴山下……"

庞奶奶抱着铜铃铛，眯缝着眼睛，听着教室里孩子们的读书声。教室外，孙立武趴在门外偷听。庞奶奶走过来说："小立武，怎么跟你抽大烟死了的爹一个样，就好趴门爬窗的，想听大大方方进去听。"

孙立武白着眼珠子："我愿意怎么着就怎么着，你狗拿耗子多管闲事。"

庞奶奶一听就来气，禁不住揭开了孙立武的老底子："哟嗬，长能耐了你！当年你爹抽大烟败了家，死在东关街桥洞子底下，不是我接济你家，你还能活成个人？"

孙立武这个狗腿子的腿够勤快，他立马跑到日本人的小衙门向日本警官藤本报告山东大院办学的事，还说是庞奶奶出的钱。藤本很不高兴，急忙让孙立武领着来到山东大院。庞奶奶看到二人进了教室，跟下楼来。天月正在教室里给孩子们上课，教孩子们念黑板上的唐诗，天好在后排听课。

孩子们齐声诵着："秦时明月汉时关，万里长征人未还。但使龙城飞将在，不教胡马度阴山。"

藤本推门进了教室，天月见藤本进来，心里不由得慌乱，领读的声音颤抖，讲不下去了。天好让天月坐到后排，自己上去讲。藤本一边听课一边抽烟。

天好特意提高了嗓门对孩子们讲："同学们，这首诗大家都会朗诵了，现在我给大家讲讲这首诗的意思。这首诗是咱们国家唐朝诗人王昌龄写的……"

藤本举着夹有香烟的右手笑着发言了："先生，我打断一句，你的讲课有逻辑错误。你说的咱们国家是指什么？是'满洲国'还是中华民国？我想，应该是'满洲国'吧？你要是这么说，就等于说唐朝也是'满洲国'的，不合乎逻辑。请继续。"

天好厉声地说："现在是上课，听我的还是听你的？你把烟掐了！出去！"藤本故意捣乱："我不是你的学生，为什么要听你的呢？我不走！"天好毫不退让："进了这个课堂就是我说了算，同学们，对不对？"学生们一起尖声回答："对！"天好又问："他不走怎么办？"学生们喊："轰走他！"藤本被天好轰出课堂，孩子们一个个开心地笑起来。

藤本灰溜溜地出来自嘲着："还挺正规的。"孙立武忙上前点头哈腰："太君，到我家里坐坐，我沏了一壶好茶，铁观音。"二人走了。

庞奶奶摇起下课铃，天好和孩子们走出课堂。

天月赞叹着："姐，你胆子也太大了！"天好训斥道："天月，不是我说你，看你刚才的倒霉样，嘴也哆嗦了，声也颤了，怕什么？他能把你怎么的？"

藤本忽然又返回来假惺惺地说："对不起，刚才是我失礼了。我保证，以后不会发生这样的事情。可是我要告诉你们，这一片归我管辖，别难为我。"庞奶奶问："我们难为你了吗？"藤本软中带硬："我不反对你们办学，教孩子读书识字这没有错，可是你们也应当教日语呀,学日语是天皇的命令。教点日语吧,不然我也不好办。"

天好借故推托:"我们不会日语,教不了。"

藤本笑容可掬:"我可以代课呀。"

2 虎子就像一粒生命力极强的蒲公英种子,头顶着白羽毛似的降落伞,随风飘荡,不管飘到哪里,只要接触了土地,就能落地生根,就能顽强地生存下去。有了宝王爷赐给他的一箭之地,虎子就能盖起自己的土坯房,有了一个安身的小窝。虎子的小泥房盖成后,蒙古族人纷纷拿着礼物前来道喜。布赫奥勒(意为结实)抱来一只羊羔。娜日托娅赶来几只羊。

几个年轻人拉着马头琴,大伙载歌载舞,草原一片欢腾。虎子手脚笨拙地跟着大伙学跳蒙古舞。娜日托娅展示歌喉,唱起了蒙古长调。

众人热闹过后,纷纷散去,只有娜日托娅留下没有走,她从蒙古长袍里掏出一个荷包,双手捧着呈到虎子面前,充满真情地说:"虎子哥,羊是阿爸吉和额吉送你的,这是我绣的第一个荷包,送给你吧。"

虎子被感动了,忙双手郑重地接过荷包:"娜日托娅格格,谢谢你,可是我拿什么送给你呢?"娜日托娅说:"我不需要你的礼物,只是希望你永远和我们蒙古族兄弟姐妹和睦相处。"停了一下,她用清澈美丽的大眼睛盯着虎子问,"虎子哥,你会永远在草原呆下去吗?"

虎子望着草原的远处,沉默了好一会儿,才悲愤地说:"娜日托娅格格,我母亲在山东死了,我和三个姐姐到关东找父亲,父亲打日本人战死,三个姐姐在'九一八'那天被炮弹炸死,这个家只剩我了……"虎子虽然不相信左云浦领他去见的那个女人的话,但他又得不到其他确切的消息,只能暂时这么认为了。

娜日托娅呆呆地看着虎子,泪水汩汩而下。她为虎子的悲惨遭遇而悲痛,对虎子也更同情了,二人的情感无形之中又拉近了不少。

二人进了小泥屋,虎子把自家的全家福照片拿给娜日托娅看。娜日托娅看着照片:"虎子哥,你的三个姐姐都很漂亮。"

虎子问:"娜日托娅格格,你有哥哥姐姐吗?"娜日托娅说:"虎子哥,以后咱们单独在一起就不要称呼格格了。"她有点神色黯然,"阿爸吉原先有个福晋,在一场草原大火中,福晋和她的孩子们都烧死了,额吉就生了我一个。"

虎子笑了:"怪不得他们都拿你当宝贝,你是千顷田里的独苗苗。"娜日托娅问:"你看我是娇生惯养的吗? 我会打枪,你会不会?"

虎子摇着头:"我不信,你一个姑娘,爹娘怎么会让你舞刀弄枪呢?"娜日托娅慢慢讲述:"阿爸吉和额吉虽然就我这么个宝贝,但是从来不娇惯我,尤其我的额吉,我小时候,她教我读书识字,教我干家务活。刚会跑的时候,我就喜欢舞刀弄枪,额吉还鼓励我,亲自教我打枪。"

"你的额吉真好。"虎子十分羡慕。

娜日托娅颇感骄傲:"那可不,额吉在北平念过书,还参加过'五四运动'。额吉通晓蒙文、满文,经常给我讲蒙古族民间故事。我十岁练就一手好枪法,像男孩子一样驰骋在科尔沁草原。"她越说越兴奋,"额吉一直在家里教我,说再大一点送我到北平读书。额吉说了,雄鹰有了翅膀才能凌空飞翔,渊博的知识,就是能让人翱翔蓝天的翅膀。"她越说话越多,而且会突然改变话题。"哎,你不是想要有一只鹰吗?"

虎子叹了口气:"唉,我到集市上看了,买不起。"娜日托娅提议:"你不会自己捉一只吗?""我不会捉鹰。"虎子老老实实回答。

娜日托娅笑道:"你真笨,我见过布赫奥勒怎么捉老鹰。这样吧,现在是雏鹰练飞的季节,过两天我和你去捉老鹰好不好? 不过你得准备捕鹰的网具。"

第二天,虎子就到市场上去买捕鹰的网具。他路过很热闹的牲口市,碰见布赫奥勒牵着一匹高头大马来卖。虎子把他的这匹马遛了一圈后告诉他,这马蹄子里长了筋包,叫"满蹄星",既不能走远道,也不能干活,所以不能卖。布赫奥勒十分惊奇虎子的懂行,老实承认这马是有问题。虎子得意地对布赫奥勒说自己的姥爷是牲口行的经纪人,这套识马的本事是姥爷教的。布赫奥勒不知拿这匹马咋办才好。虎子灵机一动,说可用自己的几只羊换他的这匹"满蹄星"马,换过以后,他还可以给这匹马医治。布赫奥勒相信虎子,就把马交给虎子走了。

虎子牵着这马在牲口市转来转去,要把这匹马卖掉。碰巧来了一个要买马的汉人,这汉人看虎子的马不错,想买正在犹豫呢,虎子夸开了他的马:"这是纯种蒙古马,你看这身架,多粗壮! 头多大,额头多宽多平,眼眶多突出,耳小直立,鼻梁平直,鼻孔大,背平直,四肢粗壮,你到哪儿找这么好的马? 不是急着等钱用,我才不舍得卖掉呢!"汉人买了这匹马。

虎子好高兴啊,羊是王爷送的,他用羊换马,又用马换成了钱。哈哈,这不是空手套白狼嘛! 自己略施小计,就有了不少钱,他真为自己的聪明高兴。他马上在市场上买了一套不错的捕鹰网具,又买了一些其他当用的东西,高高兴兴地回到他的小泥屋。

谁知他刚回到家里不大一会儿,就有一帮汉人骑马追来,团团围住小屋。原来买马的汉人发现受骗上当,追来找虎子了,汉人们用皮鞭猛抽虎子。紧急时刻,娜日托娅和布赫奥勒领一伙蒙古族人骑马奔来,双方剑拔弩张,大有一触即发之势。

娜日托娅对蒙古族人喊:"大家都把刀收回去!"蒙古族人把刀收回去了。娜日托娅对双方的人说:"自古蒙汉一家,有理说理,理是风,会吹散满天的乌云,咱们不应该用刀枪说话!"

一位老者急急从后面赶来:"姑娘,我看出来了,你是个懂道理的人,我们这个弟兄对马是外行,按理说看走了眼是他自己的事,不过他咽不下这口气,做出过火的事也是可以理解的。你说得对,咱们不能为这件事伤了蒙汉兄弟的和气。"

娜日托娅正好息事宁人:"虎子哥,算了吧,咱也不能做亏心事,你把钱退给人家。"

布赫奥勒不同意退钱:"那他们打人白打了? 不行,他们这是欺负人!"

娜日托娅继续劝解:"布赫奥勒,不要争执了,蒙古族人和汉人都是朋友,大家应该友好相处,老人家,我说得对吧?"

老者意欲主持公道:"这位姑娘看事儿真大气,马我们不退了,就当花钱买教训吧。"

虎子面带羞愧地说:"老爷爷,我该退钱,可是钱我已经花得差不多了,剩下的钱都给你们,马我也不要了。"说着把剩下的钱全交给了买马人。

老者对虎子讲出一番道理:"好吧,你到草原来闯荡也不容易,我们可以原谅你,以后要向蒙古族兄弟学习,做人要讲诚信,心胸要像这大草原一样宽阔。蒙古族人拿你当朋友,我们更没有理由不帮助你,以后遇到困难可以找我们。"买马人拉着虎子的手不好意思地告别。

但是,事情并没有到此为止,虎子的磨难才刚刚开始。那些汉人刚走,虎子就被叫到了王爷府。宝王爷满脸怒气,质问虎子干了什么亏心事,险些惹出一场械斗。虎子两手垂立,低头老老实实地讲述了事情的经过,真心承认自己的过错。但是宝王爷怒气难消:"虎子,不是我不原谅你,科尔沁草原你是实在呆不下去了。今天你惹了事,我原谅你没有用,汉人原谅你也没有用,因为这件事像风一样会传遍整个草原……"

虎子跪下说:"王爷,我知罪。你别让我离开草原,我已经离不开草原了,你让我干什么都行,你把我当牲口养都行……"

宝王爷斩钉截铁地说:"不行,你必须离开草原,现在就走!""我死也不离开草原!"虎子苦苦哀求道。娜日托娅也在一旁喊着:"我不让虎子走!"

虎子一下子趴在地上,哭喊道:"宝王爷,你就饶了我吧,我没有家啊,我爹战死了,我三个姐姐也死了,我到处流浪,没有一片地能站稳,是你把我带到这里,科尔沁草原就是我的家,我不能离开这个家……"虎子哀声恸哭,他的哭声传递出无限的凄苦悲愁,虎子的苦难不是他一个人的苦难。

宝王爷转过身子,在虎子的哭声中思索良久,他终于开口了:"好吧,按我们蒙古族的规矩办吧,你出去跪在拴马桩前,如果有人把刀子插在马桩上,再用鞭子把刀子抽下来,你就可以留在草原了!"

虎子只能这样做了。他跪在马桩前,脸上沾满泥土。一个骑马的过路人停下来,望着虎子,虎子艰难地睁开眼睛,渴望地望着行人,希望他把刀子插上马桩,但是,行人骑马走了。又一个骑马的人过来,虎子可怜地望着行人,行人看了一会儿,又骑马走了。太阳落入地平线,草原的黑夜降临了,虎子仍然跪着。太阳从东边升起来了,草原一片金黄,虎子还在跪着。百灵鸟在天上飞,骏马在草原上奔驰,虎子还是一动不动地跪着。虎子已经瘫倒在马桩前。忽然,一阵马蹄声响,虎子艰难地睁开眼睛看着,又有一个骑马人走到马桩前了。这个人会把刀子插入马桩吗?虎子绝望地望着那人。那人的头裹得严严实实,虎子看到救星终于来了,那人抽出刀子插在马桩上。啊,谢天谢地!虎子的泪水模糊了满是泥土的眼睛。那人抽出鞭子,一鞭子把刀子抽下马桩!虎子看着那人骑马飞驰而去,他无声地哭了……

虎子蹒跚地迈步来到王爷府,心中充满了希望。他面见宝王爷,等着王爷开尊口赦免了他。但是他看到的王爷仍是满面怒气。宝王爷心硬地说:"你还得离开草原!"虎子不服气地申诉:"王爷,你说话可是要算数的!"宝王爷招了招手。娜日托娅低着头走了过来。宝王爷揭穿谜底:"是娜日托娅装扮成行人,用鞭子把刀子抽下了马桩,我还要惩治娜日托娅,你就走吧!"

虎子叫了一声:"娜日托娅格格!"娜日托娅眼含泪水望着他。"谢谢你,我现在就离开草原,可我走到哪里也忘不了你!"虎子决绝地朝外走去。娜日托娅深情地呼喊着:"虎子哥……"

"站住!"一句清脆响亮的话传来,虎子一回头,是福晋站在背后。

福晋对王爷说:"再给他一次机会吧。让他抓住一只雄鹰,他能把雄鹰驯服就留在草原,驯不服雄鹰再走。"

宝王爷终于松口:"好吧,但是得有时限。"

3 又要捕鹰又要驯鹰,这对虎子来说确实很难很难,但是能这样还是得到福晋的恩典,虎子总算又有了希望。这天,已是黄昏时分,虎子和娜日托娅还在草原上布网捕鹰。他们一早上就布好网,趴在草丛里等待雏鹰入网。这会儿他们在悄声说话。虎子问:"娜日托娅,好多日子没看到王爷了,他最近好吗?"娜日托娅摇摇头:"经常唉声叹气。"

虎子很奇怪:"他是个快乐的老头,有什么犯愁的事?"娜日托娅说出了实情:"日本人抢占了科尔沁草原,我们蒙古族两个统领李海山、刘震玉已经起兵抗日,额吉要阿爸吉跟着他们干,可喜管家撺掇一些人反对,阿爸吉拿不定主意。"

虎子皱眉道:"我看喜管家不是个好人,有一回到旗里去,我看见他和日本人在酒店里喝酒呢。"娜日托娅对虎子讲:"他不是本地人,那一年流浪到草原,阿爸吉看他能写会算,嘴巴也会说,就收留了他。他开始挺忠诚,做事也勤勉,阿爸吉就让他做了总管。可是自从日本人盯上了草原,他就变了,变得很活跃,一个劲儿地鼓动大家靠向日本人,阿爸吉和额吉很恼火。"

虎子问:"你阿爸吉为什么不把他撵走?"娜日托娅从草丛中站起来说:"他在查干(大村镇)现在已经有了翅膀,阿爸吉也让他三分。不说这些大人的事了,咱们从早晨就开始守候,到现在没见苍鹰下来,回去吧,明天早晨再来。"

又是一个艳丽的早晨,虎子和格格趴在草丛中。虎子愁云满面地说:"娜日托娅,一连好几天了,老鹰不会不来吧? 如果捕不到鹰,我真的要离开科尔沁草原,再也见不到你了。"说着,使劲儿嚼着一根草梗。

"快看!"娜日托娅突然喊道。虎子抬起头,见一只苍鹰在天空盘旋。虎子望着天空,默默地祈祷着。一会儿,那只鹰一头扎进网里,被缠住了。两个孩子冲了过去,他们忘记了必要的保护措施,赤手上前就想给鹰摘网。可鹰毕竟是空中霸王,只要他们一伸手,鹰张嘴便啄。虎子和这只鹰搏斗着,翻滚着,终于捆住了雄鹰。虎子和娜日托娅欢呼着,骑马在草原奔驰。

正在放牧的布赫奥勒看见他们,向他们招手。虎子抱着雄鹰骑马跑来。布赫奥勒看着雄鹰惊奇不已:"虎子兄弟,难得看到这么一只好鹰。卖给我吧,我出五只肥羊和你换,这可是最高的价钱了。"虎子摇着头说:"那不行,我要把它驯出来,那样我就不用离开草原了! 你帮我驯鹰好吗?"布赫奥勒说:"不行,熬鹰很费心血,我劝你还是把它卖给我。"娜日托娅替虎子求情道:"布赫奥勒,你教教虎子哥熬鹰呗。"布赫奥勒摇着头:"教他熬鹰的手艺? 我的手艺不外传!"

没有办法,虎子决定自己动手干。他用刀切着羊肉喂鹰,雄鹰拒不进食。娜日托娅让虎子去请教比利格爷爷。虎子和娜日托娅双双骑马来到比利格老人的蒙古包前,虎子抱着苍鹰,娜日托娅提着礼物,一前一后进了蒙古包。虎子向老人行蒙古礼,并说明来意。娜日托娅献上礼物,请求老人一定要帮虎子。

比利格老人躺在毛毡上,不住地咳嗽。他看着虎子的鹰说:"这确实是一只罕见的好鹰啊,可惜我的身体不行了,要不然我会替你把它驯好的。"虎子真心实意地请求比利格爷爷教他怎么熬鹰。老人说:"孩子,熬鹰有很多方法,但不管哪种方法都非常艰苦,你吃得了苦吗?"虎子点头十分坚定地答道:"能!"

比利格老人告诉虎子,要想让鹰驯服,第一步就得让它进食。他拿出一根用麻绳拧成的物件说,鹰是草原最高傲的生灵,心火很大,肠子的油多,就用这个物件,替鹰降火除油。撬开鹰嘴,把它塞进鹰的喉咙,一次塞两个,它在鹰肚子里上下蠕动,把鹰肠子里的油刮掉。这东西进了鹰的肚子,鹰不好受,它会吐出来,要反复强行往鹰嘴里塞,得三十多次才能彻底去掉鹰的肠油心火,鹰就变得驯服和主动进食了。不过,这样熬鹰必须有高超的技术,弄不好会把鹰伤着。还有一个办法,就是要你整晚上不睡觉,和鹰眼对眼地瞅,逐渐消耗鹰的精气神儿。你必须一刻不停地盯着鹰的眼睛,熬鹰要熬五六天,直到最后熬得鹰受不了,在你面前合眼睡觉,这就是一步成功。下一步要和鹰建立感情,要为它梳理羽毛、喂食,让它听从口令和指挥,一刻也不能间断,一间断,哪怕两个钟头,就有可能前功尽弃。这样,大约一个月左右,一只鹰就基本训练成功,可以抓猎物了。

虎子在小泥屋里开始和雄鹰展开熬鹰大战。鹰不吃不喝虎子也不吃不喝,人眼和鹰眼对峙着,谁也不服输。娜日托娅不放心,焦灼地在虎子的小屋外逡巡着。

三天三夜,虎子已经支持不住了,但是他没有向鹰退缩,眼睛紧紧地盯着雄鹰。又到了一个清晨,雄鹰终于垂下头,服了。虎子艰难地站起来,走到门外。强烈的阳光照射着他,他一下子瘫倒在地,娜日托娅跑过来,热情地抱住他。虎子兴奋地说:"娜日托娅,我成功了,成功了!""虎子哥,我相信你会成功的。"娜日托娅激动得热泪盈眶。

紧接着,虎子和娜日托娅开始驯鹰。经过半个多月的艰苦训练,雄鹰能听懂虎子的各种口令,和虎子也建立了感情。这天,虎子和娜日托娅来到草原,虎子对雄鹰发出口令,一只野兔正在奔跑,雄鹰听到虎子的口令,箭一般飞向高空,它俯冲下来,死死地摁住了野兔。虎子和娜日托娅骑马奔跑着、欢呼着。

驯鹰成功,不仅是虎子的成功,也有娜日托娅的功劳。娜日托娅高高兴兴地拉着臂上架着鹰的虎子来到王爷府大院里喊着:"阿爸吉,额吉,快来看啊,虎子哥熬鹰成功了!"

宝王爷和福晋到院子里。"王爷、福晋吉祥。"虎子规规矩矩地说。宝王爷看着鹰说:"这只鹰真不错,展示展示吧。"虎子表演了驯鹰的精彩过程。宝王爷连连夸赞:"真不错,虎子,你可以留在科尔沁草原了!""谢谢王爷,谢谢福晋。"虎子再次上前施礼答道。

宝王爷问:"这个宝贝你打算自己养着?""我要把鹰献给王爷!"虎子真心实意地说。宝王爷摇摇头:"我不要。无功不能受禄,这是汉人的讲究,也是蒙古族人的讲究。"虎子说:"那我就养着。"

宝王爷告诉虎子:"养一只鹰,你知道一年的花费有多高吗? 你挣不出来! 更何况它得有专人侍弄,你就不干别的了? 我看这样吧,我给你十只肥羊。"虎子执拗地说:"我要把鹰献给王爷,是你把我留在了草原。"福晋再次传达王爷的意思:"你的心意我们领了,但是羊你牵走,你有了这十只羊,就可以在草原过日子了。"

虎子和娜日托娅两人别提有多激动了,他们骑马双双在草原上奔驰。虎子高兴地呼喊:"啊,我有羊群了!"

远处,一群人骑着马奔来。虎子手搭凉棚看着:"是日本人! 喜管家带来的。"娜日托娅忧虑地说:"看来他们是找阿爸吉的麻烦的。"两人骑马回到王爷府,他们在里屋窥视客厅,听着王爷和日本大佐阿部的谈话。

阿部很不高兴:"看来阁下是坚决不肯和我们合作了?"宝王爷推辞道:"我已经老了,想安安稳稳地过几年清闲日子。你说的那些事情我不感兴趣。"阿部追问:"哦,我们要征用你五十匹马,你为什么就是不送去呢?"

宝王爷绕着弯子说:"你说征马的事呀? 我的马都卖了,对不起,你们晚来了一步。"阿部气势汹汹地威胁:"你,很狡猾。你的马根本没卖,你是存心不愿意和皇军合作。你是在反对天皇的大东亚共荣圈政策,如果不听劝告,将来会付出惨重的代价。"

宝王爷被激怒了："阿部先生,请你注意说话的口气,你是在和一个王爷说话,马匹是我的,不能说句话就乖乖地把马送给你们,我们蒙古族人不怕恫吓,为了保护我们的草原,我们会不惜一切代价!"阿部恼怒地继续威胁道:"看来你是坚决要和大日本帝国作对,要是那样,你会后悔的!"

　　宝王爷不再顾忌什么,也不再客气,他不屑地下了逐客令:"我后不后悔不关你的事,我才买了一只好鹰,要去打猎了,送客!"阿部气哼哼地站起来,凶相毕露地说:"好,你终于暴露了真面目,看来必须要对你采取手段了!"说罢走出客厅。

　　喜管家忙说:"王爷,您不能这样,咱们以后还要依靠皇军啊。"宝王爷断喝道:"住嘴! 以后再把这些不懂规矩的人领来,小心我用马鞭子抽断你的脊梁!"

第 7 章

天星睡在采参人的窝棚内,正做着梦,她梦见虎子和一个小姑娘在大大的花园里玩,这俩孩子玩得好高兴,在花丛间飞跑。天星生气地喊着虎子,天星说,我们三个都在心急火燎地满世界找你,你倒有心思在这里疯玩,气死我了!她正要追上去抓虎子,想不到被一块大石头绊了一跤,天星醒了。

原来是和她紧挨着睡的小半达蹬了她一脚,正喊她。小半达说:"太阳晒着屁股了,快起来。参把头有话对你说。"

天星奇怪,这里共有七个人,参把头为什么单要和她说话。她从草铺上爬起来,走到参把头跟前说:"爷爷,你找我?"

参把头看着天星说:"再过二十天立秋,该放山了。你是新来的,年龄又小,放山的规矩你一点都不知道,这可不成。我把当紧的先对你说道说道。"

参把头告诉天星,放山的人数必须是单数,讨个吉利。挖到人参回来的时候就成了双数,这叫"去单回双",因为人参也算"人"。再有,如果人手不够,挖参人宁可一人进山,叫"单棍撮山"。人参不叫人参,叫棒槌,挖到棒槌,无论进山几个人,卖了钱要均分,参把头也不例外。还有,采参要挖大留小,把参籽儿撒播到土里。挖到棒槌的遇到没挖到的人要分给一半。进山后不许多做别的一件事,不许多说别的一句话。人走远了,互相联系要敲树干,说话务求吉利。发现棒槌要立即大叫"棒槌",这样能把棒槌定住,不会让它跑了。

天星兴味盎然地说:"爷爷,挖棒槌的规矩可不少,真有意思。"

参把头笑了:"规矩还有好多,以后让小半达给你讲吧。"

天星和小半达跟着参把头等一行人进了长白山林子,他们千辛万苦地来到山神庙前。几个汉子捡来几块石头搭个架子,摆上酒菜。

参把头领头,大伙跪倒在地,虔诚地许下愿望:"山神爷老把头,我们来放山了,显显灵吧,保佑我们抬大货,出山以后我们会杀猪宰羊,供奉您老人家……"拜过山神后,参把头说:"好了,搭窝棚吧。"

天星和小半达在这长白山的密林中搭着窝棚。搭好窝棚,小半达又收集一种草叶,把这种草叶大把大把揪下来,把这些鲜嫩的绿草扔进窝棚里。小半达边揪边对天星说:"这叫野鸡膀子,铺着这种草,睡觉不会受病。"小半达又说,"告诉你,放山人有规矩,进了山,只许说拿,不许说放,睡觉叫拿房子,休息叫拿火,什么都要说拿。"

小半达接着说:"你要是拿了长虫就说拿了钱串子,那可是好事,离拿到大棒槌不远了。"天星听着。小半达不停地说,"我再告诉你一件放山人的规矩,别人做了记号的棒槌不能碰。还有,那些百年的老山参,一旦发现就发大财了。因为附近往往还会有好多棒槌。我还告诉你,在这深山老林,一个人走了单非常危险,走失几天,没有食物就可能饿死。老林子里有熊有虎,孤单一人遇到这些动物也很危险,所以你一定要跟着我。"

小半达这么絮絮叨叨地讲个不停,他是真心把自己知道的东西说给天星听,让天星知道并且记住。参把头让他带天星,他得尽点责任。天星倒也有心,她耳朵听着,心中记着,嘴里还不停地应着,头还要不住地点着。是得上心啊。

参帮走向长白山深处,小半达一路砍着树木留标记。

天星发现一堆惨白的骨头,大声惊呼:"啊,爷爷,这里有白骨!"

参把头跑过来说:"孩子,长白山密林遮天蔽日,虎狼出没,挖参就像大海捞针,人参难觅,危险丛生,不小心就会丢掉性命,咱们参帮的祖师爷是山东人,老把头姓孙名良,就在这一片密林里丢了性命。"

天星张着吃惊的嘴巴说:"太吓人了!"

参把头说:"老把头死时留下一首绝命诗,我念给你听听:'家住莱阳本姓孙,隔山跨海来挖参。三天吃了个拉拉蛄,你说伤心不伤心。家中有人来找我,顺着古河往上寻。'老把头死后成了神,常出来显圣,化为白胡子老头,引渡迷山的人,指点他们获得宝参,脱难下山。老把头是咱们的保护神,就是咱们供奉的山神爷。"

正说着,远处传来木棍敲击树干的声音。参把头说:"是有人不行了,这叫绝棍,走,看能不能救救他。"说着带他们朝声音发出的地方奔去。

天星跟着参把头走过去,只见树下有几具尸首,还有个奄奄一息的人。参把头叹息道:"唉,这是麻达山(在山上迷失方向)了!"天星吓得红扑扑的脸都发白了。

参把头问:"小子,害怕了? 想回家呀? 还是想往前走?"

天星一咬牙:"往前走,发财!"

一天过去了,夜幕迅速降临,参帮们都在大窝棚里睡了。长白山的深夜极其恐怖,野兽的叫声使天星没法入睡。小半达起来,向窝棚外走去。

天星问:"小半达,你要干什么?"小半达说:"撒尿,你去不去?""我不去。"小半达一个人出去了。不一会儿,窝棚外传来小半达的惨叫声,天星和大伙跑出去一看,小半达被黑瞎子拖走了。

天星吓得瑟瑟发抖。看到天星吓成这个样子,参把头问:"孩子,害怕了?"天星点点头。参把头埋怨着:"你呀,就不该跟着进山。""爷爷,我想下山。"天星说。参把头又问:"你自己能回去吗?""小半达留着标记,我顺着标记回去。"参把头只好说:"你要是觉得有把握就回去吧。不过现在不行,天亮以后你再走。"

天亮后,天星脱离了参帮,可是麻达山了,不知道要往哪里走。正在这个时候,她听到有人敲击着"绝棍",她胆战心惊地循着声音找过去,发现了被黑瞎子咬伤的小半达。小半达浑身血淋淋的,躺在树下呻吟着。

天星急忙跑过去惊呼:"小半达,你没死啊!怎么到这儿了?"小半达咧着嘴笑:"黑瞎子把我拖到这儿,正要拿我当点心吃呢,没想到,一只老虎跑过来,要和黑瞎子争食,黑瞎子哪里怕老虎?放下我就和老虎打起来,两只大兽打着打着,跑进老林子,嘿,把我扔下不管了。"小半达讲得绘声绘色,还挺幽默。讲着,讲着,两个人乐起来。

小半达问:"你怎么自己跑出来了?""我害怕了,想下山,可是麻达山了。"小半达不屑地说:"好不容易上了山,就要发财了,怎么能下山呢?"天星老实承认:"你不在我身边,我害怕。"小半达还是心不离参:"咱们找不到参把头了,也好,咱俩在一块,继续找参。"天星看着小半达的可怜相,既同情,又佩服:"你呀,都伤成这样了,还不忘发财,先想办法给你治伤吧。天快黑了,咱住哪儿呢?"

小半达说:"我知道一个小窝棚,你背着我,我领你去。"天星背起小半达,她也不算小了,但是背起比她高出半个头的小半达,还是很吃力。等找到小窝棚,把小半达放到草铺上,天星已经累得气喘吁吁,浑身是汗。天星看小半达脸色蜡黄,觉得不对劲儿,她摸摸小半达的头:"小半达,你怎么还发烧?这可怎么办哪?"

小半达并不在意:"没事。"他举着一棵草告诉天星,"你去林子里,找些这样的草来给我熬水喝。这叫元宝草,是药材,要是找到了多拿点,熬他一大锅,吃饭前你也喝一碗,有病治病,没病防病。"

天星跑到林子里找元宝草,她东转西转,费了好大工夫才找来一大把。回到窝棚,天星熬好了药,细心照料着受伤的小半达喝药,两人随意说着话。

小半达先讲他自己:"大前年,我们山东临朐开春就旱,一直旱到老秋,颗粒无收。再不想办法全家都要饿死,我是老大,爹带我来了。"他眼瞪着天星说,"到了关外,谁不想着发财?干什么最发财?除了淘金,就是采参。爹说,采参吧。就这样,奔长白山来了。你呢?"

天星悲凄地把自己家所有人的事情对小半达讲述一遍。真是同病相怜,小半达听了天星的诉说,不由得对天星多了不少的同情。小半达又提起自己的爹:"唉,去年这个时候,我跟着爹放山挖棒槌,谁知道爹染上一场大病,死了。要不,现在兴许发财了。"

小半达提议道："兄弟，咱都是没家没业的人，在这老林子里，狼豺虎虫的不容易，咱俩是生死之交，拜个把子吧，以后互相也有个照应。""你要有这个意思，我也愿意。"天星觉得小半达还算可靠，就满口答应。小半达高兴地问："你同意了？那咱就拜把子，你多大？""我十八了，你呢？"天星实话实说。小半达拍着手笑："大你一岁，我就是哥哥，你就是弟弟了。来，咱们学老人，撮土为香，这就拜吧。"两个人拜了把子，认了兄弟。

天星立马亲热地叫道："哥，这么说，咱还要留在山里挖棒槌？"

"当然了，不能空手而归。"小半达坚定不移，"不过，光是咱俩不行，得找个参帮。再说了，挖棒槌，要么独来独往，要么成群结伙，不能两个人放山。怕其中有一个人见财起意，坏了良心。"

天星问："那咱还去找老把头？"小半达摇头："不找他了，我看他不行，跟着他不会有出息，咱再找一个参帮，最有名的把式叫老冬狗子，这个人是个瘫子。"

天星吃惊地问："瘫子？瘫子也能挖棒槌？"小半达说："神就神在这里。"

元宝草还真灵，小半达喝了元宝草熬的水，在天星的照料下，被熊瞎子咬的伤好得挺快。这天趁着好天气，小半达领着天星，一人拿一根索拨棍，在密林里走着，前去找老冬狗子。

天星问："哥，老冬狗子真像你说的那么神？"

小半达讲起来滔滔不绝："你怎么就是不信呢？别看他现在是个瘫子，当年在长白山，那可是赫赫有名的草上飞。这么大的长白山，叫他跑得熟透了，哪片山长什么树，哪个坡有什么洞，他了如指掌。"

天星又问："他怎么瘫了呢？"

小半达好像什么都知道："说起来都没有人相信，我也是听说。有一年放山，他单棍撮山，晚上睡在窝棚里，正睡着，屁股疼得要命，睁眼一看，我的妈呀，一只熊瞎子正舔他的屁股，骨头都舔出来了，他愣是没动。熊瞎子正要舔他另一半屁股，老爷子放了一个响屁，熊瞎子一愣，可能被熏着了，摇摇头走了，这才捡了一条命，神不神？真是救命的屁呀，亏他能放出来！"

天星咯咯笑着："拉倒吧，你又编瞎话。"

小半达也笑道："都是这么传说的。打那以后，他就瘫了，再也不采参了，一年四季呆在老林子的窝棚里。别看他不出窝棚，各路参帮都要请他做把头，他说哪里有棒槌，你就去吧，肯定不会空着手回来，可有一样，挖出棒槌以后，卖了钱必须劈三成给他。"正说着这话，小半达忽然问道，"哎，你见没见过怎么挖棒槌？我说给你听听。你要是发现了棒槌，要立马敲两下树干，把索拨棍插在棒槌旁边，等把头来抬棒槌，抬棒槌就是挖参。记住，千万别看走眼就喊，要是那样就坏了，那叫诈山，喊了诈山，要么被撵走，要么就得给山神爷老把头磕头谢罪。要说怎么挖棒槌呀？

你首先得用棒槌锁锁住棒槌,就是用两头拴着大钱的红线绳锁,防止棒槌跑了。"

"啊?棒槌还会跑呀?"天星惊奇地问。

小半达讲着道理:"都这么说的,可有人对我说过,那是神话,不过这么做有它的道理。因为棒槌和草很难辨别,你发现了它,可能转身就找不到了,就是做个记号罢了。"

天星叹道:"哦!这可太有意思了。"

小半达接着说:"抬棒槌以前,大伙要跪在棒槌前,拿草棍为香,磕头拜谢山神爷老把头。拜完了,把头开始干活了。抬棒槌是细活,你得用快当签子,仔细拨除棒槌周围的泥土,直到棒槌全部根须露出来,就是细小的根须也不能挖断,有时候,抬一棵棒槌就要花费好几天工夫呢。"

天星感叹:"啊,抬棒槌太费劲了!"小半达接着讲:"棒槌挖出来以后还不算完,还要砍兆头。"天星问:"什么是砍兆头?"

小半达讲得很仔细:"就是在棒槌附近的树上用刀削去一块树皮,左边按帮里的人数刻横杠,右边按挖出的参的匹数刻横杠。然后给兆头洗脸。就是用火烧去兆头四周的松油,这是为了保护兆头几十年后也能看得清。"

"为什么要砍兆头,还要洗脸?"天星十分奇怪地问。小半达解释着:"就是说棒槌能生长在这片林地,保不准几十年后,这个地方还会有其他棒槌生长出来,虽然自己可能没福得到,可放山人的规矩不能坏掉,给后人们留下兆头。""哦,这是给后人留饭碗呢。"天星似乎明白了。小半达说:"对了,就是这个意思。还别说,放山的人,往往能在许多年前的老兆头前找到棒槌呢。""哥,你懂得真多。"天星真的很佩服小半达。小半达倒是老实承认:"我就是说说,抬棒槌是细活,里边的说道多了,我也没亲自干过。"天星问:"你为什么不亲自干?"小半达笑道:"轮不到我。哎呀,天黑下来了,看,前边有个窝棚,今天就在那里过夜。"

两个人在采参人遗留下来的窝棚里睡下了。睡了一会儿,小半达一个劲儿地在被窝里鼓弄。

天星问:"哥,你在干什么呢?不好好睡。"小半达说:"嘻嘻,跑马了。"

天星厌恶地说:"没出息!"她不禁又脸热心跳起来。小半达叨叨着:"我这么大,在老家也该娶媳妇了。唉,我要是采到一棵大参,立马回老家,娶个知冷知热的好媳妇,过有滋有味的小日子,也不算白活一回。你呢?你不想媳妇?"

"我不想。"天星回答着,心里感到好笑。小半达说:"不跟哥说实话。你比我也就小一岁,能不想媳妇?我就不信。""我现在没心思想那些,就是想有了钱,跑遍东北找到我弟弟。"天星不想和小半达说这些,就岔开了说心里的实在话。

电闪雷鸣,外边下起了大雨。在这深山老林的黑夜里,显得特别恐怖。

天星害怕,声音抖着:"哥,我怕。"小半达拿出当哥的派头:"你的胆子真小,怎么像个女孩子,过来,哥抱着你。"在这种情况下,天星不再考虑太多,她真的需要一个温暖的怀抱,慰藉她恐惧而无助的心,天星真的爬过来,和小半达依偎在一起。

天星哆嗦着:"哥,你说半夜里,熊瞎子不会跑来舔咱们的屁股吧?要是也像老冬狗子那样,可毁了。""那我可不敢打保票。"小半达这么说,一半是真话,一半也有故意吓天星的意思。

天星哭道:"那怎么办啊,我不敢睡了!"小半达忙哄着说:"好了,别哭了,我出去挖个陷阱,砍些尖桩子,熊瞎子来了也不怕。"

小半达像个大丈夫,在雨夜里挖陷阱,把树干削尖了作利器。他干完这一切,真心实意地安慰天星:"这样可以了吧?你就安安稳稳地睡吧。"

第二天一早,小半达带着天星就离开小窝棚出来找老冬狗子,他们走了大半天,终于来到老冬狗子住的窝棚前。这时候,老冬狗子正用两手挪着板凳在窝棚前走动。

老冬狗子身边有一条老狗,老狗那双眼睛冷冷地盯着才来的俩人。天星害怕地依偎着小半达。

老冬狗子抬起满是皱纹的脸问:"小半达,又来找我了?"小半达忙赔着笑脸回答:"爷爷,跟着李把头瞎跑了,我看还是跟你干好。"

老冬狗子不冷不热地说:"来就来吧,可是最近林子里有些生脸在晃,我看,林子里要乱。"他指着天星问,"这是谁呀?"

小半达拉着天星走到老冬狗子跟前介绍:"这是我结拜兄弟天星。"

老冬狗子没搭理天星,他问:"小半达,你爹走了有一年了吧?"

小半达忙应着:"整整一年,来找你,也是想给我爹烧点纸。"老冬狗子亲切地望着小半达:"我也是这么琢磨的。祭奠你爹的东西,我都给你准备好了,上后山给你爹烧周年吧。"小半达心中一热:"谢谢爷爷想得这么周全。"

老冬狗子这才眼看着天星:"我看你这个结拜弟兄细皮嫩肉的,也来放山?吃得了苦?"天星连忙用笑脸对着老冬狗子说:"爷爷,我能。"她真怕老冬狗子不收留她。可喜的是这位参把头并没说不行,这就是说他同意让天星留下了。

天星与小半达带了祭品来到老茔地。这里有数不清的坟头,木头牌上写着亡者的籍贯、姓名。二人摆上祭品,小半达跪下,哭着:"爹,我来了,这次要是发了财,我就把你背回山东老家,给你修个好坟。咱也要出门有衣穿,上炕有被盖,揭锅有热饭。你在地下保佑儿子吧!"

2 由庞奶奶领头办的夜校总算走上正规了,孩子们每天晚上来听天好、天月讲课。这天晚上,孩子们坐在教室里,一个个规规矩矩地认真听。今天是天好讲课。藤本忽然推开门,走进教室。天好恼怒地斥责道:"你怎么又来了?门也不敲,讲不讲点礼貌?"

藤本笑着:"你讲你的,我给孩子们送点礼物,你们中国人有句老话叫当官不打送礼的。孩子们,我给你们送礼物来了,欢不欢迎啊?"学生们看着天好,不知说什么好。藤本装出十分和气的样子对学生们说:"不要看老师嘛,来,人人有份。"说着,给学生们分糖。藤本分完,拍拍手说:"没有了。老师,对不起,继续讲课吧,我还有点事要办。"笑眯眯地走了。

天好想不到藤本还玩这套鬼把戏,生气地对学生说:"同学们,日本人这是黄鼠狼给鸡拜年,没安好心肠,咱们不能要他的东西,都扔了!"

孩子们纷纷把糖果扔了,只有小环子把糖果藏起来,他是翠玉的儿子。

天好走到小环子跟前问:"小环子,你怎么没扔啊?"小环子忽闪着大眼看天好:"这么好的糖,我从来没吃过,不舍得扔。"天好生气地说:"小环子,你糊涂呀?你忘了你爹是怎么死的了?你爹被日本人挑了劳工,就说了句日本人拿中国人不当人,被他们放出狼狗活活咬死。日本人是你家的仇人,你怎么能要他们的东西?扔了!"小环子把糖果扔掉了,糖果都被小环子攥化了,黏手,他不由得偷偷嗫了嗫黏糖的手指头。

藤本鬼点子真不少,他又要给孩子们送衣服了。这天,藤本和孙立武在山东大院里摆张桌子,还带一个穿学生装的日本小孩来。他们要照样子给大院的孩子们也每人做一套学生装,孩子们都想穿新衣服,排队让藤本量尺寸。

天好、天月发现这件事,忙到庞奶奶家讲了。庞奶奶立马有了主意:"他这是跟咱争夺孩子的心。不能输给他,咱也给孩子做衣服,我出钱!"

天月提醒道:"奶奶,就我们俩人手也不够啊。"

庞奶奶说干就干:"没事,我再去动员几个会裁会剪的老邻居。我给你们钱,明天你们就抽空买衣料,及早动手。"

给孩子们的衣服总算赶在藤本之前做好,并让孩子们上课时穿上。吃过晚饭不久,孩子们都来上夜课了,教室的门关着,里面传出读书声。庞奶奶站在楼梯口,望着大门。

藤本领着孙立武来了,孙立武扛着一摞衣服,累得呼呼直喘。孙立武对着教室门大声喊:"孩子们,快出来吧,有好事!"天好出来问:"你们要干什么?"孙立武神气十足:"好事,藤本要给学生发服装了。"天好望着藤本,藤本春风得意的样子:"皇军大大的喜欢小孩子,他们能读书很好,自己办学皇军也支持,我已经向上级汇报了,上级也高兴。但是,学校就要有个学校的样子,皇军要给每个孩子发一套学生服装,很漂亮,不收一分钱。"孙立武哈巴狗似的摇尾巴溜腔地说:"藤本警官给每个人都量了尺寸,新衣服保证穿着合体,鼓掌感谢藤本警官!鼓掌啊!快叫孩子们出来领衣服吧!"

"藤本警官,那我就叫孩子们出来了!"天好望着藤本笑道。

藤本急得狗不得过河似的说:"快点啊,你还等什么呢?"

天好望着庞奶奶,庞奶奶点了点头,摇响了手中的铃铛。天月打开教室门,孩子们欢叫着,穿着崭新的服装跑出教室。藤本惊呆了。庞奶奶微微地笑着。孙立武傻鸡喝醋似的嘀咕:"这是怎么回事? 这是怎么回事?"

孙立武还呆不知趣地说:"你别说,他们的衣服做得也挺好看。"藤本一脚踹到孙立武的屁股上,孙立武怀里的服装撒了一地。

在科尔沁草原上,李海山、刘震玉率领蒙边骑兵与日伪军队展开了惨烈的战斗,双方都留下不少尸体。虎子和娜日托娅骑着马,站在远处目睹着这场惨烈的战斗。李海山、刘震玉部在日军强大炮火的压力下,损失惨重。虎子着急万分:"娜日托娅,李海山他们的队伍顶不住了!"娜日托娅十分忧虑:"那可怎么办啊?"虎子一抖马缰绳说:"走,回去跟王爷说去。"

二人快马加鞭直奔王爷府。到了王爷府,他们下鞍拴马,风尘仆仆到客厅向宝王爷讲述所见战况。宝王爷在客厅里踱着步。虎子和娜日托娅紧张地看着王爷。

福晋心急如焚地对王爷说:"王爷,李海山、刘震玉都是咱们蒙古族兄弟,能眼看着日本人肆虐草原吗? 咱们都是成吉思汗的子孙,别再犹豫了!"

宝王爷还是优柔寡断,对日本人抱有幻想,他神情犹豫地说:"现在让我起兵抗日? 不行,咱们的势力太单薄,我看,日本人也不会把我怎么着。"

"那个阿部一直惦记着你的马群,他要是再来勒索怎么办?"福晋提醒道。

"你说怎么办?"宝王爷这会儿似乎也没了主意。

"要我看,马群是保不住了,与其让日本人得了,用来屠杀中国人,不如送给政府军参加抗日。"福晋双眼直望王爷,好像给王爷以力量和决心。

宝王爷犹豫了一会儿说:"对,就这么办。我虽不能起兵抗日,还是要为国家做点贡献。让喜管家挑五十匹好马,立刻派稳妥的人送到政府军那里。"

"不,这件事要暂时瞒着他。"福晋再次给王爷出主意。

宝王爷仰着脸寻思了一会儿说:"哦,你说得也对。可怎么瞒呢?"

"让稳妥的人把马群赶走,对外就说寻找新牧场。"关键时刻,福晋总能以自己的聪明才智帮助王爷。

王爷说:"那就让布赫奥勒去,这个小伙子靠准。"虎子上前一步请求道:"王爷,让我也跟着布赫奥勒去吧,保证完成任务!"娜日托娅急忙拉着王爷的手为虎子说情:"阿爸吉,让虎子哥去吧,我也跟着他们去!"福晋连忙帮腔:"王爷,庭院里跑不出千里马,雏鹰早晚要飞上蓝天的,让他们去吧。"宝王爷点头同意了。

虎子和娜日托娅、布赫奥勒赶着马群在草原奔驰。经过一天的奔波,他们在草原上露营了。三人燃起了篝火,他们围着篝火坐下,吃着烤肉。远处,点点绿光闪烁,有狼在嗥叫,马群骚动起来。因为有了篝火,狼不敢靠近。

布赫奥勒说:"篝火不能熄灭,这样吧,咱们轮流睡觉,我睡头半夜,你们睡后半夜。"虎子和娜日托娅都同意。布赫奥勒铺好羊皮褥子睡下了,虎子和娜日托娅围着篝火说话。

虎子的好奇心驱使他总爱发问:"哎,你额吉是蒙古族人,可大家都说她的名字叫白银珠,怎么回事?"娜日托娅解释着:"我们有自己的蒙古族名字,有的为了和汉族人打交道方便,又给自己取了汉族人的姓名。额吉的蒙古族名字叫乌兰娜日,是红色的太阳的意思。"

虎子接着追问:"你叫娜日托娅,蒙古语什么意思?""意思就是托太阳的福。"虎子兴趣盎然地笑道:"哦,娘是红色的太阳,女儿托太阳的福,挺有意思。"

娜日托娅反问道:"你的母亲呢?她的名字一定也很好听吧?"虎子摇头:"我娘?没有名字。我们那儿的女人,好多只有乳名,出嫁以后就随着丈夫姓,自己的姓就成了名,我妈姓马,就叫宋马氏。"

娜日托娅笑了:"真有意思,你母亲叫送(宋)马氏,这太亏了,是不是老给别人送马呀!"虎子装成不高兴的样子:"坏东西,不跟你胡扯了。"二人都笑,连夜空中的星星也跟着笑。

3 天星和小半达在整理挖参的工具。老冬狗子抽着烟袋说:"闲着没事给你们说说压山的事,压山又叫开山,就是寻找棒槌。压山的时候,帮伙里的人要排棍儿,当把头的是头棍儿,中间的人是腰棍儿,最外边的是边棍儿,寻找棒槌,宁落一座山,不落一块砖。还有,压山的时候不准坐树墩,树墩是山神爷老把头的座位,这时候也不准拉屎撒尿,要不就会冲撞了山神爷老把头……"

老冬狗子正讲得兴起,天星用手一指:"爷爷,有伙人来了。"老冬狗子手搭凉棚瞅了一眼:"哦,是魏三,这个老兵痞子!"

魏三一伙人抬着酒肉,来到老冬狗子的老窝棚。魏三满脸的横丝肉,挎了杆大枪,吆五喝六的。他说:"老冬狗子,找到你真不容易,我带着几个弟兄拉帮放山,请你做把头来了。"

老冬狗子抬头看了魏三一眼,不冷不热地问:"想起我来了?我立的规矩都知道?"魏三大大咧咧地说:"怎么不知道?你放心,放山所得,劈给你三成。"

老冬狗子又问:"我走不了道,怎么办?"魏三双手上肩,做了个抬的姿势:"好办,不用你走,有人抬着你,你指点撒目草(压山)就行了。"

老冬狗子脸色这才有了暖意,淡淡一笑:"那好吧,明天就是黄道吉日,拜了山神爷老把头就上路。"

众人抬着老冬狗子上路压山,老冬狗子指点着走什么路,天星和小半达跟在身后。林子里遮天蔽日,大家艰难地跋涉。突然,一个采参人惨叫。大伙围过去问:"怎么了?"那人哭着:"我被钱串子咬了,救救我吧!"

老冬狗子念了一套嗑:"好啊,拿了钱串子,骡马满圈子!"对老兵痞子说,"老魏,这条钱串子有毒,他活不成了,别让他遭罪,赏他一枪吧。"那人哭着:"魏大哥,我不想死呀,老家的老婆孩子还等着我发财呢!"魏三毫无表情:"行,你到那边发财吧。"一枪打死了那个人。

天星吓得捂上了眼睛。老冬狗子看天星的样子,问道:"孩子,害怕了?还敢往里走下去吗?"天星一咬牙:"敢!"老冬狗子长叹一声:"唉,这就叫人为财死,鸟为食亡。把他埋了吧。"

老冬狗子说:"小半达,把钱串子杀了吧。"小半达杀了蛇,把蛇送给老冬狗子,老冬狗子取出蛇血:"都过来!"大伙围了过来。老冬狗子把每个人的脸都涂上蛇血。天星问:"爷爷,这是干什么?太恶心人了!"老冬狗子一脸神秘:"你知道什么!藏在老林子里的钱串子,闻着味儿就不咬你了。"

参帮又出发了。林子越走越深,越走越密。又有人惨叫。小半达跑来,对老冬狗子喊道:"爷爷,有人掉进猎人的陷阱里了!"老冬狗子皱眉高声应着:"怎么不小心点?看看去。"众人把老冬狗子抬到陷阱边。陷阱里,一个人中了有毒的扦桩,痛苦万分地呻吟着。魏三问:"老冬狗子,你看怎么办?还有救吗?"老冬狗子痛苦地闭上眼睛:"不行了,他已经中剧毒,没有解药活不成。"

魏三对陷阱里的人喊:"伙计,听见了吗?不是不想救你,有什么话留下就说吧,爷们儿点!"陷阱里的人哭着对上边的人说:"老王大哥,你过来,我有话嘱托你。"姓王的走上前来哭着问:"兄弟,有什么话就说吧。"陷阱里的人痛苦地讲着:"我不行了,你要是能回山东老家,对我娘说,我不能给她老人家养老送终了,告诉我媳妇,让她走道儿吧……"他哽咽了几下又说,"我这回闯关外,什么也没攒下,在黄掌柜那里有件老羊皮袄,留给你过冬穿吧。"老王哭着:"兄弟,你的东西我不要,要是能回老家,我把它捎给你老娘,你就放心走吧!"老冬狗子决绝地一挥手:"填土吧,别叫野兽拖走了。"

天星看着这悲惨的场面,强忍眼泪,没哭出声来。参帮又继续前进了,这帮人明知前进一步,都有生命的危险,但是他们每个人都是义无反顾地艰难地走向密林,同时也是走向渺茫的希望。有辛苦和危险,也会有收获。一个挖参人发现了一棵人参,大声呼叫:"棒槌,哪里跑!"并急忙敲起索拨棍。老冬狗子大声问:"什么货?"那人答:"五匹叶!"大伙笑着喊:"快当!快当!"抬着老冬狗子跑了过去。发现人参的人问:"老把头,抬棒槌吗?"老冬狗子下了担架查看着人参:"可以抬了。"大伙用棒槌锁锁住棒槌,跪在人参前,以草棍为香,磕头拜谢山神爷老把头:"山神爷老把头,感谢你念着老家的人,东西我们收着了,给你老人家磕头了!"老冬狗子高叫:"拿火堆。"大伙拿火堆。天星问:"爷爷,为什么要拿火堆?"老冬狗子说:"熏蚊子小咬。"小半达接过话头:"要是不拿火堆,人的血会叫蚊子小咬吸光。"火堆燃起来了。

老冬狗子开始挖参,他不停地指挥人用手扒去棒槌周围的乱草树叶,开出盘子,用快当锯锯断棒槌周边的树根,老冬狗子用快当签子仔细拨棒槌周围的泥土,大伙围观,人人脸上充满着欣喜与希望。老冬狗子吩咐:"都别看了,周围找找看,说不定还有棒槌。天星,你留下来。"大伙散去,各自低下头寻找着下一个目标。老冬狗子挖参,天星当助手,递工具,看顾火堆。天星一边忙话着一边求着:"爷爷,这儿还有几棵小棒槌,我来抬吧。"老冬狗子讲着道理:"别胡来,抬大留小的道理你还不懂吗? 小的要留下,等它们长大留给后人挖。你给我打下手就行了。"天星问:"爷爷,你说周围还能有大货?"老冬狗子双手不停地忙着:"根据我多年的经验,前面肯定还会有大货。"

天星忽然感觉内急,要进密林里撒尿,她得找个没人的地方解决才行。老冬狗子问:"天星,你要干什么?"天星急得弯了腰:"爷爷,我要撒尿。"老冬狗子瞪眼吼道:"别乱动,给我憋住!"大棒槌抬出来了,天星这才跑到一丛野草后撒了一大泡尿。

老冬狗子看天星年纪小,有意照顾她,让她提早回去做饭。天至黄昏时分,小半达和大伙回来了。

天星来了月经,裤子染红了一片。她正忙着烧水做饭,自己并没有发现。小半达看到了天星的裤裆,一愣问道:"天星,你受伤了?"天星也一愣:"没有啊。"小半达指着天星的裤子:"还说没有呢,看,你的裤裆里有血!"天星愣了片刻:"哦,可能是被树枝剐了,没事。"心里可急了,怨自己太粗心,就想回窝棚换掉。

小半达十分关心:"把裤子脱了,我看看。"说着就过来动手,要解天星的裤腰带。天星急红了脸,奋力撑拒:"别,别动我!"小半达惊奇地问:"你怎么了?"天星生气地说:"以后我的事你少管,别动不动就动手动脚的!"忙回到窝棚里换裤子去了。小半达想不到天星会这样对他,这不是好心当成驴肝肺了吗? 难道说天星是狗咬吕洞宾不识好歹人? 不对,天星是把兄弟呀! 这里一定有名堂。

晚饭后,累了一天的挖参人大部分都躺下睡了,老冬狗子吸着烟袋。小半达凑过来,悄悄问:"爷爷,今天白天天星跟着你,没出什么事吧?""没有啊。"小半达又问:"没受伤?""没有啊,他一天没离开我的眼。"小半达说出了他的怀疑:"这就怪了,他的裤裆里怎么会有血呢?"老冬狗子似有所悟:"嗯? 你把他叫过来,我问问。"一会儿,小半达拖着天星过来了。老冬狗子看着天星问:"撒尿跑老远,裤裆又流血,孩子,告诉爷爷,到底怎么回事?"天星低头不语。老冬狗子呵斥道:"你说不说? 不说立马给我下山,我这里不留来历不明的人!"天星哭了:"爷爷,别赶我走啊,我说还不行吗?"

事情已经露馅,再不说就要被赶下山,再不能挖参挣大钱了,天星不得不说实话。天星声泪俱下地诉说着自己一家人所遭受的苦难,诉说着自己为找弟弟所受的磨难,诉说着自己一心要跟参帮挖参的原因和希冀。天星的话深深打动了老冬狗子,老冬狗子不仅原谅了天星,而且喜欢天星,更打心底里佩服天星,想不到一个小姑娘竟有如此胆量和志气！

老冬狗子充满真情地诉说着："唉，我认识你爹，事变以后，你爹和冯占海拉起了义勇军，在这里打过仗，我亲眼看见你爹撂倒了四个鬼子。你爹负过伤，在这里养过，你爹是中国人的这个！"说着竖起大拇指，"你爹是什么人啊！老虎见了也得躲，黑瞎子见了你爹就蹲下。当年你爹要出林子的时候，我和他喝过一壶酒，他临走说过一句话，说鬼子是尿坛里的耗子，早晚要被中国人的尿泡死！"

小半达想不到天星是个大闺女，这使他又惊又喜。可欣喜之余又有一点上当受骗的感觉，这会儿，他故意发火道："好啊，天星，你是个闺女，怎么好意思骗我，还和我拜把子？你这不是耍我的猴吗？不行，咱们得拔了香头，拜把子的事不算了！"天星抹着眼泪："哥，我对不起你，为什么要拔香头呢？咱们不成兄弟，还不能成兄妹吗？"

老冬狗子急忙安排着："好了，你们都是苦命的人儿，走到一起也是缘分，成兄妹也不错。不过，这件事可不能说破了，参帮里人头杂，别惹出是非来！"

小半达可高兴了，上前拉起天星的手："走，睡觉去。"天星一甩手也故作生气："走远点！"两人相视而笑。他们仍是挨着睡，不过小半达不敢离天星太近，更不敢抱她了。想不到老兵痞魏三起来撒尿时，把天星对老冬狗子说的话全偷听到了。夜深人静，窝棚里的人都睡着了，老兵痞悄悄起身，向天星身边摸去，猛地抱住她，欲行不轨。

天星被惊醒，她要呼喊，却被堵住了嘴。天星无声地反抗，一脚蹬醒了小半达。小半达机警地爬起身，一看明白了，抽出刀来大喊："好啊，你想欺负我妹子，我毁了你吧！"一刀刺去，差点把老兵痞捅了。

魏三夺刀，二人搏斗。窝棚里的人都被惊醒。魏三恶人反咬一口，指着小半达对大伙说："他要害我的命！"参帮不明真相，要打小半达。

老冬狗子的狗汪汪叫着，老冬狗子一棍子扫倒几个人，一声断喝："都给我住手！"参帮们大吃一惊，全都住了手。老冬狗子大声训斥："你们还懂放山的规矩吗？在这里都要听我的，都给我滚回去睡觉！"众人听话地各自回铺睡觉。

天星兀自抹着眼泪。小半达关切地问："天星，他没把你怎么的吧？"天星摇了摇头。小半达这才放心："这就好。都怪我，把事情搞糟了。"天星悄声嘟囔："哥，不怨你。可这里我呆不下去了。""说什么呀，没事，哥会保护你的。"天星摇着头道："不，那会拖累你的，我想下山。"小半达极力劝阻："胡说！这是老林子，你会麻达山。再说，你不想发财了？发不了财你怎么找你弟弟？听我的，睡吧。"

天星还是决定下山。她想，魏三不会善罢甘休，还有其他的男人也不怀好意，小半达保护不了她，老冬狗子对这些人也是防不胜防。

天麻麻亮的时候，天星悄悄走出窝棚，钻进密林，她要自己偷偷下山。但是，长白山山高林密，天星走着走着，就迷失了方向，到处都是一样的树，一样的草丛，她不知该往哪里走。天星麻达山了。

天星在林子里不停地哭着，一个劲儿地敲绝棍。她累了，看见一个树桩，刚要坐下，似乎又想起了什么，就在这一瞬，她突然愣住了。她发现了一棵八匹叶的大参！但她又拿不准，正犹豫着，远处传来有人敲击树干的声音。天星寻思了片刻，向那声音跑过去。天星在林子里找到了参帮。

小半达埋怨道："你一大早跑哪儿去了？让我好找！""人家麻达山了嘛。"小半达叮咛着："以后千万别单独活动！"大伙又继续搜索。

天星悄悄对小半达说："哥，告诉你件事，我找到了大货！"小半达不当回事："别胡说八道了！"天星急切地说："真的，就在那边，八匹叶！要不要告诉老冬狗子爷爷？"小半达这才认真了，忙小声道："真的啊？这样吧，先不要吱声，领我去看看再说。"

一个挖参人喊着："喂，你们两个，走啊！"小半达回应："你们先走吧，天星肚子疼，我陪她一会儿。"参帮走远了。

小半达一拽天星："走，带我去看看。"天星带着小半达来到大参前。小半达看到这棵参，吓得大惊失色，声音都颤抖了："天星，这是棵大货啊，老值钱了！"

天星问："是吗？到底能值多少钱？"小半达两眼放光："我也说不好，估摸出了手，能置不少房子，还能买几亩好地！"

天星惊讶地问："是吗？那怎么办？告不告诉老冬狗子爷爷？"小半达人小鬼大，特有心计："千万别说出去，放山的规矩你不知道吗？要是说出去，卖了钱就要平分，那咱不是白忙活了？还发个屁大财！"天星有点信心不足地问："咱自己挖？"小半达十分肯定："自己挖！不过现在还不能动手。""为什么？"天星懂得太少，总要问个究竟。

小半达解释着："一呢，这棵大参，没有三五天的工夫起不了，要是急急忙忙动手，挖断了须子，价钱就掉了一大半；二呢，跟着他们，咱们能单独行动吗？""那怎么办？"天星着急地讨主意。"先稳住神，就当什么事情也没发生，千万别漏了风声，一旦漏了，可能招来杀身之祸！"小半达倒是深谋远虑。

天星有所顾虑地问："咱这么做好吗？山规就不管不顾了？"小半达不顾一切地说："顾不得了，你不想发财找你弟弟了？不过咱俩可是磕头弟兄，谁也不能独吞，对着棒槌发个毒誓吧。"他跪下指天指地抚胸发誓："我小半达要是起了坏心，对不起妹子，让蜜蜂蜇死！"天星也跪下笑道："蜜蜂还能蜇死人？我要是对不起哥哥，天打五雷轰！"

小半达起身拍拍膝上的土："这个地方不能久留，咱们还是找他们去吧，记住了，回去什么也别说！"小半达和天星赶上参帮后，什么也不说，参帮休息时，他们二人坐在一起嘀嘀咕咕的，不知说些什么。

老冬狗子默默地吸着烟，不时地瞭着四周的情况，他当参把头，总是时时刻刻警觉着。他发现小半达和天星在暗处窃窃私语,脸上浮出了一丝诡异的笑容。

小半达和天星朝老冬狗子走来,"爷爷,还不歇着呀?"小半达说话时脸上堆着笑。"人老了觉少,不忙。"老冬狗子话说得心不在焉。老兵痞魏三看着他们三个人,也警觉起来,悄悄凑近。

小半达好像随意地问:"爷爷,你在长白山挖棒槌有年头了吧?"老冬狗子一笑:"比你小的时候我就跟着爹从山东到这儿,进了山就再没出去。"

小半达慢慢往正题上引:"爷爷,我进山有几年了,一直没见到过大棒槌,你见多识广,说说怎么抬大棒槌呗。"老冬狗子问:"想知道?"说着,浓浓地吐出一口烟,"好吧,我就对你说说……"

魏三翻着白眼珠子,似有所思。

第 8 章

老冬狗子是何等精明之人,他听小半达打听如何起大棒槌,就估摸这小子可能有什么发现,但他并不点破,还是认真把起大货的真实要领全都告诉了小半达。不过,最后他还是暗示小半达:"大货是好,也能引来杀身之祸。"

小半达一心要发财,哪管了许多,等到下半夜大伙都睡熟了,他悄悄地捅了捅天星,天星无声无息地爬起来,两个人悄悄地走了。

两人又摸黑来到大参前。天太黑了,起大货动静太大,小半达还是不敢动手。天星忽然发现老冬狗子的那条老狗正在不远处望着他俩,犹豫了一好阵子,他们还是回到窝棚里躺下。老冬狗子一觉醒来,发现老兵痞魏三也没影了,心中充满了疑惑。老冬狗子的呼噜打得山响,完全是睡着了的架势。这一夜,表面上很平静,可是,老冬狗子、小半达、天星还有魏三,这四个人是各自在心里翻江倒海。天亮了,参帮走出窝棚,准备出发,有人发现魏三不见了。老冬狗子坐上担架:"行了,都别管了,走吧。"

进入密林之后,参帮在"压山"。一个挖参人来到不知是哪位猎人设的陷阱前,往里一看,不由得惊呼:"都来看呀!这里有个人!"大伙围到陷阱前,发现魏三已经在陷阱里死了。老冬狗子仔细打量着井底下老兵痞的尸首,冷冷一笑:"别管了,往前走!"众人也就不再深究,找棒槌要紧。

有人发现了一棵人参,大声呼叫:"棒槌,哪里跑!"老冬狗子问:"什么货?"那人答:"四匹叶!"大伙喊:"快当!快当!"抬着老冬狗子跑了过去。老冬狗子查看着参:"都别走远了,这方圆五里之内,肯定有大货。"

小半达听老冬狗子这么一说,一屁股坐到地上不走了,捂着肚子呻吟。老冬狗子问:"小半达,怎么了?"小半达哼哼着:"这几天就肚子疼,我寻思扛一扛就过去了,谁知道越来越厉害,我不走了,要下山。""哥,你坚持不下去了?你要走我也跟着,咱一块下山吧。"天星心照不宣地应和着。老冬狗子并不阻拦:"那好吧,你俩一块走也是个伴,保重吧。"参帮继续前进。

小半达和天星走上另一条山道,二人走累了,坐下休息。小半达下了决心:"天星,该起大货了,再不起不行了。""那就走吧。"天星全听他的安排。

小半达一脸真诚地说:"天星,我的肚子还真疼起来了,是不是老山神把头怪罪我说谎了?""不会吧?"天星将信将疑。小半达一捂肚子一弓腰:"不好,我要拉屎,你要是不嫌臭就在这儿看着,要是嫌臭就躲远点。""你的事就是多。"天星说着躲到远处,她当然不好意思看。

小半达借机甩掉了天星,钻进密林。天星回到原处,发现小半达不见了,呼喊着:"哥,你到哪儿去了?"不见回应。她向密林深处走去,要找小半达。

小半达在林子里急匆匆地奔跑着,要去一个人起大棒槌,跑着跑着他站下来,感觉到有一条暗影相随,四处环顾,却什么也没发现,他忙继续往前跑。这时,忽然有一群毒蜂飞来,蜂群直扑小半达,瞬间把他团团包围。小半达脱下衣服驱赶毒蜂,越赶越多,终于被毒蜂猛蜇,躺在草丛里奄奄一息。

心实的天星终于明白她的结拜哥哥小半达是有意把她甩了,她在林子里走着,一边哭一边咒骂:"小半达,你这个缺德带冒烟的,你想甩了我独吞啊……"

突然,她看到中毒的小半达躺在草丛中。天星恶狠狠地咒骂:"活该,忘了发的毒誓了? 还真灵验! 你起了黑心,这都是报应! 老山神爷爷来收你的命了!"小半达苦苦哀求:"天星,哥错了,哥对不起你,救救我吧!""你让我怎么救你呀?""你用嘴吸出我身上的蜂毒,我就有救了。"

天星是个刀子嘴豆腐心,她很可怜小半达,再说了,小半达这段日子对她还真不错,二人毕竟结拜一场。天星想,罢了,你不仁,我可不能不义,抬大货还得俩人同心协力才行。天星不能不救小半达,她只得给小半达吸身上的蜂毒。

小半达看天星这样真心对自己,感动地哭着:"好妹妹,你真是菩萨心肠啊,哥的良心坏了,哥以后再也不做对不起你的事了。"天星真心劝着:"哥,为了这个大货,你都不要我了,看来它不会给咱们带来好运,说不定带来祸害,咱还是把它说出去吧!"

小半达在这件事上是坚定不移的:"你傻呀? 这件事你就听我的,咱俩都需要钱,这个财一定要发,参帮还没走远,咱不急动手。"

天星问:"那咱这几天干什么?"小半达眨着眼睛:"就在山里转悠,盯着他们的脚步,瞅准机会再动手。"两个人正说着话,又看到老冬狗子的那条狗在不远处趴着,冷冷地望着他俩。天星感到奇怪,这条老狗怎么总甩不掉呢?

天星和小半达在林子里转悠着,他们在等待时机。他们又转到老兵痞丧命的陷阱前。小半达看着陷阱惊呆了:"天星,你看,老兵痞的尸首不见了!"天星看着陷阱猜:"不会是让大兽拖走了吧?"小半达摇头:"这么深的陷阱,大兽见了躲得远远的。""这么说,老兵痞没有死?"天星有所醒悟。小半达十分肯定:"那还用说吗? 这个人太鬼了!"天星张着嘴巴叫:"妈呀,太吓人了,咱们还是要命不要参,下山吧。"说着就拉小半达的衣袖。

小半达嘻嘻笑着:"那也行,只要你给我当媳妇,咱俩出了林子过小日子去。""臭美吧你!"天星推了小半达一把。小半达没脸没皮没羞没臊地笑道:"怎么臭美?就我这模样,配你绰绰有余。""得了吧,你看你,地包天的嘴,招风耳朵,还想娶媳妇?谁家的闺女瞎了眼才能看上你。"天星故意损他,小半达倒像穿戴了刀枪不入的盔甲,反唇相讥:"你懂什么?地包天的嘴,吃饭不漏汤水,会过日子;招风耳,听老婆话。你要是跟了我,美死你!"

二人正闲斗嘴磨牙,天星突然发现陷阱边有一杆烟袋锅。小半达捡起来看,摸摸烟袋杆还是热乎的。两个人吓得你看我我看你,一时无语。天星眼尖:"哥,我认出来了,这个烟袋锅是老冬狗子爷爷的!"小半达心想着,嘴里就说出来:"嗯?老冬狗子怎么能到这儿来呢?是上一次在这儿丢的?""不对,烟袋杆还是热的,再说,老兵痞掉进陷阱后,我见他还一直用这个烟袋锅。"天星想得更细。

小半达立马决断:"看来这里要出事儿,不能等了,今晚就抬棒槌!""黑灯瞎火的,糟蹋了棒槌怎么办?"天星还是有些担心。小半达毫不犹豫:"顾不了那么多了,不管起不起坏,拿了大货赶紧飞出林子!"

天星忽然抽着鼻子:"嗯?我闻到一股烟味儿,哥,你抽烟了吗?""胡说,我哪会抽烟?附近有人!"小半达警觉地说。天星一把抓住小半达的手,两个人急忙跑着离开陷阱。

密林深处,老冬狗子在喂他那条老狗,老狗不安地叫着。老冬狗子抚摸着狗的脑袋独自对狗说话:"老伙计,你叫什么呢?沙子眯了你的眼睛吗?我给你吹吹?吃饱了?就吃这点?唉,咱爷们儿都一样,饭量越来越少了,吃饱了睡一觉吧……"老冬狗子和狗睡着了。就在这时,一个身影从密林里闪出,一棍子打死了老狗,并把醒了的老冬狗子捆起来绑在一棵树上,随手揪了一把草叶,结结实实塞住老冬狗子的嘴。此人利索地干完这些之后迅速消失在密林中。天星和小半达发现了被绑的老冬狗子,他们过来给老冬狗子松了绑。

小半达问:"爷爷,谁把你捆在这里了?""还有谁?魏三。"老冬狗子咬着牙,懊悔地说,"该死的,我小看他了!"小半达问:"他原来是装死呀?"老冬狗子吩咐:"孩子,把我抬回老窝棚去吧。要小心了,在这荒山野外,什么事都能发生,一不小心就有杀身之祸。"二人抬起老冬狗子回到老窝棚。

三人进了老窝棚,俩孩子把老冬狗子安顿好。经过这么叫人心惊肉跳的折腾之后,这会儿三个人的心总算暂时平静下来。

小半达忍不住还是要求根求底:"爷爷,老兵痞为什么要捆绑你?"老冬狗子捏捏鼻头:"我估摸,他是闻到了大货的味儿,想独吞呗。"小半达愤恨地说:"这个老兵痞,心眼太坏了!"

"坏吧,心眼太坏的人,永远得不到大货。"老冬狗子说过,忽然对俩孩子讲起了"刺官棒"的事,他说长白山有一种草,长得和人参几乎一模一样,一般的人分辨不出来。这刺官棒和人参不同之处就是浑身长刺,心眼好的人找到它,一挖就是宝,心眼坏的人,明明看它是棒槌,一挖就变成刺官棒了。这刺可厉害了,扎进肉里,不拔还好,越拔越多,钻心疼。

老冬狗子很有兴趣地讲着故事:"乾隆皇帝知道吧?活到八十九岁,他为什么能长寿?就是吃人参吃的!还有,慈禧太后也吃,吃的都是咱长白山出的人参。"老冬狗子越讲越上劲儿,"大清进关以后,为什么建起柳条边?这是他们的龙兴宝地,怕关内的人来坏了风水。能挡得住吗?早年间,闯关外可不容易,咱山东有个刘罗锅听没听说?"老冬狗子不由得津津有味地继续讲着,"刘罗锅的后人也来闯关东,说这话小一百年了。那一年山东闹蝗灾,刘罗锅的后人带着老婆,挑着两个孩子逃荒闯关东,跑到黑龙江的深山老林,和狼群为伴,豁出筋骨垦荒种田,到底闯出了一份家业,不容易呀!这家人的后代我见过,知书达理,果然是名人之后。"

天星给老冬狗子端来一碗水,老冬狗子喝了一口问:"你们不是要下山吗?怎么又回来了?"小半达答道:"我们走到半道后悔了,不想空着手回去。""你肚子不疼了?"老冬狗子问。"也不是总疼。"小半达硬着头皮说瞎话。

"孩子,我看你们是有心事,有心事不奇怪,谁没有心事?可有了坏心眼子就不好了,我为什么给你俩讲刺官棒的故事?心里不明白吗?"老冬狗子看事情不点明不行了,决心捅破这层窗户纸。

天星只好实话实说:"爷爷,我们真的发现了大货!"老冬狗子两个指头在嘴边一竖,悄声道:"嘘!不要再说了,我心里早就有数。"

"你怎么知道的?"小半达奇怪地问。老冬狗子一笑:"你们两个毛孩子,一撅屁股我就知道要拉什么屎。还有我那只老狗,虽说不会说话,它的眼睛告诉我好多秘密,可惜它死在老兵痞的手里,少了个好帮手!"

小半达还是一心想着那大货:"爷爷,我们明天带你去抬了大货吧。"

老冬狗子用力一挥手:"不可!老林子里这几天不静,不知道有多少双眼睛盯着咱们呢,咱们一举一动都在他们的眼罩里,避避风头再说下一步。"

2 藤本在给小学生做衣服这件事上吃了败仗,他可不甘心,又有了进一步的行动。他挨家挨户到有小学生的人家去,先是给这些人家送去几碗大米,然后就威胁说,天好她们办学非法,再让孩子去夜校上学不会有好果子。这么一闹腾,家长都不让孩子到夜校上课了。天好和天月急得不行,天月都急哭了。庞奶奶让天好、天月挨家挨户去走访摸底,看到底咋回事。

天正下着大雨,天好和天月也顾不了许多,打着伞走访。她们一家家做工作,一家也不落下。

小学生不来上学的事傅磕巴也知道了,别看这个人说话不利索,倒也有他的点子。他对庞奶奶分析着:"孩子们不来,除了日本人的威胁以外,咱们这个学堂办得太死板了。孩子们白天在日本学堂学得就够累了,下了学,晚上还得进咱这个学堂,孩子能受得了吗?"他手舞足蹈地说着,"得搞点吸引他们的东西,先引起他们的兴趣,再慢慢引导他们学文化,润物细无声,不就是这个道理吗?"庞奶奶一拍巴掌笑道:"你说得有道理,咱就按你说的办!"

又是一个晚饭之后的夜晚,山东大院里,一阵锣鼓响起来。一群孩子蜂拥进教室,教室里坐满人。

黑板前傅磕巴穿着戏装,正在唱戏。谢瞎子扮仆人,像个木头桩子戳在那里,贾云海扮一丑角。傅磕巴手执马鞭,一边唱着一边骂着,一边打着贾云海。傅磕巴越演越来劲儿,贾云海越演越出丑。孩子们乐得前仰后合,教室里笑声一片。

等大家笑够,天好才走上讲台:"谢谢各位捧场。好了,咱们上课。"贾云海、傅磕巴和谢瞎子余兴未尽地离开了教室。夜校就这样又红红火火地办开了,以后每天都是这样上课。

这天,藤本来了,他刚一走进教室,锣鼓声戏文声停了。藤本威严地扫视着屋里众人。傅磕巴吓得直往后躲,贾云海急忙戴上大胡子。藤本忽然笑了,他逐个地握手:"挺热闹,挺热闹,辛苦了。"

天好忍着气客气地说:"藤本先生,对不起,请出去吧,我们要上课了。"

藤本装出一副笑脸:"上课我不反对,商量一下,这一课由我来上吧。"

天好推辞道:"我们就是个识字班,不敢劳驾你。"

藤本用一副狼外婆的腔调说:"不,怎么是劳驾呢?我是师范出身,当过一年小学教师,传授知识是我的职责。怎么样?让我试试看?"

天好还要拒绝:"藤本先生,孩子们学什么我们都有安排,这儿不是破烂市场,谁都可以上来吆喝几嗓子的,再说了……"

藤本翻脸了,把枪架到天好的脖子上凶相毕露:"好了,我已经够容忍的了,你给我站到一边去!"孩子们不由得惊叫起来。孙立武马上摇尾上前:"这就叫敬酒不吃吃罚酒,藤本先生是管咱们的小衙门,这点事还摆弄不明白?"

藤本把枪放到讲桌上就讲开了,他讲日本人到中国来是要建立大东亚共荣圈,是要让中国人过上好日子,所以,中国人要感谢他们。他说以后他要经常来讲,要像填鸭一样,不想听也得听。胡乱讲了一通之后,藤本和孙立武走了。

天好愤愤地吐了一口唾沫说:"孩子们,藤本这是放毒,他放了毒咱们就要消毒!他说得不对,有拿枪给人讲课的吗?什么大东亚共荣圈,就是侵占咱们的国家!好了,咱们上自己的课,这一课还要给大家讲唐朝的边塞诗歌……"

下课了,庞奶奶对天好说:"咱们这个学堂叫日本人盯上了,再往下不知会有什么事,你敢往下走吗?"天好义无反顾地说:"怕什么? 走下去!"

夜晚,贾云海在他的小酒馆请客,院里人都到了,是想让大伙商议办学的事。

贾云海发表自己的高见:"要我说,就两条道,一呢,咱就让一步,也在课堂里教几句日本话,应付应付;二呢,小学堂就办到这里,起锅拔灶,咱不玩了还不行吗。在人屋檐下,不得不低头,忍了吧。"

天好站起来大声说:"忍忍忍,要是都忍,中国不就完了吗? 难道嗓子眼里打个中国人的呼噜都不行吗?"翠玉在旁边劝道:"天好,你二叔也是为你姐妹好,你就听劝吧。"不少人也就随声附和,说是见好就收,别把事儿惹大了。

天好铿锵有力、慷慨激昂地对大伙说:"叔叔婶子哥哥嫂子们,你们的心意我都明白,知道是为我们姐妹好,可是现在国破家亡,日本人还要灭我华夏文化,就这么认了? 我是不甘心,只要我的舌头还在,我就要说中国话,只要中国话还在,中国人的心就不会死,我们没有退路了,我不会退缩!"

庞奶奶听得热血奔涌,她拍案而起:"说得好! 小日本驴拉的,他们可以把刀架在咱们的脖子上,可摘不掉中国人的心,中国人永远是中国人,谁也不许低头! 这两个闺女给大伙做了榜样! 姐妹俩,我老婆子佩服你们,给你们敬酒!"

大伙被天好和庞奶奶的话感动,也都喊着该敬酒。

孙立武不知怎么跑进来了,他指手画脚地说:"老婶子办的这个小学堂,日本人早就盯上了,按照藤本的意思,早就要封,你们都不知道我背后说了多少好话,要我说,赶紧把学堂解散了,为了小学堂的事,藤本挨了上级的训,说他对中国人太客气了。"众人不想听孙立武胡呲,立即散去。

从贾云海的小酒馆回到家,姐妹俩还是想着学校的事。天月很是担心:"大姐,小立武说,咱再不教日本话,要出大事,不能把咱们抓到小衙门吧? 我听小立武说,进了小衙门,不是压杠子,就是灌辣椒水,受人没法遭的罪。"天好安慰妹妹:"这样吧,明天你就不出头,我来上课。"

天月不光是自己怕,她也担心姐姐的安危:"姐,你也别上了,咱光头碰日本人的石头,能不头破血流吗?"天好决心已定:"顾不得想那些,大不了是个死! 这样活着我早就够了!"天月抱住姐姐哭了:"姐,你不能死,你死了我怎么办啊!"天好心疼地对妹妹说:"我就是说说,教孩子们识几个字有什么罪? 怎么会死呢?"

第二天晚上,天好来到教室前,她推开门一看,不由愣了一下。藤本正满脸阴云地坐在学生中间。

天好问:"藤本先生,你这是……"藤本显得十分认真:"我正要找你说,你们这个大院,还有小学堂,有名气了,关东州教育厅过几天要来视察。感到荣幸吧?"

天好反问:"荣幸的是你吧?"藤本笑道:"当然了,我也很荣幸。不过我有个要求。你们所有的人,不管百姓还是学生,都要用日语欢迎。"天好冷冷地说:"对不起,我们都不会日本话。"藤本站起来走到天好面前:"没问题,我要亲自来教你们日本话,大院里的人都要到场学习。这件事不容商量!"

这回藤本真是来硬的了。第二天一早,扛枪的伪警察排着队伍走进大院,孙立武带领伪警察挨家挨户赶出中国人,孩子们也都站好了队。

藤本站在大院的一个木凳上对大伙可着嗓门喊:"诸位,告诉大家一个好消息,过几天关东州教育厅就要到你们这里视导了,这是大家的光荣,你们要用日语欢迎。我现在就教你们说日本话,我说一句,大家跟一句。"藤本教大伙日语单词:欢迎视察,你好,你们辛苦了。大伙乱七八糟地学,怪声怪调……藤本忙得满头大汗:"好了,先学这几句,现在是收拾卫生吧。"

孙立武从屋里抱出纸旗说:"藤本先生,彩旗都准备好了。"藤本跳下凳子指挥大伙打扫卫生,装饰大院,扯纸彩旗,贴标语。院里人用日语说话,故意怪腔怪调:"撒油那拉……咪西……"藤本一一给大伙纠正发音,真是不厌其烦。

孙立武在一边拍马屁:"你们听听,藤本警官的日本话说得多好,看人家的发音,那叫彩云遮月,多甜,多清亮,就像吃了仁丹似的。"

孙立武对孩子们说:"都到教室里去,藤本警官要教你们日本歌,可好听了,我唱给你们听听。"自己唱着,"萨古拉,萨古拉(樱花)……"

教室里传出藤本教孩子们唱《樱花歌》的声音。天好无助地看着这一切,黯然神伤。庞奶奶走过来说:"天好,好汉不吃眼前亏,过了这一关再说吧。"天好忧心忡忡地说:"唉,只能这样了,可我的心里堵得慌。"

3 藤本陪着关东州教育厅视导团来到了山东大院,曹巡捕等日伪警察也跟来了。大院的住户和孩子们被逼迫着鼓掌欢迎。孙立武迎上去,点头哈腰地说日本话:"欢迎上级领导莅临指导。"对大伙,"你们也说呀!"大伙七长八短地用日语喊着"欢迎"。孙立武像个班长,领孩子们排着队进教室各自坐好。

黑板上写着日语:欢迎视导团莅临指导!视导员环顾教室:"不错嘛,虽然条件简陋些,气氛不错,中日亲善就应该是这个样子。"对天好,"你就是这里的老师吧?"天好没好气地说:"不是这里的老师,我会呆在这里吗?"视导员倒是面带笑容:"哦?你的态度不够友好啊,可是我们对你够友好了。"

天好对孩子们说:"同学们,皇军对咱们多友好啊,他们是拿着刺刀保护咱们上课,枪口对着咱们的脑袋教咱们说日本话,这有多友好啊!"

藤本威胁道:"宋天好,你面前的是教育厅的领导,不要胡说八道!"

天好一腔怒火,七窍生烟,终于爆发了:"我胡说八道了吗?要是我拿刀按在你们老百姓和孩子的脖子上,让他们说中国话,你们会说那是友好亲善吗?你们让我们跪下,学你们的话,你们把我们中国人当牲口,逼着说牲口话,这是欺负人到家了,今天我要说不!"

视导员吼道:"藤本,这个女人疯了,她是反满抗日分子,给我抓起来!"日伪警察一拥而上。曹巡捕急忙上前说："我来吧。"他把天好捆绑起来。

大家眼看着天好被日伪警察押送出院子，一个个敢怒不敢言。楼梯上的庞奶奶默默地看着这一切，她慢慢转身上楼。天好被抓走，山东大院的人都很痛心，庞奶奶是主心骨，邻居们聚集到庞奶奶的家里商量事。

天月哭泣着："奶奶，怎么办啊，救救我姐姐吧！"贾云海叹口气说："唉，没想到，天好的性子这么烈，怎么就不能忍一忍呢？"

孙立武不知啥时也挤进来："听我的不就好了吗？日本人是好得罪的？"庞奶奶没好气地骂："呸！听你的就成牲口了。"谢瞎子大吼一声："谁叫你来这里了？滚出去！"大伙都气愤地说孙立武是吃里扒外的东西，让他滚蛋。孙立武早就没脸皮了，他满不在乎："好心赚了个驴肝肺，没有我活动，看你们怎么办！"说着转身走了。

天好被抓到小衙门，真是吃尽了苦头。藤本对天好说："宋姑娘，你太令我失望了，我一直对你挺客气，可你为什么一直要和我们作对呢？这样对你有什么好处呢？"曹巡捕帮腔道："宋天好，藤本警官对你一直网开一面，认个错吧！"

天好平静地与藤本论理："藤本先生，不是我和你作对，是你们日本人和中国人作对。我们做了什么出格的事吗？我们不过教孩子们识几个字，将来不做睁眼瞎，这有什么不好吗？"

藤本也针锋相对："宋姑娘，请你不要把我当傻子。你就是教孩子们识几个字吗？'秦时明月汉时关，万里长征人未还。但使龙城飞将在，不教胡马度阴山。'还有岳飞的《满江红》，多好的唐诗宋词啊，你这是教孩子们识字吗？你是在借古讽今，鼓吹反满抗日。就凭这一点，我就可以给你定罪！"

天好十分坦然："你要这么理解，我也没有办法，刀把子攥在你们手里，给我定罪还需要什么理由吗？"

藤本是威逼利诱一齐来："姑娘，其实我很欣赏你。你很年轻，也很聪明，只要同意和我们合作，还是很有前途的，你要是愿意，我可以推荐你到我们的学堂读书，我们会培养你成为一个好教员。你为什么要选择一条危险的道路呢？你是个很单纯的姑娘，一时糊涂，听信了别人的鼓动，回头吧。"

天好决心已定，毫不退让："藤本先生，你也不要把我当傻子，我没听谁的鼓动，我做的这一切，完全是出于一个中国人的良知！"

藤本问："你不悔罪吗？"天好反问："我没有犯罪，悔什么罪呢？"藤本语塞。藤本对天好以退为进地说："宋姑娘，我是为了你好，我也不为难你了，你写个悔过书，答应以后不反对我们，为我们做事，我就可以放了你。"曹巡捕规劝道："写吧，这也不难。"

天好冷冷地说："我没有犯罪悔什么过？应该悔过的是你们！我们没有招惹你们，你们跑到中国来杀人放火抢东西，难道不应该悔罪吗？"

藤本终于凶相毕露,他咬牙切齿地吼道:"巴嘎!你太过分了!看来不给你动点刑罚你会更放肆!曹,把她带到刑讯室,我看她还能不能硬下去!"

天好被动刑了,藤本的皮鞭雨点一般地抽在天好身上。她紧咬着牙,一声不吭。藤本边打边喊:"我叫你和大日本作对,打死你这个反满抗日分子!"

曹巡捕在一旁劝说:"说句软和话吧,何必惹藤本警官动火呢?"

天好摇着头一副视死如归的气派:"我没做错什么,我们山东人就是这个犟脾气,不是自己的错,打死也不领!"

曹巡捕摇摇头:"藤本先生,你累了,出去喝口茶。我沏了一杯乌龙茶,你去尝尝,别凉了,让我来吧。"

藤本交出鞭子:"给我打,往死里打,我就不信制服不了一个中国女人!"说着走出刑讯室。他气喘吁吁地走进办公室,余怒未消地喝着茶,听着刑讯室的动静,刑讯室传来皮鞭响亮的声音。

天好被抬回来放在当院,她遍体鳞伤。天月哭着扑过去,喊着:"姐!"天好睁开眼睛笑了:"别哭,姐没事。"

藤本指挥伪警察把教室的门封上,庞奶奶在楼上默默地注视着这一切。藤本对全院的人说:"都听着,宋天好和宋天月有反满抗日倾向,她们不能住在这里,必须离开!"

庞奶奶上前与藤本据理力争:"不行,你把她们撵到哪儿去?房子是我的,我老婆子就要收留她们。"藤本问:"她们和你无亲无故,你为什么要收留?"庞奶奶理直气壮地回答:"谁说无亲无故?你问问大院里的人,谁不知道,这两个闺女早就认了我做干奶奶。"

藤本拧着眉头不相信地反问:"你们认了亲?"对曹巡捕,"曹,是这样吗?"大伙的眼睛紧盯曹巡捕,曹巡捕对藤本嘀咕了一阵。藤本用手指着大院的众人:"那好吧,可是她们要留在这里,你们必须作保!"大伙都齐声应着:"愿意作保。"藤本气哼哼地走了。

第9章

1　小半达和天星把老冬狗子抬回到老窝棚,暂时安顿下来。他们脱离了参帮那一伙人,猫在这里,先避一下风头。特别避那个心狠、手毒、诡计多端的老兵痞魏三。等那一帮人走了,他们三人好从从容容地去取大货。这几天,先过一过舒心松快的日子。

这天天气很好,温暖的阳光从密林的缝隙射下来,现出条条银线。小半达在老窝棚外光着脊梁修理采参工具,天星给小半达补衣服,很像个一家人过日子的。这就引起了小半达胡思乱想瞎唠叨:"我想媳妇了,你成天骂我没出息。那我问你,你也是老大不小的闺女了,在老家也该找婆家了,你就不想汉子?"天星立马翻脸道:"哥,你再胡说我告诉爷爷,撕了你的嘴!"

小半达毫不在乎:"你看你这个人,动不动就拿爷爷来压我,你当爷爷就偏向你呀?爷爷对我说了,像你这么大的闺女,也该有个心上人了!""有没有不关你的事!"天星一句话把门口堵了个严。

窝棚里,老冬狗子脱下夹袄,在嘴里咯咯作响地咬虱子。小半达和天星来到跟前看着他。

老冬狗子盯着小半达说:"小半达,你也没亲人了,我也是孤老棒子,你给我当孙子吧。"小半达好像无所谓似的:"你愿意?只要你愿意就行。"

"爷爷,那我就给你当个孙女。"天星倒是来个热黏皮。老冬狗子看了看天星笑道:"你就跟了我孙子吧,给他做媳妇,那咱们就是一家子了。咱们一家在这老林子里过,天高皇帝远,无忧无虑,那有多好!"

小半达拍着手叫好:"爷爷这个主意好,我赞成。""呸!美得你!"天星说着,还拿指头比划着羞小半达。老冬狗子笑道:"天星,你别没数,我孙子怎么了?配不上你?"

天星倒是说了老实话："我也没那么说，可是我姐姐还没成亲，我怎么能走到她前边去呢？"其实，经过这一段折腾，她心里已经有了小半达的位置。老冬狗子觉得有点好笑："你要是一辈子找不到姐姐，还不成亲了？"

天星这会儿认真了，她说出了很有章程的话："成亲是大事，你的嘴上下两张皮一碰就行了？我们老家有话，天上没云不下雨，地上无媒不成亲，有人说媒吗？还有，下柬了吗？相亲了吗？不过礼了吗？这些都省了？"

老冬狗子点着头："嗯，你说得有理。行，咱就按山东老家的规矩来！"

于是由老冬狗子导演的一出好戏就开场了。

老窝棚成了天星她娘的家。天星用一条毛巾包住头发，扮成了"天星她娘"。好戏开场时，天星娘正盘腿坐在炕（草铺）上。小半达背着老冬狗子爬进屋里。

老冬狗子问："这是宋承祖家吗？"天星她娘问："是呀，你是谁？"老冬狗子答："我是老冬狗子，你是天星她娘？"他边说边用老眼瞅。

"是啊。找我有什么事吗？"天星她娘把盘着的腿放下炕说。

老冬狗子开始叨叨了："是这么回事，我有个孙子，叫小半达，到了娶媳妇的年龄了，你闺女对我孙子也有点意思，就对你说了吧，孩子们互相看上了，求我来给他说媒。哎呀，天星她娘，你长得可真面少呀，我在老林子里多少年没看过你这么葱儿俊的人了，啊呀呀……"他说话时挤眉弄眼的。

"你孙子我不知道是个什么样的人，可看你这个爷爷油嘴滑舌的，不像是个好东西！"天星她娘故意撇着嘴损着。

老冬狗子装成厚脸皮的样子油腔滑调地胡乱侃着："天星她娘，别见怪，我一个人在老林子里呆了多少年，熬得见不到一个女人，见了女人也没什么想法，顶多嘴上挂点油星子，舌头打几个滑，说出来的话有荤没素，见谅见谅。"

"有柬吗？"天星她娘见怪不怪，就地卖菜，只说正经事。老冬狗子眨巴着老眼："有啊，生辰八字都在上边。"从怀里掏出一张桦树皮。天星她娘看着桦树皮问："哦，你孙子大号叫宫春生？"老冬狗子问小半达："小半达，对不对？"小半达忙点头哈腰嬉皮笑脸地说："对对对，丈母娘。""闭嘴！还没到那一步呢。你这爷爷怎么当的？连孙子的名都不知道。"天星她娘不仅分寸恰当，还追根求底。

老冬狗子的枯皱脸一歪说："还说我呢，他俩磕头结拜了一场还不知道呢。""什么？磕头拜什么了？"天星她娘故意大惊小怪地问。小半达高声怪调地说："磕头拜兄弟。""磕头拜兄弟了还来提什么亲？"天星她娘不客气地质问道。老冬狗子指着天星她娘笑道："你这不是揣着明白装糊涂吗？"

天星她娘一指小半达："你孙子可比你强多了！"老冬狗子点头如捣蒜："对呀，你看，是不是一表人才？""什么呀，尖嘴猴腮，地包天的嘴，一对招风耳，你看那双眼睛，怎么看都是贼溜溜的。"天星她娘又开始可劲儿损了。小半达装成生气上火的样子："天星她娘，别看我们来求亲你就牛哄哄的，不愿意拉倒，少糟蹋人！""嗬！

还是个小脸子。"天星她娘倒是大度地笑了，立马拍屁股下炕。

老冬狗子觍着老脸，卖碎鱼似的唠叨着："天星她娘，你就叫他俩成亲吧，求求你了，早点成亲，给我生个重孙子吧，在这深山老林子里，我有好多年没看见小孩子了，都忘了小孩子是怎么哭怎么笑的了，我闷得慌呀！"

"这件婚事还可以，过几天下彩礼吧。"天星她娘总算松了金口。"我的娘呀！还要彩礼？"小半达吃惊的样子叫唤起来，像被踩了尾巴。

"那当然，我的大闺女白送给你呀？"天星她娘得意地摸着裤腰说。老冬狗子大度地问："天星她娘，说吧，要什么彩礼？"

"我也不会要你们拿不出来的彩礼，林子里有棵老山参，抽空给我抬出来吧。"天星她娘真是知根知底、知好知歹的实在人，说出了实在话。老冬狗子流泪了："好好好，一定办得到！"小半达问："爷爷，你怎么哭了？

老冬狗子笑了笑："胡说，爷爷多少年不会哭了，太阳太晃眼了。"是的，老冬狗子太感动了。这不是在演戏，这一切都是真的，他经历了一场他没经历过但却无数次渴望过的生活，这种生活正向他走来，也许很快就会成为活生生的现实。这样的生活正在开始，老冬狗子不用含饴弄孙，因为孙子小半达已经长大，倒是孙子和未来的孙子媳妇正和他逗乐子呢。

又是一个清晨来临。老冬狗子觉少醒得早，他用手走出窝棚，往外面的地上一看，倒吸了一口冷气，忙爬回窝棚推醒俩孩子："别睡了，千万要小心，老兵痞那帮人没走远，昨天晚上已经到咱窝棚里来过了。"

天星一骨碌爬起来："啊？他又来了？你怎么知道的？"

老冬狗子说："昨晚我在门口撒的干面子上有生人的脚印，有一个脚印我认识，就是老兵痞魏三的，没错！咱们得抓紧，先下手为强，今夜抬大货！"

夜深了，月光如昼。天星和小半达抬着老冬狗子来到大货前。

老冬狗子一见大货，倒吸了一口冷气："啊！我老冬狗子在长白山呆了几十年，从来没有看见这么大的参！你们都先别动手，听我的指派。"

小半达忙应和着说："爷爷，你就发话吧。"老冬狗子一脸虔诚："上香，拜山神爷老把头！"两个孩子忙活着点香、摆供，老冬狗子领着两个孩子跪下，他嘴里念念有词："山神爷爷老把头，谢谢恩典磕响头，今日我来抬棒槌，胜过封官拜相侯，明朝进山盖新屋，重塑金身展风流，把头爷爷睁开眼，坐稳木墩多保佑！"

拜过山神，三个人小心翼翼地开始起大货，突然，林子中响起一阵嘎嘎的怪笑声。三人一愣，只见老兵痞带着几个人，从四面围拢上来。

老兵痞哈哈大笑："果然不出我之所料！老冬狗子，你是个吃人的人，在这片林子里，这些年不知有多少参帮死在你手下，我进你窝棚的时候就闻出有死人味儿了，你设下陷阱要送我一命归天，可是我没死，我魏三又回来了！"

老冬狗子不慌不忙地掏出烟袋锅子,点燃后,吸了一口:"别扯那些淡了,你想怎么着?"魏三十分得意:"老东西,告诉你吧,我也是从死人堆里爬出来的,什么没见识过?我什么都不怕!"

老冬狗子不咸不淡地说:"还是扯淡,就说说你要干什么吧。""我看这样吧,这棵棒槌抬出来,咱们这样分账,你三份,我三份,这两个孩子也不容易,也给他们三份,剩那一份呢,给我这几个弟兄吧。"魏三看来是早有主意了。老冬狗子沉默着,他在思索着对策。

魏三用枪杆子顶着老冬狗子的脑袋:"怎么?你敢说不同意?"

老冬狗子无奈地说:"我哪敢啊!"说着,慢慢地起着大货。

太阳出来了,树林中一派明媚。大货终于显露出形态来。众人激动得说不出话来,一个个张大嘴巴。老冬狗子起出大货,一伸手说:"拿来!"天星和小半达急忙递上早已准备好的新鲜苔藓。

老冬狗子用苔藓包好大货,长舒一口气:"啊,饿了三天了,到我的老窝棚里吃顿饭吧,吃饱了咱们就下山,把大货出手,大家分了钱各奔东西,永不结仇,永不相见。魏三,这样可以吧?"魏三点头同意:"好,痛快,就这么办!"

大伙抬起老冬狗子,老冬狗子怀里紧紧抱着大货。众人来到老冬狗子的老窝棚里,放下老冬狗子,每个人都为起到大货兴奋不已。

一顿丰盛的酒宴开始了,满桌的山珍,大家吃喝得兴高采烈。

一个参帮说:"终于发财了,回家置几亩好地,过安稳日子吧,再也不跟着放山了,太遭罪!"又一个参帮说:"我可不置地,还是做点小生意的好。"

魏三问:"老冬狗子,你眼睛毒,说说这大货到底能值多少钱?"

老冬狗子思忖着说:"到底值多少我说不准,都说棒槌七两为参,八两为宝,这棵参,我估摸接近八两,市价没法估计。听老人说,崇祯年间,一两山参值一二两银子,到大清康熙年间,值二十两银子,到乾隆年间,值七八十两银子,嘉庆年间值一百五六十两银子。这山参越来越金贵,一年一个价,到了现在,比嘉庆年间不知又要翻几倍,就算是按嘉庆年间的价算,银子换成现币,那有多少钱?"大伙惊呆了,好像大把大把的钱已经到手。

等大伙都吃饱喝足了,老冬狗子指派着:"今天的天真好,天星,你给爷爷把被窝拿到外边晒一晒。"

天星正听得兴奋,懒懒地起身抱起被褥走出窝棚。小半达嘻嘻笑着,也听得入迷。老冬狗子火了:"你个小半达,像傻子似的咧着嘴笑,懂什么?还不滚出去跟你妹妹忙活!"小半达灰溜溜地出窝棚,嘴里嘟囔着:"过河拆桥,我不告诉你,大棒槌你八辈子找不到!"

见两个孩子出去了,老冬狗子的一双眼睛盯着众人,突然哈哈大笑,他慢慢坐起来。众人看着老冬狗子,不知怎么回事。魏三突然蹦起来,说声:"不好!"已经晚了，老冬狗子一按身边的机关，窝棚轰的一声塌陷下去。参帮们全掉进陷阱。而老冬狗子坐着的椅子却升了起来，原来，他那把破椅子拴着柔软的藤条。两个孩子在窝棚外看到这一切，大惊失色。

老冬狗子对陷阱底下的人喊："魏三，你这老兵痞子，你说对了，我就是吃人的人。我告诉你们，多少年来还没有一个人能从我的窝棚里逃出去！"陷阱里哭喊声一片，胡乱求老冬狗子，让饶了他们，宁愿大货不要了，只求放一条生路。老冬狗子冷笑道："放你们生路？你们的生路就是我的死路，别做梦了！"

天星有点心软地问："爷爷，他们真的要死吗？"

老冬狗子咬着牙："他们必须去死！他们不死我们必死！你没见魏三的靴子里藏着三把飞刀吗？那三把飞刀是给咱们三人准备的！"老冬狗子说罢，突然一个鲤鱼打挺从椅子上站起来。两个孩子吓坏了，不由得"啊"了一声。

老冬狗子讲出一番道理："孩子们，把你们吓坏了吧？在这深山老林子里，早年间参帮放山的规矩不好使了，人心都变坏了，只有强者才有生存的可能。什么人是强者？体格剽悍的当然算是。但是，更强者是有智慧的人，是能把目标存在心里、坚韧持久地追逐的人。这是做一个强者必备的品性，你们记住了吧？记住爷爷的话，会受用一辈子的。"两个孩子听得目瞪口呆。

老冬狗子交底道："孩子，这些道理不是我悟出来的，天星，这是你爹告诉我的。可惜他走了，要不然，我们爷儿俩会合作，做一番大事业。"

天星好奇地问："爷爷，要是我爹活着，你们能干什么事业？"

老冬狗子哈哈大笑："我会把他拉上山做胡子。走，下山吧，卖了参咱过好日子去。"三个人朝林子外面走去。

老冬狗子带着天星和小半达在林子里走着，突然前面草丛里站起一排人，是日本森林警备队。警备队小头目喊："站住！"三人站住了。小头目问："干什么的？"老冬狗子答："带着孩子打猎的。"小头目又问："打猎的？猎物呢？"老冬狗子说："空手了。"小头目狞笑着："我看你们不是打猎的，是采参的！给我搜！"警备队的人一拥而上，搜出了大货。小头目哈哈大笑："想隐藏起来！没收了！"天星和小半达大声喊着："这是我们的血汗，还给我们！"老冬狗子把他俩紧紧拽住："孩子，算了，他们不会还给咱的。"日本人哈哈笑着走去。他们眼看着日本人把大货劫走，却无可奈何。

小半达急得哭起来："狗日的强盗，咱们不是白费力气了吗？"

老冬狗子掏心换肺、情深意长地说："孩子，别哭了，这人世间，有财也活，无财也活。还有比财更重要的东西，那就是情义。我看你们俩就有情有义。天星不远千里来到这里，和你相遇，先成兄弟，后成兄妹，将来还要成夫妻，这是山神爷爷给你送来的长腿的棒槌呀，千金难买啊，你知足吧！"

小半达破涕为笑："天星，你真的愿意给我做媳妇？"天星害羞地点了点头。突然,身后传来了枪声。老冬狗子一下子扑倒在地,他紧紧地把两个孩子压在身下。背后,老兵痞提着枪慢慢走过来狞笑着:"老冬狗子,你也有今天啊!我让你断子绝孙吧!"说着,要用枪刺杀死天星和小半达。

危急关头,老冬狗子抽出刀来,深深刺进老兵痞魏三的胸口。魏三尖叫一声,摔倒在地。这一刀准准地插在心脏上,魏三翻着白眼咽了气,落了个死不瞑目。为救俩孩子,老冬狗子受了致命的伤。

天星和小半达抬着老冬狗子走着,老冬狗子笑着自嘲:"孩子,爷爷这回真得让你们俩抬着走了。我哪儿也不去,把我抬到老窝棚的后山上去吧。"

天星哭着问:"爷爷,你要到那儿去干什么?"老冬狗子咧咧嘴笑了:"孩子,那儿是我的归宿呀。"二人抬着老冬狗子上山了,到了后山,二人把老冬狗子放下,这里有一座又一座坟茔,小半达的爹也埋在这里。

"孩子,就把我埋在这里吧。"老冬狗子指点着一个个的坟堆说,"这是我爹娘的坟头,这是我兄弟的,这是我姐姐的。我们一家人,二十年前就在这里采参,有的叫野兽吃了,有的叫土匪杀了,有的在起大货的时候,参帮见财起意,互相殴斗被打死。就剩下我一个人,我一直守着他们,今天,我们一家人团聚了。"他说话时,已经是上气不接下气。

天星哭着:"爷爷,你不能死,你也死不了,你就是山神爷!"

老冬狗子笑了,伸出手来,握着两个孩子的手情深意切、语意未尽地倾诉着:"孩子,你俩真好。这么些年了,爷爷的心早就冷了,冷得像石头一样,可是被你们这两个小东西给焐热了,爷爷和你们没处够呀!孩子。"

老冬狗子望着天星,好像还有要紧的话嘱咐。天星知情会意:"爷爷,有什么话你就说吧,我听着。"天星把耳朵附在老冬狗子嘴边,等待着这位神奇的老爷爷的遗言。"嫁给……我孙子吧……"老冬狗子说完这句话,闭上了眼睛。这就是他留在这个世界上的最后一句话。

天星哭喊着:"爷爷,你不能死呀,不能扔下我们不管啊!"小半达抹着眼泪:"天星,别哭了,再哭也哭不活爷爷,入土为安,把爷爷埋了吧。"

天星慨叹这个世界的神鬼莫测,哀怨人世间的变幻无常。喜怒哀乐,阳世阴间,竟然是瞬息万变,穷于应对。她和小半达含泪埋了老冬狗子。没有墓碑,没有烧纸,坟头的木牌上拴着老冬狗子的烟袋锅子。

天星满脸忧虑地问:"哥,咱们现在到哪儿去呀?"是啊,活着的人还得活下去,还想活得更好。小半达说出话来像个男子汉:"跟我走吧,继续往北走,哪儿的黑土都养活人。""就这么没目标地走?"天星实在是心中无底,要过河找不到桥。小半达满怀希望:"怎么没有?我有个老乡在黑龙江开荒,早就捎信儿让我过去,咱们奔他去,到那儿,咱们落下脚,安个家,你就和我成亲吧。"

"不行,没找到弟弟之前不行!"在这件事上天星毫不含糊。小半达更是不明白了:"那为什么? 咱俩成亲也不耽误你找弟弟呀!"

"不是那么回事,成了亲就会有孩子,有了孩子就缠住了我的手脚,还怎么找弟弟?"天星倒是想得非常实际,非常成熟。小半达呆呆地看着她,不知说什么好,他没法反驳天星的话,知道再说也无用。

天星眼里含着泪水,她思绪万端,从心里早已认可了小半达,但为了找虎子,她矢志不移。小半达无可奈何:"你说得也有道理,我们走吧。"二人相跟着下了山。

2宝王爷决定把五十匹好马送给国民政府的抗日部队,娜日托娅、虎子和布赫奥勒三人经过千辛万苦,赶着马群来到抗日军驻地。司令傅汉璋正和参谋周和光谈论新建的骑兵旅缺战马的事,卫兵走进屋来报告说,科尔沁的宝王爷派人送来五十匹马,请求验收。

傅汉璋非常高兴:"太好了! 正为军马犯愁呢,这是及时雨来了。"他忙让周和光去迎接送马人。周和光领着三位送马人面见司令,傅汉璋十分热情地招待他们。傅汉璋用力握着三人的手说:"感谢你们的大力支持,转告宝王,我要申请政府给予嘉奖。"娜日托娅显得十分有礼貌:"我代表阿爸吉谢谢司令的美意。"

傅汉璋请三人坐下喝茶说:"国家蒙难,生灵涂炭,草原也陷入日本人的铁蹄下,你们这时候还不忘报效国家,我很受感动。"娜日托娅说起话来头头是道:"司令,来的时候我额吉让我转达她的意思。额吉说,天总是要亮的,鸟总是要唱的,我们蒙古族人要像鹰一样战斗,不能像兔子一样生存。"

傅汉璋赞叹着:"说得太好了,你额吉的汉名叫白银珠吧?"娜日托娅有些奇怪地问:"对呀,司令怎么知道的?"傅汉璋笑了:"给我带个好吧,就说她北师大的同窗傅汉璋向她致意!"娜日托娅惊喜地说:"司令和我额吉是同学呀?"傅汉璋充满笑意:"是的,我还是她的大学长呢。太巧了,老同学助了我一臂之力。"

周和光高兴之余,随口说出了另一件难事:万事俱备,只欠东风,这些马一时急需要驯马人。虎子一听,和娜日托娅格格商量之后,向司令表示他们可以留下来帮助部队驯马。

为了让司令相信他们能行,虎子和娜日托娅来到部队训练场,当场表演马术以及驯马技巧。表演赢得了士兵们的热烈掌声,表演完毕,二人骑马来到傅汉璋和周和光的面前,跳下马。傅汉璋不禁夸赞:"好啊,果然是草原飞来的两只鹰,不同凡响。"周和光折服了:"很好,你们俩完全够格做教练!"

傅汉璋指示:"周参谋,我看可以请这两个孩子留些日子,帮着咱们骑兵旅驯马。我会给白银珠写信说明情况。"宝王爷正担心娜日托娅送马多日未归的事,布赫奥勒回来报了平安,并把傅司令给福晋的信呈上。福晋看着信笑了:"王爷,你就放宽心吧,这位新任司令就是我对你说过的傅汉璋,是我北师大的大学长。"

虎子和娜日托娅尽心尽力地教,骑兵旅的士兵也努力地学,骑术进步很快。

这天黄昏，完成了当日的训练课目，周和光和虎子、娜日托娅牵着马信步在原野上走着，周和光无意间问起虎子，这么小怎么会跑到科尔沁草原来。虎子简述了他的经历，并说出爹的名字。

周和光一听宋承祖三个字，立即紧紧地抱住虎子："我认识你爹！我原先也是东北军的，和你爹一个师，沈阳失守，队伍被打散，辗转来到这里的部队，没想到在这儿遇到了你！"二人的感情立即近了许多。

驯马告一段落，虎子和娜日托娅要离开部队，周和光送他们。周和光和两个孩子牵着马慢慢走着，这些天建立了感情，要分开真有点舍不得。周和光深情地望着他们说："娜日托娅，天虎，送君千里，终有一别。傅司令决定送给王爷二十条枪，还有弹药若干，过后会派人送去的。"娜日托娅立即表示："我代表阿爸吉谢谢傅司令。"

周和光又对他二人讲："回去告诉宝王，对日本人不要抱有幻想。日本人鼓动蒙古独立，不是为了蒙古族人的利益，他们是要分裂我中华，削弱咱们中国人的反抗力量，达到独占华夏的目的，一定要看穿他们的阴谋！"说过之后，他拿出两支短枪，"感谢你们俩为我们骑兵旅做出的贡献，这两支枪送给你们俩。"

两个孩子高兴极了，接过枪齐声道谢。辞别了周和光，虎子和娜日托娅骑马奔驰在草原上。虎子摆弄着手里的枪爱不释手，他听娜日托娅讲过她会打枪，可没亲眼见过，将信将疑。娜日托娅恰巧看到一只正奔跑的野兔，她抬手一枪，兔子应声倒地。虎子这才相信了，立马拜师学艺。娜日托娅热心教授，虎子试放两枪，虽然什么也没打中，但总算会放枪了。

有道是，贪心不足蛇吞象，王八作祸命不长。小日本这条毒蛇，1931 年发动"九一八事变"，占了我国东北的大好河山，烧杀抢掠，无恶不作。一晃六年过去，这条毒蛇在 1937 年 7 月 7 日又制造了"卢沟桥事变"，蛇信子伸到华北，妄想独吞中国。

这天在科尔沁草原的日军军营里，阿部大佐和喜管家一边喝酒，一边欣赏日本艺伎的舞姿。喜管家心绪不宁地说："阿部君，我已经在这里苦熬这么多年，使命应该结束了吧？"阿部安抚着："尾田君，再忍耐一些日子吧，皇军已经做好了充分的准备，就要在这几天大举进军华北，你还要严密监视科尔沁地区的局势，不要让那些没有真心归顺皇军的蒙古王公蠢蠢欲动，牵制我们的精力。"喜管家只好应和着："那好吧。"

阿部问："宝王现在怎么样了？他真的不会反对我们？"喜管家喝了一口清酒："如果就是他，不会的，可是，他的福晋白银珠是个不好对付的女人，这个女人左右着宝王的态度。"

阿部皱眉道："这个老东西，我已经对他彻底失去耐心了。我看这样吧，你不是已经把他弟弟的野心挑起来了吗？除掉他，让他的弟弟继承爵位。"

"在科尔沁，他很有实力，也很有号召力，除掉他不容易。"喜管家潜伏这么多年，深知内情。

阿部杀气腾腾地一挥手："很简单，出其不意，一举拿下他的王府。"

"那样不好，必定会有一场血战，我们也要付出太多的代价。"喜管家到底是特工，想得更多一些，他出主意道，"何不给他设个鸿门宴呢？"

"是个好主意，那就由我出头吧，我来设鸿门宴，让他自投罗网，然后罗织他背叛'满洲国'的罪名，将他处决。"阿部就这么决定了。

喜管家喜形于色："对，就采取这样的手段。"

科尔沁草原，景色迷人。虎子和娜日托娅都已长成大人，他们二人骑马信步在草原上，虎子马上驮着一只被打死的黄羊。娜日托娅夸奖道："虎子哥，你的枪法很不错。"虎子倒能顺竿爬："要是论打枪，我可以给你当师傅了。"娜日托娅笑了："别骄傲，你打枪还是我教的呢。"虎子开心地笑着："又给我摆老资格了！赶快回去吧，明天是王爷的生日，这只黄羊送给王爷，王爷一定很高兴。"

虎子和娜日托娅一同把黄羊送到王爷府，宝王爷看着地上的黄羊问："虎子，这只黄羊是你打的？"

娜日托娅上前特意说明："阿爸吉，是虎子哥打的。他说，明天是你的生日，献给你作寿礼的。"

这时，喜管家来了，他上前禀告："阿部大佐派人来了，说明天是您的生日，他要为您做寿，请您赴宴。"

宝王爷并不高兴，淡淡地说："我过生日，他跟着忙活什么？给我回了吧。"

喜管家忙上前殷勤地说明："王爷，这样不好吧？前些年，您送马给国民政府军的事，人家一直耿耿于怀，要是硬和人家顶着干，恐怕要出事。"

福晋很不乐意："他怎么就揪住这件事不放呢？不是已经解释清楚了吗？那些马是被他们劫走的，不关我们的事。"

喜管家有意敲山震虎："福晋，日本人招惹不得的，您忘了吗？兴安省省长凌升有势力吧？还是'满洲国'的建国元勋，和皇上还结了亲。不就是因为在省联席会上发了关东军的牢骚，结果得了个图谋叛变、反对日本的罪名，被处以极刑，他的家人也没能幸免。"

宝王爷终于被说动了："好吧，别说了，阿部也是一片好意，我去就是了。"

福晋疑虑重重："王爷，你真的打算赴宴？最近有消息，关东军战备抓得很紧，我估计他们要对关内下手了。"

宝王爷有点不大在乎："那和我赴宴有什么关系？"

福晋思绪缜密地进一步对王爷挑明道："我分析，他们进关之前肯定要先整肃后方,你在他们眼里一直是块心病,我担心他们要对你下毒手。"

宝王爷摆摆手笑道:"你呀,多虑了。"福晋还是不放心:"小心点好,一切由我来安排吧。"宝王爷按时赴宴了,他走后,福晋也把一切安排停当。

阿部设下鸿门宴,在军营外搭起帐篷,军营里,埋伏好了的日本兵虎视眈眈。阿部不断给宝王爷劝酒:"阁下,这几年我们合作还算顺利,这杯酒我敬你,请喝。"宝王爷推辞道:"我喝得太多,已经不胜酒力了。"

阿部沉下脸来:"阁下不给面子?"宝王爷软里透硬:"不是不给面子,我就这么个人,酒喝到数了,谁劝也不行,皇上也买我的账。"

阿部翻脸了:"不要拿皇上压人,你别忘了,你面对的是大日本皇军的大佐,你必须喝下!""我要是不喝呢?"宝王爷蔑视着阿部。

"那就别怪我不客气!"阿部凶相毕露了。宝王爷毫不示弱地冷笑:"客气怎么样?不客气又怎么样?我不是任人欺负的羔羊!"

阿部狞笑道:"说得好!"他转身击掌为号,全副武装的日本兵冲出密室,端枪对准宝王爷。宝王爷站起身来断喝:"大胆!你们要干什么!"阿部一阵狂笑:"哈哈哈,你说呢?"

突然,蒙古族马队奔来,福晋带着娜日托娅、虎子等人来到军营,直接进入宴会厅。阿部惊呆了:"哦,福晋来了?有何贵干啊?"

福晋豪气十足地说:"贵军给王爷做寿,我们非常感谢,做寿不能没有助兴的,我们特来助兴。"阿部知道硬的不行,立刻换了笑脸:"欢迎。"

福晋看着端枪的日本士兵问:"阿部先生,这是干什么?你的部下荷枪实弹,今天摆的是鸿门宴吗?"阿部有点无奈地狡辩:"哪里,他们都是保护宝王阁下的。"福晋冷笑着反问:"保护王爷?王爷在这里难道也不安全吗?"阿部只好说:"不,很安全。"他对部下一挥手,"你们都给我撤离!不要坏了气氛。福晋,你也请坐吧。"

福晋不卑不亢、不慌不忙地说:"我是不请自到,没资格喝酒。不过,手下的弟兄说,王爷的寿诞,喝闷酒没意思,愿意用我们蒙古族的习俗表示庆贺。你们喝你们的酒,请欣赏武士们的表演。"

宝王爷心中暗喜,底气十足地说:"阿部先生,来呀!坐,请坐,喝酒!"虎子和娜日托娅走到王爷身边,一左一右护卫着。

福晋一挥手:"开始吧!"布赫奥勒和一个蒙古族武士表演摔跤。蒙古族武士们骑在马上,虎视眈眈地瞅着阿部。

这场精心设计的鸿门宴以失败告终。日本人一心要除掉宝王,喜管家又生一条毒计。一天深夜,喜管家偷偷潜入宝王弟弟的家里,对他说:"你哥哥一直不愿和日本人合作,阿部大佐决定废掉他,你的愿望就要实现了!"

宝王弟满脸的惊喜:"是吗?太好了!什么时候动手?需要我做些什么?"

喜管家阴沉着脸说:"一切都不用你费心劳神,我自有安排,到时候你就去逼宫,阿部已经允诺,由你来继承爵位。"

宝王弟喜不自禁地拍着喜管家的肩膀:"那好啊,事成之后,你还是大管家,我重重有赏。可是我有些担心,福晋会交出权力吗?她可不是盏省油的灯!"

喜管家忙交底打气:"她不交行吗?宝王没有儿子,他一死,你是理所当然的继承人。"宝王弟有点吃惊:"啊?你们要杀死我哥哥?"

喜管家奸笑道:"不,不是杀死,他会染病身亡。"

宝王爷真的病了,恹恹地躺在床上,不停地咳嗽,福晋、娜日托娅,还有众多的下人围在身边,喜管家也在。

福晋关切地问:"王爷,病了这么些天了,吃不下别的,喝碗奶茶吧。"

宝王爷有气无力地说:"我什么也吃不下去,吃下去也会吐出来。奇怪,我这是得了什么病呢?科尔沁最好的蒙医也看不出来。"

福晋怀疑道:"没背着我吃不洁的东西吧?"

"没有啊,自打从阿部那儿回来,我一直听你的,饮食方面防范得很紧。"宝王爷说着一阵剧咳,吐出大口的鲜血。宝王爷昏厥了。

娜日托娅哭着,伏在王爷身上:"阿爸吉,你不能死,醒醒啊!"福晋厉声斥责:"不要哭,王爷不会死的!"宝王爷缓缓睁开眼睛,爱抚着女儿:"宝贝女儿,我不会死,我还要看着你出嫁,给我生个外孙呢。"

虎子趴在门口窥探,宝王爷看到了,向虎子招手,虎子走过来。宝王爷拉着虎子的手充满深情:"虎子,几年的工夫成大小伙子了,雏鹰变成雄鹰,翅膀也硬了,好啊!"虎子摸着宝王爷干枯的手,百感交集:"王爷,没有你的恩典,就不会有我的今天;没有蒙古族兄弟的帮扶,我还是个流浪儿,我要感谢王爷,感谢草原!"

王爷无力地垂下手,他要休息了。虎子和娜日托娅从王爷的卧室出来,心情十分沉重,虎子有话要对娜日托娅说。娜日托娅拉着他来到自己的卧室,虎子掏出一盒烟来问:"王爷最近是不是抽这种烟?""对呀!"娜日托娅点头道。

虎子又问:"王爷以前一直抽水烟,为什么改香烟了呢?"娜日托娅皱眉思索着说:"喜管家劝他改抽香烟,说香烟里的什么尼古丁少,对身体有好处。哎,这包香烟你是从哪里得来的?"

虎子举着这盒香烟说:"我是从喜管家那里偷来的,我觉得问题可能就出在这里。""这香烟会有什么问题呢?包装得严严的。"娜日托娅有点不解。

虎子仔细查看着包装,突然惊愕地说:"你看,这里有针眼!"他把香烟递给娜日托娅,"这盒香烟被喜管家做过手脚了,会不会是在这里下了毒?"

娜日托娅经虎子这么一说,也觉得问题很大。他们急忙悄悄到喜管家的卧室里,二人从抽屉里翻出了药瓶、针管。

"娜日托娅,一切都明白了,这只恶狼把毒药注进了香烟,王爷是中毒了!"虎子说着忙把药瓶、针管收起来作为证据。

窗外，宝王弟带领人马气势汹汹涌进王府大院。娜日托娅心中不免慌张："阿爸吉的弟弟来了，一定是来夺权的，他们有日本人撑腰，怎么办？"

虎子到底已经是男子汉了，遇事沉着冷静，他立刻有了主意："他们早有准备，看样子是要作乱。这样吧，我去找周参谋，让他帮助咱平乱！"

娜日托娅藏好药瓶、针管等东西，急急地催促虎子："快去快回！"

第10章

趁着宝王爷重病卧床不起，宝王弟带着一帮人马直扑王爷府。他带领随从气势汹汹闯进宝王爷的卧室，假惺惺站在病床前问："哥哥，听说你病了？为什么不告诉我？"宝王爷有气无力："没什么大病，就没惊动你。"

宝王弟看着被褥上的血污，对福晋发难："嫂子，你这就不对了，哥哥都吐血了，还不是大病吗？哥哥眼看不行了，为什么不通知我？"

福晋看来者不善，也就针锋相对："谁说王爷不行了？你咒他早死吗？"

宝王弟一脸杀气："嫂子，别瞒我了，我看哥哥归天的日子不远了。王府不能没有主事的，我这次来就不走了。"话说出来，已是原形毕露。

宝王爷气愤极了："你还是我弟弟吗？我还没死你就等不及了？来人啊，把他轰出去！"宝王弟怒喝："哪个敢乱动！"随从亮出了武器。

喜管家终于露出隐藏多年的狐狸尾巴："王爷，你已经病入膏肓，活佛也救不了你的命。就别硬撑了，让出权力吧，这既是天意，也是众望所归。你往外边看看，王弟的人马已经包围了王府，你还有什么可说的？"

宝王爷如梦初醒："喜来福，你是早和他串通好了，要夺我的权！"

喜管家奸笑道："王爷，你可别这么说，这是你们弟兄间的事，和我无关。"

这时娜日托娅走进屋子说："不，和你有关，王爷有病，是你下了毒！"她说着拿出针管、毒药、香烟，"你要证据吗？这就是证据！你把毒药注进了香烟，让王爷慢慢中毒，这是不是事实？"

宝王爷怒视管家逼问道："喜来福，是这样吗？"喜管家狞笑道："是又怎么样？事到如今，也没有必要隐瞒了，我是关东军特工，尾田喜郎。"

宝王爷沉默良久，忽然放声大笑，他双目直视尾田："看来我是瞎了眼，引狼入室。唉，大势已去，我还赖在这个位置已经没有意义。尾田，你过来，我有句话要对你说。"

喜管家走到宝王爷跟前:"有什么话说吧。"宝王爷问:"我没有救了吗?"喜管家得意地笑着:"怎么会呢?只要你交出权力,我会给你解药的。"

宝王爷露出带有希望的笑容:"那就好,咱们做个交易。我交官印,你给我解药。"喜管家迫不及待:"那就把官印拿出来吧!"

宝王爷忽地从被窝里抽出短刀喊道:"拿去吧!"用尽力气一刀刺向喜管家。喜管家惨叫一声,急忙拔枪向宝王爷射去,宝王爷中弹而亡,喜管家捂着肚子,一头栽倒。

王府大院中火把通明。福晋和娜日托娅被推到院子里。

宝王弟对闹哄哄的人群高喊:"大家听好了,宝王已经归天,王爷没子嗣,只有一个女儿,我是王爷的唯一继承人,大家说,福晋该不该交出官印?"

宝王爷的人反对把印交给宝王弟,他们都说福晋德高望重,愿意听她统领。宝王弟的人说弟弟继承哥哥的官位,福晋该交印。

福晋气愤至极,厉声呵斥宝王弟:"你这个人面兽心的牲口!是你勾结日本特务杀害了宝王!如今宝王尸骨未寒,就来逼我寡妇交印,真是瞎了狗眼!我是宝王的福晋,有权护理官印。让我交出官印,休想!"

宝王弟理屈词穷,只能推脱狡辩:"你不要血口喷人,喜管家是你们招到府上的,和我一点关系也没有!"

福晋继续揭露宝王弟的画皮:"你不要掩饰自己的罪恶了,你早就投靠了日本人,今天的一切,是你们蓄谋已久的。我告诉你,科尔沁是蒙古族人的,我绝不会把权力交给你,交给你就是交给了日本人,就是叛国!"宝王弟害怕福晋再揭出他更多的丑事,忙示意自己的随从把福晋和娜日托娅押进屋里。

宝王弟喊着:"大家都听好了,从今晚开始,我就进驻王爷府,这里的一切都要听我的!都回去吧!"

福晋和娜日托娅被关了一夜,第二天一早,宝王弟又来逼福晋:"你就别咬牙了,识时务者为俊杰。还是把官印交出来吧,交出官印,你还是我嫂子,我不会亏待你的。"

福晋扭脸不看他,语气坚决地说:"你是痴心妄想!官印是国民政府认可的,我不能交给任何一个人!"

宝王弟恬不知耻地说:"你怎么还对国民政府抱有幻想?现在科尔沁是日本人的天下,跟着日本人干才是正道。"

福晋忽地转过脸指着宝王弟的鼻子骂:"呸!你这个奸贼,白披了一张蒙古族人的皮,要我投靠日本人?做梦吧!"

这时,一个随从慌慌张张跑来:"不好了,国民政府的队伍来了!"

宝王弟吃惊地跳起来:"啊?他们怎么来了?怎么比日本人还快?守住王府大

院,不能让他们进来,日本人会来接应我们的。"说着急急跑出去。是虎子及时报信,领着周和光和他的骑兵赶来。王府大院外,双方的人马开始一场激战,王爷府的人马有周和光骑兵部队参战,信心大振,不久就攻破王爷府。

周和光的骑兵冲进大院,宝王弟在混战中被打死,被宝王爷刺伤的尾田喜郎趁乱骑马跑掉。宝王弟的人马见宝王弟已死,只好放弃抵抗。福晋和娜日托娅被解救出来。

福晋站在院子里,激动地对众人讲话:"忠于王爷的父老乡亲们,咱们得救了!科尔沁已经被日本人占领,我们的家园已经沦陷,我们蒙古族人宁肯去死,也绝不会在日本人的胯下苟活!我决定带领你们投奔国民政府的军队,大家愿不愿意?"众人呼喊:"愿意!愿意!愿意!"

就这样,白银珠,这位巾帼英雄,组成了一支蒙古族的抗日部队,和周和光的队伍合为一股,开始了保卫家园的战斗岁月。福晋率领众人来到政府军驻地,傅汉璋司令率部在门外列队欢迎。

傅汉璋紧紧握住福晋的手说:"小师妹,北平一别,没想到在这里,以这样的方式见面,太令人感慨了。"福晋一脸豪气地说:"大学长,咱们是殊途同归,我白银珠决定率部投奔你的麾下,共赴国难!"

傅汉璋激情满怀:"好啊,我已经请示南京政府,这支队伍仍归你管辖,你们的任务就是配合主力部队作战,咱们蒙汉兄弟携手保卫美丽的家园!"

白银珠——昔日的福晋率领的蒙古族抗日部队,经过一段时间的正规训练和实战锻炼,已经成了一支能征善战的部队。白银珠被任命为蒙古族骑兵旅旅长。这支部队眼下正担任着把守北山嘴的重任。

北山嘴是咽喉要地,这里如果失守,日军就能长驱南下,占领整个科尔沁草原。这天拂晓,日军在阿部大佐和尾田喜郎的率领下,开始向北山嘴阵地发起猛烈进攻。

蒙古族抗日骑兵旅在北山嘴阵地上严阵以待。阵地上设了军帐,帐前摆着一把交椅,白银珠端坐在交椅上,两个卫士一左一右,右边的是女儿娜日托娅。

白银珠全副武装,威风凛凛,全然一副女王的派头。敌人的炮弹在四周不断炸响,战斗形势十分紧张,但是,面对日军大军压境,白银珠镇定自若,指挥若定:"弟兄们,傅司令把镇守北山嘴要地的任务交给了咱们,咱们要拼死保卫阵地,保卫家园,谁也不许退缩!"战士们呼喊:"保卫家园,绝不退缩!"

白银珠对战士们讲:"大家都看到了吧?今天,我在座椅前画下一道横线,如果有人退到这条线的后面,就是逃兵,我要亲自处决他!"战士们呼喊:"处决逃兵,壮我军威!"白银珠大声发出命令:"好,出发,打小日本,不要给蒙古族人丢脸!"

战士们跃上马背,向日寇冲去。在北山嘴前沿阵地上,白银珠的蒙古族骑兵大队和阿部的主力打得难解难分。

布赫奥勒等蒙古族骑兵和虎子向敌人发起冲锋，敌人的迫击炮在马群中炸响。炮弹掀起尘土，浓烟四起，有的马受伤倒地，蒙古族骑兵进攻受阻。阿部发起反冲锋，日军蜂拥上前。于是，两军短兵相接，开始了一场血肉横飞的厮杀。白银珠和娜日托娅在军帐外观看着战斗。布赫奥勒骑马跑来报告："旅长，日本人的炮火太猛了，咱们的损失太大，你还是撤吧！"

白银珠道："娜日托娅，取出我的袍子来！"娜日托娅惊愕了："额吉，你要干什么？"白银珠厉声道："不要多问，执行命令！"

娜日托娅回到帐篷，捧出华丽的蒙古长袍，递给母亲。白银珠脱去戎装，换上长袍，燃起篝火。大家惊呆了，忽而，全都明白了旅长的用意。

白银珠镇定地说："女儿，和我一起烤羊羔。"布赫奥勒跺着脚说："旅长，不要这样啊，太危险了！"白银珠平静地说："布赫奥勒，告诉弟兄们，我哪儿也不去，就在这里烤羊羔，等着弟兄们凯旋！"娜日托娅哭着喊："额吉！"

白银珠呵斥："是我的女儿就不许哭！和我一起烤羊羔！"

布赫奥勒见此情景，激动万分，热血奔涌地高喊："旅长，你放心，弟兄们不会让你失望，和日本人拼了！"他跃上马背，箭一般冲往阵地。

布赫奥勒骑马冲到前沿阵地，形势已十分危急。日军步步紧逼，战士们且战且退。布赫奥勒指着远处高喊："弟兄们，你们看啊！咱们的旅长在干什么？"

战士们看着远处，全都非常吃惊，原来在一个高地上，白银珠和娜日托娅在烤着羊羔！这是多么动人的场景啊！只要是真正的蒙古族汉子，就有誓死保卫自家女人和孩子的神圣使命，否则，就会永世蒙羞，不配当蒙古族的巴图鲁！

布赫奥勒高呼："为了中华，为了旅长，为了我们的女人和孩子，冲啊！"战士们热血沸腾，士气大振，大伙掉转马头，抽出腰刀，呼喊着再次如铁流般向敌人冲去，一场惊心动魄的肉搏战开始了，日军抵挡不住，终于狼狈逃窜。

2 山东大院的小学夜校被日本警官藤本强行封了，人们心中有气也无可奈何，虽说清静了一阵子，但搞得日子寡淡无味，半死不活的。

这天一大早，傅磕巴站在楼梯口吊嗓子，孙立武传过话来，说是大衙门刑事黄金辉的爹过七十大寿，要请傅磕巴去唱堂会。黄金辉的爹黄正本是商会会长，势力大得很。还说了，这次堂会不请戏班子的名角，单要听新鲜玩意儿，点名要听傅磕巴的《法门寺》，听他扮小太监念状子的绝活。

傅磕巴气极了，有气没处撒，就到贾云海的小酒馆出气。他对贾云海说："啊就什么事呀，我又不是他家的画眉鸟，叫唱就唱！他娘的，叫咱爷们儿，给大汉奸黄正本唱堂会，这不是糟蹋人吗？！"

贾云海也是义愤填膺："这个黄正本，当年领着小日本，祸害了多少中国人！我要是有枪,枪毙他一百回都不解恨,咔咔咔,他早该死了!"

俩人正说着,曹巡捕走进来,他看着傅磕巴劝说着:"磕巴,听小立武说,黄正本要你去唱堂会?叫我说唱就唱吧,他当商会会长,是日本人扶上台的。他儿子黄金辉又是大衙门的高等刑事,不去就等于得罪了日本人。要是惹恼了日本人,你嘴里的口条就保不住了,连磕巴也当不成了,只能当哑巴。"

曹巡捕从小酒馆出来,在大院里碰到天好要出去,天好打招呼:"曹大叔啊!"曹巡捕皱眉道:"天好,你管翠玉叫嫂子,管我叫大叔,不别扭吗?""你们各是各,别扭什么?"曹巡捕难得地笑了:"装糊涂!"天好也笑:"翠玉嫂子和你好几年了,你们就成亲呗,还等什么?"曹巡捕摇头道:"两个人的事,有些事情你不明白,也说不清楚,也许以后你会知道的。"

天好对曹巡捕说着真心话:"才到大院的时候,见你凶巴巴的样子,我真怕你。处长了,觉得你心眼不坏。你和小立武都是替日本人干事,可我觉得你们不一样。"曹巡捕有趣地问:"怎么给你留下这印象?"天好真心实意地说:"那次我被抓到小衙门,被藤本好一顿打,你说让他歇歇,你来对付我。他一走,你的鞭子往地上抽,没动我一下,我就知道,你对大伙凶巴巴的样子是装出来的。"

曹巡捕若有所思地说:"哦?你是这么寻思的?这可不好,看来以后还要对你们凶一点。"天好笑了:"你就凶吧,再凶我也不怕了。"曹巡捕知道天好要出去找活,就让她去复兴里找秦掌柜,可以揽上做鞋的活。天好高兴地去了。

天至黄昏,傅磕巴还站在楼梯口吊嗓子:"咿……啊……将酒宴摆置在聚义厅上……"没法子,他是在为唱堂会做准备。

庞奶奶在门口喊:"磕巴,到我屋里来,姊子有话对你说。"傅磕巴来到庞奶奶家。傅磕巴说:"啊老姊子,大汉奸黄正本要我去唱堂会,你说我到底是去唱,还是不唱?要是唱,那就是条狗,要是不唱,能惹下什么大祸来呢?"

庞奶奶劝着:"刀把子攥在人家手里,还是唱吧。"傅磕巴愁眉苦脸地说:"啊就我咽不下这口气!""戏,我看你还要去唱,至于怎么唱,我给你说说……"庞奶奶如此这般对傅磕巴耳语一阵,傅磕巴不住地点头,脸色也在迅速变化。庞奶奶讲完,傅磕巴急急回到自己屋里。

与此同时,天好拿着做鞋的材料回到家里。

天月忙站起来接过材料说:"姐,你出去快一天,急死我了!"

天好倒是面露喜色:"急什么?曹大叔介绍我到复兴里,揽了个做鞋的活,这下可好,能挣点钱养家了。"

天月告诉姐姐:"贾二叔才来过,说要是愿意,咱俩谁去小酒馆都行,给他做帮手。"天好很快决定:"二姊子回老家了,他是需要个帮手,那你就去。"

3 是福不是祸,是祸躲不过。傅磕巴躲不过汉奸黄正本的威逼,只得硬着头皮去唱堂会。正值黄昏时分,西天云霞散尽,几只乌鸦在树梢聒噪,令人心绪烦闷。傅磕巴胆战心惊地走出家门，凄凄惶惶迈着脚步。院里的人一起来送行，烘托出些许的悲壮。

谢瞎子仰面朝天地说："兄弟，去吧，忍字头上一把刀。这把刀要藏在心里，是刀就有出鞘的时候，出鞘就会见血，咱们不逞一时的英雄。"贾云海扶着傅磕巴的肩头为其壮胆："磕巴，谁要是欺负了你，回来告诉二哥，看我怎么收拾他！咔咔咔。"翠玉更是语深意长暖心窝子："老傅大哥，千万要小心，低一回头就低一回头吧，你是被逼无奈，咱大院里没人笑话你。"傅磕巴的眼圈红了："啊诸位高邻，有你们这些话垫底，我什么都不怕，都回吧，我去了。"

庞奶奶站在楼梯口，手里端着一碗酒说："磕巴，慢走。老婶子这儿有一瓶存放了多年的老酒，你给我喝了，算我给你壮行！"傅磕巴眼泪流了出来："啊老婶子，谢了。老邻居们，我都谢了，就什么都不说了，我不会给中国人丢脸的！"庞奶奶再次情真意切地嘱咐："磕巴，记住老婶子的话吧，人该躺下还是得躺下。"傅磕巴说："老婶子，我有数！"喝了酒，摔了碗，昂首走出大院。

在黄正本公馆里，满厅堂日本政要、汉奸头面人物，大家觥筹交错，好不热闹。两个相声演员在说传统相声《夸住宅》。

黄金辉站在老爹身边说："老爷子，关东州厅的代表也来了，您太有面子了！"黄正本人模狗样地坐在太师椅上笑道："嗯，不错，没想到日本人这么抬举我，我脸上有光啊！"他问道，"咦？山东大院的傅磕巴来了吗？""来了，下一个就是他出场。大连的名角有的是，您怎么就看好他了呢？"黄金辉问他爹。

黄正本摇头晃脑地说："这个傅磕巴，说话磕磕巴巴的，可是唱起戏来，一点也不磕巴，麻溜极了，尤其是《法门寺》贾桂念状子，妙极了，那叫过瘾！"

相声说完了，有人给演员送赏钱。一个管家模样的人一捅傅磕巴："老傅，该你的了，给我唱好了，要是唱砸了，看我怎么收拾你！"

锣鼓点响起，折子戏开始，演员上场，开唱。戏唱到贾桂念状子的当口，黄正本兴奋地对周围的人说："你们看啊，这个傅磕巴念状子是一绝，一张嘴，炒豆似的，叭叭叭叭，从不倒板，你就听吧，绝对过瘾！"

不料傅磕巴刚一开口，忽然结巴起来："啊就窈、窈巧姣，系……系眉邹县学庠生宋，啊就宋国士之女……"

黄正本笑了："这个傅磕巴，今天怎么给我逗乐子来了，往下听。"可是傅磕巴越来越磕巴了，脖子上的青筋跳得老高，嘴嘎悠着，一句台词也说不出来，一片叫倒好声！黄正本的脸色变了，摔了茶杯，忽地站起来吼道："傅磕巴，妈了个巴子，你这是成心撕我的脸皮！"

傅磕巴大汗淋漓说话越发磕巴："啊就老兽（寿）儿、兽（寿）儿……星，我本来就、就，啊就是个磕巴。啊，见不得大世面，一紧，紧张就犯老毛病，你不信就……就看看我的裤裆，我都拉、拉了裤子！"祝寿的人哄堂大笑。

黄正本吼着："给我乱棍打出去！"几个恶奴棍棒齐下，傅磕巴抱头鼠窜。黄正本气咻咻地说："真他妈的丧气，好好的寿诞让他搅了！金辉，你给我好好查查，这个人是不是有意捉弄我？"黄金辉咬着牙说："我一定要查个水落石出！"

头破血流的傅磕巴回到大院，猛然愣了，只见邻居们都在大院门口等他归来。大家围上来。天好关切地问："磕巴叔，他们打你了？"

傅磕巴忽然哈哈大笑，拍着巴掌唱："啊就裤裆一响，黄金万两，你们谁敢碰我？我，啊就是玉皇大帝的女婿……"进了屋。

庞奶奶摇着头说："唉，可怜，这孩子，吓傻了。"

贾云海热心地说："老少爷们儿，不管怎么说，磕巴是咱大院的人，不能叫他就这么废了，瞅热乎劲儿赶紧给他治治。"说着，去了傅磕巴家，大家跟了去。

傅磕巴躺在炕上，四爪朝天，拍着巴掌唱："裤裆一响，黄金万两，你们谁敢碰我？我是玉皇大帝的女婿……"大伙拥进屋子。

贾云海环顾众人，蛮有主见地说："你们没看过《范进中举》那出戏？范进中了举，高兴过度，糊涂油蒙心，疯了。有人出主意，让他最怕的人扇几个耳刮子就能醒过来，大伙把他最怕的老丈人胡屠户找来，一个耳刮子打去，病果然好了！"他接着又说，"要我看，除了日本人，磕巴怕的就是曹巡捕了，可惜他不在。"恰巧曹巡捕一步跨进屋门："谁说我不在？"

庞奶奶心急火燎地说："说曹操，曹操就到。磕巴叫人家吓傻了，云海说让他最怕的人扇几个耳刮子就好了，都说他最怕你，你就扇他几个耳刮子。"

曹巡捕一本正经地说："净扯淡，要是土法子好使，还要精神病院干什么？"

翠玉拉一拉曹巡捕的衣袖求情道："曹大哥，谁不求谁呀！试试吧。"

曹巡捕走到傅磕巴面前厉声吼道："傅磕巴，你他妈的是玉皇大帝的女婿，我是他老丈人，吃我的耳刮子吧！"曹巡捕几个耳刮子打去，并不见效。

傅磕巴笑得更欢了："啊，给我挠痒痒了，好孝顺的干儿子，再来几下！"

曹巡捕两手一摊："我说什么来着？没用。翠玉，回去睡觉！"翠玉"哎"了一声，扭着腰跟曹巡捕走了。曹巡捕和翠玉刚一到家就亲热起来，他把手里提的包往桌子上一放，双手抱着翠玉的腰就要亲她。翠玉一扭身子小声说："嘘！小点动静，小环子还没睡实呢。""没事。"曹巡捕一边说一边继续他的动作。

"你提了包什么回来？"翠玉说着，伸出一只手要看包里的东西。曹巡捕把她的手抓过来继续搂着说："别给我动！杀人的家什。""嘻嘻，你就会吓唬我！"翠玉说着，头软靠在曹巡捕肩膀上。曹巡捕真真假假地说："不是吓唬你，我手里最少有七条人命了。""拉倒吧，咱大院的爷们儿，吹牛都是好手，要是说胆大，哑巴狠儿，也就是荆玉亭的妹子吧！人没逼到那一步，要是逼到那一步，我也能做得出来。"翠玉说这话的时候，抱曹巡捕的手不由得放了下来。

"不说这些了，别坏了情绪。我问你，自从和我好上了，你再没找男人来家？"曹巡捕捏着翠玉的耳朵垂儿问。翠玉轻咬了一下曹巡捕的脖颈子,有点委屈似的说:"你这个人,都几年了?你天天晚上把我包下了,谁还能来?""白天呢?没偷过嘴?"曹巡捕故意追问。

翠玉哭了:"自从跟了你,人家死心塌地守着你,不管你娶不娶,我就想跟你过一辈子。可你成天疑神疑鬼的,我把心扒给你看看吧!呜呜……""好了,别哭了,我承认,这方面小心眼,可我告诉你,你要是真的把人招来家,不管谁,我都会杀了他,绝不是说着玩的!"曹巡捕说着,拦腰把翠玉抱起来,直朝炕边走去。

二人亲热过后,曹巡捕好像很累,不久就睡着了,而且睡得很熟,还打着呼噜。翠玉对曹巡捕的包十分好奇,她趁曹巡捕睡熟,悄悄下了炕,打开曹巡捕的包一看,吓得紧紧捂住嘴。曹巡捕闭着眼睛说话了:"翠玉,都看到了?"翠玉吓坏了:"我的妈呀!你没睡呀?"曹巡捕平静地说:"看到了也好,记住,千万别对人乱说。"

忽然,远处传来警报声,尖厉的声音,在夜空中传得很远,让人听了心神不宁。山东大院的人都出来看到底出了什么事,只见西北天一片火红。

天好指着着火处说:"不用问,又是放火团烧了日本人的油漆厂。"

这时候,曹巡捕光着膀子,提着裤子,拎着枪从翠玉家跑出来。他一边系裤子一边说:"我的妈呀,这放火团的胆子太大了,正在忙活呢,吓坏我了!"

大伙哈哈大笑:"老曹啊,你也有害怕的时候?"曹巡捕脸对着火光出神地说:"不是我害怕,是日本人害怕。得,又得忙活几天。"

翠玉在楼上尖着嗓门喊:"曹大哥,别亮膘了,回屋啊,进被窝吧!"

曹巡捕嘟囔着:"这娘们儿,离开男人一会儿也不行。都回去吧,把嘴扎紧了,日本人来了别乱说话,不要给我添麻烦。"

人们各自回家,关起门来睡觉,心里可都对这事高兴。

一大早,孙立武领着黄金辉来到大院,直接奔傅磕巴家去了,大院的人看着二人进了屋,也跟着拥了进来。傅磕巴躺在炕上呼呼大睡,家里乱得不成样子,一股难闻的气味令人作呕。

孙立武捅着傅磕巴:"磕巴,醒一醒,你看谁来了!"

傅磕巴醒了,眼睛直勾勾的,拍着巴掌唱:"啊裤裆一响,黄金万两,我是玉皇大帝的女婿,谁敢动我一指头,我让他满地找牙!"

孙立武对进屋的邻居说:"哎,你们都进来干什么?出去!"天好往前挤一挤说:"磕巴叔是我们的邻居,我们看看还不行吗?"黄金辉用手绢捂着鼻子:"看吧。哎,你们都说说看,他昨晚一回来就这个样了吗?"

孙立武忙应声:"没错,这混球,一回来就这样了,我亲眼所见。曹巡捕还给了他几个耳刮子,也没打好,这个人,傻了。"黄金辉皱着眉头说:"哦,是这样,那就算了,和一个傻子也没什么好计较的。这事就这样拉倒了吧,算我倒霉。"说着要走。

不料天好却拦住了门："要走？那可不行，人是你们请去唱堂会的，被你们吓傻了，你们不能推出来不管！"大伙也都说不能不管。

黄金辉一甩手说："要我管？我还没找他算账呢，他把我家老爷子好好的寿诞搅和了，这笔账怎么算？"说着还要往外走。

天好并不让路，大声说："那是你们愿意，是你们逼他去唱堂会。你们得给他治病！"孙立武上来帮黄金辉说话："天好，这不是放赖吗？"

天月甩手一指说："小立武，前儿你还说，好狗护四邻，你帮谁说话？""小立武，你也是这个院里长大的，他们要是不管，磕巴今后的日子怎么过？不行，今天不给个说法，你们不能走出这个门！"翠玉今天也大着胆说出个理来。

黄金辉看这么多人，知道众怒难犯，只得息事宁人："好好好，都别吵了，我出点钱，你们带他治病。"说着掏出一沓钱。

天好说话气更粗了："就这几个钱啊？你当这是治伤风感冒啊？不行！"

贾云海出头了："我说句话吧，你一个当刑事的，你家老爷子还是商会会长，钱还不有的是？太抠了就不怕大伙笑话？这件事传出去，你爷儿俩有面子吗？"

庞奶奶更是理直气壮地说出一番滴水不漏的话来："黄刑事，我老婆子一直没说话吧？我说句公道话，这件事，是你们亏理。磕巴是在你们家吓傻的，你们就应当对他负责到底！你不管是不？我们这些老邻居可以把磕巴抬到大衙门，找你的上司说理，我们不说别的，就说你们是怎么请磕巴去唱堂会，怎么把他吓得拉了裤子，又是怎么把他乱棍打出家门吓傻的。你上司要是说，这件事你们没责任，我们二话不说，抬着人就去报馆……"

黄金辉理屈词穷，又怕事情闹大了太不划算，忙说："好好好，你们也别找了，我多出钱就是了！"又掏出一把钱，"都拿去吧，不够再去找我，千万别把事情闹大了！"说着急匆匆地走了。

第11章

黄金辉来到山东大院，本来是要找傅磕巴的麻烦，想不到山东大院的老邻居们并不好惹，尤其是天好，咄咄逼人，黄金辉不出钱给傅磕巴治病就不让走。黄金辉真是偷鸡不成蚀把米，只得掏钱走人。

天好来到庞奶奶家，庞奶奶哈哈大笑："天好啊，我万万没想到你会演这么一出戏，我本打算不让他们把人带走就行了，谁料想你得理不让人。孩子，你可给你磕巴叔添乱子了！实话说了吧，你磕巴叔没傻，他是装疯卖傻。我和他谋划着，把老汉奸的寿诞搅了就行了，谁想你演了这么一出，你是把磕巴送到烧饼炉里去了，这样他还得装疯卖傻不是？"

天好咯咯笑着："谁叫你们瞒着我？我哪知道你们肚子里的肠子盘几道弯？"庞奶奶说："也只好让他继续装傻，咱把他送进精神病医院治些日子。"

天好灵机一动："送医院干什么？咱自己治，一文钱也不用花，省下钱干什么不好？"庞奶奶一拍巴掌笑道："对呀，咱自己治！动静还要闹大点，轰轰隆隆的，让所有的人都知道，是咱给磕巴治好了。这件事你知、我知、磕巴知，千万别让第四个人知道！"

几天来傅磕巴就一直疯疯癫癫的。这天上午，天气晴好，日头高悬，傅磕巴坐在墙角，嘴里磕磕巴巴说着疯话："裤裆一响，黄金万两……"

大院的人围着他，都摇头叹息。天好端着一碗药走来："磕巴叔，药熬好了，吃药吧。"傅磕巴嘻嘻笑着："啊就七仙女来了，给男人送饭来了。""别胡说八道，吃药。"天月走上前，对着磕巴的耳朵说。

天好对大伙说："你们都看看，这一服药可贵了。说是按牛黄安宫丸的配方抓的，吃了也不管用，钱也快花光了，怎么办呢？"

傅磕巴又唱起来："谗臣当道谋汉朝，楚汉相争动枪刀；高祖爷咸阳登大宝，一统江山做汤尧;到如今出了个奸曹操,上欺天子下压群僚;我有心替主爷把贼讨,手中缺少杀人刀……"

天好看着傅磕巴这个样子,上楼来对庞奶奶说:"奶奶,磕巴叔装疯装出瘾来了,就是不想好。"庞奶奶皱眉道:"是呀,他这么装疯卖傻,大伙都可怜他,有点好吃的都给他送去了,是挺舒服的。"

天好有点犯愁了:"他就这么装下去,咱也不好说破,怎么办?"

"这是个破裤子,缠腿呢,别急,我有办法治他。"庞奶奶说着,对着天好的耳朵如此这般咕囔了一阵子。天好笑着:"真这么办呀?"

下午,傅磕巴又在墙角装睡,庞奶奶从楼上下来问:"怎么? 磕巴的病还不好?"

贾云海十分热心:"是不是中了邪? 请个大仙儿看看?"

庞奶奶来到傅磕巴面前,仔细瞅了一会儿:"我不信那些,都是骗人的。我有个治这种病的偏方,说是百发百中,就是药引子太难喝。"

"什么药引子?"贾云海一听,很有兴趣地问。庞奶奶一本正经地说:"马尿,一次灌三大碗,那东西撒火,磕巴没别的,就是火大。"贾云海有点兴奋了:"马尿太好找了,我找来给他灌。"他还自告奋勇主动去找马尿。

大院的人对庞奶奶十分尊重,更是信任,既然她出个偏方能治病,大伙也就非常热心相帮,于是七手八脚把傅磕巴抬到炕上。傅磕巴睁开眼,打了个激灵问:"嗯? 我这是在哪儿?"天月走上前来说:"磕巴叔,你是在自己家里呀。"傅磕巴一下子坐起来:"啊,不对,我不是去唱堂会了吗? 还拉了裤子,挨了一顿揍,嗯? 你们怎么都来了?"

翠玉高兴地说:"这下可好了,磕巴大哥好了,天好,你抓的药见效了。"

天好故意大惊小怪:"怎么? 呼啦一下子就见效了? 不会吧?"

这时,贾云海提着水桶进来,还大呼小叫地喊着:"来了,让开点。刚接来的马尿,还热乎呢,给他灌上。"傅磕巴瞪大了眼,吃惊地说:"啊你们要干什么?""你病了,给你灌马尿治病。"天好对着磕巴大声喊着。傅磕巴一脸惊恐地叫着:"不,我没有病,我不喝!"边叫边要下炕逃跑。

庞奶奶厉声喝道:"混账东西,你把人折腾够了,说不喝就不喝了? 把他摁住,给我灌上,这马尿,好了也得喝,巩固巩固!"大伙摁倒傅磕巴,贾云海拿着一个破瓢,舀了半瓢黄水水就要往磕巴的嘴里灌,天好上来捏磕巴的鼻子。傅磕巴挣扎着嚎叫起来:"我没有病,不信你们就问老婶子!"大伙笑了,笑得很舒心。贾云海大笑着:"这马尿真灵验,磕巴没喝到嘴里,只一闻病就好了。"

孙立武想打翠玉的主意,等到天黑透了,他哼着淫词小调钻进翠玉的家。

翠玉爱搭不理地问:"小立武,这么晚了,你来干什么?"孙立武贼眼瞅了一圈反问:"老曹没来呀?"翠玉应付道:"他今天值夜班。"孙立武嬉皮笑脸地说:"正好,我来补缺。"说着就要对翠玉动手。翠玉怒目道："你给我滚！"孙立武继续觍脸调戏："装什么正经？你是干什么的，谁不知道？"翠玉抓住一个扫帚把子指着孙立武："小立武，你别没数，我是曹大哥的人！"

孙立武掏出片子说："别搬出他来吓唬我，看见了没有？这是什么？我拿的可是黄金辉的片子，他老子是黄正本，我的后台比他硬！我还他妈的今天就要嫖你！"说着脱了外衣，往炕上一躺。

恰巧这时曹巡捕走进屋来："翠玉，我回来了，和别人换了班。"他一眼看见炕上躺着的孙立武，就问："嗯？小立武，你怎么来了？""怎么？许你来，就不许我来了？"孙立武嘴虽硬着，心已有三分怯意，忙坐了起来。

曹巡捕喝道："你给我滚！""有没有个先来后到？这个被窝，我先占下了！"孙立武说着，已经下了炕。曹巡捕不再啰嗦，走上前一个大耳刮子向孙立武打去，立马把孙立武打趴在地。孙立武赶快爬起来，一边往外跑一边嘟囔着："好好好，算你狠，你等着！"

黄昏时分，谢瞎子和傅磕巴在贾云海的酒馆里小酌。喝酒就离不开说闲话。这俩人再加上贾云海，议论着曹巡捕和孙立武。谢瞎子翻着白眼说："要我看，他们俩，一条是狼狗，一条是哈巴狗，狼狗咬了哈巴狗。"

贾云海一脸鄙夷："你说老曹是条狼狗？可这条狼狗是给日本人看家护院，更可恶！"

谢瞎子把一杯酒倒进嘴里，再夹两颗花生米，眨巴着看不见的眼说："虽说你们的眼睛都不瞎，可没我这瞎子看得明白，这条狼狗，还不一定是给谁看家护院呢。"

"啊这话怎讲？"傅磕巴"嗞儿"的一声往嘴里吸酒，放下杯子说。

谢瞎子问："这条狼狗的来历谁能说得清楚？说给我听听。"

贾云海摇摇头："这个人搬来没几年，成天虎着个脸，和凡人不搭腔，谁知道他的来历？"

谢瞎子问："我再问，他曹巡捕给日本人干事由，进项不会少，可为什么住咱们山东大贫民窟啊，有钱的人能住咱这儿吗？"

"为了省两个钱呗。"傅磕巴似乎不以为怪。

谢瞎子想得似乎更为仔细："好，就算是这样，我再问第三句，这个老曹自从住进山东大院，他做过祸害大院乡亲们的事吗？"

贾云海点点头道："嗯，是没做过，兔子不吃窝边草嘛。"

天月忙着，正好走过来也凑个热闹："要我说，老曹叔不是坏人，给日本人做事也是身在曹营心在汉。那年为办学我大姐被藤本抓进小衙门，别看曹叔他挺凶的，在小衙门，他一指头没动我姐。"

傅磕巴感到很奇怪："啊叫你们这么一说，这个人还挺神秘。"

这时,孙立武进来说:"你们还有心思喝酒,藤本失踪了!"

谢瞎子猜测道:"不会吧?也许是调走了。"贾云海故作神秘:"调走了?不可能,他要是调走,肯定会来大院说一声。"傅磕巴的想法有点可笑:"啊就是不是不想干,跑了?"贾云海立马否定:"那更不可能了,他干得好好的,跑什么?日本人抓到逃兵一点也不客气,咔!脑袋就搬家了。"孙立武问:"你说他到底怎么了?"贾云海双手一摊说:"恐怕死了吧!"谢瞎子问:"你怎么知道的?"贾云海故作神秘:"直觉,就是直觉而已。"

孙立武走了,剩下的人听了藤本不见的事,似乎都很兴奋,一时不愿离去,继续喝酒。

与此同时,在庞奶奶家,天好绱着鞋,和庞奶奶拉呱。庞奶奶对天好说:"你要是再出门拿活,给我捎个大号的蒜臼子,要最大的,掂起蒜来狠啾啾的,过瘾。"

在山东大院里,夜晚各家都有不想让别人知道的事,这会儿在翠玉家,曹巡捕对翠玉说:"我要你买的那几样东西,都买到了吗?""你放心,都买到了。"翠玉紧挨曹巡捕坐,手扒着他的肩膀说。

曹巡捕又慎重地追问:"人家没问你干什么用的?"翠玉对着曹巡捕的耳朵说:"问了,照你说的,说我男人是修理电器的,买的时候也没让旁人看到。"

曹巡捕扭头看看翠玉,好一阵子,才说:"翠玉,跟着我干,你不后悔?""死了也不后悔。"翠玉紧紧搂住曹巡捕的腰说。曹巡捕十分动情:"翠玉,你是个好女人,我没看错你。"翠玉声音颤抖问:"曹哥,那你为什么不娶我?"曹巡捕亲一下翠玉的脸:"我早晚会娶你,现在不行,我不能让你跟我再当一回寡妇。"

翠玉哭了,语意决绝地说:"曹哥,你就娶了我吧,再当一回寡妇我也愿意,就是死了我也愿意!"曹巡捕不忍心看翠玉那哭哭啼啼的样子,站起来说:"别胡说八道。下边小酒馆挺热闹的,我去看看。贾云海那张嘴我不放心,别让他惹出事来。"说着走出屋子。

曹巡捕出了翠玉家,来到小酒馆,贾云海还在议论藤本的事,他对大伙说:"刚才守着小立武,有些话我不好说,对你们说,藤本肯定是死了。"

曹巡捕告诉大伙:"一大早,有人在马栏河边发现了一具日本人的尸首,脖子有绳子勒的痕迹,舌头也被人割去。尸体腐烂了,看模样像藤本。"

贾云海更加神秘起来:"我说什么来着?肯定是他!"

曹巡捕看大伙好像还有要议论的兴趣,忙站起来说:"你们喝得差不多就散了吧,这几天大衙门肯定有行动,嘴都闭紧了,别惹出麻烦来。"说罢走了。

贾云海脸色通红,十分兴奋:"别听他的,咱喝咱的酒,今儿个我高兴,酒钱全免,我也陪你们喝一壶,天月,拿酒来!"

大家望着贾云海,不知道他这会儿怎么了,谁也不再陪他喝酒,听了曹巡捕的劝告,各自回家安歇。

2 日本警官藤本失踪的事，在山东大院里一传开，无异于小水塘落下块大石头，动静够大的，也免不了生出些奇奇怪怪的故事来。这天半夜，贾云海的小酒馆灯突然亮了，贾云海擎着一壶酒，在灯影下迈着醉步，他突然大叫起来："咔咔咔……"正是夜深人静、家家熄灯睡觉的时候，经贾云海这么一闹腾，大院的人都被吵醒了，大伙不知道贾云海到底怎么回事，都从各自的屋里出来看。

大家看着酒馆里灯影下的贾云海，他一手擎着酒，一手挥着刀，嘴里不停地咔咔咔……庞奶奶走下楼，笑眯眯地看着贾云海在灯影里表演，高声喊道："云海，时候不早了，差不多就行了，你还让不让人睡觉了？"贾云海在里面练得更疯了。

对贾云海颇为了解的傅磕巴小声说："都别说话，我来治治他！"他面对小酒馆突然高声喊："啊，藤本警官啊，深更半夜的你到我们山东大院有什么事？找贾云海呀，正在里面练功呢！"小酒馆里的灯突然熄灭，贾云海一声不吭了。院里的人大笑起来。贾云海方知上当，恶狠狠地骂："我日你姥姥的，想看我的笑话？以为我是孬种？好，我就是让你们看看，谁是英雄谁狗熊。今儿个晚了，我明天再告诉你们一个惊天动地的秘密。明天把这句话说出来，谁要是裤裆里兜不住自己的那泡屎，谁就不是爷们儿！"

第二天上午，谢瞎子和傅磕巴来到小酒馆，天月照应着谢瞎子坐下来，三个老酒友又围着一张桌子喝着酒。

贾云海问："昨晚笑话我了不是？"谢瞎子抿一口酒："老邻老居的谁笑话谁，多少年了，谁不知道谁呀？"傅磕巴宽慰着："啊就是，谁没有喝多的时候。"

贾云海一硬脖颈一瞪眼："放你妈了个屁，我没喝多，我就是咔了。昨晚我不是说了吗，今天我要告诉全院一个惊天的秘密，吓出你们屎来！"

正吹着牛，几个日本宪兵进来。贾云海慌了："你们……要干什么？"宪兵把刀架在贾云海的脖子上问："最近，你的酒馆有没有来历不明的人？"贾云海吓得也磕巴起来："没……没有。"

宪兵又瞪着绿豆小眼吼："有来历不明的人，必须向皇军报告。不报告，死啦死啦的有！"贾云海连连点头如捣蒜："明白，明白，我们都是良民，一定报告！"日本宪兵走了，贾云海呆站在那里，像被钉住了，脚下湿了一大片。

天月惊诧地问："二叔，你脚下怎么了？"傅磕巴一看，不留情面地说："啊就是尿了裤子呗。"大伙笑了，笑得不怀恶意。贾云海惊魂未定，一屁股坐下。

贾云海当众出丑，难以忍受，一拍桌子道："笑什么？藤本是我杀的！你们知道吗？我这是遮人耳目！"

贾云海喝了一大口酒颇具英雄气概地说："你们这是逼着哑巴说话！马栏河的尸首就是藤本的，我杀的。知道藤本的舌头哪儿去了吗？我把他的舌头剁成泥，和着黄泥烧成了我的尿坛子，就放在后院！"他又喝了一大口酒接着说，"这些日子，我天天晚上尿他，哎，你们说怪不怪？我半夜尿他，他的舌头还会说话，说日本话，这日本话咱听不懂。"大伙都用难以描述的表情看着贾云海，贾云海一不做二不休地说，"不信？不信你们跟我到后院看看！"贾云海领着众人走进后院，参观尿坛子，大院里的人都来了。贾云海指着一个泥坛子说："看见没有？就这东西！"大家一阵惊呼。

贾云海指着院里的人盛气凌人地说："看你们的胆气！害怕了？怎么不笑话我了？笑啊！笑我尿裤裆？我裤裆里是尿吗？哈哈，我把你们都骗了，那是酒！不信？谁不信就钻到我裤裆里闻闻。"

天好怕贾云海做过了头不雅，忙打圆场："好了，二叔，都闻到酒味儿了。"

谢瞎子探根追底地问："云海，藤本也不是白给的，你怎么把他踢蹬的？"

贾云海卖开关子："那一天晚上，我到马栏河口的发电厂溜达，藤本正殴打一个中国人。我一看，气不打一处来，就去管闲事，咔！上去就给藤本一个耳刮子。藤本一看是我，要和我玩命。我抽出裤腰带，往藤本的脖子上一套，背起就走。这一招叫背死狗！藤本在我背上蹬了蹬腿，嗝屁着凉了！我一看他死了，背到马栏河，咕咚一声扔河里了。"

傅碴巴不由得夸道："啊就云海，我是服了你了，你是咱们山东大院的这个！"说着跷起大拇指。贾云海两眼一瞪："这件事，你们知道了就行了，千万别说出去。"连翠玉也佩服道："不能说，也不敢说。我的妈呀，谁想得到啊，咱大院里出了个大英雄，太了不起了！"

人们从小酒馆里回家，难免还要私下议论。天好、天月回到家里就还在说这事。天月认为贾云海是英雄，天好总觉得有点玄乎。翠玉和曹巡捕也同样在议论。翠玉告诉老曹："他说用裤腰带背了藤本的死狗，拖到马栏河扔了。"曹巡捕笑问："你们没问他，解下裤腰带，一手提裤子，一手背死狗，能成吗？"翠玉点着头："可也是，怎么都没往那儿想？"

议论归议论，但是贾云海信誓旦旦，说得有鼻子有眼的，不由你不相信。所以，山东大院的邻居们大部分人都确信贾云海是杀死藤本的英雄，敬佩的语言和行动立即出现。第二天一早，贾云海打着哈欠出门卸门板，突然愣住了。原来全院的人都站在当院，大伙都对他笑脸相迎，热情地打招呼。

楼梯口，庞奶奶掂着巨大的蒜臼子喊："云海，我老婆子买了个猪耳朵，请你上楼喝一壶，行不行啊？"贾云海抬头笑道："哎哟，老姊子发话了，我敢不答应吗？"庞奶奶一招手："那就上来吧，我这儿还有一瓶老茅台，一直没舍得喝，今天为你开封。"贾云海一边答应着，一边屁颠屁颠地上楼。大伙一字排开，恭迎贾云海，目送他一步一步迈上楼梯。

贾云海到庞奶奶家一看，果然酒菜已经摆好，庞奶奶正在等着他。让座之后，贾云海也就不客气，喝将起来。庞奶奶和贾云海推杯换盏，喝得尽兴。

庞奶奶是美酒出真言："云海呀，我活了一辈子，从大清末年开始，山东老家的义和团,红灯照,孙中山的北伐军,东北军的铁血爷们儿,英雄好汉打我眼前过的,数也数不清,你算是头份。你真叫我这七十多岁的老婆子开眼了!"

贾云海似觉受之有愧,谦虚地说:"老婶子,你过奖了,我不就是咔了个小鬼子吗?"庞奶奶酒兴正浓,不禁追问道:"不止一个吧?还有,咔咔咔,你放倒的那三个宪兵呢?"

贾云海酒气攻心,说起话来自然活灵活现:"你说那三个?以前的事,你不提我还忘了,那几个放倒是放倒了,死没死我可不敢保证。不过,就是活下来,命也不会长了。你想啊,那两个心口窝是肯定受损,那一个呢,就是活下来也没戏了,子孙布袋肯定散黄儿,断子绝孙了!"

庞奶奶一个劲儿地夸赞着:"你呀,我还真没看出来,不光嘴里能过千军万马,手中也能耕云播雨,是个叮当响的爷们儿!"

贾云海又把一大杯酒一口闷了,顿时热血沸腾,响当当硬邦邦热血好男儿的豪言壮语也就顺口而出:"老婶子,我贾云海不是说大话,我胳膊上也跑过马,拳头上也立过人。现在也就是家里有老婆孩子拽着,要不然,我早就到北边参加义勇军了。国家有难,匹夫有责,这话不光要说在嘴上,还要看行动!"

庞奶奶好酒并未醉心,她头脑清醒地劝道:"好,这是爷们儿的话,我愿意听。不过,有句话我可要对你说,你做的这些事,日本人知道了,那是要掉脑袋的。做了些什么,自己心里知道就行了,打住吧,别往外张扬了。"

贾云海倒也顺理成章地实话实说:"老婶子,不是我要张扬,是他们逼着哑巴说话,我要是再不说出实情,他们还真把我当成怕死鬼了呢。"

庞奶奶再次提醒:"你呀,见好就收吧,别再折腾了。"

贾云海又一番钢筋铁骨英雄汉的气冲九霄的铮言,铿锵有力地随酒气涌出:"折腾折腾也没什么,人活一辈子,不折腾点什么,也没意思。我贾云海站着是扇门,躺下是根梁,哪天倒下去,也是山摇地动,劈雷火闪。"

山东大院的邻居们真热情,出了贾云海这个英雄,人人觉得心气特足,不对英雄表示一下过意不去,夜晚,邻居们前呼后拥地来到小酒馆。谢瞎子热情洋溢:"云海,老婶子的庆功酒喝得,我们的你也要喝!"翠玉激情满怀:"大伙凑了份子钱,一起来给你庆功。"

贾云海连连摆手:"你们,叫我怎么说好?多大点事?不是叫我赶了个巧吗?我也是趁他个冷不防,要是单个较量,我也未必舞弄得了他。"

傅磕巴诚心诚意地说:"啊就别那么说,你也就是胆子大,你不是英雄,啊就全世界也就没有英雄了。"

贾云海十分大度地说:"你们既然来了,我也不能赶走,咱可说好了,份子钱我不收,你们来给我庆功,就是给我面子,酒钱免了!"

于是大伙就在贾云海的小酒馆里为贾云海摆了一桌庆功宴,当晚尽兴而散。

3 庆功宴摆过,山东大院的老邻居们对贾云海这位杀敌英雄的敬佩之心总算有了表达,日子暂时归于平静。

这天下雨了,雨虽不大,倒也给屋檐下挂起了水帘子。

天好撑着雨伞从屋里走出来,收拾晒着的祆褂,幸好在窗棂子外,还没淋湿。她看见院里搭着棚子,贾云海正指挥两个油匠油漆棺材。

天好走过来问:"贾二叔,谁死了?"贾云海面无表情地说:"我家还有谁? 我死了!"天好十分奇怪:"二叔,说些什么呀! 你这是怎么了?"贾云海真心实意地说:"祸我已经惹下了,被日本人抓去咔嚓了,那是早晚的事。再说还有小立武、曹巡捕,他们肯定要出卖我的,早做个准备吧。"

"二叔,这件事吧,你做得有点不周,要是你不说出来,谁会知道?"天好这才明白了,看着贾云海那有气无力的样子,心里不太好受。

贾云海这会儿情真意切,好像在留遗言:"唉,怨谁? 你们要是不把我挤对急了,我能说吗? 说出去的话,收不回来了。也好,我要是死了,给你们活着的人打个样子,记住二叔的话,中国人不能像狗一样地活着!"

天好被贾云海的真情感动,不禁热泪盈眶:"别说了二叔,人家心里难受。"

贾云海仰天长叹:"唉,你要是难受,现在哭两声还行,到我真死了那天,我进了棺材里,你千万别哭,那样丢咱中国人的脸。"

天到黄昏了,阴天黑得早,夜幕已降临。山东大院被一派阴沉沉的氛围所笼罩,院里的棺材更衬托着说不出的凄凉。天好坐在门口纳鞋底子,曹巡捕回来,看到院子里搭的棚和棺材就问:"天好,这是怎么回事?"天好忙站起来说:"大叔,屋里说话。"

二人进了天好家,曹巡捕坐在天好搬来的凳子上。天好对曹巡捕说:"贾二叔订了棺材,说杀了日本人,早晚是个死,早做准备,咱们救救他吧。"

曹巡捕冷冷地说:"自古都是杀人偿命,这件事,我可管不了。"

曹巡捕不帮忙,天好总是放心不下,趁着天黑,她来到小酒馆,给贾云海出主意:"二叔,你的祸惹大了,为什么不跑呢? 我还有点钱,给你吧,你快打张船票,往山东跑吧!"

贾云海到了这个程度,还要当煮熟的鸭子,嘴硬:"笑话,我怎么能跑? 跑是什么东西? 不是东西才跑呢! 你记住了孩子,我死后,日本鬼子倒霉的那一天,你到我坟头上,给我放两挂鞭听听,我要听听动静。"

天好真的没有办法了,眼泪汪汪的,心里堵堵的,慢慢走回家去。

阴了的天又放晴了,太阳当头照,麻雀檐上叫,大院里似乎有了一点活气,只是那棺材叫人堵心碍眼。老邻居们指点着贾云海的棺材小声议论着。

正说着,孙立武走进大院,看见了大棚里的棺材,忙问:"嗯? 我走这才几天,谁死了?"贾云海从小酒馆里走出来说:"是我替自己预备的。"孙立武一皱眉头一挤眼问:"你不是好好的吗?预备这玩意儿干什么?"贾云海眼瞅孙立武说:"我也不瞒你,你可以到大衙门报告,藤本被我杀了,我准备以命抵命!"

孙立武笑了,笑得阴阳怪气:"别闹了,我下了火车就到小衙门看了看,藤本好好的,才从日本国回来。"谢瞎子高声问:"你说什么?藤本没死?不可能!"孙立武信誓旦旦:"我骗你们干什么?他根本没死,你们都叫贾云海骗了!哈哈!"他这笑声就像猫头鹰叫。俗话说,猫头鹰上宅子,不死大人死孩子,太不吉利。全院的人望着贾云海,不知道该信谁的话。

贾云海怒斥道:"小立武,你胡说八道!藤本被我背了死狗,那是千真万确,不信大伙再到我后院,闻闻看,尿坛子是不是有人味儿!"他的声音已经明显缺少底气,轻飘飘的,如同蹦到岸上的鱼,最后挣扎着。

正在吵闹间,藤本走进院子,全院人目光一下子射向藤本,真正成了活见鬼。大伙木呆着,不知该说什么好。藤本笑着说:"啊,久违了。前些日子我回国,走得仓促,没和大家道别,失礼了。我刚回来,给你们带了点礼物,一点心意。"说着给院里的人每人发了一颗日本糖,"尝尝,都尝尝。"

大家像傻了一样望着藤本,明白这不是鬼,是活生生的真人。藤本笑着问:"大家这些日子可好?"大伙面面相觑,人人心里发毛,觉得这事太不可思议。藤本握着贾云海的手说:"贾,你最近买卖怎么样?你胖了。"贾云海木呆呆地说:"还好,还好。"

藤本一挥手:"你们忙吧,我还要到别的地方看看。"他走了几步,又回过头问:"嗯?谁家有了丧事?"贾云海硬着头皮说:"哦,这是定做的,手里有几个闲钱,给自己准备的。"藤本摇着头:"你们中国人很有意思,自己给自己准备棺材,不可理喻。"边说边走出大院。

藤本走后,院里像死一般的寂静,大家默默各自回屋。贾云海站在那里,像被钉子钉住了一样。事情如此有戏剧性,不能不对大院的邻居们产生影响。贾云海吹出一个五光十色的大肥皂泡,这肥皂泡太美,太罕见,让老邻居们惊叹不已。谁想到一眨眼这美丽的玩意儿爆破了,一切子虚乌有。人们觉得受了戏弄,是不可饶恕的戏弄,这不是拿老邻居们当猴耍吗?

贾云海的小酒馆变得十分冷清,无人光顾。谁还愿意再来听他吹牛呢?贾云海坐在角落里,抄着手,像个石头人。天月站在柜台后,忧伤地看着他。

天好来了,她关切地问:"贾二叔,生意还是这么清淡?"

贾云海喃喃地念叨着:"唉,丢人了,丢大人了,真是没脸活下去了,可以受小鬼子的欺负,可受不了老邻居的白眼,比死了都难受啊!"

天好真心地劝说:"二叔,也没有什么,你不就是说了些酒话吗?给大伙道个歉吧,大伙会原谅你的。"

贾云海摇头叹息:"道歉?那不等于刮我脸皮吗?杀了我吧!"

"二叔，你说了些什么！有什么抹不开的？别不好意思，我领你去。"天好说着不由分说地拖着贾云海就走。

贾云海只好就坡下驴："好好好，我跟你去。"又回过头喊，"天月，今天大院里不管谁来了，不管老少，一律免费，就说我请客！"

天好是个热心肠的人，她了解贾云海，这是个好人。他爱吹牛，又特别爱面子，是那种死要面子活受罪的人。他是吹牛了，但那也不是有意耍大家，他这一吹，不是更激起大伙对日本鬼子的仇恨嘛，不是吹起了大伙的一片爱国之心吗？天好是真心想帮贾云海，真心实意地领他到各家挨门道歉。

天好领着贾云海到谢瞎子家敲门叫道："老谢叔，我带贾二叔给你道歉来了。"谢瞎子隔着门说："千万别让他进来，人家是英雄，给我道歉不是折我的寿吗？"

傅磕巴从窗户里看到天好领着贾云海来了，赶忙插上门。天好敲门，傅磕巴不开门，他说："啊就你一个大闺女，不方便。"

天好要到楼上去找翠玉，楼上泼下一盆水来，淋了贾云海一身。天好仰脸喊着："嫂子，我和二叔到你家坐坐？"翠玉尖着嗓子急忙推辞："千万别上来，嫂子名声不好，别坏了贾二哥的英名。"

夜深了，一家家的灯火都熄灭了。贾云海和天好坐在楼梯上，贾云海泪流满面地说："天好，我是瞎活了大半辈子，活得连翠玉都不如啊！"天好耐心地安慰着："二叔，大伙心里一时有些气，可以理解，慢慢都会原谅你的。回你的店里去吧，商量商量怎么办。"

天好陪贾云海回到小酒馆，贾云海坐在那里唉声叹气。天月递过一杯水来："二叔，喝口水，看你上火上得嘴都起泡了。"贾云海垂头丧气地说："唉，把人都得罪光了，活不出人样了，都是我自找的。"天好说着宽心话："二叔，谁没个说大话的时候？以后管管自己的嘴就行了。"贾云海抽着自己的脸："我这叫脸吗？屁股！谁也不待见的臭屁股！"

天好想了一会儿说："二叔，你摆一桌像样的酒席，我和天月出头，请邻居们来坐坐，你认个错，把话说开就好了。"贾云海满面愧疚地说："好吧，花钱我不在乎，可就难为你姐妹俩了。"

第 12 章

7 贾云海准备摆一桌酒席,向大院的邻居们认错。这天,贾云海和天好、天月忙了一上午,做成一桌丰盛的宴席。贾云海还自己独创了一道菜,用冬瓜雕刻一个老汉,背上背着一根竹筷子,取名叫"负荆请罪",足见其诚意。

天好、天月俩热心肠的姑娘分头到各家去请邻居们来赴宴,贾云海满怀希望等待着高邻们能来赏光。但是俩姑娘跑了一大圈,竟然没请来一个人。

贾云海黯然神伤地说:"人没脸,树没皮,没脸没皮就难活,知道这个道理吗?知道什么叫一辈子抬不起头来了吧?"姐妹俩点头,也陪着贾云海难过。贾云海挥了挥手说,"都回去吧。不管怎么着,二叔还是要谢谢你们姐妹俩,全大院里的人,就你们还把我当人看。回去歇着吧,我自己坐一会儿。"

天麻麻亮,天好一觉醒来,拉开窗帘向窗外看去,只见贾云海的酒馆里还亮着灯,忙穿衣下炕,走出屋子。她走到小酒馆外,趴窗向屋里看,只见贾云海坐在那桌酒席前,只一夜,他的头发竟然花白了!天好流着泪走进来心疼地说:"二叔,你一个老爷们儿,怎么心里就盛不了一点事呢?至于吗?"贾云海不说话,眼泪却哗哗地流满腮。停了一会儿,他从屋里抱出被子,打起行李来。

"你这是干什么呀,二叔?"天好十分奇怪地问。贾云海无限伤感又去意决绝地说:"孩子,我该走了。不过,我走了以后,麻烦你告诉老邻居们,我以前说的不是谎话,那是我做的一个梦,我错把梦当成真事告诉大家。可我贾云海绝不是胆小鬼,我会把梦变成真事,我会对得起他们,这些日子,叫他们注意看报纸就行了。"

天好很不放心地问:"二叔,你这是要到哪儿去呀?"贾云海只是含含糊糊地说:"哦,换个地方住,另找一份活。"天好在这个雾蒙蒙的早晨,把贾云海送出了很远很远。贾云海站下来说:"天好,别送了,二叔走了。"天好流着泪说:"二叔,我心里难受,你什么时候再回山东大院啊?"

"这辈子恐怕回不来了……"贾云海走几步又站住,回头看着天好说,"孩子,记住这句话:人活脸树活皮,我受不了日本人的气,更受不了咱同胞的白眼,好了,不说了,别忘了叫邻居们看报纸!"贾云海说完,挺着胸,迈着大步走了,像一个要出门办大事的男人。天好望着他的背影,泪水模糊了眼睛。

这一天天气晴好,不大的海风吹来,带着些许的海腥味儿。大连的某个公园内,挂起了横幅:大连各界热烈庆贺中原大捷! 日本军乐队吹着铜管乐,演奏军歌、日本歌曲。会场上站满了手里拿小纸旗的人,日本宪兵把守着会场,进会场的中国人被一个个搜身。主席台上,大汉奸黄正本和日本军政要人谈笑风生,祝捷大会正在进行。

一个日本政要正在张牙舞爪地讲话:"总而言之,中原大捷,为我们大日本建立大东亚共荣圈的理想铺平了道路,中国的北大门打开了,东大门也打开了,没有谁能阻挡大日本前进的步伐……"

突然,从主席台的桌子底下跳出一个黑衣人,挥舞手中的刀,劈倒了一个又一个日本军政要员。刺客正是贾云海! 日本宪兵蜂拥而上,贾云海奋力挥着刀,嘴里不停地喊着咔咔咔。寡不敌众,贾云海惨死在日军的刺刀下。

第二天,这件轰动大连的新闻就上了报纸。山东大院的众人传看着当日的报纸,谁也没说话。大家都看到了,报纸在显赫的位置上,刊登了贾云海刀劈日本军政要员的新闻。众人唏嘘感叹。

庞奶奶强忍眼泪说:"云海是咱山东大院的人,亲人不在身边,咱们给他发送了吧。云海活着的时候是个要面子的人,死了也要发送得风风光光,一切费用我来出。"傅磕巴急忙说:"啊别呀,我们都出份子!"庞奶奶点头道:"那也好,有钱的出点钱,没钱的出点力,咱们一定要隆重地发送。"

曹巡捕带着杠子头老郑等人把贾云海的遗体抬回山东大院,后面跟着鼓乐班子吹吹打打。哀伤的鼓乐声中,老郑指挥着大伙,把贾云海的遗体放进大棚下他自己准备好的棺材里。

送走了贾云海,夜深了,天好不能忘怀,她又慢慢走进贾云海的小酒馆,慢慢收拾着贾云海的遗物和他临走那天没有喝完的半瓶酒。她坐在贾云海常坐的位置上,含着泪水把这半瓶酒喝了下去。

忽然,窗子被映红了,静夜之中,凄厉的警报声又亢奋地响起来,天好急忙走出屋子,到外面看到底又出了什么事。

山东大院里大伙都站在院里看热闹,曹巡捕急匆匆跑回院子。傅磕巴问:"啊就老曹,哪儿又着火了?"曹巡捕并不在意地说:"还是日本人的油漆厂,都别看了,回屋睡觉去吧。"

到了该圆坟的日子,贾云海家人不在,傅磕巴和谢瞎子可没忘了这事,他们去圆了坟，还在贾云海的坟头前摆上了供品。

谢瞎子长叹一声，说出一大串心里话："云海呀，在山东大院，虽然咱们没有桃园三结义，可大家都说咱三个是刘、关、张，如今你先走了，好啊，走得有骨气，我老瞎子自愧不如啊！人靠什么活着？不就是靠一口气顶着吗？你这口气顶得好啊，老哥佩服你！行，你给老哥打了个做人的样子，哥也不会这么窝窝囊囊地活下去了，以后你就看我的吧！"

傅磕巴有点惊奇地问："啊就瞎子哥，你也想杀小日本啊？"谢瞎子眨巴着眼说："唉，就我这个样子，说要去杀小日本，谁相信啊？"

2　抗日骑兵旅牢牢守卫着科尔沁草原的北山嘴阵地，日军无可奈何，暂时停止了进攻，战士们趁此机会休整。

在军营里，布赫奥勒掏出烟荷包抽烟，虎子也拿出娜日托娅送的烟荷包抽烟，抽了一口咳嗽起来。布赫奥勒笑道："虎子兄弟，你还没学会抽烟吗？草原上的男人，不会抽烟是要遭人笑话的。"虎子一梗脖颈："我不正在慢慢学吗？"

这时，娜日托娅来了，问道："虎子哥，你也抽起烟来了？"虎子故意当着娜日托娅的面狠抽一大口："我怎么就不能抽烟？再说了，你给我这个荷包，不就是装烟叶子的吗？"娜日托娅反而高兴地说："抽吧，我喜欢你们男人身上烟叶子的味道。""你们这儿的烟叶子太冲，不如我们山东老家的好抽。"提起山东老家，虎子来了劲头，"等不打仗了，我领你到我老家看看，葡萄管你够吃。"

娜日托娅笑道："我才不跟你去呢，我跟你走算怎么回事？"虎子小猴顺竿爬地说："那你就嫁给我吧，山东人最疼媳妇了。"娜日托娅听虎子这么说，心中挺高兴，却正话反说："美得你！"布赫奥勒故意泼冷水："虎子兄弟，娜日托娅是科尔沁草原最美丽的百灵鸟，你想娶她吗？等你成了英雄吧。"

周和光带着卫兵骑马从傅汉璋的司令部赶到骑兵旅传达命令。在指挥部，周和光和白银珠给指战员们开会。

周和光说："白旅长，你们干得好啊，傅司令对你们骑兵旅的评价很高，一个北山嘴，被你们把守得铁桶阵似的，针插不进，水泼不进，小日本没少在这里栽跟头。你们为抗日大业立了大功，司令已经上报总裁，决定给你们嘉奖。"

白银珠表白着："请周参谋转告司令，嘉奖我表示感谢，可现在当务之急，队伍缺乏给养，眼看冬季就要到了，司令部能不能……"

周和光打断白银珠的话："你的意思我明白，司令部也考虑过这个问题，可现在全国抗战，军需物资非常匮乏，司令也无能为力，还要靠自己。"

白银珠坦然道："哦，既然是这样，我就没有什么好说的了。"

周和光又对大家讲："就目前的形势来看，北山嘴是插在日寇后背的一颗钉子，他们肯定会不惜代价拿下，司令部的意思是，硬守是不行的，你们必须主动出击，打回科尔沁,不断骚扰敌人的后方,使敌人疲于奔命,也可以趁机夺取一些武器辎重和给养。"

白银珠立即表态:"对,这样敌人就会被死死拖在草原,减轻中原抗战的压力。请转告傅司令,我们坚决执行司令部的战斗部署!"

为了执行新的作战方针,需要进一步了解敌情,就得派能干的战士去侦察,白银珠想到了虎子,她把虎子叫到指挥部说:"虎子,现在宝王府已经成了阿部的指挥部,你挑选一个弟兄,悄悄潜回王爷府,侦察敌情,有没有困难?"

虎子信心十足地说:"旅长放心,保证完成任务!"娜日托娅走上前自告奋勇道:"额吉,科尔沁的情况我比虎子哥熟悉,让我跟他一起去吧。"白银珠同意了。

由军营到王爷府的路很长,虎子和娜日托娅骑马走了一天,直到天黑人困马乏了,他们才决定在草原上露营。虎子和娜日托娅燃起了篝火。

虎子看着娜日托娅被篝火映红了的美丽的圆脸,心中一热,随口问道:"娜日托娅,你今年多大了?"娜日托娅用棍子拨弄着篝火说:"十九岁。"虎子故意逗她:"在我们老家,这么大的闺女还没找到婆家,就要臭在家里了。"娜日托娅十分坦然地笑看虎子一眼:"臭就臭了,我才不着急呢。"

虎子又说:"娜日托娅,你做我的新娘好不好?"娜日托娅望着虎子:"你想当我的新郎,早着呢!"虎子一本正经地说:"现在不是你的新郎,以后总有一天会是你的新郎。"娜日托娅大大方方地笑道:"你要是真那么想,就耐心等吧。"

草原的夜万籁俱寂,天空缀满眨眼的银星,天晴得好,星星显得特别稠密,一个挨一个似的密密麻麻。在这样的夜晚,年轻的娜日托娅和虎子的心很自然地贴在一起。在这残酷的战斗岁月里,他们在共同执行危险任务的途中,憧憬着美好的未来,这是他们应有的幸福,却被凶恶的日本侵略者剥夺了。

天一亮,他们立即跨马前行。这次任务完成得不错,回来后受到旅长的表扬。而他们在途中所激起的爱的情愫,使二人的心贴得更紧更紧。

3 贾云海悲壮地死了,这对谢瞎子心灵的触动特别大,他失魂落魄,整日木木呆呆,有空他就挂着个木棍,站在小酒馆门前,无声地缅怀死去的酒友,从早上到晚上,就这么一直站着。

庞奶奶生病了,躺在炕上起不来,天好悉心照料着,端着汤水,眼里含着泪说:"奶奶,你就喝口汤水吧,别难受了。二叔死得英雄,死得值啊!"

庞奶奶泪流满面:"这些我都知道,可我这心里一直过不去,你二叔活着的时候,咱们都冤屈了他,他是带着一肚子委屈走的啊!"

天好劝慰着:"唉,二叔这一走,大院里没了动静,大家心里都有愧。可有什么办法?人已经走了,大家在心里记住他就是了。"

庞奶奶还是不停地说着她的心里话,这些话她不说出来憋在心里太难受:"话是那么说,可由不得人啊,你二叔是个热心肠子的人,他开的小酒馆,谁没跟着沾光?从山东老家来的人,他都好酒好菜招待,还帮着人家找活,张罗租房子,甚至娶媳妇。"

曹巡捕回来时,夜已经深了,他看到谢瞎子站在小酒馆门口,知道老谢是在为贾云海的事难过,就过来劝解:"老谢哥,回去吧,天凉了,冻着就不好了。"

谢瞎子面无表情:"老曹回来了?上楼去吧,翠玉等着你呢,我再站一会儿。"

曹巡捕摇着头上了楼。不错,翠玉是在等他,而且还准备了酒菜。可是,他却坐在桌子边抽闷烟,根本没心思喝酒。翠玉关心地问他又在犯什么愁,他告诉翠玉:"今天和火神爷老秋商量了,这回要干个大的,给'满石'的制油所放把火,狠狠地打一打小鬼子的气焰!"翠玉也跟着发起愁来:"到那里放火?能行?听说那里的日本人看得可紧了,进门都要搜身,连裤裆都不放过!"

曹巡捕紧皱眉头:"愁的就是这个。其实咱们的人早就打入了他们内部,现在问题是,怎么把定时引爆的火药送进去,这是件让人头疼的事。"

二人正在屋里小声议论着,忽然有人敲门,俩人怔了一下,还没等问,外边就自报是谢瞎子。翠玉开门道:"哎呀,老谢大哥,你可是稀客。有事啊?"

谢瞎子毫不客气地说:"你这儿是金銮宝殿啊?没事就不许来坐坐?我闻到你家的酒味儿了,讨口酒喝不行吗?"

都是老邻居,人家把话说到这份儿上,能不让人家进来吗?翠玉忙说:"你看老谢大哥,说话就是这么酸溜溜的。坐下吧,陪老曹喝一壶,他正愁着没人陪呢。"扶着谢瞎子坐下。曹巡捕也挺热情:"难得你来陪我喝酒,来,干了这一杯。"

谢瞎子喝下一杯酒笑着说:"老曹,我想参加你们的放火团。"曹巡捕忽地站起来,用枪顶着谢瞎子的脑门低声喝问:"你是什么人?想干什么?"

谢瞎子一脸坦然:"老曹,别慌,我不是汉奸。我也知道你不是汉奸,这个大院里,就我知道你是放火团的。"曹巡捕吃惊地问:"你是怎么知道的?"

谢瞎子真心真意地说:"别看我是瞎子,我眼睛瞎了,可心不瞎,你的一举一动我都记在心上。我佩服你们这些好汉,我想加入你们一伙,一是为我自己报仇,二是向云海看齐,你看能不能分派我任务?"

曹巡捕想了好一会儿,一方面他在急速检点自己的言行,想着为什么谢瞎子会看破了自己的身份;另一方面,要吸收一个人事关重大,他一下子也决定不下来。他问:"这可是掉脑袋的事,你不怕死?"

谢瞎子十分坚决:"我被小日本糟蹋成这个样子,活着和死了有什么区别?你就分派任务吧。"曹巡捕问:"你有那个胆量?"谢瞎子答:"说实话,以前没有,如今,前有荆玉莲,后有贾云海,他们给我打了样子,现在有了!"

曹巡捕立即亲热了:"好,有这句话,你就是我们的同志了,我和上边领导商量一下,会给你个回话的。以后有事别来找我,找翠玉,咱们还要显得生分一些。"谢瞎子很是激动:"知道了! 哎,这么说,翠玉也是自己人?"

翠玉笑着说:"这还用问吗?"话里充盈着一种豪气的喜悦。

白天,曹巡捕照常到小衙门上班,一切都很正常。他整理好武装、警服,准备出门干什么公务。

藤本走过来说:"曹,你要到哪里去?"曹巡捕答:"哦,到复兴里看看,最近那儿几处店铺黄了,防备着债主闹事。"说着要走。

藤本探询着:"不要急嘛,有件事要问你。你的收入不少了,为什么要住在那个肮脏的山东大院啊?"曹巡捕笑了:"那儿不是有我一个相好的嘛。"

藤本笑着追问:"哦哦哦,就是那个翠玉? 我见过,很漂亮,你很有艳福呀。哎,你们为什么不结婚呢? 是不是没有媒人? 我可以给你做媒呀。"曹巡捕一脸不屑:"和她结婚? 不可能! 她的名声不好。"藤本似有所悟地说:"哦! 我说呢。好吧,你去吧。"

其实,曹巡捕不是急于出去执行什么日本人的"公务",他是到步云祥鞋铺去见一个人,鞋铺的秦老板是他搞地下工作的秘密联络人。

秦老板见了曹巡捕说:"哎呀,是曹巡捕驾到!"见四处无人,压低声音说,"你说的那个人,上边已经作了考察,认为可以作为外围。"

曹巡捕一边装成看鞋的样子一边说:"我说过,这个人我是放心的。"

秦老板讲着正事:"你要的定时火药引爆装置,火神爷已经研究出来了,会有人给你送去。怎么样? 你那边事情进展得还可以?"

"唉,别的都不成问题,就是火药没法送进去,不过你告诉火神爷,我会有办法的。"曹巡捕没有买鞋,把鞋放到柜台上,耀武扬威地走出鞋铺。

翠玉从楼上下来进了谢瞎子家,谢瞎子正在烙油饼。他对翠玉说:"昨晚我一宿没睡,到底想出了个主意,有办法把火药送进去。"他低声说,"我烙了几张油饼,咱把火药卷进油饼,到满石制油所大门口叫卖,咱们的人来了就卖给他,让他啃着油饼进厂子,把门的肯定不会注意。"

"行,我和老曹商量一下。"翠玉扭着细腰身,高高兴兴地上楼去了。到了晚上,翠玉把老谢的点子告诉老曹,老曹也认为这样做很好,决定照此法行动。

满石制油所的工人上班都很早,他们一般都来不及吃早饭,而是在工厂外的附近买些吃的。天亮不久,工人们都陆续来上班了。

谢瞎子挎着篮子在大门外叫卖:"油饼卷鸡蛋,撑死活神仙,都来买油饼啊!"

制油所大门戒备森严,日本宪兵带着门卫对工人搜身,搜得很细。

一个工人来到谢瞎子面前,说着暗号:"老瞎子,你的油饼是什么油烙的? 我是回族。"谢瞎子大声说:"放心吧,小磨香油烙的。"

工人掏钱买油饼,谢瞎子从篮子底层拿出一份卷油饼递给工人。工人啃着油饼进厂门,门卫仔细搜查他的全身,根本没理会他手里正吃着的油饼。

一天平安无事地过去,夜幕降临之后,谢瞎子来到制油所附近的小酒馆,他喝着小酒,哼着京剧:"我正在城楼观山景,耳听得城外乱纷纷……"

突然,传来几声巨响。街面上警笛声和救火车的声音乱作一团。

小伙计从外面跑回酒馆说:"可了不得了,满石制油所着火了,我的妈呀,火可大了,浓烟滚滚,都看不见天了!"

一个酒客说:"不用问,又是抗日放火团干的。"

另一个酒客说:"这伙人真了不起,这几年大连出了五十多起大火,都是他们干的。你说,制油所把守那么严,围墙那么高,他们怎么进去放的火?"

还有一个酒客说:"听说这伙人是共产党派来的,个个都是一身功夫,哪个不会飞檐走壁?什么高墙能拦住他们?"

谢瞎子不喝酒了,掏出一把钱来说:"伙计,结账。"伙计数了数钱说:"大爷,用不了这么多。"谢瞎子满面红光地说:"大爷今天高兴,剩下的赏了!"

4 阿部大佐的部队终于向白银珠骑兵旅所镇守的北山嘴阵地发起了猛烈的进攻。日军调集了大炮对付骑兵旅,火力具有绝对优势。密集的炮弹落在骑兵旅的阵地上,阵地上一片火海,白银珠的帐篷也被炸着火。虎子和战士们趴在战壕里躲避炮火,很多战士被炸死,部队伤亡惨重。白银珠对布赫奥勒下达命令:"敌人调集了飞机大炮,咱们不能死守在这里挨轰炸,传我的命令,把队伍散开,分三个方向立即撤退!"

布赫奥勒问:"旅长,怎么集中?"

白银珠命令道:"摆脱开敌人的追击以后,都到青山口的苏木(小村落)集中。"

布赫奥勒急忙传达命令,骑兵旅的战士兵分三路,急速撤退。

尾田喜郎在日军阵地上用望远镜观阵,对阿部高兴地说:"大佐,白银珠终于撤退了,北山嘴是我们的了!"

阿部也用望远镜边看边说:"尾田,你不要高兴过早,他们只是撤退,我们的任务还没有结束,必须彻底消灭他们,不要留下后患!"

尾田喜郎恶狠狠地说:"对,我有把握彻底消灭他们。我在科尔沁潜伏了整整十年,熟悉这里的一草一木,熟悉每个查干苏木,只要他们不跑出草原,就是钻进草窝里,我也会把他们找到。白银珠肯定跑到了青山口!"

阿部立刻下令:"队伍直接开进青山口!"日军快速行动,比白银珠先一步在青山口苏木外埋伏起来。

白银珠率领骑兵队伍向青山口苏木疾驰,部队忽然遭到埋伏在村外的日军的疯狂扫射,又一次受到重创。白银珠指挥战士们掉转马头向西边的一个小山包撤去,想不到,埋伏在小山包的日军突然出现了,又是一阵疯狂的扫射,十几个蒙古族骑兵壮烈牺牲,骑兵们仓皇撤离。

经过一天的激烈战斗,白银珠的部队终于摆脱了日军的围追堵截,队伍伤亡惨重。天阴沉沉的,黑夜迅速来临,白银珠令战士们就地露营。

布赫奥勒对白银珠说出他的疑惑:"旅长,咱们的队伍处处遭到敌人的阻截埋伏,好像有一只眼睛紧紧地盯着咱们,这到底是怎么回事?"

白银珠长叹一声道:"不怨别的,都是因为宝王养虎为患,那个喜管家也就是日本特务尾田太熟悉科尔沁草原了,不除掉这条恶狼,科尔沁永无宁日!"

虎子走上前说:"旅长,那咱就除掉他,这个任务交给我,我枪打得准,一定能除掉他!"娜日托娅也自告奋勇:"额吉,我和虎子哥一起去!"

白银珠毫无商量余地:"不行,你们给我老实呆着!"说罢去查看阵地。

娜日托娅望着虎子,示意让他走远点,虎子会意地点点头,离开露营地,走到一丛灌木后,娜日托娅也跟了过来。二人商量着,现在已经到了紧急关头,必须尽快除掉日本奸细尾田。他俩对王爷府熟悉,执行这一任务最合适。他们作了一个大胆的决定,瞒着旅长,偷偷离开营地奔向科尔沁草原深处。

虎子和娜日托娅骑马来到比利格老人的窝棚,向老人说明情况,请求他的帮助。比利格老人说:"唉,我老了,帮不了你们的忙。你们去汉人的苏木,找汉族兄弟想想办法。"

虎子和娜日托娅假扮成一对年轻夫妻,来到草原的牲口市转悠着,那里经常可以碰到汉人。

突然,虎子看见以前曾经受了他骗的那位姓吕的买马人,不打不相识,他们早已和解,成了朋友。虎子高兴地喊:"吕大哥你买马呀?"吕大哥一看是虎子,十分高兴地问:"虎子,是你呀?"他走到跟前说,"走,到我家去。"

三人骑马来到吕大哥家,吕大哥夫妇给虎子和娜日托娅端来吃的。

吕大哥问:"你不是跟着福晋走了吗?怎么又回来了?"

"我这次回来,是执行一个任务。"虎子把要除掉尾田的事详细述说一遍。吕大哥沉思良久,忽然一拍大腿,喜形于色地对虎子说:"你说的那个尾田现在正负责调运粮草,你可以混进我们运伕的队伍,到了日军仓库,你想办法把他引诱进仓库,我们给你作掩护,你趁机杀死他。"吕大哥指着娜日托娅说,"不过,娜日托娅是个女娃子,没办法混进去,她可以在外边接应你,你得手以后要立马跑掉,跑得远远的。"虎子认为这个办法不错。

吕大哥立刻作了周密安排。第二天,虎子装成运伕,混进搬运粮草的队伍,来到日军的仓库外。尾田喜郎挎着洋刀监督运伕干活,运伕们赶着马车走进仓库大院。虎子破帽遮颜,也赶着大车进了大院。运伕们往仓库里搬运粮草,虎子扛起一麻袋粮草走进仓库。他看仓库里没有日本人,就从麻袋里抽出一把匕首藏在怀里,躺在地上装病呻吟,好像十分难受的样子。

在军用仓库外,尾田喜郎正为一个运伕扛粮草跌倒发脾气鞭打运伕,吕大哥跑来喊:"太君,有个弟兄躺在库房里快不行了,你去看看吧!"尾田喜郎不耐烦地骂一声:"巴嘎!"朝库房走去。

这时候,虎子佯装肚子疼,正在地上翻滚。尾田喜郎走过来问:"你,怎么了?"弯下腰来看。虎子转过脸来,龇牙一笑。尾田喜郎一愣:"你……"他发现是虎子,刚想拔枪,虎子一个鲤鱼打挺站起来,同时从怀里掏出匕首,深深地刺进尾田喜郎的胸膛。尾田喜郎一声惨叫,躺倒在地,鲜血立刻从胸口涌出来。虎子撒腿往外跑,尾田喜郎挣扎着拔出枪来,对虎子放了一枪,闭眼死去。这一枪并未射中,虎子跑出了仓库。仓库外的日本军人听到枪声向仓库跑来,运伕们故意把马车乱拉,堵住了日军追赶虎子的道路。

在离仓库不远的一丛浓密的灌木后面,娜日托娅牵着两匹马,焦急地等待虎子,虎子从远处跑来了。日军追赶过来,不断地放枪。虎子臂膀中枪,跟跄了几步倒下,他高喊:"娜日托娅,告诉旅长,尾田被我杀死了,你快跑啊!"日军士兵跑过来,捆绑了虎子。娜日托娅眼看着日本人抓住虎子,心如刀割,但她知道此时她一人无法救出虎子,不得不策马跑了。

虎子被抓进王爷府,关进一间厢房内。日本人对虎子严刑拷打,虎子被打得昏厥过去。一桶冷水泼向虎子,虎子悠悠醒来。日本人并不想立刻处死虎子,他们想从虎子口中得到想要的东西。"你的,说出白银珠在哪里,可以饶你不死。"

虎子笑道:"小鬼子,我知道白旅长在哪里,想叫我说出来?你做梦吧你!"阿部对军曹说:"如果到天亮前还不说,天明就把他枪毙!"

娜日托娅在夜色的笼罩下驱马飞驰,与接应的布赫奥勒等人相遇了。

布赫奥勒责问:"娜日托娅,你怎敢违抗军令?旅长派我们来接你,你怎么自己回来了?虎子兄弟呢?"娜日托娅哭着说:"虎子哥被日本人抓去了!布赫奥勒,咱们要救他呀!"

布赫奥勒立即决定:"来不及向旅长报告了,救人要紧。你回去吧,其余的弟兄跟我走!"娜日托娅提醒着:"不,去的人多没有用,还是咱俩去吧。"布赫奥勒一勒马缰说:"你说得有道理,弟兄们都回去吧,告诉旅长,我们救了虎子兄弟就回去。"

娜日托娅和布赫奥勒策马朝王爷府的方向奔去。天快亮时,他们来到一片胡杨林,拴上马,朝王爷府潜行。到了王爷府附近,他们隐藏起来。

日本卫兵在不停地巡逻。

布赫奥勒悄悄地说:"敌人看守得很严,我们没法进去,怎么办?"

娜日托娅自有办法:"王爷府有个秘密通道,就我和阿爸吉、额吉知道。"她悄悄领着布赫奥勒来到秘密通道口,打开伪装,钻进通道。二人从马厩的通道口出来,悄悄走到关押虎子的厢房里。虎子被捆绑着,娜日托娅和布赫奥勒急忙给他松了绑。

三人出了厢房,钻进通道口。巡逻的日本兵发现厢房的门开了,鸣枪示警。

这时,虎子等三人已经从秘密通道口钻出来,正朝胡杨林奔跑着。日本士兵发现了他们三个人,从后面追来。娜日托娅和布赫奥勒拔出短枪回击。娜日托娅中弹倒地,布赫奥勒十分着急地说:"虎子兄弟,你背着娜日托娅走吧,我来掩护你们。"虎子背着娜日托娅借着黎明前那段黑暗的笼罩朝胡杨林跑去。

布赫奥勒掩护他们,不断放枪与敌人周旋,终于寡不敌众,中弹牺牲。

虎子怀里抱着娜日托娅骑在一匹马上,他们远远摆脱了敌人的追击,来到大草原上,娜日托娅奄奄一息,孱弱地说:"虎子哥,我不行了,放下我吧。"

虎子下马,扶娜日托娅下马躺在草地上,他哭着,摇晃着娜日托娅喊:"娜日托娅,你不能死啊,我们一起去找额吉!"

娜日托娅无力地说:"虎子哥,我要死了,你自己走吧……"

虎子热泪涌出,声音颤抖着说:"娜日托娅,你死不了,我还要娶你做媳妇呢!"

娜日托娅痛苦地笑了:"虎子哥,我不能做你的媳妇了,来生吧,吻吻我!"

虎子轻轻地吻了吻娜日托娅的额头,热泪滴在她光洁但已经蜡黄的圆脸上。

娜日托娅深情无限,断断续续地说:"虎子哥,来生娶我的时候,你一定让我坐山东人的花轿……"话没说完,闭上了眼睛。

虎子呆呆地看着娜日托娅,如万箭穿心,五内俱焚。这就是他一心一意在心底深处挚爱着的人,瞬间,他们从少年两小无猜的相识,到青年时的相爱,一幅幅刻骨铭心的画面迅速在他的眼前闪现。他看到了,在新京的客房,娜日托娅手拉着他的手尽情嬉戏;他看到了,娜日托娅展现花朵般的笑脸,把他拉上来科尔沁草原的马车;他看到了,娜日托娅遮挡着抽他的皮鞭;他看到了,娜日托娅化装后一鞭抽向马桩上的刀子;他看到了,娜日托娅帮他捕鹰、熬鹰;他看到了,娜日托娅一身戎装、英姿飒爽地与他并肩前行……然而,这一切瞬间即逝,面前的娜日托娅,安详地躺着,她永远地闭上了美丽的大眼。虎子跪在娜日托娅的面前,热泪长流。好久好久,虎子突然长啸一声,惊天动地。草原上的太阳升起来了,虎子抱起娜日托娅,向着红彤彤的太阳走去。

第 13 章

春去秋来，叶绿叶黄，日子过得真快，又该收秋庄稼了。天星和小半达从长白山到黑龙江牛角沟村投奔老乡不遇，二人两手空空，只能给别人扛活，日子过得很苦。幸好两人苦命相依，感情日渐深厚，倒也能苦中有甜，不觉已熬过数年。

这天两人干完地里活，收工回屋，饭后歇息。天星盘腿坐在炕上，给小半达补衣裳，小半达趴在旁边看。他看天星大眼睛忽闪着，全神贯注地穿针引线，觉得很是好看，也就心血来潮，没话找话地说："俗话说，光棍儿苦，光棍儿苦，衣裳烂了没人缝，袜子破了没人补。天星你说，我这有人补衣裳，可没人暖被窝，到底算不算光棍儿？"

"爱算啥算啥！"天星这会儿正忙，一根线用完了，她重新穿针引线。煤油灯太小，屋里很暗，线粗针鼻小，天星穿了好几下才把线穿过针眼。

小半达见天星这个样，触景生情笑道："天星，我给你出个谜语你猜吧。听着：一个大姐细条条，五个光棍儿来搂腰，年轻的一下过，年老的胡乱捣。"

天星一听，红了脸说："好你个小半达敢跟我胡吣，看我扎你的臭嘴！"说着就要用针扎小半达。

小半达连忙爬起来对天星作揖："大姐饶命，大姐饶命，小光棍儿再也不敢胡言乱语了哇。"天星抿嘴一笑："饶你一条狗命！"接着又补衣裳。

小半达说："说正经的，天星，咱俩媒也说了，帖也下了，亲也相了，总不圆房，这算咋回事啊？干脆咱就拜拜天地，真成了两口子吧。"

天星何尝不想圆房？这么几年，小半达已经是高粱红了脸，长成男子汉，天星也是大豆挂了铃，出脱成丰满俊秀的大闺女。俩人经常会有耳鬓厮磨的时候，天星也有春心躁动的时刻。但是，天星考虑得更为实际，眼下二人一无房二无地，结了婚拿什么过日子？生了孩子就算扎了根，还怎么去找姐妹和弟弟？天星认认真真地对小半达说:"虎子没信儿,找不到以后再说,可我得找天好和天月。等咱把这个秋收过完,拿了工钱,咱到大连找我姐,找到了就结婚。这总行了吧?"

小半达只好说:"就依你了,到时候你再要赖,我可要跟你来个霸王硬上弓。"天星笑道:"好,一言为定,我等你这个霸王!"

第二天一早,天星、小半达和村民们正收割庄稼,远处的青纱帐里,一群群全副武装的日军在集合。小半达一看远处惊道:"鬼子要清乡并屯了! 他们要在这一带建立无人区,小鬼子是想割断抗联和老百姓的联系。"

"听说清乡并屯时,老百姓不愿走,鬼子进村就糟蹋庄稼,抢夺牲口,用迫击炮轰炸村子,用机枪扫射老百姓,还放火烧房子,见人就杀。"天星正说着,小半达突然惊叫起来:"鬼子开始架炮了,快跑!"小半达拉起天星疯了一般跑去。

炮声响起来了,村民们奔跑着,孩子们呼爹喊娘。小半达拉着天星的手在人流里奔跑,他和天星刚跑到山坡上,一发炮弹爆炸,小半达一下子昏过去。不知过了多长时间,小半达醒过来,他急着找天星,可是天星不见了。一队队日本兵平端着刺刀,排着整齐的队伍前进,村民们在日本兵刺刀的逼迫下慢慢向后退。村民们退到江边,已无处可退。和村民在一起的天星朝后望去,后面是滔滔的黑龙江江水。日本兵平端着刺刀继续前进,村民们退到江里,日本兵排着整齐的队伍也下了水。村民们退到齐腰深的水里,日本兵继续用刺刀逼着。

天星呼喊:"乡亲们,早晚也是死,咱们拼了吧!"大家反身向日本人冲去,日本兵开枪了,大批人倒在江水里,天星也中弹倒下。

小半达趴在远处的山坡上躲藏着,目睹这一切,心如刀绞,却无可奈何。日本兵上岸了,他们抢东西,然后放火烧村庄。小半达见日本兵离开江边,疯了似的从山坡向下跑去,他跳进江里,抱起中弹的天星,撕心裂肺地呼喊着:"天星,你醒醒!"天星睁开眼睛有气无力地说:"哥,救救我……"小半达背起天星,一步一步蹚着江水,上了江岸。

天星的命真大,她被小半达救上岸,并没有死。这两个苦命人无处安身,在江边找了一个被人废弃的小木屋暂时住下来。幸亏他们逃出来时身上还带着打工挣的一点钱,才得以维持生计。

俗话说,伤筋动骨一百天。天星肩膀上受了枪伤,又在江水中泡了,受到感染化脓,几个月没有好。眼看着严冬来临,外面冰天雪地,他们的一点钱早已用尽,日子过着越来越难。

天星流着泪说:"哥,我能活下来,全靠了你呀。你的恩情,我这辈子报答不完了!"小半达急忙安慰着:"你胡说些什么? 咱们是对天磕过头的结拜兄妹,你不是也救过我的命吗? 你睡一会儿吧,我到村子里找点活干。"

小半达缩着膀子到村上,在村街的路上慢慢走着,一个拾粪的老者扛着粪篓子走来。小半达迎上去问:"老大爷,打听一下,咱这个村里有没有要雇工的?"

老者说:"孩子,这兵荒马乱的年月,再加上是冬季,都猫冬呢,谁家雇工?我知道这个屯子是没有,到别的村看看吧。"小半达看着老者,一脸的惆怅。老者有点可怜小半达,他又说:"孩子,看你实在是没咒念了,给你指条活路吧,这片林子老大,达斡尔人都在这里靠打猎为生,你要是会打猎,就进林子,要是猎到大牲口,这个冬天就能对付过去。"

小半达回到小屋和天星说要去打猎的事,天星也觉得是一条活路。经过简单的准备,小半达开始进林子打猎。

这天,小半达背着兽夹子,踏雪进到林子中,他走着,突然被兽夹子夹住脚。一个达斡尔小伙子背着一只狍子从隐蔽处走来。小半达喊:"喂,你是什么猎人,怎么还套人啊?"猎人说:"谁叫你在林子里乱钻?野兽都知道躲避兽夹子,你像个傻狍子,不套你套谁?"小伙子很友善,拿出驼鹿肉干给小半达吃。小半达舍不得自己吃,把肉干揣到怀里留给天星吃。小伙子觉得小半达很可怜,就把自己打到的整只狍子送给小半达。

小半达真诚地道过谢,扛着狍子走了,他刚走出林子,就碰到了森林警察。他急忙躲藏,几个日本森林警察牵着狼狗,已经看到了他,日本人拉枪栓呼喊:"站住!"小半达一愣,扛着狍子朝林子深处跑去,日本警察开枪追来,小半达扔下狍子跑了。

小半达惊慌失措地跑回小木屋,气喘吁吁地对天星说了这次打猎的经过。天星心疼地说:"哥,别再去冒险了,你不在我眼前,我心里就不安。"

"这一趟没白去,人家送给我好多驼鹿肉干,你吃吧。"小半达把肉干从怀里掏出来递给天星。"哥,你吃过了吗?"小半达拍着肚子说:"我?吃得饱饱的。"天星嚼着肉干:"啊,真香啊!"

这时,拾粪的老者领着一个中年男子走进小木屋,老者问:"我听见林子里响枪,你是不是遇见日本警察了?""大爷,我腿快,跑掉了。"老者指着来者说:"我这个伙计姓崔,听说你们兄妹俩没法过下去了,想给你找个活干,你看看能不能干,和他商量一下。"说罢走了。

"我叫崔德祥,你叫我老崔就行了。咱们这就算认识了,初次见面,一点小意思,别见外。"老崔说着递给小半达一小布袋大米。小半达很是激动:"崔大叔,还没干活呢,怎么好意思收你的东西?要我干什么活?"

老崔看着小半达说:"是这么回事,听说你兄妹俩没家没业,跑到这儿来了,怎么活命?你敢不敢给我做'江上飞'?"小半达忙问:"江上飞是干什么的?"

老崔解释着:"就是跨江到对岸贩货,你帮我到对岸贩盐贩货,我给你工钱。"

小半达又忙问:"这江好过吗?"

老崔冷冷地笑了笑:"要是好过谁都去干了,这边是日本军队把守着,那边是老毛子把守着。江面半里多的路,你要是能飞过去,把盐贩回来,那就能发财活命。"

小半达有点奇怪地问:"你怎么找到我了呢?"

老崔阴沉着脸说:"对你说实话,江上飞这个行当十分危险,以前不少人干过,可自从日本人来了,越来越难,都不愿飞了,有干的也要价太高,我就没有赚头了。我看你可怜,你要是开价不高,就替我玩一把命。"

小半达点点头:"我明白这是拿命换钱。反正也没别的活路,行,我给你干!"天星着急地说:"哥,拿命换钱的活不能干,我不让你去!"老崔试探着:"你妹妹不同意,要不我另找人?"小半达心一横:"别听她的,我不干她就得死,这事我说了算!"老崔站起身:"那好吧,今晚就到我那儿去。"

深夜,雪光阴冷,万籁无声,老崔和小半达赶着雪爬犁来到江边,马鼻子喷着白汽。老崔小声交代着:"我对你说实话,你这是跑单,就你一个人,不过不要怕,过了江,那边有人接应。"小半达有点胆怯:"要是老毛子可不行,我不会他们的话。"老崔又是安慰又是交代:"你放心,也是中国人,钱我已经付了,你只要把货运过来就行,接头的暗语我都对你说了,别忘了。"

老崔和小半达藏身于江边隐蔽处,他们眼紧盯着已经结了厚冰的江面。等巡逻的日本人走过之后,老崔拿出白被单子给小半达和马都披上说:"趁这阵子日本人刚过去,快走吧,一路顺风,等你的好消息!"

小半达赶着雪爬犁飞驰,雪爬犁撞上了冰疙瘩,小半达从雪爬犁上滚落,他又爬起来,追上雪爬犁。

几个汉子站在江边对着江面指指点点,他们是这段江面的江帮。小半达在江面上的情况他们都看到了。一个江帮说:"又是老崔干的,这个人就是吃独的,找他算账去!"另一个江帮说:"别去找他,这个老崔和磨盘山的胡子有点瓜葛,咱们就找这个放单的人算账。"

赵大哥对江帮们说:"还是我去吧!这锅汤被他搅浑了!"

大半夜了,老崔在家里焦急地踱着步,不时玲听外边的动静。忽然,外面传来马嘶声,老崔急忙冲出屋子。他来到院子里一看,果然是小半达赶着雪爬犁回来了,雪爬犁上载着几袋子盐。小半达伤痕累累,一头从雪爬犁上栽下来。老崔惊喜地说:"小半达,你真行,成功了!"扶起他走进屋去。

老崔让小半达喝了一碗酒,然后指着地上的一袋粮食说:"这是你的工钱,怎么样?合适吧?节省着点,够你俩吃小半个月的。"小半达感激地说:"谢谢大叔。"扛着粮食离开老崔家。

小半达扛着粮食步履跟跄地走回来,一头栽倒在地上。看着伤痕累累差点被冻死的小半达,天星一下子抱住他哭道:"哥,你可回来了,人家的心都吊到嗓子眼了!我再也不让你去了!"

小半达嬉皮笑脸地说:"哭顶什么用?是不是动心了?要是真动心,咱俩今晚就一个被窝里睡吧,能这样,下次我死了也值!"天星松开抱着小半达的手说:"那可不行,不见到我姐姐,坚决不和你成亲。"

二人正说着,忽听外面乱糟糟的好像来了不少人,他们赶快出门看。原来是一伙江上飞来找事,他们不仅砸了俩人的家,还把小半达打伤了。

一个汉子说:"小子,明人不做暗事,告诉你,我们是蒋爷的人,这是我们的地盘,十八路江上飞,各有各的地盘,各有各的道,你们赶紧从这里滚出去!"折腾够了,这伙人打了个唿哨,跳上雪爬犁走了。

2 日子过得真是快,眨眼就到了冬天。天好要去复兴里的步云祥鞋铺拿活做,就赶紧围上围巾出了家门。她来到步云祥鞋铺外,见鞋铺的门贴了封条。她忙问鞋铺旁一个常见面的邻居,那邻居告诉天好,鞋铺的秦老板不知犯了啥事,被日本宪兵队抓走了。天好一听,像一盆冷水浇头,没有了做鞋的活,姐妹俩今后的日子可怎么过啊?她漫无目的地走在大街上,雪越下越大,她暂时到一家屋檐下避雪,思考以后怎么办。

忽然,天好看见杠子头老郑领着一帮汉子打街面上走过,她想了一下,就跟着这伙人走。人们来到一家办丧事的门口,老郑领着人进院子,天好也跟着进院子。老郑发现了天好,让她别跟着看这种热闹,以免沾上晦气。天好说安置亡灵走好是做善事,不会沾上晦气。老郑觉得天好会说话,也就不再阻拦。

丧主家去世的是一位老太太,一家人只知道哭,都不敢也不会给老太太换寿衣。老郑要帮忙,丧主家却说男人给老太太换寿衣不合适,这可难了。天好上前说她可以做这事,事实上,娘去世的时候就是天好给娘换的寿衣,做这事她能行。天好做得不错,丧主家给了赏钱。老郑不高兴了,说天好这是"撬行"。天好说她是帮忙,不要钱,给口饭就行,老郑同意了。

漫天飞舞的大雪中,天好搀扶着丧主的女眷,随着抬杠子的队伍上山。抬杠子的汉子抬着棺材艰难地行走着。老四突然跟跄了一下说:"不行了,我肚子疼。"老郑火了:"干什么?这个时候撒腿?不行,死活也要给我顶下来!"老四痛苦地说:"头儿,我实在不行了!"天好忙上前说:"郑大叔,我来吧。"老郑怀疑地问:"你行?"天好一挺胸说:"行!"老郑只好同意。天好接过杠子上路了,她步履艰难,但毕竟一步一步地走了下来。

埋好坟,老郑给大伙分钱,他也分了一份给天好。天好只拿了几张说:"大叔,我不要这么多,够我姐妹今天的嚼裹就行了。"

"你这姑娘倒是没有贪心,都拿着吧,该分你多少,我心里有数。以后这样的事就别掺和了,传出去不好听,还怎么嫁人?"老郑说着领着众人要走。

天好赶上去说:"大叔,说实话吧,我这也是被逼无奈,求求你,让我加入你们的杠帮吧,我还有个妹妹,姐儿俩得活命啊。"

老郑惊诧地说:"你?一个姑娘,加入我们这一伙?就算你不在乎名声,可你能

143

干些什么？抬棺入殓是老爷们儿都打憷的活，你能干下去？"

天好一咬牙说："为了活命，我什么都能干！"

老郑慨叹道："看这个世道，把人逼到什么份儿上了！好吧，你要是能吃得下苦，就跟大叔干吧。不过你真要干这行，得换身男装才行。"

掌灯时分，天好拖着疲惫的身子进了家，一头趴到炕上。天月带着哭音推着天好："大姐，你这是怎么了？病了吗？"天好不回应。天月继续呼唤："姐，你说话呀，别吓唬我！"

天好坐起来说："天月，做鞋的营生没有了，秦老板被宪兵队抓走，鞋铺封了。"天月愁眉苦脸地说："这可怎么办？往后靠什么吃饭啊？"

天好故意说："我这不正在犯愁吗？要不这样吧，咱俩明天出去要饭，不能眼看着饿死。"天月睁大眼睛："要饭？我可不干，宁可饿死我也不干！"

天好打量着天月诡笑："咱姐妹三个，数你年轻漂亮，要不你也学翠玉嫂子，招些男人来家？有吃有喝的，也不用出力，多好。"天月脸红脖子粗地埋怨："姐，你说什么！亏你还是当姐姐的，这样的话也能说出口！"天好一副无奈的样子："你说你，要饭，抹不开脸，干那个，又不愿意，你说怎么办？"

天月哭了："姐，咱真的就没活路了？这可怎么办啊？"天好跷起腿来："别哭了，你脱下姐的鞋来看看，什么东西垫了我一天，硌得我难受。"天月脱下天好的鞋，掏出一沓钱，惊喜地问："姐，这是钱啊，哪儿来的？"天好笑着装迷糊："是吗？呀！还不少呢，哪儿来的呢？"天月猛地摁倒天好："好啊姐，你挣到钱了，拿我开心！"姐妹俩在炕上滚作一团。

二人闹腾够了，天月才正正经经地问："姐，你怎么挣到的钱？"天好骗天月说："姐找到一家有钱的主儿，给人家当保姆，以后咱姐妹俩有饭碗了。"

天好就这样跟杠子头老郑干上了这一行。她身着男装，和男子汉一样抬棺材，真是够吃力的。抬棺材是平均受力，哪一方向弱了，棺材就会偏斜，必须咬牙把力气使平了才行。有一回，天好腿一软单膝跪地，正巧碰到石头上，膝盖碰出了血，幸好老郑急忙把杠子搁了一把，才算没出事。

这天，丧主祭奠过死者走后，天好看供品中有猪头肉，就顺手捡起一张黄表烧纸，包一块猪头肉带回去给妹妹吃。

天黑了，天好才拖着疲惫的身子回来，她把一包东西丢到桌子上说："我带了点猪头肉，今晚吃了吧。"又是一头扎到炕上。

天月关心地问："姐，你这是当什么保姆啊？天天这么累。"天好闭着眼说："这家的活是累，可给的工钱多。"天月发现了姐姐膝盖的伤，惊呼道："姐，你的膝盖怎么了？"天好淡淡一笑："没事，跌了一跤。"

天月十分怀疑："姐你说实话，是不是出去卖苦力了？"天好继续编着瞎话："瞎说，卖什么苦力，饭做好没有？吃饭！"她一下坐起来，走到饭桌边坐下边吃饭边说，

"姐给你说,雇我的这家人,先生是做生意的,对我可好了。"

吃过饭,天月心疼地扶着天好躺到炕上,端来水给姐洗脚。天好笑了:"我这个小妹,就是会疼人,谁将来要是娶了你,享福吧!"天月给姐姐洗着脚说:"我一辈子不嫁人,就要守着你。""哪有永远不嫁人的女孩?"天好说着打起了呼噜。天月给姐姐擦好脚,看着姐姐的膝伤,眼泪流了出来。她回到桌子前,拿起包猪头肉的烧纸,怔怔地看着,心里想,姐肯定不是干保姆,明天得想办法闹明白。

第二天,天好一早出门干活,天月悄悄在后面跟着。天月一直跟到丧主家门外,亲眼看着天好和杠帮们抬着棺材上路。天月流着泪走回家去。

晚上,天月做好饭,坐在那里守着饭菜默默垂泪。天好高高兴兴地回来说:"小妹,我回来了,看姐姐又给你带来了什么好吃的。"天月没动,还在那儿掉泪。天好正感到奇怪,天月突然抱住姐姐嚎啕大哭:"姐,我什么都知道了,咱不去干那个了,你让我干什么都行!"

天好抱住妹妹:"你是不是觉得姐给你丢人了?姐没偷没抢,凭着力气吃饭,没什么可丢人的,只要有姐姐在,我就不会让你饿着!你记住了,人的脊梁柱生来就是直的,苦日子压不弯,能让它弯下来的是自己的心……"

天月哭着:"姐,明天我也要跟你去,我不能让你一个人受苦!"

天好怒喝:"你给我闭嘴!你将来还要嫁人,干这一行还怎么找婆家?"天月哭喊:"你呢?你就不嫁人了吗?"天好自有她的理:"我是成过亲的,春海会来找我!"天月哭着说:"姐,你太苦了,我的心里难受啊!"天好装成生气的样子:"好了,哭得人心烦,我这不是好好的吗?等我死了你再给我报庙吧!"

步云祥鞋铺的秦老板是共产党的地下工作者魏德民。他被日本宪兵队抓去之后,鞋铺也被封了。曹巡捕知道后非常着急,他一个人单枪匹马无法营救魏德民,决定汇报给组织,共同想办法。

曹巡捕和火神爷老秋接上了头。曹巡捕感慨地说:"真是条硬汉子,宪兵对他什么办法都用了,他就是不开口。咱们得想办法把他救出来。"老秋焦急地说:"我筹到一笔款子,你赶快想办法到宪兵队疏通一下,拖着别送旅顺大狱,到那里,一切都晚了。"

曹巡捕决定利用和宪兵队的王宪补熟识的关系打通关节。天黑的时候,曹巡捕来宪兵队大门附近等候。一会儿,王宪补走出大门。

曹巡捕忙笑着迎上去:"王宪补,闲着了?"王宪补奇怪地问:"老曹啊?你怎么到这儿来了?"曹巡捕低声说:"找你有点事。走,那边有个酒馆,请你赏面子喝一壶。"王宪补显得挺大方:"咱哥俩,谁跟谁呀,我请你。"

二人进了酒馆,找个僻静角落坐下,开始不紧不慢地喝着。

曹巡捕慢慢讲着:"我有个老乡,叫魏德民,不知犯了什么事,叫你们宪兵队抓进去了。他老娘哭哭啼啼找我，非要我给捞出来，说了，我不帮这个忙，她就在我家门口上吊，我是被缠得没办法了，才想着找你帮忙。"

王宪补摇头道："你说魏德民啊？那可是放火团的，难，捞不出去。"

曹巡捕压低声音："不难我找你干什么？人家不会让你白出力。"他拿出钱，从桌下递给王宪补，"这点钱你先拿着，人捞出来还有重谢。"

王宪补真真假假地说："你别来这一套，人我是肯定捞不出来，钱我不能要。"曹巡捕不把话说死："能不能捞出来另说，只要你尽力了就行。"王宪补这才接过钱："你要这么说，钱我先拿着，如果能插上手，我会尽力帮忙。"

3 小半达被打伤之后出不了门，只能在小木屋里养伤。天星的枪伤也算好个差不多了，她说到做到，决心要当江上飞。

小半达一个劲儿地阻拦："你疯了？江上飞，爷们儿都没几个敢做，你一个女人不是找死吗？你不能去，等我伤好了再说！"

天星视死如归地说："吃没的吃，又请不起大夫抓不了药，你能好什么？要这样等下去，咱俩都是个死，我要去闯一闯！"

赵大哥来到老崔家，就江上飞的事和他交涉着。赵大哥说："老崔，马有马道，驴有驴道，各走各的道，这是江面上各路江上飞的规矩，你怎么能坏了规矩呢？"

老崔极力否认："赵大哥，我没坏规矩啊。你别听人瞎嘞嘞，往我碗里下蛆，就凭你赵大哥在江面上的威风和义气，我也不能做那种伤天害理的事。"

赵大哥一针见血："你还在胡说八道，是不是你让刚到咱儿落脚的那个小半达到江对岸贩盐去了？掉头的买卖，你只给他一袋米，够黑的了！"老崔还在抵赖："赵大哥，我确实冤枉啊……"

两人正说着，天星来了，她为要当江上飞的事来找老崔。她一进门就说："崔大叔，我想到对岸贩盐去！"

赵大哥一愣，惊奇地望着天星。老崔瞪大眼睛，对天星说："你说什么？你一个姑娘家要做江上飞？说胡话吧？不行，这是爷们儿的活，你别掺和！"

天星实心实意地说："我是不想掺和，可是我哥病了，我们不能这么等死！"赵大哥也好言相劝："闺女，我劝你一句，这不是闹着玩的！"

天星是死心塌地了："咱的命不值钱，闹着玩吧！活命要紧，顾不得了。"

老崔看着赵大哥的脸对天星说："我不能再给你活了，咱这是私下里干，被帮上的人知道了，饶不过你。你问赵大哥，我已经犯了帮里的规矩。"

赵大哥十分认真地说："我送你一句话，江上飞，江上飞，十人去，一人回！你好好掂量掂量吧。"说罢出门离开老崔家。

天星望着赵大哥在风雪中消失的背影说："我是铁了心要当江上飞。"

老崔想了想："那好，我再给你一次机会，不过你千万不能让赵大哥知道！"

天星真的当江上飞给老崔运货了。深夜，江面上北风呼啸，天星披着白被单，潜伏在白雪皑皑的江面上，她刚想行动，一队巡江的日本兵走来，她只好又趴到江面上。日本兵走远之后，天星要过江，却爬不起来，她的身体被冻得粘在冰面上了。天星哭了，她明白，在这奇冷的深夜，她很快会被冻死。正在这时候，一个人走过来，天星望着风雪中的身影，心中泛起了希望。是赵大哥来了。天星哆嗦着喊："大哥，救救我！"

赵大哥走到跟前一看："果然是你！你疯了？这样的天气，你也敢飞江？"说着，用撬杠铲冰剥离，把天星搀起来，扶上雪爬犁，赶着马离开江面。

赵大哥赶着爬犁来到小木屋前，把天星抱进木屋放到炕上，然后转身出门，又走进来，捧来一捧雪，用雪搓着天星的脸，过了好一阵子，天星才缓过劲儿来："我的妈呀，冻死我了！"

小半达勉强爬起身来："不让你干，你争死拼活要去，这回知道厉害了吧？"赵大哥问："又是老崔给的活？"天星点点头。赵大哥好心地说："你们怎么能给他干？这个人做人不讲究，江帮里没有人接他的活，你们实在要干，我把你们介绍给江帮，干这一行，单枪匹马肯定不成。"

等小半达的伤好得差不多了，赵大哥带着天星和小半达去找江帮。小半达提着两瓶酒两只鸡作为见面礼，由赵大哥领着来到界河边的磨石屯，拜见江帮老大巩二爷。

赵大哥走到巩二爷面前，拱手道："巩二爷，我新结识了两个朋友，没有活路了，想投奔你拜码头，求我给引见一下。"

"巩二爷，没有别的活路了，求你帮忙。"天星戴着有护耳的大皮帽子，看不出男女，可是一说话就露了女腔。巩二爷一愣："怎么，你还是个女孩子？"小半达忙介绍："她是我妹妹。"天星挺豪气："女的怎么了？女人也要吃饭。"

巩二爷点头说："好，有你这句话就行，要是愿意跟我干，就得入帮。入帮的规矩以后对你们细说，有一条先说明白，在我的码头做江上飞，每次做活，必须纳份子钱。还有，做活不许乱来，不许私自接活，要听帮里的安排。只有这样，大家才会互相有个照应，都有饭吃。"天星和小半达连连应和着。

可是他俩还是接了私活。这天深夜，天星和小半达赶着雪爬犁来到黑龙江边上，他们要到对岸贩东西。天星忧虑地说："哥，巩二爷不是说了吗，做活不许乱来，不许私自接活。咱接了私活，巩二爷知道了会惩罚咱们的。"小半达说："别听他吓唬，听他的安排就要交份子钱，交了份子钱咱还能得多少？"

二人找了个地方隐蔽下来。下半夜了，二人冻得瑟瑟发抖。鬼子的巡逻队终于走了，小半达悄声说："机会到了，走！"二人赶着雪爬犁，朝江面飞驰。不料巡逻队突然回来了，鬼子呼喊起来，二人赶着雪爬犁没命奔跑。鬼子开了枪，马中弹倒下，二人弃了雪爬犁拼命逃跑。

天星和小半达慌慌张张跑回小木屋，小半达惊魂未定："真危险，要是跑慢一步，咱俩都没命了！"天星埋怨道："这下货也没了，马也死了，怎么跟货主交代？"小半达说："没事，都说好了的，风险一起担。"

但是，巩二爷有眼线，小半达、天星干的事如何能瞒得过他？几挂江上飞的雪爬犁驶来，在小木屋前停下。巩二爷站在门口喊："小半达，你给我滚出来！"天星和小半达走出小木屋。

小半达故作镇静："哎呀，是巩二爷，一大早来有什么事吗？"巩二爷满脸的怒气："你说有什么事？你们入了我的帮，可是不守帮规，私下接活不说，还踩了我们的山道。这明明是要把鬼子引到我们村子里，你是安的什么心？"

天星忙上前赔不是："巩二爷，对不起，这件事我们做错了，请您原谅我们年轻不懂事。"巩二爷怒气未消："猫有猫道，狗有狗道，你们这样做，要给我们村子的江上飞招来天大灾难，知道吗？"

小半达心一横说："巩二爷，事情我已经做下了，你看怎么办吧？""怎么办？"巩二爷扔过一把匕首，"按照帮规，每人自己剁去一个指头。"

赵大哥分开众人出面调解："巩二爷，这两个年轻人刚出道，不懂帮规的厉害，还是从轻发落吧。打他们一顿算了，丢了指头他们求生就更难了。"巩二爷毫不退让："那不行，规矩定下来就得遵守，谁说情也不行！"

天星哭了："巩二爷，饶了我们这一回吧，我们再也不敢了！"巩二爷铁了心地说："求饶也没有用，动手吧。"天星和小半达往后退缩着。

赵大哥实在不忍看下去："巩二爷，都是有孩子的人，但凡有活路能吃这碗饭吗？他们拜码头是我引见的，坏了规矩我也有责任，这样吧，我献出五袋盐，就算是为他二人开罪，这点面子还是应该给的吧？"

巩二爷不再坚持，叹了口气："其实我也不忍心，可帮规我不能说破就破，既然你出面说情，我也不能不开面，就这样吧。"回头对江帮，"杀人不过头点地，既然认了罚，就饶他们一回，走吧！"江帮们赶着雪爬犁走了。

天星惊魂未定："我的妈呀，吓死我了！赵大哥，谢谢你又救了我们一命。"赵大哥叹息道："你们俩啊，为什么非要吃这碗饭呢？你们坏了江上飞的规矩，难在这一片呆下去了，听我的话，还是走吧！"

小半达执拗地说："我们哪儿也不去，还就要吃这碗饭！"天星也说："赵大哥，不是我们不想走，我们实在是没地方可去了。"赵大哥火了："不走？我看你们走不走！"说着赶着雪爬犁向二人冲过来。

二人躲避着，到底被赵大哥的雪爬犁驱赶走了。

第 14 章

1 　天星和小半达这两个苦命的人,想再干江上飞不成,被好心的赵大哥赶走。
可是,在这冰天雪地的严冬,他们实在找不到挣钱活命的路子,差不多有两天
没吃东西。无奈之下,小半达带着天星到江面上凿冰抓鱼。

　　他们凿开一个冰洞,小半达从怀里掏出鱼钩鱼线,放进冰洞,开始钓鱼。可是,
钓了几条都是小鱼。后来他钓上来一条皮带。他把皮带上的水用袖子擦了擦说:
"这是日本鬼子的皮带,我早就想弄一条了。"说着很高兴地把皮带捆在腰上。

　　小半达耐着性子继续钓,奇怪的事又发生了,他忽然觉得鱼线好沉,呼喊:"天
星,我钓着大家伙了,肯定是大马哈!快给我搭把手。"

　　二人费了好大的劲儿才拖出来鱼钩,他们拖出来的竟是一条长枪!

　　小半达拿起枪来,端详了半天说:"这支枪肯定是抗联的。这是汉阳造,日本人
不使这种枪,他们使的是三八大盖。"

　　天星不感兴趣:"扔了吧,没有子弹就是一根烧火棍。"

　　"你怎么知道我没有子弹?"小半达说着从怀里掏出几粒子弹,"你看,这是什
么?"天星惊讶地问:"你从哪儿弄来的子弹?"

　　小半达得意地说:"老兵痞那儿偷的,我一直带着。这里边的炸药倒出来治胃
疼可灵了。"天星瞅着枪问:"咱要这支枪有啥用,再说你也不会放枪。"

　　小半达仔细擦着枪上的水说:"回去藏起来,到时候肯定有用。老兵痞怎么摆
弄枪,我看得溜明白,你看啊,子弹是这么上膛,扳机在这儿,这么瞄准。"他端起枪
来瞄准,瞄着瞄着愣住了。天星奇怪地问:"哥,怎么了?"小半达一指远处江面:
"你看!"远处江面上,赵大哥赶着雪爬犁在江面上飞奔,后面两个鬼子在追赶他。

　　天星火烧眉毛似的说:"哥,咱一定要救赵大哥,他是咱的恩人。"小半达有点犯
傻:"可咱怎么救呢?"天星提醒着:"你手里不是有枪吗?"小半达一跺脚:"咳!我

怎么忘了!"两人忙向赵大哥跑去。

赵大哥赶着雪爬犁和鬼子在江面上周旋,鬼子步行,赶不上雪爬犁,他们开枪了,赵大哥从雪爬犁上滚落下来。两个鬼子跑过来,扔下大枪,翻看雪爬犁上的货物。这时,小半达和天星跑过来,两个鬼子看见小半达手里的枪,疯狂地扑来。小半达看见鬼子过来了,慌忙对跑在前面的鬼子放了一枪,想不到还真打中了,一个鬼子应声倒下。另一个鬼子一看不好,撒腿就跑。赵大哥喊:"小半达,把枪给我!"小半达把枪递给赵大哥,赵大哥举枪射击,另一个鬼子也被打死。

小半达背着负了重伤的赵大哥回到小木屋里,天星吃力地背着三支大枪跟回来,这时赵大哥的那一帮人闻讯也都赶来。

赵大哥缓缓睁开眼睛,看着满屋的人,喘息着说:"弟兄们,我不行了,我死了以后,咱们这个帮就没有打头的了。"

一个汉子说:"实在不行就散了吧,咱这些人哪个能领头啊?"

赵大哥无力地说:"不能散啊,散了怎么养活家里的老小? 小半达,还有天星,你们俩就带着大伙在江上飞吧,没有别的路了。"

一个汉子说:"这俩人要是肯出头,我们愿意跟着干。"大伙都说愿意听他俩的。小半达义不容辞:"行,大伙要是听我的,我就打这个头!"

"好,有你这句话我就放心了,你们千万要处理好各路江上飞的关系,要以义气为重,大伙都不容易……"赵大哥话没说完,闭上了眼睛。

一伙人在江边的荒野地里埋葬了赵大哥,大伙在坟前烧纸吊唁。小半达哭着说:"赵大哥,你就放心走吧,我和天星会带着大伙好好干的,不会饿死一个人!"

这时,巩二爷等各路江上飞都来到坟前,吊唁赵大哥。巩二爷对着坟头三鞠躬,难过地说:"老哥和你没处够啊,正打算和你联手做些大活,你怎么就这么走了呢? 哥哥心疼啊!"说着老泪纵横。

小半达过来劝解:"巩二爷,人已经走了,就别难过了,别伤了身子。"

巩二爷看着小半达:"小半达,这么说,这个江帮现在是你掌舵了?"

小半达颇为自信:"多亏了大伙信得过我。"

巩二爷抱拳道:"以前对你多有得罪。说起来惭愧,无非是为了些蝇头小利,还望你海纳百川,我和江上的各路把头,就这个机会拜你的码头了。"

大伙抱拳道:"拜会新把头,以后多关照。"

小半达抱拳还礼:"不必客气,以后我有好多地方还要仰仗大家。"

杨把头说:"俗话说,鸟无头不飞,咱们龙江十八路江上飞也得有个领头的。巩二爷德高望重,咱们推举他当舵爷好不好?"大伙齐声拥护巩二爷当舵爷。

巩二爷说:"好,既然大伙看得起我,这个头我暂时领了,以后要是有贤才,我甘愿退让。好吧,咱们拜江神,立誓约!"大伙对着江面跪下。

巩二爷领诵誓约:"秃尾巴老李在上,龙江十八路江上飞,在这里给你老人家叩头了。我等都是山东人，为了谋生落脚龙江，万望你老人家保佑。我们同根同源，从今以后要团结一心，有福同享，有难同当；如有二心，天诛地灭！"大伙齐呼："有福同享，有难同当；如有二心，天诛地灭！"

当上把头，往后的日子总算有了奔头，小半达和天星心里都挺高兴。晚上，他们俩正吃饭呢，商人钱掌柜提着礼物来了。

天星问道："先生，你找谁？"钱掌柜满面笑容："来这里能找谁？拜会江帮新把头啊。"小半达忙站起来笑道："哎呀，这不是钱掌柜吗？有事啊？"钱掌柜放下礼物说："当然有事。"小半达让了座，自己也坐下来："有事说事。"

"是这么回事，我手里有几个闲钱，要从对岸贩一宗大货，你们敢不敢接手？"

小半达心中暗暗高兴，表面上不冷不热："这要看你给的价码。"

经过一番讨价还价，小半达和钱掌柜总算谈成了这次买卖。

2 事情真是奇怪，什么事还没干，小半达揽到一宗大活的消息就在江上飞中间传开了。各路江上飞把头在巩二爷家聚齐，大伙议论纷纷，对小半达表示不满。

"都别急，我这就派人请他，看看他怎么说。"巩二爷正说着，小半达和天星跨进屋来。巩二爷两眼盯着小半达问："怎么，听说你最近揽了个大活？"

小半达坦然答道："是有这么回事，这不是向舵爷您通报来了吗。"

巩二爷又追问："怎么，还听说你们要自己干？"

小半达点头道："对，有这么个打算。也正要向巩二爷禀报此事，免得大家误会。"

巩二爷又试探着："这不好吧，难道你忘了江边的盟约？"

小半达顺嘴而出："没忘，有福同享，有难同当。"

"没忘就好，我看这个大活，大家联起手来干吧，你说呢？"巩二爷话是商量口气，但意思说得明明白白。

小半达铁了心并不退让："这可不行，我们揽到这个活也不容易。再说了，凭我们的力量，这个活拿得起，放得下，就不劳累各位了。"

杨把头不客气地说："小把头，你这就有点不讲义气了。"

小半达冷笑道："杨把头，照你的说法，把我锅里的肉送给你吃就是讲义气了？可是你什么时候分肉给我们吃了？听说前不久你也揽到一个大活，怎么没找我联手？"小半达这反手一掌使杨把头措手不及，他支支吾吾地说："你，你听谁说的？那个活我们没做成。"小半达得理不让人："没做成不等于没做！"

此事杨把头有例在先，输理三分，小半达单干也不算太过。巩二爷见此情景，只好从中调解道："好好好，都不说了，既然小把头执意要自己单干，咱们也不好强求。不过我可劝你一句，这江上飞你是初干，江湖的凶险你还没数。如果你听我的劝,这个活,要么联手,要么放弃,我说的都是好话。"

小半达起身拱手道:"谢谢巩二爷的好意,要是没有别的,我们走了。"

深夜,小半达和天星领着大伙潜伏在江边的林子里,一队日本巡逻兵走过。潜伏了很久的小半达和天星,赶着雪爬犁冲上江面,突然背后响起了枪声,这枪声把巡逻的鬼子引来,鬼子兵回过头朝小半达他们追来,江帮赶着雪爬犁拼命逃跑,巡逻兵开枪了。小半达和几个拿枪的弟兄回击。激战中,小半达这支江上飞死了不少兄弟。

小半达的江帮们抬着死者的遗体回到村里,大伙对这回失手都感到怀疑,纷纷议论。一个江帮弟兄说:"小把头,这一回栽得奇怪,鬼子巡逻队明明走过去了,可背后谁开枪把他们引回来了? 这里面有鬼!"另一个江帮弟兄说:"还用问吗? 除了巩二爷还有谁? 看咱们揽到大活,眼红了,就下黑手。"

小半达咬着牙说:"这个老东西,肯定是他们干的,走,找他们算账去!"

天星急忙劝说道:"哥,事情不会这么简单,搞清楚了再说吧。"

小半达热血奔涌,怒不可遏:"已经很清楚了,仇不报我咽不下这口气!"说完,他带着枪,率领本村的江上飞,坐着雪爬犁向巩二爷的村庄奔去。

小半达的人和巩二爷的人在江边相遇了。

小半达铁了面孔说:"巩二爷,让你说中了,果然是江湖凶险,我们这次是栽大了,丢下了五个弟兄。"

巩二爷一声长叹:"你以为飞江就那么容易吗? 其中的凶险太大了,日本人不是那么好对付的,吃一堑长一智吧!"小半达冷言冷语地说:"可我觉得,这次我们不是栽在日本人手里,是被自己人祸害了!"

巩二爷听出这话里有话,追问道:"你这话什么意思?"小半达指着巩二爷说:"你还不明白吗? 昨晚我们要飞江,除了你,谁也不知道。"

巩二爷并不在意:"我知道又怎么了?"天星毫不客气地说:"我就问你,日本巡逻队走过去了,是谁在他们背后开了一枪,把他们又引回来?"

巩二爷脸色难看了:"你怀疑我?"天星斩钉截铁地说:"不是怀疑,就是你!"

巩二爷立马火气冲天:"放肆! 你小小年纪就学会血口喷人,真是少教! 来人啊,抓把雪来,给这畜生擦擦嘴!"

巩二爷的一个弟兄抓起雪来,要给天星擦嘴。小半达上前喝道:"你们来真的?"巩二爷又威严地说了一遍:"给她擦嘴!"巩二爷的人抓起雪来,对着天星,跃跃欲试的样子。天星一挺胸说:"来吧,正好我早上没漱口!"巩二爷想不到天星还挺硬,就随口说道:"也没揩屁股吧?"

天星感到受了侮辱,顿时红了脸:"巩二爷,凡事别过分,你要是敢这样,我什么事都能做出来!"想不到巩二爷还来真的,他一挥手喊:"给天星揩揩屁股!"一群人拥上来真要扒天星的裤子。

小半达的人举起枪来喊："谁敢无礼，我崩了他！"巩二爷挺起胸膛："你们有枪，好威风啊，朝我开枪吧！眨眨眼睛就不是你巩二爷！"

那人害怕了，向后退着。巩二爷逼到天星的跟前，猛地把天星的头用胳膊夹住说："我今天就要给她揩揩屁股，这人的嘴不能冲下长着！"

小半达看到天星如此受辱，怒火中烧，忍无可忍，一把从弟兄手里夺过枪，喝道："你给我滚开，你要是敢下手，我今天就崩了你！"

巩二爷并不在乎："好，那我倒要试试！"说着，就要给天星揩屁股。

小半达不顾一切举枪逼近巩二爷喊："老东西，你要找死呀！"举起枪来。

天星大声喊着："哥，你疯了吗？有话好好说！"

小半达两眼通红地大喊："我看他敢不敢动手，动手我就打死他！"

天星颤声求着："巩二爷，你赶紧松手，不松手他什么事都能干出来！"

巩二爷并不相信小半达真会开枪："那我倒要开开眼，今天不揩你的屁股，日后龙江就不会有安静日子！"说着又要给天星揩屁股。

小半达已经难以控制自己："姓巩的，你松不松手？不松我真的开枪了！"

巩二爷像给自己催命似的："开枪啊，不开枪你不是人揍的！"

小半达已经失去理智，他鬼使神差地开枪了，砰的一声，巩二爷应声倒地，说了一句："好小子，下手真黑！"昏厥过去。

场面大乱了，巩二爷的人喊："反天了，打死这混蛋！"挥刀砍来，两拨人一场混战，双方火并，各死伤了几个弟兄。

两拨人各自散去，回到小木屋，天星哭着把小半达一顿臭骂："你是什么东西！事情弄清楚了吗？你怎么敢开枪伤人？"

小半达辩解道："都怨我吗？是他逼着我开的枪！我要再不开枪，你白花花的大屁股就露出来了。巩二爷这是要羞臊你，要是那样，你在江边就一点尊严也没有了，江上飞的弟兄们还能听你的吗？我是为了你才开的枪！"

天星悔恨交加地说："你斗的什么气？你不开枪，双方会大打出手吗？两边都死伤了几个弟兄，你怎么和大伙交代？"

小半达还是梗着脖子说："在江湖混，你不硬气起来，永远受欺负！"

天星哭着说："巩二爷中了你一枪，也不知死活。你这是造孽呀，和龙江的江上飞都结下了冤仇啊，我看你还怎么立足！"

小半达摆出一副天不怕地不怕的架势："我怕什么？这个地方我就要呆下去，看谁能赶走我？大不了拼个鱼死网破！"

天星跺着脚说："你就知道拼，冤家宜解不宜结你不知道吗？走啊！"

小半达问："干什么去？"天星拉着小半达："给人家赔礼道歉，化解冤仇啊！"

小半达执拗地说："要去你自己去！这件事，是他们先对不住我们。没有他们给日本巡逻队报信儿，就不会有今天的火并，理亏的是他们！"

天星硬不过小半达，只好一跺脚说："好，你不去，我去！"

天星来到巩二爷家，只见当院一口黑漆棺材赫然在目，许多人哀哀地哭着，多数是各路江上飞的把头。天星惊愕地说："怎么？巩二爷……"

杨把头翻了天星一眼恨恨地说："问什么？没救过来，是被你们打死的！"

天星扑通一声跪倒棺前哭着："巩二爷，怎么会是这样呢？这都是误会呀，咱们不该自己弟兄相残啊！"她说的都是真心话。

杨把头讥讽地说："行了，你这是诸葛亮给周瑜吊孝吧？"

天星拱手环视众把头，真心实意地说："各位把头，这真是一场误会呀，事后我哥也后悔不迭。说了，愿意和大家把事情说开，咱们江上飞的盟约不能背弃，不能这么自己毁了自己，要是这么窝里斗下去，看笑话的是日本人啊！"

杨把头哭丧着脸说："你们俩要真心实意和好，后天巩二爷出殡，让你们小把头当孝子扛幡。"天星一口应承道："我回去跟我哥说，他会同意的。"

天星回到小木屋，把杨把头的意思对小半达讲了，小半达横眉道："什么？让我给他当孝子，还要打幡？你去告诉他们，不可能！"

天星耐心劝道："哥，人家被你打死，不找你报仇已经很宽容了。你还想在龙江立下脚，为了活命，该受的委屈就得受啊！"

小半达的心这会儿比石头还硬，他拿出了宁折不弯的劲头："人被我打死了，我认！谁要报仇找我来，我小半达绝不做缩头乌龟。要我的命，拿去！要我给他巩二爷当孝子，别想！难道我的弟兄就白死了吗？"

天星气极了："我现在才看清你是什么样的人，你心比石头还硬！"

小半达说出了多年的怨气："我心硬？你呢？我跟了你这么多年，你一直不把我放在心上，你为什么不肯给我做媳妇？你是打心眼里看不上我！"

天星倍感委屈："你冤枉人！我不是说了吗？找到姐姐就和你成亲！我也不和你吵了，你不就是要我和你成亲吗？行，你说什么时候？我听你的！"

小半达这会儿倒是得了便宜还卖乖，他一梗脖子："你想成亲就成亲？我现在还没那心思呢！""随你的便！"天星说着要走。小半达问："你要干什么去？"天星阴沉着脸说："给人家回个话，后天巩二爷下葬，我去给人家当孝子，扛幡。"

"唉，看来这个地方我是呆不下去了，咱俩的缘分到头了，我也该走了。"小半达说着收拾东西。

天星慌了，拖着小半达："哥，你不能走，你走了我怎么办啊！"小半达叹息着："天星，咱们该分手了，我不走他们也不会饶过我！"天星急切地说："哥，巩二爷下了葬，我跟你一起走！"小半达冷冷地说："你跟着我干什么？我自己也不知道该到哪儿去。你在这儿好好混吧，我出去转转，转不动了会回来找你的。"说罢头也不回地走了。天星望着小半达远去的背影，泪流满面。

巩二爷要发丧了，棺材停在街上，大伙翘首以待。杨把头有点着急："这个天星,怎么还不来？孝子不到怎么发丧?"远处一挂雪爬犁飞奔而来,爬犁上的天星披麻戴孝。天星下了雪爬犁,接过灵幡,为巩二爷执幡扛灵。众人唏嘘,感动不已。"这个闺女,真够豪气的!""说话算话,这才是爷们儿作派!"大伙抬起棺材,慢慢在冰天雪地里走着,哀乐奏起,凄凉哀怨的声音传得很远很远。

埋葬了巩二爷,天星在坟前长跪不起,哀痛地哭着。杨把头挽起天星:"闺女,起来吧。对巩二爷,你已经够意思了,大伙都看在眼里。"

天星面对大伙说:"各位把头,叔叔大爷,出了这样的事,真令人痛心,可是静下心来想一想,这件事有些蹊跷。"杨把头问:"怎么个蹊跷法? 你说说。"

天星入情入理地说:"大家想一想,我哥固然不对,可巩二爷断然不会做出伤害自家兄弟的事来。"大伙都说巩二爷不是那样的人。

天星给大伙分析着:"这一枪打得阴毒,真是一箭双雕啊! 既引来了小鬼子的巡逻队,又造成了咱们的火并,我敢肯定,这一枪是有预谋的。"

杨把头皱眉道:"可这一枪是谁打的呢?"天星反问:"大家想一想,这一枪得利的是谁呢?"杨把头猜测着:"总不会是小鬼子自己打的吧?"天星咬牙道:"当然不会,不过,这个人我一定会揪出来!"大伙都说:"抓到他,扒了他的皮!"

天星对大伙说:"这都是后话了,眼下咱们一定要团结起来,咱在日本鬼子的铁蹄下活得本来就不容易,要是不团结起来,就没有活路了!"大伙也七嘴八舌地表示要团结起来,再也不能做骨肉相残的事情了!

3 魏德民被带到宪兵队的刑讯室,宪兵们对他施以各种酷刑,要他供出放火团的人员及住址。魏德民嘴里不停地骂,宪兵从他嘴里什么也得不到。

夜深了,王宪补走进刑讯室,朝魏德民别样地看了一眼,似乎传递着什么信息。魏德民看了王宪补一眼,似乎领会了什么。王宪补接过一个宪兵的鞭子:"不信他不开口,我来!"他鞭打魏德民,魏德民头一垂闭上了眼睛。

王宪补走近魏德民,翻了翻眼皮,对宪兵头目说:"报告太君,这个人快不行了!挺不了多长时间了。"宪兵头目说:"那就让他咽下这口气!"王宪补满脸堆笑说:"太君,有件事我想借一步说话。"他把宪兵头目拖到走廊里,小声说:"惠民医院的院长是我的老朋友,他一直想要一个年轻人的尸体做解剖,还想要就剩一口气的,出价很高。"

宪兵头目望着王宪补不说话。王宪补一眨眼说:"人家给两根金条。"宪兵头目还是不说话。王宪补进一步试探着:"我知道您手头最近挺紧,您在孟老五的赌场里最近可输了不少啊。您也知道,孟老五身后背景挺深,您也惹不起,孟老五见您不还钱,要是告到宪兵司令部,对您是不是不太好? 您说呢?"宪兵头目望着王宪补笑着,伸出三个指头。王宪补忙点头说:"妥!"

天黑透了,天好才拖着疲惫的身子回到家。谢瞎子用竹竿敲着地问:"听脚步声,是天好回来了?"天好忙应声道:"谢叔,这么冷的天,怎么不回屋去? 别冻着了。"谢瞎子急急地说:"我是在等你,到我家去吧,有个人想见见你。"天好扶着谢瞎子走进他家,进了屋子,只见曹巡捕坐在屋里。

天好"扑哧"笑了:"我当是谁,原来是曹大叔要见我呀,怪神秘的,有事呀?"

"天好,你坐下,有件事对你说……"曹巡捕就把要利用天好干那种活的机会做一件大事的有关情况如此这般地讲了一遍。天好连连点头。

说是要解剖活人体,王宪补买通宪兵头目,把还有一口气的魏德民送到惠民医院解剖室。经过一番"处理"之后,"尸体"被送到太平间。

宪兵头目掀开白布单检查着。魏德民肚子上缠着带血的纱布。王宪补用手绢捂着鼻子轻声说:"都臭了……"宪兵头目哇的一声呕吐起来。

这时,门开了,拥进一群死者的"亲属",他们围着尸体哭泣。谢瞎子站在魏德民的遗体前哭哭啼啼地诉说:"我的大侄子呀,你怎么说走就这么走了呀,你娘为你哭瞎眼,你媳妇也上了吊,这一家子不全完了吗?"

杠子头老郑领着天好等人来到停尸房。

王宪补对老郑说:"赶快装棺材去埋了完事!"天好和杠帮上前收拾尸首。魏德民被抬入棺材,棺盖盖上了。老郑喊了声:"起灵!"大家抬起了棺材。

一个宪兵挥手:"停!"众人放下棺材看着宪兵,不知他要干什么。宪兵比划着说日语。王宪补说:"太君说了,棺材要钉好钉子。"天好钉棺材,趁人不注意,在棺材盖下边放了两枚铜钱,闪出条缝来。杠帮把棺材抬出医院,直奔郊外的乱葬岗子,在日伪警察的监视下埋了棺材。

深夜,雪花飘舞着,小风吹出阵阵寒意,天好和便衣打扮的曹巡捕来到白天刚刚隆起的坟丘旁。四周寂静无声,天好贴近坟头,仔细倾听,坟里面有微弱的敲打棺材的声音。天好惊喜地说:"大叔,有动静!"二人用带来的铁锹,匆忙地挖开坟丘,撬开棺材盖。棺材里,魏德民怔怔地望着他俩。天好惊喜地问:"秦老板,你还活着吗?"魏德民点了点头,挣扎了两下,又昏厥过去。曹巡捕忙说:"赶快转移!"背起魏德民就走。两人没有时间再把坟丘恢复原样,救人要紧。

曹巡捕背着魏德民走进郊外一个偏僻的山洞,天好紧跟其后,并警戒外边的动静。曹巡捕放下魏德民,试着魏德民的鼻息。

天好十分焦急地问:"大叔,秦老板还能活吗?""还有气息,咱们说什么也要救活他。"曹巡捕一边把魏德民安置妥当一边说,"这个地方我不能久留,你就守着他,千万别离地方,会有人来送吃的。"天好连连点头。曹巡捕看着天好,严肃地问:"这件事要是让日本鬼子知道了,是要掉脑袋的,你不害怕?"天好双目直视着曹巡捕说:"跟着你干,我什么也不怕!"

日本宪兵队的眼线天一亮发现魏德民的尸体被盗,立即报告。宪兵头目叫来王宪补,一个大嘴巴抽在王宪补的脸上。他咆哮着:"巴嘎! 你的,蠢货一个!"王宪补捂着脸,委屈地说:"队长,我做错了什么吗?"宪兵头目吼道:"我问你,魏德民的尸体怎么会被人弄走了?"

王宪补急忙赔着笑脸:"太君为这事呀? 说不定人家看咱们埋的地方风水不好,抬走另葬了,你可不知道,中国人可讲究风水了。也别说,可灵了,你没听说,中国明朝的时候有个李闯王……"

宪兵头目不耐烦地说:"不对,这件事很奇怪。魏德民在这里是孤身一人,听说那天给他送葬的人很多,这里肯定有秘密,一定要调查清楚,把他的尸首给我找回来!"王宪补大着嗓门说:"是,一定找回来!"

魏德民终于醒了,缓缓睁开眼睛。一缕明媚的阳光从洞口照进来,又是一个早晨。天好惊喜地说:"你终于活过来了! 真吓人,你昏迷不醒都一整夜了。"魏德民看着四周问:"我这是在哪里?"天好一边给他喂汤水一边说:"你放心,这是个山洞,周围是乱葬岗子,没人来。"

魏德民问:"是你救了我?""不是我一个人,好多人。"魏德民又问:"我知道,是组织,可你怎么参与进来了?""是曹大叔找到我帮忙的。"魏德民再问:"你冒死救我,知道我是干什么的吗?"天好认真地说:"我说不准,我知道你和我爹一样,是打小日本的! 我没救错人,你,还有曹大叔,和我爹一样,都是真正的爷们儿,我就佩服你这样的人。"魏德民终于亮了底:"到了这一步,我就对你说实话吧,我是共产党!"

天好一夜没回家,急坏了天月,她早上出门红着眼要找天好,正碰到谢瞎子,谢瞎子对天月说:"有什么大惊小怪的? 就不许她有点什么急事? 天月,你就信我的,你姐没什么事,我这个算命的,什么吉凶祸福都能算出来。"

天月不太相信谢瞎子那些算命的话,她来到庞奶奶家带着哭音说:"奶奶,我姐昨晚一夜没回来,急死人了! 她当时拿了把铁锹急匆匆地走了。"

庞奶奶也感到奇怪:"这闺女,到哪儿去也不说一声,还带着铁锹?"她想了想,"天月,你也不用急,你姐说不定有急活,没来得及告诉你。"

天月还是不明白:"什么急活晚上干? 还带着铁锹?"

庞奶奶自然能说出她的一番道理:"这你就不懂了,有的人家置不起坟地,人死了还能不埋? 就得找个地方偷偷埋了,这活不得晚上干?"

天月点头道:"你这么一说我就放心了,可她也该回来了啊。"庞奶奶又宽天月的心:"现在干他们这一行的,活多着呢,说不定又接上溜了。"

天月相信了庞奶奶的话,一边在家给姐姐缝补衣服,一边耐心等姐姐。忽然,孙立武推开门走进来,笑嘻嘻地说:"天月,还忙活呢? 给谁缝的?"天月粗声粗气地说:"我姐干活穿的。"孙立武笑着说:"哎,你说这个世界就是大了,什么奇怪事没有? 听说宪兵队抓到了一个放火团的,刑讯的时候打死了。这个人不是埋了吗? 可是当晚尸体被人起开棺材弄走了!"天月问:"是吗?"孙立武一瞪眼:"骗你是王八!"天月笑道:"你以为你不是呀?"孙立武毫不在意:"天月,骂人不好。哎,我问你,你姐姐就是干那个的,回来没对你说?"天月很不耐烦:"那些事她从来不对我说。你没事走吧,别在这儿磨蹭。"

天月在家里缝补衣服等姐姐,当天夜里,天好没回来。第二天一整天还没回来。

天又黑了,孙立武提着条干鱼,哼着小调给天月送来。天月没好气地说:"你留着自己吃吧,我们不要!"孙立武觍着脸说:"不要拉倒,哎,你姐还没回来?"天月厌恶地说:"她回不回来不用你操心!"孙立武走到天月面前威胁:"天月,你也不用拿大鼻涕泡甩我。对你说,我已经有了点线索,那个放火团的尸首失踪,八成和你姐有关。她说不定是惹事躲起来了,这件事我要是到宪兵队报告,你姐就没命了!"天月指着孙立武的鼻子说:"你少血口喷人!""怎么是血口喷人呢?那人是你姐姐他们的杠帮发丧的,棺材盖是你姐姐钉的,这里就没有猫腻?我不信!"孙立武好像什么都知道。

这时曹巡捕来了,他说:"小立武,听说这两天你一直打听天好到哪儿去了?告诉你吧,我现在和她合伙做乡下的买卖,她到杏树屯贩猪肉去了。"孙立武瞪眼张嘴道:"啊?你当警察的还贩私货?""怎么?当警察的就不是人了?我花销大。"孙立武奸笑着说:"嘻嘻,都贴给翠玉了?谁叫你包下她了。"曹巡捕说:"我愿意。"

孙立武走后,天月关上门问曹巡捕:"大叔,我姐真的下乡贩私货了?"

曹巡捕只好如实相告:"天月,我对你说实话吧,你姐帮我救了一个人,这个人就是步云祥鞋铺的秦老板。他们现在躲在一个没人知道的山洞里。"天月恍然大悟:"我说呢。这么说你……"曹巡捕问:"我是干什么的你就不用问了,现在我有件事想求你,你肯不肯帮忙?"天月毫不犹豫:"只要我能做到的,我一定干。"曹巡捕说明了原委:"他们在那里没吃没喝,还要给秦老板治病,我不便送饭送药,你能不能帮着跑跑腿?"天月十分爽快:"行,只要是我姐姐干的事,肯定都是中国人应该干的,这个忙我帮了!"

天月按曹巡捕说的路线找到山洞,送过东西,又急急忙忙地扤着篮筐回到大院。

孙立武拦住天月:"我打听清楚了,你姐没到乡下贩猪肉,老曹是说谎!"

天月反打一耙:"你说我姐姐到哪儿去了?你告诉我,我去找她。"

孙立武威胁着:"我要是知道,还问你干什么?不过我肯定,你姐是犯了大事,和那个人尸体失踪有关!我要报告宪兵队,你们姐妹俩就全完了!"

天月不依不饶:"你报告啊,就你长着嘴吗?你有什么证据?我还说你想霸占我们姐妹,故意栽赃呢!"

"好,你不用嘴硬,你等着,我会拿到证据的!"孙立武说罢转身走去。不料孙立武走了几步又返回身来问,"天月,你站住!你篮子里装的什么?"天月一瞪眼:"你管不着！""我还就要管了！"孙立武说着动手要看篮子里的东西。

天月声色俱厉地喊："你干什么，动手动脚的！"可心里已有点发虚。孙立武到底看到了篮子里的东西："嗯？你给谁送饭了？"天月大声说："我凭什么要告诉你？"孙立武很得意："哈哈，你不说我也猜到了，肯定是你姐躲到哪儿，你是给她送饭！""你胡说！"天月真恨孙立武胡搅蛮缠。

傅磕巴从屋里走出来说："啊小立武，你怎么又欺负人家姑娘？邻里邻居的，你好意思吗？"孙立武耀武扬威地喊叫："你少管闲事！这个大院的人，我看哪个都不地道，等我抽出工夫，一个一个收拾你们！"

对孙立武的蛮缠，天月是又气又担心又没有办法。天黑之后她来到谢瞎子家，正好曹巡捕也在，她对曹巡捕和谢瞎子说："大叔，小立武怀疑上我姐姐了，说是要报告宪兵队呢，怎么办？"

曹巡捕很生气："这个畜生，真够下作，一点人味儿也没有了！"他想了一会儿对天月说，"不用怕，我来想办法对付他！你还送你的，不过要按我说的做。"

第二天早上天下雪了，天月一早就冒雪扣着篮子走出家门。孙立武悄悄拉开自己家的门，在后边跟上。随后，傅磕巴赶着大车出了大院。天月冒雪来到郊外，急匆匆地走着，孙立武在后边悄悄跟行。

王宪补带着几个宪兵突然从隐蔽处跳出来拦住孙立武，喝问："站住！干什么的？"孙立武问："你们是干什么的？""你眼瞎啊？我们是宪兵队的！"孙立武高兴地说："正好，跟住前边那个女的，她给你们要抓的人送饭！"王宪补一挥手对宪兵说："跟上去！"于是，这一伙人远远跟在天月后面，看她到底往哪儿去。

第 15 章

1 孙立武高兴得屁颠屁颠地带领宪兵，跟踪着天月到了郊外，他想这回一定能立个大功，抓住放火团的人。天月在前面走着，忽然闪身钻进一个山洞，孙立武领着宪兵包围了山洞，向洞口围拢。

孙立武在洞口喊："天好、天月，你们出来吧，宪兵队把你们包围了，你们把人交出来就没事了！"天好、天月走出洞来。姐妹俩手拉着手，眯缝着眼睛，很奇怪地看着来人。天好惊愕地问："你们要干什么？"

孙立武好像押宝中了彩："哈哈，天好，你果然也在这里，你说要干什么？把皇军要抓的逃犯交出来吧！"天好不明白地问："你胡说些什么？"

王宪补对宪兵们一挥手："进去搜！"宪兵们端枪猫腰钻进山洞，他们还以为会遇到什么抵抗，谁想到洞内昏暗潮湿，烟雾缭绕，杠帮正围着神坛烧香磕头。一个宪兵问："王，这是怎么回事？""我哪知道怎么回事？你问他！"王宪补一指孙立武，"你说，怎么回事？"

孙立武慌了，他想不到会是这样，真是猫咬尿泡空喜欢，只好说道："我，谁知道怎么回事？"王宪补一把揪住孙立武的衣领："你敢谎报军情，打死你也不多！"好一顿暴打。孙立武跪地求饶："我搞错了，饶了我吧！"

宪兵审问老郑等人："你们是什么人？"老郑好像很害怕的样子："我们是信奉七星道的，这些都是教徒。"

宪兵又问："你们没有家吗？为什么要到这里住？"老郑煞有介事地说："我们教主托梦了，说这个月十五前后大灾大难就要来了，到时候天塌地陷，我们是来躲难的。你们也都躲躲吧！"宪兵吼道："巴嘎！这是谣言！都给我回去，这里不许住人！"

孙立武是死猪不怕开水烫，挨了打还凑热闹，他问天好姐妹："你们什么时候信了七星道？我怎么不知道？"天好很热情的样子说："你想信吗？我引渡你呀！"

孙立武自讨没趣："拉倒吧，我可不信那些！胡说八道！"老郑怒喊："兄弟姐妹们，他侮辱咱们的老母，咱们能答应吗？"大伙齐说："不能，打死他！"大伙蜂拥上来，又把孙立武一顿暴打。

与此同时，曹巡捕从另一个山洞里背出魏德民，上了傅磕巴赶的大车，作好伪装直奔山东大院，把魏德民拉到庞奶奶家。

夜里，曹巡捕和王宪补来到一个酒馆，二人坐在角落里喝酒。王宪补喝下一杯酒，看着曹巡捕笑道："老曹，你真行，这出戏叫你唱的，有板有眼，一波三折，我算服了你了。"曹巡捕忙举起酒杯说："我也是被逼无奈，铤而走险，要是没有你老王为朋友两肋插刀，我有再大的能耐，这事也办不成。来，我敬你一杯。"王宪补陪老曹又喝了，把实话讲了出来："别把日本人当傻子，我估计，他们早晚会明白被涮了，我可不愿意倒霉，想尥蹶子。"

曹巡捕很赞同："该走就走吧，给日本人当走狗，到头来不会有好下场。""我明白，我是中国人，可我也要活，钱我就不客气，带走了。"曹巡捕酒多并不醉："那是你应该得的。咱感谢你还来不及呢。"王宪补似醉非醉："我知道你是干什么的，你也要小心，特高课不是吃干饭的。"二人酒尽而散，各自离去。

魏德民在楼上庞奶奶家受到了无微不至的精心照顾，庞奶奶、天月经常调剂饮食，翠玉专心护理伤口，就连傅磕巴和谢瞎子也能在外围尽量打着掩护。眼看着魏德民的伤势好得差不多了，他准备根据组织的安排到北边开展工作。夜里，曹巡捕给魏德民送行。

魏德民紧紧握着曹巡捕的手说："老曹，很遗憾，不能在这里和你并肩战斗了，你要多保重！"停了停，他又十分动情地说："我这次死而复生，这条命是山东大院给的，时间紧急，我也不能见天好，告诉她，我谢谢她！"

魏德民在夜色的笼罩下急匆匆地走着，他突然觉得背后有脚步声，开始他以为在这万籁俱寂的深夜，那脚步声是自己的，但他听听又不像，地下工作的警惕性使他特别小心，他忙躲到一棵树后察看。他看到背后一个黑影尾随着他。

他疾步向前走，背后黑影尾随着，他走得快，黑影也走得快，他走得慢，黑影也走得慢。他又闪身躲进一棵树后，见黑影急匆匆走过来，魏德民突然一脚朝黑影踢过去，黑影倒了。黑影翻身跃起，蒙着头巾看不清面目。二人搏斗，黑影的包裹掉在地上散开了，火烧撒了一地，黑影蹲在地上捡火烧。魏德民问："干什么的？"上前扯掉那人的围巾一看，原来是天好，满脸的泪水。魏德民问："你怎么来了？"

天好擦着眼泪说："魏大哥，你走怎么不告诉我一声呢？老曹刚告诉我，我买了火烧就追来，给你，够你十天半月吃的吧？"说着，拿起火烧就往魏德民兜里装。魏德民就那么站着，眼里涌出了泪水。

天好一边塞着火烧一边说:"魏大哥,你什么时候才回来啊?"魏德民不说话。天好动情地说:"魏大哥,遇着了你,我就觉得日子有盼头,可你这一走,我就觉得日子又长了……"魏德民还是不说话。天好哽咽着:"好了,三十个火烧,一个都不少,你走吧!"魏德民轻声说:"天好,我这条命是你给的!""魏大哥,你快走吧!""天好,我忘不了你!"

天好猛一推魏德民:"快走吧!"魏德民转过身来。天好又猛一推:"走!"魏德民转身朝前走去。天好默默望着魏德民的背影,魏德民站住,转过身望着天好。天好朝他笑着挥了挥手,魏德民笑着朝她挥挥手,随后消失在夜幕中。这时候,天好的泪水才涌了出来,她捂着嘴没让哭声随泪水流出,而是痛苦地埋入心底。

夜晚,大街上人来人往,曹巡捕按约定和一位地下联络员接头。一个流动商贩正卖香烟,曹巡捕过来问:"有哈德门吗? 来两包。"这是接头暗语。

"有,我这是才进的货。"商贩低声说,"据可靠情报,你已经被特高课盯上了,火神爷命令你立刻转移。"

曹巡捕悄声低语:"今晚有个行动,到飞机场放火,完事后再去吧。""不行,火神爷说了,行动取消!"曹巡捕尽量争取:"那怎么行? 内应已经准备好,放弃这次行动太可惜! 就这一次,做完我马上走人。"商贩停了停说:"那好吧,千万小心,行动完了不要回家,直接走人!"

天刚黑,藤本被宪兵队一个电话叫到队部,他一进门就挨了宪兵头目的一个大嘴巴:"巴嘎! 你这个混蛋,放火团就在你身边,你什么也不知道,如果特高课不出动,你还蒙在鼓里!"

藤本立正站着:"嗨,我知罪,愿意接受任何处分!"

宪兵头目说:"现在立即行动,抓捕姓曹的!"

藤本出谋献策:"长官,抓捕行动最好在深夜。山东大院临近郊区荒山,如果不慎被他逃脱,钻进山里就很难抓捕,一定要在他睡熟了的时候行动。"

曹巡捕顺利完成了机场放火的任务,本来可以立即安全转移,但是,想到此去也许就再也见不到翠玉了,这些年两人感情日益深厚,他想最后再见翠玉一面。就鬼使神差地又到山东大院外,站在暗处看着。大院里,唯有翠玉家的灯亮着,那是翠玉在等他安全归来。曹巡捕犹豫了一会儿,还是走进大院,上楼轻轻敲着翠玉家的门。

翠玉开了门,一把抱住曹巡捕:"我当你不来了呢!"

曹巡捕来不及喘口气就急忙烧文件,翠玉惊讶地问:"曹大哥,你要干什么?"曹巡捕急急地说:"我刚烧完日本鬼子的飞机场,已经暴露了,必须马上撤走。"

翠玉紧紧抱住曹巡捕:"大哥,你走到哪里我都要跟着你!""不要胡来!"翠玉哭着问:"大哥,你不要我了?""说什么? 放心,我在外边立住脚就派人接你。"曹巡捕极力安慰着。

话音未落,窗外忽然火把通明,翠玉趴窗一看,只见大院里站满了日本宪兵。"大哥,不好了,宪兵包围了大院!"曹巡捕神情自若地说:"不要慌,他们不会怎么样你。"说罢,从容地脱去伪军装,换上中国式的衣服。他知道,这回是难逃敌人之手,决心做一个堂堂正正的中国人,在山东大院的老邻居面前,他要恢复他的本来面目了。宪兵们冲上楼梯,捉拿曹巡捕。大院里的人们惊恐地看着这一幕。

曹巡捕在楼上射击,一声枪响,一个宪兵倒下。宪兵们纷纷隐蔽起来。藤本恶毒地抓住天月为掩护,逼上楼梯喊着:"曹,投降吧,你跑不了啦!"曹巡捕喊:"藤本,她是无辜的,你放开她,我跟你走!"

藤本高喊:"把枪扔下来!"曹巡捕扔下枪,宪兵蜂拥而上,抓住曹巡捕。

翠玉跑出来抱住曹巡捕:"你们不能抓走他,他是好人啊!"曹巡捕有意为翠玉开脱,故意一脚踹开翠玉:"臭婊子滚开! 不是贪你的被窝,我能有今天吗?!"

曹巡捕深情地望着山东大院的众乡亲,他现在已经不是日本小衙门的巡捕,而是一个真正的中国人。

众乡亲望着曹巡捕,在他们眼里,这位老曹是令人敬佩的抗日英雄!

庞奶奶喊:"老曹啊,你慢点走,咱山东大院的人,等着你回来!"

老曹一抱拳:"好,咱说定了,今年大年三十晚上,咱大院的人一块聚聚。我要是回来晚了,给我留一双筷子,斟一壶酒。我要是大年初一还不回来,就把酒再烫一烫,泼到大院门口,和我说几句话。好了,我该走了,天冷雪大,都记住,谁回来晚了,别忘了把咱山东大院的门关好……"

老曹被抓走,翠玉像是塌了天。她一个风尘女子,受尽了屈辱,自从和老曹好上,才觉得活得像个人样。和老曹一起参加地下抗日活动,她更觉得自己像个堂堂正正的中国人。她活得有滋有味,还盼望以后和老曹结婚,过最普通的夫唱妇随的小日子。然而这一切瞬间成了泡影,她无法向人倾诉,只能独自哭泣。

小环子安慰妈妈:"妈,别哭了。"翠玉抹着泪说:"你曹叔叔走了,没有人保护咱娘儿俩了,往后的日子怎么过啊!""妈,长大了我挣钱养活你。"小环子挺有志气。

这时,孙立武走进屋:"翠玉,哭什么呢? 老曹走了有我,只要你答应和我好,这个大院没有人敢欺负你!"他寡廉鲜耻地笑着,"你孤儿寡母的,没有个靠山怎么行? 跟我过吧。"说着要搂抱翠玉。翠玉挣扎着喊:"你滚! 你这人渣,敢碰我一下,要你死!"孙立武拼命撕扯翠玉。小环子咬着孙立武的胳膊哭喊。

翠玉渐渐不支,忽然,孙立武头上挨了一棒子。孙立武放开翠玉:"谁? 敢到这儿撒野!"回头一看,是天好提着擀面杖站在他身后。庞奶奶也过来了,嘴里大声喊:"天好,给我往死里打这畜生,打死了我偿命!"

孙立武见这阵势,知道占不上便宜,便一边走一边说:"你们等着,一群共产党,我会一个个收拾你们!"

庞奶奶安慰翠玉："别哭了，看来这里你呆不住了，我给你点钱，带着孩子走吧。"翠玉哭着说："老婶子，我哪儿也不去，要等老曹回来。"

庞奶奶用真情实话断了她的念想："他被送进旅顺大狱了，进了那里，没有活着回来的，以后小鬼子还会来找你的麻烦，还是走吧。"

庞奶奶说着递过一把钱来。

翠玉推让着："钱我不要，老曹早有安排，给我留了后手。"

第二天，天气格外好，明丽的阳光洒满山东大院，几只鸡在大院里转着觅食。翠玉领着小环子，提着包袱走下楼来，她走得很慢，脚步很沉。

大院的人们站在院门里看着正下楼的翠玉，人们的心情都很沉重，大家对翠玉既同情又佩服。虽然她是一个风尘女子，但大院里的人心中明镜似的，没有一个正经人看不起她。大家都明白，为生存而卖身比没良心的卖国贼不知要好多少倍！更何况翠玉也跟着老曹干了抗日的英雄事。她下了楼，大伙围上来："翠玉，慢走啊！"翠玉流着泪，一个个抱着老邻居们道别。

傅磕巴赶着大车过来说："翠玉，啊就娘儿俩上车吧，我送你们。"大院的人目送着翠玉母子走出大院，上了马车。

2 日头和月亮整天价轮换着升起来又落下去，不知道到底是哪个追哪个，山东大院的人们就这么在日月的交替中熬着苦日子。前一阵子惊心动魄的事刚过去，大院里表面上看似平静，但老曹打死日本宪兵被抓走的惊涛骇浪，在人们心底激起的余波仍未平息，大家总在挂着老曹的事。

这天人们又在议论了，大家怀疑是孙立武出卖了老曹。人们正说呢，孙立武急匆匆地走进了大院。大家看着他，没一个人理睬。孙立武的脸皮久经考验，已经是越来越厚，并不在乎大家的冷淡，仍然觍着脸找话说："哎，我说什么来？老曹果然不是一般的人。"用手比划着八字，"这个！"天月问："你怎么知道的？"孙立武神气活现地说："哼，什么事能瞒过我？黄哥亲口对我说的，那还能错？"傅磕巴问："啊你什么时候又有了个黄哥？"

孙立武狗舔驴腚地卖弄道："就是黄刑事呀，黄金辉，要和我拜把子呢。"

傅磕巴话不流利但刺儿却尖："啊这回大腿可要抱住了，可要注意了，别叫他放屁崩掉牙。"孙立武恬不知耻地笑着："你嘴里没有一句干净的。"

天月关切地问："曹大叔进去挨打了吗？"孙立武一瞪眼："挨打？他妈的，死了！"大伙都说孙立武是胡说八道。

孙立武煞有介事地说着，双手胡乱比划着："你看，黄哥说的。你们都不知道，老曹抓到宪兵队，立马就送旅顺大狱了。这家伙，一进去就承认，自己是放火团的。南大亭油漆厂的几起大火都是他放的，满石制油所和飞机场的火也是他放的，再问别的，把牙咬得紧紧的。"看到大伙听得聚精会神的样子，孙立武来了劲头，"我听说呀,什么刑都使了,就是不开口,人家一看,问不出什么了,就动绞刑。"

傅磕巴一听绞刑两个字,浑身打了个冷战,不由得问道:"啊?绞刑?"孙立武十分得意地看着傅磕巴:"不信?不信你去问呀!"大伙你看我、我看你,一时沉默无语,各人心情悲愤,步子沉重地散去。

平常,山东大院里的夜晚总是十分寂静,没事的人家都早早关门。这天,夜已深了,大院里竟然有人在唱京剧。这是傅磕巴在唱京剧《骂王朗》,他旁若无人地唱着,声音越来越清晰,越来越响亮:

王朗你本是汉老臣,食君之禄当报国恩。匡扶汉室你全不论,兴刘安汉心无毫分。助桀为虐篡了汉鼎,甘心愿为谄媚臣。今敢在马前胡乱论,细听老夫说明分。"

傅磕巴唱到这里,接着来了一段自编的精彩念白:

"老夫今有一言,要说与诸君众将听着:想我堂堂中华,自盘古开天地,三皇五帝造我锦绣家邦。纣王无道,武王伐纣,周室一统华夏八百余载。又逢战国纷乱,始皇挥鞭一统江山,怎奈乱臣祸国,秦廷无道,高祖芒砀斩蛇起义,得汉室天下四百余载。可叹黄巾作乱,董卓发难,三国纷争,政归司马。隋唐宋明又统江山,可谁又料吴三桂卖国,清兵入关。所幸得康乾盛世百有余年,可恨又有慈禧误国,洋人作乱,黎民百姓屡遭战乱,遂使大厦呼啦啦倾覆。而致军阀崛起,残害生灵,国乱岁凶,苍生涂炭,可恨那倭寇趁人之难,铁蹄之下安有完卵。最可恨又有狼心狗肺卖国为奸,汉奸哪汉奸,尔等本为炎黄子嗣,怎能做奴颜婢膝之辈,助纣为虐。尔既为叛逆之贼,就该藏头缩首,怎么,竟敢在光天化日之下摇首摆尾,尔这人面兽心的匹夫,罪孽深重,恶贯满盈,神鬼之所共怒,天地之所不容,尔这人面禽兽,人人得而诛之,天下之人,恨不得食尔之肉也!

(唱)罪恶滔天人人恨,我活活骂死你老谗臣!"

随着念白的激昂快速,傅磕巴出现在院子的楼梯上。大家走出各自的屋子,都惊奇地看着傅磕巴。傅磕巴口齿伶俐清楚,越说越高亢。庞奶奶长叹一声:"唉,神了,真是神了,小鬼子把中国人逼神了!"傅磕巴迈着台步下了楼,如入无人之境,好像没看见楼下站着的乡亲们,径直走进自己的家门。

傅磕巴意犹未尽,在自己家喝着酒,击节长歌,唱的是《逍遥津》。

正唱着,孙立武推门进来了。

他用手指着傅磕巴威胁道:"你的所作所为,只要我到大衙门去报告,你立马就得进旅顺大狱,知道不?"傅磕巴反问:"啊你少吓唬我,我犯什么罪了?"

孙立武一屁股坐在三条腿的凳子上,差点摔倒,他踢了一脚凳子:"先说给黄老爷子唱堂会的事。那天堂会,你他妈的安的什么心?给人家拉了裤子,把客人都熏跑了。是不是喝了巴豆汤?再好的肚子,喝了那玩意儿也得拉稀,你是故意作践人!"傅磕巴强辩着:"啊就我喝了不假,那是为了撤火。"

孙立武继续追逼道:"就算你是撤火,你回来以后,为什么要装疯卖傻?敲诈了黄哥一笔钱,这是不是事实?"傅磕巴慌了:"啊就我,啊就我……"

孙立武进一步威胁着:"磕巴,就你这些所作所为,要是让日本人知道了,你就说吧,得不得去蹲旅顺大狱?"

傅磕巴害怕了:"啊就我是做了些荒唐事,可也没和日本人作对。"

孙立武一拍桌子连唬带吓:"你说没和日本人作对?你和放火团有联系!"

傅磕巴知道这是掉脑袋的罪名,绝不能承认:"啊就你别血口喷人!"

孙立武好像什么都知道,他又点到了正穴:"血口喷人?我问你,那天宪兵队去山里抓人,你赶着大车干什么去了?""啊我去拉货。""拉货?是送个人吧?黄哥早就知道了!"傅磕巴吓得嘴直哆嗦:"真的?""你当黄哥是吃干饭的?"傅磕巴问:"啊他们真的能抓我?""抓是肯定的了,磕巴,你要进旅顺大狱可就惨了。上老虎凳,灌辣椒水,给你十个手指钉上竹签子,折腾完了,你还免不了一死。哎,知道老曹是怎么死的吗?"傅磕巴眨巴着眼:"不是说上了绞刑吗?"

孙立武信口开河:"绞刑?我是怕你们害怕,没说出实情,他是被送进绞肉机,活活绞死了!"他越说越玄越恐怖,好像他到十八层地狱亲眼所见一般,"头回听说吧?旅顺大狱,日本人处决抗日分子都是用绞肉机。就和肉架子的绞肉机一样,不过很大,把人送进去,从脚开始,就那么一寸一寸地绞进去,一直绞到脑袋,你想想吧,那是人受的滋味吗?"

傅磕巴是一个非常胆小而又实诚的人,孙立武的胡言乱语把他吓哭了。孙立武见傅磕巴真相信了他的话,心中甚是得意:"信不信由你,黄哥亲口对我说的。后悔了吧?晚了!行了,我走了,你这是自作自受!"说罢走了。傅磕巴张大了嘴巴,呆坐在那里,他被吓傻了。

夜里,大雪纷纷扬扬地飘落着,院里一片洁白。

傅磕巴呆在家里,他在房梁上拴了个上吊套,然后仰起头望着上吊套,上吊套在摆动着。傅磕巴喝干了一杯酒,他把酒杯一摔,站到炕沿上,把上吊套套在脖子上。他的泪水滚滚而下,他往前一悠,突然发出一声惨叫……

静夜中,傅磕巴的惨叫声传来,惊动了大院里的邻居们,院里的人都跑出自家的门,往傅磕巴家里望着。众人随庞奶奶去傅磕巴家,走进来一看,房梁上的上吊套在悠荡着,可是傅磕巴没了人影!大家面面相觑,又一起望着庞奶奶,庞奶奶背着手慢慢走出屋子,众人默默地跟着庞奶奶。

天月怯怯地问："奶奶,磕巴叔呢?"庞奶奶仰起头来,望着夜空。大家不解地望着庞奶奶。良久,庞奶奶轻声说："高人!"众人望着庞奶奶,心中的谜难以破解。庞奶奶说："日本鬼子把人逼神了!"众人又是面面相觑,觉得连庞奶奶也变"神"了。

大雪下了一夜,天好和天月开门看到院里雪很厚,就拿着笤帚走到院里,准备扫雪。天月忽然发现了什么,忙指着让天好看,天好顺着天月的指点望去,原来雪地里留下了一圈脚印,脚印一直延伸到大门口。天好喊庞奶奶,庞奶奶在楼上正朝下看着,她的身上落满了雪,听到天好喊,她应道："我正在琢磨着呢,这是你磕巴叔昨晚见咱大院的门没关,他回来给咱关门来了!"天好和天月面面相觑,心中的谜团总是解不开。庞奶奶仰起头,雪花落在她的脸上,慢慢融化了。

3 天星以她的诚心赢得了杨把头等江上飞的谅解和信任,大伙都表示要团结起来。这种情况传到日本特务钱掌柜的耳朵里,他暗自高兴,觉得这是一个消灭江上飞的好机会,他还是决定从年轻气盛经验不足的小半达和天星入手。

这天天星正在小木屋里劈柴,钱掌柜笑嘻嘻地提着礼物进来,他故作惊讶:"这是爷们儿干的活,你姑娘家怎么能干这个? 小把头呢?"

天星随意地说:"哦,他外出了,一时回不来,钱掌柜有什么事,可以对我说。"

钱掌柜放下礼物,自己找个凳子坐下:"是这么回事,上回咱们合作,事情没成,我一直不甘心,就是想把这笔买卖做成。再说了,我的货总压在那边,也不是事呀,你看……"

天星已经对钱掌柜有些怀疑,一时拿不定主意,就推托道:"最近我们的江帮为接你的活受挫,大家还没缓过劲儿来,再说吧。"

钱掌柜忙以价码利诱:"实话说,这批货我急等着用,价码我再提三成,可以了吧?"天星犹豫了一会儿说:"那好,我和大伙商量商量。"

钱掌柜怕事情不成,忙挑拨道:"是要商量一下,上回要是小把头不吃独的,你们几路联手干,巩二爷也不至于背后对你们下毒手。"

天星的疑虑更重了:"你是说,巩二爷背后下的毒手?"

钱掌柜继续添油加醋地挑拨着:"不是他是谁? 龙江十八路江上飞,巩二爷的势力最大,这个人我了解,太阴毒,我不愿意和他打交道,所以才来找你们。你和大伙商量一下,给我回个话,我的意见,你们最好联手做。"说罢走了。天星看着钱掌柜的背影,沉思良久。

第二天,天星把龙江各路江上飞聚齐在江沿议事。她把钱掌柜的事对大伙学说一遍。杨把头问大伙:"你们都接过他的活?"大伙都说不认识这个人。

一位老者提醒天星:"这件事有些奇怪。按说,老客在一条道上栽了,不会再走回头路,可他为什么不找我们,偏要找你呢?"

杨把头也有疑虑:"我也在心里画符儿,这个钱掌柜,是不是日本人派来钓鱼的?"

老者十分谨慎地说:"既然拿不准,那就辞了吧,来路不明的包子,吃不得。"

天星另有主意:"不,这个包子不掰开看看,怎么知道里边什么馅呢?我打算应了他。"接着,她把自己的想法对大伙说了,大伙觉得可行。

夜深了,各路江上飞会聚江沿。天星对大伙说:"各位把头,今天飞江,是福是祸很难预料。为保存咱们的实力,你们都在岸这边不要动。我打头阵,真的遭遇了鬼子,钱掌柜的身份就清楚了,你们不要管我,赶紧撤。"杨把头十分担心:"姑娘,这么多爷们儿,我们怎么能让你冒险呢?还是我打头阵吧。"

天星大义凛然地说出一番令人感动的话:"不,活是我接下来的,我不出面没道理;再说了,大家都拖家带口,谁出了事都不好,我无牵无挂,应当打这个头阵,都不要争了。我再重复一句,如果咱们中了计,都不要救我。找到钱掌柜,结果了他,不要让他再为害乡里了。"

杨把头豪爽地说:"话说到这儿,你就放心大胆去吧,我们给你作后盾!"

于是,天星开始领着她的几个人赶着雪爬犁越境。江面上,早已埋伏好了披着伪装的日本江上守备队的士兵突然跃起,朝着雪爬犁开枪。天星等人陷入绝境,疯狂地赶着雪爬犁和敌人周旋。杨把头看到这种情况,指着江面说:"他们中圈套了!"大伙都慌了,看着杨把头问怎么办。杨把头一咬牙:"不能眼看着他们受死,跟小鬼子拼了!"众江上飞一起赶着雪爬犁搭救天星等人,冰河上,双方展开了一场惊心动魄的厮杀。血水把白雪都染红了。

天星负了伤,在冰面上艰难地爬着,她的身后是一条长长的血迹。这时,小半达出现了,他背起天星,坐上雪爬犁没命地逃离了结冰的江面。其实,小半达并没有离开天星,他哪里舍得离开这个相依为命的未婚小娘子?他是在暗中保护着她。所以在天星危难之时,小半达能像从地下钻出来似的出现,把他的心上人救出。

经过这次折腾,天星决心要和小半达圆房了。好在她受的是皮肉伤,养一些日子也基本愈合。结婚总得有点喜庆味儿,天星剪好一对纸鸳鸯,往窗上贴着,小半达收拾着屋子。

小半达好像做梦似的笑着:"天星,真的今晚要和我成亲?怎么改变主意,不找你姐姐弟弟了?"天星贴好窗花,真心诚意地说:"哥,我想明白了。这条命是你给的,早晚也是你的人,可大主意没变,成了亲咱们就走。"小半达嘻笑着逗趣:"你早明白多好,这阵子孩子都满地跑了,不过可不能再叫哥了,叫相公吧。"

这时,杨把头带领大伙来贺喜,杨把头抱拳道:"小半达、天星,你们俩今天成亲,大伙来给你们贺喜了。"杨把头掏出一沓钱来,"这是弟兄们的一点意思,别嫌弃。"

天星和小半达拜天地,杨把头主婚。二人拜过,大伙说了一会儿话,然后嘻笑着离去。

在撕裂人心的风雪声中,天星点燃一支红蜡烛,从墙缝中钻进来的风吹着蜡烛忽明忽暗,烛影摇曳。天星伸出两手护着红烛,就怕风把它吹灭了。小半达有点猴急地说:"天星,咱们睡吧。"天星忽然说:"哥,今天晚上,我想和你去办件事。"小半达问:"什么事?不能明天办?"天星仇恨难消地说:"钱掌柜害死了咱们那么多弟兄,可事情都是因为咱们引起的,要报仇也得咱们去。我想今晚把老东西结果了,要不然我这心里过不去。"小半达知道,天星想好要办的事,无法改变,他赞同道:"嗯,我这心里也过不去,这仇不报对不起死去的弟兄。这就走,杀了这狗日的!"

夜深了,风雪正猛,钱掌柜家倒是暖意融融。留声机里放着日本歌曲,钱掌柜一身和服,随着音乐旋律,扭动着身躯跳舞。

小半达和天星翻墙跳进大院,拴着的狗狂叫起来。钱掌柜走出屋门,手里举着枪喝道:"谁!"小半达从黑影里跑出来,举着匕首扑向钱掌柜。钱掌柜刚从屋里出来,一时不适应外面的黑暗。冷不防从背后扑上来一个黑影,他来不及开枪,与扑上来的小半达厮打在一起。天星拿着匕首,但投鼠忌器,没法帮忙。小半达一刀刺中了钱掌柜的胸膛,天星趁机也向钱掌柜刺了几刀,钱掌柜嚎叫着倒在地上。小半达拖着天星赶快往外跑。钱掌柜向前爬了几步,举起枪来,朝两个黑影开枪。枪声响了,小半达中弹扑倒在地。这一枪正中要害,小半达说:"天星,我不行了,你快跑吧!"天星哭着说:"哥,死咱俩也要死在一起。"说着,背起小半达,急忙跑入黑夜中。

天星背着小半达跑回自己的小木屋,把小半达放在炕上,解开衣服,给小半达包扎伤口。由于失血太多,小半达躺在炕上,已经奄奄一息。

天星抱着小半达哭:"哥,你不能死啊,咱们还要成亲呢!"小半达艰难地笑了:"傻瓜,咱们不是已经成亲了吗?你已经是我老婆,哥知足了。"

天星满脸泪水:"哥,我还没和你进洞房呢,你千万不能死啊,你死了我怎么办啊!"小半达翕动嘴唇:"哥告诉你件事,你听了别不高兴啊。"

天星忙说:"哥,你说吧,你说什么我都高兴。"小半达不好意思地笑了:"哥自从知道你是女人,就一直在心里,偷偷地把你当老婆,跑马也想着你。"天星真心实意地反问:"你怎么不告诉我?"小半达掏心掏肺地说:"不是怕你骂我没出息吗?"

天星倾诉着真情:"哥,我心里也一直把你当男人,你要是动了硬的,我会答应。"小半达一腔温情地说:"天星,在我眼里,你是没开的花骨朵,我怕伤害了你。"

天星紧紧抱住小半达,悔痛交加:"哥,你是好人啊,可我以前任性,惹你生气,你别往心里去呀!"小半达柔情满怀:"哥不生气,哥疼你还疼不过来呢,我要走了,可你今后怎么办呢?哥不放心啊……"说着闭上了眼睛。

天星嚎啕着:"哥!你不能走啊……"但是,小半达还是走了。他是为自己心爱的人而死去,就要成为新郎的他没能如愿,他不能不感到遗憾。他去了,还放心不下他心爱的人。天星呆呆地望着已经闭上双眼的小半达,看着看着,小半达笑了,原来是在老林子里，小半达正给她解脚上的夹子。他们在老林子里挖参，老冬狗子给他们说媒下帖。她看到，在牛角沟，日本鬼子扫荡，受了伤的她由小半达背着从江水中爬上岸。她看到，就在这小木屋里，小半达自己舍不得吃，把驼鹿肉干从怀里掏出来留给她……这一切铭心刻骨的情景，已经成为不能回转的过去。小半达是真正走了，永远永远地走了。

第16章

1 冰化雪消春天到。不管世事如何艰难,春风还是按时吹来。春风是剪刀,剪
出柳条叶儿绿;春风是画笔,画出满树桃花红。山东大院的乡邻们随着春天
的到来,随着身上衣服的减少,总算在日本鬼子的高压下,稍稍喘了一口气。

这天中午,太阳正南照着,大院里亮堂堂、暖洋洋。庞奶奶心情高兴,就要改善
生活。她把天好、天月叫到楼上,一个擀面条,一个捣蒜,准备吃捞面条。庞奶奶看
着这姐妹俩,看也看不够,她不由自主地说:"我要是有两个孙子,一个一个让你们
给我当孙媳妇。"天月笑道:"奶奶要是只有一个孙子呢?"庞奶奶咯咯笑着说:"那
就把你们姐妹俩都划拉了。"天好抿嘴乐:"也行啊,就怕你孙子养活不起。"庞奶奶
说:"那不要紧,当奶奶的有钱,连重孙子都能养!"仨人都乐了。

说到钱,庞奶奶十分认真地告诉姐俩,最近少帅又打发人送来一笔钱。她想把
钱借给姐俩,让她们做点小生意,不白借,要挣利息,并说不想看着天好当杠伕吃苦
受累。庞奶奶说得好像很有道理,天好答应下来。庞奶奶又讲了,钱放在她手里没
什么用,她说:"日本鬼子容不下咱这山东大院,你们心中得有个底。"

真叫庞奶奶说中了,没过几天,鬼子就对山东大院下了手。

这天,黄金辉带领日本警察持枪走进大院,把大院的人从屋里赶出来,集中到
院里。黄金辉对大伙说:"你们都要听好了,我奉日本大衙门之命宣布,山东大院,
从明天开始封了!"

天好问:"你们为什么封了大院?"黄金辉气势汹汹地说:"为什么? 这里藏污
纳垢,出了多少反满抗日分子? 还要我说吗?"谢瞎子问:"封了大院,我们到哪儿住
呀?"黄金辉说:"皇军早有打算,你们有亲的投亲,没亲的靠友,没亲没友的,一律听
我们的安排,有你们住的地方就是了。"谢瞎子愤怒地说:"我们哪儿也不去,死也要
死在这里!"宪兵持枪逼近谢瞎子:"巴嘎,不走,死啦死啦的!"谢瞎子跳着脚骂:

"狗日的,我没眼了,可是苍天有眼。你们伤天害理,会遭报应的,我也活够了,开枪吧!"宪兵真的开枪,谢瞎子倒在血泊中,大院的人惊呆了。

黄金辉穷凶极恶地说:"都看到了吧?谁敢反对皇军的决定,这就是下场!都准备准备吧,大院明天就要封了,不走是不行的!"

这时,藤本走进院子,挥着警棍喊:"不许聚众闹事,山东大院全是反满抗日分子,总有一天,我要把你们全关到旅顺大狱!"

这时,庞奶奶出现在楼梯上,掂着蒜臼子说:"藤本你不要撒野,我有话对你说!"

藤本仰起头来,望着楼上的庞奶奶:"你?老不死的,有什么话说?"

庞奶奶高声朗朗地说:"是呀,我没死,我老了,也活够了。我没什么能耐,可对你们这些畜生,我也能当块石头砸死人。今天,我要领你到老天爷那儿说理去!"庞奶奶说罢,大叫一声,从楼上跳下来,蒜臼子重重地砸在藤本身上。藤本一命呜呼,庞奶奶也气绝身亡。孙立武呆呆地看着藤本的尸体,傻了一样。

天好、天月跑下楼来,搂着庞奶奶的尸首痛哭失声,大院里哭声一片。孙立武被这一幕吓呆了,他自言自语地走出院子。"红红绿绿的肠子,太好看了……"黄金辉和日本人走后,孙立武吓疯了!

日本人封了山东大院,庞奶奶去世,天好、天月不得不走了。现在天好才明白,庞奶奶哪是要借钱给她们,那是她给姐俩留下过日子的钱。这种结局庞奶奶早有预料,所以她才早作安排。天好曾经听魏德民说吉林三江镇土地肥沃,她准备利用庞奶奶给的钱到那里置点地,一边种地一边找天星和虎子。

去吉林要路过沈阳,姐俩为了找到爹的骨殖,特意到罗士圈子打听消息。她们恰巧遇到原来的女房东,女房东说老邻居们敬佩宋营长是抗日英雄,就冒险把宋营长埋了,老房东带姐俩找到爹的坟。姐俩刨开坟,把爹的骨殖重新装殓完毕,辞别热心善良的女房东,直奔吉林三江镇而去。

天好和天月一路风尘仆仆来到三江镇,为了种地,她们在三江镇附近的秀水屯一个大户人家买了三垧地,并且拿到了地契。正值春耕大好时节,她们一边抓紧春耕播种,一边安置住处和生活必需,真是忙了一大阵子。接下来,她们在自家地里把爹的骨殖重新安葬、立碑。

天月年龄还小,细皮嫩肉的,天好不忍心让她风吹日晒地干农活。姐俩在大连给魏德民的鞋铺干过活,天好就在三江镇的鹿记鞋铺找了份活,正适合天月干。

一转眼就到了秋收季节,天月要跟鞋铺掌柜请几天假,帮姐干活,天好不同意,说到时候请几个短工来就行。

秀水屯的村民们正准备秋收,一件祸事降临。这天,十几辆马车进了村,车上的人头扎白毛巾,呜里哇啦说着日本话,唱着日本歌,原来是日本开拓民来了。

秋田村上和妻子和子惊喜地望着这片黑土地,秋田村上跳下马车,跪在黑土地上,捧起一把黑土,激动得泪水流淌。

村民们看着开拓团进村,纷纷议论。

一个村民问:"他们没有自己的家吗?到咱这里干什么来了?"天好气愤地说:"抢咱们的土地呗。"

天月说:"日本鬼子已经把朝鲜吞并了,如今吞并了咱东北。为了真正占领中国,光军队不行,他们向中国派来大量移民,就是想改变咱们东北的民族成分,把东北变成他们的本土,成为进攻关内的后方。"她在鞋店经常看报纸,所以知道的事多。

第二天,日本开拓民在开拓团团部集会。开拓团团长对开拓民们鼓吹:"诸位,我们没有说谎吧?告诉你们,咱们关东军早就制定了百万户移住计划案,国内二十年内要向东北移民一百万户,五百万人,这是咱们日本国的七大国策之一!咱们是第一期移民,一共是十万户!"秋田村上问:"说点具体的,我们到底怎么获得土地?"团长说:"放心吧,早就给你们准备好了,每户分给你们耕地十町步(约等于一公顷),放牧草地十町步!"开拓民们高兴得齐声欢呼。团长继续鼓吹,"大家不要忘了,这一切是天皇陛下赐予我们的。我们要永远效忠天皇陛下,为实现天皇大东亚共荣圈的伟大理想,大家共同努力吧!"团长的煽动演说使开拓民们兴奋异常,扯起手来唱起日本歌曲。

同时,秀水屯的农民们十分惊慌,他们聚在街头议论局势。刘昌德说:"一下子来这么多日本人,他们没有地,靠什么生活?"陈大户说:"你没听说吗?日本人早晚要收买咱们村的部分土地!"天好气愤地说:"他们想买就行了?大家团结起来,给多少钱也不卖!""他们是强制收购,刺刀顶着你的心口窝,你敢说不卖?"刘昌德说:"要买也行,咱们都出高价,吓跑他们!"陈大户倒是消息灵通:"他们是单方定价,柳树屯已经开始了。给你多少算多少,人家还印制出什么'出卖契约',强迫你在'卖契'上盖印。"

对于日本开拓团的事,村民们议论归议论,事暂时还没轮到自己头上,地里活正忙,大家还得紧着干。天好地里活忙不过来,她借了陈大户的马车到镇上雇工。雇工市场十分热闹,雇主们和短工谈价钱,挑选身强力壮的。

天好来到雇工市场,找了几个人,都要价太高,没谈成。忽然,她看到一个戴大草帽的雇工掂一块半截石头玩,显得很有力气,就上前拍拍他的肩膀说:"伙计,好大的力气,你跟我走吧。""大草帽"跳上马车说:"走吧!"天好赶着车,往秀水屯走。"大草帽"轻轻抓过天好的一只手问:"东家,多大年岁了?"天好甩手说:"有话说话,别动手动脚的!""大草帽"笑了:"东家好大的脾气,听口音,山东人?""山东平度。""我估计也是。""大草帽"又伸出手来,轻轻挠天好的手心。天好警觉地收回手,觉得有点不对劲儿。"大草帽"又把一只手轻轻搭在天好肩上:"东家,你这身子骨还挺壮实。"天好抬手推开"大草帽"的手，很不高兴地低声说："稳重点好不好！"马车在田野上飞奔着，突然，"大草帽"从后面紧紧抱住了天好。天好真的生气了，骂道："不要脸的，你给我松开！""大草帽"抱着天好的手越发紧起来。天好挣扎着，心里想着该怎么对付这个流氓，突然身后的"大草帽"哭着喊了声："姐！"天好回头掀开草帽，看见满脸泪水的天星！天好像做梦一样，不相信眼前的事，她连连追问："天星，是你吗？真的是你？"天星紧紧抱住天好，声音颤抖着："大姐，我可找到你了！"

天好和天星回到秀水屯的家里，三姐妹终于团聚。一阵亲热之后，开始做饭。三姐妹切菜的切菜，烧火的烧火，炒菜的炒菜，其乐融融。

天星边烧火边说："大姐，做梦也没想到，在这儿碰到你们，这都是老天爷的安排。"天好急切地问："说说你自己吧，你是怎么到这里来的？"

天星沉默了，泪水在眼眶里打转。停了一会儿，她开始讲她从挖参到当江上飞的经历，她特别讲了小半达："我们是两棵苦瓜，扭到一根藤上。认识了他，我才能活到现在。他一直想娶我，我对他说，等找到姐妹和弟弟我才能嫁给他。他没说别的，可是没想到，他死了。自从小半达死了，我的心也死了一半，离开黑龙江，我一路打短工往南走，走走停停，停停走走。后来，我病了，躺在大街上，一个日本老人把我救了，他是开诊所的。我病好了以后，为了活命，在他诊所里打了半年工。我不愿给日本人干活，继续往南走，这才来到三江镇。我看这地方挺好的，就多停了些日子，寻思打打工，攒几个钱再往南走，到大连找你们。不管日子多么苦，我一定要找到你们，一定要找到咱们家……"

天星说到这儿，望着窗外，不再吭声，天好和天月也不说话，各人的心都在翻腾着。还是天好开口了："没心没肺的。那年你一蹽子蹽了大老远，再也没有音信，我和你妹妹天天挂念你。你说走就走，说来就来了！"

天月泪水汪汪地说："夜里，我和姐姐经常做着梦哭。大姐问我，你哭什么？我说，我梦见二姐了；我问大姐哭什么，大姐说也是梦见你了。你该来个信儿啊！"天星说："我四处游荡，又不知你们的地址，怎么写信？我也想你们。"

饭菜做好了，姐妹三个坐上了炕头。天好还是想着虎子："天星，你东北逛荡了这么多年，虎子的音信就一点也没打听到？"天星说："那年我去找左云浦，老爷子死了。后来听说虎子被左云浦送到新京皇宫里去了，我又跑到新京。一打听，他惹事跑了，从那以后就再也没有他的消息。"

开始吃饭，天星说要有点酒才好。天月下地，打开柜子拿酒，给天星倒了一杯。天星把酒慢慢洒到地上，祭奠爹娘和小半达，当然还有老冬狗子、巩二爷等人。天好、天月也慢慢把酒洒到地上，她们心中祭奠着爹娘、庞奶奶、老曹等人。又斟满三杯，天星连着都干了，伸手还要喝。天好劝阻道："行了，别喝了，这些年没见你，怎么变得这么野蛮！"天星来了酒意，一把夺过酒瓶子，自己倒了一杯："怎么这么小气？喝酒不管够，这算什么待客之道？"天好笑道："你还把自己当客了，好了，最后一杯。"

天星又一仰脖喝了："大姐，不是说你，别像个土鳖财主似的，抠腔咂指头。你看你现在，还不到三十岁，怎么像个老太婆似的？今天在镇上遇见你，我都不敢认了。看你这身打扮，别着簪，一身蓝布褂子，像不像当奶奶的人？"天月捂着嘴笑："二姐，咱大姐有你说的那么老吗？说话文明点。"天星故意损着："闭嘴吧，还没说你呢。几年不见面，你看你现在，我的妈呀，说话还文绉绉的了。笑就笑呗，还捂着嘴，怕放屁打了你的牙啊？"

天好哈哈笑着，眼泪都出来了："天星啊，天星！这么些年了，怎么浑身的野性还没收敛？你说你这个样子，哪个男人敢娶你做媳妇？"

天星一瞪眼："没人娶我也不怕，我不稀罕有个男人管我。"天好问："还能不嫁人了？"天星反问："还说我，你呢？""你们能和我比吗？我有你姐夫等着。"天星问："你还等裘春海呀？他有消息吗？"天好叹了口气："唉，没呢。"

天好斟满三杯酒，拿起酒杯："这杯酒咱三个人都喝了！"说罢一饮而尽，她放下酒杯，眼泪扑簌簌掉下来说，"咱们团聚了，有家了，可是我想虎子，咱们一定要找到他，让他回家，咱们姐弟四个这辈子再也不分离了……"天星和天月眼里涌上泪水，默默地把酒喝了。

2　时间到了 1938 年的秋天，在草原的一个山头阵地上，参谋周和光所属的部队正和日军进行着殊死的战斗。经过战士的英勇反击，日军的进攻被击退，周和光正要和部队追击敌人，通信兵传达命令，让他马上到军部，另有紧急任务。

周和光与通信兵骑马直奔设在关内的军司令部，他下马来还没喘口气，就急忙到司令部向军长傅汉璋报到。傅汉璋让他坐下喝水，对他说："你父亲不在了，母亲还在老家，你家有一份大家业，是开绸缎庄吧？没人掌管吧？"

周和光有点不解："可国难当头，作为军人怎么能顾得了这些呢？"

傅汉璋双目直视周和光："咱们吉林方面的情报机构被日军破获了，决定让你回老家，任务是搜集关东军的军事情报。"周和光正要说什么，傅汉璋摆摆手："别说了，你跟我这么多年，我也舍不得。作为军人，一切要为战争着想，等打败日寇，你再回到我身边吧。"

周和光站起来，立正敬了一个军礼："是，作为军人，我服从命令！"他简单准备了一下，办了有关手续，立即前往他的老家三江镇。

虎子流着眼泪，悲痛万分地埋葬了他深爱着的娜日托娅，骑上他的枣红马，开始寻找白银珠旅长剩余的部队。他走遍科尔沁大草原，得不到任何关于白银珠的消息。冬天到了，北风呼啸，寒气逼人。衣衫褴褛的虎子牵着枣红马走在雪原上。

枣红马走着走着倒在雪地上再也站不起来。虎子看着心爱的枣红马闭上眼睛,只好哀伤无奈地走了。

虎子饥饿难忍,他挖田鼠洞,把洞里的粮食往嘴里塞,艰难地咀嚼、吞咽。他看到远处有一座蒙古包,就充满希望地走到蒙古包前。一位大叔热情地邀请他到蒙古包作客。虎子把他的情况如实对大叔讲了,大叔告诉虎子,白旅长的队伍已经南撤找八路军去了,大叔劝虎子不要再找,附近有一间小泥房,可以在那里过冬。蒙古族人有的送羊,有的送米,有了大伙的热情帮助,虎子就在那间小土房里过冬了。

没过几天,日本人的马队来到小土房前,说是要清理草原,虎子住的小土房要拆掉。他们带着汽油,不由分说点燃了小土房。

虎子只好离开这里,又流浪了几个月,一直没走出草原。这天,正遇上一场大雨,虎子衣衫破烂,又饥又累地跌倒在地,无力爬起来,任风吹雨打无可奈何。蒙古族青年女子乌日娜赶着惊慌的羊群匆匆走来,发现了虎子。虎子蓬头垢面,已经奄奄一息。乌日娜伸手试试虎子还有鼻息,就背起他向家里走去。乌日娜住的是一顶孤独的蒙古包,没有邻舍,虎子躺在蒙古包里,乌日娜给他喂奶茶。见虎子醒过来,她问:“小兄弟,你昏倒在道上了。你这是要到哪儿去呀?”虎子叹了口气:“没地方可去,我没有家,流浪到这儿。”说着,挣扎着起来要走。

乌日娜好心地说:“在我这儿养几天病吧,我好事做到底了。”虎子问:“家里就你一个人?”乌日娜脸色阴沉下来:“男人格日勒跟着白银珠打仗,死了。”虎子惊讶地说:“格日勒呀? 我也在白旅长的部队,我认识他,他死得很勇敢。”乌日娜一听,更不让虎子走了:“这么说是自家兄弟了,你就在我这儿养病吧。”

既然是格日勒的战友,乌日娜就对虎子格外亲热。为了让虎子恢复身体,乌日娜给虎子喝奶、吃羊肉,照顾得十分周到。虎子感动地说:“乌日娜,你救了我这就足够了,我的身体会慢慢好起来的。我怕长住你这儿不方便。”乌日娜十分肯定地说:“有什么不方便的? 你是格日勒的朋友,不怕人家嚼舌头。”虎子的身体虚弱,确实需要静养一阵子,也就在乌日娜这里住下来。

草原上的太阳落入地平线,虎子在蒙古包外光着膀子擦洗身子,年轻健美的身子对渴望异性的乌日娜是一种诱惑。乌日娜悄悄靠近虎子,柔声地说:“虎子兄弟,你就不能不走吗?”“乌日娜,我的身体恢复得差不多,不能再停留了。”虎子知道,乌日娜已经对他产生了非同一般的感情。乌日娜流泪看着虎子,似乎有许多话要说,却又无从开口。

虎子当然不能再留下,但又不想太伤乌日娜的心,就安慰道:“乌日娜,别这样,你救了我,对我又这么好,我会永远想着你的!”

第二天,眼看实在留不住虎子,乌日娜只好给虎子收拾行装,她默默无语,眼含热泪。“乌日娜,别难受,两个山头不见面,两个人早晚还能见面,有机会我回来看你。”虎子自己也觉得这话太无力。

176

乌日娜拿出钱褡子:"都是这样说,宽慰人就是了。穷家富路,这些钱你带着。"虎子谢绝道:"不带这么多,你还要过日子。"

乌日娜生气了:"叫你带着就带着,大远的道,你还能像以前那样要着饭走?我能忍心?""好吧,我带着。我这就走了,早早动身,多赶点路。"虎子说完转身走去,他走了几步,回头和乌日娜挥别。乌日娜一直目送着,直到看不见虎子的背影,她回身看着虎子留下的生活的痕迹,泪水模糊了眼睛。蓦地,她看见自己留给虎子的钱褡子还在那里,泪水终于夺眶而出。

周和光往三江镇走,正值中午,他到一个饭馆吃饭。虎子辞别乌日娜,一路流浪,也来到这个小镇。在小镇的街上,一个日本军曹脱光了膀子和一个中国人摔跤,周围好多中国人围观,虎子也在其中。中国人被摔倒,摔得很惨。日本士兵鼓掌叫好,军曹骄傲地喊:"你们支那人的不行,都是草包,"指着一个膀大腰圆的汉子,"你,过来!"汉子后退着。军曹一把揪住汉子摔了起来,汉子不敢还手,军曹一个"大背包",把汉子摔倒。日本士兵又是一阵鼓噪。

正在饭馆吃饭的周和光问伙计:"外边什么嘈杂声?"伙计答:"有个军曹,听说在本国摔跤比赛拿过奖,自从来到这个镇,没事就找中国人摔跤,没有人胜得过他,太张狂了!"周和光说:"哦?我去看看。"

这时,军曹正遛着场子,嚣张地喊:"你们支那人,东亚病夫,统统的不行!"虎子走出来,对军曹说:"我可以和你摔一跤吗?"军曹看了虎子一眼,根本没把他放在眼里:"你的,来吧。"二人摔起来,几个回合,虎子把军曹摔了个狗啃地。中国人鼓掌叫好。军曹恼羞成怒,爬起来疯狂地扑向虎子。虎子机灵地躲闪,又一次把军曹摔倒。

围观的日本兵一看军曹吃亏,想要群起而攻之。

周和光已经认出虎子,他分开众人,一把揪住虎子怒喝:"混账东西,谁叫你跑这儿撒野!跟我走!"虎子一愣,他也认出了周和光,刚要开口,周和光一个耳刮子打过去喊道:"还愣着干什么?"虎子马上明白了,立即老老实实地跟着周和光走向饭馆。

在饭馆里,虎子一边吃饭一边讲他离开白旅长之后的经历。周和光小声问:"你愿意跟我走吗?""我没有家,没有一个亲人,也找不到白旅长。从今往后,你到哪里我跟到哪里。""那好吧,记住,以后叫我掌柜的。咱们去我老家三江镇。离这儿不远,明天傍晚就能赶到。"虎子心中有说不出的高兴。

周家在三江镇是大户,三进的院落,门庭虽然冷落,却不失昔日的肃整。

黄昏时分,周老太太跪在菩萨像前祷告着:"大慈大悲的观世音菩萨,保佑我儿子和光平安吧,让他早点娶妻生子,周家的香火就靠他一个人往下传了!"何嫂咕咚咕咚跑进屋里,兴奋地喊:"老太太,少爷回来了!"周老太太忽地爬起来问:"是吗?怎么也不提前来个信儿呢?"

周和光带虎子从院里奔进堂屋："妈，儿子回来了！"周老太太握住周和光的手："我的儿呀，妈天天为你担心，你到底回来了！让我看看，哎呀，没变样，壮实了。咦？这是谁？"她看着虎子问。"哦，这是我雇的伙计。我早就不当兵了，这些年一直经商。"周老太太似有所悟地点头道："哦！"虎子机灵地搭话："老太太，你好啊？怪不得掌柜的成天想念你，看你慈眉善目，一定是吃斋念佛的。掌柜的有你这样的老母亲，是他一辈子的福气。"周老太太高兴地说："这个小伙计，真会说话，叫什么名？""大号宋天虎，叫我虎子就行了。""嗯，名起得不虚，是虎头虎脑的，说话还有山东口音，老家哪儿的？""山东平度。"周老太太一摆手："好了，都去洗洗涮涮，今天晚上摆酒席，给你们接风洗尘！"

吃过晚饭，天已大黑了，周和光回房休息。虎子接过何嫂端来给少东家洗脸的盆子，走进周和光的屋内。

虎子问："掌柜的，你怎么安排我？"周和光说："哦，我们家在镇上有个绸缎庄，你去当学徒站柜台。""那咱们的任务怎么完成？""让你站柜台是为了隐蔽身份，先把情况熟悉一下，到时候我会分配任务给你。"

3 第二天，周和光带虎子来到义和盛绸缎庄。这是三江镇上最大的绸缎庄，门面十分气派。进到庄里，周和光向账房作了交代，给虎子换了一身行头。

周和光打量着虎子笑："还行，有个伙计样了。"虎子摸着绸缎说："我的妈呀，这么多绸缎，什么时候能卖完啊！"

周和光说："天虎，在绸缎庄当伙计，一般都是学徒三年。这三年之内站不了柜台，大都是给老板打零杂，烧火做饭，洗衣服看孩子。想学做生意，没人教，全靠自己偷着学。"虎子故意逗趣："幸亏你没娶太太，要是娶了太太有了小少爷，我不是还得当保姆吗？你还是晚两年娶太太吧，等我学出徒再说。""我倒是不急，可老太太急。"虎子有些认真地问："你为什么不急呢？也不是娶不起媳妇。"周和光仰天长叹道："唉，国难当头，戎马倥偬，没那心思啊。说点正经的吧，我教教你怎么站柜台，首先，你这站相就不对……"

天月在三江镇的鹿记鞋铺站柜台卖鞋，一个女顾客迈进店门："闺女，给我挑双鞋。"天月热情地笑着："大婶，我们这儿不按季节售货，春秋的夹鞋，夏天的布凉鞋，冬季的棉鞋毡靴乌拉都有，各色布料具备，您要什么时候穿的？"女顾客说："就是眼下穿的。""那就是夹鞋了。"天月说着拿出几双鞋，"这些都是新样式，您挑挑看。"女顾客问："我拿回去叫男人看看，他要是不乐意，给换吗？""只要别弄脏了，给换。"女顾客挺高兴："这闺女，真会做生意。好，就是这一双了。"天月把鞋装好盒子，女顾客满意地走了。

天月检查着女顾客挑剩的鞋，挑出一双来，对掌柜的说："这双鞋有点问题，我标了个记号,不要卖了。"掌柜的随意说:"知道了,放那儿吧。有批货没到,你去货栈看看怎么回事。"天月出门去货栈,掌柜的反复看着天月做了记号的鞋自言自语:"这鞋哪有问题?"把鞋又摆上货架。

天月前脚刚走,后脚进来了周家的女佣何嫂,她说:"换季了,给我们家老太太买双夹布鞋。"说着她拿出一双旧鞋,"我这里有样子。"掌柜的从货架拿下鞋来,何嫂挑来挑去,拿起那双被天月标了记号的布鞋说:"我看好这双,装盒吧。"

过了一会儿,天月回到店里,她收拾着柜台说:"吴老板说货这几天就到。哎?掌柜的,我挑出的那双鞋呢?""你说那双做了记号的鞋?我反复看没毛病,刚才正好有个主顾看好,卖出去了。""是个什么样的人买走了?""一个穿蓝布褂的大嫂。你打听这个干什么?""掌柜的,您不是说做生意一定要讲诚信二字吗?那双鞋有毛病,老人穿了不舒服,不行,我得把它换回来。"说着跑出门去。不一会儿,天月垂头丧气地回来,她没找到买那双鞋的人。

一辆马车在大门外停下,周和光下了马车。虎子上前接过周和光手里的皮包:"掌柜的,你这一走就是好几天,老太太念叨好几回了,快去看看她吧。"

吃晚饭的时候,周老太太说:"和光啊,你说你回来这些日子了,天天往外跑,妈和你没说上几句话,都忙些什么?"周和光忙解释道:"妈,我离家这么多年,有些亲友都疏远了,不得找他们联络联络感情吗?""这几天你到哪儿去了?""去了趟新京,会见几个要紧的朋友。""和光呀,生意上的事可以先放放,赶快给我张罗个媳妇来家,别耽误我抱孙子。""妈,其实娶媳妇的事,我比你还急,婚姻上的事,可遇不可求,我不能拖来一个姑娘就是媳妇吧?"

周老太太很认真地说:"你找媳妇,模样说得过去就行,有三条不可含糊,一是要脾气好,心细;二是要知书达理;这第三,我不强求,最好是个山东人。"周和光笑道:"妈,为什么看好山东人了?"周老太太有她的道理:"为什么?山东媳妇能干,最讲究孝敬公婆。"周和光笑着附和:"那倒不假,山东是孔孟之乡,讲究伦理。"

周和光饭后把虎子叫到自己屋里说:"天虎,我这几天到新京,收获不少,获得驻察哈尔关东军的重要情报。这是咱们的第一份情报,你立刻动身送达军部。"他千叮咛万嘱咐,"路上千万要小心。"

天月吃过早饭急着去鞋铺上工,天好安排着:"跟你们掌柜的说说,要是店里不忙,你请几天假,咱姐妹三个集中力量把地毹最后一遍,就不雇工了。"天月答应着走出门去。这时候,天星正坐在小炕桌前,拎着酒壶自斟自饮。天好劝道:"老二啊,能不能不喝?东北的老爷们儿也不能天天早晨喝酒啊,我知道你这些年苦,可也不能这样啊。""你看你,我喝点酒你就叨叨个没完没了的,又心疼了?"天好耐心地说:"你怎么听不出好赖话?我不是怕你喝坏身子吗?再说了,一个大闺女,要是恋上了酒,还怎么找婆家?""大姐,你要再对我说找婆家的事,我可就翻脸了,我这一辈子不嫁人。""天星,姐知道你心里放不下小半达,可他人走了,心里想着就是了,日子还得往前奔啊。"天星哭着说:"姐,我对不住他呀!别说了,我是苦命人,谁娶了我也不会好。"天好也哭了,抱住妹妹:"好妹妹,别哭了,把姐的心哭碎了,你忘了咱娘常说的一句话了?手打鼻子眼前过,一切都会过去,日子还得往前奔啊!"

日头晒着,天很热,三姐妹在自己的地里汗流浃背地耪地。天星调皮地说:"东家,咱可是打短工的伙计,不敢得罪你。"天好故意凶巴巴的:"不许偷懒耍滑。"天月笑:"二姐,听大姐这口气,哪像姐姐,就是一个打头的。"

耪了两天地,天月回到鞋铺上工,她还操着那双打记号鞋的心思。她拿出一双鞋,走到掌柜的面前说:"那个买鞋的,是义和盛绸缎庄的老太太。我得去给人家换了。"

到了周家大门外,敲门后走出来何嫂。天月问清她确实在鹿记鞋铺买过鞋,就说:"那双鞋有点问题,我们掌柜的不知道,稀里糊涂就卖给你们了。我又拿了双一模一样的,给你们换换。"何嫂引着天月去见周老太太。

周老太太有点惊奇地说:"我觉得这双鞋挺好的呀。"天月热情地说:"老太太,您把鞋拿出来,我告诉您毛病在哪儿。"周老太太取出鞋来,天月摸了摸鞋底说:"老太太,一般人是摸不出来的,我告诉您吧,这双鞋,底子的袼褙有问题。"她一边说,一边比划着,"打袼褙刷糨糊的时候,袼褙上有个小米粒。您当时穿着觉不出来,时间长了,这小米粒就硌脚。尤其是老人穿,可不舒服了。"周老太太恍然大悟:"哦!好心细的闺女,就这么点小事害得你找了我一个礼拜。鞋铺有你这样的伙计,买卖肯定发财。"

周老太太拉着天月的手:"你这闺女,长得俊不说,又细心,又体贴人。听口音,老家山东的?""山东平度。""说婆家了?"天月羞赧地说:"还没呢。"周老太太问:"老大不小的了,怎么还没说婆家?挑剔得厉害?"天月忙解释着:"哪里呀,自打'九一八'以后,我和姐姐弟弟到关东来找我爹。爹在战乱里死了,我们一直漂泊,才在三江镇安下家,姐妹三个都没顾得上成家。"

正在这时,周和光进屋问:"妈,有客人哪?"周老太太说:"不是什么客人,是鹿记鞋铺里的。"她欣喜地把事情的经过对儿子讲述一遍。周和光十分感动:"哎呀,这妹子,真是天下难找的生意人啊!"周老太太借题发挥道:"可不是嘛,就凭这一件小事,说明这闺女有多好多细的心眼,你要是娶了这样的媳妇,我这辈子就知足了。"天月不好意思了:"您说些什么呀!"周和光也笑了:"妈,又来了。"周老太太直来直去地说:"你不急我急,你就照着这个闺女的样给我找。找不到,我就作主,到这闺女家提亲。闺女,我儿子你也看见了,愿不愿意给我做儿媳妇?"天月红了脸:"大娘,您要臊死人啊!"周和光摇着头:"这老太太,想儿媳妇想疯了。"

第17章

铜盆碰上铁刷子，叮叮当当一家子。天好、天星和天月三人性格鲜明，各不相同。分别几年之后，姐妹团圆过成一家，有点小碰撞也是生活中有趣的插曲。

这天，姐妹三个坐在炕上吃早饭，姐姐妹妹都吃得斯文，天星却吃得稀里哗啦的，像个老爷们儿。天月随意说："二姐，你的吃相还没改呀？就不能吃得斯文点？"天好也凑趣："是呀，野巴巴的，哪还像个女孩子，简直就像个胡子！"天星没有搭腔，跳下炕来，蹲在地上继续大口地吃饭。天好有点奇怪："你这是干什么？怎么蹲着吃？嫌炕上地方小啊？"天星故意找别扭："咳！我怎么忘了自己的身份了？我是伙计，不能和两个东家平起平坐。"

天月告状了："大姐，二姐这张嘴成天胡说八道，你就由着她？"天好立即表态："我没抽出工夫，等闲下来好好调理调理她。你二姐，现在毛病是一身一身的，该给她熟熟皮子了。"天星笑道："大姐，要熟我的皮子？快动手吧，我身上痒痒着呢。"

天月吃罢饭，顺手拿起一本书来看。天星凑过来："小东家，吃好了？看什么书呢？《西厢记》？"天月厌烦地说："一边呆着去！"天星怪腔怪调地说："哟哟哟，耍起小姐脾气来了，我叫你牛气哄哄的！"动手胳肢妹妹。天月躲避着喊："大姐，你还不管管二姐！"天好抄起笤帚疙瘩打着天星："我叫你成天没个正形，姐姐不像姐姐，妹妹不像妹妹，看我今天怎么收拾你！"天星笑着躲避："看谁收拾谁！"三下五除二，把姐妹俩都摁倒在炕上，好一顿胳肢。姐妹三个滚成了一团。历尽艰辛，她仁总算团圆，有了自己的家。

外面传来敲锣声，天好抻抻衣襟说："屯里要开会，看看去。"三姐妹走出家门。秀水屯开拓团团部门前，聚集了很多村民，日本开拓团团长对村民们宣布收购土地的事，他身后站的是日本开拓民。团长对翻译说："开始吧！"翻译大声说："大家都听着，驻秀水屯的大日本开拓民来很久了。从今天开始，开拓团要向你们征购土地。现在我宣布征购计划：山本五郎征购马春义家的土地,西村雄义征购刘昌德家的土地,小林秀赖征购林老三家的土地……"

翻译念罢一个日本人的名字,就有一个日本人站出来。翻译说:"秋田村上征购宋天好家的土地……秋田,秋田来没来?"和子应和着:"我丈夫办事去了。"天好愤愤地说:"行了,我们听明白了,你们给的土地价格太低了,简直就是明抢明夺,我们不卖!"村民们吵嚷着,大家七嘴八舌地说着,都不同意卖地。

翻译和开拓团团长嘀咕着,团长做了一个强硬的手势。翻译威胁地对大伙儿说:"都不要吵了,我们开拓团是奉政府的命令来的,地价也是上边定的,反对征地就是反对政府,是要坐牢狱的!"刘昌德大声说:"没了土地,还怕坐什么牢狱? 把我们都关牢狱好了!"村民们向前拥着,呼喊着:"对,有能耐把我们都抓去吧!"开拓团的人都退回到屋里,紧紧关上了大门。

大伙围在门前吵嚷不止,有人用石头砸碎了玻璃。正僵持间,日本"满蒙开拓青少年义勇军"的马队来了,他们挥舞着马鞭驱赶村民。村民们愤怒地反抗,双方混战在一起。不料,这些日本孩子竟向村民开枪,村民们四散逃走。天好、天星和天月看到这一切,急忙跑回家去。

姐妹三个气喘吁吁地跑回院里,关上院门,一个个惊魂未定。天好捂着胸口:"我的妈呀,从哪儿来了这些小畜生! 这么野蛮!"天月气喘吁吁:"他们是满蒙开拓青少年义勇军。"天星愤愤地说:"这些鳖犊子都有武器,真敢开枪,有爹娘养没爹娘教育的东西! 他们是从哪儿来的?"

天月照着报纸上说的介绍:"这满蒙开拓青少年义勇军受关东军控制,是小日本满洲移民政策的一部分,实行军事化管理。小日本为了永久占领咱们东北,实现东北本土化的目的,拼命移民。随着侵华战争战线不断拉长,大批青壮年应征入伍,移民来源不足,他们就组织了满蒙开拓青少年义勇军派到东北来。"

天好说:"看来小鬼子是下大本钱了,把孩子也卷进了战争。"

天月继续讲解着:"日本人在报上公开承认,实行青年移民,就是为了充实满洲防卫的第二线,使他们的侵华军队没有后顾之忧。据说关东军有指令,一有命令,义勇军就立马和关东军一起行动。他们实质上是关东军的后备军源,完全按军队编制进行严格的军事训练,一到岁数,大部分队员还要应征入伍呢!"

姐仨正说着,有人敲院门。天星开门一看,原来是秋田村上带着礼物站在门前,他用生硬的汉语问:"这是宋天好家吧?"秋田村上不停地比划着,"我……叫秋田村上,咱们是邻居,来拜访你们了。"说着,走进院子。天星曾经跟一个开诊所的日本老人打过半年工,会说日语,她用日语问:"你就是秋田村上? 有事吗?"秋田村上一惊,望着天星问:"你会日语?""会一句半句,有什么事你就说吧!"秋田村上鞠躬道:"实在对不起,你们家的土地,开拓团指派我来收购,咱们谈谈价格吧。"

天星向天好、天月翻译了秋田村上的意思,然后转脸对秋田村上用日语说:"少来这一套,你们分明是明抢明夺,还谈什么价格!"

天月激愤地对着秋田村上说:"你把我们的土地抢走了,我们怎么活下去?"秋田村上不懂天月的话,迷惘地望着天星。天星向秋田村上翻译着。秋田村上说:"你们可以重新开垦荒地啊,在这一点上,如果有困难我可以帮忙,我有马,开荒的时候会用得上的。"天好问:"要是我们坚决不出让土地呢?""这恐怕不行吧?这不是我个人的行为,我们日本国和'满洲国'有协议,如果我们得不到土地,大老远跑来干什么?"天月硬硬地回应:"那要问你们的天皇,他到底想干什么?"

秋田村上不厌其烦地说:"姑娘,不要这么说话,我们也是老百姓,我们要听自己政府的。我劝你们不要和我们对抗下去了,这对你们、我们都没有好处。关于这个问题,你们一时想不通我也理解,谁愿意放弃自己开垦的土地呢?你们再考虑考虑吧,我有的是耐心。"说罢,放下礼物走了。

天月愤愤地说:"他们是不让人活了!"天星一跺脚:"咱们就是不卖,看能把咱们怎么样!"天好叹口气道:"人家握着枪把子,看来不卖是不行的。"

秋田村上神色抑郁地回到家里,坐在椅子上良久不语。和子奉上茶问:"和宋家谈得还可以吗?"秋田村上摇摇头。和子问:"她们不肯出让土地?"秋田村上点点头。"那怎么办?要不告诉团部吧,让他们出头征购。"秋田村上摆手说:"不要那样,团部知道了,会采取强制手段,我不希望把事情搞僵,以邻为壑不好,慢慢来吧。"停了停,他摇头叹息,"唉,我总觉得心里有些不安,咱们出这么点钱,收购人家那么大片的土地,他们太吃亏了。"

和子点头道:"说得也是。哎,你今天没在场,青少年义勇军对村民开枪了!伤了几个人。这些孩子,在国内的时候都挺胆小,怎么来到中国就变了呢?"秋田村上摇着头:"不应该呀,还是些孩子,怎么就动了杀机呢?"

和子又说:"开拓团团长来了。"她拿出一堆教材,"送了这些教材。开拓团要求每个开拓民抓紧时间学汉语,要定期来检查我们的学习情况。"秋田村上点点头说:"这是应该的,我已经吃了不懂汉语的苦头,来吧,我们一起学习吧!"两个人拿起教材,读了起来。

又一天,在开拓团团部,开拓团团长对开拓民们说:"诸位,别的团已经完成了土地征购计划,我们落后了。现在,上级要求青少年义勇军协助我们完成征购,你们带领他们挨家挨户征购,必须完成征购任务!好了,出发吧!"大伙纷纷走出团部。秋田说:"哦,我已经和那家达成了协议,就不用他们插手了。"

在刘昌德家,刘昌德的老娘对丈夫说:"他爹,硬顶顶不过人家,你就顺了人家吧。"刘昌德的老爹流着泪:"我不甘心啊,当年咱们刘家闯关东,这十几亩地,是我和爹一镐头一镐头开出来的,这都是上好的地呀。爹临死的时候说,这是咱们刘家的命根子,死也不能卖,谁卖了谁不是刘家的子孙!"刘昌德大声说:"对,说什么也不能卖!"刘昌德的老娘说:"他爹,不卖行吗?"刘昌德一拍桌子:"我就是不卖,他还能咬了我的鸟去？"

正说着，对口征地的开拓民西村雄义带着翻译和青少年义勇军闯进家门。西村雄义说："刘，你家的地归我收购，今天我带着钱来了，把你的地契拿出来吧，咱们办个手续。"刘昌德的老爹满脸怒容："你愿意找谁找谁，地，我们不卖。"

一个叫小野的少年义勇军头目一挥手，高桥等几个青少年义勇军拥上来，捆住刘昌德的老爹，狠命打他。刘昌德的老爹被打得奄奄一息，嘴里喊着："不卖，打死也不卖！"西村雄义走过去说："老东西，死去吧你！"朝刘昌德的老爹胸口踢去。刘昌德的老爹一口鲜血狂喷出口。

刘昌德的老娘哭喊着："别打了，我们答应还不行吗？！"西村雄义一伸手说："那就把地契拿出来吧！"刘昌德的老爹喊："不能啊，就是死也不能卖地呀！""他爹，我不能看着你们爷们儿死呀！"刘昌德的老娘说着拿出了地契。西村雄义抢过地契，抓起刘昌德老爹的手，在一份准备好的契约上摁了手印，扔下一沓钱。

刘昌德的老娘哭着问："你们把土地拿去了，我们怎么过啊？"西村雄义说得轻松："你们可以开荒去呀，要是不愿意开荒，也可以给我当佃户。"刘昌德咬着牙说："你们这些强盗，等着，我不会让你们过安生！""好啊，我倒要看看你怎么不让我过安生。"西村雄义说罢，带着青少年义勇军走了。

刘昌德的老爹捯着气说："孩子，夺地毁家，这仇要报啊！"说罢闭上了眼睛。刘昌德嚎啕大哭："爹，这仇我一定会报的！"

一个开拓民带着一群青少年义勇军高兴地走出陈大户家大门。陈大户老泪纵横道："全完了，几辈子创下的家业，就换了这么几张破纸，愧对祖先啊！"陈妻劝慰道："别难受了，好歹没赶咱们出门，忍了吧。""唉，不忍也没办法，这些天杀的小鬼子，他们不得好死！"

天至黄昏，几个被征地的农民在刘昌德家聚会。一个农民哭着说："刘大哥，地被小鬼子夺了，我爹气不过上吊了，三哥的老娘也投井了，难道咱们就这么忍了？"刘昌德咬牙切齿地说："我不知道你们，我肯定不会忍，他们不让我活，我要他们死！我准备今天晚上杀了那个西村雄义，你们呢？"一个农民说："反正没法活了，我也要杀了那个抢我地的鬼子！"另一个农民有些担心："杀了他们以后怎么办？他们会饶了咱们？"刘昌德说："这样吧，都回去把家安置好了，咱们下半夜动手，然后跑到老林子里当胡子。"大伙说：这是死逼梁山，就这么办！

深夜，刘昌德等几个农民手持菜刀，踹开西村雄义的家门，杀死了西村雄义，西村雄义的老婆孩子哭着跪倒在地："饶了我们吧，我们不要你们的土地了，我们回国还不行吗？"有人问："刘大哥，怎么办？杀不杀他们？"刘昌德一挥手："冤有头，债有主，到那几家去！"

西村雄义的老婆跑到日本人住的宿舍哭着对青少年义勇军的头目小野说："我的丈夫被他们杀了，要给他报仇啊！"小野吹起哨子，日本少年一边穿衣服，一边紧急集合。小野一阵口令后,青少年义勇军骑马挎枪朝外奔去。几户农民的茅屋被点燃,熊熊大火照红了半边天,青少年义勇军和暴动的农民展开了厮杀。

第二天上午,秋田村上和一些开拓民们吵吵嚷嚷来到开拓团团部,秋田村上激愤地对开拓团团长说:"这里的环境不稳定,中国人对我们很仇视,我们不想干了,大家都想回国去。"其他几个开拓民也说:"上当了,都想回国。"

开拓团团长说:"天皇陛下打算二十年内要移民一百万户五百万人,就是把东北日本本土化! 你们是大日本国开拓东北的先驱,负有光荣的历史使命啊。仇视是不可避免的,英国人当初到北美,当地人也是仇视,可现在呢? 他们感谢还来不及呢,为什么? 因为他们带去了文明!"团长一番鼓吹打气,令秋田村上和开拓民们有些惶惑,他们各自回家去了。

2 自从天月主动上门给老太太换鞋,这位整日想媳妇的老太太就对天月动了心思。这天,周和光走进屋给她请安,周老太太说:"这个天月,心眼怎么就那么细? 一个小米粒都逃不过她的眼睛,你说谁要是娶了她,那还不是一头栽到福囤子里去了?"

正说着,天月扨着包袱,一步迈进屋里:"老太太,谁掉进福囤子里去了?"

周老太太笑了:"这闺女,莫非长了兔子耳朵? 隔八百丈也能听见人家说话。"

天月笑道:"老太太,我要是长了兔子耳朵,还怎么嫁人啊?"

周老太太越发笑起来:"没有人要不怕,给我当儿媳妇,我就喜欢兔子耳朵。和光,愣着干什么? 客人来了,剥橘子给闺女吃,还用我教? 不会待个客!"

周和光听话地端来橘子,正要剥橘子给天月,天月倒是不客气地笑着说:"不敢劳驾大掌柜的,我自己来。"她打开包袱说,"鞋铺新进了一些新样子的棉鞋,有一双我看了,老太太穿着最合适。鞋口宽,穿脱方便,鞋帮是丝绵絮的,又轻又暖和。给您带来了,试试看,中意,就留下,不中意呢,我带回去。"

周老太太高兴地说:"你呀,买卖鬼儿,把鞋铺开人家里来了。和光,咱的绸缎庄要是有这么个精灵鬼,就等着发财吧。"

周和光顺着老太太的话茬笑道:"那是的,当初你怎么不把她请来?"周老太太越说越高兴:"我是没逮着她,要是叫我逮着了,一把揪住耳朵,跑不了她。"

天月妩媚地看着周老太太:"老太太,您还是把我当兔子呀?"

周老太太说:"不说不笑不热闹。和光,我回屋试试鞋,你陪闺女说会儿话。"她想让这俩人单独相处一下。周和光忙说:"好啊,宋姑娘,到我书房去吧。"

天月很爱看书,高高兴兴跟周和光走进书房。书柜上摆满了古今中外的书籍。天月惊讶地说:"周先生,你家有这么多书呀!""你如果愿意看书,可以到我这儿拿,只要不损坏就行。"天月挑选了一本书:"我想看这本《隋唐演义》,可以吗? 我喜欢看历史方面的书,长知识。"

周和光热心地介绍："既然喜欢历史知识，我建议你看蔡东藩的历史通俗演义，比较接近史实，也蛮有趣。先看《民国演义》吧。"天月甜甜地笑着点头。

周和光忽然转变话题："我看你有经商之才，为什么不自己搞点小生意？""我倒是早有这个想法，没资金，巧妇难为无米之炊啊。"周和光试探着："我可以给你先出一点嘛。""那可不行。靠借钱做生意，就像给自己背了个大磨盘，不压死也得累死。""我借一点给你，要是你挣了钱就还我，赔了呢，算我的。"天月认真地说："那算怎么回事？这样的钱我可不能要。"周和光笑道："你呀，还挺清高的呢。""人穷志不短嘛。"这是他们两人第一次单独相处，第一次说了这么多话，两人觉得很随便，也很有意思。

为了搞好关系，秋田决定请天好姐妹到他家做客。这天黄昏，和子来到天好家，对三姐妹不断地鞠躬说："三位小姐，拜托了。务必赏光到我家做客，吃点我们的便饭，我们是诚心诚意的，已经做好了准备。"

天好冷冷地说："对不起，我们已经吃过饭了。"

和子从兜里掏出学汉语的小本看着，然后失望地用汉语说："哦，是这样，那么就请你们喝茶吧，请品尝我的茶道手艺。"

天好不高兴地说："你就明说了吧，到底请我们去干什么？"

和子看着小本，又翻了几页，搞明白了，就对天好说："我也不隐瞒了，我丈夫想和你们商量一下收购土地的事。"天好答应道："既然是这样，我们去就是了。"

姐妹三人跟着和子到了他们家，秋田村上很客气地迎接客人，并让座。和子认真地表演茶道。三姐妹坐在榻榻米上，沉默不语。

秋田村上对天星说日语："是这样的，我们在鹿儿岛，都是本分农民，来到了这里就是想种地，我不希望和你们搞成现在这个紧张的样子。咱们两家不要成为仇人，我们也是没有办法。"说着摇头叹息。

天好讲着道理："秋田先生，如果我们把地卖给你们，你们是可以好好地生存了，你们想没想过，我们怎么生存？"

秋田村上翻着小本，很焦急地用汉语说："我，是庄稼人……"他对着天星又说起日语，"这些我都想过，你们可以去开荒地呀。我也可以请你们当佃户，帮我种地，工钱我会令你们满意的。你们现在的地，不卖也得卖，这也不是我说了算的事。"停了停，他看着天好又说，"你们给我当佃户也有好处，我们可以交流。旱田我不会种，你们可以帮我，水稻恐怕你们不会种，我可以帮你们。"

天星翻译着，天好听懂以后，讥讽地说："秋田先生的算盘打得真好。"

正说着，小野和几个青少年义勇军少年带着枪气冲冲地走进屋来。小野指着三姐妹问："听说这个屯子就剩她们家没交地契了？"秋田村上有意缓和："哦，我们正在协商呢。"小野粗野蛮横地说："她们如果不听话，交给我们好了，会有办法让她们交出地契的。"秋田村上还是不想把事情搞僵:"这是我们之间的事,我已经对团长说了,我会自己解决,你们请走吧。"

小野不耐烦地说:"秋田,我告诉你,所有的开拓民都已经完成了土地收购,就剩下你了,团长对你很不满意!"秋田村上说:"知道了,请回吧。"小野对三姐妹喊着:"如果不出让土地,我们绝不客气!"说罢,气哼哼地走了。

秋田村上对天星用日语说:"对不起,这些孩子,越来越粗野了。你们赶快把土地出让了吧,再这样下去,我也不好说话啊。"和子也说:"是啊,我丈夫为这件事情很苦恼呢。"天星翻译着。天好叹了口气:"好吧,既然这样,我们也不难为秋田先生了,找个日子丈量土地吧。"秋田村上笑道:"好啊,我的耐心终于得到回报,我很高兴!"天好姐妹仁刚要走,秋田村上说:"别急呀,我还忘了件事,你们能帮我找个杀猪的吗?我要杀口猪,有急用。"天星应承道:"不用找人了,我就会杀猪。"和子惊愕了:"是吗?天星小姐也会杀猪呀?真是想不到。"秋田村上说:"那好吧,明天你到我家里来,我不会白白使用你的劳力,给你五斤肉作为回报可以吧?"天星说:"可以,不过你们要提前准备好一大锅开水。"

第二天早饭后,天星带着杀猪的工具来到秋田家院里,打量着猪圈问:"秋田先生,你怎么不把猪捆起来?"秋田村上有点不好意思:"我一个人舞弄不了呀。"天星豪爽地一笑:"那我来吧。"

天星跳进猪圈,和那只大猪在猪圈里追逐着转圈。追了两圈,天星把猪逼到墙角,她闪电般地去抓猪的一条后腿,那猪立刻倒地。天星麻利地上去用膝盖顶上猪脖子。猪起不来了,拼命挣扎嚎叫。天星三下五除二地把猪的四蹄捆了个结结实实。秋田村上和妻子看得目瞪口呆。天星笑着拍拍身上的尘土,又踢了猪屁股一脚。秋田村上问:"可以动手了吗?"

"别忙,我磨磨刀再说。"天星说罢,坐到磨刀石前,慢慢地磨着刀子。天星磨了一把又一把,不断地试着刀刃,大叫一声:"好刀!"一扬手,砰的一声,把刀甩到秋田家的门上。秋田村上吓得一哆嗦,和子一声惊叫。天星甩了一把又一把刀,差点把和子吓得晕过去。

天星开始杀猪。猪嗷嗷叫着,天星拿着长长的杀猪刀,对秋田一边比划,一边说着:"秋田先生,你看到了吗?猪的心脏在这里,我的刀要从猪脖子正下方两条前腿前面的这一点捅进去,你看,这把刀的长度正好能够到心脏,我这一刀下去再把刀拔出来,血就会喷出来。哎,你准备好盛猪血的桶了吗?"

和子提过桶来:"准备好了。"天星问:"要灌血肠吗?"秋田村上反问:"血肠是什么东西?"天星说:"就是把血灌进猪肠子里,用水煮熟,可好吃呢。"和子摆着手:"不要,我们不要!"

天星微笑道:"扔了可惜,那我就拿走了。好了,我要动手了!"说着,突然一刀捅进猪心,一股鲜血喷到和子和秋田的脸上。和子一声惊叫,哆嗦成一团。天星望着猪自言自语:"怎么你还叫?难道我捅错地方了吗?没捅到你的心?哦,我明白了,有的畜生不长心,要不怎么人常说,没心没肺呢?秋田先生,你说对吧?"秋田村上默默望着天星,心中像打翻了五味瓶。天星又拿起一把刀,笑着说:"没心就没心吧,那我就取你的肝了,别看你昨天张罗得欢,我今天让你拉清单,有你倒霉的时候。现在你耀武扬威,明天就是我们的下酒菜。这仇咱们是结上了,早晚要报,不是不报,时候不到,看刀!"天星又一刀捅进去,血溅了她一脸。天星转过脸来,望着秋田夫妇二人不停地笑着:"这下子它不哼哼了,它死了!"和子浑身发抖地对丈夫说:"秋田,快叫她走吧,看样子她还会杀人的!"一边说着一边呕着,跑进屋里。

秋田村上望着天星,苦笑着摇摇头,他什么都明白,却又无言以对。天星把带血的尖刀在大腿上蹭了几下,又把闪着寒光的刀子不停地在手里转着,冲秋田村上微微地笑着。秋田村上的眼神开始还迎接着,渐渐地就想躲避。天星问:"猪皮扒吗?""不用了,那个样子很难看。"天星笑眯眯地说:"那样我的活就干得太不利索了!人家会笑话我的!"秋田村上急忙说:"不必了不必了。"

天星滔滔不绝地说:"我还想给你掏心掏肺,掏肝掏肚儿,割猪头,卸前肘,转后肘,再给你咔咔咔,大卸八块。一会儿你看,该是哪儿就是哪儿,一件一件整整齐齐地摆在这杀猪床上,不带错的,这些都是杀猪师傅该干的活。来,上眼啊!"

秋田村上忙说:"好了好了,你快走吧!"天星耍着刀子说:"活还没干完,我还没过瘾呢!"秋田村上推着天星往外走:"可以了,可以了!""慢着,我那些杀猪刀还没收拾呢。""那你就快些!"天星慢慢收拾好刀具问:"那我就走了?"秋田村上把一块肉交给天星:"谢谢你了。"

"不客气。"天星转身要走。秋田村上指着水桶说:"你把猪血也带走吧。"天星提上桶说:"这可是好东西!""不要了,不要了。"秋田村上双拳一抱,"就请你快走吧!"他走进屋里,见和子正躺在炕上抽搐着,口吐白沫,就急忙背着妻子往三江镇跑。

3 日本开拓团强行征地,如同强盗抢夺。秋田村上虽然不想搞僵关系,但他也是非拿到天好家的地不可。事已至此,天好姐妹也无可奈何。这天早晨,天雾蒙蒙的,秋田村上默默坐在天好家的地里,看着眼前的青纱帐,有些迷醉了。天好、天星、天月默默地从青纱帐里走过来。秋田村上站起来,迎上去小声地问:"宋姑娘,地契带来了吗?"天好说:"带来了。"秋田村上欣喜地说:"那好啊,咱们丈量土地吧。"天好冷脸带气地说:"不过现在土地还不是你的,你不打招呼就进来,你凭什么进我家地?现在就从我家地里给我滚出去!"秋田村上一个劲儿地鞠躬:"实在对不起,冒昧了,我出去,这就出去。"说着走到地边,他在地边向地里望着,三姐妹怀着激愤沉重的心情走到地里,来到父亲的坟前。在父亲的坟丘前祭祀,她们点上香,齐刷刷地叩头。

祭祀过后，三个人站起来，向秋田村上走去。天好对秋田村上说："你可以进来了。"秋田村上走进地里。"秋田先生，我父亲的坟就在这片地里，今年不宜迁坟，我们打算明年清明节再把我父亲的坟迁出去，你看可以吗？"天好用商量的口气说。"你们什么时候都可以，可为什么一定要清明节呢？"天月教训道："清明节立新坟，这是中国人的规矩！"天好说："我父亲的这座坟，占了不到一分地，如果耽误了你们种地，我会补偿给你一分地的粮食，你看可以吗？""耽误不了，我也不在乎这点收成。"秋田村上忙答应着。

　　天好把地契递给秋田村上："这块地从今天开始就是你的了。过年的时候，我们来看我父亲，请他老人家回家过。正月十五还要送灯，这都是我们的传统，到时候，我们会和你打招呼。""我尊重你们的风俗习惯，不会阻拦。"

　　天好说："该说的都说了，我们该走了。"姐妹三个跪倒在这片黑土地上。天好捧起一把黑土放到包袱里，拎着这包黑土，领着姐妹们慢慢走出青纱帐。

　　没有了自己的土地，三姐妹只能开荒了。她们扛着镢头慢慢走到一片没有开垦的处女地上，天好把带来的黑土撒到荒地里，又把五谷撒上，这一切仪式完毕，她们齐刷刷跪下。天好喊着："天老爷，地老爷，我们打扰您了。我们实在活不下去，借一块地，借一片天，保佑我们有口吃的吧！"她们站起来烧荒，点燃了秋天的野草，滚滚的浓烟里，显露出三姐妹刚强的脸庞。三姐妹抢起镢头开始了垦荒。

　　秋田村上牵着大洋马、扛着犁具走来，他站在那里，看着垦荒的三姐妹，脸上流露出愧疚的神色说："你们这样太辛苦了，我的马和犁具都闲着，借给你们开荒用吧。"天好毫不领情："那就不必了，我们要凭自己的力气吃饭，用不着别人可怜。""宋姑娘，我没有别的意思，作为邻居，我应该帮助你们。"天星讥讽地说："抢占了我们的土地，又来帮助我们，你可真是好心人啊！"秋田村上怔怔地看着她们劳作，摇了摇头，牵着马走了。

　　姐妹三个拖着疲惫的身子回到家里，天好放下锄头准备做饭。天月打水洗涮之后，抓起从周和光那儿借的书看。天星要让天月烧火，天好心疼天月："你已经请三天假了，明天就不用你下地了，别耽误了人家的生意。"

　　吃过晚饭，天好和天星早早睡了，天月还就着油灯看书。天好问："小妹，还不睡呀？"天月合上书说："终于看完了，我得给人家包上书皮。"天好就问周先生是个什么样的人，他的人品怎么样。天月回答："听说以前当过兵，后来在外经商，最近才回来。这人见多识广，对人挺热情的。"天好十分关切地提醒道："我可告诉你，不许你胡乱结交人，这个世道，有时候好人坏人一眼看不穿，得留个心眼。"天月不在意地说："好了，又唠叨开了，我知道！"

　　第二天上午，天月到周家还书，她推开院门走进来，正与周和光打了个照面。"天月来了？又来推销鞋的吧？""什么呀，人家是来还你的书，给，完璧归赵。"周和光接过书："哎呀，还包了书皮，你真是个仔细人。还想看吗？自己到我书房里挑吧，拿走什么书也不用打招呼，留个条，写下书名就行。"周和光正要出门，周老太太从屋里走出来说："和光，什么事不能等等再办？别怠慢了客人！"于是，三人走进堂屋，坐在当间里说闲话。

天月说："老太太，我怎么看您越活越年轻，这么大年纪了，脸上皱纹这么少，也没有眼袋，您是怎么保养的？""我可没保养，天生的脸皮子紧。"周老太太说着，眼瞅着天月的脸，抓着天月的手，"你说这双小手，细嫩得，稀不稀罕死人了！再看你这脸，细皮嫩肉，葱白儿似的，多水灵啊！"说得天月不好意思地红了脸。这时，何嫂走进屋子，对周和光嘀咕了几句。

周和光站起身来："天月姑娘，你先和老太太聊着，我有点事，去去就来。"他回到自己屋里一看，是虎子执行任务回来，正在洗脸。

周和光问："情报送到了？""送到了，军长对咱们的工作很满意。""怎么走了这么多日子？""一路上到处是日本人设的哨卡，只好绕道走。"周和光看虎子脚上的鞋破了，就关心地说："你的鞋不行了，该换一双新的，正好鹿记鞋铺的人在这里，我领你订双鞋去。"

周老太太和天月两个人正说着知心话，周和光领着虎子走进来。周和光指着天月说："天虎，这个大姐是鹿记鞋铺的天月姑娘，让她给你量量脚的尺码。"

一声天虎，引得天月回头来看，一声天月，也引得虎子抬头。两个人都惊呆了，好像是在梦中。天月站起来，向前走着问："你，你是虎子吗？"他们分别之前，虎子才十三岁，如今是二十岁的小伙子，胡茬子都有了，一下子难认。虎子往前走着，他像傻了一样，不知道该说什么。

天月惊呼："虎子！"分别七年，她还是确认了自己的弟弟。虎子木木地看着天月，不会说话了，只有泪水尽情地流。天月使劲抡起拳头打着虎子，哭着喊着："虎子，我是三姐呀，你怎么了？你说话呀，虎子……"

虎子突然抱起天月，一下子抢在肩上！他扛着天月就朝门口跑。

周老太太惊奇地慨叹道："我的天呀，他们是姐弟俩？这不是说书吗？"

虎子扛着天月跑出周家大门，天月泪流满面地从虎子肩上下来，无言地面对这个终日思念的小弟弟。没有合适的语言能表达他们这一刻的心情，他们只是疯跑着，天月拉着虎子奔跑，风扯着他们的衣衫，刮乱了头发……

天月扯着虎子的手跑进自家院里，她尖叫着："大姐，二姐，你们看啊，谁来了！"天好抬起头来，看着虎子问："天月，这是谁呀？不认识。"天星也没认出虎子，故意臊天月："扯着小伙子的手，你不害臊呀！"

虎子满脸泪水地哽咽着说："大姐，你不认识我了？我是虎子呀！"

天好上下打量着虎子："你真是虎子？我不是做梦吧？"

虎子哭着说："姐，真的是我，我终于找到你们了！"

毕竟是自己的亲弟弟,是终日挂在心上、决心要找到的小弟弟,虽然变化巨大,天好还是认出了虎子,她捶打着虎子:"你这个没心没肺的,这些年跑哪儿去了啊,想死姐姐们了!"天星也哭着上前打着虎子。虎子不停地傻笑着,对三位姐姐说:"姐,我也想你们啊!"

　　天月还在嘤嘤地哭泣。天星拍着屁股说:"好了,这是高兴的事,都别抹眼泪了,应该庆贺,好好造一顿。今天的饭我上灶,你们俩给我打下手。"天好高兴地说:"行,好好吃顿团圆饭。"有姐妹仨的巧手,一桌饭菜很快摆到炕上,姐弟四个亲热地坐在炕上吃团圆饭。

　　天月看着虎子:"不是周先生一声天虎,我还真不敢认你了,七年不见,你胡子都长出来了。"天星笑着"揭老底":"可不是嘛,'九一八'分手,你还尿炕呢,现在成大小伙子了。"虎子说:"三个姐姐可都没大变样。""还没变样?姐都老了。说说,你这几年都到哪儿去了?"天好问。

　　虎子简要地把自己这几年的经历对三位姐姐讲了一遍。天月问:"你怎么跟了周先生?"虎子闪烁其词地说:"也是碰巧遇见的。"天月又问:"他以前是在外边做什么生意?"虎子还是不露底:"到底做什么生意,我也不太清楚。我就是当个伙计,跑跑腿,有我的吃喝就行。"

　　到底是大姐,一家人的主心骨,天好对弟妹们说:"今天咱们姐弟终于团聚了,这也是爹娘的保佑,吃了饭一块到地里看看爹,告诉他老人家一声。"

　　提起爹爹,虎子说:"我给你们看样东西。"他从怀里掏出一个布包打开,展现出那张当年的全家福。姐妹三个看着全家福都流泪了。就是这张全家福,爹爹嘱咐要好好保存;就是这张全家福,虎子七年中时时贴身带着,从而获得了争取全家团聚的动力。

　　夜深了,天星天月已经睡着,虎子仍在翻来覆去,天好悄悄走进来,坐到虎子身边。虎子知道是大姐,急忙闭上眼睛。天好借着窗外的月光看着虎子的脸,她轻轻拍打着虎子,一边拍打一边轻轻哼着《摇篮曲》……

　　第二天,天好来到秋田村上家说:"我失散多年的弟弟回来了,要到你家的地里去祭奠我爹,给你打个招呼。"秋田村上说:"你弟弟找到了?这真是天大的喜事啊,坟墓是你父亲的,你们什么时候去都可以,不必打招呼。"

　　纸灰飞舞,香烟缭绕,天好带领弟弟妹妹祭祀父亲。虎子跪在爹坟前哭着:"爹,儿子来看你了,你是怎么死的,儿子都知道了。这仇恨,儿子一辈子都不会忘!"天好念叨着:"爹,七年了,我们姐弟四个今天终于团聚,你老人家该放心了,这块土地现在是人家的,明年清明我们给你老人家立新坟!请放心,我们姐弟四个今生今世手拉着手,再也不分离。"

　　给爹烧过纸钱,虎子来到周和光家。周和光拍着虎子的肩膀说:"天虎,真是万万没想到啊,你竟然在我家找到了姐姐!"周老太太不断地叹息:"真是的,说书也没这么巧,老天有眼,说明周家和你们宋家有缘啊!"

　　虎子说:"掌柜的,我姐姐是找到了,可是我们家的土地被日本开拓团强行征购,她们没地种,正在开荒,我想请长假,帮姐姐们开荒。"周老太太说:"你是家里的男子汉,应该的。"周和光点头说:"行啊,有事我再招呼你。"

第 18 章

1 没有了地,天好姐弟四人只能开荒。秋天的太阳当头晒着,姐仨拉犁,虎子扶
犁,四人汗流浃背地干着。而此时,秋田村上与和子正在天好家的地里进行
着秋收的开镰仪式,他们祷告一番,又唱又跳。仪式完后,他们开始收割原本是天
好她们用汗水种出的庄稼。这时,姐弟几人站在高坡上正看着他们,那仇恨的目光
如尖刀扎在秋田村上的心上,他惶恐极了,不敢再看他们。

秋收完了,秋田夫妇二人看着满满的粮囤,高兴得睡不着觉。可是,天好姐弟
们仇恨的目光在秋田村上眼前总是挥之不去,他心中有愧,决定给天好家送些粮
食。这天早上,秋田村上赶着马车,车上拉了几袋粮食,来到天好家院门前。院门
虚掩着,秋田村上走进去。天星看到秋田,故意装作没看见,对他泼了一盆水,秋田
村上幸亏躲得快,没溅到身上。天星说:"对不起,没看到你来,你怎么没敲门呢?"
秋田村上只好说:"哦,对不起,是我失礼了。"天好走出门来问:"哎呀,秋田先生,
一大早来我家,有什么事吗?"秋田村上从车上卸下粮食来放到院里说:"我也是农
民,知道关东的冬天意味着什么,这点粮食你们仔细用着,度过关东寒冷的冬
天吧。"

天好冷冷地说:"你是在施舍穷人吗?"秋田村上很客气:"看你说哪儿去了?
咱们都是农民,我知道农民的日子应当怎么过。"天好讥讽道:"农民和农民不一样,
你是战胜国的农民。"

秋田村上说:"请不要这么说。我现在的人手不够,诚恳地希望你们做我家的
佃户,我不会亏待你们的。"天好说:"谢谢你,我们正在开荒,以后还会有自己的土
地。""不要急着拒绝,我家的大门对你们始终敞开。"

天好指着秋田送来的粮食:"秋田先生,请你把这些粮食拿走,这虽然是我们的
劳动果实,但是你们通过自己制定的规矩归于自己,再送给我们就是施舍,我们不

要!""宋姑娘不要固执,你们中国人不是说当官不打送礼的吗?我送出去的东西是不会拿回去的。"说罢,赶着马车去地里拉庄稼秸秆。

中午,秋田村上赶着马车回家,发现送给天好家的那几袋粮食摆在家门口。他问和子是怎么回事,和子说:"宋家的姑娘送回来的,人家说得挺客气,说是……对了,说是不吃嗟来之食。"秋田感叹地说:"他们为什么要拒绝我们的好意呢?中国人啊,真是琢磨不透!"

这天,天月正坐在西间里独自垂泪,虎子走进来问:"三姐,你怎么不去吃饭?"他见姐姐哭了,追问道,"怎么了?谁欺负你了?"天月哭着:"镇上日本人又开了一家鞋铺,我们老板说顶不过人家,要关张,我没活干了。"

虎子急忙劝说着:"算了,别哭,和姐姐们商量一下,你还是干点别的吧。"这时,天好和天星也走进来,虎子把原因一说,天星大咧咧地说:"没活干就没活干吧,回来种地不也是活路吗?"天好说:"天月是做生意的料,种地可惜了。"天星直来直去地说:"现在不是没生意可做吗?不种地干什么?"

天好想了想有了主意:"咱卖地不是还有几个钱吗?天月,你要是愿意,挑起货郎担吧,卖个针头线脑的,也能抓挠几个,你说呢?就怕你豁不上脸皮。"

天月嘟着小嘴:"有什么豁不上的?就怕赔了。"天好笑道:"谁不知道你是个买卖鬼儿?猫屎狗尿你都能卖出好价钱,还能赔了?"

天月破涕为笑:"大姐,有你这么糟蹋人的吗?猫屎狗尿卖给你了?"姐弟几个哭哭笑笑地说了一番,天月挑货郎担的事就这么定下来。

天月又到周家来了,是来还书的。周老太太一见天月就抓住她的手说:"好多日子没来看我了,家里的活忙完了?""虎子回去了,我姐说就不用我了。""啧啧,这才几天,细嫩的手都磨出茧子了,心疼人!"天月故意逗乐子:"老太太要是心疼我,就把我养起来吧。"周老太太笑成菩萨脸:"你要是愿意,我立马给你收拾处房子,别走了。"天月笑道:"说句笑话,您还当真了。"

周老太太问:"听说你们鞋铺关张了?你打算怎么办?回去开荒种地?"

天月说:"我姐姐不同意我种地,让我做个小买卖,挑担当货郎。"

周老太太拍着大腿说:"我的老天爷,大姑娘挑货郎挑子,我头一回听说,你抹得下脸皮?""那有什么?我不偷不抢,凭劳动吃饭,不丢人。"

周老太太借此机会,一下子顺理成章地捅破了窗户纸:"天月,说是不丢人,也难为你了。咱不干那个,你给我做儿媳妇吧。"天月吃惊地反问:"啊?给您做儿媳妇?"周老太太实打实地说:"是啊,我早就看好你了,到了我家,你这辈子会过得舒舒坦坦的。"

天月摇了摇头说:"老太太,自古男婚女嫁,讲究的是门当户对,我和你儿子肩膀不一般齐,嫁给你儿子那叫攀高枝,我不想攀高枝。"

周老太太真是能言善辩,话从口出都有理:"要说起门户,我听和光说了,你爹当年也是东北军赫赫有名的营长,咱两家的门槛一般高啊。"天月不为所动,她也有一番道理:"彼一时,此一时,现在我们家落魄了,可我不愿攀高枝,我这辈子不会给你做儿媳妇的。"

周老太太说:"唉,没想到啊,你这孩子有这么重的心思。""老太太,没事我就先走了,鞋铺还有些货底子,我打算折罗过来。"

天月走后,周和光回来看到母亲脸上不悦,忙问:"妈,您怎么了?"

周老太太说:"天月这孩子不但脾气秉性好,还是个有志气的主儿。刚才她来咱家,妈实在喜欢这孩子,试探着给你提亲,没想到她一口回绝了。"

周和光问:"哦?她不同意?为什么?"周老太太说:"姑娘说了,男婚女嫁讲究门当户对。她和你肩膀不一般齐,嫁给你叫攀高枝,人家不想攀高枝。"

周和光点头赞叹:"她这么有志气,真是难能可贵。"周老太太说:"和光,我对你说了吧,这姑娘入了我的眼,拔不出来。我的儿媳妇就是她了,你要是个男子汉,无论如何也要把她娶进家门,还要叫她心甘情愿,你看着办吧!"

天月真的当了货郎,她挑着货郎担子,摇着货郎鼓,唱着货郎歌在三江镇走街串巷,身后跟着一群小孩子。天月唱道:"哎……走大街,串小巷,挑着担子走四方。针头线脑货色全,都来看我女货郎。绣女下楼买彩线,金丝银线绣凤凰。俏哥拦住买烟嘴,吞云吐雾好风光。白毛巾,把汗擦,花手绢,送情郎。牙粉胰子品种全,各样布鞋真漂亮……"大伙围上来买货。远处,周和光看着这一幕,心中有一种说不出的惆怅。

晴天老日头的,天好带着天星和虎子垦荒,忽然,一只野兔从草丛里蹿出。天星惊喜地喊:"野兔!抓住它!""看我的!"虎子捡起一块土坷垃向野兔打去,野兔应声倒地。姐弟俩欢呼着向野兔跑去。

秋田村上牵着大洋马过来,不声不响地犁地。天好走过来不解地质问:"秋田先生,你要干什么?难道这片荒地你也要占吗?"秋田村上停下来笑道:"大姑娘,你不要误会,没看出来吗?我是帮你们开垦荒地呢。"

天好冷着脸说:"谢谢你的好意,你开出荒地算我们的,那还要我们的地干什么?直接开荒好了。"秋田村上有点无奈地说:"大姑娘,你能不能说些不堵我嘴的话?咱们不可以成为好邻居吗?"

天好不客气地说:"好邻居?你打听打听,有愿意和强盗做邻居的吗?"秋田村上有些恼怒:"姑娘,你怎么把我说成是强盗呢?你到鹿儿岛去打听打听,我秋田村上欺负过人吗?就说这次征地吧,我难为过你吗?"

二人说话间,虎子把秋田村上的大洋马放跑了。秋田村上火了:"你这坏孩子,放走我的马干什么?那是我的命根子啊!"说罢去追赶大洋马。

黄昏时分，天好姐弟们都回到家里，虎子动作很熟练地剥兔子皮，身边放着半碗兔子血。天星蹲在一旁看着："虎子，你手头真有准，一土坷垃就打倒兔子，要是打枪，肯定是把好手。"虎子毫不含糊地说："那还用说吗？在蒙古族骑兵旅的时候，我的枪法是数一数二。"

　　天星问："真的啊？我也打过枪，可是手头不准。哎，你打枪是谁教的？"虎子一边忙活，一边有点伤感地说："就是我对你们说过的娜日托娅，可惜她死了，要不然她会成为你的弟媳妇。"

　　这时，天月挑着货郎担子回来，她放下担子走回屋，端出一盆水来洗头。

　　天星饶有兴趣地问："哎，虎子，你和那个娜日什么的这样了吗？"作亲嘴状。

　　虎子的脸色阴下来，老实回答："就有一回，是在她临死之前，她要求的。"

　　天星颇有体验地说出真情实话："你们男人真是的，还得求呀？小半达也是那样，我没求他，他就一直没亲过我，想起来怪对不起他的。"说着也难过起来。

　　天月把头埋进盆里洗头发。天星看着天月洗头怪怪地说："把她干净的。"虎子用嘴努着那碗兔子血向天星示意。天星明白了，站起来端着兔子血走过去，趁天月闭着眼洗头不注意，悄悄把兔子血倒到盆里，若无其事地走了。天月抬起头来，一声惊叫："啊！大姐，快来呀，你看我的头怎么了？"天好跑出来问："怎么了？爹一声妈一声的。"天月尖叫着："你看这盆里，通红的，是不是我的头破了？"天好察看着天月的头说："没事呀！"天星在一旁捂着嘴笑。

　　天好看到天星手里的碗，立刻明白了："又是这个二搅毛捣鬼，我打死她！"追赶天星。天星躲避着："我是为她好，兔子血养头发呀！"虎子喊："二姐，快跑，跳墙！"天星麻利地跳墙跑了。天好气愤地说："疯丫头，给活猴子不换！"又扭头对虎子说，"你等着，今晚一块收拾你们！"

　　饭做好了，姐弟四个围着炕桌吃饭，天好这个当大姐的给大家分兔子腿，她说："四条腿，天星，咱俩大，吃前腿，两条后腿肉多给老三老四。"天月拿着后腿气天星："啊，到底是后腿肉厚，真香。"天星撇嘴皱眉道："你傻呀？别看前腿肉少，味道正，后腿靠哪儿近？一是屁股，拉屎的地方；二是那个地方，撒尿的，你没觉得有股怪味儿？"

　　天月听二姐这么一说，一阵恶心，"哇"地吐了。天星一本正经地说："味儿不对吧？咱俩换换？""换就换。"二人换了兔子腿，天星啃着后腿，吃得津津有味，还笑着对虎子挤眼，得了便宜还卖乖："谁叫我是二姐呢，就吃点亏吧。"

　　天月吃完了，翻找着炕席底下没看的报纸。天星说："别找了，我揩屁股了。"天月哭唧唧地说："大姐，你看啊，她这么欺负我，你管不管了？"天好和事老似的说："老二，你也是的，成天惹得她哭唧唧报庙似的。"

　　天星说："我就看不惯她的书呆子样。中国都这样了，翻那些破报纸还有什么用？不如揩屁股实惠。"说着把报纸扔给天月。天月气得呼呼直喘，拿起报纸扑向天星,朝她的嘴抹着:"来,我给你好好揩揩屁股!"二人滚作一团。虎子喊号子:"三姐,加油!"天星力大,把天月按到身下。天好呼喝道:"你们俩要翻天呀!"突然,天星一声惨叫:"啊!这小母狼,咬人!"天好又好气又好笑:"咬吧,下劲儿咬,咬来咬去满嘴毛!"虎子站在一旁乐得直蹦。

这姐弟四人,多少年没有这样痛快热火地疯闹过了。

寒露过后是霜降,眼看冬天快到,天好说家里粮食不多,怕熬不过关东的大长冬天,就带着天星和虎子到山林子里采药材。天星对这事挺在行,讲起药材头头是道。她们采五味子、刺五加,倒也收获不小。天好背着麻袋到镇上去卖,秋田村上正好赶马车去镇上卖粮食。他要天好坐马车,天好坚决不坐,自己走着去镇上。秋田沮丧地说:"看来咱们是结下仇了。"天好到镇上卖过山货从货栈里走出来,看到天月守着货郎担子正和人家交易,就走过去和她说话。这时,一队日本兵押着几个汉子走来。

天月忙叮嘱道:"日本人这些日子抓劳工,你告诉虎子躲避着点,别到处乱跑。"

天好赶紧往家走,她真担心虎子出事。

2 真是怕鬼就有鬼,说狼就来狼。天好担心的事还真的来到了秀水屯。不知从哪儿来的一队日本关东军士兵,突然开进秀水屯,他们是来抓劳工的。这些日本兵一来,吓得鸡飞狗跳牛羊叫,屯子里乱成一锅粥。村民们纷纷往家里跑,急急忙忙关紧大门。日本兵踹开一家家的大门,见到合适当劳工的男人就抓走。几个日本兵来到天好家院前砸门,虎子跳墙向村外跑去。

虎子气喘吁吁地正往村外跑,他发现路上有两个日本兵把守着路口,就装成瘸子走来。两个持枪的日本兵喊:"站住!"虎子站住了。一个日本兵问:"哪里去的干活?"虎子说:"你爷爷病了,让我去请大夫。"另一个日本兵大声问:"爷爷?"他不太懂虎子的意思,但爷爷两个字还算明白。虎子忙点头答应着:"哎。""爷爷病了?"虎子更快地点头:"嗯。"两个日本兵挥手放行。他们看虎子是瘸子,不适合当劳工。虎子乐坏了,捂住嘴跑去。他高兴得太早,忘了自己是装瘸的,露馅了。两个日本兵一看眼前跑过的年轻人不瘸,急忙大喊:"站住!"虎子撒腿就跑,日本兵对天鸣枪。虎子知道再跑枪子就会往身上打,只好站住,就这样被抓了劳工。

天星亲眼看到虎子被抓,就咕咚咕咚跑回家对天好讲了。天好急得直跺脚:"怎么办啊!这批劳工往哪儿送?"天星说:"听说是送到哈尔滨以北,修建对付苏联的工事。"天好愁极了:"这可怎么办?咱家就这么个男丁,谁也代替不了他。"天星说:"我去看看有没有办法。"说着跑出家门。

天到黄昏,虎子和一些劳工被绑成一串押送到火车站。天星化装成卖水果的小贩,一边吆喝着,一边靠近虎子,迅速递给虎子一把小刀。虎子等人被押进闷罐车,关上了门。

天黑透了，火车还没开走。闷罐车里，虎子拿出小刀，割断绳索，又替大伙松了绑。趁着夜深看守的日本人松懈，大伙掰开闷罐车的门，四散逃跑。虎子跑到周和光家里，对周和光说："多亏我二姐给我一把小刀，我还把一同被抓的人都放了，我来给你打个招呼，要躲一躲。"周和光说："就住在我家别走了。"虎子说："你负有重要任务，我不能拖累你。"周和光问："你的家暂时不能回去，还能躲到哪儿去？""你放心，我会有办法的。"

　　虎子跑着，由于天黑看不清楚，突然被绊倒。他爬起来一看，一个日本青年醉倒在路上。虎子刚想走，又回来蹲下身子，拍打着日本青年的脸："起来，起来，你要是在这儿躺一夜，会病的！"日本青年说："我不走，我就在这儿睡，我是小野，我谁也不怕……"虎子架起小野问："你住在哪儿？我送你回去吧！"小野往前面胡乱地一指。

　　虎子朝前看着，前面一阵隐隐约约的歌声传来，虎子架着小野，循着歌声来到满蒙开拓青少年义勇军团部门外。虎子犹豫了一会儿，想了想，还是架着小野推开门走进去。他站在门口，看屋内乱七八糟，一片混乱。一群日本青少年正在酗酒，有哭的，有笑的，有唱歌的，有弹拨乐器的，有打架的。有人喝醉了，泪流满面地唱一首想念家乡的歌。

　　有人看见虎子，招手说："喂，中国人，你，过来呀，请你喝酒！"虎子放下小野，走过去。小野醒了，大声喊着："他，他是我的朋友！"众人望着虎子。

　　小野说："在这里，我的中国话是最好的。你叫什么？"虎子诡笑道："我叫秦大业（亲大爷）。"小野问："我希望有个中国人做朋友，你愿意吗？"虎子说："你随便吧。"小野咕噜着说："那好啊，从今天开始我们就是朋友了，你比我大，我叫你大业（爷）吧，我们是义勇军，以后你可以来玩，我们欢迎。"

　　小野对大伙说："喂，我给你们介绍一下，这是我新结识的中国朋友，他叫秦大业，以后都要多关照啊！"大伙都说："好啊，我们欢迎亲大爷（秦大业）。"小野挺热情："来呀，我们喝酒吧！"虎子试探着问："我是流浪汉，能在你们这儿住几天吗？"小野拍着胸膛说："没事，这里，我说了算。"

　　虎子听人说过，最危险的地方，往往最安全。日本兵肯定不会到这个日本娃的窝子里来抓劳工的。虎子等那些日本青少年都睡着了，就跑回家报信。

　　因为虎子被抓的事，愁得三姐妹都没睡觉，她们正议论着，虎子回来了。

　　虎子心急火燎地对正担心他的三位姐姐讲到小野的事，并说那帮人很感谢他，请他喝酒。

　　天好皱眉道："你怎么能和他们混到一块？不许和他们来往！"

　　虎子自有主见："我这回逃跑，还放走不少人，日本人还会来抓我。我不能在家里久留，想到他们那儿躲些日子，等没事了再回来。"

　　天星说："大姐，虎子是得躲几天，他呆在那里比别处强，抓劳工的怎么会想到他在那里?"天好一想真是这个理儿,就嘱咐着:"呆着可以,千万别给我惹事!"虎子笑道:"我知道。那我还回日本窝子里了。"

这伙青少年平常没事干,整日吃喝玩乐。这天小野和一伙同伴摔跤,小野被高桥摔得鼻青脸肿,他不服气,还是一个劲儿地上。虎子走过来说:"小野,你躲开,我和他摔一跤。"

高桥看着虎子:"你? 中国人,摔跤不行。"虎子不动声色地说:"试试看吧。"二人摔起跤来。虎子的蒙古跤摔得出神入化,高桥不是对手。另一个日本孩子说:"喂,我来试试。"虎子摆摆手说:"你? 更不是对手,三个一齐上吧。"三个日本孩子围着虎子跃跃欲试。虎子闪展腾挪,把三个孩子都摔倒了。

小野骄傲地说:"怎么样,我的大业哥厉害吧?"大伙都说:"大业厉害!"小野问:"大业,你可以教我们吗?"虎子教小野摔蒙古跤,讲解着要领,大伙围着观看。

这时,远处一辆敞篷汽车拉着一车日本少女,朝这边开过来。

大伙欢呼着:"啊,我们的姑娘来了!"一窝蜂地向汽车跑去。

这些日本少女下了汽车,被热情地接到青少年义勇军的团部,休息过后,举行欢迎仪式。青少年义勇军男生一排,新来的女生一排。虎子在一旁看热闹。

开拓团长用日语讲话:"小伙子们,知道你们在这里很寂寞,关东军司令部特意从国内招募了这些姑娘,她们都是志愿者,愿意陪伴你们,给你们做新娘。"大伙热烈鼓掌欢呼:"感谢天皇陛下!"开拓团长说:"你们是大日本国的未来,是国家的精英,中国未来是你们的! 来吧,小伙子们,挑选你们的新娘吧!"

一个叫山田千惠的姑娘含情脉脉地看着小野,小野也朝她丢眼风。小野问:"怎么挑选啊? 谁是第一个呢?""抓阄吧,一切听从上天的安排。"团长说着拿出一把纸球。

高桥抓到一号阄,高兴得欢呼:"我抓到了一号,这些姑娘可以由我先挑选了!"他拖出山田千惠,"我选中她了!"山田千惠向后退缩着:"不,不,我不喜欢你!"小野愤怒地说:"高桥,你不能挑选她,她应该是我的!"高桥毫不退让:"小野,你疯了吗? 我有这个权利!"开拓团长说:"小野,你不要这样,这是上天的安排!"小野信心十足地说:"她是我的,我从她的眼睛里看出来了。她是喜欢我的,如果不信,你们可以问问她!"开拓团长问:"千惠小姐,是这样吗?"山田千惠点头说:"团长,是这样,我喜欢小野君。"开拓团长对大伙说:"好吧,你们继续按顺序挑选,千惠、小野、高桥,跟我来。"

这三人心怀疑虑地跟团长到办公室,团长对三人说:"你们让我为难了,千惠小姐就一个,可是你们两人都喜欢她,决斗是不允许的,怎么办呢?"高桥提议:"我和小野比赛摔跤,谁赢了,千惠小姐归谁,这公平吧?"

开拓团长笑着说:"咦? 这是个好办法。"小野喊:"不,这不公平,高桥明明知道我摔不过他!"团长厌烦地说:"好了,就这样决定了。明天,你们比赛摔跤,谁赢了,千惠小姐就归谁!"

团长的决定让小野十分愁苦烦闷,都就寝了他还不睡觉,愤懑地大口吸着烟。虎子很关切地走过来询问,小野流着泪说:"大业,帮帮我吧,我喜欢千惠小姐,如果得不到她,我也不想活了。"

虎子有意煽风点火:"是啊,千惠太漂亮了,哪个男人看了不动心啊? 真想得到她很容易,你明天把高桥摔倒就可以达到目的。"

小野毫无信心:"可是你知道,我摔不过他。他非常凶猛,前几天他还用步枪射杀了一个中国农民,又把他六七岁的孙子也射杀了……"

虎子沉默了,他恨得牙根发痒,决心借小野整治高桥。小野问:"大业,你怎么不说话啦?"虎子忙说:"没事,哥教你几手绝招,你会赢的。不过,你千万别说是我教的,那样对你也没有好处。"

小野高兴地点头:"我知道。咱们现在就学吧。"说着,拉起虎子就走。

夜深了,虎子还在野外教小野摔跤,小野被虎子摔得鬼哭狼嚎,他很高兴,他学到了战胜高桥的绝招;虎子更高兴,他一箭双雕的计谋就要成功了。

第二天上午,摔跤比赛正式开始,大伙站成一圈,看着小野和高桥走进圈里。团长说:"好,你们是一跤定胜负,都不许反悔! 开始!"他双臂架起,往中间一合,小野和高桥开始摔起来。

小野渐渐体力不支,他忘了使绝招,虎子打了个口哨,给小野送去信息。小野立即适时地施展虎子教的绝技,"啪"的一下把高桥摔倒。大伙鼓掌。山田千惠跑出队伍,紧紧抱住小野,激动地哭着说:"小野君,我属于你了,真高兴啊!"高桥从地上爬起来,对小野恶狠狠地说:"小野,你夺走了我的姑娘,我会让你付出代价!"小野毫不在乎:"随你的便吧,我愿意奉陪!"

这回是高桥愤懑地吸着烟,夜深了还不睡觉。虎子走过来很关心地问:"高桥,外边多凉啊,为什么不回屋里去?"高桥说:"我,很窝火,小野怎么会摔过我? 你教了他新的招数吧?"虎子脸色极为认真地说:"我可以对天发誓,从来没教他。"高桥愁眉苦脸地说:"我一直在想,他是怎么把我摔倒的呢? 可是怎么想也没想起来。他使用的什么招数呢?"虎子很费心思地想了想:"他那一招我也没看清楚,太快了。哎,想起来了,他是不是用膝盖顶了你的下裆? 你一躲,他趁势下了绊子。对,就是这么回事,太毒辣了! 他是想要你的命啊!"

高桥恍然大悟:"哦,没想到是这样,太阴险了!"虎子尽量上眼药:"这件事,我也替你抱不平。这在我们中国,叫夺妻之恨,要是我,肯定不会和他算完!"高桥的火被虎子点燃:"我会让他付出代价的!"

小野胜了高桥,喜不自禁,特意摆酒答谢虎子。小野说:"大业,我要感谢你,没有你,我不会得到千惠,你是我的大恩人。"虎子又开始对小野煽风点火:"小点声! 咱们不是朋友吗? 不过你要小心了,高桥说,他会让你付出代价的。"小野眼一瞪:

"让他来吧,我不怕,来,喝酒!"虎子火上烧油:"我们有句老话,人争一口气,佛争一炉香,能叫他打死也不能吓死,谁的手里没有那个?"说着用手比划开枪的样子。

两个人不停地喝着,虎子不停地煽风浇油:"小野,不用怕,有我在,你怕什么?不行就和他们拼!"小野喝多了,嘟囔着说:"大业哥,我……不怕,你等着吧,这几天我……会找个机会整治他的!"

三个姐姐操着虎子的心,说是挑劳工的事已经过去,怕虎子和那些日本孩子在一起混着学坏,就让天星去找虎子。天星见到虎子说:"好啊,家里这几天找你,原来你在这儿喝酒呀?给我回家!"揪着虎子的耳朵要走。

小野眯瞪着醉眼问:"你是谁?敢欺负我大业哥!"天星大声大气地说:"我是他姐!"小野问:"大业哥,你不是流浪汉吗?"他这会儿想起来了。虎子说:"我受不了她的欺负,从家里跑出来的。姐,放开我吧,我不回家啊!"

天星继续吼着:"少啰嗦,跟我走!"小野嘟囔着:"哦,原来你有家呀?"他好像又被酒迷糊住了。虎子故意挣扎:"我不回家,家里没意思!"天星凶凶地喝道:"还反了你了,不回也得回!"拖着虎子走。虎子不走。天星一脚把虎子踹倒在地。小野高兴了:"哎呀,姐姐,你比大业还厉害,教我两下吧!"这小子一会儿醒一会儿迷的,虎子走了他还在发癔症。

虎子被天星拉回家,一个人躺在西屋的炕上呼呼大睡。这时候,东屋里,姐妹仨在秘密开会,两个妹妹轮流给虎子下蛆。

天星说:"大姐,这虎子也太不像话了!说是出去躲几天,原来和小日本儿交上朋友了,那个亲热呀,搂着脖子箍着腰,翻了天,该治治他了!"

天月说:"不是我说,自从他回来,家里安生过吗?每回他一进家门,不是鸡飞,就是狗跳,吃饭还吧唧嘴,说说他吧,嘿!还吹胡子瞪眼。"

天好这个大姐还是总想护着虎子:"吃饭吧唧嘴这事吧,也不能怨他,咱爹也吧唧嘴,随根儿。还说呢,老二,你也吧唧,就是轻了点。"

天星说:"就说他回家住的这些日子吧,洗过脚没有?你进西屋试试,掀开门帘呛你一跟头,说说他还犟嘴,说草原上水少,不洗脚是养成习惯了。"

天月说:"脏就脏点吧,心眼还学坏了。我才知道,那天二姐给我洗头盆里放了兔子血,是他出的坏主意,你说他三姐对他怎么了?至于这么恨我?现在不治治他,赶明儿个还不给你上房揭瓦呀?"

天好还是尽量替虎子说话:"这冤家,是该治治了。不过我说要治他,不是因为吃饭吧唧嘴,不洗脚,作弄人,我是恨他和日本人交朋友。"

天月说:"你怎么治?说说他,嘴里噼里啪啦的,你说一句,他有十句等着。说大了,抬腿就走人,没法子。"天星出馊点子:"要我看,咱不能零碎戳弄他,治就治个狠的,给他捆起来,动动家法!"

天好还是不太愿意下手,在找借口:"那谁去捆绑他?虎子学得一身好武艺,一般人舞弄不了他，就是咱三个合起来也不是他的对手。"

天星这回要来真格的："别给他长威风了，我一个人就能把他掀翻在地！"天好这才下了决心："对呀，你当过江帮的把头，还怕他个嫩兔子！拿出你的捆猪绳子，给我捆了来！"天月嘴上的劲儿大："对，二姐，给他捆来！"真要去捆，天星又打起小九九："我自己去也不是不行，可我不愿一个人得罪了他，要去咱们一块。"天好拿出了大姐的派头："那行，一块去！"

虎子还在睡觉，三姐妹拿着绳子，蹑手蹑脚进了虎子屋，发一声喊，一起上手捆虎子，到底把虎子捆结实了。虎子从梦中惊醒，不知咋回事，他喊着："姐，你们要干什么？"

天星凶巴巴地说："干什么？自从你回来，毛病一身一身的不说，还和仇人交朋友，怎么劝你也不听。今天，三个姐姐要给你大刑伺候，过过堂！"天好缩头当尾巴："对，今天就是要给你灌点辣汤，教教你怎么做人！"天星挑了头，还要拉个垫背的："今天谁也不要当好人，都得下狠手，一人给他一个耳刮子，得罪人的事不能叫我一个人干。长者为先，大姐你先来吧。"

天好说："那我就不谦让了。"挥起巴掌，落到虎子脸上却很轻。"大姐，你这也叫打耳刮子呀？看我的！"天星说着，一巴掌上去，竟把虎子的嘴打出血了。天好心疼了："我的妈呀，你这是打耳刮子吗？怎么下手这么狠呢？"天月说："你这是熊瞎子拍地瓜呀？"天星用手一指："老三，不用说我，你还没打呢，你打完了再说。""打就打！"天月挥起巴掌，轻轻地落下，竟然把虎子嘴角的血抹去了。天月这会儿卖乖是头一份："虎子，你看我和大姐是怎么打你的，二姐是怎么打你的，这三巴掌你品出点味儿来了吗？"虎子一咧嘴："品出来了。"这时候，天好、天月把虎子的绑绳松了。

天星火了："你们俩当好人，把我卖进去，太不够意思了！"天好笑道："你当你是块好干粮啊？"虎子问："今天的事，谁是主谋？"天月说："还用问吗？除了你二姐，还能是谁？"天好也说："就是她！"天星喊着："虎子，别听她们胡说！"姐弟四人正闹腾得欢实，外面传来零星的枪声。他们冲出屋门看发生了什么事。

姐弟四个趴在院墙向西看，这时，陈大户急匆匆走来。天好问："大叔，哪里打枪？"陈大户说："我的妈呀，那些日本孩子为争夺一个姑娘，火并起来了，死了两个，那个小野和高桥都被打死了！"说罢又急匆匆走了。虎子哈哈大笑："好啊，死一个少一个！"天好问："虎子，是你弄的鬼儿？"虎子一脸兴奋的样子："关我什么事？回家睡觉！"走着又说，"这一夜，事真多！"

第 19 章

1 虎子躲避抓劳工,混进青少年义勇军,和一帮日本孩子在一起。天好派天星去把虎子拖回来捆起教训一顿。但是,三个姐姐对这个弟弟还是不放心。这天晚上,她们聚在一起,商量着怎样才能管好虎子。

天好说:"虎子都对我说了,小日本义勇军的火并,是他下的药。"天月挺佩服:"没想到他还有那心眼,真是小看他了。"天好出主意:"看样子,虎子一直没安生,问他以前都干过什么,他总是说一半留一半。说不定在外边惹过什么大事呢,我看还是给他说个媳妇,拴住他那双野蹄子,把他稳住了。"天星立马赞成:"这也是办法,有了媳妇他就不会到处乱跑了。到哪儿说媳妇呢?秀水屯就这几十户人家,有姑娘的,大的大,小的小,也没个合适的。"

天好问:"老三,你成天在镇子上转悠,没见过合适虎子的?"天月仰脸认真想了一会儿:"倒是有一个,叫秋桃,寄住在大姨家,闺女长得不错,不知道人品怎么样。"天好说:"你就去给说说。"天月倒是谦让起来:"我不行,没做过媒婆,你是大姐,亲自去呗。"天好一锤定音:"我成天忙里忙外的,哪有时间?这件事就交给天星吧。"天星连忙摆手:"我?我不干!"她可没说出不干的理由。天好故意甩脸子:"不干也得干,没了爹娘,我就是金口玉牙!"天星阴阳怪气地说:"人家是家长啊,不听也不行啊,好吧,我去试试看。"

天星说干就干,第二天上午就到镇上秋桃姨家为弟弟说媒。她对秋桃的姨说:"我弟弟和秋桃妹妹的年龄相当,让他们见见面,要是有缘呢,就成亲家,没缘分呢,权当多了个朋友。"秋桃的姨说:"按说呢,咱们两家不般配,秋桃她爹吧,先前是三江镇北甸子屯的首户,抽大烟败了家,卖了房产地亩,典了妻,自己上吊了,外甥女这才投靠了我。"

秋桃就在旁边站着,她可不是省油的灯,直来直去地说:"大姨,我们家早年间的风光不提也罢。二姐，你弟弟就是那个在义和盛绸缎庄站过几天柜台的伙计，大号叫宋天虎？我见过，也算是一表人才吧，行，我可以和他见见面。"

天星一听，心想这媒婆还不难当嘛："那咱就挑个好日子见见面？"

秋桃好像很随便："还挑什么？今天就是好日子，我跟你去就是了。"

秋桃的姨说："哼，等不及了，没见过这么贱的闺女。行了，你们俩商量吧，这件事，我是不管了。"

天星有些不快："不和你姨商量商量？"秋桃一扭屁股："管她呢。""那就走吧。""等等，我洗把脸，擦点粉。"天星只好等着，心里说，这真是懒驴上套，不屑就尿，她对秋桃一下子没了什么好印象，剩下的只是向大姐交差了。

天星尽职尽责从三江镇把秋桃领到家中，虎子还没事人似的躺在炕上。天星拖着虎子说："秋桃姑娘已经来了，在东屋呢，你去见见面啊！"

虎子问："那个闺女长的什么样？"天星实打实地说："不比你姐姐们差。"虎子看着天星的脸："比你漂亮？""比我漂亮。""比大姐还漂亮？""那当然！""比三姐更漂亮？"天星笑着打着虎子："你把我绕进去了！"虎子哈哈大笑。

虎子到东屋里一看，秋桃正悠闲自得地嗑着瓜子，那嗑瓜子的技术堪称一流。白嫩嫩的小手把瓜子撂进樱桃红的小嘴里，"咔吧"一声，仁儿留下，呸的一下，瓜子皮飞出来，真是妙极了。虎子站在那里傻呵呵地笑着看秋桃。

秋桃双眼皮的大眼随意剜了虎子一下："傻样，看什么？鳖瞅蛋啊？"

虎子的心被秋桃那带钩的媚眼一下子钓起来，开始加快蹦跳着。他心里的第一印象是，天星有眼力，这闺女长得真不错。

秋桃见虎子不吭声，又主动说话了："唔，过来坐呀。"虎子坐下了。秋桃说："我是老虎呀？就不能坐近点？"

虎子挪了挪屁股。面对漂亮的秋桃，虎子拘束得快不会动了。"再近点嘛。"秋桃不光是用媚眼钓，还用话语拽。虎子又挪了挪屁股。他开始闻到秋桃脸上的粉香味儿，挺好受。秋桃靠近虎子："脸皮还挺薄。你好好看看我，长得还中你的意？"虎子点了点头。他面对这俊妞的凌厉攻势，已经难以招架。秋桃傲气十足："我说嘛，我相亲也不是头一回了，没有看不中我的，都是我看不中人家。"

"那你看中我了？"一向心高气傲的虎子这会儿显得底气不足。"马马虎虎吧。"秋桃说着，脸蛋已经绽开一朵花。虎子这会儿缓过神来开始主动出击："你愿意嫁给我？""傻样，还看不出来？"秋桃一扭细腰、一挪屁股往虎子身上倚来，十分老到地说，"摸我的手呀。"

虎子不再拘束，放开胆细摸着秋桃的手："你的手真嫩，软得像棉花。""我这双手，从来没干过粗活，我要是嫁给你，你舍得让我干粗活？"她十分清楚她的这双手对相亲男性的魅力。虎子有了胆气，立即说起大话："你要是嫁我，我把它供起来。"秋桃对虎子十分看中，二十分满意，说出实话来："看样是个怜香惜玉的爷们儿。"

虎子这时才想起主人待客的礼数："你嗑瓜子不渴吗？喝水呀。""你这茶水凉了，我从来不喝凉茶。"虎子开始讨好秋桃："我给你换点热的？"秋桃信口开河地说："算了吧，你这是花茶，我从来不喝花茶，要喝就喝绿茶，龙井啊，碧螺春呀，毛峰啊。"

窗外，天星捅破窗户纸，正偷看偷听里面的情况。她通过秋桃这会儿的言语表现，更觉这妮子不地道，和虎子不配。可是眼看着没出息的虎子和秋桃黏糊上了，她气得咬牙自言自语："这个虎子，真没出息！迷上了。呸，死妮子，说起话来拿腔拿调的，装什么大家闺秀？恶心！"说着，冲进屋里。

秋桃正握着天虎的手亲昵，天星猛地推开门训斥："秋桃，你把手拿开，才见第一面就这么轻贱，叫男人亏的呀？"秋桃脸不变色心不跳地抢白道："这是我们俩的事，你当姐姐的插什么杠子？我们愿意！"

天星粗声大气地说："可是我不愿意！"虎子正和秋桃黏糊着，被天星猛地泼一盆冷水，很不高兴："二姐，你这是干什么？"天星金刚怒目地说："我就是要撵她走！"秋桃哭了："好，我走，没见过你这么当姐姐的，什么闲事都要管。"呜呜哭着跑了。

虎子气得直跺脚："二姐，你不是给我说媳妇吗？怎么把人家撵跑了？"

天星指着虎子的鼻子说："你呀，嫩兔子。这闺女，和你不是一个林子的鸟，你们俩要是过日子，长不了！"

天星赶走秋桃，坏了虎子的好事，到吃饭的时候，虎子赌气躺在西屋炕上不吃饭。天好心疼虎子，跑来追问到底怎么了。虎子哭咧咧地说："大姐，你知道不？咔的一声，那人就没了！"

天好问："什么咔的一声？什么人就没了？"虎子说："三姐说的那个秋桃，二姐今天领来家了。""啊？领来家了？怎么也不对我说一声？她自己就作主张了？"虎子对大姐诉着苦："你听我说呀，我一看，挺合我的意，和那闺女说得正热乎，二姐一头拱进屋里，硬是把人家一顿臭骂，咔，撵走了！又说人家嗑瓜子像耗子啃木头，又说人家喝茶嫌凉嫌热，还说我和她不是一个林子里的鸟，过不长远，咔咔。"

天好很奇怪："你二姐这是想干什么？人家不嫌弃咱就不错了，咱还有什么好挑剔的？"虎子继续气哼哼地说："说的是什么？把我当成薛平贵了？人家可是地地道道的王宝钏！""我去问问，她到底想干什么？"天好也气哼哼地去找天星。

天星正大口吃着饭，天好夺下她的饭碗："你还有脸吃饭！给虎子找媳妇，是咱姐三个的意思，你都干了些什么？秋桃再不好，虎子看好了，你插的什么杠子？"

天星很认真地说："大姐，你是没看见那秋桃。说句公道话，人长得还能拿出手去，可你没看见她那拿腔拿调的样子，简直让人受不了！""可虎子喜欢！""你听虎子的？他懂女人吗？那是个过日子的主儿吗？我还不是为他好？我的妈呀，喝茶凉了不行，热了不行，还要喝龙井、碧螺春、毛峰，我尿泡里有壶热的，你叫虎子问问，她要不要喝？妈呀，西宫娘娘呀？咱家养不了！"

天好生气地数叨着天星："你这是说的什么话，人家以前是大户，拿捏一下架子也情有可原。再说了，就算这门亲事不合适，也轮不到你把人家撵走啊！你是老儿？"天星理直气壮："我老二！"天好黑下脸来："老二要听老大的！你明天给我把秋桃请回来，请不回来就别进这个家门！"天星服软道："好好好，请回来，我这不是犯贱吗？这回再去，我把嘴绷严了，好不好？"

第二天，天星又跑到镇上秋桃她姨家，带上礼品请秋桃。天星赔着笑脸对秋桃说："秋桃姑娘，昨天的事吧，我做得不对，你别往心里去。你跟二姐回去，我大姐想见见你。"

秋桃把脸扭到一边："我成什么人了？窑姐呀？你们想见就见，想轰就轰？本姑娘没那么发贱！"

这倒成了送神容易请神难，人家还拿架子了。天星只好耐着性子哄劝道："秋桃，你听我说，别和二姐一般见识。二姐不是小户人家出身嘛，没见过世面，听说你要喝龙井、碧螺春，还有什么毛峰，我都没听说过，心里就发了毛。"

秋桃这会儿说了实话："我也就是说说罢了，你还当真呀？吃饭穿衣看家当，你家没有龙井，我也没逼着要啊，你就是给我高粱花冲水喝，我还能说什么吗？不喝就是了。"天星连忙顺着毛茬捋："那是的。"

秋桃挺实在地说："实话对你说吧，本姑娘相过几次亲，比起来，你家最穷，可我看好天虎。既然你认了错，我也不能不给你面子，再和天虎见一面，你可不能再来无礼的了。"天星忙点头赔笑："不能，吃一百个豆子我还不知道腥气吗？走啊！"

天星好歹总算不辱使命，把秋桃请到家。她把秋桃交给天好，就去忙自己的。天好看秋桃生得水灵模样，也挺喜欢。她握着秋桃的手说："秋桃姑娘这双手，葱白似的，这胳膊，莲藕似的，多稀罕人。"

秋桃嫌弃地说："大姐，你把手拿开。你看你这双手，又粗又硬，锉刀似的，弄疼我了。"天好并不在意，继续赞叹："多娇嫩的姑娘，一掐冒浆儿，虎子有福呀。虎子，和秋桃说着话，我做饭去。"

秋桃真是旧毛病难改，又信口开河胡呱啦："大姐，不用太麻烦，我不是挑嘴的人，四个菜就行，来个蘑菇炖小鸡，木耳炒鸡蛋，猪肉粉条子，有鲇鱼吗？来个鲇鱼炖茄子，撑死老爷子。主食嘛，就焖锅大米干饭吧，别太硬了。"

天好皱着眉头问："就这些？"秋桃扭头亲热地问虎子："天虎，你喝酒不？"虎子说："来点也行。"秋桃继续铺排着："大姐，我不喝烧酒，要黄酒，一瓶两瓶的都行，意思意思吧，喝多了上脸。"天好脸上堆着笑："哎，你们说话，我这就去准备。"秋桃热度骤升："天虎哥，我没难为大姐吧？"

虎子只好说："还行。""坐过来呀！"秋桃又开始用媚眼钓虎子。虎子挨着秋桃坐下,心跳立马加速。"天虎哥,你真的喜欢我?"秋桃语音没落,已经抓住虎子的手。虎子闻到秋桃嘴里说话喷出的味儿,不知所措地支吾着。

为招待秋桃,天星拉风箱烧火,天好忙着做饭。天星边拉风箱边叨叨:"大姐,你都看到了吧?这样的闺女,你敢往家娶?干脆,咔。"

天好自然有她的一番道理:"她敢嫁,咱就敢娶,娶来家,她就能不起来了。"

天星惊叹:"我的妈呀,你还真敢往家揽这个破瓷缸?手里有金刚钻?"

天好信心十足,说出话一套一套的:"好媳妇都是调理出来的。进了咱家门,看我的吧。毛驴子拉磨不上道,我给它戴上眼罩;烈马不驾辕子,我有皮鞭等着。"天星一撇嘴说:"那都是当婆婆使的威风,你算哪一道的?"

天好当仁不让:"我算哪一道的?爹妈不在了,我是一家之主!"

天星侧耳细听一阵子,努嘴道:"两个人又黏糊上了,我去听听他们都说了些什么。"说罢,跑出屋子。天星捅开窗户纸,又偷窥屋里的动静。

秋桃问:"哎,天虎哥,你二姐挑拣怎么那么大?"虎子故意褒贬着:"她就是那么个人,野着呢,杀鸡都不用刀,拿手一拽,咔!鸡头就下来了。"秋桃咯咯笑着:"这不成山上的野物了吗?!""就那么个人,天不怕地不怕。"

秋桃大咧咧吹嘘着:"本姑娘也不是吃素的,等进了门,看怎么调理她。"虎子有意吓唬她:"你能调理了她?她伸出一个小拇指头,就能戳你一个跟头,你不信?"秋桃很得意:"哼,对付她,我有我的办法,一哭二闹三上吊。"

天星在窗外听了他们的这番话,一下惹恼了她的火暴性子,她忍无可忍,一脚踢开门,指着秋桃的鼻子骂:"好你个秋桃,什么破货,还没进门就想挑事,怪不得嫁不出去,你给我滚出去!"

虎子不高兴了:"二姐,你又怎么了?"他不情愿地从秋桃手里拽出手。

天星指着虎子的鼻子:"软皮蛋,叫女人亏的啊?没听她说些什么吗?"

天虎问:"人家说什么了?"天星火气冲天:"你耳朵聋啊?还要调理我,我今天先调理调理她!"说着,揪着秋桃的衣领说,"走,到院子里去,你给我哭,给我闹,我还要看看你怎么上吊!有没有绳子?没有绳子我有裤腰带!"

虎子脸红脖子粗地对天星发火:"二姐,你要撒野吗?""对,我就是要撒野,今天就撒给你们看看!"天星说着还是把秋桃往外拽。

天好冲进屋里,抱住天星:"老二,你疯了?快撒手啊!"天星跺着脚:"虎子,你这个吃里爬外的东西,我叫你耳朵根子软,今天把你一起收拾了!"

秋桃叫喊着:"我的妈呀,从哪山上跑来一只母老虎?天虎,你就是给我十万八千个生金猴,我也不敢嫁给你了,还是逃命吧!"一溜烟地跑了。

天好气愤地对天星说:"老二,这是干什么?不是成心搅乱虎子的好事吗?"

虎子也在一旁抱怨:"完了,又跑了。全怨二姐,她头一遍把人咔走了,今天又咔了一次。大姐,她这是成心叫我打一辈子光棍儿啊!"

天星听着反而笑了："告诉你虎子，二姐咔得对。这才咔两回，你要是就看好她，二姐还得咔第三回、第四回……咔咔咔。"

给虎子说媳妇的事，闹腾这么两回，就此收场煞戏。

2 关东的冬天，雪大天冷，穷人的日子很难过。日本开拓团抢占了村民们带庄稼的土地，好多家冬天缺粮，只能吃糠咽菜，有的还饿死人了。

秀水屯刘昌德不在家，他娘饿死了。天好听说这事，急忙跑去看。老人的媳妇有关丧事不懂，只会哭。天好帮忙把该办的事按老辈人的规矩都办妥了，还和几个汉子一同抬棺材。刘家没地了，老人只能往荒山上埋。天好帮忙抬棺材上山，山陡路滑，天好一不小心脚下打滑，人滚下山坡，摔断了腿。

天好跌断腿后接了骨，俗话说，伤筋动骨一百天。她不能活动，只能躺在炕上。姐弟三人围着天好一筹莫展。

天月抹着眼泪："大姐，还是到城里的医院看看吧，这样不行啊！"天好安慰着弟妹们："哭什么？镇上的孟接骨不是给我接了骨头吗？躺些日子就好了。"天虎说："我怎么看着有点悬？他接得对吗？"天好告诉虎子说："你放心，他家的接骨是祖传。现在是冬闲，家里用不上你，你也该回周先生的绸缎庄了。"

虎子说："你都这样了，我能离开你吗？周先生说了，让我在家陪你猫个冬。"

正说着话，周和光提着礼品来了。天星笑道："说曹操，曹操到，真不扛念叨。"周和光笑道："早就想来看大姐了，有急事进了一趟城，才来，别见怪。"天好客气地说："你是大忙人，看我干什么？""听天虎说，你这个大姐不一般，我很敬佩。"天好笑道："别听他胡说，也就是一窝狐狸都不嫌臊就是了。"天月逗趣道："看大姐说的，我们可不是狐狸。"大伙都笑起来。

周和光建议道："听说是在镇上接的骨？我看还是到城里大医院看看就好了，照个X光片放心。"天好摇摇头："没那么娇贵。"周和光提起礼品放到炕头上："大姐病着，要好好调养，我就不打扰了，这是点小意思，别嫌弃。"

虎子去送周和光，天星打开礼品盒，发现里边有一沓钱："大姐，周先生送钱来了。""这是怎么说的？咱不能接受人家的钱，天月，给人家送回去。"

天月抓起钱撵周先生。周和光正在街上走着，天月呼哧呼哧跑来喊："周先生，等等！"她跑到跟前，拿出钱来，"周先生，东西我们留下，钱您带回去。"

周和光看着天月："我和天虎是东伙关系，他的大姐也是我的大姐，出手相帮不是应该的吗？"天月说："我们家不困难，用不着帮。再说，这不是一笔小数目。""你们是把我当外人了？"天月笑着回应："你本来就是外人。"

周和光出主意道："这样吧，你一个姑娘，挑着货郎担子走街串巷，我看着都心酸。你拿这些钱租个铺面，从来都是坐贾行商，做买卖得有自己的地儿。""谢谢您的好意，我们没法回报您。""算我借给你的。""我们不借贷。"天月把钱塞给周和光就跑。周和光怔怔地看着她的背影,看不到了才回家。

天好躺在炕上不能动,虎子到山上去套兔子。可是,套兔子的人比兔子都多,一连三四天都是空手而回。天星对大姐说:"屯里家家闹粮荒,不断有饿死的。昨天,马老太太也饿死了,她儿子被抓劳工,剩她一个人没粮吃。听说秋田村上给她送过半袋粮,她饿死也不吃日本人送的粮,临死手里还抱着她家的家谱。"天好一阵难过:"唉!都是日本人作的孽!"天星说:"现在冬闲,也没活干,咱们是坐吃山空,熬不到春天也要揭不开锅了。我想到秋田家看看他雇不雇短工。"天好说:"也好,去看看吧。"天星到秋田家说明来意,秋田村上急忙点头答应,说他早就有这个意思。

周老太太病了,躺在炕上直哼哼。周和光请了老中医来,老中医把完了脉说:"老太太,你没有什么大病,就是有点心火,吃我几服汤药就好了。"老中医辞别周老太太出来,周和光出门相送,他问老中医:"大夫,我妈什么病?"老中医说:"心病。你们谁惹老太太生气了吧?"周和光愣怔了一会儿,回屋站在炕前问:"妈,你这是怎么了?大夫说你有心病,谁惹你生气了?"

周老太太拍着炕席说:"这个家,除了你,谁敢惹我?""妈,我什么时候惹着你了?"周老太太气鼓鼓地说:"你一直在惹我!你说你三十多岁了,就是不给我娶个儿媳妇,耽误我抱孙子,这不是活活要气死我呀?"周和光只好推托道:"妈,这件事急不得,慢慢来,眼下不是没有合适的嘛。"周老太太一针见血:"谁说没有合适的?放着天月那么好的闺女你不娶,你想干什么?"周和光有点委屈:"妈,谁说我不想娶了?人家不是不愿意嘛!""是闺女不愿意吗?是你没放下臭架子!"

周和光不服地辩白道:"谁说的?我哪儿来的臭架子?"周老太太更生气了:"还给我犟嘴!你从回来,干了点正经事吗?数一数,在家呆过几天?像盼皇上似的盼你来家吃顿饭,你今天会朋友,明天考察,考察个屁!生意越做越抽抽,听说这个月弄不好要亏账,绸缎庄叫你给开抽抽了!"

周和光忙解释:"妈,绸缎庄我接手不到一年,得给我个适应过程啊。""买卖亏盈我不追究,你给我整点正经事,对天月下些水磨功夫,看她愿意不愿意!""好嘛,要我当西门庆。"周老太太说:"哼,你要有西门庆那两把刷子还好了!"

老太太下了死命令,周和光只得遵命对天月采取实际行动。这天,一伙妇女围着天月买货,生意火爆。天月发现,妇女们买了东西都走进周家的大门,顿感疑惑。她对一个妇女说:"大嫂,你给我看着货郎担子,我去去就来。"说罢,朝周家的大门走去。

天月直接走进周和光的屋里,见桌子上放着各色小商品,都是天月刚卖出去的货。天月指着小商品,恼怒地问周和光:"周先生,你这是什么意思?"周和光尴尬地说:"天月,你别误会,我没别的意思,就是想帮帮你。"天月直言不讳:"周先生,这个情我不领你的,我用不着你可怜!""我实在是看你一个姑娘家当货郎不忍心。"天月气愤,刻薄地说:"我当货郎碍你的眼不是吗? 好,我从此再不做这个生意了!"说罢,扭身走了。

天月回家把不干货郎的事对天好讲了,天好也说姑娘家当货郎不合适,不干也好。天月到镇上找了好几家店铺,人家都说不缺人手。她来到一家茶庄,掌柜的也不需人,不过,这位好心的老板给天月出了个主意,他说:"这个镇子,五行八作什么都有干的,就是没有照相馆,你会不会照相洗相?"

天月说:"在大连街见过照相的,可没见过怎么洗相。"掌柜的说:"我挺喜欢这行当,迷过一阵子,买不起照相机,自己做了一个,还真能照出相来,你要是有意,我就送给你了,在镇上照野相吧,怎么不混口吃的?"天月有点发愁:"我不会洗相啊,也没有洗相的设备。"掌柜的索性好事做到底:"这不成问题。我这里有本小册子,上边有洗相匣子的图样,也送给你了,你照着上边说的做就是了。""那太好了,让我怎么谢您呢?"掌柜的摆摆手说:"不用谢,你手艺练成,给我照张全家福就行。"

天月说干就干,回到家立刻照着书本,指挥虎子和天星打造了一个洗相片的木匣子。天好知道这事,高兴地瘸着腿下地过来看:"把你能的! 鼓捣好了,先给我照一张。"天月说:"行啊。虎子,明天你进趟城,三姐给你开个单子,你给我买些药粉相纸什么的。"虎子突然想起了什么,把手里的活一扔:"洗相没电怎么办?"天星说:"秋田家有电,咱们求求他。"该准备的都弄妥了,天月这个照相师傅开始在自己家里实习一番。虎子扶着天好,在院里的凳子上坐好,天月给大姐照了一张,过后每人都照了。正好陈大户路过,天月拉过陈大户,教了他照相的方法,让他给姐弟四人照了一张全家福。

天月聪明手巧心细,她按照小册子上说的方法和步骤,照的底片显影和定影都成功。天星领着天月,抱着洗相匣子来到秋田家。天星说明了来意,秋田村上满口答应。

天月说:"我们不白用你家的电,我可以免费给你们各自照个单人相,再来个合影。"和子高兴地说:"好啊,以后我们家的电随便用。"

天月给秋田村上、和子照了相,然后就和天星到秋田家仓房里去洗相片。相片洗出来了,还真不错,天月高兴地说:"我可以做照相生意了。"

洗好的相片拿回家,虎子和天好都一个劲儿地夸天月能干。天好说:"唉,你们都有事情干,就我躺在炕上,急死我了,我这条腿怎么就是好不了呢?"天月安慰大姐:"大姐,你急什么? 等我挣了钱,送你进城里的医院看看。"

试验成功,天月背着招牌、挎着相匣子开始在镇街上兜揽生意,招牌上是一个比一个漂亮的宋家姐妹的照片。天月喊着:"照相啊,来照相啊……"

几个日本人喝得醉醺醺地从酒馆里出来。一个日本人说:"喂,你们都要当兵去了,那边有照相的,咱们照个合影吧。"大伙都说要留影,给国内的亲戚朋友寄回去,于是走过来让天月照相,明天这时候取相。

天月今天挣了不少钱,高高兴兴回来,见天星还没回到家,就主动去做饭,打算吃过饭给底片显影、定影。天月正做饭,天星回来了,她看见照相匣子,觉得很奇怪,不知道里面有什么机关能把人影留下来,就好奇地打开相匣子,可是里面没什么。她端着相匣子问天月咋回事,天月一看二姐把底片都跑了光,就哭着捶打天星。天星只好说:"大不了给他们重照,实在不行,把钱退给人家。"

第二天,那个组织照相的日本人来取相片,天月一脸歉意:"对不起,底片走光了,我给你们重照好不好?"日本人气呼呼地说:"啊?重照?我的朋友都分手了,还怎么重照?"天月只好赔着笑脸:"那就退钱吧。"

日本人大怒:"我和朋友们聚到一起容易吗?他们当兵去了,说不定哪天战死,退钱就完了吗?"日本人说着,抢来天月的相匣子,砰的一声摔到地上,相匣子散架了。天月惊得目瞪口呆,她想,这个挣钱的门路又走不通了。

3 天月不能靠照相挣钱了,她无力地走着,沮丧地回到家里。她进了屋,刚想把照不成相的事告诉大姐,看见大姐正坐在地上哭。天好见天月回来,对她说:"我站不起来了。"天月很少见坚强的大姐哭过,她心疼得像刀子剜了一样,忙说:"大姐,不能再拖了,送你到大医院看看,到底是怎么回事。"天好也觉得该去大医院看一下,可又发愁地说:"咱没有钱啊。""我来想办法吧。"天月说着,急急走出家门。

无奈之下,天月只好到三江镇向周和光借钱。周和光把一沓钱递给天月:"这笔钱你不用还,算我给大姐治病的。""要是那样我不接你的钱。给你立下借据,我一定还你。"说过,天月写了借据,递给周和光。周和光笑了笑,把天月的借据撕了,天月又写了一张。周和光笑着摇了摇头说:"你呀,真有个性。好吧,我收下了,快给你姐治病去吧。"

借到钱,第二天天虎和天月背着天好到了县城的医院。经过一阵忙活,终于拍了X光片子。大夫拿着X光片,对姐弟们说:"这是什么人接的骨啊?接骨错位,已经愈合。姑娘,你这条腿可能永远瘸了。"天好哭了:"大夫,这怎行呢,我还年轻呀,弟弟妹妹要我照顾,难道没有什么办法了吗?"天月也哭着说:"大夫,你想想办法,花多少钱都不要紧,只要能治好我姐的腿。"大夫说:"办法倒是有,可治起来,罪不是人遭的。"他看着天好,叹口气,"当年京剧武生名角盖叫天曾断过腿,也是接错了骨。他是自断其腿,才二次接上,这比当年关云长刮骨疗毒还难呀。"

天好带着希望的口气问大夫:"再断了就能接上?"大夫肯定地说:"这我们有把握。"天好咬着牙,端起腿,朝床沿磕去,她惨叫一声,昏死过去。姐弟俩哭着惊呼:"大姐!"大夫一挥手说:"赶快送手术室!"

手术很成功,大夫赞叹:"盖叫天自断其腿,只是听说而已,你大姐让我大开了眼界呀！"姐弟们齐声向大夫道谢。大夫说："谢就不必了，你们还欠着医院的手术费呢，是我作的担保，可别让我为难呀。"天月忙说："您放心，我们会把费用交齐的。"

天月到镇上的中药铺里抓补骨的中药，据说这药方对天好手术后伤腿痊愈很有好处，只是药太贵。药铺掌柜的说："县城有家日本陆军医院，听说正试验一种新药，到处招募'特殊病患'试药，给钱不少。不过那里去不得，他们是拿中国人当试验品！"天月说："我要去试一试。"掌柜的忙劝阻："姑娘，千万使不得，那有危险！""顾不得了，我主意已定！"天月说着走出门去。

天月刚走一会儿，周和光进来给母亲抓药。闲谈中掌柜的说："这年头，穷人得不起病，刚才一个姓宋的姑娘，就是在鹿记鞋铺做过伙计的那个。她大姐把腿摔断了，到县医院做手术欠了一笔医疗费，姑娘急得什么似的，听说日本陆军医院招募特殊病患，要去做试验品，我怎么劝也没劝住。"

周和光一听，急忙坐着马车直奔县城，路上不断催车伕快马加鞭。到了县城日本陆军医院，他急忙往医生办公室闯。这时候，天月已经躺到车子上，护士推着天月朝外走。周和光冲进办公室，高呼："住手！"日本医官问："你要干什么？"周和光大喊："你们不能拿她做试验！"日本医官说："她本人已经同意了。"周和光喊着："我不同意！"天月哭着说："你走开，我不用你管！"日本医官问："先生，你是她什么人？""我是她哥哥！"周和光说着，把天月扛到肩上跑出医院。

周和光让天月坐上马车回三江镇，他把天月带到自己屋里。天月坐在那里嘤嘤哭泣。周和光喊着："你傻呀？给日本人当试验品换钱，那叫饮鸩止渴，一旦试验失败，落下病来，你花多少钱能治好？"天月哽咽着："我也不是不知道，可是欠着医院的钱，我们不能不还啊！"周和光生气地说："不是还有我吗？"天月还是哽咽着说："我已经借了你不少钱，怎么还好意思张口？"周和光故意装迷糊："你借过我的钱？我怎么不知道？"天月说："你装糊涂呀？我给你打了借据呢。"周和光毫不在意："借据？我早就撕了，何必那么认真？"

天月忽地起身："你要是这样，我现在就走，就是插草标卖身，也要还你钱！"周和光急忙按住她："好了，宋家三小姐，你就饶了我吧。我承认你借了钱，你慢慢还吧。说说现在，你医院的钱怎么还？""我去借高利贷。""实在要借，还是借我的吧。"天月一伸手："好，那就拿钱来吧。""还拿什么？我已经交上了。""好，我再打张借据。"

周和光送走天月，久久看着她的背影，叹了口气，来到母亲的屋。他把天好摔断腿治病没钱，天月到日本医院当"特殊病患"的事对母亲说了，周老太太感慨地说："唉，这世道，还有这样刚强的女子！和光，这是块无价的美玉呀，你一定要给我抓到手里。""妈，我今生一定要娶到天月！"

天星在秋田村上家打短工干得不错，这天她在猪圈里起粪特别卖力，秋田两口子看到,很高兴,决定请天星吃顿饭,犒劳一下。天星道了谢,不客气地和秋田夫妇一起吃饭。和子问:"二姑娘,我做的寿司好吃吗?"天星狼吞虎咽地吃着:"嗯,很好吃。"和子柔声细语:"好吃就多吃点。"说罢忙活别的去了。秋田村上在一旁劝说:"孩子,慢点吃,吃多了胃吃不消。"天星仿佛没听见一样,还在闷着头吃。秋田村上看着心酸,转身离开了。

天星趁着二人不注意,搞了个小动作。秋田村上转一圈回来,见那一盆米饭已经吃光。他问:"孩子,这些饭你都吃了?"天星有点不好意思:"从来没吃过这么好的饭,吃多了,你不见怪吧?""不见怪,不过,吃了这么多,下午别的活不好干了,你遛马去吧。"天星擦了擦嘴:"好吧。"她骑着马回到自家院里,把马拴好急匆匆进屋。

天星走进屋,见天好在炕上躺着,忙解开衣扣,从夹袄里倒出一大团子米饭,用碗盛了,送到大姐炕前:"姐,快吃,还带着温乎气呢。"天好惊诧地问:"你这是……"天星说:"就别问了,你身子弱,得好好补一补。"天好撑起身子,没吃上两口就流着泪说:"唉,我这一病,把你们都拖累了,给家里拉了饥荒,怎么还啊!"天星忙劝慰:"车到山前必有路,你愁什么?"

白雪覆盖着田野。天星赶着车往地里送粪,边赶着大洋马边骂:"畜生,你知道吗? 这些地本来是我们家的,现在被你驴拉的主人抢去了,你明不明白?"大洋马全然听不懂天星的话,依旧高视阔步地走着。天星攥起拳头捶着大洋马:"能不能慢点? 磨洋工还得我教你呀? 你少出点力,秋田还能宰了你吗?"大洋马被天星捶惊,抬起后蹄蹬了天星一蹄子。天星恼火,扬起鞭子把大洋马一顿乱抽。

虎子背着野兽夹子走来,见状惊呼:"二姐,你打牲口干什么?"天星愤愤地说:"这畜生,到底是东洋种,给秋田干活这么卖力气,气死我了!""我也给它一鞭子!"虎子说罢,给它一鞭。马惊了,朝前跑去。虎子和天星追着惊马,大洋马的腿被石板桥的缝隙别断了。两个人跑过来,见此情景惊得手足无措。

秋田村上正在修理农具,天星慌慌张张跑来说:"秋田先生,不好了! 咱那匹大洋马今天不知怎么了,就是不听话,我牵着它过石桥,它不走正道,把前蹄踩进石板缝里,只听咔嚓一声,像树干断了似的,马腿别断了!"

秋田村上急急忙忙来到小桥上仔细察看折断马腿的石板,他紧皱眉头,思忖片刻,转身往家里走去。

第 **20** 章

1 天星往地里送粪别断了马腿，秋田村上十分怀疑，他觉得这是天星有意所为。经过思考，他想了一个主意。这天晚上，秋田村上在家里的榻榻米上摆了酒席，请了几个日本开拓民来吃饭，同时也请了天星。

天星走进屋，不用招呼，自己找个位子坐下，拿起筷子就吃。秋田村上摆摆手说："二姑娘，等会儿动筷子，我有几句话要说。"天星继续吃着："你说你的，我吃我的，两不相干。"秋田村上压着恼火："今天的事，就是你干的，是不是？"天星没有应声，依旧有吃有喝。秋田村上继续说："是的，是我征购了你们家的地，可是你也没有理由把我家的马腿弄断啊。你说，这事是不是你干的？"天星依旧不言语。

秋田村上终于发火了："如果你不打算承认，现在我就送你去镇里的警察署！"天星这才放下筷子："我告诉你，我再怎么对你仇恨，也不能对马下这个死手，我就是打了它一鞭子，马惊了，腿正好别到桥上石板缝里。愿送哪儿都可以，反正现在我吃也吃饱了，喝也喝足了，随你的便吧。"秋田村上阴沉着脸说："太巧合了，天底下有这么巧合的事？好，那就不要怪我不讲究礼节了。"说着一挥手，在座的几个日本开拓民一拥而上，把天星捆绑起来。

天都快黑了，天星还没回家，天好正准备让天月去看看，虎子急急忙忙跑回来，喊着："大姐，不好了，我二姐被秋田捆起来了，还说要送警察署！"姐妹俩大吃一惊，天好问："他为什么捆人？"虎子说："可能是为了大洋马吧。二姐在地里干完活，大洋马不听话，我就帮着抽了一鞭子，谁知大洋马惊了，没命地跑上小桥，桥上的石板裂了条缝，大洋马一脚踩上去，把腿别断了。"

天好说："大洋马是自己踩空了，关你二姐什么事？他这不是欺负人吗？虎子，你背我去他家，找他讲理去！""对，找他们讲理，咱不能让他白欺负了！"虎子说着，背起天好走出家门。"我也去看看。"天月跟着去了秋田家。

姐弟三人来到秋田村上家门外，秋田村上堵在门口不让进。天好气愤地质问："你为什么把我妹妹捆起来？"秋田村上抹搭着眼皮不说话。天好正颜厉色道："秋田先生，你今天不放我妹妹回家，我可是什么事都能做出来！"秋田村上还是抹搭着眼皮不说话。天好提高了声音："好，你不放人不是吗？我今天就死在你们家门口！"秋田村上冷冷地说："你随便吧！"砰的一声关上了门。

下雪了，大片的雪花飘飘扬扬洒落下来。已经到了半夜，秋田村上听到外边有说话声，他起身推开门一看，天好坐在一张椅子上，天月和虎子站在两旁，三人身上落了厚厚的雪。秋田村上看着他们，三个人也看着他。

秋田躲开他们的目光，叹了口气："回去吧，只要你们拿钱赔上我那条马腿，我秋田村上也是通情达理的人，马上就放二姑娘回家。"天月嘴唇都快冻僵了，她使着劲儿说："老秋田，你明知我们家穷，别说赔一条马腿，连一个铜子也拿不出来！"秋田村上哼了一声："那你们就不该别断我的马腿，这是咎由自取！"说罢，又关上了门。

听到丈夫和人说话，和子掀开窗帘一角向外看去，她大吃一惊："是他们啊！怪可怜的。"秋田村上说："你可怜他们，他们可怜你吗？咱那匹马值多少钱，开春种地还指它出力呢。"和子有些不忍心："那就让他们在院里受冻？""你放心，受不了他们会回家的。"

天亮了，雪还在下着。秋田村上推开院门，见天好、天月、虎子三人身上落了厚厚的雪，还在那里。天好勉强站起身："秋田先生，你到底放不放人？"秋田村上说："不放！"天好追问："你说准了？"秋田村上毫不退让："说准了。"天好大喊一声："秋田，我和你拼了！"一头向秋田撞去。秋田村上被撞了个仰面朝天，摔倒在雪地上。虎子背着天好，天月搬着椅子，他们迈着疲惫的步子走回家去，雪地上留下他们深深的脚印。

日本开拓民们聚在秋田村上家，商量该如何处理这件事。秋田村上有些心软了："我看这件事就算了吧。中国有句话说得好，冤家宜解不宜结，我不想和他们结下更深的仇恨，就认倒霉吧。"和子说："是呀，我们征购了他们家的地，他们心里过不去，也是可以理解的。"

开拓民们给秋田出主意，说是你挺不住了，咱日本政府一定挺得住，把天星送进警察署，让他们处理。秋田村上犹豫了一会儿说："也只好这样了。"

唐巡捕和几个伪警察从仓房里押解出天星，朝村外走。他让一个伪警察到宋天好家去说，人带走了，想要人就交赔偿金和罚金。

虎子背着天好到三江镇警察署羁押室看望天星，天月也跟来了。天星被打得遍体鳞伤。天好流着泪说："天星，他们打你了？"天星毫不在乎："给我挠了挠痒痒。"天好心疼地说："你呀，天也敢捅个窟窿，叫我说什么好？"天星说："大姐，你不用为我担心，大不了蹲几年笆篱子，有什么呀！"天好哽咽着："我能让你蹲大狱吗？

放心，我会救你出去的。"

天好到警察署办公室对唐巡捕说："这件事是我幕后指使，不关我妹妹的事，你们关押我吧。"唐巡捕说："好啊，你不用走了，替你妹妹呆在这里吧。"

天星不知道天好替她坐牢的事，以为把她放出来就没事了，她一听说是天好替了她，跳着脚发火不同意，可是天好已经关进去，再说也晚了。回到家里，天月哭着对天星和虎子说："都怨你们俩，这下好了，大姐替你们坐牢，你们心里能过得去吗？怎么都哑巴了？能耐哪儿去了？说啊！"

"事情是我惹下的，要蹲大狱我去！"虎子说着要走。天月哭喊着："虎子，你给我死回来！老宋家就你这么条根了，大姐能让你去坐牢吗？你逼她死呀！"虎子跺着脚："那叫我怎么办？"天星哭着说："谁让她替我出来的？还是我去替换她，我不能让她替我蹲大狱！"

这时候，周和光提着礼品来，见姐弟三人的表情，满脸疑惑："你们姐弟这是怎么了？"虎子装出笑脸说："掌柜的来了？没事，为了一点小事拌嘴呢。"周和光说："我来看看大姐的腿怎么样了，嗯？大姐呢？"天月抹着眼泪说："您就别问了。"周和光急了："到底怎么回事？你们说呀！"

天星说了实话："是这么回事，我和虎子把秋田家的马弄惊了，马在石板桥上别断了腿，他家就报了官，大姐把责任揽过去，被抓进小衙门。"周和光埋怨道："啊？虎子，出了这么大的事，你怎么不对我说呢？""掌柜的，我们不想给你添麻烦了。""说了些什么！还有办法救你大姐吗？"天星说："办法倒是有，不过得交不少的赔偿金和罚款。"周和光忙催着说："那就交啊，无论如何也不能让大姐到大狱里受罪。"

天星递给他一张单子："看吧，这是小数目吗？我们卖了房子也凑不够！"周和光看着单子，又看着天月，欲言又止。停了一会儿，他摇着头说："是啊，这么多钱，就是我也一时难以凑齐，我的绸缎庄日子也不好过，正愁着缺少流动资金呢，爱莫能助啊。实在没有办法，这年头，自己顾自己吧。"默默流泪的天月奇怪地看了他一眼，觉得这不像他说的话，可也是实情。

周和光到他家的绸缎庄，找账房康先生了解生意情况，知道流动资金很少，就对康先生说："有些货你给我降价处理了，凑出千儿八百的，我有急用。"康先生急了："东家，使不得，这是杀鸡取卵啊，你干什么用啊？"周和光说："损失也顾不得了，这笔钱必须花，按我说的办就是了。"康先生叹道："唉，东家自己割自己的肉不嫌疼，我也不好说什么了。"

唐巡捕通知天星姐弟，让把天好领回去，说有个不认识的人交了赔偿金。

姐弟四人回到家里，猜不透到底是谁替他们交了钱。天好说："一定要想办法查出来，这个恩，一定要报！"天月念叨着："除了周先生还有谁呢？"天星说："不会吧，他不是说没办法吗？"天月说："哼，他这个人，鬼点子多得很。"

天好说："不猜了，慢慢查吧。天星，这回你捅了个大娄子，往后不要惹是生非了，姐求求你还不行吗？"天星不好意思地说："大姐，以后打死我也不敢惹事了。"天好摇摇头："唉，就怕生姜断不了辣气啊！"

得到赔偿金，和子很高兴，但是秋田村上考虑得更多一些："赔是赔了，钱是别人替交的，这一下咱们两家的仇更深了。"停了停他又说，"这仇恨啊，就像一颗种子，一旦播下了，就会生根发芽，世世代代仇恨下去，咱们还得在这儿住下去。别看现在咱们有国家支持着，有关东军保护着，可中国人不是好惹的。"和子说："是啊，我心里也不安稳。"秋田村上叹了口气："咱们不能和他们永远仇恨下去，一定要创造机会和他们和解。"

正说着，开拓民们上门来了，他们祝贺秋田得到赔偿。有一个开拓民还说关东军又剿灭了一伙土匪，那个杀了西村雄义的土匪被捉住了！开拓民们欢呼雀跃，大伙舞之蹈之，唱起了日本歌。秋田村上默默走出屋子，独自忧心忡忡来到马棚里，看着那匹断腿的马。

夜里，秋田村上突然从梦中惊醒，嘴里啊啊地呼叫着。他惊魂未定地对和子说："我刚刚做了个噩梦，梦见脸上压了包土，怎么推也推不开，好不容易把那包土推开了，又看见头顶悬着一张中国女人的脸，脸上的那双眼睛像着火似的瞪着我，吓死人了！"和子惊恐地说："啊，那真是太可怕了。"

2 周老太太发现绸缎庄账面上亏空很大，就责备康先生瞒了她。康先生说出去的钱都是周先生有急用，还不让老太太知道，他一个下人没法阻拦。周老太太一听更生气了，就把周和光叫来质问。

周老太太满脸怒气地问儿子："和光，你回来不到一年的工夫，就花了七八千块钱，我问你，钱都花哪儿去了？"

周和光低下头没回答。老太太一再追问，他才说："妈，您就别问了，这些钱，我一分也没乱花，都用在正经地方。""既然都是用在正经地方，还瞒着我干什么？说！""妈，用在什么地方我不能说，说了怕您担惊受怕。"

周老太太声色俱厉："我一个老太太，大清、民国、'满洲国'，什么没经历过？我有什么可担惊受怕？你今天不说，就不是我儿子，给我滚出这个家门！"周和光只好把回家执行特殊任务的真实情况对母亲说了。

周老太太听了儿子的一番诉说，拉着周和光的手好高兴："好啊，我的儿子到底是好样的，妈也跟着你光荣。""妈，这件事您一定要守住秘密，让日本人知道了，要掉脑袋的！"

周老太太说："这不用你嘱咐，妈都知道，为打小日本，你就是把家里房子卖了，妈也没有二话。"她停了一下问道，"可是不对呀，按你说的，这账面上还短了一千多块钱，你花哪儿去了？"周和光只得承认："那些钱我资助天月家了。"

周老太太问:"她家遇见难事了?"周和光告诉母亲事情的经过,周老太太点头称赞:"这些钱花得应该。"周和光特意提醒:"妈,这些事您千万别对天月提起,别伤了她的自尊。""这不用你嘱咐,妈知道。"

天月送给唐巡捕一双新布鞋,从他嘴里打听到替他们家交赔偿金的是义和盛绸缎庄的账房康先生。事情已经很明显,但天月还是想找周和光当面挑明了。这天,她来到周家堂屋,周老太太高兴地说:"哎呀,是天月来了? 你多少日子没来看我了?"天月说:"人家不是忙吗?"

周老太太开玩笑:"是忙啊,你不干鞋铺的生意了,当起女货郎,又扔了货郎担子当照相师,把你能的,插上两块门板子,你能当飞机飞了。"天月不好意思地说:"看老太太说的,我不是为了混碗饭吃吗?"周老太太故意将了天月一军:"混饭吃?为什么不到我家绸缎庄来? 嫌我们店小盛不下你?"天月倒也答得入情入理:"老太太,您说哪儿去了? 我要到你们店,还不得把别人挤对出去? 要是那样,我心里不忍。"周老太太感叹着:"多善良的闺女呀! 你与和光到他屋里说话去吧。"天月笑着:"哎,我正有些事要向周先生请教呢。"

周和光和天月走进屋里。周和光笑着问:"天月,请教什么事呀?"天月板着面孔:"周先生,我想和您核实一笔账,可以吗?"周和光故意打哑谜:"咱俩有什么账?""我借过你的钱啊。"

周和光拍着脑袋笑:"对对对,我不赖账,你是借过我两笔钱,我承认。"天月笑道:"你看你,好像你该我账似的,不过你的记性不太好,是三笔吧?"周和光放着明白装糊涂:"怎么会是三笔呢? 两笔,我有你的借据。""替我们家交赔偿金,没算上吧?""赔偿金? 什么赔偿金?""周先生,您别装糊涂,我都打听清楚了。"

周和光只好承认:"打听清楚了? 天月,那我就不瞒你了,我不能看着你大姐蹲监狱,那样你们家就散架了。"天月哭了:"那你也应该告诉我呀,要不然我们报答谁?""天月,你别往心里去,我不求你报答。"天月说:"不过,这笔钱我终究要还你的。"周和光岔开话题说:"你回去告诉天虎一声,就说我有笔生意要他跑趟绥远,让他准备一下,年前就会赶回来。"天月答应着走了。

回到家里,天月对天好说:"大姐,替咱们交赔偿金的人我打听到了,是周先生。"天好感慨地说:"唉,果然是他,咱们家欠人家的太多了,早晚得偿还!"天月有她的主意:"我打算到他家去打工,还一点是一点,总不能不声不响的。"天星大声说:"祸是我惹的,账是因为我欠的,谁也不用,我出去挣钱。"

天星除了能使力,会杀猪也是技术活,算个挣钱的门路,她决定出去杀猪。这天她背着杀猪口袋到陈大户家问:"大叔,进腊月门了,你家杀不杀猪?"陈大户说:"你看我养的这几头猪,还能杀出肉吗? 今年不杀了。"天星失望地说:"哦,不杀了,咱们屯,你家不杀猪,就没有杀的了。"

天星转到杨树沟村,一边走一边喊着"杀猪",一个捡粪的老大爷走来,天星问:

"老大爷,知不知道这个屯子谁家要杀猪?"老大爷说:"就别打听了,没有要杀猪的。不过村东有个日本开拓团驻地,你到那儿看看去吧。"

开拓团驻地有一对开拓民夫妇在院子里整理农具,男人叫河野。天星走进院子问:"先生,我是杀猪匠,请问你们家杀不杀猪?"女主人说:"对不起,我们家没养猪。"河野问:"哎,你会杀牛吗?"

天星怔了一下说:"杀牛?会,可是我们中国人不杀耕牛。"河野说:"我家养了头牛,光吃料不长膘,也干不了活,还算什么耕牛?你给我们杀了吧。"河野把天星领到牛棚,指着一头牛说,"你看,就是它。"这头牛瘦骨嶙峋,老得可以。

天星的眼睛一亮说:"可以,咱们谈谈价钱吧。"河野很老到地说:"你先说个数我听听。"天星转着眼珠子说:"这样吧,我也不要你的工钱,杀完了牛,把牛下水都给我吧。"河野摇着头:"不,你要的报酬太多了,这样吧,牛心,牛百叶,还有牛的那个归我,剩下的你拿去。"天星笑着说:"先生,你真会算账啊!好吧,就按你说的,你可不许反悔。"河野眼睛一翻说:"我有什么可反悔的?"天星把杀猪袋子往地上一扔说:"好吧,这头牛,我杀。"

3 天月为了还债,准备到周老太太家打工。她一早从家里走到三江镇,进了周家的堂屋。周老太太一见天月,就亲热地抓住天月的手高兴地说:"天月呀,你又来看我了?"天月说:"老太太,我是有事求您来的,您让我在你们家做工吧。"周老太太十分奇怪:"到我家做工?这是怎么说的?""老太太,我就实说了吧。我二姐惹了事,周先生替我们家出了赔偿金。我们欠你们的太多了,一时也还不起,我想到你们家打工顶账,您看可以吗?"周老太太十分干脆:"你到我家打工?这是怎么说的?不行!"

天月问:"为什么?"周老太太流泪了:"姑娘,你是真不明白吗?我一直想要你当我的儿媳妇,你怎么能给我家当下人呢?""老太太,我说过,咱们两家门不当、户不对,我不可能给您做儿媳妇。"

周老太太说:"天月,你怎么这么固执?我嫌弃你家穷了吗?你到底有什么顾虑?""老太太,这话要是搁在以前说,我或许会考虑,可是现在更不行了。您想啊,我们家现在欠你们家的钱,如果我答应给您做儿媳妇,这不就成了买卖婚姻了吗?叫外人怎么看?"周老太太说:"管那些,只要你跟和光情投意合,让别人随便说去。"天月说出了一番道理:"那可不行,要是我那样做了您的儿媳妇,会在你们家一辈子直不起腰杆,要是那样,我宁肯一辈子不嫁!"

周老太太也有自己的理由:"可是你要是给我们家做了下人,还叫和光怎么娶你呀?你替没替我们着想?""我没答应嫁给他呀!"周老太太说:"和光发了誓,他这一辈子非你不娶!"天月干干脆脆地说:"那是他一厢情愿!"

周老太太如木板上钉钉子:"我不管那些,反正你想在我家当下人,我坚决不要!"天月倒是有了胆子:"您不要不行,我今天不走了!""哈哈,你给我要泼妇呀?"天月拿出一副天不怕地不怕的架势:"我就耍了,您看着办吧。"周老太太故意发火喊道:"来人啊,把这个疯丫头拖走!"何嫂应声来拖天月。

天月抱住老太太不撒手:"老太太,您是活菩萨,就留下我吧。我会把您伺候得比皇太后还舒服,不信您就试试。"周老太太无奈地说:"天月,你这不是破裤子缠腿吗?""我就缠上您了,看您有什么办法?"周老太太叹了口气:"好吧,何嫂,先让她留下来。"天月忙说:"谢谢老太太恩典。"

周老太太说:"留下是留下,你必须一切听我的,也不许问什么。"天月忙着点头:"我听您的就是了。"周老太太说:"何嫂,给天月姑娘换身行头,衣服从我的衣箱里找,把我年轻时候穿的衣服找出给她换上。"

天月忙说:"哎呀,老太太,我可不行!我一个当下人的,不配穿您的衣服。"周老太太放下脸子:"天月,我可告诉你,你要是再下人不离口,我一个耳刮子把你打到南墙上!"何嫂开箱找出老太太的衣服。周老太太催着天月把衣服换上。天月照着镜子说:"天啊,我穿了这身衣服,还像个……"周老太太举起巴掌。天月笑着说:"……穷人啊。"

要吃午饭了,周和光陪着母亲坐在八仙桌前,何嫂和穿着老太太给的衣服的天月端着饭菜走进屋里。周和光一愣:"天月,你……"周老太太满脸堆笑:"愣什么?从今天开始,天月是咱家的人了。"周和光问:"这到底怎么回事?我都糊涂了。"周老太太说:"我一会儿对你说了你就不糊涂了。天月,坐下,和我们一块吃饭。"天月犹豫着:"老太太,我一个……"周老太太又举起了巴掌,可她的眼里却满含笑意和慈爱。天月只好笑着说:"好好好,我坐下。"

天到黄昏,天月从镇上回到家里,把去周家打工的经过讲给天好听。天好笑道:"天月,没想到你还是个泼皮,有你这么找活干的吗?周先生是什么意思?"天月羞赧地说:"大姐!他的意思你还不明白吗?"

天好问:"哎,那你对他到底有没有意思?"天月说着她的顾虑:"说实话,我对他的印象很好,他人很和善,也很有学问,温文尔雅的,尤其是家境也不错。可是我总觉得我们的差距太大,就怕他是一时感情冲动,过了新鲜劲儿就不拿我当回事了。要是那样,我宁肯嫁个真疼我的穷人。"天好也有点担心:"你的担心有道理,有钱的人家喜新厌旧是常事,大姐更担心的是对他的过去不了解底细。"

二人正说着,天星提着水桶大呼小叫地跑进屋里:"大姐,发财了!我得到宝贝了!"天好急忙问道:"怎么回事?你发什么财了?"天星说:"我今天到杨树沟,一个日本开拓民要我杀牛。我一看,那头牛瘦得皮包骨头,心里寻思,这头牛八成苦胆里有牛黄,就提出不要工钱要牛下水。那个日本人哪懂这些,高高兴兴答应了。我杀了牛,一捏牛苦胆,果然里边有硬块,还不小呢,这回可是发财了!"天好也很高兴:"是吗?这可真是老天开眼了,你估摸这些牛黄能卖多少钱?"天星说:"我也说不准,不过还账是足够了。"天月欢呼着:"啊!太好了,这样我也不用去周先生家做工了。"

天星到中药铺去卖牛黄,老板看到这么好的牛黄十分惊奇。经过一番讨价还价,终于成交,但是老板手头一时拿不出全价的钱,决定分期付款。天星回家把卖牛黄的事对天好说了,天好说:"我是这么打算的,卖牛黄的钱,咱一分不留,都给周先生还账。年前一定要把账还清,欠着人家的账我睡不着觉。"

两人正说着,一个伪警察来了,让天星去镇警察署,说是有人告她了。原来河野听说天星宰牛得的牛黄卖了大价钱,就到警察署告她骗了自家的牛黄。天星从警察署回到家,沮丧地对姐姐说:"唉,煮熟的鸭子飞了,气死我了。这个河野真不是东西,我要是看走眼了呢?得便宜的还是他?"

天好劝慰道:"外财不发家,老天爷不让你发这笔财,你算计也没有用。你在长白山不是也得了一棵老山参吗?还不是让日本人抢去了?和他们没有理说。"

天星愤愤地说:"我咽不下这口气。"天好说:"咽不下也得咽,这就是当亡国奴的滋味。"天星叹气道:"不赶走小日本,没有咱们的好日子过。看来天月还得在周先生家做唤丫头。""不用了。"随着话音,天月和虎子走进屋里。天好惊喜地问:"虎子,你什么时候回来了?"虎子说:"刚回来。"天好问天月:"你说不用到周先生家做工了?怎么回事?"天月说:"周先生火了,说坚决不让我给他家打工,那笔账,咱们慢慢还吧。"

转眼到了农历腊月二十三,秋田村上对和子说:"喂,今天是中国过小年。这是中国人很注重的节日,我想趁这个机会请天好来家吃饭,商议两家和解的事情。"和子底气不足地说:"我们能请得动吗?""请请看吧,中国人很看重礼节,只要我们有诚意,我想她不会拒绝,即使拒绝了,我们也不会损失什么。"

由和子出面请天好,天好出于礼节,还是应邀到了秋田村上家。秋田村上和天好二人跪在榻榻米上,和子在一旁伺候。秋田村上不断地鞠躬:"宋姑娘,感谢你能来寒舍吃这顿饭。我知道,这是给了我很足的面子。"天好冷冷地说:"你不必客气,我也很有面子。"

秋田村上问:"如果我没搞错,今天是你们中国人过小年的日子吧?"

天好反问代答:"是啊,可是你知道,按照我们中国人的风俗,今天应该做些什么吗?""宋姑娘肯赐教吗?"天好说:"按照中国人的习俗,今天是辞灶的日子。家家都有个灶王爷,他是一家之主,这一天灶王爷要到玉皇大帝那儿去,把每家每户这一年做的好事坏事都汇报给玉皇大帝。"

秋田村上谦恭地笑道:"哦,这很有意思,怎么辞灶呢?"天好继续讲着:"也不费事,买些糖瓜来供着,让灶王爷吃了上路。糖瓜又甜又黏,就是要甜他的嘴,让他说好话,粘住他的牙,不让他说坏话。"秋田村上笑道:"这很有意思,中国人很会幽默。"天好双目直视着秋田："秋田先生，我建议你们也供灶王爷吧，要多供点糖瓜。"停了停，她看着秋田好奇的样子，一针见血地说："你们日本人干的坏事太多，如果灶王爷如实汇报给玉皇大帝，你们还能活吗？"

秋田村上尴尬地笑着："宋姑娘真是会幽默的人。好了，我们换个话题，人都不会忘记父母的恩情，都要祭奠自己的父母，我知道你父亲的坟墓对你们很重要，我想把你父亲的坟地送给你们，你看可好？"天好正色道："秋田村上先生，你刚才的话错了，那地本来就是我们的，你不该说是送给我们。"秋田村上点着头："是的，尽管这么说，但是那块地我还是要给你们。"

天好面容平静但内心充满激愤："谢谢秋田先生的好意，既然我们的地已经让你们夺去了，你们就留着吧。可是，我父亲的尸骨不会留给你们，不说别的，就你们说话的这个动静，他老人家听着也闹心，你们整天地叽里呱啦，不知什么时候还会像猫叫唱两声，我父亲在九泉之下能清静吗？我说过，明年清明我们一准把他老人家的坟迁走。好了，谢谢你的款待，就到这里吧，我要回去了。"说着站起身来。

和子说："宋姑娘，饭还没吃，怎么就要走了呢！""对不起，我吃不惯你们的饭菜。"天好临出门留下句话，"秋田先生，我不会白受你的邀请，今天晚上我们回请你，请你把夫人带上。"

秋田村上面带笑容："好的，好的，我愿意到你们中国人家做客，我知道，你们中国人待客很热情。"

夜幕刚刚降临，秋田村上和夫人就如约来到天好家。堂屋炕上的饭桌蒙了块白布，大家围坐在炕桌前。秋田村上为了缓和气氛，开玩笑地问："大姑娘，你都准备了什么？是山珍海味吗？"虎子说："叫你说对了，真是山珍海味，怕你一下子认不全。"天星说："秋田先生，劳你的手，把布掀开吧。"和子催促秋田："快点啊，看看他们准备了什么珍贵的料理！"秋田村上掀开白布，愣住了！

"秋田先生不认识吧？"天好介绍桌子上一样样的饭菜，"这是用野菜根做的团子，这是用糠皮蒸的窝窝头，这是用干菜帮做的饼子……你赶的时候不好，要是春天就有新鲜的野菜了。"和子睁大眼睛："啊？这样的东西也能吃吗？"天月解释着："你知道吗？现在的中国人，家家吃的就是这样的东西！"虎子打着手势："别客气，尝尝吧。""那我就不客气了。"秋田村上说罢，拿起一个菜团咬了一口，勉强笑着，"嗯，味道不错嘛。"可是，他没吃两口就噎住了，瞪大了眼还勉强苦笑着。天星在一旁劝："咽啊，不是味道不错吗？"秋田村上点着头，可是表情已经十分痛苦。

和子急了："咽不下去就吐出来吧，别噎着。"然而，秋田村上吐不出来。和子喊："吐不出来吗？那就咽啊！"秋田村上摇着头，表示咽不下去。和子哭了："啊！要死人了，要死人了！快找医生吧！"拽着秋田村上往外跑。

天好拽住秋田村上，向他后背重重击了一掌。秋田村上吐出一块菜干粮。天好问："味道还好吗？"秋田村上瞪着双眼摇头。天好又朝秋田村上背上拍了两掌，秋田村上又吐出一块菜干粮,这才喘过气来。

　　虎子笑着说:"没骗你吧,野菜、糠皮都是山珍呀!"秋田村上总算缓过气来,叹了一声:"妈呀,差一点就没命!"天月说:"你们日本人的命真是太脆弱了,才吃这么点就担心要没命了,我们中国人顿顿、天天吃的都是这样的东西,知道吗?"秋田村上点着头说:"知道了,知道了! 非常对不起,非常对不起!"

　　秋田村上夫妇匆匆朝家里走着,秋田村上抻着脖子不断地摇晃头。和子问:"喂,你怎么了? 说话呀!""噎得现在还难受呢!"和子替他捏嗓子。秋田村上仰起头,怔怔地望着漆黑的夜空,思绪翻滚。

第 21 章

后半夜时分,人们都睡得正熟,从三江镇方向传来密集的枪声,间或有爆炸声。天星睡觉灵醒,她被枪声、爆炸声吵醒,穿衣下炕出门看,只见三江镇那边火光通明,很是热闹,就掩上房门,跑向三江镇。

原来是抗联的一个团打下了三江镇,天刚蒙蒙亮,抗联的战士在镇粮库给老百姓放粮。天星跑到三江镇一看,人们都把一袋袋白花花的大米往家扛,她哪里肯放过这么好的机会,就挤进分粮食的人群,扛了一袋,又要夹一袋。

一位挎着短枪的抗联干部走近天星,他就是从大连回到三江镇的那个魏德民,现在是抗联某团的侦察参谋。魏德民说:"行了,你一个姑娘家能扛动两袋子大米?"天星抬头冲魏德民笑了笑:"我扛不了,我雇人扛!"

魏德民看着天星突然发现了什么,不由得打量她。天星风风火火地说:"瞅啥?那边有马车,路过秀水屯的多了,我让他们捎个脚!"

魏德民试探性地问了一句:"你认识宋天好吗?"这贸然的一问让天星一愣:"那是我大姐。哎?你是谁?"魏德民微微一笑:"我说嘛!你们姐俩的眉眼挺像的。"他一边说话一边帮天星扛起一袋大米。

"你认识我姐姐?"这么个背短枪的抗联的官儿竟然直呼宋天好三个字,让天星十分奇怪,她眼盯着这个官儿问。魏德民又是笑笑。

天星越发要打破砂锅问到底了:"你总笑啥?你到底是谁呀?"这时抗联战士小韩喊:"魏参谋,团长找你。"魏德民放下大米对天星说:"你等捎脚的马车吧。回去告诉你大姐,就说抗联的队伍里,有个人谢谢她。"

天星狐疑地望着魏德民的背影,不明白大姐怎么会认识这么个抗联的官儿。

净空寺是一个不太大的寺庙,团长和魏德民并肩从天井里向院外走去,几个抗联干部和战士跟在后边。魏德民说:"团长,这次打下三江镇,动静不小啊。"团长说："所以啊，我刚才跟你说，你这个侦察参谋要挑重担子了。这三江镇是个非常重要的地方，东面连着中苏边境，西面连着抚顺、沈阳两大城市，日本鬼子绝不会轻易放手，很可能会有重兵进驻，对我们很不利，我们需要一双眼睛，因此才让你执行这样重要的任务。"二人边说边走，来到净空寺的大门口。

大门门楣上悬着黑木横匾，上书：净空寺。门两侧有联：（上）三江纯净　谁知何为净；（下）万事皆空　你悟才是空。

毓慈住持站在门口，望着粮库方向。粮库那边，抗联还在给老百姓分大米。毓慈住持捻着念珠："善哉，善哉。"

团长和魏德民正好从里面出来，走到住持身边，团长对毓慈住持说："大住持，打扰了。"毓慈住持说："佛门为众生而开，何言打扰。"

魏德民看着那楹联不由念出声来。团长说："把小鬼子打跑了，那就是净！打妖魔鬼怪的，就是悟空！对吧？大住持。"毓慈住持微微一笑："也算是一解。"团长转身看魏德民："小魏，那你就是钻进铁扇公主肚子里的孙悟空啦！"说完，他命令全团迅速撤离三江镇。

抗联的队伍撤走不久，日本兵就开进三江镇，古贺大佐骑在马上，凶相毕露。街上的百姓慌张散去。临街绸缎庄的窗户上，露出周和光警觉的脸。

日本鬼子和伪军持枪挨家挨户搜查，搞得鸡飞狗跳。这些人只要从哪家翻出大米，就打人、抓人、烧房子、抢东西。谁要稍有反抗，鬼子就开枪杀人。三江镇一时间成了人间地狱。在三江镇古贺办公室里，联队长古贺把一张《中央日报》拍在办公桌上。他对面站着毕恭毕敬的伪警察厅特务科科长小川。小川拿起报纸读："东北抗联一部打下三江重镇，日寇古贺联队进驻再施淫威……"

古贺不悦地说："多么详细，多么快！重庆是怎么知道的？你们特务科不该好好想想吗？"小川一个立正低头："联队长，是卑职失察。"古贺说："小川君，共产党和国民党就在我们眼皮子底下，这满洲还是我们圣战的大后方吗？三江镇向东支撑着满洲和苏联的边界，向西护卫着抚顺、沈阳两座满洲最大的工业城市，对帝国来说非常重要。我的联队要长期驻扎在三江镇，要清剿抗联，要镇压反满抗日活动。可是，现在总有一双眼睛盯着你，这不是很可怕吗？"

小川说："请联队长放心，卑职一定要挖出那双眼睛！"

小川回到自己办公室，就和一个人商量对策，这个人坐在沙发上，他就是早已当了汉奸的裘春海。小川一边踱着步子，一边思考着自言自语："……也许，并不只是一双眼睛啊……他一定在三江镇，或离三江不远的地方。"

裘春海掏出烟来，小川掏出打火机，俯身要给他点上，裘春海连忙站起，笔直而立。小川很是客气："坐，你坐。"裘春海十分谦卑地坐下来，小川还是为他点着了烟。

小川说："省警察厅决定，成立三江镇特别行动队，由我和你负责。具体的事情,当然要由你去做了。"裘春海吸了一口烟意有所指:"科长,既然责任这么大,我这个小小的警尉恐怕担当不起呀。比我级别高的还有警佐、警正嘛。"

小川一笑,像耍猴的给猴子戴花帽似的对裘春海说:"可是论侦查技术,你才是这个。"小川竖起大拇指。裘春海也笑了笑:"科长心里有我就行。"

有了天星扛回来的两袋大米,全家人都很高兴。吃晚饭的时候,天星搬来饭桌,放到炕上。虎子跳上炕,坐在桌边。天好端来一瓦盆大米饭,天月端上一盖帘野菜团子,还有咸菜、葱、酱。

天星说:"虎子,就你吃现成的,啥也不干。"虎子笑嘻嘻地说:"有三个能干的姐姐,还用我干啥。"天好支使着:"虎子,去,把门划上。"虎子问:"吃饭划门干啥?""要是有人敲门,就把大米饭藏起来,吃菜团子。"

天星不高兴:"真是的,吓成这样,至于吗?"天好说着原因:"咋不至于?小鬼子知道了,咱家就没个好了,就是经济犯,就得蹲大牢!"天月不满地斜了天星一眼:"净惹事……"

天星忽地一下就来了火,把饭碗一蹾喊道:"咋的?我还有罪啦?大老远的,又打枪又放炮,我去三江镇弄回了大米,容易吗?我不是为这个家吗?啊,吃着大米饭,反倒怨我?还讲理不讲理?"

天好息事宁人:"别说了。以后干啥事掂量掂量,想想后果。"天星的火越来越大:"啥后果呀?大米饭不香吗?"虎子加油往嘴里扒着米饭:"香!二姐,下回有这事,咱俩一块去!"天好喝止虎子:"得了,你就别跟着瞎搅和了!""不吃了!"天星气呼呼地摔了筷子下地,打开房门走出去。天好连忙喊叫:"天星……"天月不满地说:"大姐,别管她!还说不得了……"

天已经很黑了,外面几乎没什么人。天星坐在一棵大柳树下生闷气。忽然,不知从哪里冒出来一个中年汉子,他走到天星身边,打量着这个漂亮女人,露出淫笑搭讪着。天星警惕地站起来,背靠柳树呵斥着。可是这汉子看天星孤女可欺,就扑上来要抱天星。他哪里知道天星可不是软柿子,正在他拽住天星欲行好事之际,天星上面一拳捅向他面门,下面一脚踢中他下裆,打得这人一个趔趄,差点摔倒。这汉子没占上便宜,只得落荒而逃。天星看着这人消失在黑暗中,暗自骂了一句,心想,今天净碰上倒霉事,连放个屁都砸脚后跟。她抬头看看天上弯弯的月亮和闪烁的群星,笑了笑自语道:"妈的,我这个天星真要是天上的星星倒好了。"眼看夜色渐重,她晃悠着走回家去。

就在同时,天好和天月因为天星深夜外出不归而着急、担忧,天月急得哭起来,姐妹俩哪还有心思睡觉?正担心着,外面有人敲门。天好小心地打开一道门缝往外看,原来是个男人,那人问天好要不要雇长工。天好埋怨着:"我们还要给人当长工呢。"那人又说:"给口饭吃吧。"天好有心给他端米饭,又怕他是鬼子奸细,怕被抓经济犯,只给他拿了两个野菜团子,又让天月给端一碗热水,从门缝里递出去。那人在接水的时候好像认出了天好,急忙喝完水走了。

那人刚走,天好回到炕沿才坐下,门"咣"的一声,天星回来了。

天好埋怨着:"你还知道回来呀!都急死人了!"天星风风火火地说:"我带个人回来,你们自己看吧。"原来天星回来的路上,又碰见那个欲行不轨的男人躺在地上,就把他带了回来。天好、天月忙跑到屋外去看,只见院子里躺着一个中年汉子,正在"哎哟,哎哟"地叫。

中年汉子见天好过来,吓得直抖,连连喊叫着:"姑奶奶饶命!姑奶奶饶命!我再也不敢了!再也不敢了!"

虎子边穿衣服边从西屋出来问:"咋的啦?咋的啦?"天月也从屋里出来。天星拿水瓢喝着水,走出屋,一脸的无所谓:"在道上认识的,他想占我的便宜,我就踹了他一脚。"

虎子蹲下去薅住中年汉子的衣领骂道:"你他妈的……"忽然他认出来了,"这不是西瓦窑的冯贵吗?"冯贵哀求着:"大兄弟,饶我这回吧……"虎子抡起拳头说:"你敢欺负我姐!"天好挡住虎子的拳头:"行了!"虎子踢了冯贵一脚:"你滚!"冯贵要站起身,可就是起不来,他嚎叫着:"唉哟,我这腿……"天星说:"他太不经踹了,一脚,腿就折了。大姐,赔他两个钱吧。"冯贵忙摆手说:"不用,不用,送我回家就行了。"

天好说:"虎子,上陈二爷家借挂车,把他送回家去。"虎子扶起冯贵,冯贵对虎子说:"兄弟,送我回家千万别提这事,我那屋里的……我就说是自个儿摔的。""走吧你,毛病还真多!"虎子带冯贵出了院子。

天好耐心地对天星说:"老二,你那性子往后得收一收,老三不就说了那么一句吗?姊妹之间,哪能说驴就驴啊——跺下脚就走,黑灯瞎火叫人上哪儿找你?老三都急哭了!"

天星笑笑:"我这脾气是得改改了,出了门我自己也后悔。"她忽然想起一件事,对天好说:"姐,那天在三江镇扛大米,有个抗联的说是认识你,好像还是个当官的,挎短枪呢。""他叫啥?"天星眨巴着眼想了想说:"叫……对,好像叫魏啥谋。"天好脑子转了几转,想不起自己认识叫魏啥谋的人。

2 红日西坠,暮色苍茫,荒芜的田野被皑皑白雪覆盖,呈现出一片凄凉。一个二十六七岁的日本退伍兵,背着行囊疲惫地走着,他神色憔悴,一脸茫然。他就是秋田村上的儿子秋田太郎,在山东的战场上失去一只胳膊,侥幸保住了性命。他退伍了,日本的鹿儿岛已经没有他的家,他到秀水屯找父母亲。

秋田太郎走进院子,和子正在晾晒衣服、床单,竟没有认出儿子。她呆呆地看着秋田太郎,秋田太郎也呆呆地望着母亲。

秋田村上正好挑水进院,他认出了儿子,扁担滑下肩头,水桶落地,水在地上四处流淌。秋田村上声音颤抖着大喊:"太郎!"秋田太郎呜咽着喊:"爸……"和子好像从梦中惊醒,疯了一样扑向儿子:"太郎!我的孩子……"她抱住儿子,发现儿子空空的左袖,她攥住那衣袖,手在抖,泪在流。

晚饭时,秋田村上、和子、秋田太郎一家三口跪坐在小餐桌边,秋田太郎已换上和服。秋田太郎一盅一盅地喝着酒。"太郎,别喝多了。"和子摇摇酒壶,空了,她又去拿。秋田村上说:"太郎,今天,爸爸陪你喝,一定让你尽兴。""爸,山东,实在可怕……"和子拿酒进来,分别给父子俩斟满。父子干了一盅,和子又给倒满。"山东,八路,地雷……混蛋!"秋田太郎眼里像在冒火,又去抓酒壶。和子忍不住擦眼泪。

秋田村上说:"这样也好,回来好好种地,像当年在咱鹿儿岛老家一样。"他喝干了一盅酒,充满感情地唱起来:"当樱花盛开的时候,我的老耕牛也养足了精神……"和子和秋田太郎也跟着摇头晃脑地唱起来……

天气很好,一个货郎推着小货车来到秀水屯的街上。货郎车上是些女人用的针头线脑、香胰子、扑粉之类;还有小孩子喜欢的玩意儿,如糖果、能吹出哨音的小泥人、小动物、不倒翁等。

货郎身边跟着一个半大小子,摇着货郎鼓咚咚响。货郎停住车支平,车变成了卖货的柜台。刘二嫂走过来,看着车上的货说:"货挺全呀。""那当然了,我比那挑货郎担的强多了,城里的铺子也不见得有我的样数多呀。"刘二嫂拿起一把牛角梳,她看中了,有点爱不释手的样子。货郎看出这个女人的心思,大方地说:"我这人,做买卖就是实诚。稀罕就拿去,仨大子。"刘二嫂非常高兴,掏出三个铜子给货郎,一边在头上试着梳子一边问:"咋称呼呀?"货郎说:"姓张——你就叫我张卖货的。"刘二嫂是个爱打听事、多嘴多舌的女人,她看看那个半大小子问:"这位小兄弟咋不吱声呀?""他是哑巴。""哎哟,多周正的孩子,可惜了。"货郎有意无意问了一句:"大嫂,咱屯子有新住户没?新住户缺东少西的,我这货好卖。"刘二嫂说:"咱屯子还真没新住户,我去帮你招呼招呼人。"

刘二嫂喊着:"张卖货的来啦!"她走到天好家门外向院里喊,"天好,不去买点啥呀?货可全了!还贱!快去吧!"天好对虎子说:"我去买桃线,再买个顶针。"她放下手中的活,拍打几下衣襟,向院外走去。

货郎车前,围着几个女人和孩子。货郎问:"咱屯子最近谁家来亲戚没?给亲戚买点东西嘛。"几个女人摇头都说没有。

这时,天好向这边走来。货郎一眼扫到天好,愣了一下,心中一惊,是她吗?她怎么会在这里?货郎就是裴春海,他怕被天好认出来,就对买货女人们说:"好了,好了,时候不早了,我们还得往下个屯子赶呢。不卖了!不卖了!"裴春海边说边收拾好货车,推起车子就走,那个半大小子紧跟着他。

天好赶到,裴春海已走出很远了。她望着裴春海远去的背影,觉得有些熟悉,难道会是他吗？天好想着,快步向前追去,她要探个究竟。裴春海推着车子,和哑巴也加快了脚步。前边是一片树林,裴春海推车和哑巴进了树林。天好赶过来,路上已没了人影,四处看看,又向前方望去,也是空寂无人。这时,裴春海和哑巴正伏在荒草中,望着天好。

天好看不到人了,这才转身慢慢地回去。裴春海看天好走了,才松一口气,翻身坐起来。哑巴突然说话了,他很严厉地问："怎么回事？那个女人！"裴春海说："什么怎么回事？她认识我,我不能暴露自己,知道吧？"

哑巴是日本特务岛田装的,他名义上是配合裴春海,实际是监督他。

天好回到家,走进屋里仍在凝眉思索。天月问："大姐,咋啥也没买呀？"天好坐在炕沿上,望着房箔,还在想,好像没听到天月的话。天星和天月不解地互相看着。天月问："大姐,你咋的啦？"天好说："我觉得那个张卖货的走路的样子特别像一个人……"她自语着,"不敢想,真的不敢想……难道天底下能有这样的奇事……"天月和天星无可奈何,只是莫名其妙地互相看着。

裴春海回到特务科办公室,坐在沙发上向小川汇报,换上军服的哑巴笔直地站在办公桌的一侧。裴春海说："……这半个多月,我和岛田君几乎走遍了三江镇周围的屯子,没有发现可疑的人和异常情况。据我分析,共产党或者国民党的谍报人员,肯定在三江镇。我估计,三江镇有他们的电台,很可能是国民党的电台,共产党不可能在这个地方设立谍报网,他们还没有这个能力。"

岛田突然吼道："你对大日本皇军不忠！"裴春海一下子站起来,对岛田怒目而视："你盯我梢吗？我怎么不忠了？"岛田说："那个女人,你为什么不讲？"

裴春海并不在乎："你又来了！我的一切,小川科长都知道！"小川笑着说："裴先生,你坐,坐。"转身对岛田怒喝,"混蛋！你,配合裴先生,事事都要听他的！不可以怀疑！"转脸对裴春海说,"这些天你很辛苦,回去好好休息。这是一点点赏金,金票五百元。"

裴春海站起身："谢谢科长。可是岛田君不该怀疑我对大日本皇军的忠诚,这很让我伤心。"小川拍拍裴春海的肩膀说："他太小,什么也不懂,原谅他吧。"裴春海走出屋去。小川转回身,走近岛田,和颜悦色地说："岛田,他已经被我训练得很忠诚了—— 一条很忠诚的狗！我们很需要这种狗！懂吗？"

裴春海回到自己的居室,他在昏暗的灯光下独自喝酒。桌上,放着一盘糖炒栗子,他不时剥开吃一个。他轻轻剥着一枚栗子自言自语："你咋也到这儿来了呢？好像不是为了追踪我裴春海。看你那样也就是个钻庄稼地的老娘们儿。"他又咂了一口酒,"你爹可是死在我手里,绝不能让你知道,知道了我们就是杀父之仇,不共戴天哪！是啊，不该把宋营长卖了，可是不卖行吗？那是一大锅翻着花的开水呀。"六七年过去了，裘春海没人模样了……他走到窗前，打开窗帘。窗外一片漆黑，只有夜空上闪烁着几点惨淡的星光。裘春海念叨着："天下是日本人的，就得靠着人家，给人家卖命，要不然怎么活，怎么发财？"裘春海又轻蔑地笑了："什么叫人模样？我现在就是人模样！跑半个月就拿五百元金票，'满洲国'的警尉！明天就是警佐、警正！"

这天午饭后，虎子装满一独轮车粪要往地里送，他推着车走在一条车辙压出的路上，车上戳着铁锹。秋田太郎骑着马迎面走来。

两人渐渐靠近，停住了。秋田太郎说："你让开！"虎子问："你是秋田家的人吧？"秋田太郎点点头："你怎么知道？"虎子说："看那匹马我就知道。"秋田太郎说："知道了好，你给我让开！"虎子说："你让开！"秋田太郎凶凶巴巴地说："我冲过去！踏碎你的车！"虎子操起铁锹，针锋相对："小样！你敢冲过来，我让你那条胳膊也没了！"双方僵持着，谁也不让。

姐三个放好炕桌，摆上饭菜碗筷，只等虎子回来吃饭，等急了，天星跑出去找虎子。天星跑过来，看虎子和秋田太郎在土路上对峙着，问清情况，她的火劲儿上来了："对！不让！虎子，你回家吃饭，我和他摽。"虎子说："不，我跟他摽到底了！"

天好和天月在家里焦急地等待，连天星也不回来了。天好怕出什么事，叫上天月一同去找。太阳的余晖将天上的云彩涂上了血红色，虎子和天星并肩而立，面对着同样固执的秋田太郎。天好和天月赶来，一看就明白是咋回事，好脾气的天月对秋田太郎吼起来："你还讲理不讲理？这一车粪呢，咋给你让道？"最不爱惹事的天好觉得秋田太郎是无理霸道，也很生气："好！虎子，天星，你俩回去吃饭，我和天月在这儿顶着。今天咱就跟他耗下去了！"天星、虎子不动，姐弟四个并排站着，怒视秋田太郎。

秋田村上和和子跑过来，秋田村上将马牵开，让出了道。虎子推起独轮车，姐弟四人向前走去。秋田太郎气得滚下马背，秋田村上和和子扶起儿子。秋田太郎跪在地上，望着姐弟四人的背影大叫："啊——混蛋！！"

3 为了进一步加强对三江镇的控制，古贺大佐决定用一个中队的武器、弹药装备来武装三江镇青少年义勇队。这天，在开拓团团部的大院里，举行青少年义勇队成立仪式。几十个十五六岁的日本少年站成整齐的队列。开拓团团长本田宇一在队列前讲话："孩子们，你们要知道，我们的处境很不好，中国人对我们充满敌意，抗联经常骚扰我们。还有北边的苏联，随时会侵略我们满洲。各地开拓团都成立了青少年义勇队，还有大和义勇队，我们也必须成立。这是为了保卫我们自己。孩子们，辛苦啦！"他向少年们鞠了一躬，"我们今天成立义勇队，古贺联队长特意拨出一批武器、弹药送给我们，一会儿就运到。"

两辆日本军车在公路上行驶，车上装着一箱箱弹药和枪械，每辆车上都有数名日本兵持枪守护，头车的驾驶室里，坐着面色严肃的古贺大佐，车后扬起一路黄尘。尘土过后，魏德民化装成背着粪箕捡粪的农民，他向两辆军车行驶的方向望了一会儿，迅速消失。

本田宇一仍在向少年们训话："下面，我要向你们介绍你们的教官！"从房檐的阴影下，走出秋田太郎。他一身戎装，迈着正规的军人步伐，走到本田宇一身边，向少年们敬军礼。本田宇一说："大家看到了吧，秋田太郎先生的左臂没有了。他把左臂献给了圣战，献给了天皇，他是个真正的皇军军人！他的家就在这里。他回到了家，这是我们的骄傲！这是我们的光荣！"秋田太郎喊："效忠天皇！大和必胜！"少年们也齐声跟着喊。

这时，两辆军车驶进院子，古贺大佐下车。本田宇一忙迎上去说："大佐先生，您怎么亲自来了？"古贺大佐说："这事很重要。"两辆军车的厢车板打开，日本兵卸下一箱箱军械、弹药。

秋田太郎和少年们仍在笔直站立，古贺在本田宇一的陪同下，从少年的队列前慢慢走过，他不时停下来看看某个少年，或用拳头敲敲对方的胸脯。他面露笑意地说："好！真正的天照大神的后代！"他走到秋田太郎身边，上下打量他。秋田太郎腰一挺："退役中士秋田太郎！"古贺大佐拍拍秋田太郎的无臂左肩："退役？真正的军人不会退役，他所到之处都是战场！"

古贺大佐走到少年们面前训话："孩子们——不，从今天起，你们不再是孩子了，你们是大日本开拓团青少年义勇队的队员，是战士了！你们肩负着保卫满洲、保卫家园的重任。这就是你们的家乡！你们要时刻准备为它流血！为它献身！大东亚共荣的光荣使命，靠你们去完成……"

魏德民踏着深深的积雪，到深山老林的抗联秘密营地送情报。团部设在用原木搭起的一间房子里，团长和魏德民在交谈。听完魏德民的汇报，团长十分兴奋："这可是块肥肉哇！"魏德民说："有一部分枪发给了那些日本孩子，大部分弹药、枪支还放在开拓团的仓库里，只有几个日本孩子看守。"团长递给魏德民一碗开水，魏德民继续说："那些日本孩子大部分都回家睡觉，枪都放在他们义勇队的队部里，值班的也就四五个人。"团长说："这武器弹药真叫我眼馋哪！打他娘的！"魏德民说："还用打吗？我看，一个排悄悄进去就能端了。"团长说："那么多武器弹药，一个排能拿回来吗？一个连，你带吴大昌那个连去。"

入夜，魏德民、吴大昌和抗联战士们从山林里下来，潜伏在洼地里，向开拓团的方向望着，开拓团有几间屋子亮着灯光。魏德民向吴大昌耳语几句，吴大昌又对身边的小韩耳语几句，小韩点点头，冲几个人挥挥手。几条黑影弯腰向开拓团团部奔去。小韩又向几个人挥手，几个人站起，跟着他向另一个方向奔去。

一个日本少年持枪守在仓库门口。天很冷，冻得他跺脚缩肩，来回走动。从墙角闪出一个抗联战士，他手持匕首，上前搂住那日本少年就是一刀。少年没来得及叫一声就倒下了。又有几个抗联战士冲过来。

在开拓团团部里，两个少年围着铁炉子挂着枪打瞌睡，三个抗联战士轻轻推门进来，那两个少年竟没察觉，还在睡。三个抗联战士相视一笑，两个抗联战士分别夺下两个少年的枪，两个少年猛然醒了。一个抗联战士用枪指着他们俩，轻声说："别动，举起手来。"两个少年举起双手。

开拓团青少年义勇队队部的枪架上，放着一排崭新的三八式步枪。五六个日本少年还没睡觉，有的躺在床上，有两个人在练白天学的刺杀动作，躺在床上的人在看。窗下，小韩和几个抗联战士在听屋里的动静，小韩把头稍稍探出，看到屋里的人像在游戏，就向身边的战士示意，几个战士向屋里冲去。

抗联战士冲进来，一个战士喊："都别动，动就打死你们！"少年们吓呆了。两个战士迅速抱走枪架上的枪，小韩和一个战士把那两个练操的枪也缴了，他说："鬼崽子，这不是玩的，趁早跟你爹娘回家吧！"

魏德民、吴连长和一些抗联战士匍匐在洼地里，注视着开拓团的方向，等待着信号。开拓团的方向闪了几下手电光，这是一切顺利的信号。吴连长高兴地说："咋整的？一点动静没有就拿下了？上！"抗联战士们向开拓团奔去。魏德民说："吴连长，我该撤了，我是孙悟空啊！"说罢，独自隐没于夜色中。

抗联战士从仓库里扛出武器弹药箱，满载而归。而这一切都被周和光看到，他迅速回到一间阴暗的小屋里，用电台把这些情报向重庆方面发出。

天好、天月、天星正在议论过年的事。

虎子风一样跑进来："听说没？小日本的开拓团被抗联端了！"天星奇怪地说："离这儿这么近，咋一点动静也没听着呢！"虎子绘声绘色地说："听说，小鬼子义勇队的枪啊，子弹哪，都被抗联包圆了，一点都没剩！"天星故意撒气似的说："这抗联，真气人！我早就想找他们，上哪儿找哇？这回到家门口了，咋连个动静都不给呀？"

天好白了天星一眼："你给我老实在家呆着！"天星拿腔捏调地说："大姐，你咋忘了，抗联里有个叫魏啥谋的人认识你。哎，那人长得可精神了！"

天月笑道："你看精神，大姐看就不一定精神。"天星翻了天月一眼，向外走去，打开门，又突然关上。对着屋里喊："来人了！小周！三江镇绸缎庄掌柜的！"天月一怔，又一喜："他……"天星一脸正经："老三，他肯定是来找你的。"

天月喜形于色，又有点着急地说："我……"她说着拢拢头，又看看自己的衣服，忙进里屋去了。天好和虎子看着房门，等了一会儿，没有动静。

虎子从窗户向外看，窗外一个人影也没有："也没人哪。"天月穿一身新衣从里屋出来。天星看着天月的样子哈哈大笑起来，笑弯了腰。天好明白了是咋回事，忍不住也笑了。虎子不解，还被蒙在鼓里："笑什么？三姐穿这身挺好看的。"天星和天好笑得更厉害了。天月被笑得满脸通红，她奔上前捶打天星："你这该死的！"天星一边躲天月一边说："这回你可知道什么是精神的了吧！"

在三江镇古贺办公室内，本田宇一木然地站在古贺大佐对面，古贺大佐铁青着脸，死死瞪着本田宇一说："我那是一个中队的装备！"本田宇一想说什么，却没敢说。古贺大佐愤愤地说："抗联竟然没费一枪一弹就全都拿走了，拿去打我们！你……一群废物！"本田宇一嗫嚅着："他们……他们毕竟是孩子……"

小川也受了古贺大佐的训斥，他把裘春海叫来，将一份《中央日报》递给裘春海。裘春海打开报纸，看到报纸上有一条消息："日寇驻秀水屯开拓团青少年义勇队，日前被我抗日组织袭击，武器弹药尽数收缴……"小川盯着裘春海："真快呀，才两天的事情。"裘春海说："我们周围确实有两双眼睛啊……"小川仍旧狠狠地盯着裘春海。裘春海接着说，"一双，是抗联的；另一双，就是这个！"他点点报纸。小川说："古贺大佐发火了……"门开了，古贺大佐走进来说："跟无能的人发火，我不是显得更无能吗？"小川和裘春海规规矩矩站立着，等待着训斥。古贺大佐却平静地说："我要对抗联进行不断的清剿、讨伐，你们呢？"小川一个立正说："我们一定要尽快挖出共产党和国民党的眼睛！"

第22章

秀水屯的老百姓在日本鬼子的残酷压榨下,日子过得虽然很苦,但是大家对过年还是很在意。天是中国的天,地是中国的地,中国人怎么能不好好过老祖先传下来的中国的新年! 好好过年,忘不了自己是真真正正的中国人。富的富过,穷的穷过,这老祖宗留下来的"年关"老规矩是一定要过。因此,年关将至,秀水屯的家家户户、男女老少都在准备过年。

天好一家也都在忙活着,天星拉风箱烧火,天好和天月包黏豆包,虎子打扫院子。这时,和子来了,她说中国人都准备过年,她家也在准备,都说中国的豆腐很好吃,她不会做,想请天好帮忙做豆腐。天好觉得这样的事应该帮一把,就同意了:"豆浆都熬好了吗?"和子说:"熬好了。"天好又问:"你家有卤水吗?"和子不解地摇摇头。天好说:"你先回去吧,我借点卤水,马上就去。"

和子回到家里,来到厨房,秋田村上看着熬豆浆的大铁锅,豆浆已烧开。天好走进来,手中捧着一个黑色的小瓦罐。秋田村上和善地笑着:"来啦? 谢谢你。"天好把小瓦罐放到窗台上,让熄了灶膛里的火,开始往缸里舀豆浆。

天好往缸里装满了奶一样的豆浆,又在灶台上放好做豆腐用的木板和四四方方的木框。她捧起那罐卤水,用勺子搅动着。这时,秋田太郎走进来,看见天好就问:"你来干什么?""做豆腐,中国豆腐,是你妈妈请我来的。"她边说边往豆浆里兑卤水。秋田太郎问:"这是什么?""卤水。"秋田太郎愤怒了,一把薅住天好的领襟喊着:"混蛋! 中国人的良心太坏了!"天好手中的卤水罐落地,摔碎了。秋田村上推开儿子:"对请来的客人怎么能这样无礼?"秋田太郎说:"中国人自杀,都喝卤水! 有毒!"秋田村上和和子惊讶地看天好。天好急了,对秋田太郎吼起来:"你连卤水点豆腐都不懂,白活!"

这时,缸里的豆浆已成脑儿。天好拿起水瓢,从缸里舀出一些,又吃了一口。

她看看秋田村上和和子，又把目光盯住秋田太郎："我的命，比你们的命金贵，我不怕有毒！"说着，天好用水瓢舀出豆腐脑，往方木框里倒去，然后把瓢一扔："把它装满，完事蒙上布包，再铺上木条，上面找沉点的东西压上！"说完，扭头看秋田太郎："你们日本人的良心才坏呢！"她大步挺胸走出屋去。

秋田村上和和子追出屋来，秋田村上招呼天好："请等一等。"天好站住，回过身。秋田村上充满歉意："真对不起，我家太郎他……他原来并不这样，参军打仗回来，像变了个人，脾气太坏……"他从怀里掏出钱说，"那卤水和罐子我赔……"秋田村上把钱塞给天好。和子递上一个包裹："这是我做的凉糕，很好吃的，我们日本人过年过节都要做，您拿回去尝尝。"天好接过凉糕，走出院子。

天好来到刘二嫂家，刘二嫂正喂猪。"二嫂，那罐子卤水不小心打了。这是赔你的钱。"她把钱塞给刘二嫂，又撕开和子给她的那包凉糕，向猪圈里撒去："让它开开洋荤吧，尝尝日本凉糕。"圈里的猪大口地吞食凉糕，天好笑着回家。

晚饭时，秋田村上和儿子跪坐在小餐桌边，桌上摆了酒菜。

秋田太郎给他爸满上了一盅酒，自己也倒满了说："父亲，我觉得你太懦弱，对中国人太好了！"秋田村上想了一下："这话怎么说呢？我和别人比，确实对中国人比较友好一些。我知道，中国地方很大，人很多，我们是在他们的包围中生活。二十年内，帝国要向中国移民五百万，不少啦，可在中国，光满洲现在就有六千万中国人，我们还是少数。现在，我们各个开拓团也就十几万移民，我们靠关东军的力量移过来住下，土地也有了。可平常日子呢？平常日子要靠我们自己去过，不和中国人搞好关系能行吗？不搞好关系我们会招惹很多麻烦。"秋田太郎似乎无动于衷。秋田村上继续说，"我和中国人表示友好，并不是说我就看得起他们。我们是日本人，是大和民族！他们没有圣明的天皇，所以不懂得怎样改变自己的生活。"秋田太郎端起酒盅，一口喝干了。秋田村上也干了。和子端碗豆腐上来，放到桌子上："这豆腐真的很不错，快吃吧。"

秋田村上想在过春节时给秀水屯的中国人放一场电影，他把这事对开拓团团长本田宇一说了："中国人很重视春节，喜欢唱大戏，我请他们看电影，跟请他们看大戏一样。对中国人来说，电影也很新鲜。"本田宇一问："你到底想干什么？"秋田村上说："我们跟中国人的关系一直很紧张，我想借此缓和一下关系。"本田宇一笑道："秋田君，你不觉得你的想法太幼稚了吗？"秋田村上说："也许幼稚，不过，中国有句俗话：不打笑脸人。既然我们要永远在这儿生活下去，免不了要和中国人打交道，为什么不可以表现友好一些呢？"本田宇一未置可否。秋田村上继续说，"我在城里看过一部电影，说的是帝国皇军在各个战场上的胜利，看得我热血沸腾。我想就放这样的电影，让中国人看看我们大日本皇军的武士道精神，对中国人来说，也是一种威慑。"本田宇一想了想："好吧。"事情这么定下来，秋田村上就开始准备。

秋田村上到陈二爷家说："村长，快过年了，我想请咱秀水屯的乡亲看场电影。明晚，我家院里，我想请您光临。"陈二爷说："如果没啥要紧事，我一定去。"秋田村上说："也请您跟乡亲们打一声招呼。"陈二爷又说："中！中！"秋田村上一出客厅，陈二爷马上变了脸："呸！我看你个狗屁电影！"秋田村上在村街上走着，逢人便打招呼，请人家去他家看电影，人们也都笑脸答应。

秋田村上特意到天好家，他走进院子，虎子正好端一盆脏水从屋里出来。他看见秋田村上，故意把脏水向他泼去。秋田村上忙躲，还是有脏水淋到身上。他有些恼怒，但还是克制住了。虎子问："你上我们家干啥？"秋田村上放出笑脸："我想请你们上我家看电影。"天好说："你没看见我们正忙着吗。"秋田村上说："明天晚上。"虎子说："那也没工夫！"秋田村上很尴尬地走了。

第二天傍晚，秋田村上家院子里支起银幕。银幕前摆着一排排桌子、凳子，桌子上还摆着瓜子、水果、点心。该准备的全准备好了，只等看电影的人来。天越来越暗了，一个看电影的人也没来。

天更黑了，院子里仍然空寂无人，只有孤零零的银幕和一排排空空荡荡的桌凳，秋田村上站在院门口，向外望着。黑黑的夜幕笼罩着大地，静静的。和子再次走到丈夫身边："不会有人来了，咱收拾了吧。"秋田村上无可奈何地走到放映员身边，叹了一口气说："辛苦了。"放映员要卸机器，忽然传来一串脚步声，秋田村上阻止放映员："等等，有人来了！"虎子大步流星地走进院子。秋田村上兴奋地迎上去："你来了?!"虎子说："长这么大我还没看过电影呢，今天开开眼！"放映员问秋田村上："就他一个人，放吗？"秋田村上说："放！放！"

银幕上映出日本兵行军、打仗、欢呼胜利的画面。银幕的画外音："这是一场艰苦卓绝的圣战，我英勇的大日本皇军，所向披靡，战无不胜……"虎子愤怒地盯着银幕。他身边的秋田村上和和子看得非常投入，满脸的兴奋。秋田太郎倚门站着，他望着银幕表情很复杂，也许他想到了自己的经历。

虎子突然起身走到头一排，把桌子上的瓜子、水果、点心用胳膊一扫，一屁股坐到桌子上。银幕上出现了他巨大的影子。秋田村上赶过来，赔着笑脸："虎子先生，这不合适，还是坐到后面看吧。""是你请我来看电影的，我乐意咋看就咋看！"虎子指着银幕上自己的影子笑着："这是我吧！哈……我看见我了！"

秋田村上终于火了："你这是无理取闹！"虎子也火了："我不乐意看你们日本人杀人放火！"秋田太郎狂奔过来叫着："混蛋！"和子抱住儿子喊："太郎……"虎子指着秋田太郎："你看你那损样，你咋不上电影呢？你应该上电影！"秋田太郎气得直喘粗气。虎子一把扯下银幕，大步走回家去。

三姐妹不见了虎子，正急得团团转，忽然传来虎子哼唱的声音："正月里那个正月正，正月里那个挂红灯……"虎子在夜幕中出现了。天好迎上去喝道："你死哪儿去了!""哎呀妈呀! 吓我一跳,我当是遇见劫道的呢,看电影去了。"虎子说着走进院子,继续哼唱:"家家都把那佳期会呀,依儿依儿哟……"他把自己唱进屋去了。姐三个又气又无奈地互相看看,也回屋睡觉。

秋田村上、和子沉闷地对面跪坐,秋田太郎围着父母来回走动,狂叫着:"父亲,看到了吧,这就是中国人! 他们对我们大和民族充满了仇恨! 你还想和他们搞好关系? 不可能!"和子说:"是太过分了。我们好心好意的……"秋田太郎还在叫嚷:"对中国人,只能杀! 杀! 杀!"秋田村上怒视儿子:"你杀得完吗?"秋田太郎说:"那你也不应该失去大和民族的尊严!"秋田村上也叫起来:"够了! 不要教训你的父亲!"

秋田村上因为放电影的事郁闷难解,就到开拓团团部找本田宇一说话解闷。他们二人坐在铁炉子旁边,一边烤火,一边交谈。本田宇一说:"我知道了,就去了一个人,还是闹事的。"秋田村上愁苦着脸:"我就不明白,我一直对他们那么亲善,为什么他们还是仇恨我?"本田宇一讪笑了一下:"因为你是日本人! 如果中国人占了你鹿儿岛的老家,你会怎么想? 都是一样的啊。咱把人家的土地占了! 一顷地值五六十块大洋,我们就掏四五块,有的只给一两块,你给的多些,可也就多了几块钱吧。"

秋田村上说:"我们日本为什么那么小? 为什么没有这么肥沃的土地?"本田宇一说:"是啊,这不公平! 所以我们要进驻占领,我们要移民开拓! 也许,二十年或三十年后,这里就会划归我们大日本的版图,我们会成为这里真正的主人。这是我们开拓团的使命! 秋田君,你的做法不见得不对,刚柔相济,你柔一些也好。"秋田村上说:"那个宋虎子实在太可恨了!"本田宇一若有所思地说:"宋虎子……该送他去一个好地方。"

2 就要过年了,该置办点年货。天好让虎子去一趟三江镇,买些烧纸、灯笼、香烛、鞭炮之类的东西,天星、天月也让虎子捎带着买些自己用的小东西。虎子答应着,高高兴兴地出门去三江镇,他哪里知道,一伙人已经在路上等着他。

虎子兴致勃勃地走在去三江镇的路上,路边的树林里有几个人影在晃动,跟随着虎子,是秋田村上和几个日本人。虎子毫无察觉地往前走着,忽然,从树林里蹿出五六个日本汉子扑向虎子。虎子撕拼,但寡不敌众,被几个人按倒在地捆了。虎子问:"你们想干啥?"一个日本人说:"送你去个好地方!"

几辆日本军车停在三江镇街上,车上都是被绑的中国人。许多人在远远地围看、议论,其中有周和光。他看见虎子被五花大绑地押过来。虎子死命地喊道:"我是秀水屯的虎子,谁回去告诉我姐姐,我被抓了劳工啦!"周和光立即到秀水屯去报了信儿。

油灯下,炕桌上摆着饭菜,没人去动。天好在哭。天月和天星闷头坐在一边。

237

天好哽咽着:"怨我呀,我不该让他去三江镇,我去就好了……"天星说:"姐,你总爱往你身上揽,那是小日本坏!"天月附和着:"大姐,二姐说的也对……"天星气恨交加:"啥叫'也对',本来就是这么回事!没它小日本,我们不是消停过日子呀!"她拿起菜团子,"你们不吃,我吃了。"天好抹着眼泪念叨:"虎子也不知让送到哪儿了?多咱能回来?这辈子兴许就见不着面了……快过年了,他连个年都没过上……他万一有个三长两短,我怎么对得起死去的爹呀……"说着,她又失声痛哭。天月一个劲儿地擦泪。天星咬着菜团子,眼中泪水流出。

日本兵押着劳工队伍在原始森林里走着,队伍里有虎子、抗联的马排长。劳工们踏着厚厚的积雪,艰难前行。不时有劳工倒下,有人要去扶,日本兵赶过来,用枪托挥打。日本兵嚎叫着:"快走!快走!"被抓的这些人只得继续往前走。

日本兵向倒下的人开枪。马排长骂着:"又一个。妈的,小鬼子!"他身边的一个劳工,人称"老驴子",正哼着民歌《小白菜》的曲调,这时停下来说:"十七个啦!死了也好,省得活遭罪!"

虎子问马排长:"咱这是往哪儿走?"马排长四处看:"谁知道呢。我都转向了。"老驴子嘲笑老马:"亏你还是抗联呢,这点常识都不知道。咱这是往东走。"虎子问:"你咋知道的?"老驴子说:"小子,教你一招吧。刚才,你没看见我用舌头舔了一下桦树吗?冰凉粘舌头的那面就是北,找着北了,东西南就都知道了。"他又对马排长说,"老马头,怪不得你们抗联老吃败仗,就你这两下子……"

马排长不服气地说:"我这两下子咋的?我打死了十来个鬼子,掩护了全团撤退!你们国军倒有两下子,呸!就知道跑!"老驴子不服气:"我跑了吗?我跑能被小鬼子抓住吗?"一个日本兵跑过来照老驴子就是一枪托,凶狠地吼道:"不许说话!"老驴子向前走几步:"今天年三十吧?妈的!年三十被小鬼子打了,真晦气!"

吃过早饭,天好把两盏灯笼、一包香和一挂鞭放到柜盖上对天星和天月说:"今儿个年三十了,咱们去爹的坟地里送灯,请他老人家回来过年。爹的坟在秋田家的地里,咱得跟他家打个招呼。"天星不耐烦:"请咱爹,跟他打啥招呼,去就是了。""你别惹事,先在家呆着,天月跟我走。"天好和天月走出屋,天星望着柜盖上的灯笼、香和鞭出神。

天好和天月走进秋田家院子,秋田太郎从屋里出来,阴森森地瞪着天好和天月。天好不理秋田太郎,向屋里喊:"村上先生!"秋田太郎说:"我爸没在家!有事跟我说吧!"天好只得对他说:"今天是年三十,按我们中国人的风俗,要请故去的人回家过年,我们要到我爹的坟地送灯,接他回家……"秋田太郎张口就说:"不行!那是我家的地!绝不能留下你们中国人的脚印!"天好耐心地说:"那本来是我们家的地!当初,我们是和你父亲说好了的……"秋田太郎还是梗着脖子说:"不行!"

天好和天月为了不惹事,只好暂时回家,等晌午再去找他爸说。天好发现柜盖上的灯笼、香和那挂鞭没了,天星也不见了人影,她知道一定是天星一个人到父亲坟地里去了,她怕天星惹事,忙和天月去找。

荒凉的大地上,一座枯草萋萋的孤坟,坟边几棵小树。天星来到父亲的坟头前,摆好祭品,把两个红灯笼和鞭炮挂到树上,又跪下,点着了香。"爹呀,过年了,跟女儿回家过年吧……"忽然,她感到身后有人,扭回头一看,是秋田太郎恶狠狠地站在她身后。秋田太郎说:"你!离开这里!马上离开!"天星站起来,怒视秋田太郎。秋田太郎指着祭品、灯笼和鞭炮吼着:"这些,统统拿走!"天星毫不退让:"我不拿!今天我倒要看看你能把我怎么着!"秋田太郎嚎叫:"你滚开!"天星以理驳斥:"小鬼子,滚开的应该是你!我今天就是要在这儿给我爹烧香磕头,点灯笼放鞭炮,接我爹回家过年!我告诉你,中国人过年过节如果连祖先都不顾,那就不配做他们的儿孙!"

秋田太郎步步紧逼着:"你要知道,我是从战场上回来的人,是从死人堆里爬出来的。你不要惹恼了我!"天星更是针锋相对:"你别忘了,这是我家的土地!你们抢走了我们的土地,还不让我们在这块土地上祭奠先人,你这是不让我们活了。告诉你,你敢拦我,我啥事都能干出来!"

秋田太郎牛气地威吓着:"你别看我只剩下一条胳膊,我要把你打趴下,向我求饶!"天星冷笑:"我不欺负你,你一条胳膊,我也用一条胳膊打你!"说着,把左胳膊插进衣大襟。

秋田太郎想不到一个女孩子竟会这样强硬,气得呼呼喘粗气。天星叫板道:"来吧!我要是不把你打趴下,我立马就走,我就不是我爹的闺女!"秋田太郎"呀"的一声扑向天星。天好和天月远远地看见坟地里天星和秋田太郎正在厮打。急忙跑过来。

这时候,天星已经摔倒秋田太郎并骑在他身上,一只拳头狠狠地揍下去。天好和天月跑过来,拽起天星。秋田太郎气急败坏地爬起来,脸上和嘴角流着血,像只斗败的公鸡,他气得浑身直抖,扭身跑去。天好说:"你可真行啊!"天月说:"又惹事了!"天星并不在意姐妹说什么,只是说:"别说没用的了,请爹回家吧。"三姐妹在父亲坟前跪下了。

秋田太郎向前走着,身后突然响起了"噼噼啪啪"的鞭炮声。他回头看去,是远处的坟地里,那挂鞭炮在响,他的脸都气歪了。

姐妹三人回到家,推开门一看,灶间的铁锅被砸碎了。天星气愤地说:"准是那个混蛋干的!他没打过我,干这偷鸡摸狗的事,真他妈没出息!我找他去!"天好一把抱住天星:"你让我省省心吧!"天月说:"我上他家去!"

天月低头站在秋田村上面前说:"……我二姐脾气不好,我们知道错了……"和子擦着儿子受伤的脸:"一个姑娘家,下手怎么这么重呢?他又是个残废。"秋田村上平静地说:"你能来道歉,我就原谅你们了。"天月息事宁人:"他砸了我们家的饭锅,也算解恨了,希望你们今后能让我们家消消停停地过日子……"这时候,天星一头闯进来:"我妹妹的道歉无效!他是我打的,我也是用一条胳膊打的。"她问秋田太郎,"你说是不是? 有能耐咱俩再打一回!"天月拽天星的衣襟:"二姐……"天星打掉天月的手,又对秋田村上说:"人得讲理,事情的前因后果你也知道了,你们该向我们家道歉!如果不道歉,我啥事都能干出来!"说完,拽住天月的胳膊走了。

天星和天月一前一后往家走。天星看到不远处有个雪窝子,就招呼身后的天月:"老三,二姐跟你说个悄悄话,到那边去说,那边背静。"她指指雪窝子,走了过去。天月刚走过来,天星突然拽起天月,一下子把她扔到雪窝子里,抡起拳头就打。天月喊着:"二姐,干啥打人呐……"天星说:"就打你! 你这个不长骨头的东西!你本该让他家赔锅,屁都不放一个,还向他家道歉,气死我了!""我是怕咱家出事呀……"天星说:"你是怕不丢咱家的脸!"

天星、天月走后,秋田村上数落儿子,旁边跪坐着和子。秋田村上说:"你可真是的! 她们要去坟地,你就让她们去呗,这是过去我和她们家商定好了的,我答应过。你和一个女人打架,还没打过人家,丢人呐! 打输了就输了呗,还去砸人家饭锅! 你……你还是个大男人吗?"秋田太郎余气未消:"我,我恨不得杀了她们!"秋田村上说:"你给我老老实实地过日子!"这时,和子突然指指窗外。秋田村上向窗外看去,天好头顶那口破锅,走进了院子。

秋田村上和和子走出屋,迎上天好,天好将破锅放到地上:"知道中国人的规矩吗? 挖祖坟,砸饭锅,就是不让人活下去了,就是逼着我们和你拼命。如果我们连一点动静都没有,那就连猪狗都不如了,乡里乡亲从此就会看不起我们。所以,我今天顶着锅来,就没想顶着锅回去。你要是不道歉,我就死在你这里! 我还要告诉你,你现在家里只有一个儿子,我们家现在有姐仨,我们三个人换你儿子一条命,你看行不行?"秋田村上知道理亏,忙和颜应对:"别这样,别这样,有事好商量。"和子鞠躬道:"您别生气,我替儿子道歉了。"秋田村上忙接着说:"对,我们道歉,我还要去你们家道歉……"

天好回到家不一会儿,秋田村上果然顶口新锅,和和子走进院子,天好、天星、天月从屋里出来。秋田村上放下锅,与和子鞠躬。秋田村上说:"实在对不起,请原谅……"天好姐妹们看到这种情况,也就以礼相待,原谅了他们。

供桌上,摆着宋承祖的遗像,香火缭绕。父亲请回来了,姐妹三个跪在父亲像前,磕了三个头。天好说:"爹,过年了,咱又团聚了,可是,虎子没在……是我没照顾好他,我对不住你呀,爹……"天好哭了。天星说:"爹,不怨我姐,是日本鬼子……"天月说:"爹,求你保佑虎子了,保佑我们一家人平平安安……"天好说:"爹,你放心吧,不管多苦多难,我们都要活下去,我要带好两个妹妹……"姐妹三个抱在一起。宋承祖的遗像微笑地看着三姐妹。

3 子夜来临，净空寺毓慈住持到钟楼上敲响了中国传统新年的钟声，这钟声幽远而洪亮，传到千家万户。随着钟声的远扬，远远近近地先后响起了鞭炮声。天好家吃过饺子，放罢"闪门炮"，开了院门，准备迎接来拜年的乡邻。

天亮了，天星换了身新衣服，正在院里放"二踢脚"。周和光和周老太太满脸喜气地走来。天星一看大年初一来了这么尊贵的稀客，惊喜地忙跑回屋去报信儿。

屋里，天好和天月也换了新衣裳。天好为天月整理衣裳，天月高兴地说："大姐，你的手真巧，这衣裳做得多合身呐！"天星一阵风似的闯进屋里："哎，小周掌柜来了！"天月白了天星一眼："去！又来骗俺！"天星一本正经地说："真的，我不骗你！"天好说："天星，你就不会换个新花样啊？"

姐仨正说着，周和光和周老太太走进屋。周老太太问："啥新花样啊？"天好和天月想不到天星这回说的是真话，不由得愣了一下。天好忙迎上去满脸堆笑："大娘，您咋来了？"周老太太慈祥地笑着："过年了，来看看你们。"天好不好意思："应该是我们去给您老拜年。"天月上前鞠躬："大娘，过年好。""好，好。月儿，也该给你哥哥拜个年呀！"天月看周和光一眼，说声"周先生过年好"就羞涩地走开了。周老太太笑得很开心。

天星对天月说："我没骗你吧？快去沏茶！"天月笑着去沏茶，心中自然欣喜不尽。周老太太四处看看："这个家，收拾得多利整，哪像没爹没娘的孩儿。"又向天好说，"你这当大姐的，挑起这个家，真不容易呀！"天星故意笑着逗周和光："小周掌柜的，你咋不吱声啊？"周和光笑一笑："这过日子的嗑，得我娘唠。"周老太太含笑撂给儿子一句："赶明儿个，你也得过日子。"

天月端来茶盘，茶盘上放着茶碗、茶壶。她把茶盘放到周和光和周老太太中间，拿起茶壶倒茶。周老太太看着天月："月儿越长越水灵了。"天月不好意思了，倒好了茶就低头躲到一边。周老太太从怀里掏出四个红包："大娘给你们压岁钱。"天好心里一热："大娘……"爹娘不在了，过年还有长辈给压岁钱，让她很感动。周老太太说："拿着！一人一份——虎子的那份，给他留着。"周老太太把红包塞给天好。按老规矩，压岁钱是不能推辞的，天好欣喜地接了钱："大娘，您看，俺们还没给您磕头拜年呢。"周老太太高兴得眉开眼笑："这磕头嘛，也就免了吧。"周和光对姐仨说："你们放心，虎子去哪儿了，我正打听着呢。"

一个高墙围着的大院子。院墙上扯着电网，院墙四角戳着岗楼，日本兵持枪守卫。这是日本人设在中苏边境山地中的劳工营，虎子就被送到这里。院子四面是劳工住的大工棚，劳工们一排排站在院子里。日本中队长高野未吉站在队伍前，他合上花名册大声问："自己的编号都记住了吧？"没人应声。高野未吉大吼："记住没？"应者寥寥："记住了。"高野未吉愤怒地走到前排，揪出一个人连连打耳光。他又喊："记住没？"劳工们喊："记住了！"高野未吉嚎叫着："你们不光要记住自己的编号,还要记住,我,高野未吉!我是你们的长官,你们必须服从我——无条件服从!你们更要记住,到这儿,你们就不是人了,什么也不要想,什么也不要问,只有干活!干活!"

一个工棚里住几十个劳工,非常拥挤、压抑。老驴子说:"咱是八大队,这个大队就我说了算了,日本人让我干的,我也没办法。"有人不满地看他。老驴子咳嗽一声,唱着《小白菜》的调子,但是改了词:"别瞪我呀,我赶上了。让你干,你也得干……"接着又说道,"我觉着,我干还比旁人强呢。咱这个大队挺有意思,三教九流,五行八作,齐了。我是国民党,老马呢,是抗联,对吧?"老马扭头不理他。

老驴子说:"还有做买卖的,种大烟的,算命的——哎,老王,哪天你给我算一卦。"老王说:"你告诉我生辰八字。"老驴子说:"拉倒吧!准不灵,要灵,你能被抓了劳工?"老王说:"我知道那天不宜出行,可我屋里的非让我上街。"

老驴子说:"不管干啥的吧,反正都一口锅里搅马勺了。不过,我是头儿,你们得伺候我。我向诸位亮一下我的军衔,我是国军上尉连长,我身上有十八个枪眼,进了三次棺材。所以呀,你们都得小心点。"虎子"呸"地吐了口唾沫。老驴子问虎子:"小兄弟,啥意思?不服啊?那好,咱走着瞧,有叫你服的那一天。"他扫视一下大伙,压低了声音,"我得给大家提个醒,那个日本中队长,高野未吉,大家都得提防点,这小子可不是物……"门"咣"的一声开了,高野未吉大吼:"出工!"劳工们只得懒散地出工棚排队去干活。

人们终于熬过漫长的寒冬,春天来了。河面结的冰正在开裂,大地积雪消融,柳枝在早春的风中轻轻摆动。

秋田村上、和子、秋田太郎正在收拾农具,天好走进院子对秋田村上说:"咱们有过约定,开春了,我爹的坟得移到俺家的地里。"

秋田村上说:"对,对对。""明天是清明节,我们一早就去迁坟。""好,去迁吧。"天好向院外走,秋田太郎阴森地看着走去的天好。

宋家姐妹三人拿着锹镐向坟地走来,只见地头上站着秋田太郎,他身边还有六七个凶神恶煞似的日本人,手里都拎着木棍。天月有些担心:"大姐,又要出事呀……"天星往前走,天好天月也跟了过去。天星往地里走,秋田太郎横在她面前。天好说:"你爹昨天答应了的!"秋田太郎说:"我没答应!"天星说:"小秋田,你说,你今天到底想咋的吧!"秋田太郎说:"我不让你们迁坟,我要把那坟平了!除非咱俩再打一回,我要把你打趴下!"天星冷笑一下,看看秋田太郎,又看看那几个日本人:"有能耐还咱俩单挑!"秋田太郎点点头。"别信他的,他要单挑,就不会领这么一帮人来。走,咱回去!"天好拽天星的胳膊,天星一抢胳膊,把手中的铁锹塞给天好:"姐,天月,你俩走开!"那几个日本人把天好、天月推到一边。天星对秋田太郎说:"来吧!"秋田太郎也扔掉了木棍。

秋田太郎"呀"地狂叫一声,冲向天星,抡起独臂打去。天星就势倒地,一动不动。秋田太郎愣了。天星说:"说话算话,我被你打趴下了,让我们迁坟!"气急败坏的秋田太郎抡起拳头打天星,天星还是一动不动。秋田太郎对天星又踢又踹。天好和天月呼喊着想冲过去,被那几个日本人死死拦住。秋田太郎不管不顾地狠命踢踹天星,天星咬着牙,仍是一声不吭,一动不动。秋田太郎边踢边吼:"起来!你给我起来!打!打呀!"天星怒视着秋田太郎,脸已青紫,流着血。秋田太郎反而被激怒了,他拾起那根木棍,要向天星打去。一声喝斥:"住手!"秋田太郎的木棍在半空中停住了,他扭头看去——

声音传来的方向,来了黑压压一群人,秀水屯的男女老少手拿锹、镐、木棍、锄头等工具,为首的是陈二爷。陈二爷说:"你们欺负三个没爹没娘的姑娘,算什么能耐!"一个日本人冲秋田太郎喊:"太郎,走吧!"天好、天月冲到天星身边。秋田太郎和几个日本人慌张跑开。天好、天月哭喊着和乡亲们围上来,天星面色平静地说:"姐,给咱爹迁坟吧……"

天好姐妹终于把爹的坟迁到自己的地里。新坟前,纸幡轻摆,三炷香冒着青烟,烧纸蹿着火苗。天好、天月穿着孝跪在爹爹新坟前,周围围着许多乡亲。一个乡亲吹响了小唢呐,声声如泣如诉。几个乡亲用门板抬着天星来了,门板放下,天星滚下门板,爬到墓碑前,音调沉重地说:"爹,咱回自己家的地了,你可以安生了……"别人都在哭,唯独天星不哭,她咬紧了牙关……

第 23 章

1 又是一个充满希望的春天来了。秀水屯的人们受着小日本鬼子的祸害,日子过得十分艰难,但总还是有希望支撑着,没有希望的日子是过不下去的。谁会甘心情愿地做亡国奴呢?

春天一来,人们舒展着猫了一冬的筋骨,开始春耕播种。天好家院外的树枝已经吐出新芽,墙边的蒲公英开出黄色的小花,她们一家也开始忙春耕了。这天,天好和天月正收拾套绳犁杖、木磙子,天星从外面高兴地回来告诉天好,说秋田村上正下种,他播得太浅,准颗粒无收。天月也叫好,说是活该他家倒霉。

天好听了天星讲的,想了想就走出院子。她来到原来属于自己的地边,默默地看着,弯下身去,扒开土,看到了种子。

秋田太郎恶狠狠地向天好喊:"你要干什么?"秋田村上放下手里的活,跑到地边说:"我头一回种大田,怎么样?"天好拍拍手上的泥土,撇撇嘴:"就你这个种法,到秋天能收回种子就不错了。"

秋田村上大惑不解地看看天好。天好说:"你种得太浅了。咱这地方年年有倒春寒,种子刚吐芽就会被冻死;就是不被冻死,根扎得也浅,咱这里风大,庄稼根浅就会被吹倒,长不起来。"秋田村上被感动得连连点头说:"噢,是这样。幸亏你告诉我,真不知道怎么感谢你……"天好望着自家的老地说:"这是我们流血流汗开出的土地——你不要糟蹋这么好的地。"秋田村上一脸诚意:"哎,我重新种,重新种。"

在密林中的抗日联军营地里,一张地图铺在地上,团长和魏德民等几个抗联干部围在四周。团长指着地图说:"……我们把兵力分开,这样就可以甩掉敌人。我带着团部和一营,在大东沟一带活动。老杨,你带着二营去团山子。老郭,你们三营还回你的老窝四道河子,必要时,我们再集中……"他讲完后对几个抗联干部说:"就按部署行动吧。"几个抗联干部匆匆离去。

团长收起地图,看看魏德民:"看出来了吧? 形势不妙呀! 跟着我们的,是古贺联队;南边,是四千多人的小野和川上的部队;西边还有五支日伪军联合的山林讨伐队;东边,和苏联交界,敌人更是重兵把守。四面受敌呀! 你还得回铁扇公主的肚子里去,准备长时间潜伏,更广泛地收集敌人的情报。我把我的几个交通站告诉你,这些交通站今后由你负责。"他把交通站对魏德民交代完之后,就紧急转移了。

古贺大佐坐在办公桌前,面有喜色,小川和裴春海站在古贺大佐对面。古贺说:"皇军这次清剿,取得了辉煌的战果,给抗联以毁灭性的打击,只有残余分子流窜于满苏边界,已经没有任何战斗力。你们呢? 把那双眼睛挖出来了吗?"小川报告道:"还没有,不过,我们已经掌握了一些线索。在三江镇一带,经常有异常电波出现,很可能是国民党的电台,我们没能破译,我们将进一步侦查。最近,我们破获了一个抗联的秘密交通站。"古贺说:"很好啊!"

小川继续说:"这都是裴先生的功劳。遗憾的是,那个交通员自杀了。"古贺大佐板起了面孔。裴春海好像很有谋略地说:"大佐先生,我认为,这事不能操之过急。这次破获抗联的交通站,就是因为我们太着急,致使线索中断。干我们这行,不像军事围剿,这是和隐蔽的敌人作战。中国有句话:放长线,钓大鱼。请大佐先生给我们时间,我们要钓大鱼,而且力争一网打尽!"古贺点头赞同。

晚上,裴春海和小川在一家日本餐厅喝酒,裴春海说:"上次,破获抗联的那个交通站,你们要是听我的,说不定能弄出多少线索呢。""你放长线、钓大鱼是对的。中国还有一句古话,叫养痈成患,对吧?"裴春海说:"我明白,我会尽力而为。"

喝了几口酒,小川突然挺神秘地说:"那个姑娘叫宋天好吧? 重新回到她的身边吧。"裴春海问:"你什么意思? 让我一个警尉和一个钻庄稼地的……"小川笑了笑说:"这不是你心里想的吗? 更重要的是,你在这一带活动,有一个隐蔽的身份,不更好吗? 她住在秀水屯吧? 秀水屯靠近三江镇,又邻近抗联打游击的山区,同时,它几乎又是周围屯落的中心点,很重要啊。"

裴春海想了想,也端起酒盅:"科长,这太危险了。""你还怕一个钻庄稼地的女人?"裴春海说:"宋天好的父亲就死在我手上,一旦她知道了,我是要掉脑袋的。"小川说:"可是没有人可以替代你啊!""科长交代的任务,我想尽办法完成,只是我这警尉已经当三年了,事成之后,我的级别……"小川放出诱饵:"完全可以考虑嘛!"

夜晚,姐妹仨正议论着抗联的事,忽然传来敲门声。三姐妹警觉地向门口望,天星轻手轻脚地走到门口,她扒着门缝向外看,不由得愣了一下,原来是她在三江镇背米时见过的抗联当官的"魏啥谋"。天星打开门缝,露出头来:"是你?!"魏德民忙示意让她不要说话。天星让开身,魏德民进屋。天星探身四下看看,关上门。

魏德民走进屋来,天好过去打量他,魏德民笑着看天好,两人互相都认出了对方。"上回天星说起姓魏的,我就觉得怪,果然是你!"魏德民也兴奋地说:"天底下真有这么巧的事,我要饭要到救命恩人家来了。"

天星很奇怪地问:"救命恩人?"天好向魏德民介绍:"这是我妹妹宋天星。"魏德民笑着对天星说:"咱俩认识,是吧? 当年你姐姐从棺材里救出我,要不是你姐姐,我早就没命了。救命之恩,我这辈子也报答不了。"天好说:"别提那事了,当年你也是大英雄,我佩服你,才救你。现在你干啥呢?"魏德民一脸愁苦:"走投无路,给人帮工混饭吃,让我给你家干活吧。"

天星一直审视着魏德民,她不客气地问:"还大英雄呢,你不在抗联打鬼子,咋上我家来找活干呢?"魏德民脸色很可怜地说:"队伍早就被打散,我没地方去……"天星十分惊奇又十分疑惑:"啊? 抗联真完了?"魏德民说:"完没完我不知道,反正我不干了,现在一直就是个扛活吃劳金的。"

天好想了想对魏德民说:"你先到下屋住一宿,留不留你,明天再说。"天星说:"姐,这种人你也留啊?"魏德民很害怕的样子:"我以前当过抗联的事,你们可千万别说出去啊,这年头……"天好说:"你放心,你就是一个扛活吃劳金的!"又扭头对天月说,"给他拿两个菜团子。"天月领魏德民出了屋。

天好一时拿不定主意,这事太大。她问天星:"我们留不留他?"天星随口说道:"窝囊废! 逃兵!"天好从感情上一时转不过弯来,不由得又说:"队伍被打散了,他又没投降鬼子,这人当年可是个大英雄呢。"天星问:"这么说,他还真是个人物?"天好把她了解的魏德民的情况向天星细说一遍。天星轻声地说:"真看不出来,他还是个真爷们儿。"她在三江镇初识他的第一印象总是丢不掉。

天星对魏德民的疑虑很重,前不久,还是个背短枪的特有精神的官儿,怎么一眨眼就成了讨饭吃劳金的人了? 她走到下屋门口,停下脚步,故意地咳嗽几声,屋里没有动静。天星从门缝朝里望去,魏德民在屋里正收拾铺盖。天星站在门口问:"还缺啥东西不?"魏德民说:"不用了。""听我姐说,你也是个了不起的人。""什么了不起的,我累了,要睡觉了。"天星问:"日本鬼子把你抓去,都用了什么刑法? 你真的一个字也没吐给他们? 你在棺材里躺着,那滋味好受吗?"魏德民没有回答她一连串的问题,只是轻描淡写地说:"好不好受都受了。""要是换成我,我可扛不了他们这么折腾。""我相信你也会和我一样。"天星问:"你怎么知道的?"魏德民说:"我能看出来。""你眼睛这么厉害?"魏德民笑了笑。"你想在我家长住还是短住?""这我说了不算,要看东家的心情。"背后有咳嗽声,天星回头一看,天好站在她背后,看来她的疑虑比天星还重。

天刚亮,天好在整理绳套、犁杖,天星拎着锹和粪箕来到下屋窗前,敲敲窗户喊:"起来啦,太阳照腚啦!"魏德民边系衣扣边从屋里出来问:"这么早,干啥呀?"天星说:"下地!""留下我啦?"天星说:"去,扛犁杖!"魏德民乐呵呵地去扛犁杖,边走边问:"咋的? 不吃早饭呐?"天星说:"我们吃完了。"魏德民问:"那我……我不要工钱,还不管饭呐?"天好笑道:"有你吃的! 一会儿天月把饭送到地里。"

到了地里,天星往魏德民肩上上夹板,套套包,天好在一旁暗笑。魏德民问:"我一个人拉犁,能拉动吗?"天星不动声色:"今天没借着牲口,你先将就吧。"天星扶起犁杖,魏德民拽直了套要拉,他使劲拽犁杖,没拽动,摔倒了,爬起来说:"你们家咋这么干活? 这么一大片地啥时候能种完呐?"

这时,邻居孙大哥牵一匹马走来:"天星啊,你性子就是急。咋起这么早哇? 我这牲口刚喂好就给你牵来啦。"魏德民指着天星说:"你逗我!"天星和天好哈哈大笑起来。

2 虎子和一帮劳工被运到中苏边境一个军事要塞工地,他们的工作是整日采石头。在采石场上,周围有荷枪实弹的日本兵把守。劳工们有的掌钎抡锤采石,有的把石头凿成整齐的石条,有的抬石头。虎子和老马一起抬石头,虎子问:"咱们整天弄这石头,小日本是要干啥呀?"老马说:"我估摸,这是要修个大工事。这几天,我把咱的方位判断出来了,咱这山头的对面就是苏联的地界。当年,鬼子和苏联干过一仗,鬼子吃了大亏。他们修这个工事,专门为了对付苏联人。"

突然,前边两个抬石条的人摔倒了,一个人腿被砸伤。大家都停了下来,虎子和老马也放下了石条。高野未吉奔过来,抢起木棒就打受伤的人。受伤的人口里流血死了,另一个人吓得往山顶跑。警卫兵向那人开枪。那人倒在山坡上。正在抢大锤的老驴子喊了一声:"都干活吧!"高野未吉吼道:"干活!"

太阳已经落山,大山的阴影里,缓慢行进着劳工队伍。持枪的日本兵两旁跟进。高野未吉抱着一挺机关枪,枪口冲着劳工队伍。

劳工们回到工棚里,围着几个木桶吃饭,老驴子、虎子、老马和几个人围着一个饭桶。老驴子好心点拨大伙:"今儿个的事大伙都看见了,小日本不说理呀,它往死了整人。大伙别惹他们,都戒待点。"老马正要盛饭,老驴子一把拦住:"抢什么抢! 一人一碗,剩了归我,完事你们再分。"老马不服气:"凭啥?"老驴子说:"凭啥? 亏你还是抗联,大小规矩都不懂。我是长官,啥都得先尽长官来。""俺抗联没那狗屁规矩! 就知道打日本!"老驴子说:"你抗联打日本? 那也叫打日本? 在老林子里这儿打一枪,那儿扔颗手榴弹,猴年马月能把日本子鬼儿打跑? 打日本还得我们国军!"老马讥笑道:"是啊,你们国军多能啊,把东三省让给了小鬼子,害得我们老百姓拿起枪来。"

老马盛饭,恼羞成怒的老驴子一把抢过老马的饭碗,摔到地上。老马也急了,上前薅住老驴子的脖领子。两人厮打起来。虎子站起来,插到两人中间,他问老驴子："你凭啥不让老马盛饭？"老驴子一拧眉头："小崽子，没你的事！"虎子向老驴子狠击一掌，老驴子一下子摔倒了。

老驴子爬起来拍拍屁股："呀，小杂种，行啊！果然不一般呐！这一巴掌，没个十年八年的工夫练不出来呀，你等着……"

天好在锅前贴饼子，十分麻利，一甩一个，魏德民在灶前拉风箱，锅里的饼子不断出溜到锅底，贴不住。天好急得直埋怨："你会不会拉风箱呀？你看这火让你烧的，这面煳那面热，这面煳了那面直往下出溜。一个大老爷们儿怎么什么都不会干，就张着嘴等我喂你呀，这样拉！"天好推开魏德民，作着示范。

魏德民慢慢地拉着风箱。天好贴着饼子，又急着说："刚教给你，怎么又忘了，把火拉匀点，你看又出溜到锅底了……"天好回头，突然发现火光里魏德民的眼里闪着泪水。魏德民低下头，慢慢地拉着风箱。忽然，他站起来，走出屋子。

天好默默望着他的背影，原先故意硬着的心一下子软了。她想起，以前他当鞋铺老板的样子；她想起，她是怎样把他装进棺材保护他；她想起，她是怎样冒着生命危险在山洞里护理他；她想起，他走了，她摸黑追上他给他送三十个火烧。现在，他是这样了，一定有他的苦衷。他不说明，她不明白他现在到底是咋回事，因此，她还得硬着心肠试试他到底有多深多浅。

晚饭已经摆上炕桌，天星、天月坐在桌边等待着。天好披着衣服站在院外，向远处张望。天月话里有话："大姐挺惦记魏德民呐。"天星问："你啥意思？"魏德民是像你说的精神呗。"天星笑道："他穿抗联的衣裳才精神呢！"天好走进屋来："不等他了，咱吃吧。"姐仨拿起碗筷吃起来。

天好吃了几口，像是问，又像是自语："他下晌说上镇里有事——他能有啥事呢？"天月意有所指地说："大姐，你对他还挺上心呢。"天好打马虎眼："他给咱家干活嘛。"天月进一步说："大姐，我看魏德民这人挺老实的，人也长得精神，大姐就把他留下吧。"她故意说了两可的话。天好明知天月的意思，故意装糊涂："这不留下了嘛。""大姐，我是说，我是说……"她不好把话挑明。天星白了天月一眼，竹筒倒豆子似的说："看你，吭吭瘪肚的。姐，天月是说，姐夫跑了多少年了，活不见人，死不见尸的，你就把魏德民招个上门女婿。"天好满面羞色地说："你胡说些啥呀！"天月认真地说："大姐，真的，你该找个人了。"天星也热心："天月，我看咱俩给大姐搭嘎搭嘎吧。"天好放下脸子："别胡说八道！"天星真真假假地说："姐，要是你不要，我可要慢慢琢磨琢磨这个人了！"天好笑了："那你就琢磨吧！"这时魏德民走了进来问："琢磨啥呀？"天星说："你耳朵可真长！"姐妹三个都笑起来。

大天老日头的，天好一家人都在干活。魏德民在笨拙地滤粪。孙大哥赶着犁杖翻地，天好跟着犁杖在点种。天星拎着镐在后面边踩垡子，边打土坷垃。到魏德民身边，天星停下来："一看你就没种过地，这粪叫你滤的，像老猫拉稀。"魏德民老老实实说:"我是没干过庄稼活。"天星故意刺他:"就你这样,还出来做工,谁能雇你呀——也就俺家吧。"魏德民笑着不说话。

犁杖已到地头,天好回头看地里的天星和魏德民。孙大哥吆喝牲口掉头。天好说:"孙大哥,歇了吧。"

这时,还在地里的天星两眼盯着魏德民说:"叫我看看你的手。"她一把拽过魏德民的手,见他手掌上打了血泡,心疼地说:"咋整的,还磨出泡了。你不会悠着点呀!"说着,不由自主地往魏德民手上吹气。魏德民抽回了手:"没事呀!"

地头上,孙大哥把草料包放到马头下。天月挑着饭和水走来喊:"吃饭了!"天星和魏德民向地头走来。天星不管不顾地说:"他可真笨,手还打泡了。"孙大哥笑着说:"我一看他干活的架势,就不像庄户人。"

天好虽说不知包子里是什么馅,但还是怕露馅,忙打掩护:"孙大哥,他是俺山东老家我舅妈的侄子,一直跟人家做小买卖,也没干过庄稼活。"

地头上,大家吃完饭,天好招呼魏德民:"走,我教你滤粪去。"天好拿起锹和粪箕教魏德民滤粪,魏德民紧跟着看。傍晚,魏德民又对天好说他有点事要出去一下。

姐妹三个吃完晚饭,正收拾桌子。天好说:"把留给魏德民的饭放锅里煓上。"天星说:"这个魏德民,咋三天两头一到晚上就出去一趟? 他到底干啥去了?"天好悟到了什么:"他是不是在找抗联呐?"天星脑子也转着弯:"那,这小子还行!"窗外响起脚步声,三人到窗前,看见魏德民走向西屋。天好问:"你吃饭不?""我不吃了。"魏德民说着,头也没回地进了西屋。

魏德民坐在西屋的炕上包扎腿伤,他一回头,见天好端着饭菜站在他身后。"咋整的?"天好把饭菜放到炕上问。"啊,路上,树枝剐了一下……"天好看那伤:"你别唬我了! 是枪子打的吧?"魏德民还想隐瞒:"不是……"

天好带着不乐意的语气说:"你跟我咋还藏着掖着的? 当年,从棺材里把你救出来的时候,你就啥也不说。后来看到报纸,才知道你是抗联的。"魏德民似有苦衷,欲说还休:"天好,我……"

天好理解又大度地说:"好了,不想说你就别说,我再也不问你了。反正你干的是正经事,是爷们儿该干的事,我佩服你。这就是你的家,你就是俺们家的人,不管出啥事,我们姐三个拼了命也要保护你。"魏德民热泪盈眶,仍是无言以对。"来,我给你包吧。"天好抱过魏德民的腿说,"还好,没伤着骨头。歇几天吧……"屋里发生的事情,天星在窗外听了个清清楚楚。

3 一家人忙了一阵子,春耕播种总算结束了。天月想去三江镇见周和光,又不好意思直说,说要去绸缎庄扯布,把天星也拉上。天星明知天月的意思,她也想出去转转,也就跟着天月掺和进来。二人到了绸缎庄,小伙计说掌柜的刚走。

这时，周老太太走出来，一定让天月、天星到家里去，留她俩在家吃晌饭。姐妹俩只得跟周老太太去她家。周老太太说："和光是去你们家，路上没碰见？"天星说："都怨天月，非要抄近路走毛道。"天月一听周和光到自己家去了，再也坐不住，急着要走。周老太太明白年轻人的心思，也就不再强留她们。

姐俩一路回家，天星一路采花追蝶，天月着急地说："二姐你快走啊，磨什么！"天星笑道："急着回去看周和光？他兴许早回家了，见不上。"

天好在家用大木盆洗衣裳，魏德民要去挑水。天好说："不用你，你那腿……""好利索了。"魏德民说着从屋檐下拿下扁担和水桶，挑起走出院子。周和光忽然走进院喊着："大姐。"天好忙起身，甩甩手说："真不巧，天月和她二姐说是上你家，这工夫八成到了。"周和光笑道："真不巧，我上你家来，她上我家去。大姐，我来，是想打听一下，虎子有信儿没？""没有哇。"周和光说："我知道不少劳工去了煤矿，还有金场子、林场子的，都有信回来。"这时，魏德民挑水进了院子，他把水放到洗衣盆旁边，打量周和光，周和光也打量他。天好忙介绍："啊，这是我们家雇的做工的，这位是三江镇绸缎庄周掌柜。"二人互通姓名握手。天好一笑说："你俩进屋唠吧。我这衣服投一遍就完了。"

魏德民坐在炕沿上，周和光在地当间来回走动，有一搭无一搭地和魏德民唠家常。周和光问："来这儿多长时间了？"魏德民说："不长。""魏先生好像不是干庄稼活的？""咋不像？""你跟我一见面就握手——庄稼人可没这个礼节。"周和光说着，转身看魏德民。"啊，过去我做过小买卖。""咋不做了？"魏德民说："赔了。""噢……魏先生家是……？"魏德民说："关里，山东即墨。""咋到这儿来了？"魏德民说："跟我二大爷闯关东——我二大爷死了。""那该回老家呀？""老家人也没了。""哎，魏先生，还没成家吧？""周掌柜的，你挺爱打听事呀。"周和光笑了笑："闲聊嘛。"魏德民说："我知道，你是关心她们姐仨，怕我是坏人。"周和光说："哪里话，看你慈眉善目的，哪能是坏人呢。""看面相可不一定准，老话讲：知人知面不知心。"

这时，天好进屋来，周和光说天月不在，他回去看路上能不能碰到，就辞别天好和魏德民走出院子。

天好和魏德民送周和光到院外，等他走远了，魏德民说："这个周掌柜的，不像个买卖人。"天好一笑说："啥叫不像买卖人，人家正经开着绸缎庄呢！"魏德民岔开话说："好些天没出去走走了，今天出去散散心。"说完也走了。

天星和天月在路上走着，天月向前张望着："周和光回家，咱也应该碰见他呀。""都怨你，周大娘留咱多坐一会儿，你偏着急要走。"天月说："人家坐在那儿，周大娘又是捏手，又是摸脸，弄得我好不自在，挺难为情的。"天星故意说："现在对你好，赶明儿个一过门，说不定对你咋刁呢！"

刚拐过树林，天星一眼看见前边走来的周和光，她忙把天月拽到树后，装作紧张的样子："有劫道的！"天月一惊："啊?! 大天白日地劫道？"天星拿出当姐的英雄派头:"你别怕,我去对付他。"

天星迎着周和光走去,周和光一见天星忙说:"哎哟,回来了? 天月呢?"天星一脸笑意:"在你家和你妈唠呢,唠得可热乎了。"周和光忙说:"啊,那我先走了。"他走了几步,又回来说,"天星,你家雇的那个扛活的,得注意点。我觉得他不是一般人,肯定有些来历。"天星打着掩护:"周掌柜,你是不是做买卖做的时间长了,咋好琢磨人呢? 他就是个扛活的!"

周和光单刀直入:"我是为你们好。""我也为你好,小心点,别碰上劫道的!"周和光还没弄明白天星说话的意思,天月拎了根树棒子跑过来,嚷着:"大白天的,还敢劫道,了不得了!"周和光愣了愣忙问:"干啥? 天月。"天月见是周和光,先是一愣,接着朝天星喊:"二姐,你要笑人!"天星大笑:"哈哈,都怨我胆子太小了! 把小周掌柜当成劫道的了。你们二位管够聊吧!"说完,转到树林那边去了。

天月和周和光坐在路边聊起来。周和光单刀直入:"……我娘的意思是咱俩尽快办了,她着急抱孙子。"天月脸一红说:"去! 八字还没一撇呢,就想孙子了……""你说还差啥?""欠你的饥荒我还没还完呢。""你嫁给我不就还完了吗?""你买我呀?"她的肩不由得靠在了周和光的肩上。周和光把天月的手放到自己胸口上:"我用这颗心买你……"

两人恋恋不舍地分开后,天月到树林那边找天星。天星在出神地望着远方,连天月走到身后都没有察觉。天月喊:"嗨! 想啥呢?"天星猛回头,又现出平常的神态说:"我在想,你和周和光唠啥呢。"说着,拍拍屁股站起来。天月有些羞涩:"他说……他要娶俺。"天星故意给天月出难题:"哎,老三,还有个先来后到没? 大姐和我还都没嫁人呢!""哎,二姐,我想,那个魏德民人挺不错的,干脆让大姐跟他搭伙过日子得了。""大姐不是等大姐夫呢吗?"天月并不在乎什么大姐夫,"啥姐夫? 拜完花堂就没了,到今儿个还活不见人死不见尸的,等啥呀!"二人沉默地向前走着,突然,天星灵机一动:"老三,我有个法子。""啥法子?"天星跟天月耳语,天月连连点头。天星说:"这缺德的戏得你演。"天月说:"行,你给我敲边鼓。"

天好正在缝补魏德民的上衣,天星和天好阴着脸走进屋来,天好停下针线活问:"咋的啦? 都阴着个脸?"天星和天好还是不说话。天好说:"你俩想急死我呀? 天星,到底咋的啦?"天星朝天月一努嘴:"你让老三说吧,我受不了。"她说完跑出屋子。天月说:"大姐,我说了,你可要挺住啊。"天好着急地问:"啥事我挺不住啊?"天月哭起来,抹着眼泪说:"我和二姐在三江镇看见大姐夫了。我们俩拽住他想让他回家,正巧,一伙小鬼子来抓他,说他是抗联,他就被五花大绑地抓走了。我们就追,一直追到大庙空场那儿,看见鬼子把大姐夫的头砍了,那头在地上滚呐,小鬼子拿它当球,踢来踢去的……"

天好像被雷击似的呆住了。天月说得绘声绘色,声情并茂:"大姐夫被抓走的时候还喊呢:'天星、天月,给你们大姐捎句话,我是要死的人了,让她另找个人吧……'"天月是个老实人,她说得如此逼真,还泪流满面的,又有天星同行,由不得天好不信。天好忍不住哭了:"裘春海呀,裘春海,我白白等了你这么多年呀……"

屋外墙根下,天星掩着嘴笑。天月走出屋,蹲在天星身边。"你这死丫头,还挺能编爸的。"天月有点担心:"咱是不是有点过了?""没事,咱姐挺得住! 断了她的念想,也是为她好。"

天好是个特别重情义的人,裘春海死了,她不能不祭奠他。晚上,天好在小下屋里摆上油灯、香火、祭品、裘春海的牌位,她哭着说:"裘春海呀,你我虽未夫妻同床,可咱俩毕竟拜了堂,成了亲,你死了,我咋也得祭奠祭奠你呀……"

4 在日本人的军事要塞工地采石场上,劳工们正在干活,高野未吉带着两个穿军服的日本人走到凿石条的老驴子面前说:"他们两个,分给你们八大队。"两个日本人笔直地站在老驴子面前,老驴子怪腔怪调地笑道:"哈! 我也管上小鬼子了! 都叫啥呀?""我,山浦一郎。他,山浦次郎。"老驴子问:"你俩的名字咋分不出个数?""我们是兄弟。"老驴子说:"啊,哥俩。来,你,给我捶捶腰;你,给我捶捶腿。"山浦一郎和山浦次郎乖乖地给老驴子捶腰捶腿。

老驴子问:"二位,咋也当劳工了?"山浦一郎有些神经质:"俄国人,大炮,轰! 轰!"山浦次郎也一样精神不太正常:"坦克,坦克,啊! 吓死人!"老驴子问:"你俩是不是犯神经了?"山浦一郎说:"太可怕了! 太可怕了!"山浦次郎说:"死人! 到处是死人!"虎子和老马过来抬石头。老驴子对山浦一郎和山浦次郎挥挥手说:"去吧,去上边抢大锤去。"俩日本人走了。虎子纳闷:"咋还进来了日本鬼子?"老驴子说:"这准是被苏联红军放回来的俘虏。他们没自杀,丢了大日本皇军的脸,当然要处罚了。这俩小子有神经病,吓的!"

时间过得真快,地里已经长出绿油油的小苗,姐妹三个正在耪地。天月直起腰来说:"魏大哥咋又不来干活?"天好一边干活一边说:"他说他今儿个有事。"天星抬头对天好喊:"咱雇的是扛活的,还是养大爷的?"耪到地头,天星突然扔下锄头,捂住肚子:"我肚子不得劲儿,得方便方便。"说着从地里跑出去。天星并未去方便,她跑回家,悄悄走到西屋窗前,向屋里看,屋里空无一人。天星又溜到东屋窗下,向屋里看,屋里也是没人。天星正皱眉思索,猪圈里传来动静。她轻轻走到猪圈墙下看,只见魏德民在猪圈里,刚好站直身。天星猛然问道:"你干啥呢?"魏德民冷不防吃了一惊,忙随口说:"啊,我想把猪圈粪起起。""起粪咋不拿锹啊?""我,我忘了。"天星毫不客气,一针见血地说:"你也不看看,这圈里猪都没喂,哪来的粪!"魏德民一时显得手足无措,只好说:"是啊……那我去耪地。"他走出猪圈,从窗檐下取锄头。

天星盯着他,脸上挂着一丝冷笑喊:"站住。"魏德民站住,转身望着天星,天星怪怪地笑着:"魏大哥,我想和你比划比划,看能不能整了你。"

魏德民有些尴尬地笑道:"我不会功夫。"天星挑衅:"日本鬼子都让你杀了无数,比划一下都不敢?"魏德民这会儿缓过神,随口调侃起来:"我可打不了你,听说你会两下子,别把我胳膊打折了,就不能给你家种地了。我要是伤了,你养个白吃饱,这账多亏呀。"天星喊了句,接招吧你,从背后一掌劈向魏德民,魏德民伸出胳膊轻轻一挡,天星突然捂住胳膊,咝咝直吸冷气。

魏德民关心地问:"没伤着吧?"天星摇头皱眉:"你赶紧走,干活去。"魏德民走出院子,天星摸着胳膊自言自语:"看样子还真整不了他。"

天好、天星、魏德民在吃晚饭。天星一边吃着饭,一边摸着胳膊,咝溜咝溜直吸冷气。天好问:"天星,你胳膊这是怎么了?"天星幽怨地看了魏德民一眼,故意指桑骂槐:"叫驴踢了一脚!"魏德民低头吃饭,忍不住笑起来。天好有点奇怪:"你俩白天是不是有什么故事呀?"天星冷冷一笑,岔开话题:"老三这些天咋总往三江镇跑?"正说着,天月走进来。

"哈,赶得真是时候,刚端起饭碗!"天星说。天月坐下,有些兴奋地说:"在老岭沟,抗联把一个小队的鬼子全消灭了,和光告诉我的!"天好打趣道:"还'和光'了,快吃吧!"魏德民吃着饭,好像她们议论的事情与他无关。

天星琢磨着魏德民,她突然跳下炕,从饭橱里拎出一瓶酒,又"嗖"的一声跳上炕,把两个碗一摆,便倒酒。"抗联把小鬼子消灭了一个小队,咱老百姓得高兴高兴,我要和魏大哥好好喝一顿,是不是魏大哥?"魏德民笑了一笑未置可否。天好说:"你要想喝酒,总有一大堆的道理!"天星斟满两碗酒端起来:"魏大哥,来,干一碗,你可得赏我这个脸!"魏德民望着天星,端起碗说:"你说的对,今天我还真想喝两碗酒!"两人一碰酒碗干了。他们一连干了几碗,天好拦也拦不住,只好不管。

天星搀扶着喝醉了酒的魏德民从屋里出来,魏德民唱起来:"东京坐下宋主君,二十八宿保乾坤。文仗着倒坐南衙包文正,武仗着天波杨府立功勋。杨家七郎八只虎,老令公一口大刀镇乾坤……"天星搀扶着魏德民进了西屋。

天星把喝醉酒的魏德民按坐在椅子上,立马把他结结实实绑了起来。他醒了,见自己被绑着,吓了一跳:"天星,你这是干啥呀?"天星瞪大了眼:"干啥?你心里明白!""我不明白!"天星审贼似的问:"你说你到俺家就是为了混口饭吃,那你三天两头,这一趟,那一趟的,都干啥去了?"魏德民知道天星怀疑他,但又无法正面回答,只好说:"天星,你放心,我是好人!""好人?好人能有这个吗?"天星说着,把一把盒子枪拍到炕沿上。

魏德民一看露馅了,急忙挪动着椅子,想扑那支枪。天星扑上去,和他撕扯着,两人扭成一团。天星喊:"大姐、老三,快来帮忙,魏德民要造反了!"

天好和天月披着衣裳走进来,一看被绑着的魏德民,两人都愣了,团团转着,不知所措。天星呼呼喘着:"还愣什么,快下手呀!他是个坏蛋!快点,他有枪!"天好这才发现炕沿上那支盒子枪,忙问:"这是咋回事呀?"天星着急地喊:"快下手,我快撑不住了!"天好和天月一起动手,按住魏德民。天星说:"再拿条绳子把他捆住!"天好和天月找来根绳子,又把魏德民捆结实了。天星站起来,呼呼喘着,天好和天月也呼呼喘着,三个人说不出话来,一起望着那支盒子枪。魏德民也喘着,望着三姐妹,屋里只有重重的喘息声……

天月小声问天星:"这是真枪还是假枪? 哪儿来的?""他把它藏在猪槽子底下了。"天星说着拿起那支盒子枪,对着魏德民:"怎么样,我还行吧。虽说我打不过你,但我略施小计就把你灌醉了,你现在成了我的俘虏。"魏德民苦苦一笑,他知道这三姐妹不会把他怎么样,也就听之任之。

天好问:"魏德民,你说实话,你到底是干啥的?"魏德民沉默着,地下工作的纪律,使他只能这样。天星"哗啦"一声,推上子弹,顶着魏德民的脑袋:"你太小看我了。今天我就实话告诉你,我在做江上飞的时候,什么枪都使过,说打你的鼻子不打你的眼。我还要告诉你,我在黑龙江江面上做过江上飞的老大,杀过汉奸走狗,也杀过日本人。你今天要是不说实话,我用它和你说话。"

魏德民真想不到天星会如此智慧勇猛而又果断,现在,他已被天星逼到死角,再也无法瞒哄下去。再这样,良心上也对不起宋家三姐妹,事已至此,他只好如实相告:"说实话吧,我还是抗联,我们没被打散,我到这一带是执行侦察任务,我是用你们家作掩护。"屋里三姐妹沉默着。天星听了魏德民的讲述,知道他不是叛徒或奸细,心中一块石头落了地,三江镇他挎短枪十分精神的形象立刻浮现在眼前,她心中高兴,立刻喜上眉梢,不由自主地拍了魏德民一巴掌:"嗨,你早说不就完了嘛!"说着忙给魏德民松绑。

胆小怕事的天月当着魏德民的面说:"大姐,这可不好办呐。他呆在咱家,万一小鬼子知道了……"天好沉默着。天月着急了:"大姐,怎么办呀,你说句话!""走,都跟我回屋去,开个会!"天好说着,把那支枪拎起来,姐妹仨一同走出西屋,把魏德民一个人留在那儿不管不问。

在从窗外射进来的月光下,那支盒子枪闪闪发着寒光,三姐妹围坐,望着那支枪。天好轻声说:"你们俩说说,这事该怎么办?"天星说:"这有什么可商量,人家是抗联的,为了老百姓,把自己的脑袋掖在裤腰带上和鬼子干,连命都不要了,住到咱家,咱就应该保护他。要是把他推出去,那还叫人吗? 我就佩服这样的人,这是真正的关东爷们儿!"天月压低了声音:"小点声。我个人认为,咱家出大事了,为什么这么说呢,我总结了三点:第一,这年头,谁家有枪谁家就要招灾,严重一点说就是杀头之罪;第二,现在的世道乱着呢,他说他是抗联,可据我所知,抗联当叛徒的也有,万一他是个叛徒,那叫养虎为患呀;第三,不管他是抗联还是抗联的叛徒或敌人的密探,只要他呆在咱家,咱家就成了焦点……"天星不耐烦:"别文绉绉的,说话捞干的! 什么叫焦点?""说白了,咱家就成了战场!"

天星激动地说："成了战场才好呢，这狗日子我早过腻了，成了战场，杀杀杀，打打打，那才叫热闹。"天月听天星这么一说，更急了："大姐，赶紧叫他走吧。"天好说得入情入理："老三，话可不能这么说，咱不能和小鬼子斗，有这样的好爷们儿不要命地打小鬼子，咱女人家连把他藏在家里都不敢吗？咱都盼小鬼子快点完蛋，魏大哥不是盼，是打，是为咱们打，咱得讲良心！"天星加重语气："就是！"天好下了决心："这个人我有数，日本鬼子抓住他，把他折腾得九死一生，他愣是挺住了，我亲自在医院的死尸房里抬走了他。这样的人咱们还不放心吗？我决定哪儿也不让他去，这就是他的家！"天星高兴地说："对，咱家就是他的家！"天月不再说什么。

外面，月挂柳梢头，夜深了；西屋内，魏德民躺在炕上，月光照着他的脸，盈眶的泪水在月光下闪动。窗外传来天星的声音："明天早点起来耪地，饭送到地里吃，听到了吧？"魏德民答应着，一行热泪涌出眼眶。春夜，静得出奇。

第二天早晨，天星向西屋喊："下地啦！"没人应声，天星又喊，还是没有回应，天星奔进西屋，又急匆匆从西屋里出来，把手里拿着的一张纸递给天好看。

天好、天星、天月：

　　我走了，我不该连累你们。感谢你们这些日子里对我的关心照顾。请相信，日本鬼子一定会被赶出中国，我们一定会胜利。再见！（看后烧掉）

魏德民

魏德民走了，天星不由分说卸下孙大哥家正在干活的马，骑上就飞奔而去，天好、天月跟上跑，可是，魏德民黎明前已经走了，三姐妹到哪儿去追呢？

第24章

魏德民走后，姐仨的心情各不相同。天月觉得是自己当着魏德民的面说出怕日本人知道了的话，魏德民才走的，她心中过意不去。天星则是火气冲天，借故埋怨天月做的饭不好吃而不吃饭，还无故发火，她跑出去满世界找了两天，也没见魏德民的影子。天好是伤心极了，好像掉了魂，躺在炕上病了两天。

地里活紧，天好身体好一点，就早早起来扛起锄头下地，没叫两个妹妹，想让她们多睡一会儿。晨雾蒙蒙，天好扛着锄头向地里望去，只见一个人正在弯腰榜铲地。她一眼就看出那是魏德民，就悄悄走到那人身后，声音颤抖着低语道："你还回来呀？"魏德民直起身，头也没回："我……我想帮你们多榜两垄……"天好忽然热血奔涌，不能自制，她扔下锄头，一下子抱住魏德民的腰，脸贴着他的脊背小声说："回家吧……"魏德民深情地说："是啊，真想有个家。"天好抱着魏德民的腰，两人一时无语，时间似乎静止了。突然，天好想起什么，一下子松开手。魏德民转过身，看见天好的脸火一样红，他说："咱们成一家人吧，好吗？"天好红着脸，平复着心情想了想点头说："好。这些天你不在，天星她们都想你呢，走吧，回家去！"

天好带着魏德民回家，魏德民像个俘虏，老老实实跟着天好走。到了家里，天星一见魏德民，自然是欢喜不尽，笑脸相迎。要吃午饭了，天好要往炕上摆饭桌，魏德民伸手要帮她。天好说："你坐吧，坐炕里。"魏德民说："咋还把我当客了？"天好笑笑，放好桌子，转身走进灶间。

灶台上已摆上炒好的三盘菜：韭菜炒鸡蛋、炒花生米、粉条炒芹菜。天星还在锅里炒肉丝炒土豆丝，她边炒边哼唱着："姐儿房中对菱花，自己的模样自己夸，伶俐俊俏数着奴家……"天好过来瞅着天星笑："还唱上了。"说着随手端起两盘菜进屋里。天星炒好了菜，往盘子里边盛边唱："闻听情郎身得病，买点礼物瞧瞧他，愁只愁没啥拿……"天好又过来端菜："老二，去烫壶酒。"天星问："大晌午喝酒，啥好事呀？"天好说："没好事你哼小曲？烫酒去。"天星笑着："哼，有人比我更高兴呢。"

　　天好给魏德民倒酒，给天星倒酒，自己也满上了："天月到周和光家去了，今儿个就咱仨，咱一块说说话。魏大哥，我妹子这个人挺好的，脾气秉性你也知道，她的心思你也该明白，我希望你们俩成个家……"天星感到很意外，也很窘，她言而又止："大姐，你……"

　　天好打断天星："听我说完。魏大哥，你俩成了家，咱们就是一家人了。你为咱老百姓，把脑袋掖在裤腰带上，是个真爷们儿，天星也算找对了人。成了家，这个家也会护着你……"天星热泪盈眶："姐……"她哽咽着低头不语。魏德民感到有点突然："天好，你咋提这个事呀？""你不是说咱们要成一家人吗？我们家老二早瞄上你了。"魏德民说："可我没说……""魏大哥，你就答应吧。"说罢，天好转身出去。她到东屋里走到箱柜前，拉开抽屉，取出文房四宝，捧着来到这边正吃饭的屋里，很严肃地把文房四宝放在炕桌上，又端坐在炕上。

　　天好给自己和魏德民各斟满一碗酒，笑着说："来，我今天真高兴，咱俩干了！"魏德民说："我真的不太会喝酒，这碗酒就免了吧。"天好说："这碗酒你必须喝，喝完了我有话和你说！"魏德民无奈，干了这碗酒："天好，有什么话你就说吧，酒可是不能再喝了。"天好又斟满两碗酒："这碗酒你还得喝下去，咱山东人有个规矩，第一碗酒交个朋友，第二碗酒叫掏心掏肺，也就是说把你当成自己家里的人了。"二人又干了。

　　天好又斟满第三碗酒说："来，干！"魏德民已经醉了，言语含糊不清："天好，天好呀，我真的醉了，你说得对，第二碗酒掏心掏肺，就是自己家里的人了，我也就不客气了，我要睡觉了。"魏德民躺在炕上，闭上眼睛。

　　天好对天星说："把他扶起来！"天好端起酒碗，又让天星把酒碗放到魏德民嘴边。天好说："干！"魏德民也喊了声，干，把酒喝了进去。

　　天好把文房四宝放在桌上，对魏德民说："这第三碗酒，叫生死相依，也就是说，咱一辈子就在一起了。"魏德民望着天好，好像不明白她的意思。天好说："我是说，你和我妹子天星一辈子在一起。"魏德民和天星都惊讶地望着天好。天好把毛笔蘸满墨，铺开一张纸："德民，我妹子对你有意思，愿不愿意你自己拿主意，我们也不想让你现在落字就娶天星。我们知道，干你这个行当，生生死死由不得自己，还有呢，你说走就走，短则三五个月，长则十年八年。我们就是想让你立个字据，你立下这个字据，可是一个字一个钉，绝不反悔。我们家天星一辈子等着你，生是你的人，死是你的鬼。我们父母不在，大姐做主！"听了姐姐这一番掏心掏肺的话，天星感慨万分，她热泪奔流，捂着嘴跑出去。

　　天好拿起笔："德民，愿意你就立个字据，不愿意咱们还是一家人！"魏德民沉默着，他不愿违心地立下字据，老实说，从打在山洞疗伤起，对天好爱的种子已经植入他的心田，并用心血培育着。这次秀水屯的重逢，如一股春风吹来，那种子已经发芽,正日渐生根长叶。天好今天的这一番话出乎他的意料,使他无言以对。他只有逃避这一招,嘴里嘟囔着:"我……我醉……头晕,我要睡觉……"说着一头栽到炕上闭眼不语。

天好看魏德民这样,知道一时不会有什么结果,就出来找天星。这时天星正在院里的树下哭着。天好走过来,抚摸着天星。"大姐,你怎么能这样,我知道你也喜欢魏德民。"天好笑了笑:"我觉得你们俩更合适。""大姐,你的心我都明白……"天星扑到天好怀里,泣不成声。天好拍着天星的背说:"日子还长,你们俩慢慢来吧。你德民大哥总有吐口的那一天。"

这时,天月领着周和光走进院子。天月喊:"大姐,二姐,和光来了!"天好忙推开天星说:"快,再去掂对俩菜。"周和光和天月进屋,天好忙请周和光上炕饮酒。

周和光说:"魏先生……"魏德民说:"可别叫我先生,我是个做工的。"周和光笑道:"是真人不露相吧?"魏德民也笑:"周掌柜才是真人吧?"周和光说:"听天月说,你这个人挺好。我愿意跟你交朋友。"魏德民也笑脸相迎:"朋友得处呀,不能光听人说。"

周和光热情地说:"那咱就处。"说着就和魏德民举杯相碰,周和光一饮而尽,魏德民只抿了一下。周和光一指魏德民:"你看你,不痛快!"魏德民面带歉意:"我不能喝。"天星在一旁急忙帮腔:"他真不能喝。"周和光对天星笑了笑:"好,我不让他喝。"又对魏德民,"你是怕喝酒误事吧? 对,酒喝多了,嘴就没把门的了,容易把心里话说出来。"他对魏德民暗自放出一招,语意双关。"是,我真担心你说出心里话呢。"魏德民给周和光来了一个回马枪。天月插嘴:"他也不能喝。"魏德民对天月笑:"那他也是不能说心里话了!"这是回马笫二枪。周和光也笑起来。

天好看出魏德民和周和光两人明里笑谈、暗中较劲儿的架势,就用胳膊肘碰碰天月,示意她跟自己出去。

两人到了门口,天好问天月:"你把魏德民的事跟周掌柜说没?""没说。"天好放下脸子:"你要是把魏大哥的身份露出去,我就不认你这个妹妹!""哪能呢,我又不傻。"天好用指头点了一下天月的额头:"我看你傻。"

屋里,周和光和魏德民还在唠。周和光放出一个试探气球:"哎,你听说没? 前两天,日本鬼子的一个小队被抗联消灭了。"魏德民是不吹一丝风:"没听说。我这人,不爱打听事。""我佩服抗联,更佩服背后的人。你想啊,鬼子的行动,抗联咋知道的?"魏德民随口应付:"赶上了呗。"周和光语意更明:"哪能那么巧。是先布置好了,打的伏击。要是没有背后的人提供情报,抗联怎会知道得那么准确?"

魏德民不再接招,忽然说:"哎哟,菜不够了吧?"对外边喊,"东家,上园子里薅一把小葱,再叨碗酱吧……"

2 日本鬼子的一个小队被抗联消灭,古贺非常恼火,他把小川和裘春海狠狠训斥一顿,斥责情报工作的无能。小川和裘春海又在研究对策了。裘春海说:

"古贺不是说抗联已经被他剿得没有战斗力了吗？"小川不满地盯着裘春海："不要管他怎么说，你该完成你的任务。那双眼睛很机敏，必须弄瞎！马上去秀水屯，找那个钻庄稼地的女人。"裘春海站起身说："是！"小川说："别忘了，我还等着给你提级呢！"裘春海点点头说："我一定把那双眼睛弄瞎！"

大柳树下说笑声一片，化装成货郎的裘春海在卖货，周围有不少女人和孩子，刘二嫂也在。天好扛着锄头从地里回来，遇见刘二嫂。刘二嫂说："天好，张卖货的又来了，你不去买点啥呀？"天好把锄头扔进院墙里，急忙赶去。

大柳树下货车前，裘春海仍在叫卖。裘春海摇着货郎鼓，唱咧咧的："我的货呀，装满了车，听我唱段没影的嗑：一出门看见牛下蛋，一拐弯看见了马抱窝，炕洞里泥鳅吱哇哇叫，哈巴狗下了个撅嘴骡……"围着的女人和孩子们在笑。天好走来，看着裘春海。裘春海也看见天好，止住了唱，故意压低帽檐。

天好猛地把裘春海的帽子掀下来，还没等裘春海抬起头，天好"啪啪"两个耳光扇过去。围着的女人和孩子们看呆了。天好一脚踹翻货车，抓住裘春海的手拖着便走。天好推搡着裘春海，一边哭，一边骂："裘春海你这个王八蛋！你害我等你这么多年！你为啥不找我？为啥偷偷摸摸躲着我？你还叫个爷们儿？你还叫啥张卖货，你真是卖货呀，你一下子把我卖了多少年呀……"裘春海不停地抹眼泪，任凭天好推搡，一句话也不说。

二人来到青纱帐外，裘春海站住，转过身，望着天好，满眼泪水地说："别骂了，我想把你背回家你敢不敢？怕不怕全村人笑话？"没等天好答应，裘春海背起天好，朝青纱帐走去。

天好一边捶打着裘春海，一边骂着："你说这些年你都到哪儿去了，现在你来献殷勤了，晚了！我怕什么？我怕谁笑话？人家笑话你这个负心汉，把媳妇一扔就是这么些年……我的眼泪都就着饭吃了……你知道吗？"她哽咽了。

裘春海突然把天好从后背甩到胸前，抱起天好朝青纱帐深处走去。天好挣扎着，骂着："你想干什么？你别想好事，我恨你！我要把你吃了……"

无边无际的青纱帐，一片碧绿，裘春海抱着天好走进青纱帐，他把天好扔进青纱帐，俯下身子，两人被青纱帐淹没了，宽广无垠的青纱帐，静静的。忽然，天好在青纱帐里站起来，裘春海伸出一只手把天好拽进青纱帐里，天好又仰面倒进青纱帐里。裘春海在青纱帐里站起来，天好伸出一只手，把裘春海拽进青纱帐里。青纱帐静静地在摇曳膨胀，传来天好隐隐的哭声。许久，二人从青纱帐里站起，一前一后走到路上。

天好把裘春海带到家里下屋门口，轻声说："进家吧！"

裘春海刚迈进小下屋，一眼就看到自己的牌位：亡夫裘春海之灵位，他呆呆地看着。天好一脚把他踹跪在灵位前："你哭吧！你哭你自己吧！"此情此景唤回了裘春海灵魂深处尚未泯灭的良知，他站起来，一下子抱住天好，放声大哭："天好，我对不住你呀……"天月跑进来一看,马上回身招手说:"二姐,是真的! 真是大姐夫!"天星也跑进来,两人一时不知该说什么才好。

这是天好和裘春海团圆后的第一顿饭,姐仨都看着裘春海。裘春海坐在桌前,一边吃饭。一边说着:"我哪是跑了啊! 别急,你们听我说。知道宋营长是怎么死的吗? 他是在沈阳被一个手下出卖了,死在日本人的枪口下,那人叫张大个子。饭太干了,再来碗汤!"天星随手盛了碗汤,放在裘春海面前问:"这个张大个子现在在哪儿?""当年就投靠了日本人,现在在哪儿说不详细。"天月问:"俺爹叫日本人杀了,你上哪儿了?"裘春海说:"我想尽了办法要救宋营长,可是单枪匹马哪行啊? 那天,我为宋营长守灵,心里丝丝拉拉地难受。天蒙蒙亮,我想换换心情,到街上走走,没想到,一伙人把我绑了,送到了日本警察局。原来,那个张大个子把我也出卖了! 小鬼子把我折磨了个半死,又把我下了大狱。我好不容易逃出来,进了深山老林。我想找抗联呐,就是没找着。先是打猎为生,后来贩皮货,卖小百货……我一直想找你们,可又怕连累你们……"

天星猛地问道:"你成家没?"裘春海一愣,发起火来:"你说哪儿去了! 和你大姐的亲事是宋营长活着的时候敲定的,我能反悔吗? 反悔了,我还叫人吗?"他又转向天好,"天好,这些年我心里只装着你啊……"说着眼中闪烁着泪光。

天星说:"那好,你心里有我姐,我姐也一直想着你,你们俩就把这个梦圆了吧。"裘春海点点头,三姐妹都开心地笑了。

地里的庄稼已是绿油油一片。魏德民拄着锄头,天星站在他身边,递上毛巾。天星已把裘春海的事向魏德民说完,魏德民擦着脸上的汗,沉思了一会儿:"真是千古奇事呀……"天星也说:"人的嘴是两张皮,咋说咋是。"

在绸缎庄后屋,天月向周和光和周老太太讲了裘春海的事,周老太太说:"这是好事呀! 月儿,你大姐的事这下有着落了,你跟俺和光的事也该……"天月不好意思地看周和光。周和光在思索:"这事也太巧了……"他对天月说,"既然大姐夫回来了,我总得会会他。"周和光同天月一起去秀水屯。

周和光见了裘春海,两人寒暄一阵后,随意聊着。"大姐夫,这回回来,就不走了吧?""不走了。过些天,我回去和我们老掌柜的说一声,把活辞了,回来安安稳稳种地过日子。我要对得起天好!"

天月拎只鸡进来说:"鸡抓来了!"天星打开锅盖,锅里的水开了,水花翻卷,天星说:"正好,水开了,褪鸡!"

裘春海突然闯进来,看看天月手中的鸡,又看看锅里翻开的水,一脸惊恐地喊:"不! 不……"天星解释道:"这有个讲究,姑爷子进门,小鸡子丢魂,招待姑爷子都得杀鸡。"裘春海面如土色:"我不吃鸡,我不吃鸡……"天星、天月有些发愣,魏德民也莫名其妙地看了裘春海一眼。天好和周和光从里屋出来,见裘春海的样子,天好说:"咋的? 几年不见还长毛病了? 你不吃鸡,旁人还不吃呀?"周和光用探究的目光看着裴春海,心中疑窦顿生。

晚饭之后,魏德民回到西屋里坐着想心事,天星和天月走进来。天月说:"魏大哥,大姐夫回来了,正屋得让给他们,我和二姐住这屋,你得挪地方了。"魏德民说:"好,我这就走。"他果真要走。天星眉毛一扬:"谁让你走了?小下屋都给你收拾好了。"说着去抱魏德民的行李。天月逗着天星:"光棍儿的行李,大姑娘的腰,碰不得的。"天星不理天月的话茬,把行李塞给魏德民:"你以后少提走的事!"天月笑道:"二姐,要不,我去住小下屋,你和他住这屋算了。"天星说:"死丫头,闭上你的嘴!"

天星和天月抱着被褥从屋里出来,天好紧跟着出来:"你俩整的啥景呀?让裴春海和魏德民住一块不就得了。"天星笑道:"姐,你才整景呢。你俩的亲事早就定了,就差拜堂,住一块又咋了?"天好自有道理:"咋也得正经八百地办一下呀,要不秀水屯的乡亲们还不得讲究死我呀?"天星十分干脆地说:"这还不好办,哪天咱就热热闹闹地办一下呗。"

魏德民躺在下屋小炕上思索着,裴春海推门走进来:"我这一回来,委屈你了,不好意思。"魏德民忙坐起来说:"没啥,这屋挺好的。"两人开始各怀心思地交谈。

裴春海先起话头:"魏老弟也是走南闯北的人,一定见过世面。"魏德民还是老说法:"我就是扛'年到',能填饱肚子就烧高香了。不像你,生生死死闯世界。"

裴春海甩鱼钩:"宋营长——就是天好她爹,是我的长官,我跟他一块干义勇军、打鬼子,活得也有劲儿。队伍被打散了,我就想找抗联,唉,满山林子转,就是找不着。"魏德民一笑:"你是大英雄。像我这样的人,只好做良民。"

裴春海往钩上挂鱼饵:"要说英雄,抗联才是真英雄呢,跟鬼子那可是玩命地干呐。你听说没,乌斯浑河那边,抗联跟鬼子打仗,最后剩下八个女的,就是不投降,宁可跳河死了;还有,在南满,有个叫杨靖宇的,那才邪乎呢。就咱们这左近,抗联也常来。年前,三江镇他们打下来过,刚发给开拓团的枪支弹药他们也收去了。就头些日子,他们还消灭了鬼子的一个小队。这些,你没听说过?"

魏德民毫不动心:"没。除了填饱肚子,我啥也不琢磨。"

裴春海说了不少,放出鱼饵,可是魏德民来个一问三不知。他辞别魏德民,回到天好屋里。天好挑着油灯捻等裴春海。裴春海一进屋,就对天好说:"时辰不早了,睡吧。"说着上炕吹灭了油灯,去搂天好。天好挣开裴春海,又把油灯点着说:"这算咋回事呀?""咱俩不是两口子吗?""传出去,乡亲们还以为我招了野汉子呢。咱俩得办一下,请请乡亲们。""好,挑个日子咱就办。"说着抱着天好倒在炕上。

早晨,裴春海起个大早,把饭做好,坐在灶坑前抽着烟。天好进来,很惊讶:"哟,你把饭做好了?"裴春海笑了笑:"也不知做得合不合你的口味。"天好笑着到门口向外喊:"吃饭啦!"

天月进来说:"大姐,今天这饭挺早啊!"天好面带喜气:"是你大姐夫做的。"天星故作惊讶："哟！行啊,姐夫!"裘春海真心实意地说："你大姐守了我这么些年,不管咋的,我也得给她点热乎气,这才像个家呀。我就是死一百个死,也报答不了你大姐对我的一片情意。"天好听了这热心热肺的话,激动得流下了泪,扭过身去擦眼睛。这时魏德民走进屋来,天星问他："哎,你会做饭不?"没头没脑的一句,把魏德民说愣了。姐三个都开心地笑起来。

3　天好要办喜事,她领着裘春海到秀水屯各家请客人。他们先到村长陈二爷家,陈二爷替天好高兴,满口答应。到刘二嫂家,刘二嫂更是连说一准去。他们去到的人家,没有不笑脸相迎、保证赴宴的。家里的人也都忙着准备。

　　天好和裘春海在屯子里请过各乡邻,回家刚走进院子,身后有人喊："恭喜！恭喜!"天好和裘春海回身一看,是周和光。裘春海抱拳："同喜！同喜!"天好说："明天才是正日子,今儿个你咋就来了?"周和光说："我娘让我过来看看,有啥事的也好搭把手。"天月走出屋来,笑嘻嘻地说："你能干啥呀?"

　　这时,小哑巴(岛田)跑进院,冲裘春海"呀呀"地喊。院里的人都愣了,裘春海也愣了一下,对天好说："他是我们老掌柜的小伙计,哑巴。"小哑巴和裘春海打哑语,裘春海"听"完大惊失色。他无可奈何地对天好说："他报丧来了。我那老掌柜的死了,我得赶紧上老掌柜那里奔丧。老掌柜拿我就跟亲儿子似的,要不是他这么多年照应我,我早死了。"周和光不动声色地听他说。天好听裘春海这么讲,也只好说："那你赶紧去吧,早点回来。"裘春海和小哑巴匆匆跑出院子。周和光注视着他们的背影,一回头,发现魏德民和天星站在门口,魏德民默默地注视着他。天星不高兴："咋这么巧？正要办喜事,他老掌柜的没了;瞧这晦气的,到底哪个重要哇。"魏德民小声对天星说："裘春海来家后,从没出去过,小哑巴咋会知道他在这里?"天星眼一亮："对呀!"

　　裘春海和小哑巴匆匆在秀水屯外的山路上走着,裘春海问："啥事叫我回去?"小哑巴说："清水台一带发现抗联线索。""小川科长可以派别人去嘛!""小川科长说还是你去更有把握。"裘春海笑着说："呵呵,看来大日本帝国还少不了我裘春海呀！咳,可惜了。我这面破镜刚刚圆了一半……"

　　天好大喜的日子不错,连老天爷都帮忙,蓝天白云,红日高照。宋家院里摆了几张桌子,乡亲们陆陆续续来了。小鼓乐班子吹吹打打,一派喜庆气象。天好、天星、天月、刘二嫂和几个姑娘媳妇往桌上端菜。众人吵嚷着："新郎官呢？怎么没看见呢?"有人大声说："天好的新郎官错不了,天好怕新郎官出来早了,让屯子里的大姑娘小媳妇抢跑了……"众人吵着嚷着起哄。

　　天好向大伙说："各位乡亲,在开席前我有几句话要说,我们姐妹仨自从闯关东来到了秀水屯,秀水屯的乡亲们像对待自己的孩子一样对待我们,才有了我们的今天。这第一杯酒我们三姐妹敬父老乡亲们了,谢谢乡亲们!"三姐妹向乡亲们鞠躬,干了碗中的酒。天好接着说："第二呢，今天是我大喜的日子，我把乡亲们请来，想一块热闹热闹。可是不巧，我那个当家的柜上突然有急事，走了。请乡亲们多包涵，等他回来我领着他挨门道歉。"众人唏嘘不已。

陈二爷说："天好，那你就说一声嘛，咱改日再来。这不是糟践了好几桌菜嘛……"天好情真意切地说："不糟践，二爷，下回我就不办了，我请乡亲们记着，我宋天好有男人了！过去我一个人领着两个妹妹在秀水屯熬日子，乡亲们路过我们家，可能听不到什么动静。从今天起，我们家就热闹啦，有爷们儿动静啦。要是动静大了，吵着闹着街坊邻居们，还请大家多多包涵。要是我们当家的使个驴性惹着你们，你们不要和他掰扯，来找我，我拿顶门杠子修理他！"乡亲们笑了，天好的泪水涌了出来。喇叭声声，鼓乐齐鸣，开席了。

黑夜，裘春海策马在山林里飞奔，小哑巴骑着马在后面追。小哑巴喊："裘，你给我站住，你往哪里跑，任务还没完成，快给我回来，这是命令！"裘春海不听小哑巴的，一个劲儿地往前飞奔。小哑巴在后面朝天鸣枪。

裘春海来到天好家院外，他翻身下马，朝院里望去，天好屋里还亮着油灯，他心中一热推开院门走进去。

裘春海走到院内，见院子里还放着白天请客用的桌凳，便轻手轻脚地把凳子一个个归拢到墙边。裘春海悄悄地走到天好的窗前，朝里看去。天好在油灯下手里拿着瓢，嘴里含一口水，往衣服上不停地喷着，她在为裘春海熨衣服。裘春海呆呆地看着，心中似乎感到了女人的温馨，家的惬意。他终于忍不住了，欲推屋门进去。这时，小哑巴赶来，用枪顶在他后脑上。

裘春海只得跟小哑巴来到院外的树林里。小哑巴不断狠狠抽裘春海耳光，咆哮着："巴嘎，你这个混蛋，我们还有任务要执行，你为什么跑到这儿来了。你对皇军大大的不忠诚，一个娘们儿就把你的魂勾走了，快走！池田大佐在等你，要你带路去剿灭抗联残匪！"裘春海的嘴角淌着血，突然暴怒起来，挥巴掌抽起小哑巴："老子不干了，你知道我媳妇等了我多少年？你知道她有多可怜吗？我受够了，我想过日子，我想有个家，我再也不想过这种人不人、鬼不鬼的日子了。我现在就是个鬼，我总也不敢见她，就是见了她，我也觉得自己是个恶鬼，就想往地缝里钻，我不想再欺骗她了，我实在受不了这种折磨了！"

小哑巴冷笑着："回家？回到她身边？你能回去吗？是你出卖了她的父亲，你投靠了皇军，这些年你手里有多少抗联的人命？你想回去，我把你的老底告诉这个女人，她会把你咬碎撕烂，还是跟我走吧，这条船上来容易下去难！"裘春海低下头。

小哑巴继续说："我还告诉你，你要是敢背叛我们，我们就杀了她！走吧，马上跟我执行任务去，以后你要以她家为掩护，给我闻出抗联的味儿来，你不觉得她家已经很有味道了吗？在她家你不要轻举妄动，要给我钓出大鱼来！"裘春海只得老老实

263

实跟小哑巴走了。

这天，姐妹三个和魏德民正吃饭，天好突然感到一阵恶心，她放下碗，跑出屋去，天星和天月互相看看，也跟了出去。

天好跑到房门口，吐了几口，捶着胸，干哕着。天星和天月来到她身边。天月关心地问："大姐，你咋的啦？"天好喘着粗气说："姐这是有了。"天星气愤地说："这个裘春海，真是活坑人呐！一阵风似的跑了，两三个月没影，他到底是啥东西呀？"天月愁眉不展地问："大姐，那你咋办呐？"天好眼中含泪："能咋办？把孩子生下来呗，赶明儿个我也能有个伴，有个指向。"

4 西边的太阳已经落山，但半天的红霞仍未散去。这时，一个讨饭的走进院门喊着："大爷、大娘、大哥、大嫂、大姐，行行好给点吃的吧。"天好一听有人喊，就端出一碗才剩的晚饭给要饭的："还不凉，快吃了吧。"要饭的看样子饿极了，蹲在房檐下就大口大口吃起来。

天好转身进屋。魏德民从小下屋里出来，警觉地四下看看，走到讨饭的身边。讨饭的低声说："队伍前天在滚马岭遭到了伏击，损失挺大。清水台的交通站不能用了，老曹被捕后叛变了。"魏德民忙说："老曹一直跟你单线联系，你马上撤回山里。"讨饭的提醒道："这一带肯定有鬼子的眼线和探子，你要小心。"魏德民一边点头，一边注视四周的动静。要饭的继续说："老曹熟悉咱队伍的活动规律，团长要除掉他。他现在已被小鬼子的特务机关利用，就在三江镇……"

魏德民来到三江镇的工伙市，和众多打短工的人混在一起等雇主。有人来雇工："管饭，一天一毛。"好几个打短工的都点头。雇主挑了几个人，魏德民也被他点到了，魏德民应付着说："我一天五毛。""五毛？你吃错药了？"雇主横睖一眼魏德民，点了另一个人。几个打短工的跟着雇主走了。魏德民蹲在地上，眼睛不时扫向街面，他是在等老曹。

一个打短工的人凑到魏德民身边："能带出去一张嘴就中了，咋要那么高的价钱？"魏德民应付着："不是惦记多挣俩嘛。"那人好言相劝："你这样，一个大子都挣不着。你在这儿都蹲两天了吧？就是有手艺的大工匠一天才五毛呀。"

那边出现了老曹，他正和一个挎枪的特务边唠边走。魏德民眼睛一亮，站起身对身旁的人说："那俺就上别处看看去。"

老曹和那个特务走进一个胡同，胡同里行人不多，魏德民不远不近地跟在后面。特务夸着老曹："滚马岭一仗，你可立了大功。下次清剿讨伐，古贺联队长还得用你，小川科长也很器重你，以后你会飞黄腾达呀。"魏德民扫了一眼四周，加快脚步，赶到老曹和特务前面，猛地一转身，枪口对准老曹，"砰砰"两声枪响，老曹倒地。那个特务刚要掏枪，魏德民又是两枪，特务也倒下了。魏德民转身就走。胡同里，行人乱跑,警笛声大作。

有人向小川和裘春海报告了老曹和特务的死讯,裘春海瞪着牛眼说:"这肯定是抗联的人干的,我估计,还是那双眼睛!科长,你上次不该把我从秀水屯叫回来。我在秀水屯已经闻到那双眼睛的味道。"小川接上话头:"是吗?那你还得回秀水屯找那双眼睛!"裘春海摇头道:"回不去了,只能想别的办法了。"小川转身对鬼子兵和伪警察们喊:"全城戒严,给我搜!挖地三尺也要搜出来!"

魏德民匆匆来到净空寺大门口。一队鬼子兵跑过,又一群伪警察跑过,行人慌忙躲避。魏德民侧过身,装作看寺庙牌匾。忽然,一只手在魏德民肩头拍了拍。魏德民回头一看,原来是毓慈住持。毓慈住持双手合十道:"别来无恙。"他引魏德民走进大殿。一个小和尚跑过来:"住持,一伙日本兵要进庙搜查。"毓慈住持随口说:"能不让他们搜吗?请便吧。"魏德民紧张地看看殿外,又看看毓慈住持。毓慈住持一挥手:"我佛慈悲,会保佑你的。随我来。"

二人走到大殿一侧,毓慈住持在一个佛龛前扭动了一个机关,佛龛开启,现出一个小密室。毓慈住持示意魏德民进去,魏德民钻进了小密室。小川和几个鬼子兵及伪警察进入大殿。小川一挥手,鬼子兵和伪警察们分头搜查。毓慈住持迎过来:"阿弥陀佛。"小川说:"因是公务,不得不打扰,失敬了。师父,有没有发现可疑的人?"毓慈住持答:"到这儿来的,都是向佛向善之人,怎可怀疑?"小川踱到那个佛龛前,指指上面的菩萨,问毓慈住持:"这是什么菩萨?"毓慈住持念念有词:"幽冥教主,地藏菩萨。佛经称其为:'安忍不动犹如大地,静虑深密犹如秘藏。'"小川点点头:"佛家本色。"毓慈住持继续念叨:"他并未成佛。他曾有誓言:'众生度尽,方证菩提;地狱未空,誓不成佛。'可惜,六道轮回永无休止,作恶的人又太多,地狱何时能空啊。"

一个日本兵来报:"报告,没有发现可疑的人。"又一个伪警察来报:"太君,都搜查过了,除了上香的,就是和尚。"小川垂头丧气地说:"撤了吧。"

夜深了,净空寺禅房内,禅灯如豆。魏德民焦虑地向窗外看。毓慈住持推门进来。魏德民问:"师父,我可以走了吧?"毓慈住持摇头道:"急什么?深更半夜的你出现在大街上,岂不让人怀疑。"一小和尚端着饭菜进来。毓慈住持安排着:"吃饭,然后好好睡一觉。明儿一早我送你。"

天亮了,镇口还有日本兵和伪军把守,严密搜查过往行人。毓慈住持身披袈裟,和一群和尚拥着一口薄板棺材走来。和尚们敲着磬,击着云锣,诵着经,抬棺材的是几个老百姓,其中有魏德民。

日本兵和伪军拦住这群人,毓慈住持上前道:"阿弥陀佛。"一个伪军认出了他:"是毓慈住持呀!这是谁死了?""唉,一具无名死尸,今天把他送到义地埋了。"伪军说:"快走吧。"日本兵吼道:"不行!搜!"棺材放下。

日本兵又指着棺材:"打开!"伪军劝日本兵:"太君,让死去的人消停点吧。"日本兵推开伪军，上前用刺刀撬棺材盖。毓慈住持道："阿弥陀佛，惊扰亡灵，难得善终。"日本兵眼睛一瞪："滚开！"毓慈住持按住棺材盖："佑护亡灵平安，是佛家本分。善哉，善哉。"日本兵推开毓慈住持："你想找死吗？"他刚一打开棺盖，尸臭把他差点熏倒，忙嫌恶地躲开喊："快！开路！开路！"众人刚要抬起棺材，日本兵指着抬棺材的人吼："这些人都得搜！"几个日本兵和伪军上前搜身，他们没搜和尚，只搜抬棺材的人。可是他们什么也没搜到。

乱葬岗子的树林边，魏德民向毓慈住持告别。毓慈住持从袈裟里掏出盒子枪，递给魏德民："我敬佛，孙悟空也是佛——斗战胜佛。"魏德民报以一笑："多谢住持！地狱未空，誓不成佛！"

天黑透了，天星还站在院门口向远处焦急地眺望，远处，出现了魏德民的身影。天星一下变得兴奋了，向魏德民招手，突然手又停住，她脸一沉，坐在院门口的石头上。魏德民笑着走近天星："咋坐在这儿啦？"天星赌气地别过脸。魏德民还是笑："刚才我还看见你冲我招手呢，咋这么快天就阴了？"天星故意冷着脸问："说，这两天你干啥去了？"魏德民轻描淡写地说："没干啥，去会一个朋友。""瞎编！"魏德民说："我跟你说过，我的事你最好别问，也别管。"天星声音抖抖地说："这两天，我的心一直悬在半空里……"

这时，天好和天月走过来。天月问："魏大哥，我当你跟大姐夫一样呢，也没影了。你干啥去了？"天好忙打断："别问了，他是干啥的咱都知道，还问啥？不像那个姓裘的，我到现在也不知道他是啥人。"

魏德民向小下屋走去。天好喊着："哎，你还是住西屋吧，我们姐妹还住在一块。"魏德民说："我住这小下屋行，挺好。""还废话！你的行李都搬过去了！"天星向屋里走去，又扭回身说，"吃饭！就等你一个人！"

魏德民躺在炕上，突然感到房顶上有声音，他坐起身，小心地听着房顶上的脚步声。他掀开窗帘向外看，一个黑影蹿下房子，向院外跑去。

魏德民从西屋里出来，在地上捡起一顶帽子，翻弄着。天好、天星、天月披着衣裳从东屋里慌慌张张地出来。天好问魏德民："你听见没？咱家房顶好像有人。"魏德民说："他已经跑了。"天月拿过魏德民手中的帽子一看，吃了一惊："这不是周和光的嘛！"天星忙提醒："老三，你可看准了，真是他的？"天月肯定地说："没错，就是他的。"魏德民没说话，背着手走回西屋里。天好疑云满面："这周和光到底是啥人呐？他咋上咱家房顶上听声啊？这也太可怕了！"

5 夜晚，在日本军事劳工的工棚里，劳工们一个挨一个睡大通铺，挤得很紧。老马的两边睡的是老驴子和虎子。半夜，老马去解手，老驴子一动身子，老马的位置没有了。老马回来，拍拍老驴子："哎，让让。"老驴子醒了，不耐烦地说："干啥呀?""我睡觉!"老驴子说:"你扒拉我干啥?""你占我的地方了。""你不会另找地方呀?""这就是我的地方!"

劳工们都被吵醒了。虎子问:"老驴子,你咋总熊老马呀?"老驴子反问:"我咋熊他啦?""你把人家睡觉的地方占了,还有理呀?"老驴子挑衅着:"咋的?小子,你还想动武把操?"算命的老王息事宁人:"拉倒吧,把日本人招来,又得挨棒子。老马,上我这儿来挤挤。"老马瞪了老驴子两眼,悻悻地走到老王身边。

早晨起床后,老马窝了一肚子火,老驴子又来嘲笑他,两人就对打起来。老驴子对周围的劳工喊:"国军弟兄们,给我打这个臭抗联!"一帮劳工上前殴打老马;一个劳工气愤不过,也喊:"我们抗联是你打的吗?同志们,上!"又一帮劳工去打国军劳工。虎子把老驴子摔倒在地,劳工营里乱作一团。高野未吉抱着机枪从屋里出来,向天打了一梭子,劳工们都住了手。高野未吉大吼一声:"干活去!"劳工们都没精打采地出工了。

中苏边境要塞工地上烈日当头,劳工们抬着石条、水泥艰难地劳作。会算命的老王干渴难耐,要去喝水,一日本兵拦住他:"不行!""太君,太渴了……"日本兵向老王抢起枪托,把老王打回干活的人群。一个嘴唇干裂的劳工昏倒在地。

树阴下,高野未吉手拎着木棍在喝水,老驴子走到高野未吉身边,赔着笑脸:"太君,让大家去喝口水吧。"高野未吉喊:"不行!"老驴子又弓腰低头乞求:"太君开恩,这么热的天,大伙都受不了啦,活也干不动了,倒下四五个了……"高野未吉吼着:"少废话!"照老驴子就是一棒子。

离工地不远有个泉眼,汪了一池泉水。几个日本兵脱光了身子,一边唱歌,一边在泉水里打着肥皂洗澡,水面上漂着肥皂沫。

红日西坠,夜幕降临,高野未吉向劳工们喊:"收工了,去喝水吧!"劳工们扔下手里的工具,向泉眼拥去。劳工们拥到泉水边,只见水面上漂着白色的肥皂沫,算命的老王不管不顾,跑过去捧起满是肥皂沫的水就喝。许多人也像他一样,咕咚咕咚喝起来。虎子对老马说:"小鬼子也太不拿咱当人了!"

因为喝了不清洁的水,很多劳工闹肚子,有的吐,有的喊肚子疼,有人提着裤子出出进进。老王提着裤子从外面进来,吃力地爬到铺上喘着气:"好汉架不住三泡稀屎,我都去六趟了,明天咋干活呀……"

老马发着怨气:"还干啥活!照这么下去,不等这个要塞修完,我们这些人也死得差不多了。"虎子赌气道:"左六也是死,跟他们拼了算了!"老驴子劝着:"小兄弟,别提死呀,好死不如赖活着。"老马对大伙说:"这么能活下去吗?我们得跟小鬼子较较劲儿。弟兄们,不能叫他们欺负死,明儿个咱不干活了,罢工!"老马扫视众劳工,劳工们点头赞同。

第二天早晨,外边的哨声一阵阵地响,劳工们躺着、坐着,都不出去。门一脚被踹开,高野未吉拎着棒子和几个日本兵闯进来。高野未吉喊:"为什么不出去干活?"没人应声。高野未吉抢棒子就打,任他怎么打,也没人出去。打到山浦一郎和山浦次郎,两个人慌忙出去了。

办公室内,高野未吉摆弄着那挺机关枪,山浦一郎和山浦次郎站在他面前。高野未吉问:"你们俩和他们不一样,你们俩是日本人。说吧,这次罢工,是谁领的头?"山浦一郎和山浦次郎摇摇头,一个说:"他们不和我们说话。"另一个说:"我们也不和他们说话。"高野未吉连连扇两个人的耳光。

工棚里,劳工们仍是躺着、坐着,看着来回走动的高野未吉,谁也不说话。高野未吉狂吼:"嗯?都不说?那就统统去死!"老驴子站出来说:"我知道这次罢工谁领的头。"高野未吉面露喜色:"好!快说!"劳工们紧张地看着老驴子。老驴子挺认真:"让我说,得答应我一个条件。""什么条件?你讲。""这两天,你们这儿不是来了一伙日本娘们儿吗?弄一个陪我玩玩,我就告诉你。"高野未吉盯着老驴子,老驴子也嬉皮笑脸地看着他。高野未吉终于咬牙吐出两个字:"可以。"老驴子向外走,高野未吉跟了出去。虎子对老马说:"这小子要出卖你!"老马默默无语,只好听之任之。

高野未吉真让老驴子去了日军的"慰安所",让他尝了日本娘们儿的滋味。老驴子从"所"里出来,一抬头,迎面站着高野未吉和两个日本兵。高野未吉问:"怎么样?"老驴子笑嘻嘻地:"凑合事吧。你们日本娘们儿太死性……"高野未吉问:"罢工,谁领头?"老驴子一脸贼笑:"我哪知道!"高野未吉勃然大怒:"混蛋!"两个日本兵扑上来绑了老驴子。

劳工们全都被赶到院子里,大伙木然地看着日本人整老驴子。老驴子被吊起来,高野未吉和几个日本兵轮番用鞭子抽打他。老驴子高喊:"哈哈,弟兄们,日本娘们儿叫老子睡啦!老子死也不屈了!"劳工们看着老驴子,神态复杂,表情各异。老驴子已经气息奄奄,还在嘟囔着骂:"小鬼子,我睡你妈了……"鬼子抽打得更凶狠了。老马想不到老驴子会是这样一个人,他突然喊:"把他放了,我们就复工!"虎子也喊:"放了他我们干活!"众劳工也都这么喊着。高野未吉一挥手,老驴子被放下来,劳工们又开始干活了。

要塞工地上,老驴子扛一袋水泥在山坡上走,他身后是抬着石条的虎子和老马。老驴子发现草丛中有一棵不同寻常的草,忙放下肩上的水泥袋,认真把那棵小草挖出来。虎子和老马也放下石条看,虎子问:"你挖啥呢?"老驴子向老马捻动那棵小草:"这东西很少见,我老驴子碰上了,该有人倒霉了!"

老驴子哼起《小白菜》的曲调,还是改了词:"高野未吉,你要倒霉,倒霉活该,全怨自己……"他唱着,把那棵草塞到了怀里。老驴子趁人不注意,把一片黑瓦放到工棚外窗台上,又把那棵草放到瓦片上,草上压一块小石头。外窗台瓦片上的那棵草枯黄了,老驴子伸手拿起草,轻轻揉碎,将碎末用一张纸包起。

劳工们在烈日下干活,远处山坡的树阴下,高野未吉拎着木棒监视劳工们。虎子和老马抬着石条慢慢往前走,老驴子走过来,压低声音说:"你们俩装作打架,把那小子给我引过来,我要出气!"虎子和老马厮打起来,好多劳工围来看热闹,老驴子趁乱,走开了。山坡上的高野未吉叫骂着奔过来。

老驴子迅速走到山坡的树下,掏出那个纸包,把草末倒进高野未吉的水壶里,还从容地将水壶摇了摇。

高野未吉抢着棒子打散劳工们,劳工们各自去干活。高野未吉回到树阴下,拧开水壶盖,大口地喝水。

晚上,高野未吉在灯下擦拭机关枪,感到眼睛不适,不停地揉着,他四处看着,伸手乱摸着大喊:"谁把灯关了?"一日本兵说:"灯亮着呢!"

高野未吉一脸恐惧,哀嚎着:"我的眼睛看不见了!"他摸起机关枪冲出屋去,抱起机关枪乱射。墙角岗楼上的一个日本兵竟然被他射中,摔下岗楼。

劳工们被枪声惊得都坐起来,过一会儿,枪声没了。一个劳工跑进来,神秘地说:"刚才是高野未吉放的枪。不知为啥,他眼睛瞎了,乱开枪。"劳工们一个个又懒散地躺下。老马在老驴子的耳边说:"我想起来了,那个草叫失明草……"老驴子不理他,故意装成呼呼大睡的样子。

高野未吉触犯军法,被押走了,新换的中队长叫安达兴助。这天,劳工们站在院里,听新来的日本中队长安达兴助讲话:"和大家共事,我一定善待大家。我们共同的目的就是一个,尽快把工程做完。完了,大家可以拿工钱回家嘛。山那边的二大队,就要完工了,中午,皇军要犒劳他们,然后就送他们回家,安安稳稳地过日子……"

第 25 章

1 管八大队的日本人由高野未吉换成安达兴助之后,情况有些改变,给劳工们的饭菜比以前足了。这个人整天装出一副笑脸,也不再轻易打劳工,工程进度快了,上司高兴,安达兴助也高兴。

这天,劳工们吃晚饭的时候,算命的老王说:"二大队的工程干完了,晌午,日本人还请他们会了一顿餐。"

老驴子问:"老王,那你算算,咱这些人的命咋样?"老王说:"人各有命,哪能混着说。"老驴子指指虎子:"那你算算他。"老王问虎子:"生辰八字?""我哪知道,这得回去问我大姐。"老驴子说:"你就看看他的面相吧。"老王看看虎子的脸:"面相不错,天庭地阁很周正,也可以说是吉人天相。"虎子高兴了:"这么说,干完活我就可以回家了!可以看到我姐姐了!"老驴子泼着冷水:"回家看你姐姐?你呀,就是个孩子。你问问老马,他信吗?"

夜里,大雨狂风,电闪雷鸣。许多劳工都醒了,听着外面的雨声、雷声,还有令人听不准的声音。老驴子和老马凝神听着。

第二天上午,在要塞工地上,几个劳工抬着石条、背着水泥走在树丛间的小路上。老驴子停下来,看着远处。老王也随老驴子看去说:"二大队的人真没了。"山浦一郎说:"他们完工,都回家了,有个看守是我的老乡,他告诉我的。"山浦次郎说:"是的,是的。"

老王挺高兴:"咱干完也回家。"老驴子皱着眉头:"老王,你看见没,那条大沟被填上了。"虎子和老马拿着杠子和抓钩走过来。虎子阴沉着脸说:"老驴子,刚才我和老马看见几条野狗,从那条沟里扒出人的大腿、胳膊,还有人头。"老马叹口气:"看来,二大队的人全没了。老驴子,你也是上过战场的人,刮风下雨的夜里,你听到枪声没?""不止一挺歪把子。"老马分析着:"我们为他们修军事要塞,完事了,他们就杀人灭口。"老王和几个劳工吓得目瞪口呆。

夜深了，工棚的大长铺上，老马、老驴子、虎子、老王被劳工们围在中间。山浦一郎和山浦次郎也要过来，老驴子一挥手："你俩一边呆着去。"这两人乖乖到墙角呆着去了。老驴子又指两个劳工："你俩注意点外边，有小鬼子过来，给个动静。"老马先出题："兔子急了还咬人呢，咱们不能等死。"虎子赞同老马说的："咱得想法逃出去！"老驴子说得进了一步："咱得想办法都活着出去！"老马强调说："老驴子说得对，咱得活命！"

老马继续说："这么大的事，咱不能乱来，得选出个头儿。"老驴子当仁不让："选啥选？我就是头儿！我是正牌国军上尉，我的委任状上有蒋委员长的大名，还盖着戳呢！"老马同意："那行，只要你的主意正，大伙听你的。"老驴子拍拍老马的肩膀："你就是我的参谋长！"又对大伙说，"眼下，咱不能急。日本人刚收拾完二大队的弟兄们，他们一定怕咱们警觉，正眼珠子瞪得溜圆地盯着咱们呢。咱要按兵不动，像没事人似的，让小鬼子觉着咱们啥都不知道。咱们呢，找机会再说。"老驴子又走到山浦一郎和山浦次郎跟前："想活命吗？想活命就啥也别说！"山浦一郎和山浦次郎连声说："是，是。"

又是一个夜晚，万籁俱寂，劳工们躺在长铺上都睡着了。突然传来几声枪响和鬼子的喊声。劳工们一个个惊恐地坐起来。老驴子说："快看看，谁没在！"老王答话："沈满仓和姚顺发没了！"老马后悔着说："白天他俩就跟我嘀咕，说被鬼子杀了还不如偷偷跑出去。我劝他俩，他俩这是没听我的话呀……"

天一亮，劳工们就被集合在院子里，面对着两具尸体。安达兴助对劳工们讲话："大家看见了吧，白白把命丢了，可惜呀。为什么要跑呢？眼看工程就要完了，就要回家了呀。好了，把他们埋了，大家干活去吧。"劳工们排队向外走去。安达兴助站在队伍边，挨个打量走过的劳工。当虎子走过安达兴助身边时，安达兴助笑着指指他："你，来一下。"虎子走出队伍，跟安达兴助到了办公室。

安达兴助笑眯眯地让虎子坐在椅子上问："你很年轻啊。来这儿之前是干什么的？""种地的。""啊，你不像他们，他们很多人都是战俘，很不老实。你很好。想家吧？""想。"安达兴助指指虎子的肩膀："是啊，谁能不想家呢。你可以是第一个回家的人。"虎子惊喜地站起来问："真的？"

安达兴助又把虎子按坐到椅子上："不过，你得为我做点事情。小小的，小小的事。你能不能经常向我汇报劳工的情况，尤其那些想要逃跑的人。""不行。我做不来。""这样回答很不好。我本来可以找别人，但我看你年纪小，想让你早些回家。""我情愿跟大伙一起回家。"安达兴助说："唔，我的脾气不总这么好，不听我的，我也会像高野末吉中队长一样。你好好想想吧。"

夜里，虎子睡不着，想了大半夜。他想，出卖大伙的事他不能干，但是不干安达兴助肯定饶不了他。两难之中，他决定逃跑。第二天，虎子和老马抬着石条。虎子看看四周没人,对老马说:"我得走了!"老马阻止他:"不行!太危险!"虎子不应声,四下看看,急匆匆弯腰钻进了树丛。他连爬带滚地在树丛中穿行,爬到沟底,两杆上着刺刀的三八大盖枪对准了他。他被押了回来。

虎子被捆在柱子上。傍晚,收工之后,劳工们集合在院子里,站着队列看着虎子。安达兴助手里拎着木棒走到劳工队伍前说:"看看吧,打死俩,又抓住一个。跑是跑不了的,还是安心干活吧。"回头问虎子,"还跑不跑了?"虎子对安达兴助怒目而视。安达兴助说:"不说话?那就没办法了,打!"两个日本兵抡起鞭子,向虎子抽去。虎子的脸上出现了鞭痕,衣服也被抽碎。安达兴助走到虎子身边,用棒子点点虎子的胸脯:"我本不想用这棒子的。说,还跑不跑了?"虎子还是不说话。安达兴助说:"那就别怪我不客气了!"他凶狠地举起了棒子。

"等等!"老马喊了一声。安达兴助停住棒子,回头看。老马走出劳工队伍,对安达兴助点头哈腰:"这孩子干活一直跟我一副架儿。他想家了,我看他太难受,就出了个主意让他逃跑。是我把这孩子坑了。太君,要打要罚你就冲我来吧。"安达兴助举起棒子向老马打去,老马倒地。

劳工队伍散了,虎子扶老马躺在铺上,劳工们也围了上来。老马教育:"虎子,咱一两个人斗不过这帮鬼子,和鬼子斗,得大伙抱成团。咱一定要活着出去,要齐心呐……"虎子哭了:"大叔,你为了我……"老马继续说:"你也为过我呀。咱要齐心,就要多想别人……"老驴子端碗水分开众人说:"老马,你是马,我是驴,咱俩是一家。我宾服你!"说着把水送到老马嘴边。

2 劳工们又牛马般地干了好几个月,寒冬来临,大雪纷飞,地冻天寒。冬天的日子可不好熬,幸好工程完工了,这天午饭后大伙并没出工。

安达兴助在工棚门口喊:"工程完工了,你们可以回家了!"劳工们并没兴奋,反而有些阴郁紧张。一个日本兵喊:"集合!"劳工们陆陆续续走向空场。虎子、老马、老驴子、老王走在一起。虎子问:"到时候了吧?"老马低声说:"别慌,见机行事。"老驴子问:"老王,你不是会算命吗?下一步我们是吉是凶?"老王不自信了:"这哪说得准呐!"老驴子冲他瞪眼睛:"你他妈就给我往大吉大利上说!"

劳工们站在空场上。安达兴助走到大伙面前,面带笑容地大声说:"大家辛苦了!"他还鞠了一躬,"我说话算话,今天就送大家回家。一会儿吃顿饭,改善改善,然后送大家上车。工钱不多,每人一百多块大洋,合每天三毛钱,到车上发给大家。"劳工们互相看看,有些蒙,不知道小鬼子说的是真是假。

傍晚,劳工们吃了一顿不错的晚饭。一个劳工说:"小鬼子说的兴许是真的。这顿饭不错呀,四菜一汤,还管够。"又一个劳工说:"说是还发工钱,一天三毛,合一个力工的钱,也行啊。"老马提醒大伙说:"大伙可别上了小鬼子的套儿,送咱们上车,上哪儿呀?干啥呀?咱给他们修的是秘密军事工程,要保密的!放咱走了,还保啥密呀？大家还要绷紧了弦！"劳工们听老马这么一说，又紧张起来。老驴子给大家打气安神："参谋长说得对，小鬼子不会轻易放过咱们。大伙不要慌乱，一慌一乱，小鬼子兴许就把咱们就地'突突'了。听我的没错！高野未吉的眼睛是咋瞎的？这事老马知道——老子给他整瞎的！"劳工们的眼神露出了敬佩。

老驴子转向老王："算命先生，你好好算算，大伙的命咋样，不管以前以后，就今儿个！"老王翻着眼睛，掐动手指，嘴里叨咕着："今儿个初九……甲乙丙丁……子丑寅卯……金木水火土……"劳工们都盯着老王。老王突然兴奋地叫："真的逢凶化吉呀！"劳工们脸上也露出兴奋。外面日本人喊："出发了！"劳工们的目光又转向老驴子。老驴子一脸严肃，他扫视劳工们说："走！"

天就要黑了，天阴阴的飘着雪花。劳工们排着队向院外走去。安达兴助站在办公室门前，微笑着向劳工们招手。老驴子喊："好啊，雪兆丰年，好兆头啊！"劳工们被押到火车站，一个个登上闷罐车，车下，有持枪的日本兵站着。不一会儿，两个日本兵"咣"的一声关上车门，闷罐车里一片黑暗。一声汽笛长鸣，车开了。风雪中，闷罐车在雪原上奔驰。

劳工们挤在闷罐车里，有的蜷坐着，有的跺脚取暖。一个劳工扒着门缝往外看："这是拉我们上哪儿呀？"老驴子说："这是往北。"另一个劳工问着："不是说一上车就给工钱吗？"虎子倒是明白："给个屁！哄我们呢！"还有一个劳工问老王："老王，你不是说逢凶化吉吗？'吉'在哪儿呢？"老驴子插嘴说："那不得有个时辰呐！"老王忙点头："对，吉时未到。"

夜深了，闷罐车仍在风雪中前进。劳工们感到非常冷，缩脖抱肩的，搓手哈气的，跺脚的，没人睡下。一个劳工说："这死冷的天，车停到哪儿把咱们扔下，不用鬼子开枪，咱们也得冻死。"另一个劳工愤怒了，奔向老驴子："你也是在骗我们吧？当初要是真和鬼子拼了，兴许还能跑出去几个。这里，我们全得死！我他妈和你拼了吧！"那劳工上前薅老驴子，虎子一把推开那劳工："老驴子不也是为大家好吗？咱得想法咋跑出去！"这时，闷罐车慢下来，停了。老驴子提醒道："大伙小心，鬼子怕是要动手了。"劳工们紧张起来。

火车头吐着蒸汽，停在黑森森的树林边，雪仍在下，几个押车的鬼子跳下车来。一个鬼子掏出温度计，温度计上显示，已是零下四十度。日本鬼子狞笑着说："照这样下去，我们明天早晨就可以卸尸首了。"

紧张的劳工们等了半天，不见外边有动静。老马冻倒在车厢板上，大家围了上去。老马明白地说："小鬼子……想冻死我们呐……想法出去……"虎子和几个劳工拉门，又拽又蹬，门露出一道缝——两道粗粗的钢筋死死拧着。虎子咒骂道："妈的，鬼子把门拧死了。""都起开！"老驴子从怀里掏出一把老虎钳子："我这是准备打鬼子的！这会儿用上了。"他用老虎钳子铰钢筋。

列车外的山林边，几个鬼子拢起一堆篝火，围着篝火喝酒。老驴子两手握着老虎钳子,用力铰,这么冷的天,他额头上竟然冒出了汗珠。老驴子发着狠劲儿说:"不行,这钢筋太硬太粗,铰不动。"虎子接过老虎钳子用力铰,铰了一会儿,有些累了,一个劳工过来,接过老虎钳子继续铰。老马神志不清了,他断断续续地说:"我……怕是不行了……你们要活着……活着打日本……"老驴子让大伙把老马围起来,给他点热乎气!老马迷迷瞪瞪听见了老驴子的话,喘息着:"我一个要死的人了……大伙还得活下去,逃出去……靠老驴子……"老驴子挤到老马身边,跪下哽咽着:"老哥……"老马断断续续地说:"你是经过战阵……经过生死的人……只要你活着,大伙就有……就有逃出去的盼头……"老驴子流泪了。

众人肩挨肩围住老马和老驴子,老马的气儿越来越弱,终于停止了呼吸。

这时,山浦一郎从行囊中摸出两颗手雷,递向老驴子:"大哥,这是我们俩偷的,一直带在身上。我们想,实在回不了日本老家的时候,就用它把我们送上西天。现在交给你们,咱们一块死。"老驴子一把夺过手雷,喜出望外:"奶奶的小鬼子,咋才拿出来!死?中国人比你们想得开,我得用它逃命,不能用它上西天!"他回身看看大伙,"都准备好,咱这就往活路上奔了!"

老驴子把一颗手雷塞到怀里,一颗手雷塞进闷罐车的车门缝里。他又抱起死去的老马,满脸是泪地说:"老哥,你是好样的,我服你们抗联!你一直为大伙想,为了大伙能活命,你就再为咱们搪搪爆炸的碎片吧……"他回身看众人,"都别忘了这个好人!活着出去了,过清明,给他烧炷香……"老驴子把老马放到手雷上,跪下去,喊一声:"都闪两边去!"人们闪向门的两侧。

老驴子从老马的身下伸出手,拉着了手雷的引信,迅速跑开。"轰!"一声巨响,闷罐车的门被炸开了!老马的血肉溅到人们的身上、脸上。人们正要往车下跳,被老驴子伸手拦住了:"等一下!都猫在门两边!"

听到爆炸声,篝火边的鬼子向闷罐车奔来。跑在前头的两个刚跳进车厢,一个被老驴子一老虎钳子打倒,另一个被虎子迎头一击也倒了,人们上前狠打两个鬼子,两个鬼子立时咽气。老驴子和虎子一人拿起一杆枪。老驴子用另一颗手雷炸死了后面跟来的三个鬼子,他冲大伙一挥手喊:"走吧!"众人纷纷跳下车。山浦一郎兄弟俩见人们都跑了,自己却没处可去,他从一个日本兵身上摘下一颗手雷,兄弟俩抱在一起,拉着了引信。

老驴子招呼虎子:"跟着我,掩护大伙!"老王喊:"老驴子!虎子!"老驴子回头喊着:"快跑吧!你算命挺准的!"老驴子和虎子冲向车头,劳工们四散而逃。车头上,跳下两个鬼子,老驴子一枪撂倒一个。虎子和另一个鬼子拼刺刀,几招过后,刺死了鬼子。老驴子举枪爬上车头驾驶室,两个司机吓得浑身直抖。一个说:"我们是中国人……"虎子也爬上了车头。

老驴子拍一下司机:"中国人,好,那就是兄弟。开车吧!"火车头喷着白烟徐徐开动。车头在风雪中飞驰,驾驶室一侧,虎子探出身,手挥三八大盖,疯了似的喊:

"小鬼子,你爷爷还活着呢!"

3 周和光怎么也想不到,他丢了一顶帽子会惹出好多的麻烦。这天上午,他带着几块布料来到天好家,进了院子不见人,只有天月在灶间烧火做饭。周和光问:"你姐她们呢?都下地了?"天月不吱声,只管拉风箱烧火。

周和光说:"该换季了,我娘让我给你们姐仨带几块布料……"天月斜了周和光一眼,还是没说话,起身进了里屋。周和光也跟着天月进来,他边走边问:"天月,你咋的了?""你还问我?我还想问你呢!你到底是啥人?是人,还是鬼!"周和光被她问蒙了,他把布料放到柜盖上问:"啥人啊鬼的?""你少跟我装糊涂!"周和光如坠五里云雾之中:"我真的不明白。天月,有话你就跟我直说。""那天夜里,你上俺家房顶干啥了?"周和光更是一头雾水:"我多咱上你家房顶了?"天月眼睛盯着他追问:"你没上?"周和光回答得很肯定:"没有。"天月拿出那顶帽子,摔在周和光面前,白了他一眼:"这是不是你的?"

周和光暗暗吃惊,眉头紧皱,他不能在天月面前否认事实,就老实承认:"可怪了!这帽子确实是我的,可几天前就丢了呀!"天月用怀疑的眼光盯着周和光,周和光一脸诚恳:"我说的都是真话。"天月质问:"那你说是谁?"周和光也急了:"我是人是鬼,你早晚会清楚!"说完转身走了。天月望着周和光的背影,真是爱恨交织,无法自拔,她无声地哭起来,任泪水流淌。

天好、天星和魏德民从地里回来,刚走到院子门口,正好看见周和光从院子里出来。天好问:"哎,咋走了?""啊,有事。"周和光头也不回地走了。天好和天星看出周和光脸色不好,感到有事,急忙奔向院子里。魏德民沉思地看着周和光远去的背影。

天好和天星走到屋里,见天月在哭,天好忙问:"咋回事?"天月说:"他不承认上了房。"天星一瞪眼说:"咱有证据,他凭啥不承认?"天月擦擦眼泪:"好像上房顶的真不是他,可他也不说是谁。"天星一扬眉毛说:"他肯定心里有鬼!"天月真希望不是周和光,她也相信周和光,但说不出是谁,她有口难辩,难过得又掉下眼泪。天好喊了一嗓子:"你俩吵个啥呀!"天星和天月不吱声了。

天好奇怪地说:"咱家有点乱了。自打来了魏德民,裘春海也露面了,周和光来得也勤了,怪事也就跟着来了。"天星嘟囔了一句:"魏德民是干啥的,俺们可都清楚啊。""我没说他不好!"天好想了一下,"也犯不着慌,是疖子,早晚要鼓头儿,是人是鬼,早晚得露原形。这世道人鬼难辨,咱就要看看到底谁是人?谁是鬼?既然锣鼓都响起来了,这大幕帘子也该拉开了!"姐仨在屋里说的话,魏德民蹲在窗户下都听到了,他暗自琢磨着。

这天,天好和天月在割地头的线麻,天好已经显怀,她感到累,坐到捆好的线麻捆上休息。"大姐,你别再下地干活了。"天月把镰刀狠狠往地上砍了几下:"裘春海,这个挨千刀的,把我可坑苦了。他到底蹽哪儿去了? 又是活不见人,死不见尸。"这时,天星和魏德民过来,两人都卷着裤腿,身上湿漉漉的。天星手上拎着两条鱼对天好说:"在沤麻的水泡子里,魏大哥摸到了两条鱼。姐,晌午熬鱼汤,给你补补身子。"眼看日头快正南了,四人一同回家。

吃午饭了,一瓦盆鱼汤摆在炕桌上,三姐妹和魏德民吃饭。天星给天好盛鱼汤递到她手上:"姐,多喝点。"她往魏德民饭碗里夹了一块鱼。天月笑:"大姐,二姐让你喝汤,净给别人夹肉了。"天星说:"你这死丫头,鱼汤大补!"

周和光进来了,他笑着对大伙说:"好香啊!"天月的脸沉了下来,扭头不理他。天好招呼周和光:"来,坐,一块吃。"又吩咐天星,"去,拿一套碗筷。"天星冷冷的:"他冲谁来的,谁去拿。"说着起身走出屋。天月只好下地去拿碗筷。周和光坐到桌边,魏德民紧扒拉几口饭,放下碗筷:"周掌柜,我吃好了,不陪你了。"下地走出屋去。

天月把碗筷放到周和光面前:"看见没,谁都不爱搭理你了。""我……我真是浑身是嘴也说不清,那帽子的事,绝对跟我没关系。""谁信呢?"天月说着对周和光撇撇嘴。"老三,别说了,让周掌柜的吃饭。""大姐,你也管我叫周掌柜的了?"天好不冷不热:"我就知道你开着绸缎庄,当然就是掌柜的了。"天月说:"听出来没? 大姐对你也不满呢!"周和光拧着眉头说:"大姐,这两天我一直在琢磨,这事不一般呐。"天好一语双关:"不一般的事跟你搭嘎上了,你想必也不是一般人了。"

天好十月怀胎,一朝分娩,在冬季到来的时候生了个大胖小子。天好给起名叫"正道",小名叫"道儿",是长大了要走正道的意思。

这天晚上,天好在哄孩子,天星和天月躺在她身边。天月突然问:"大姐,周和光不会是坏人吧?"天好说:"不会。他干啥坏事啦?"天月疑虑着说:"他干了坏事,兴许咱不知道呢。"天好讲着道理:"咱女人呐,不怕别的,就怕找不着好男人;男人呢,就怕不走正道。就为这个,我给孩子取名'正道'。周和光这个人,肯定不是一般的买卖人,但走的肯定是正道,以后你别再跟他急皮酸脸的了。"天月还是怀疑:"那帽子的事……?"天好分析着:"帽子的事呀,咱得信周和光的。你想啊,他要是硬不承认是他的你有啥辙? 一样的帽子不有的是啊,可他承认了。这里一准有旁人在搅和。"天星点头道:"魏大哥也是这么说的。"

天好语意深长地说:"你的周和光不是一般人,魏德民也不是一般人,咱家还能消停啊?"天月问:"哎,魏大哥这两天咋又走了?"天星叹口气:"可不,不知道又上哪儿去了? 一天天神神道道的。"

林海茫茫,风雪茫茫,岛田踩着厚厚的积雪,在原始森林中向前走着,不时停下来警觉地四下看看。岛田停在一个地窨子边,又四处看看,然后有节奏地敲几下地窨子的门,用暗语说:"老客,有虎皮吗? 要头顶带王字的。"门开了,探出裘春海的身子。岛田闪身进了地窖子,裘春海扫看一下四周,关上了门。

裘春海和岛田坐在一堆兽皮上,岛田沉着脸说:"古贺大佐又责怪小川科长了,最近一段他找不到抗联的踪影老是发火。"

"责怪也没用,自从姓曹的被打死以后,咱就像缺了一个拐棍。我照姓曹的提供的法子寻找抗联,也不灵了。"裘春海说着陷入沉思。岛田问:"是不是又在想秀水屯那个女人?总想女人,怎么工作?""咋的?怪上我了?这大雪天的,我容易吗?"裘春海瞪着岛田,"你呢?我让你盯住秀水屯那个姓魏的,你盯出啥结果了?"岛田说:"我没发现他有可疑的地方。""那是你笨!上人家房顶能听到啥?我让你用那顶帽子在必要时做做文章,你往人家院里一扔就完啦?"岛田辩解着:"我要搅乱他们的注意力。"

大雪纷飞。魏德民在深山老林中踏雪前行。他感觉后面有人跟踪,忙掏出枪来,藏到一棵大树后。但是空寂的森林没有一个人影。魏德民别起枪,折往另一个方向。在一堆积雪的树丛后,露出一个人的后背,他顺着魏德民留下的脚印跟上去。魏德民走过一个雪窝子,就势趴下掏出枪,向来的方向望。望了一会儿,还是没有人影。魏德民站起身,又折了一个方向。

在一棵倒下的大树后,趴着那个跟踪的人,他起身,躲躲藏藏地向前跟去。又来到了开始的地方,魏德民藏到大树后,举着盒子枪。那个人趴在树丛后,向前窥望。突然他感到不对,他发现又回到了原来的地方!他环望四周,一阵惊慌。他站起身,茫然四顾,林海莽莽,雪地茫茫。

那个人茫然走去,又走回,不知该向何处去,他迷路了。魏德民悄然离开树后,倒退着走,用树枝拂去自己留在雪地上的足迹,飘落的雪花,盖住了痕迹。魏德民扔掉树枝,转身走去。刚走几步,他踩着了猎人布下的狩猎套子,头朝下地半悬起来,手中的枪摔了出去。

魏德民的一只脚脖子被套子套住,悬在半空,他想勾起身子去解绳套。忽然看见那个跟踪他的人走过来,便伸手去够枪,可是够不着。那人握着枪走过来,捡起魏德民的枪,把自己的枪别在腰间,用魏德民的枪,对准了魏德民说:"你行啊,跟我摆迷魂阵!"魏德民愣了一下:"是你?"随即冷笑一声,"咋样?转不出去了吧?""你领我出去,我就把你救下来!"魏德民说:"你做梦去吧!""我马上让你死在这儿!用你的枪,打死你!"魏德民大声说:"你也会死在这片大林子里!冻死你,饿死你,野牲口咬死你!"

那人突然跪下:"我求你,救我一命吧!只要你领我出去,我保你升官发财!"魏德民问:"是谁让你跟我的梢?"那人说:"是裘春海,他说你是抗联的眼线。""果然是他!""领我出去以后,你愿干什么干什么,我再也不盯着你了!"魏德民笑了:"我能信你的话吗?别跟我玩这套了!"那人站起来,枪口对准了魏德民的脑袋,绝望地喊:"反正我活不了,我先打死你!"一声枪响,那人俯倒在雪地上,后背被子弹穿透,血淌了出来。魏德民万分惊异。

周和光拎枪跑过来，魏德民惊奇地说："是你?!"周和光忙去解魏德民脚脖子上的套子："还好，你没踩在夹子上。要是踩上夹子，你这腿就折了。"

套子解开了，魏德民坐在雪地上揉搓脚脖子，一脸真诚地说："谢谢你。"

周和光用脚蹬一下那死尸，把死尸翻转过来一看，原来是哑巴。魏德民说："裘春海的脸到底叫咱们看清楚了。"他拿起自己的盒子枪，也摘下岛田腰间的枪。

雪已经停了，魏德民和周和光一起往前走。一路互相搀扶，边走边唠。魏德民说："我早看出你了，不是个正经买卖人。"周和光说："我也知道你，不是正经庄稼人。"二人相视一笑。

魏德民问："你咋上这儿来了?""我发现有人注意你，就跟过来了呗。""你是国民党的谍报吧?""是的。我也要洗刷那帽子的事呀，免得天月对我不依不饶的。我做的一切，跟你们抗联一样，都是为了把鬼子赶出中国去。"魏德民说："国共两党已经合作了，红军也成了国民革命军的八路军和新四军。"

太阳当头照着，天星和天月正在清扫院里的积雪，魏德民走进院来。天星不客气地说："哈！咱家赶上大车店了，说走就走，说来就来。"魏德民笑笑，从天月手中接过铁锹。天月忙说："好，我去给你热饭。""不用，在三江镇绸缎庄吃过了。"魏德民边说边看着天月笑。

天星奇怪地问："你咋去那儿了?"魏德民认真地说："我和周掌柜是朋友嘛。天月，周和光是好人，你要相信他。"天月非常高兴，被冷天冻红的脸蛋笑成一朵牡丹花。天星问："你说他是好人，他就是好人了?""这回，他救了我的命。"魏德民想，对这姐妹俩不必也不能再说谎隐瞒，他把林中遇险、周和光相救、打死哑巴、裘春海是汉奸特务的事全说了。天星、天月听了真是百感交集。

天好走到屋外，对正说话的三个人说："有话咋不进屋说呀？不冷啊?"天月支支吾吾："啊，大姐，不冷，一点都不冷……""有啥事背着我吧?"天月说："没，没，啥事也没有……"天好怀疑说："看你说话绊绊磕磕的，一准有事!"天星、天月、魏德民互相看看。

天好猜道："是裘春海吧？背着我的，不能有别的事！他死了?"魏德民犹豫良久，终于直言相告："天好，裘春海是日本人的特务，他还在这一带活动呢……"天星接上说："他派了个坏蛋盯梢魏大哥。"天月继续接上说："不是碰见周和光，魏大哥就死在那个坏蛋手里了。"

天好沉默了一会儿："我想过，可我不敢那么想，他真不如嘎嘣一下死了呢……"眼泪像断线的珍珠往下落，她忍住没哭出声。

傍晚时分，魏德民来到东屋窗下，敲敲窗户喊："天星，你来一下。"天星走进西屋，魏德民正在摆弄什么，见她进来，手放到了背后。天星问："啥事呀?"魏德民从身后拿出枪让天星看。天星惊奇地说："枪？德国二十响！"魏德民笑道："你留着吧，这是那个哑巴的。"天星接过枪，感觉很美。魏德民提醒道："枪能护身杀敌，也能惹祸，要是让小鬼子搜到了，不杀头也得关进大牢。"天星喜形于色地说："你吓唬我呢？小瞧人了！"

在特务科办公室，小川对裴春海发火："岛田失踪了！你知道吗？他是我的外甥！我的亲外甥！我姐姐把他交给我的时候，流着眼泪，让我好好保护他，等圣战结束，把他完好地带回日本……我姐姐就这么一个儿子，可十天了！他没有任何消息！"裴春海叹一口气："唉，他肯定是死了。"小川埋怨道："都是因为你！他还不到二十岁呀，你竟然让他执行那么艰难的任务。"裴春海说："科长，他毕竟是我们特务科的一员，他要为天皇尽职尽责。"小川语塞。

裴春海缓和一下语气："科长，这次任务是他主动要求的，他跟我说，他的一个同学参军后，在占领南京时，杀过十二个人，被称为'江田岛武士'，他很羡慕。"小川无限怨恨："他……唉，他懂什么呀……"裴春海语气更为亲近："科长，你曾对我说过，你要把岛田培养成帝国优秀的谍报人员，让他跟我历练，我……我没做好……"他说着，竟然哽咽了。

小川怒吼着："马上把你说的那两个人抓起来！"裴春海有些犹豫："证据我们还没有弄到……"小川下了决心："抓吧！从他们的嘴里掏出更大的成果！"裴春海还是信心不足："我担心，没有足够的证据，他们不会说呀。"小川从旧威逼到新利诱："想当初，在沈阳抓到你，你不也是什么都不说吗？只要把那两个人抓到，我就提升你为警佐，薪水涨一倍！"裴春海出谋划策了："感谢科长提拔，我看，大张旗鼓地去抓，会打草惊蛇，而且他们也许有很多耳目，最好是密捕。我看这么办……"裴春海与小川耳语，小川连连点头。

第 26 章

裘春海开始实施秘密抓捕计划。为了让得力助手老苗替他卖命,裘春海把老苗请到饭馆里吃喝一顿,当面许愿,事情办妥之后,给老苗赏钱五百元。

这天上午,一个人风尘仆仆来到周家绸缎庄的柜台前,着急地要找掌柜的。小伙计说:"俺掌柜的刚出去。"周老太太掀开门帘从后屋出来问:"你找掌柜的啥事呀?"来人说:"我是秀水屯的。老宋家的三丫头病了,病得挺邪乎,直说昏话,念叨周掌柜的大号——是叫周和光吧?她们家老大打发我来找周掌柜的。"周老太太说:"他一会儿就回来。"来人急匆匆走了——这个人就是老苗。

在绸缎庄后屋,周老太太焦心地向周和光讲天月得病的事,周和光说:"怪呀,天好、天星咋没来告诉呢?"周老太太说:"天好带个孩子,天星不得侍候月儿呀?""她家还有个魏德民呢。"周老太太催促着:"谁不兴有点事呀?磨叨啥呀?快去!"周和光总有点怀疑。周老太太着急生气地说:"你不去,我去!"周和光只好说:"我去!我去!我能不去吗?我就是琢磨琢磨。"

周和光迎着风向前走,走到树林边,刚过了拐弯处,突然从树林里蹿出几个大汉,周和光还没来得及反应,便被按倒在地,头上套了麻袋。周和光挣扎着,几个人把他捆上了。树林里赶出一挂爬犁,几个人把周和光放上爬犁后都坐了上去。老板子大鞭一晃,爬犁远去。树林中又走出裘春海和老苗。裘春海说:"老苗,下一步就是逮那个抗联的眼线了。还按我说的办。"

静静的夜晚,不时有几声犬吠传来。一个黑影闪进天好家院里,他轻轻地来到西屋的窗边,压着嗓音喊:"小魏!小魏!"

魏德民听到喊声,从枕下拿出盒子枪,起身到窗边,低声问:"谁?"外面的声音说:"团长让我找你。""你是谁?"外面的声音有些不耐烦:"我是谁你能认识咋的?快点吧,有急事!我在村头等你!"魏德民想了想,穿上棉衣棉裤,提枪下地。走到门口,他从门缝向外瞅,那人已走到院门口,回身向他招手。魏德民推门出来,见那人向村头急急走去。

那人往前走,魏德民跟着,一直保持着一定的距离。

天好听到院子里有动静,就叫醒两个妹妹,三人走出屋子。天星手里提着那把二十响,走到西屋窗下喊:"魏大哥!魏大哥!"没有回应。天星连连敲窗户。天好说:"得啦,这准是又挠刚了!"天月发现天星手中握着枪,大吃一惊:"大姐,你看二姐……"说着,用手指天星持枪的手。天好看见天星手中的枪,很惊异:"哪儿来的?""魏大哥给的。"三人回到东屋,天好说:"咱家总这么乱糟糟的,有枪也好!"

那人到村头树下停住了,魏德民靠着一堵墙,也站住。那人说:"小魏,快过来呀!"魏德民还是不动,低声问:"你到底是谁?"这时,从墙上飞下一块石头,砸在魏德民头上,他一阵头晕。随即有两个人从墙上跳下来,又有两个人从暗处蹿出,把魏德民捆上。那个人也奔过来,他是老苗。从暗处走出裴春海,他一招手,一挂爬犁赶过来,一伙人架着魏德民上了爬犁,飞驰而去。

周和光头天去天月家没回来,第二天,老太太认为是天月的病大发了,决定让小伙计送她去天月家。刚要走,天月进来了。

周老太太奇怪地问:"月儿,你不是病了吗?""我没病啊!"天月走到老太太面前,更奇怪地问,"谁说我有病了?"周老太太说:"昨儿个头晌,你屯子来一个人——哎?和光昨儿个就上你家去了!""没有哇!"天月感到出事了,一脸的惊恐、担忧。周老太太一脸迷茫:"这是咋回事呀?"

小伙计惊慌失措地跑进来喊:"不好了!不好了!"还没等小伙计说出什么,几个特务和警察持枪闯进来,不由分说乱翻乱找。周老太太惊愕地问:"你们这是……"一个特务推开周老太太喊:"一边去!"周老太太险些摔倒。"你们干啥欺负一个老太太?"天月急忙扶周老太太坐到椅子上。

店铺里的说话声,引起了天月的注意,是裴春海的声音:"老苗,仔细搜,一定要找到那部电台!"天月到门边,贴着门框向店铺里看去,果然是裴春海!

老苗走进来,对特务、警察们喊:"都给我认真点,他家有电台!"周老太太扑向老苗:"我儿子呢?我儿子是不是被你们抓起来了?"老苗说:"老太太,你儿子是抗日分子,是国民党的探子!"周老太太一阵晕眩,天月上前抱住她。

这时,裴春海正在店铺里翻弄立在墙面上的布匹,一个特务从外面跑进来说:"裴队长!一个人好像是来这儿接头的,一看见我们,转身跑了!"裴春海喊:"快追呀!"他跟那个特务急忙跑出店铺。

老苗和特务、警察们把绸缎庄后屋里翻个乱七八糟。天月搂着周老太太坐在炕边,周老太太已经气息不匀了。一个特务起开墙脚的一块铺地砖,拿出一支枪,交给老苗,老苗说:"我要的是电台!"转身奔向周老太太,一把推开天月,薅起周老太太,凶狠地问:"老太婆,你儿子把电台藏到哪儿了?"周老太太冷眼相对:"我不知道！知道我也不告诉你！"老苗把周老太太狠狠一搡，周老太太摔倒在地上。老苗一挥手："撤！"这伙土匪一样的东西走了。

周老太太已经气息奄奄，她看着天月，脸上露出笑容："月儿，我儿子……他好啊……"天月流着眼泪点头。周老太太说："叫我一声娘吧……"天月哭出声喊着："娘……"周老太太抬起手，要给天月擦泪："咱不哭……"话没说完，手无力地垂下了。天月抱着周老太太失声恸哭……

几天之后，天月给周老太太下葬，天月戴着重孝跪在坟前烧纸，以尽儿媳之孝。天好、天星腰系白带，陪天月一同下跪烧纸。

2 裘春海的阴谋得逞，抓住了魏德民和周和光，小川喜不自禁，立即将裘春海从警尉提升为警佐。小川特意带着裘春海到古贺大佐面前表功摆好。

古贺笑容满面："恭喜裘警佐！一个共产党的密探，一个国民党的谍报，都抓到了，很好。下一步呢？""下一步要从他们嘴里掏东西！"小川说。古贺说："一定要掏出来！尤其是那个共产党，对清剿抗联非常有用！"

裘春海十分得意，他决定再突出表现一番："抓人不是目的，我们的目的有三，首先是阻止他们对我们进行干扰破坏；再就是从他们口中获取情报，了解和掌握敌方的情况，以便制订我们的行动计划；第三，我们要让他们为我们服务——他们都是这方面的能人。第一个目的卑职已经完成，要想达到另外两个目的，卑职实在难以胜任。"

小川问："你有什么要求？"裘春海微笑着说："不敢说要求，我只想请你答应我：让我说了算。"小川点头道："当然，这个案子你全权负责。"

裘春海站在审讯室内，得意地抽着烟。屋中间放着一把椅子。门开了，周和光被押进来，他腕上戴着手铐。伪警察把周和光按在椅子上，站立在一旁。裘春海转过身来："没想到吧，周掌柜？"

周和光冷笑一下："但也不意外。"裘春海问："我为什么要抓你呀？"周和光说："谁知道呢？通过几次接触，我感觉你这人有点不正常。"裘春海走到周和光面前："我早知道，你是国民党的谍报人员。"周和光不理他的茬："我是买卖人，开绸缎庄的——这你清楚。"

裘春海从桌上拿起那把手枪，摆弄着问："买卖人怎么会有这个？放在墙脚地砖的底下，也不怕生锈？应该涂上一层油包上。但是，涂上油，用起来就不方便了——因为你要经常用它。是吧？"周和光说："天下这么乱，我经商四处走，要防身。"裘春海绕着周和光转："是啊，天下太乱了。前不久，这枪响过——弹痕还很新呢。"周和光应道："我碰到一条野狗，它咬人，我开了一枪。"裘春海斜着眼说："私藏枪支，这在咱'满洲国'，也是犯罪的吧？"周和光盯着裘春海："你就按私藏枪支定我的罪吧。"裘春海狞笑："这个罪名对你来说那就太轻了。"周和光一副天不怕地不怕的神态："你想咋的就咋的吧，我接着。"

裘春海盯着周和光冷笑，突然拍案大喝："你的电台呢？"周和光异常冷静："啥是电台？我只知道柜台。"裘春海气哼哼地说："好，周掌柜，你是不一般，我不该一般地对待你。"周和光坦然答道："请便。"

裘春海第一个回合与周和光交手一无所获，他把希望寄托在对魏德民的审讯上。魏德民坐在裘春海对面的椅子上，手上戴着铐子，头上缠着纱布。

裘春海面无表情地说："我手下的人下手重了——可是，不把你打昏过去，逮不住你。"魏德民打着哑谜："打昏我干啥呀？你们说让我走，我就跟你们走，我是良民呐！"裘春海冷笑："咱开门见山吧，从第一天见到你，我就感觉你是抗联的人。"魏德民一口否认："不是。我是庄稼人，给人扛活的。"

裘春海站起来，望着魏德民笑："你不觉得你回答得太可笑了吗？拿着二十响，会是庄稼人？"魏德民说："拿着二十响，就一定是抗联吗？冤枉啊！"裘春海站起来，望着魏德民笑："我的人去骗你，说到'团长'，你就出来了，这是咋回事呀？"魏德民顺着话茬往下溜："我没听见啥团长啊。我觉着院子里有动静，就从屋里出来了，我觉着那人挺可疑，就跟上了，想弄个究竟。"

裘春海单刀直入："你的枪是从哪儿来的？"魏德民讪笑着："说了你也许不信，捡的。"裘春海讥讽地一笑："你当我是光腚小孩子？说吧，在哪儿捡的？"魏德民像讲故事一样顺顺溜溜地说开了："这地方你也知道，在秀水屯西南边，就是靠着日本人开拓团的正南，有一片林子，是吧？去年冬天，我寻思套几只兔子，就去了那片林子里。我钻树棵子里正下套呢，就发现一个又黑又亮的东西，拿起一看，就是这把枪。"

裘春海笑了："露馅了吧？你的意思我明白，这枪捡来的有根据——抗联劫走了开拓团的枪支弹药，是从那条道上撤回山里的，是他们慌忙中掉下来的。"魏德民陪着裘春海笑，心想，与这小子说开对口相声了："哎哟，对，我还一直画符儿呢，这枪咋跑这儿来了？你这一说就对上茬口了。后来我听人哄哄，说抗联抢了开拓团的枪。""抗联抢开拓团的枪，和你也有关系吧？"

魏德民说："可别这么说，这可要掉脑袋呀！我跟抗联八竿子打不着！"裘春海想来个黑虎掏心："捡到枪，为啥不交警察分驻所？"魏德民是以四两拨千斤："我哪敢呐，还不治我的罪呀？实话跟你说，我还想偷偷拿它换俩钱呢。"

裘春海是一计不成，又施一计，他要请这二人吃饭。一间很典雅的餐厅里，餐桌上摆好了酒菜。桌边坐着魏德民，周和光倒背手，看四周墙上的字画。门口，站着老苗和两个特务。裘春海进来，冲魏德民和周和光连连抱拳。

"来晚了，失敬，失敬。"裘春海坐到桌边，招呼着，"来，都坐呀！坐！"他对老苗和那两个特务挥挥手，"你们去吧，别戳这儿扫我们的兴。"

裘春海给魏德民和周和光倒酒。魏德民调侃着："周掌柜，我听说，人犯临行刑前，都供一顿好吃的，咱这是……"周和光看着裘春海："老裘，就为我那把枪？就杀头……"魏德民马上就势接上话茬："哎哟，周掌柜，我也是因为一支破手枪，咱俩是一样的罪名呀。"裘春海说："你俩是一样的罪名——反满抗日！"魏德民故作惊恐状："这个罪名可大了！"周和光一唱一和："是啊，老裘，我可没那么大胆子。"

裘春海笑容可掬地说："先不说这事。咱兄弟三个，都跟宋家姐妹有关系吧？我跟天好，已经是夫妻了；天月跟周掌柜的，也是早晚的事；你魏先生……"魏德民连忙截住话头："我是给她们家扛活。"裘春海笑道："得了吧，我那二小姨子对你的那眼神，我早看出来了。"魏德民一个劲儿地否认："我的事跟她家没一点瓜葛！"周和光也说："天月不知道我有枪。"裘春海看着这两个对手说："别急，我是说，咱哥仨，其实是连襟，没有不可以说的话。"他端起酒盅，"来，咱哥仨碰一个。"魏德民摇摇头："我不会喝酒。"周和光同唱一个调："我从来滴酒不沾。"裘春海笑笑："那，我就不勉强二位了。我自斟自饮。"他抿了一口，又指着桌上的菜，"吃菜呀！酒不喝，可以找借口，菜不吃，说不过去吧？"魏德民和周和光互相看看，拿起了筷子。

裘春海唱着独角戏，好像很真诚："我知道，你们两个瞧不起我，心里说不定正在骂我汉奸、狗特务呢！我是给日本人做事，坑害中国人，可我不做行吗？日本人强大，咱就得靠着人家。人得活呀！当初，我也是一条汉子，我也跟日本人真刀真枪干过，有啥用啊？如今，连关内都是日本人的天下了！"

裘春海给魏德民和周和光夹菜："现在没外人——外边也都是我的弟兄，我现在跟你俩说实话。我审问你们，那是官样文章，不得不做，我并没问你们太重要的事……"魏德民立即接住话茬："我可再没别的享了！"

裘春海上来虚晃一枪："别遮！我追问你开拓团的枪支弹药被抗联劫去的事了吗？"魏德民摇头："我真不知道呀！"裘春海又是一诈："古贺联队一个小队被歼，和你也没关系？"魏德民只弹他的老调子："我一个吃劳金的，你可别往我头上扣这么大的屎盆子呀！"裘春海问："你总往山里跑，干啥去了？"魏德民答道："想弄点山货，打个野物啥的。"

裘春海拉开硬弓，想来个一箭双雕："我的人一直跟着你，可这个人没了。这个人你认识。"又对周和光说，"你也认识，就是那个哑巴。"魏德民扯开了："哑巴？啊，对，就在你和天好要成亲的头一天……"周和光附和着："是是，有个哑巴把你找走了。"魏德民反手回击："这个事我可得说你，你太不像话，你把天好可坑苦了，冲这个，你不是人。"裘春海说："别打岔！我是说那个哑巴，他一直跟踪你，如今他没了，死了！他是我们小川太君的亲外甥！"魏德民问："这和我有啥关系？"裘春海阴笑："他是跟踪你死的，你咋能说没关系？"魏德民打着哑谜："他也是，跟踪我干啥……"裘春海还在卖乖："关于哑巴，审讯你的时候，我可一句也没提。我一提起来，小川科长会对你不客气……"

裘春海继续向魏德民和周和光说着："手枪，没事；电台，也没事；那一小队的日本兵被全歼了，咱可以遮过去；那个哑巴岛田死了，咱也可以打个马虎眼。我裘春海可以把这些事全抹平了。跟我干吧，我保你俩会有锦绣前程。"他绕了这么多弯子，终于说到正题上，这顿饭不是白吃的。魏德民筷子一放说："我啥也不会干，咋跟你干呐？"周和光身子往后一靠说："我还有老娘和一个铺子，撇不开。"裘春海进一步不厌其烦地利诱着："你，一个共产党；你，一个国民党，咋尿到一个壶里啦？你们能干过日本人吗？咱借着日本人的势力，正可以干一番自己的事业嘛。你们俩可以做我的左膀右臂，我就不信我们干不成大事！"

魏德民不再说相声，来了个单刀直入："这我可得说心里话了，跟你干，我怕别人骂我忘了祖宗！"周和光总和魏德民步调一致："是啊，共产党也好，国民党也好，都是中国人，你算啥人呐？"裘春海"啪"地摔了酒盅，站起来，怒视魏德民和周和光。他黔驴技穷，终于凶相毕露。魏德民猛地掀翻桌子，一不做二不休："老子也不跟你演戏了！我就是抗日联军！"周和光仍坐着，脸上挂着笑容："反正你也不会轻饶我们，我也告诉你，我就是国民党的地工，搞谍报的，你爱咋的就咋的吧！"

老苗和两个特务握着枪闯了进来。裘春海突然哈哈大笑起来："行！二位有种，我佩服！我知道，我他妈在你们眼里狗都不如！可我会好好活着，我让你们去死！"他对老苗喊，"把他俩带走！"走到门口，魏德民转回身："姓裘的，你以为你还活着吗？呸！"魏德民和周和光被两个特务推出门去。老苗说："这两个小子，挺光棍儿呐。"裘春海气急败坏地说："看来，不动真的是不行了。"

3 周和光被抓，天月愁得不住抹眼泪。天星说："姓裘的能抓周和光，就不能抓魏大哥吗？他也两天没影了。"忽然，院里有脚步声，天星急忙跑出屋门看，一个要饭的站在院内，他见天星出来，扔过来一个纸团，急忙走了。

天星打开纸团一看，脸色大变，纸条上写的是："魏已被裘抓捕。裘仍在三江镇。警惕！"天星把纸条让天好、天月看了，天好恨得咬牙切齿："我要亲手杀了这个白眼狼！"这时，摇篮里的孩子笑了，天好看着孩子有了主意，她立即把她的主意对两个妹妹讲了，天星和天月也都赞成。天好说："这事我出头，我是他媳妇。"临走前，天好抱着孩子找到刘二嫂："我们姐妹仨出门有点事，想请你带道儿一两天。"刘二嫂高兴地接过孩子，一口应承下来。

姐妹三人坐上雪爬犁赶到三江镇，在一个胡同拐角处，天好对俩妹妹说："前面就是警察署，你俩在远处盯着，不要露面，成不成就这一锤子买卖。"

天好来到门口，要往里走，伪警察拦住她问："干啥的？"天好说："我找我男人，他叫裘春海。"伪警察不相信地打量天好。"你不信？那我自己进去找他。"说着天好要进大门。伪警察露出笑脸："你先候着，我去禀报一下。""告诉他，我是秀水屯的宋天好！"

看门的伪警察向署长报告完，署长指着那警察的鼻子说："你竟敢把裴队长的太太挡在大门外？人家冰天雪地地从牡丹江来，还不快请！"伪警察解释着："不是那个，上回那个不刚走吗？我认识。这是个乡下女人，秀水屯的……"

天好候在大门口，她扫视了一下远处的一个墙角，墙角处，闪出天星和天月的脸。天好忙向她俩摆手，天星和天月隐去。看门的伪警察和署长走过来，署长也是上下打量天好，有些不相信。天好黑冷着脸说："瞅啥呀？你叫裴春海来瞅！这还能乱认吗！我给他生了个儿子，我不是他太太？那你妈是他太太呀？"署长被骂得愣愣怔怔。天好说："不信，你去把裴春海给我找出来！"

刑讯室内阴森恐怖，摆着各种刑具，裴春海开始用他最后一招了。几个特务正在向魏德民和周和光施行酷刑。一口大锅里放满了水，冒着热气。

魏德民被捆在老虎凳上，脚下垒起一块块砖。周和光两手被吊起，特务用烧红的烙铁烙他的胸脯。魏德民昏过去，一桶凉水浇到头上，他又醒过来。裴春海问："说！抗联的密营在哪里？你还有几个交通站？"魏德民说："抗联的密营在我心里。我的交通站到处都是！"老苗问周和光："电台放哪儿了？你还和谁联系？"周和光说："还有啥招，你就使吧，让我开开眼！"老苗说："放下来，给他灌辣椒水！"他走到裴春海身边擦擦汗："大哥，这俩小子真能挺啊！"

裴春海喊叫着："魏德民，周和光，你俩还行，没尿裤子。我看你们能不能熬过下一关，给你俩洗个热水澡。"魏德民和周和光被带到大铁锅边。裴春海指着锅里滚开的水说："你俩知道我为啥不吃鸡？一吃鸡，我就会想到开水褪鸡，开水一浇，连皮带毛全秃噜光。我就是这关没熬过去，这开水从头浇下去—— 一想我就头皮发麻。"

这时，警察署长匆匆忙忙进来："裴队长，您太太来了！"裴春海皱眉道："她刚走，咋又来了？"警察署长对裴春海耳语，裴春海脸色突变，他看着魏德民和周和光说："跟二位打听一个事，天好是给我生个儿子吗？"魏德民骂着："你他妈的还有脸问这个！你这个牲口，我恨不得宰了你！"周和光咒着："天好是个多好的人，你竟然欺骗她，玩弄她，天理不容！"裴春海笑了："天不灭我裴家！"对几个特务说，"把他俩先押回牢里，明天再说。"

几个特务押着魏德民和周和光往外走，俩人还在骂。魏德民高喊着："姓裴的，你别让我活，只要我活着，非杀了你不可！"周和光大叫着："裴春海，你会遭报应的！你不得好死！"屋里只剩下裴春海和老苗。裴春海一脸喜气："我有儿子了！宋天好给我生了个小子！""大哥，大喜事呀！咱弟兄们得庆贺庆贺呀！"裴春海对老苗耳语。老苗点头。

天好坐在桌边，警察署长给她倒上一杯茶水，站在一旁。裴春海进来喊了一声："天好。"天好像被电击一样，一下子站起来，慢慢转回身。警察署长知趣地走出屋去。天好扑过去捶打裴春海，边打边骂："你这该死的，一走就没个影，连个话也不捎回来。"裴春海说："我没脸再见你呀。我给日本人干事，怕你看不上我。""啥看不上你呀？老话讲，嫁鸡随鸡，嫁狗随狗，我都是你的人了，我还能咋的？"裴春海问："你咋找到这儿的？"天好说："我满世界找，满世界打听。昨儿个，屯子里的赵喜财跟我说，在镇上看见你了，说还带着几个警察，我就来了，你还真在这儿！不找到你，我活不下去了！"

裴春海面带喜色地问："你真给我生了个儿子？"天好怨怒交加："你坑死我了！我带个孩子，不清不白的，在屯子里都抬不起头了。"裴春海忙好言相劝："天好，你是我们老裴家的恩人，你为我们老裴家续了香火呀！走，回家看儿子去！"天好故意撒娇："你就不想看我！"裴春海嬉皮笑脸："这不连你一块看了吗？"天好骂道："你这个缺大德的！"裴春海喜气洋洋："以后，我明媒正娶地把你接到镇里来。"说着，拉上天好就走。

天好和裴春海走出大门。远处的墙角，天星和天月一见天好和裴春海出来，忙缩回身子，她俩坐上雪爬犁，飞也似的回家去了。

房梁下吊着摇篮，天星和天月已经提前回到家中，她们紧张地望着窗外。天星听到脚步声，说："来了！"二人忙离开窗户，天月装作做针线活，天星装作推摇篮。裴春海先进屋，天好随后进来，用背倚严了门。天月装成高兴的样子说："哟！大姐夫回来了！"裴春海笑着应了一声，一眼看见摇篮，忙上炕要去看。天星趁机按住裴春海，天好和天月也扑上去。天星用枪抵住裴春海的脑袋说："别动！动我就打死你！"裴春海缩着脖子说："别！先让我看看孩子！"天好说："会让你看的！"天月拿过事先准备好的绳子，和天好一起把裴春海捆了起来。天好说："你去看吧！"裴春海去看摇篮——摇篮里空空的。

天好狠狠扇了裴春海一耳光："你还想要儿子？美的你！我能给你生儿子吗？就是生了，我也会掐死他！你骗了我，害了我，还抓走魏大哥和周和光，我今天要报仇！"说着又给裴春海一耳光。

裴春海垂头丧气地："你们这招绝了，捅到我的命门，我真想有个儿子呀！"

裴春海跪在地上，姐妹三个盯着他。天好问："你为啥当了日本的狗？"裴春海交代着："宋营长被日本人杀害，我也被抓住了，他们给我上刑……"天星用枪嘴顶一下裴春海的脑袋："接着说！"裴春海只好说："他们要把我推开水锅里，我挺不过去，就跟了日本人，他们派我到长白山深处，做眼线。"

裴春海垂头丧气地跪在地上。天星说："姐，把他杀了吧。"天月也说："对，不能再让他祸害中国人！""我来！"天好从天星手里夺过枪。裴春海叹道："我罪有应得。天好，死在你手里我一点也不冤枉，我对不起你……"闭上了眼睛。"裴春海，你就是死一百回、一千回，我也不解恨呐！"天好握枪的手在颤抖。

门突然开了，老苗和一个特务闯进来，两人枪口对准了姐妹三人。老苗大喊：

"都别动!"姐妹三个一下子愣住了。趁这机会,裘春海一头向天好撞去,天好手中的枪落地。那个特务扶起裘春海,边解绳索边向门口退。天星突然向门口喊:"你来啦!?"老苗一扭头,天星拾起地上的枪,向老苗射击,老苗倒地。裘春海和那个特务跑出门去。裘春海说:"把枪给我!"他夺下那个特务的手枪。天星刚要追出门,裘春海一枪打来,天星闪在门口还击。那个特务被击中,裘春海逃出院门。他出来见门口有爬犁,立即坐上爬犁挥鞭逃走,天好姐妹三人也坐上另一挂爬犁追赶裘春海。

两架爬犁在雪地上飞驰。前边的爬犁上,裘春海狠命挥动鞭子抽打牲口;后边的爬犁上坐着天好、天星、天月,天星也在抽打奔跑的马。

裘春海的雪爬犁翻了,他摔在雪坑里,马拉着空爬犁跑去,天星赶的爬犁随后来到雪坑边停下。天星首先跳下来。裘春海去摸摔在雪地上的手枪,刚摸到手,天星的枪口已经对准了他! 姐妹三人怒视着趴在雪坑里的裘春海。

天好问:"裘春海,这下你还往哪儿跑?""我,我罪有应得……"天好抢过天星手中的枪,瞄准了裘春海。裘春海说:"天好,不用你费力气了,我自己来吧。"他把手中的枪顶住自己的太阳穴,"天好,我对不住你,来世我给你做牛做马。"枪响了,裘春海一头扎到雪坑里,雪慢慢被洇红了……

4 抗联的侦察员牤子很快知道了魏德民被捕的消息。他化装成要饭的,潜入三江镇侦察情况,回来正好路过秀水屯,他到天好家院里,给天星扔了一个纸团,告诉她们姐妹魏德民被捕的消息。回到密林中的抗联营地,牤子向团长汇报:"魏参谋押在三江镇的警察署里,还没解往省警察厅。"团长说:"押走就不好办了,一定得快把小魏救出来!"牤子继续汇报:"古贺联队正在团山子和四道河子一带清剿,三江镇只有少量伪军和警察。"团长说:"好,这是一个机会。咱再闹一次三江镇,也可以给团山子和四道河子减轻些压力,让二营、三营喘口气。"他想了一下说,"看来,我得用杀手锏了。牤子,你到三江镇保安队找……"

按团长的安排,几个化装成老百姓的抗联战士潜入三江镇,来到一座院前,牤子敲动黑漆大门的门环。门半开,露出一个人的脸。那人问:"找谁?"牤子和那人说了暗语,那人点点头,门半开,闪开身。牤子和抗联战士鱼贯走进黑漆大门。

傍晚,黑漆大门开了,走出来白天开门的人,身着伪保安队服装的他就是抗联团长所说的"杀手锏"——伪保安队队长宁建一。他四下看看后,冲门里一招手,牤子、吴连长和几个抗联战士走出大门,他们也都换上了伪保安队的服装。一行人列队走去。路边,化装成百姓的小韩和几个抗联战士看着他们。牤子向小韩使了个眼色,小韩会意,向身边的人说:"天不早了,该回家了。"

警察署长正在整理桌上的东西,准备下班。宁建一笑呵呵地走进来:"冯署长,忙呢?"冯署长说:"哟,宁队长,咋这工夫来了?""这工夫不正好吗? 下班了,我请你喝酒。""哪能老让你请啊,今儿个我请,汇宾楼。""您太客气了。"宁建一走上前去拍冯署长的肩,就势搂住他,把枪口捅在他的腰眼里,"别动,我不会难为你。"牤子、吴连长和几个化装成伪保安队队员的抗联战士持枪冲进来。宁建一从冯署长腰里解下一串钥匙,扔给牤子:"快去大牢!"

牢房里,魏德民和周和光坐在乱草铺上。牤子走过来,看守说:"哎?保安队的弟兄咋上这儿来了?"魏德民认出了牤子,捅一下周和光。"我还没看过监牢呢,来看个新鲜。"说着,牤子掏出手枪,对准看守,"举起手来!我是抗联!"看守吓得目瞪口呆,举起双手:"抗联老爷,我当这个差,就是混口饭吃,饶命啊……"抗联战士冲过来,打开牢门,扶起魏德民和周和光急急走出牢门。

与此同时,小韩和一个抗联战士悄悄摸到门口,解决了守门的伪警察。几个抗联战士冲过来,焦急地向里面张望。

这时,牤子、吴连长、宁建一和几个抗联战士拥着魏德民和周和光跑出警察署。背后,枪声响起。抗联战士们向冲出来的伪警察射击,几个伪警察倒地。城外也响起了猛烈的枪声和爆炸声,那是团长在指挥抗联战士向城里射击,扔手榴弹。树上挂着几个铁桶,桶里面鞭炮在爆炸。在三江镇伪军指挥所里,伪军官向古贺大佐打电话,报告说火力很猛,抗联大部队进城了。

古贺大佐在军用帐篷里打电话,他对伪军军官大喊:"你们一定要顶住!顶住!"放下电话,他自语着:"他们竟然攻打三江镇?"停了一下,他对身边副官说,"命令部队,连夜撤回三江镇!"

团长仍在三江镇外一洼地指挥战斗,抗联战士们拥着魏德民和周和光奔过来。团长迎上去和魏德民握手:"为你,我把杀手锏都用上了!"宁建一过来和团长握手:"团长,我该归队了吧?"团长说:"好!归队!"

看到周和光,团长不认识。魏德民介绍:"周和光,我们的战友。"说完和团长耳语几句。团长热情地握着周和光的手说:"好哇!只有国共精诚合作,才能成就抗日大业!"说罢扭头下令,"撤!"

周和光和魏德民身份已经暴露,他们不能在三江镇和秀水屯继续活动,两人的上级均另有安排。周和光要到沈阳执行新任务,他和天月的恋爱关系已定,天月与他同去沈阳;魏德民要回抗联部队,天星也要参加抗联打鬼子,他俩同行。

早晨,大雪纷飞,天好送魏德民和天星到村外,天星哽咽着:"姐,你等我回来!"天好努力让自己笑着说:"你们俩都要活着回来,咱们一块过好日子。"天星搂住天好哭了:"姐,我对不住你……""姐就是这命。魏大哥,天星就托付给你了……"魏德民说:"我知道。抗联很苦,我会尽力照顾她。"天好眼里充盈着泪水说:"等打完仗,你们俩就成亲吧,姐还想早一天抱外甥呢。"两匹马嘶鸣,大风吹乱了马鬃。天星和魏德民跃上马背,两匹马驰向远方,消失在漫天大雪中。

天好急忙跑上一个山坡,朝远方望着。魏德民忽然放慢了马,回头朝山坡上望,虽然很远,看不清天好的表情,但魏德民眼里还是涌出惜别的泪水。天星望着远处山坡上的天好,又望着魏德民。天好站在山坡上,默默看着飞奔而去的两匹马,擦去眼里的泪水,默默走下山梁。

送走天星,天好又在为天月收拾行装。天月在一边抹眼泪,周和光坐在炕沿上,默默看着天好。天月嘟囔着:"我不想跟他去。他一个孤男,我一个孤女,算咋回事呀?"天好笑了:"啥孤男孤女的,你不愿和他成一家呀?和光不是咱普通老百姓,人家让他去沈阳,他就得去沈阳。"她又对周和光说,"哎,到沈阳把你俩的事办了。"周和光点头。

天好把包袱打好,塞给天月。天月还在哭。周和光说:"大姐,跟我们一起到沈阳吧。"天月也说:"对,大姐,咱一块上沈阳。"天好周到又深情地说:"我要守在秀水屯,守着爹的坟茔,等虎子回来,等你和天星回来。再说,周大娘的坟还在三江镇,你们回来不方便,逢年过节,我也好替你们给周大娘的坟添点土、上炷香啥的。"周和光感动地说:"大姐,谢谢你了。"

天好送天月和周和光出了院子,天月和周和光走出很远,天月又跑回来,抱住天好哭叫着:"大姐……"天好说:"走吧,走吧……"天月和周和光走了,走了很远,天好还在满脸是泪地挥手。

晚上,油灯闪闪,炕头上,孩子已经睡着。天好送走天星和魏德民,又送走天月和周和光。他们这一走,不知哪年哪月才能再相见。天好心中空荡荡的,十分难受,她拿出一瓶酒,坐在炕桌边,看着全家福照片,喝着酒,有些醉了。她哼唱着东北民歌《摇篮曲》:"月儿明,风儿静,树叶遮窗棂……"这时,刘二嫂走进来说:"咋还自己喝上酒了?"天好说:"二嫂,来,喝……""这可不中。道儿还是让我再带两天吧。"天好抱住刘二嫂大哭。

原木垒的抗联密营团部里,团长正在给各营领导开会,魏德民和宁建一也在场。团长说:"三个营又会合了,我们要执行一个重大的战略任务。"他看看大伙,"为了摆脱日本关东军的大讨伐,上级决定向西突进,我们团就是西征的先遣团,负责为整个抗联打通道路。在热河和内蒙一带,有八路军的游击区,我们就是想与党中央、八路军取得联系,使关里和东北的抗日武装形成一体,这样,我们抗联也就有了依靠。这需要我们穿过吉林和辽宁,很难啊,这是一次远征,小鬼子会对我们围追堵截,我们要一路打出去……"

树林中,抗联战士们忙碌着,准备出发。在一棵大松树下,天星和魏德民在交谈,魏德民说:"我们就要分手了,你随西征大部队走,我要留下来坚持斗争。"天星说:"我也跟你留下来。""你是抗联战士了,要服从命令。"天星问道:"那,咱啥时候见呐?""放心吧。等你们和八路军会合了,兵强马壮,一定会打回来,还愁我们见不着面吗?"他掏出一支钢笔,放到天星手里,"抽空学学革命道理,再见到你的时候,希望你能成为一个成熟的革命战士。"天星望着魏德民,不停地点头,眼里泪花闪动。

在西征路上的山沟里,抗联和日本鬼子进行一场遭遇战。抗联战士们依托着大树、石块、沟坎、树丛向进攻的日本兵射击、投弹。吴连长用机关枪扫射,阵地上不时有炮弹爆炸。天星也向敌人射击,她身边是宁建一。一声炮弹的呼啸,宁建一冲天星大喊:"卧倒!"他冲向天星,把她压在身下。炮弹在他们身边爆炸,宁建一受了伤,额头流着鲜血。天星坐起来,看到宁建一的伤,惊叫起来:"老宁,你负伤了。"宁建一说:"你,太愣,打仗,也得注意保护自己。"团长弯腰跑过来,宁建一说:"团长,鬼子太多,硬拼不行啊,绕开吧。"团长对天星喊:"把他背下去!"天星背走了宁建一。

团长让吴连长带一个排掩护全团撤退,吴连长喊:"二排、三排撤出战斗,一排跟我在这儿顶住!"吴连长的机枪喷着火。又一颗炮弹爆炸,吴连长倒下了。一个战士过来,接过机枪继续射击。

夜晚的森林里,一处处篝火,篝火边坐着疲惫的抗联战士。在一堆篝火旁,躺着受伤的宁建一,他身边围着天星和几个战士,天星在哭。团长走过来,蹲下身子看着宁建一,宁建一说:"团长,我怕是不行了……不能跟你西征了……"话没说完,宁建一眼睛直了。天星伏在宁建一身上痛哭失声。团长和几个抗联战士站起,脱帽……

篝火在燃烧。篝火边的抗联战士们唱起了《露营之歌》:

> 朔风怒吼,大雪飞扬,
> 征马踟蹰,冷风侵人夜难眠。
> 火烤胸前暖,风吹背后寒,
> 壮士们! 精诚奋发横扫嫩江原!
> 伟志兮! 何能消减,
> 全民族,各阶级,团结起,夺回我河山!
> ……

日军追抗联追到一条大江边,抗联损失惨重。团长带领天星和几个抗联战士边打边退,退到结冰的江上。天星说:"团长,敌人好像知道我们的西征意图。"团长说:"是啊,四下埋伏了重兵,现在我们只能向密营撤退。"

团长带领天星和战友们在大江上边射击边后退,一颗炮弹在抗联后退的路上爆炸,冰面被炸开,汹涌的江水横在天星和几个战友的身后。他们伏下身来,继续向逼近的日军射击。

日军越逼越近,越来越多。团长、天星和战友们仍在射击,他们已经没有多少子弹。团长忽然中弹,天星去扶。团长说:"不要管我,打鬼子……"天星扶着团长向鬼子射击。

天星搀扶着团长和战友们与鬼子作最后的搏斗。团长推开天星,高喊:"同志们,死也不能当俘虏!"团长跳进了大江,有几个战友也跟着跳进江里。天星打倒一个鬼子,毅然跳进了滔滔的江水。

魏德民和牤子在抗联密营里边走边商议,眼下条件十分困难,他们商量解决办法。魏德民说:"关键要解决粮食,成天吃树皮、草根不行啊!"牤子说:"是啊,有人开始掏棉衣里的棉花吃了。"小韩神色慌张地跑过来:"魏参谋,有两个人跑了。"魏德民略一沉思说:"命令部队,马上转移!"

魏德民带领部队在森林中行进，有人倒下了，又被战友扶起，继续前行。一个战士从前边跑来说："魏参谋，有情况……"还没等那个战士说完，四周响起了枪声。战士们四下散开，各据地形地物举枪射击。

古贺指挥日军向抗联小分队进攻，枪炮齐发，他身边趴着裘春海。一颗手榴弹在裘春海身边爆炸，他的帽子落地，露出后脑勺右侧的一块秃疤。

日军火力异常猛烈，抗联战士们不时有人中弹倒下。魏德民对身边的牤子和小韩说："你们俩跟着我把敌人引开，让部队向北转移。"

魏德民和小韩、牤子边打边撤，鬼子跟上来。牤子中弹倒地，魏德民去扶，牤子说："快走！我掩护！"鬼子们上来了，魏德民和小韩撤走，牤子向鬼子射击，子弹没了。鬼子围上他，他冷笑着猛地拉响腰间的手榴弹……

魏德民和小韩爬上山坡，居高临下向鬼子射击。一颗炮弹袭来，小韩牺牲了。魏德民退到山顶的悬崖边，日本兵向山顶围去。古贺躲在一块大石头后面，用望远镜向山顶上看了一会儿说："就剩下一个人了！"他身边的裘春海说："我认识他！他就是从大牢里被劫走的那个魏德民。"裘春海从石头后探出身子，向山顶上喊："魏德民！魏大壮士！你听着——"

石头后，躲着魏德民。山坡上传来裘春海的喊声："你跑不了了，人为财死，鸟为食亡，图个啥呀？识时务者为俊杰，投降吧……"魏德民喊："谈谈条件吧！"裘春海说："你提啥条件都行。只要你过来，皇军肯定会好吃好喝地招待你，封你做梦都想不出的高官……"

魏德民在石头后喊："裘春海滚一边去！你不配跟我说话！"裘春海喊："死到临头了你还说废话，赶快投降吧！"魏德民说："裘春海，你别给脸不要脸！我本想省颗子弹打鬼子的！"说着他抬手一枪，裘春海中弹，惨叫一声倒地。古贺举起指挥刀，向日本兵大喊："冲上去！"鬼子们开枪射击，往山顶冲。魏德民中弹倒地，他挣扎着纵身跳下悬崖……

天星跳入江中，趴在一大块浮冰上，没有被江水冲走。待枪声停息下来，她趁夜幕降临之机爬上江岸。找不到抗联的队伍，她只好孤身一人回到密营，希望能找到魏德民。但是密营一片狼藉，空无一人。天星伤心地哭喊："魏大哥！你在哪儿呀……"茫茫林海，只有回声。

几个月很快过去，日伪在省城某饭店内举行庆功会，台上站着军政要人，其中有古贺大佐、小川，台下站着各界人士。一伪官吏正在麦克风前讲话："这次大讨伐，皇军取得了辉煌的胜利。我们'满洲国'，在皇军的庇护下，固若金汤……"门口，化装成记者的天星走来。伪官吏说："下面，我们对在这次大讨伐中的有功人员进行嘉奖！首先有请裘春海先生！"裘春海走上台来，向人们挥手致意。

站在后面的天星感到万分惊讶，她亲眼看见是他自己开枪打死自己的，怎么又活了。裘春海向人们鞠躬，站到麦克风前讲话："兄弟我获此殊荣，不胜荣幸。首先，我要感谢古贺大佐对鄙人的重用，还要感谢小川科长多年来对我的栽培……"天星由惊讶变为愤怒，她把手伸进挎包，准备掏枪打死裘春海。忽然，她身边的两个人挽住她的胳膊，把她带出饭店。

那两个人将天星带出饭店，一辆轿车驰来，停在他们身边。天星问："你们是谁？"一个人说："快上车！"天星要挣扎，另一个人说："我们抗联的部队已经退入苏联境内，跟我们走吧。"三人上了轿车，轿车疾驰而去。

2 1945 年 8 月 9 日，清晨，已经五六岁的道儿被天上隆隆的飞机声惊醒，他问天好："娘，是打雷了吗？"天好说："不是打雷，是小鬼子又作孽吧。"

是的，不是打雷，这一天，发生了重要的事情。苏联对日本宣战，红军的千架飞机起飞，万门大炮轰鸣，坦克车、装甲车越过中苏边境，向日本关东军发起了大规模进攻。中苏边境东段某地，苏联红军涉过界河——瑚布图河。

抗联组成的教导旅随苏联红军行进。队伍中，走着一身军装的天星，她上岸，看着离别数年的国土万分感慨。小任走到她身边说："回家了！"天星一脸激动："是啊，回家了！"小任问："你在苏联呆了几年？""快三年了。你呢？"小任说："我可以说是老苏联——整整八年！"天星笑了："抗战八年你在苏联当看眼的了？"小任不服气："小瞧人！我读了大学，还在兵工厂做过炮弹！"

一苏联军官骑马过来告诉天星："你们中国同志随我们团攻打东宁高安村，歼灭那里的日本守备队。"天星答应着。小任问："你们抗联教导旅退到苏联都干什么？"天星说："干的多了！学习军事技术、侦察技术，还学了日本话和苏联话！"

东宁高安村的夜晚，枪炮声不断，火光冲天。红军发起猛攻，日本守备队顽强抵抗。天星和教导旅的战士与苏联红军一起，冒着炮火冲向日军阵地。

苏联轰炸机在长春伪皇宫扔下一颗颗炸弹，烟尘弥漫。伪皇宫里伪军政大员们一片慌乱。张景惠和日本人秦彦三郎、武部六藏匆匆走来。张景惠逢人便问："皇上呢？"被问的人都摇头，或说"不知道"。秦彦三郎说："皇上太不像话！形势这么紧张，他怎么能扔下朝政不管呢？"一个内侍慌慌张张跑过来说："皇上在防空壕里呢。"

张景惠和两个日本人走进防空壕一看，溥仪正在防空壕的角落里瑟瑟发抖。张景惠说："皇上……"溥仪吓得一哆嗦。张景惠递上一沓文件："皇上，臣与关东军参谋长秦彦三郎先生和总务厅长武部六藏先生拟就《满洲国防卫法》，请您钦定。"溥仪还处在惊恐中，他问："防卫法？"秦彦三郎说："苏联人已打进'满洲国'，我们要防卫，要颁布防卫法！"溥仪连连点头："颁布，颁布……"

溥仪在伪皇宫召开"御前会议"，军政要员们一个个神色慌乱。秦彦三郎说：

"俄国人一直是大兵团机械化进攻,向前推进很快,新京很难防守。我关东军决定放弃新京,到敦化、奉天一带,构建东边防线,阻击苏联红军。所以,皇都要迁往临江。"溥仪愁眉苦脸:"一枪没放就丢掉'国都',国人会怎么看我们?"张景惠说:"我们相信皇军的威力,一定能守住新京。"

秦彦三郎说:"这是打仗!你们懂吗?打仗要讲究地形地物!我们大日本皇军,不能作无谓的牺牲!"溥仪说:"天照大神会庇佑我新京平安无事的。"秦彦三郎霸道地大声说:"听你们的,还是听我们关东军的?我们关东军已经决定了,必须迁都!"溥仪和大臣们呆若木鸡,面面相觑。

乙酉年农历七月初八,立秋刚过八天。这天的天特别好,天空瓦蓝一片,没有一丝云彩,小风吹着,令人很舒服。树上的喜鹊叫喳喳,引得道儿兴头足,在门口欢蹦乱跳。忽然传来"喤喤喤"的敲锣声,陈二爷和一个乡丁敲着锣走过来。陈二爷边走边喊:"乡亲们,天大的喜信,小日本投降啦!"

顿时,整个秀水屯欢腾起来,村民们敲锣打鼓放鞭炮,唢呐声声向天吹,人们沿街扭起了秧歌,八年了,人们第一次这么兴奋。

在日本开拓团团部,完全是另一番情景。团部外的空场上,站着日本开拓团的移民,其中有和子和秋田太郎。团长本田宇一站在桌边,桌上放着收音机。收音机里传出日本天皇发布《停战诏书》的声音,开拓民哀哭一片。秋田太郎跪在地上,泪水纵横,用那条独臂连连捶胸。

红日西坠,彩霞满天,霞光照着天好家地里火红的高粱,照着天好白里透红的脸庞。天好和道儿跪在宋承祖坟前激情万端:"爹,日本鬼子投降了,咱中国赢了!亡国奴的日子一去不复返了!爹,你是为了这一天死的,这一天终于来了!"她对道儿说,"儿子,别忘了今天,永远别忘,今天是1945年阳历八月十五日。"道儿说:"娘,俺记下了。"

天好领着道儿从地里出来,和子和秋田太郎走来。和子向天好连连鞠躬,又扯一下秋田太郎,让儿子也鞠躬。秋田太郎很不情愿地弯了一下腰。和子掏出地契,递给天好:"你家的地,我们还给你。这些年,太对不起了。"天好说:"这片土地本来就不属于你们。"和子卑顺地说:"我们帮你把你父亲的坟迁回去吧。"天好说:"不用。"和子拉着秋田太郎,给天好跪下:"求求你,求你和屯子里的人说一下,饶了我们这些年的罪孽吧。"

天好对和子一家产生了同情,她觉得和子很不幸,很可怜。两个儿子一个成了残废,一个战死,只收到一盒骨灰。而上了年纪的丈夫秋田村上也应征入伍,不知死活。天好记得,秋田村上临入伍前还告诉她虎子修完要塞跑了的消息,还好心提醒天好,虎子要是回来不要在家里呆。天好明白,和子一家实际上也是战争的受害者。天好扶起和子和秋田太郎。她友善地对和子说:"你也是个可怜的母亲,咱中国人不会欺负你这样的人。你们战败了,该回你们自己的家了。"

开拓团要离开秀水屯,和子正在收拾行李。秋田太郎慌忙跑进来:"妈,开拓团来通知了,让赶紧到村头集合。""集合干什么呀?""转移,集体向西边转移。快点吧!""东西还没收拾好呢……"秋田太郎说:"快走吧,走晚了会被苏联军队拦住,都要死掉的,中国的农民也不会饶了咱们……"

日本开拓民像在逃难,大部分是老人、女人和孩子,天好和道儿站在路边,看着惊慌失措的日本人。开拓团团长喊:"不要落下,都跟上……"人群中的和子看见天好,匆忙中还向天好鞠躬。天好抬起手,挥动了几下。

日本开拓团的人走光了,天好拉着道儿,来到自家的老地边,地头立着一块写着"秋田村上"的木桩。天好拔下木桩,狠狠摔到一边。天好躺在垄沟里,道儿躺在天好怀里。天好说:"这是咱家的地,是你娘,还有你二姨、小姨流血流汗开出的地……"这时,秋阳当头照着,天好觉得无限惬意。

伪省警察厅特务科里一片慌乱,裘春海匆匆走来。

小川正在整理文件,裘春海闯进来着急地问:"科长,你们要走?"小川一边忙着一边带搭不理:"唔,撤回国内。""那……那我咋办?"小川看了裘春海一眼:"你想怎么办就怎么办吧,你不是一直想自己干吗?""我……科长,你带我走吧!""笑话!你配吗?""那……你不带我走也行,留给我一些钱——金条!"小川对裘春海冷笑:"你是最不像中国人的中国人!你,猪狗不如!"裘春海被激怒了,他瞪着小川。"不出十年,顶多二十年,我们还会回来!再回来,我们绝不会用你这样的人!"说完,小川仍去整理文件。裘春海暗暗摸起桌上的烟灰缸,向小川头顶砸去。

裘春海砸昏小川,把他绑起来,又把他拽到审讯室,小川被绑着瘫在地上。裘春海坐在小川对面,喝着酒,露着狰狞的脸色尽情地臭骂小川:"你说我猪狗不如,你们日本人才猪狗不如!你们是一群无情无义的牲口!在我面前你小川装人,你也配!"他把一杯酒泼到小川脸上,又倒了一杯,"小鬼子呀,你们把我害苦了!害得我没脸见中国人!害得我背着一个汉奸的骂名!害得我有家不能回!都是你,你把我毁了!"他摔了酒杯,"妈的,你想跑,老子今天收拾收拾你!"他指着各种刑具,"看看,这都是你们日本人发明的,你还没尝过吧?今天老子让你挨个尝尝,完事再给你洗个热水澡!"

小川喊:"裘先生,饶命啊……"裘春海骂够了,用一把日本军刀砍下小川的头,还用脚狠劲儿一踢,让这颗头在地上滚了几滚。

这时,一大群中国百姓冲了进来。人们手拿各种工具,呐喊着:"抓日本特务!""打死狗汉奸!"裘春海拎着小川的人头,出现在众人面前,众人静了下来。裘春海激情万分:"父老乡亲们,我把日本警察头子小川宰了!这小子是杀害我们中国人的活阎王!他想跑,我能让他跑吗?我忍辱负重就盼着这一天呐!我们报仇的日子终于来了！我要控诉日本鬼子的滔天罪行,他们残害了多少中国人呐……"

裘春海竟然泣不成声,他的精彩表演一时迷惑了冲进来的老百姓,大伙不知如何是好,也就放过裘春海,另找特务、汉奸。

3 日本关东军一三二旅团面对苏联红军的猛烈进攻,在坚固的要塞内顽强抵抗,使红军伤亡很大,苏军少将感到奇怪,日本宣布投降已经五天,这股日军为什么不投降？接到上级的电话后,少将立即命令停止炮击,停止进攻。

少将对身边的大校说:"难怪呀,我们对面的日军一三二旅团和外界失去了联系,根本不知道日本已经宣布投降,没接到他们上级下达的投降命令。"

大校问:"怎么办？"少将说:"方面军司令部要派一名通晓日语的同志向他们传达命令。"这时,天星走进来,她穿一身日本少佐军服,夹一个棕色皮革公文包。

天星敬礼:"抗联战士宋天星前来报到！"少将说:"哦,中国同志！这么重要的任务,怎么派一个女的？"天星说:"少将同志,卓娅也是女的。更重要的是,在日军第三军司令部,确实有个女参谋。"少将说:"你确实通晓日语吗？"天星说:"少将同志,在抗联教导旅,有日本人专门教了我们两年。"少将问:"你把日军有关的文件都带上了吗？"天星说:"带上了。共四份:日本天皇《停战诏书》,日军统帅部大陆1382号停战命令,关东军最高司令官停战命令,第三军司令官停战命令。"少将说:"那就出发吧,中国的卓娅！"

天星走出指挥所,少将对一位军官说:"你带一个排,保护她！"军官离去。"如果这位中国女同志有什么意外,我就炸平这个要塞,一个日本人也不留！"少将说完,拿起望远镜看去。

天星在东宁日军胜哄山要塞前摆动着一面小白旗,苏军军官带一队士兵紧跟着她,一行人走向要塞。四周很静,看不到一个人影。突然从暗处钻出一个日本步哨,枪口对着天星问:"干什么的？"天星用日语说:"我是第三军司令部参谋山下淑子,特来传达命令。"暗处又钻出个伍长,他指着天星身后的苏联士兵说:"你让那些人退回去！"天星说:"你们回去吧！"苏军军官犹豫着,伍长说:"他们不退回去,你就别想进来！""我是天皇的信使,不用你们保护,都回去吧！"苏联军官带士兵们退去。天星在两个日本兵的监视下进了要塞地下指挥所。

在地下指挥所,斋藤部队长和军官们站成一列,天星从公文包里拿出四份文件,放到桌子上:"斋藤长官,您看吧。"斋藤走到桌边翻看文件,他看着看着脸色变了,手在抖。他眼盯着天星问:"这可能吗？"天星说:"你可以怀疑我们第三军的命令,可以怀疑关东军的命令,也可以怀疑最高统帅部的命令,但你不可以怀疑天皇！"斋藤黑丧着脸,阴毒地说:"我怀疑你！""怀疑我,就是怀疑这一切！"说着,天星指了指桌上的全部文件。

斋藤问军官们:"你们谁见过山下淑子？"军官们互相看看。一个军官说:"我听说，军部确实有一个女参谋，叫山下淑子。"天星说："怀疑我，你们可以打死我。但有一个事实就摆在你们面前，苏联红军就在山下。三四天了吧，你们在抵抗，粮食快没了吧？弹药快光了吧？为什么没有一支部队来支援你们？"她扫视日本军官，"因为他们早按这些命令投降了！"斋藤又去看那四份文件。

天星说："战争已经结束了，在全满洲，甚至在全支那，在太平洋，在东南亚，我们都停止了战斗。8月6日，美国在广岛，9日在长崎，投下新型炸弹，死伤几十万人；9日，苏联百万红军进入满洲。8月15日，也就是五天前，天皇陛下颁布了大日本帝国有史以来从未颁布过的《停战诏书》。天皇体察世界大势，唯恐日本臣民遭到灭亡，在难以忍受的情况下，接受了无条件投降。现在，只有你们在战斗，你们辜负了圣上的仁慈之心！"斋藤大哭起来："啊，那么多战友尸扔异国他乡，这究竟是为了什么？"一军官歇斯底里地叫起来："不！我要战死！我们全军战死！宁为玉碎！"天星盛气凌人地说："你竟然胆敢违抗天皇的圣断！"那个军官嚎叫着："帝国不会投降！永远不会！"

天星拿起天皇《停战诏书》："那好，我宣读一遍天皇的诏书。"天星平静地用日语宣读天皇的《停战诏书》。日军官兵一个个伏在地上听着，失声痛哭。在天星宣读《停战诏书》的声音中，有几个军官抽刀剖腹，他们的血迸溅在天星的身上，天星依然在宣读诏书。几个士兵哭求斋藤："我们遵从天皇的圣断吧……"

斋藤垂头丧气地说："军人以服从命令为天职，投降……"

苏军少将用望远镜望着日军要塞，要塞的高地上飘起了白旗。少将面露喜色，放下望远镜："中国卓娅很了不起，她一个人拯救了千百条生命。"

天星回到教导旅营地宿舍，换下那身染着血迹的日本少佐军服，扔到床上，又去洗脸上的血迹。小任走进来，看见天星正在擦洗胳膊上的血迹，忙问："你受伤了？""没，是小鬼子的血。"

小任嫌恶地皱皱眉，坐到床上，手碰到日本军服，那上面也是血。小任感到一阵恶心，跑出屋去，蹲在墙脚呕吐。天星端着水盆出来倒水，见小任在吐，就问："咋的啦？""那血，恶心……"天星笑着说："你总说你是红军的后代，红军的后代就你这样啊？"小任不服气地说："我怎么样了？我就是见不得这肮脏的血。"天星说："我看你是在苏联念书念的，成公子哥儿了！"小任点头老实承认："也许是吧。我一定要经受住血与火的洗礼，成长为一个真正的布尔什维克！"

教导旅的一个战士走过来，向天星敬礼，递上一份电报。天星接过电报看完后说："又有新任务了，组织上安排我去辽南。"小任说："我也去。"天星说："跟苏联老大哥当参谋、当翻译，也是战斗嘛。""我要在中国人自己的队伍里战斗！""这我决定不了，你去请示旅部首长吧。"

这是一个欢庆胜利的夜晚，秋天的夜空，星光灿烂，夜空下一堆堆篝火。在苏联红军营地，一位战士拉响手风琴，战士们唱《喀秋莎》：

正当梨花开遍了天涯，

河上飘着柔曼的轻纱。

喀秋莎站在峻峭的岸上，

歌声好像明媚的春光……

在教导旅营地，同样充满着喜庆。灯下，天星看着魏德民送给她的那支钢笔出神。歌声传来：

姑娘唱着美妙的歌曲，

她在歌唱草原的雄鹰。

她在歌唱心爱的人儿，

……

喀秋莎爱情永远属于他……

小任被批准和天星一同去辽南执行新任务，他好高兴，第二天他们就出发了。天星和小任骑着马，一前一后奔驰在旷野上。天星收缰，让马放慢了脚步。小任追了上来。天星说："公子哥儿，你马骑得还行啊。""在苏联念书，我的老师就爱骑马。他很喜欢我，周末，常领我到郊外骑马。"天星说："那更像公子哥儿了！"两人并辔而行。天星说："这回到辽南皮口港接大部队，我就跟部队走了。""我也留下。"天星说："我要随战斗部队到前线去。""我也上前线。"天星说："那可随时会见到血的！"天星又纵马跑起来。小任立刻追上去。

一辆苏军的宣传卡车缓缓行进在沈阳的大街上，车上的军人不时撒下传单。车上的大喇叭广播："在我苏联红军的强大攻势下，关东军全部缴械投降，伪满洲国彻底垮台。三省光复，万民喜庆，神州一统，举国欢腾，沈阳工农学商，更是欢呼雀跃。在此，苏联红军沈阳卫戍区特发表公告如下……"

天月和周和光站在路边，看着宣传车。周和光拾起一张传单看。天月发现宣传车上站着魏德民，不由得脸上露出惊喜。她碰一下周和光，手指着宣传车上一身八路军军服的魏德民。天月喊："魏大哥！"周和光叫："老魏！"车上的魏德民认出了天月和周和光，也是一脸惊异和兴奋，他跳下宣传车。

周和光与魏德民热情地握住对方的手久久不放。周和光一指临街的饭馆说："走，到那里边吃边聊。"在小饭馆里，魏德民、天月、周和光坐在桌前，三人举杯。周和光说："为抗日战争的胜利！"魏德民说："为新中国！"天月说："为我们重逢，也为以后能过上好日子！"三人碰杯说："干杯！"

魏德民看着周和光、天月问："二位已经结婚了吧？"周和光说："我们到沈阳不

299

久就结了婚，有三年了。天月当小学教员，我还是做小买卖。"魏德民立即站起来，端着酒杯说："太好了，我要对你们的新婚致以迟到的祝贺，再干一杯！"说罢一饮而尽，周和光、天月也都又饮一杯。

周和光说："老魏，真没想到，能在沈阳见到你，你怎么样？""那年，鬼子清剿，战友都牺牲了。鬼子把我逼到一个山崖上，我跳下山崖。树枝子和大雪坑救了我，死里逃生啊！部队找不到了，我辗转去了关内。现在我在八路军冀热辽军区，跟随部队来接收沈阳。""你们共产党，捷足先登啊！"魏德民说："收复失地，是我军的职责啊！"

天月问："魏大哥，我二姐呢？""那年她随部队西征，分手后再也没听到她的消息。西征队伍被日本鬼子打散，大部分人都牺牲了，天星她……"魏德民说着伤感地摇摇头。天月惊恐地睁大眼睛："啊？我二姐她……"

周和光劝天月："打仗嘛，哪有不牺牲的。"魏德民说："是啊……可是，牺牲的太多了。"周和光为了冲淡压抑的气氛，举起酒杯："来，喝酒！"

三人继续喝酒。周和光说："老魏，八路军是要把根据地搬到沈阳来吧？""乡下佬进城不行啊？"周和光说："老百姓可都盼着中央呢！""我们八路军也是中国人民的军队。更何况，我们现在是东北民主联军。"魏德民说着，指指自己的臂章。周和光笑了笑："那是你们共产党的伎俩，换个名目，叫欺世盗名。"

第 28 章

1　日本开拓民听了天皇的《停战诏书》之后,在团长本田宇一的率领下开始了回老家日本的行程。开始,他们害怕碰到正在由东向西推进的苏联红军的阻拦,就先向西走。可是他们走了几天后,又碰上西边来的红军,他们只得又往东折回。正碰上大雪天,他们迷路了,被困在一个大峡谷里。

狂风肆虐,卷动着漫天飞雪。三千多开拓民在风雪中行进,不断有冻死的、饿死的人倒下去。死去亲人的人们,守着尸体在呼唤、哭泣。穿着便服的秋田村上在人群中穿行,寻找妻子和儿子。前边突然传来哭嚷声,秋田村上挤过人群,走到前面。人们都停下了,跪在地上哭着,祈祷着。一个人绝望地喊:"迷路了,走不出去了……"秋田村上仰天看,落雪纷纷;四处看,风雪弥漫。

秋田村上拨开人群,声嘶力竭地大叫着,寻找着。他发现了和子和秋田太郎,他俩穿着单衣,蜷在地上瑟瑟发抖。秋田村上急忙跑过去喊着:"和子……太郎……"一家三口抱在一起。和子流着眼泪说:"这样也好,一家人死在一块。"秋田村上大声说:"不!我们不死……"和子绝望地说:"我要冻死了,所有的人都要死在这里,这条大峡谷就是我们的坟墓……"秋田村上脱下上衣,披在和子的身上,深情地说:"一定要挺住!和子……"

开拓团团长本田宇一颤抖着走过来,他看到秋田村上,奇怪地问:"秋田君,你怎么来了?"秋田村上说:"队伍被苏联打散了,我脱下军装才没被俘虏……团长,我们走不出这大峡谷了吗?"本田宇一愁眉紧锁,一筹莫展:"是啊,走不出去了,人又累又饿,天又这么冷。满洲的冬天也在惩罚我们!"秋田村上充满求生的欲望,双目含怒地盯着本田宇一说:"我们不能这么死!你把我们带到中国,你该把我们再带回去!"本田宇一大哭起来:"我对不起你们,满洲不是我们的乐土。"他从腰间抽出一把军刀来,"我回家……"

本田宇一正准备剖腹,突然远处亮起了无数火把,他手中的军刀落地。开拓民们看着那越来越近的火把,惊恐万状。本田宇一仰天哭嚎着:"完了,中国的农民来了。看来,我们得死在他们手里了……老天! 报应啊!"

深山大峡谷沟沿上一片火把,火光照着一张张中国农民的脸,其中就有天好、刘二嫂、陈二爷、孙大哥等人,人们拿着衣服、被褥、干粮,纷纷向沟里扔去。

这些东西落在被困于大峡谷里的开拓民身边,他们先是愣住了,随即急忙去捡食品,披上被褥,穿上衣服。他们才知道,这些中国农民是救援来了。本田宇一感动地说:"世上哪有这样的事呀……"秋田村上看见天好,不由得哽咽着喊:"天好小姐……"秋田太郎拿着一个馒头流着泪,给天好深深地鞠躬:"大姐,我对不起你们家二姐,我对不起你们中国人。"天好向日本开拓民们喊:"跟我们走吧!"火把在前,日本开拓民们跟着火把前行。长长的难民队伍蠕动着,他们终于摆脱了死亡的威胁,又有了生的希望。

风雪停了,秀水屯的农民们把日本开拓民引出了大峡谷。天好对日本开拓民喊:"你们往前走吧! 再走十几里地就是火车站,上火车到大连,再坐上船,你们就可以回家了。"本田宇一跪下了,所有的开拓民都跪下了。天好扶起本田宇一:"别这样,走吧。"秋田村上跪着扑到天好跟前,一脸泪水:"天好小姐,我对不起你,你弟弟虎子,是我把他送进劳工营……"天好说:"我早猜到了!"

虎子和老驴子从闷罐车里逃出来,火车开到一个密林边,他们钻进了深山老林。他俩扛着枪在林中艰难跋涉,疲惫不堪。虎子要回家找姐姐,老驴子说:"就凭你一个人,走不出这林子,死路一条。"虎子无奈,只好跟老驴子走。为了躲避鬼子,他们尽往没人的地方钻。他们在老林子里以打猎为生,过着近乎野人的生活,一晃就是几年。

这天,天上飞过好多飞机,老驴子看出是苏联的飞机,高兴地说:"要是苏联人打过来,小鬼子必败!"二人心中有了希望。有一天,他俩伏在森林边的草丛中,看见好多苏联坦克从眼前隆隆驶过。老驴子说:"看样子小鬼子完蛋了,要不,他能让老毛子的坦克大摇大摆往前开吗?"虎子说:"总算熬到这一天了,我要去找我姐。"老驴子说:"傻孩子,这都五六年过去,你姐她们早嫁人了,找她们干啥? 我是国军上尉连长,你跟我投奔国军,吃香的,喝辣的,有你享受的,将来还能让你光宗耀祖。到那时再让你姐看看,那么牛性!"虎子想了想,觉得老驴子说的也不是没道理,就又跟了老驴子。

老驴子和虎子知道鬼子投降了,他们大摇大摆走出老林子,到一个小镇上刮脸,换一身新衣裳,一人背一支大枪走在大街上。老驴子说:"知道吧? 有了枪,吃穿都有了!"虎子问:"到哪儿找国军呐?""国军从关里往关外开,咱们往西南走,准能迎上他们!"老驴子抬头看看太阳,"晌午了,找个饭馆弄饭吃。"

吃过饭，他们又直朝西南走。这天，两人来到辽西的一个小镇，背着大枪从街上走过。路边有一个农民在卖鱼。摊上都是些半尺左右长的鲫鱼、鲤鱼、草鱼，有一条二尺多长的大鲇鱼特别显眼。老驴子和虎子走过来，看那鱼，别的人看老驴子和虎子背着枪，走开了。

老驴子说："鲇鱼！好哇！"那农民说："当然好了！鲇鱼炖茄子，撑死老爷子。""咋卖呀？"老驴子拿出钱（伪币）来。那农民说："'满洲国'的钱我不收，要银大洋。"老驴子看看手中的钱，又看看那农民，那农民有点害怕，忙赔着笑脸。老驴子问："拿东西换中不？"那农民说："也中。拿高粱、苞米都中，鸡蛋也行。"老驴子把枪从肩上拿下来："我拿这家伙换！"那农民忙摆手，吓得脸都白了："老总，兵爷，俺可是正经庄户人呐。"老驴子一瞪眼："你这是说我不正经了？"那农民说："看我这嘴……"他打自己嘴巴一下，"我是说，我要枪没用。"

虎子扯老驴子："不买就走！""我跟他闹个俚戏，逗他玩呢。"老驴子突然向旁边一指，"哎，那是谁来了？"虎子向一旁看，那农民也看去。趁这一瞬间，老驴子拎起穿在鲇鱼嘴上的马莲。虎子和那农民回过头来，老驴子已经离开了鱼摊。那农民发现大鲇鱼没了："我的鱼呢？"那农民和虎子都向走开的老驴子看去，只见老驴子一只手拎着大枪，一只手向天上抛伪币。显然，他没拿鱼。"这可怪了，鱼哪儿去了？"那农民左翻右找，怎么也找不到。虎子追上老驴子一看，不由得又气又乐，老驴子嘴上叼着马莲，大鲇鱼垂在他胸前。

走进一家小饭店，老驴子把大鲇鱼扔在桌子上喊："掌柜的！"掌柜的从里屋出来，一看两人拿着枪，忙笑脸相迎："先生，想吃点啥呀？"老驴子说："把这鱼炖上，再掰几个茄子搁里。"掌柜的忙答应着拎鱼进了后屋。

虎子和老驴子守着一盆鲇鱼炖茄子喝酒，虎子说："人家就卖那几条鱼，你还偷。"老驴子满不在乎："偷他我是跟他客气，我抢他他能把我咋的？他还不收'满洲国'的钱，我上哪儿整别的钱去？"虎子说："你哪儿都好，就这驴劲儿。"老驴子讪笑："要不我能叫老驴子？你要嫌乎我就别吃！我看你是既当婊子又想立牌坊！"掌柜的在一旁抽着旱烟袋看着他俩。这时，进来几个国民党兵。

老驴子眼睛一亮："国军！"一个国民党兵说："掌柜的，给我们弄点吃的！""老总，想吃点啥呀？"另一个国民党兵看见老驴子和虎子桌上的鲇鱼炖茄子，一指："和他俩的一样。"掌柜的说："那鲇鱼是他们自己带来的。"

一个国民党兵发现虎子和老驴子身边的枪，惊叫："他俩有枪！"几个国民党兵把枪口对准虎子和老驴子。"干什么的？"老驴子满脸带笑："找你们呐！""共产党的探子！抓起来！"几个国民党兵上前要抓人，虎子一拳打倒了一个。"打他！"几个国民党兵放下枪，扑向虎子。虎子毫无惧色，与几个人交手。

虎子和几个国民党兵从屋里打到屋外，虎子又打倒两个人。老驴子站在门口看着外面厮打，饭馆掌柜的拿着烟袋也看着外面，老驴子夺下掌柜手中的旱烟袋，抽起来。掌柜的问:"你和他是一伙的,咋不去帮?"老驴子笑着:"他一个人就够了。打吧,打一会儿就打明白了。"

几个国民党兵再次扑向虎子,又有人被虎子打倒。几个人摆着架势,不敢再上。这时,穿国民党军官制服的胡营长和士兵成子骑马过来,看到这个场面,勒住马缰,停下了。胡营长说:"一群熊包!好几个人打不过他一个!"几个国民党兵收了架势。"报告营长,这小子会武。""营长,这小子是共产党的探子!"胡营长双眼一瞪:"放屁!就你们,能抓着共产党的探子?人家共产党的探子能有闲心跟你们打架?"他跳下马,问虎子,"干什么的?"

站在小饭馆门口的老驴子认出胡营长,心想,真他妈的巧到家了,他高兴地忙把烟袋锅塞给掌柜的,走出门指着胡营长的鼻子说:"就找你的!"胡营长打量老驴子,没认出来,问道:"你是谁?"老驴子怪模怪样地笑着:"真是狗眼看人低!你忘了,你刚当排长的时候我救过你的命!我们还拜过把子呢!"胡营长大喜过望,扑向老驴子,上去当胸给了他一拳:"哎呀!老驴子!你还活着呀!"

胡营长领着老驴子和虎子来到营部驻地,他理所当然地请这两人喝酒。胡营长、老驴子、虎子喝酒,旁边站着成子,不时给三人斟酒。老驴子说:"虎子,老胡是我生死兄弟,跟你我差不多。我当连长那工夫,他是排长,现在是营长啦!我要是不被小鬼子抓住,还不得是旅长、团长啊!"胡营长说:"我真没想到你还活着。"老驴子说:"我命大,遇着啥灾啥难也死不了!哎,我投奔你来了,咋安排呀?""嗯……二连还缺个副连长,你去干,咋样?""副的?我原来可是上尉,正连长!打完日本,咋还把我的级别降了?""眼下不是没有空缺嘛。老驴子,慢慢来,等机会。"老驴子指指虎子说:"那他呢?给个排长吧。""让他跟着我吧。"成子问:"营长,你留下他,我咋整?我可一直跟着你呀!"胡营长说:"他给我当保镖,你侍候我们俩!"

灯下,虎子伏在桌子上写信,他已穿上国民党部队的军装。胡营长进来问:"干啥呢?"虎子说:"给俺姐写封信。"胡营长不禁夸道:"行啊,还会写字——文武双全呐!"虎子笑笑,继续写下去。胡营长说:"哎,可别啥都写,部队的事少写,注意军事秘密。"虎子说:"我就告诉我姐,我活着,我挺好。"胡营长说:"你说你当上国军了,给我当警卫呢!"虎子说:"也不知我姐能不能收到。"这时,成子进来:"报告营长,明天早八点,全师向沈阳开进!"胡营长高兴地说:"好啊!进大清皇宫了!"虎子问:"营长,我可不可以把我们进沈阳的事告诉我姐姐?"胡营长说:"这个可以!国军接收沈阳,堂而皇之嘛!"

在辽南皮口港,几艘大帆船停靠在码头上,八路军战士纷纷下船。天星和小任站在一旁等人。于团长和警卫员走下船,天星和小任迎了过去。天星敬礼道:"首长,您是于团长吗?"于团长看天星是女的,挥挥手说:"我们没有伤病员,就有几个晕船的,没事呀!"他有些不耐烦,"怎么搞的,说十点到,怎么还不见人?"天星说:

"我就是!"于团长这才认真打量天星。天星说:"抗联教导旅宋天星!"于团长满脸疑虑:"就你?负责领我们向沈阳开进?"天星说:"是!"

于团长半开玩笑半认真地说:"我知道抗联很艰苦,还不至于把男的都打没了吧!"天星说:"团长同志,你是不是看不起女同志呀?"于团长继续逗着:"我哪敢呐!你们救助伤病员呐,唱歌、演戏鼓舞士气呀,都很不错嘛!"天星不服气:"团长,你可以找你们团最好的战士和我比,比啥都行!"小任忙上前给天星摆功:"首长,她曾独闯日军要塞,刀劈鬼子军官,让一千多鬼子投降,连苏联将军都非常敬佩她!"于团长有些惊讶,再次打量天星:"乖乖!是吗?"天星说:"于团长,出发吧!"于团长对身后的警卫员说:"命令部队,向沈阳前进!"

到一个驻地的晚上,天星在油灯下给天好写信,说他们要去沈阳了。

2 这天,天气晴朗,万里无云,天好早晨起来,就听见院里树上喜鹊不停地叫着。天好心想,喜鹊来报喜,有啥喜事吗?她心情不错,又没啥要紧的活干,就陪着道儿扣麻雀玩。

她在刚下过雪的院子里,支一个笤篩,笤篩下撒着小米粒,笤篩沿的立棍上系着一根麻绳,一直通向屋门里。房门留有一条缝,天好和道儿藏在门缝后。一个邮差骑车进了院子,手拿两封信,大声喊着:"宋天好!宋天好!"天好打开门笑道:"你把家雀都吓跑了。"邮差看看地上的笤篩,也笑道:"跑了家雀来了信,一来就是两封。"天好接过信一看,万分惊喜,她不由得大声说:"是天星和虎子寄来的!他俩都活着呀!"

天好看着信,热泪盈眶。天星和虎子的信首先都说想大姐;再就是天星问虎子的消息,虎子打听天星的消息;两人又都说要去沈阳。

天好擦着眼泪,对道儿说:"道儿,咱上沈阳去。你舅、你二姨和小姨都在那儿,这下咱们全家都聚齐了!"

一辆吉普车正在沈阳街头行驶,突然,路边传来几声枪响。吉普车遭到枪击,猛撞到路边的大树上,车后座的副市长中弹死亡。

几个公安战士在办公,魏德民在接电话,他现任市公安总队侦察科科长。魏德民放下电话,对几个战士说:"赵副市长在去铁西工厂的路上遭到枪击,已经牺牲。马上到现场!"边说边往外走。

周和光和天月在家中匆匆忙忙收拾行装,周和光边忙边埋怨着:"这帮笨蛋!混蛋!为什么要搞暗杀!杀一个副市长有什么用!共产党你能杀得完吗?"天月问:"真是你们国民党干的?"周和光说:"共产党在严查凶手,咱还是出去躲两天,等风声过去再说。"

门外响起天好的声音:"天月!"紧接着天好胳膊上挎着包袱,领着道儿进来了。

天月喜出望外地迎上去,抱住天好眼泪立时流下来。天好笑着说:"看你,又哭!"天月说:"真没想到你会来。唉呀,道儿都这么大了!"她亲了亲道儿,"叫老姨!"周和光忙热情招呼。天好满脸喜气:"天星和虎子来信了,两人都说要到沈阳。"天月也高兴:"太好了! 这些年他们都干啥了?"天好说:"那年天星的队伍被打散,去了苏联,如今又回来成了八路;虎子早从劳工营里跑出来,如今当了国军。"天月笑了:"这两个东西都扛枪呢!"天好也笑:"我一想,你在沈阳,他俩又要来,我也来沈阳,咱姐弟四个好好团聚团聚,多少年没在一块了!"

"和光,你看……"天月探询地看周和光。周和光面有难色:"这……"天好这才注意到他们收拾的东西:"你们这是要走?"周和光对天好不得不实话实说:"大姐,真不巧。昨天,共产党的一个副市长被暗杀了,传说是国民党干的。城里正在查凶手,我们想出去躲两天。"天好很吃惊:"咋的? 跟你有瓜连呐?"周和光欲言又止,有苦难言:"没有,只是……"天好毫不客气:"那躲啥? 脚正不怕鞋歪!"周和光无奈,只好含糊其词:"大姐,这两党的事,你不懂。"天月看到大姐的态度,立即决断:"要走你走吧。我又不是国民党,我在家陪大姐等二姐和虎子!"

这时,魏德民进来了,他一眼看见天好,又意外又兴奋:"天好……"天好也是欣喜异常:"唉呀! 魏大哥,你也在沈阳啊! 真是太好了!"周和光有些紧张,盯着魏德民,不知他找上门来要干什么。天月倒是不客气,开门见山:"魏大哥,咱都不是外人。你说,你上俺家干啥来了。"魏德民一脸诚意:"天月,咋这么跟我说话? 我路过,顺便来看看老周,他是我朋友嘛!"周和光看到事已至此,绕弯无用,也就竹筒倒豆子:"别掖着藏着了,我是干啥的,你知道;你是干啥的,我也知道。你们的副市长被打死了,你们不是正在全城搜查吗?"魏德民见话已挑明,该直言相告了:"我们搜查的是杀人凶手,而不是所有的国民党人。'宁可错杀一千,绝不放过一个',这种事我们共产党可干不来。"天月相信魏德民,双方都已明说,她对周和光说:"和光,别躲了。"魏德民看到收拾的东西,笑了:"怎么? 你周和光也慌神了? 不相信共产党是你的朋友?"周和光见已无退路,只能就坡下驴,他坦然一笑:"天月,做饭,招待大姐和朋友!"

厨房里,天好帮天月做菜。周和光说:"大姐,我来。"天好说:"你陪魏大哥去。"周和光笑道:"我怕和他吵起来。"天月说:"你去把饭桌放上。"

客厅里,魏德民坐在沙发上,正在给道儿讲故事。周和光进来,摆上饭桌。天好端来菜,一一放到桌上。

酒菜都已备齐,周和光和天月首先举起酒盅。周和光说:"我们先敬大姐一杯。"天好笑道:"敬我干啥呀!"天月说:"得敬! 没你哪有我们呐!"魏德民一脸虔诚:"我也陪敬一杯。"碰杯、喝干又斟酒。天好满脸喜气:"魏大哥,天星给我来信了!"魏德民惊喜异常:"是吗? 她还活着?""她的信我带来了。"天好从怀里掏出两封信,一封递给魏德民,一封递给天月,"这是虎子的。"魏德民和天月看信。

魏德民向天好举起酒盅，满脸真诚："天好，我再敬你一杯。你是我的救命恩人，我这辈子也不会忘记你！"天好摆摆手笑："你总提这个干啥。"魏德民想借此机会对天好说一说心里话："我在抗联执行任务，你们一家人收留了我，掩护了我。我们今天打走了日本鬼子，有你们一半的功劳。有你们支持，我们还会建立一个和平、民主的新中国！"魏德民喝干了酒，天好也一口喝下。

魏德民转头对周和光笑道："我也敬你一杯，你也是我的救命恩人。"周和光说："咱俩扯平了，你们抗联不是也救过我嘛。"魏德民说："那时候真好，咱们是战友。今天，你们国民党可不够意思。"周和光问："这话从何说起呀？"魏德民说："我军已收复东北，你们非要把我们赶出去，还要消灭掉。""你们共产党抢地盘嘛！""笑话！是谁在抢？我们从日本鬼子手里抢回来，你们又要从我们手里抢过去！"

酒桌上，周和光和魏德民争得面红耳赤。魏德民说："日本已经投降，你们却从陆地、海上、空中运送大批军队到东北。无非是冲着我们共产党来的。"周和光说："中央政府有权接收东北，你们强行抢入，是与中央分庭抗礼！"

魏德民说："我八路军、新四军在敌后坚持八年抗战，东北抗联打了十四年，我们更有权利和责任收复东北！"周和光说："要知道，国家只有一个政府！"魏德民说："国家是人民的国家，政府应该代表人民！"

看他俩争吵，道儿有些害怕了，怯怯地喊着："娘……"天月说："哎呀，你们俩吵什么吵，把孩子都吓着了。"周和光笑了笑："就是你老魏，犟死理儿！"魏德民也笑："你要是不跟我吵，我能跟你吵吗？"天好来回看了他们几眼："你们说的，俺也不明白。反正我就认一个理儿：谁让老百姓过上好日子，俺就拥护谁。"天月说："咱把自己的小日子弄好了，比啥都强！"

两姐妹刚把话题岔开，周和光不由得又扯回来："想过好日子，必须服从政府统一的军令、政令，没这个前提，难啊。"魏德民马上接住话题："你这话就不对了，你又想你们国民党说啥是啥，想咋的咋的？"周和光说："国家嘛，就应该是一个主义，一个政党！"魏德民说："那叫独裁！"周和光说："这就像一家人过日子，得有个说了算的吧？"魏德民说："他拿一家人不当一家人，日子不往好了过，那就不让他说了算！"两人又有些急了。

道儿说："娘，他俩又打架了！"天好拉下脸子，把筷子拍在桌上，她觉得都不是外人，就毫不客气："你俩也真是，还让不让吃饭了？没说上两句话就掐，属斗鸡的，非得斗个你高他低，你死我活！都斗成血头公鸡好啊？"魏德民和周和光也就都不吱声，互相看看。

天月也以女主人的身份发话了："我今天是请我大姐，你们俩是陪客的。不愿说话就别说话，愿说就说些过日子的话，别扯用不着的。"周和光忙说："对对对，魏大哥，你别那么认真嘛！"魏德民说："是啊，天好，别生气。我们是生死战友，咋吵也是兄弟。"

静静的街道,路灯昏暗,几乎没有行人。天好送魏德民,脚踩在雪地上,发出"咯吱咯吱"的声音。魏德民说:"我真想秀水屯,想和你们一家人相处的日子。""那么苦的日子,想它干啥?""忘不了啊……"一阵沉默,只有脚踩雪地的声音。魏德民说:"对了,我听天月说道儿总咳嗽。""是,时好时坏的。"魏德民说:"我小时候也有这个毛病,后来老爹掏弄到一种丸药,吃了挺管用的,我托人给你弄去。"又是沉默,脚下"咯吱咯吱"响。天好问:"你说,国民党和你们共产党真能打起来吗?"魏德民说:"在辽西已经打起来了。""那,天星是你们八路,虎子在国军,他们俩要是在战场上遇见了可咋整啊?"天好忧虑地看着魏德民。魏德民长叹一口气:"但愿别出现这样的情况。现在,唯一的希望就是国民党能接受我们党提出的和平建国主张。"

　　3 长长的闷罐军事专列在辽南大地上奔驰,在一节闷罐车厢里,挤坐着八路军战士。于团长、天星、小任围坐在一个炮弹箱边。于团长问天星:"你叫宋……宋啥来着?""宋天星!"于团长笑着调侃:"对,宋天星。你这名挺邪乎,天星,天上的星宿,不是凡人呐! 啊?"天星不苟言笑地说:"我是女的!"于团长继续亦庄亦谐地说着:"那就更不凡了。二十八宿里,可没女的呀! 说实在的,我这一团人,漂洋过海,跟闯关东似的,人生地不熟啊,可全靠你领道了。"天星认真而又充满自信地说:"请团长放心。"

　　于团长说:"有你这话,我心就落地了。哎,用不用给你派个警卫?""干啥?""保护你呀!"天星微笑道:"又是看不起我?"于团长认真地说:"这可不是,你责任重大!"小任挺豪气地说:"要保护她有我呢!"于团长看着小任认真的样子,觉得很有意思,就怪气地笑道:"你? 是你保护她呀? 还是她保护你呀? 小白脸子!"

　　列车猛停了,人们一晃。于团长问:"咋回事? 咋停车了?"几个战士把车门拉开。车门外,一队持枪的苏联红军,枪口对着车厢。于团长十分奇怪:"咋的? 共产党要打共产党了?"天星既然是领道的,当仁不让地说:"我去看看。"她跳下车,小任也跟着跳下去。

　　火车停在辽南某地火车站,站台上,天星、小任和一个苏联红军大尉交涉。大尉说:"不行! 不行! 你们可以退回去,不然,全部缴械!"天星问:"大尉同志,你是共产党员吗?"大尉说:"当然是。"天星说:"我也是共产党员。"大尉说:"我们是同志。"天星说:"对! 你们是苏联共产党领导的红军,我们是中国共产党领导的八路军。一家人! 斯大林,毛泽东!"苏军大尉点了点头。

　　天星说:"我们按毛泽东的指示,去接收沈阳。"大尉说:"上边指示我,只能同意国民政府的军队通过。""我们八路军就是国民政府的第八路军。"大尉糊涂了:"唔? 你们到底是国民党? 共产党?""我们……国共合作,打日本。"小任上前进一步说明:"我们是和你们一起打过来的。瓦西里少将你知道吧?""知道,攻打胜哄山要塞!"小任马上接茬为天星摆功:"胜哄山要塞,就是瓦西里将军派她去拿下来的!"大尉听了,很佩服:"哦? 卓娅! 中国的卓娅就是你! 瓦西里少将讲过的,勇敢!"天星说:"我们一起打败了日本,让我们通过吧?"大尉说:"当然! 国民政府,狗屁!"

苏军大尉说:"不过,你们得下车,绕开这里步行去沈阳。为了我——我没有责任。"天星和小任刚要离去,大尉又喊住她:"卓娅! 不要不高兴。"他走到天星身边,压低声音说,"火车站东边,有一个日军留下的军火库,枪支弹药你们一个团都用不了。去取吧,就说我阿多罗夫大尉批准的!"天星兴奋地敬礼:"谢谢你,阿多罗夫同志!"

旷野上,八路军在急行军,于团长和天星并肩而行。于团长满脸喜色:"宋天星,你是天上下来的福星! 我福星高照啊!"天星故意逗乐子:"坐不了火车,你还这么高兴?"于团长豪情大发:"别说不坐火车,让我爬我都高兴! 我现在财大气粗,鸟枪换炮了! 我这个团,能扩充一个旅!"

队伍前进方向驰来一匹马,到于团长身边停下。马上的通信员向于团长敬礼后说:"总部命令,你团马上奔赴辽西,阻击东进的国民党军队。"于团长说:"好! 咱就试试新家伙什儿!"他对身边的警卫员说,"命令部队,不去沈阳了,转向辽西!"

在辽西绥中城外,国民党军和八路军展开了激战。一阵炮击之后,国民党军开始向八路军守卫的高地发起冲锋,这其中就有胡营长的部队。第一番进攻遭到强烈反击,老驴子和一群国民党兵退下来,纷纷跳进战壕,向外射击。一排长说:"这伙共军,真他妈顽强,四次冲锋了,还拿不下来,还给咱们来了个反冲锋。"老驴子说:"共军还是不行,就知道死打硬拼。这么拼,他们早晚得被我们消灭了。他们能干过咱这美式装备呀? 要是我,看见营部那边没?"他指远处的小树林,"派一个连,不,一个加强排就行,从山包那边迂回过去,就能把咱的营部端了。然后往咱这边打,前后这么一攻,咱就垮了……"老驴子话音未落,小树林那边响起了枪声。

八路军战士冲过来,胡营长率兵慌乱抵抗。一颗手榴弹落在胡营长身边,冒着烟,胡营长吓坏了。虎子冲过来,一脚踢飞手榴弹,手榴弹在别处爆炸。虎子端着卡宾枪向冲过来的八路军战士射击,他边打边喊:"营长,快走!"国民党军撤走了。

在辽西国民党军营地的军用帐篷里,虎子教成子摔跤。胡营长拎一瓶酒,捧一包熟肉进来:"成子,去,把老驴子找来!"他把酒和肉放到桌上,冲虎子招手:"来,来,坐这儿! 喝酒!"虎子坐下了。胡营长拿来三个缸子摆桌上,往里倒酒,他说:"现在没有长官,只有肩膀一般齐的弟兄。前天那一仗,要不是你,我不被手榴弹炸死,也得被共军打死。你救了我的命,我绝不会亏待你!""谢营长!"胡营长说:"叫大哥!""是! 大哥!"胡营长问:"你功夫挺好,不知枪法咋样?"虎子说:"在老林子里,老驴子教过我。打野物没放过空枪。"成子领老驴子进来了。

老驴子一看桌子上的酒和肉,乐了:"哈!行!喝酒还想着我!"胡营长说:"老驴子,我得谢谢你,你给我带来了个好兄弟。""那还用说!前天那一仗不是虎子,不光营部,连你都得叫共军收拾了。"老驴子一看酒,"不行,再弄一瓶去!"胡营长说:"得了吧,这还是我偷偷整的,明天还得打仗呢!"

辽西战场,国共两军正在激战,炮声隆隆,硝烟弥漫。在八路军阵地的战壕里,战士们在射击,不断有炮弹在四周爆炸,子弹雨点一样扫来,战士们抬不起头。于团长伏在掩体里,他的身边是天星、小任和警卫员。爆炸的尘土落了他们一身。于团长说:"乖乖!美国的武器,是比小鬼子的强,火力真猛啊!"

于团长抖抖身上的尘土,拿起望远镜看敌人阵地。天星向敌人射击,小任头也不敢探出战壕,胡乱地放枪。天星瞪小任一眼:"你别浪费子弹了!"于团长将身子探出战壕:"我倒要看看他们是咋个阵势!"说着跃出战壕,弯腰向前跑。警卫员急忙跟上去。

在国军阵地,胡营长伏在战壕边,也用望远镜看八路军阵地。他身边趴着虎子。胡营长说:"那边出来个拿望远镜的,准是个官儿!你能把他干掉不?"虎子向旁边一个士兵伸手:"把你那大枪给我!"那个士兵把大枪递给虎子,虎子举枪瞄准,扣动扳机,正在举望远镜的于团长头部中弹倒地。警卫员扑过去急忙背下于团长。

胡营长挥枪大喊:"弟兄们!给我冲啊!"国民党兵跳出战壕。虎子也要随着冲出战壕,被胡营长一把抓住:"你跟着我!"

警卫员和小任用担架抬着于团长跑,旁边跟着天星。小任一下子摔倒了,担架落地。天星又气又急:"你真笨!"她推开小任,要去抬担架。于团长声音微弱地说:"宋天星……我看不见你……""团长,我在这儿。"天星靠近于团长,哭了。于团长说:"女的就是女的,哭了吧。"

"那小子是谁呀?枪打得咋那么准呢,要是我的兵该多好啊!"于团长话没说完,头一歪永远闭上了眼睛。小任惊恐得嘴唇直抖,天星哭喊着:"团长,我一定要为你报仇!向国民党反动派讨还血债!"

魏德民和市公安总队侦察科的同志开会,同志们七嘴八舌,议论纷纷。"沈阳咱接收了,凭啥让给国民党呀?""咱一枪不放就撤出沈阳,太便宜国民党了!""苏联红军不够意思,咋撵我们走啊?""咱不走,和国民党打呗!"

魏德民说:"我也想不通!但想来想去,我想出了三条:这一,体现我们共产党主张和平、不想打内战;二呢,我们出关到东北,总共才十万多人,战斗部队恐怕十万不到,国民党呢,美式装备的王牌军有好几个,再加上其他的部队和收编的伪军,有上百万吧?硬碰硬咱肯定吃亏;再有,苏联老大哥和国民政府有条约,人家得按条约办事。反正咱得服从命令,12月23号前,全部撤出沈阳!"有个战士进来说:"魏科长,有人找你。"魏德民说:"散会!"

魏德民从屋里出来,一看是周和光,笑了:"是你啊,周先生。请屋里坐。""怎么叫先生了?"魏德民说:"一时我还真不知道该怎么称呼你了。"周和光说:"我来是请你。今天下午到普云楼,那里的八锅酱肉很有味道。"魏德民笑问:"为啥破费呀?"周和光说:"说实话,听说你要走了。""消息灵通啊!"周和光说:"没别的意思。都是家里人,要走了,送送你。"

魏德民随周和光到普云楼饭店,在一个雅间里,桌上摆着丰盛的菜肴。周和光、天月、魏德民、天好和道儿围坐桌边,边吃边聊。周和光有些感慨地说:"真是'相聚时难别亦难',魏大哥,还说不上啥时候能见面呢。"魏德民推心置腹:"老周,你也是个大丈夫,咋说这种话呢?'仗剑走天下,行义闯江湖',别女人似的。"天月自是说些女人的话:"魏大哥,像你这样的人,这辈子就别找女人了。总在天下走,在江湖上闯,还要不要家了?"

周和光向魏德民举杯道:"魏大哥,兄弟有一句掏心窝子的话,希望你能听。"魏德民微笑着看周和光,也举起了杯。周和光说:"我们流血牺牲,就是为了打走日本鬼子,建设新中国。你别走了,跟着中央政府为重建国家效力吧。"魏德民放下杯子:"我们都盼着这一天,日本鬼子滚出去,全国人民团结一心,把中国建成一个独立、自由、民主、统一和富强的新中国。为此,我党领袖毛泽东同志亲赴重庆,和你们蒋总裁举行和谈。可是,你们的蒋总裁令人大失所望,他已经把枪口对准了代表全中国人民的中国共产党。你们说重建,重建的只能是一个没有民主、没有自由、实行法西斯独裁统治的黑暗中国。"周和光说:"你们共产党组织武力,割据地方,妨碍国家统一,是变相军阀。"

天月说:"你看你俩,又吵上了,不会说点过日子的话呀。"魏德民说:"这也是过日子话。这事不搞清楚,百姓的日子不好过。"天好说:"魏大哥,你都要走了,见着见不着都说不定呢。说点别的不好吗?非得吵?"魏德民说:"对,我得领情。"他对周和光举起杯,"和光,谢谢你送我。我希望你能在沈阳等我,我还会回来的。"魏德民也不管周和光喝不喝,自己干了杯中酒。

天月向魏德民举杯:"魏大哥,不管咋说,你是好人,俺家和光也是好人,不像那个裘春海……"周和光一脸厌恶:"你咋能拿他跟我们俩比,那是人吗?"魏德民说:"和光这话对,他不是人!"天好立即黑丧着脸说:"别提那个王八犊子!"天月急忙抱歉地说:"大姐,我说走嘴了。"

魏德民说:"天好、天月,裘春海还有一条罪状,你们父亲就死在他的手上!"天好十分惊愕:"啥?不是日本人杀害的吗?"天月说:"是啊,当年报纸上就这么说的。"魏德民说:"是裘春海先出卖了宋营长,日本人才抓到宋营长,把他杀害的。"天好追根求底:"你是咋知道的?"魏德民说:"宋营长抗日赫赫有名,他被杀害当年在沈阳是件大事。光复后，有人举报是裘春海出卖了宋营长。我们查阅日伪档案，上面确实记载：裘春海经不住严刑拷打，带领日本宪兵逮捕宋营长。而且宋营长就义时，裘春海就在现场！"

天好失声痛哭："爹呀，你原来死在裘春海的手上。"道儿仰脸看着天好问："娘，谁是裘春海？"天好说："你别问他！"她忍着泪水骂，"裘春海，你这条狼，你骗了我这么多年！原来凶手就是你呀！那天，我怎么就相信你自杀了？连再看看都没看！你等着，哪天我撞见你，哪天就是你阳寿的尽头！"

饭后，他们从饭店里走出来，周和光和魏德民握手。周和光说："认识你，是我一辈子最大的幸事；和你分手，也是我最大的憾事。"魏德民说："不要说分手，也许，再见时我们还会握手。"天月也向魏德民伸出手说："魏大哥，希望你尽快找到我二姐。人，总要过日子的呀！"魏德民笑笑。天好在一旁搂着道儿，依依看着魏德民，魏德民转头看她，她忙低头看儿子。

魏德民拿出几盒药，递给天好："这就是我说的治咳嗽的丸药，给道儿吃吃看。"天好无言地接过药盒。魏德民抱起道儿说："正道，这名儿起得多好啊！人间求的就是正道啊！"

天好把一个包递到魏德民手里："拿着！"魏德民笑问："怎么这么沉呢，什么东西？"天好看着魏德民："你猜猜看？"魏德民掂了掂，沉默了。天好问："猜出什么东西来了？"魏德民感动了："我第一次离开大连，你在半路追上我，送的就是它，三十个火烧。"天好笑了。魏德民说："这三十个火烧，救了我的命，支撑着我一直走到长白山，转眼多少年了……"天好说："这回不多不少。"魏德民说："还是三十个！"天好说："不早了，走吧。"魏德民朝前走去，他回过头，天好还冲他招手，魏德民笑了笑，转身走去。

第 29 章

虎子风光极了，在国民党军的嘉奖大会上，他身披绶带上台受奖。嘉奖令称："宋天虎在这次与共军的决战中，表现异常勇敢，击毙共军团长一名，特授予青天白日勋章一枚！赏金条两根，晋升为上尉连长！"

为庆祝虎子得奖晋升，胡营长做东，请虎子、老驴子、成子及两三个连排长在饭馆吃饭喝酒庆贺。虎子在酒宴上说："要是没有老驴子领我，我能进国军？要是没有胡营长照应，我能立功？我宋天虎啥都能忘，就是忘不了弟兄情谊。"说得胡营长、老驴子心花怒放，连连叫好，把酒一杯杯往嘴里倒。

吃喝直至夜色渐浓，几个人都有些醉意。他们路过一家妓院，几个花枝招展的妓女见过来一群当兵的，立即上来拉客。老驴子看看胡营长傻笑，胡营长笑着点点头。老驴子立刻说："今儿个兄弟们都乐和乐和！把我兄弟虎子扶进去！"虎子浑身发软嘟囔着："我要睡觉……"他被扶进了妓院。

虎子和衣而卧，在一个妓女的床上死睡一夜。第二天早晨，他迷迷怔怔四下看了看，发现身边睡着个女人，忙坐起。那妓女也醒了，张开双臂向虎子抱去，虎子一把推开她说："我咋在这儿？"妓女说："你一进来就像摊泥似的，也不理人家。"虎子忙下床跑出屋去。妓女喊："哎！给钱呐！"

虎子一头闯进自己连部，见老驴子的床空空的。他坐到自己床上，连连喘粗气。老驴子进来诡笑着："你可太不讲究，睡完了不给人家钱。我替你给啦！"虎子吼："你混蛋！"老驴子笑道："你得便宜卖乖！人生在世嘛，酒色财气，一样也不能少。少了，就白他妈活了！"

李团长和王政委跟天星和小任谈工作，王政委说："经组织研究决定，宋天星同志、小任同志留在团部当参谋。"小任立正道："服从组织决定！"天星说："我请求下连队带兵打仗!"王政委说:"组织已经决定了,要服从命令!"天星说:"我这个人不适合当参谋,也没那个脑子!"李团长说:"你以为带兵打仗就不用脑子?什么逻辑!要知道,这是组织照顾你们!"天星说:"我不需要组织照顾!于团长牺牲了,我答应过他,要为他报仇!"

李团长对天星有了好感:"好!我答应你!回去等命令吧!"王政委说:"老李,让她当参谋是你提的……"李团长说:"那是我想照顾她。我需要带兵打仗的人!宋天星,果然名不虚传,让她去一营当副营长!"

操场上,八路军战士们在训练。天星从操场边走过,小任赶上来:"宋大姐,你为什么偏要下连队呀?"天星说:"我这人野惯了,爱打仗!"小任说:"连队太危险了,枪里炮里的,说不定……"天星毫不客气地说:"你!你也算男人?白托生了个男人身子!"她指操场上的战士,"难道就该他们冒着危险去冲锋陷阵?就该他们去死?我的战友死去的多了,如果我只想活命,我对不起他们,我感到可耻!"说完,天星扭身走了。小任呆站在那里。

天好在天月家住了些日子,等不来天星和虎子,她决定回秀水屯去,万一天星和虎子回秀水屯,正好都能见上。天月苦留留不住,只好送他们娘儿俩出来。

天好领道儿走,走几步又回身说:"天月,你也要回去看看呐,秀水屯是你的家。"天月捂着嘴哽咽,泪流满面。路边,一个小女孩和一个瞎老人在乞讨。老人拉着胡琴,小女孩在唱:"喊一声姐姐泪花流啊,没娘的孩儿跟你走啊。五冬六夏我长大呀,姐姐姐姐你在哪儿呀……"

周和光到飞机场欢迎国民党来沈阳的接收大员,其中有国民党督察处林处长。林处长见了周和光十分热情:"这么多年你辛苦了,党国会重用你的。"

天月在家打毛衣等周和光,墙上的钟响了十一下,周和光还没回来,天月坐不住了,走出屋子,来到院门口焦虑地张望。静静的夜,昏暗的街灯照着飘扬的小雪,街上空无一人。等了一会儿,天月感到冷,往屋里走去,她刚要开门,远处传来脚步声。她忙走回院门口去看,果然是周和光的身影。她高兴,又突然转为恼怒,转身进了屋子。

周和光穿一身警察服走进屋来:"我回来了。"天月没应声,也不回身。周和光走到天月身后,手搭在她肩上。天月生气地扭动一下肩膀。周和光问:"咋的?生气了?"

"哎呀,你喝酒了。"天月一回身,看见周和光穿着警察服,大吃一惊,"你咋穿这身衣裳啊?""上峰任命我为沈阳市警察局副局长。"天月由吃惊转为惊喜,这可是不小的官儿呢,不由得眉开眼笑:"这可太好了!你总算没白熬!"周和光说:"你小点声,别惊醒了那屋的大姐和孩子。""人家走了,回秀水屯了。""她一个人多难啊,你咋不留下她?"天月说:"我留不下呀,大姐的脾气你又不是不知道,要强着呢。"

当了副局长,林处长开始为周和光安排住处了。一辆美式吉普车缓缓行驶在一条有许多小洋楼的街面上,车上坐着周和光、天月,还有林处长。林处长说:"周太太,今天就听你的。你看看路两边,哪座小洋楼漂亮,可以任选一座。"天月向路两边看,一座座小洋楼缓缓移过。天月指一座小洋楼说:"哎,林处长,你看这座!"林处长看看小洋楼,点点头让司机停车:"周太太的眼光不错嘛! 走,咱进去看看。"三人下了车,林处长去按门铃。一个中国女仆打开院门,问:"先生有事吗?"林处长不理女仆,冲门外的周和光和天月一摆头:"进来呀!"进了楼里,林处长无所顾忌地四处看。中国女仆跟着,不停地鞠躬,她怯生生地问:"先生,你们是哪儿的呀?"林处长说:"我是保安司令部督察处的,这位是警察局的。请你的主人过来。"一对白俄夫妇从楼梯上走下来。

男白俄来到林处长面前问:"先生,有何贵干?"林处长说:"你们一直为日本人效劳吧?"男白俄回避着:"不,只是做些生意。"林处长威严而又直截了当地说:"跟日本人做生意,那不就是为日本人效劳吗? 能住这样的楼房,说明你跟日本人的关系还很不一般。这楼房是逆产,政府没收了! 限你们两天之内搬出去!"男白俄如雷轰顶,一时不知说什么好:"先生,我们……"林处长斩钉截铁地说:"不搬吗? 那好,查封你的一切财产。有话到我们督察处去说!"男白俄诚惶诚恐:"我们搬,我们搬……"女白俄抱住男白俄,哭着说:"亲爱的阿辽沙,我们怎么办?"林处长、周和光、天月不理他们,大步走出楼房。

三人从楼房里走出来,林处长驻足环视院子里的树、积雪的花坛和草坪:"春暖花开时,这里一定很美。和光,周太太,这就是你们的新居了。"周和光似有内疚:"这样不好吧? 林处长。"天月说:"是啊,把别人撵走了,咱住,我心里不是滋味。"林处长说:"你该心安理得,周太太,和光出生入死为了什么? 不就是为了这些吗? 从南到北,兄弟我接收的多了。咱是政府的有功之臣,不管啥,只要咱看上了,就是咱的!"

国民党军行军,走在乡村大道上,队伍中,虎子和老驴子并肩前进。老驴子说:"这么再往北走下去,可就离你家不远了。""是啊。我这心跳得厉害,真想回家看看。"老驴子说:"又来了,就是离不开你那姐姐!"

胡营长和成子骑马赶上来。胡营长说:"虎子,前边是严家窝棚,部队到那里住下,休息五天,过年!"虎子说:"严家窝棚? 离我家就七八十里呀! 营长,我想回家看看我姐。"胡营长问:"你家? 哪儿呀?""三江镇秀水屯。"胡营长说:"唉呀,那地方离共军可近呐。"

虎子说:"大哥,我有三个姐姐,没爹没娘,是三个姐姐带着我。我被抓了劳工以后，一直没看见她们，我真想她们……尤其我大姐，她肯定在等我。"说着，眼睛发酸了。胡营长说："大老爷们儿，咋还哭叽尿腔的。好吧，这马归你了！"胡营长把马缰绳丢给虎子："按时归队！换身便服！"

团部设在一个普通农家的正房里，李团长和王政委正在谈工作，参谋手拿电文进来说："总部来电。"李团长接过电文，看完，交到王政委手里。李团长对参谋说："把一营宋副营长找来。"李团长走到墙上的地图前边寻找边说："秀水屯……这儿，在咱们驻地的东南方，不到三十里嘛。这丫头，从来没提过。"王政委看着电文说："总部要是不说，咱也不知道啊。"李团长说："没想到，她和沈阳的国民党上层还有这种关系。"王政委说："正好，让她回家过年。"

天星进来向团长、政委敬礼。李团长问："你家是哪儿的？""三江镇，秀水屯。"李团长问："离咱驻地多远？"天星说："二十七里。"李团长说："二十七里？挺精确呀！"王政委问："想不想回家看看？""当然想了！"李团长问："那为什么不说？"天星说："我刚到营里，咋能就提回家呀？这又赶上过年，哪个战士没有家？影响不好。"李团长说："我给你假，回去吧！"天星惊喜地问："真的？""不过，有个任务你要完成，这是总部敌工部的指示。"王政委说着把电文递给天星，天星看完电文，想了一下，十分干脆地说："保证完成任务！"

小洋楼里，周和光在书房翻阅文件，天月走进来说："快过年了，我想我大姐。""那就写封信叫她来。"天月说："信到那儿，年都过去了，我想回去看看。"周和光想了一下说："也好，你大姐在那边也挺孤单的。"天月说："你跟我一块回去呗。"周和光说："不行，我可没有工夫。唉，真该回去看看……哎，给大姐多买点东西，多带点钱。"

2 又要过年了，已经到了大年三十，家家户户充满着年味儿。在外的人，凡有可能，一定会在年三十以前千方百计赶回家过年。雪原上，身穿八路军军服的副营长宋天星正策马由北向南朝秀水屯方向奔驰；身穿便服的国民党军上尉连长宋天虎策马由南向北朝秀水屯方向飞奔；国民党沈阳市警察局副局长太太宋天月正乘火车由东向西朝秀水屯方向行进。这三个人到秀水屯都是去看一个种庄稼的乡下女人，他们的大姐宋天好。大姐宋天好的家就是这三个身份各不相同的人共同的家。

远远近近不时响起鞭炮声。道儿从兜里掏出小鞭，用香头点捻放。天好从墙脚的雪堆里，拽出冻得硬邦邦的猪肉，要往屋里拿。一阵马蹄声传来，天好回身望去，只见一匹马奔到院门口，从马背上跳下天星。天好呆呆地看着天星，天星也一动不动地看着姐姐。天星一声唤："姐……"天好手中的猪肉落地。天星又一声喊：

"姐……"她奔进院里,扑向天好,姐俩抱在一起。

天星拉风箱烧火,天好炒菜。天好说:"你回来真好,要不,家里就我和道儿。大过年的,多冷清。"天星说:"我呀,就想年三十赶回来,跟姐守岁。"天好说:"我还担心呢,这晚上咋过呀。道儿睡着了,就我一个人,一会儿想你,一会儿想虎子。"天星问:"虎子他……"天好说:"他也来信了,挺好的,在国军里。"天星说:"哎呀,虎子也活着。"她由兴奋突然转为责怨,"他咋当国民党兵了?""活着就好,当啥不行啊。"天星说:"姐,你也糊涂。国民党祸国殃民,打内战!"天好说:"你咋跟魏德民说的一样,对了!魏德民也活着!"天星站了起来,泪水在眼眶里打转。

天好说:"我在沈阳看见他了,是你们八路的一个啥官儿,后来撤走了,说不上撤哪儿去了。"天星捂住脸,转身进了里屋,天好心里也涌起一种思绪。

虎子一头闯进来,大喊一声:"大姐!"天好惊喜万分:"这不是做梦吧!"天星听到虎子的声音,从屋里跑出来,两人一见面就紧紧抱在一起。天星问:"虎子,这些年你都干啥了?"虎子先撂出一句:"当劳工受鬼子的气。"天星盯着虎子长了硬胡茬的脸问:"后来呢?""后来,造了反,杀鬼子,跑大山里去了。"天星高兴地说:"行啊,虎子也是抗日的英雄了!"虎子高兴地又提当年勇:"二姐,咱啥时候孬种过?当年就和秋田太郎对过阵!""虎子,这些年二姐可想死你了!""我也想二姐,想你往死里周正我!"两人都笑了,天星说:"你就是不想二姐扛大米回来给你吃!"

道儿望着虎子很有礼貌地问:"你是小舅吧?"虎子看看道儿,问天好:"大姐,这是谁家的孩子?"天好笑道:"你外甥。"虎子很高兴地抱起道儿问天好:"大姐夫找到了?"天好皱眉道:"今儿个不提那个祸害,有空和你们说。"

虎子这会儿才注意到天星的军装:"二姐,你穿这身衣裳我看着扎眼,快换了!"天星立即反问:"你咋没穿你那身狗皮呀?"虎子有意显摆:"这是你们八路的地盘,我穿军装,送死呀?等咱国军过来,我穿上你看,国民革命军新编第六军上尉连长!""你还是国民党军官?"天星说着就要掏枪,虎子也把手伸到腰间。

天好正往炕上摆饭桌,看到这架势生气了:"咋的?还要动枪啊?"她站到两人中间,"这是家!你们是亲姐弟!"天星、虎子的手都离开了枪。虎子还是不忍不让:"大姐,给她找身衣裳,让她换了。"天星更是顶牛:"我不换!"天好说:"我看你二姐穿这身挺精神的。"道儿进屋来说:"娘,院里那两匹马咬起来了。"天好一语双关:"真是,就听说一个槽子拴不了俩叫驴,咋两匹马也拴不到一块了?"

天好把菜摆满了小炕桌,又拿来酒,大家围坐在桌边。天好倒酒说:"这多好,一家人在一块过年,乐乐和和的——唉,就差天月。"

天星瞅机会还想争取虎子:"虎子,大姐一个人在家多冷清,你回家陪大姐种地吧。"虎子反问:"你咋不回来陪呢?"天星又把话挑明了:"要不,你跟我走。""跟你走?当土八路呀?快拉倒吧!"虎子从怀里掏出两根金条,放到天好面前,"大姐,这个你收好,这可是我拿命换来的,能置几亩地了吧?以后,我还得打仗,继续为家挣钱，咱赶明儿个肯定发家！"转问天星，"宋天星，你当八路给家挣啥了？""我们共产党不是为了这个！"天星拿起金条往地上扔，"我们是为穷人打天下！"虎子哈哈大笑，笑够了才说："就你们能打下天下？我们是国军，是正牌的，你们有啥呀？小鬼子的三八大盖？不行了！我们有飞机、大炮、军舰，枪都是美国卡宾枪！"

天星说："宋虎子，蒋介石拿美国人当爹，你咋也这样啊？"虎子火气上冲："你！要不看你是我二姐，我……"习惯性地想掏枪，但又停住，"我真想毙了你！"天好责备道："虎子！咋这么跟二姐说话？"天星怒火中烧，竟说出绝情的话："想啊，盼啊，没想到竟是这么个东西！我没你这个弟弟！"虎子针锋相对："我也没你这个姐！"天星下地说："回去！打老蒋！"虎子也跳下地，针尖对麦芒："你走我也走，咱俩战场上见！"

天好一下靠住门："今晚谁也不许走。"她真想不到事情会闹成这样，亲姐弟翻脸了！正不知所措，有人推门。天月喊："大姐！开门呐！"天好惊喜地喊了一声："天月！"立即开门。天月拎着大包小裹进来，看见天星、虎子，她惊愕异常，拎的东西落到地上，声音颤抖着叫道："二姐！虎子！"天星、虎子也笑脸应答，二人不再提走的事。

天月来了，年夜的团圆饭不能散，姐弟四个又喝上了。虎子喝醉了，醉意朦胧地顺嘴扯："闷罐车一炸开，鬼子就上来了，我们急了，把小鬼子全打死了，抢了火车头……我最服老马，他是抗联的……"天星大声说："我就是抗联的！"虎子好像不认识似的看着天星："你干过抗联？就冲这，我跟你干一个……"天星犹豫了一下，天好说："天星，这杯你得喝！"天星和虎子喝干了酒。虎子说："还有，在老林子里，我跟老驴子学打枪，学了几天，我就比他强了，从不放空枪，一枪准打一个野物。哎，你们吃过狼肉没？生吃……"天月皱眉厌恶地问："那能吃吗？"虎子说："人饿急了，啥不吃呀！"

传来一阵乒乒乓乓的爆炸声。天星一惊，虎子伸手摸腰里的枪。天星笑了："还连长呢，这是老百姓放鞭炮！"虎子也笑了，自我解嘲道："完了，叫共军看笑话了。"天好说："唉哟，子时了，我该下饺子了！"

整个屯子鞭炮齐鸣，夜空中火花绽放，天星、虎子、天月、道儿拿着鞭炮来到院子里。虎子摇晃着要点二踢脚，香火却对不准药捻。天星从虎子手中夺下二踢脚："净吹，还没放过空枪呢，连炮捻都点不准。"天星点着了二踢脚，二踢脚在空中炸响。她还想跟虎子再要一个二踢脚，扭头一看，虎子瘫倒在地上了，天星搀扶起虎子对天月说："喝多了！我送他上西屋睡去。"

柱脚上吊着的油灯闪着光，道儿已经睡着，姐三个趴在炕上还在唠。天月说："那小洋楼是挺好的，就是太大，收拾起来怪累人，我想雇个人。"天星吃惊地问："你成了官太太啦？"天月白了天星一眼："二姐，你咋这么说？谁不想过上好日子？"

虎子晃晃地推门进来，天好问："你咋不在西屋睡？"虎子说："大年三十，你们姐仨那么亲热，把我一个人扔西屋里，还是不是我亲姐啦？"他一头扎在姐仨中间，"我就在这儿睡，谁也不许把我弄那屋去！我也跟你们说会儿话。"

天好疼爱地说："这小子，还跟小时候一样，虎了吧唧，愣了吧唧，傻了吧唧！"天星带着亲情说："还是变了，不尿炕了。"虎子打起了呼噜。

此情此景，姐弟亲情油然而生，引天星回想起童年趣事，她笑意盈盈地对天月说："哎，老三，你还记得不？有一回，他尿炕，咱娘要打他的屁股，他硬往你身上赖，说是你尿的。你也不承认，你说，咱俩这就去尿尿，看谁尿少，谁尿多。谁尿多，就不是谁尿的炕；谁尿少，就是谁尿的炕！结果，他不敢跟你去。当时，把咱娘都逗乐了。"天月说："我咋不记得了？"天好说："对，是有这事。"虎子的呼噜停了。天好凑近虎子一看，虎子满脸是泪水。

虎子突然捂住脸，跳下地，走出屋去。三姐妹沉默着，许久没说一句话。天星对天月说："你去看看虎子，别不盖被就睡了。"她见天月出去了，对天好小声说："姐，有件事我要跟你说。我这次回来，组织上交给我一个任务……"

突然，西屋传来天月的笑声，她从西屋里出来，捂着肚子蹲在地上笑个不停。天好问："笑啥呀你？"天月说："虎子他……他又尿炕了……"天好和天星也笑，笑着笑着，泪水涌了出来。

天刚亮，虎子从西屋出来，要去牵马。他的手刚要解缰绳，被一只手拽住了。他扭头一看，是天好。"你今儿个哪儿也别想去！"虎子说："大姐，我看见你了，也就放心了。""虎子，你二姐说得对，回家种地。姐守在这里，就是为了等你……""大姐，我的性子你也知道，家拢不住我的心。"

天月从屋里出来说："虎子，二姐要带你去投诚呢。"虎子一梗脖子："她别做梦了，还是我带她去投国军吧！"天星拎条绳子从屋里出来，直奔虎子："虎子，跟二姐走！不走我就捆上你！"虎子翻脸不认人了："你是谁二姐呀？昨天你就说没我这个弟弟了。"天星大怒，挥动着绳子就要捆虎子。虎子也不示弱，一把抓住绳子："我把你捆起来！"

天星和虎子争夺绳子，都要捆住对方。天好和天月去拉，怎么也拉不开。天好急了，操起一旁的大铡刀，威严难犯地说："都给我住手！谁要是再动手，我就砍了谁，完了我也去死！"天星和虎子松开手。

天好五内俱焚，情深意切地说："一对无情无义的东西！这不是在战场！我知道，我劝不住你们，咱们在一块吃顿饭还不行吗？咱好不容易聚一回，下回见面还不一定哪年哪月呢。就是再遇上，恐怕也不全了。你们懂姐姐的这颗心吗？"此刻，无爹无娘的姐弟四人，她就是一家之长，想着都回来了，能团团圆圆、和和睦睦过个年，想不到天星、虎子竟要骨肉相斗，真令天好如万箭穿心，撕肝裂肺。一家人还没给爹的牌位烧香磕头，就这么斗成了乌眼鸡。天好泪洒前胸，无声而泣。天星和虎子只好又回到屋里,准备同吃一顿过年的饺子。

炕桌上,摆着几大碗饺子。姐弟四个没人动筷子,屋里一片沉寂。道儿来回瞅着大人的脸,不明白为什么。天好无奈地赌气说:"吃吧!下船的面条,滚蛋的饺子,都吃吧,吃完了都滚蛋!"虎子夹了一个饺子塞进嘴里,把筷子一摔说:"我吃完了,我滚蛋!"说着跳下炕。天好心疼地说:"虎子,你……你小心点。"虎子点点头:"大姐,我走了。"又向天月,"三姐,我走了!"说完转身便走。天好猛一拍桌子:"你给我站住!"虎子站住了。天好板着脸说:"你这少教的玩意儿!咋不跟你二姐打招呼呢?"

虎子笑了笑,回过身说:"我忘了。宋天星,我走了!"说完又转身要走。天星耐住性子说:"虎子,二姐和你说句话。"虎子绝情地说:"我没有你这个二姐。"天星勉强笑笑:"好,我宋天星和你说句话,好吗?"虎子不吱声。

天星想着就要分别,姐弟之情油然而生,她还是掏心掏肺说出一席话:"虎子,战场我经历的比你多,死人我经历的也比你多。为了打鬼子上战场值,为了新中国上战场值!你跟着国民党反动派跑,有啥意思?听我一句话,虎子,你别走了。"说着,天星眼中闪着泪花。天星的话如一碗水浇到石头上,点滴不进,虎子说:"少来这一套,赤色宣传!"说罢又要走。天好喊:"等等!"虎子再次站住。天好拿来那张全家福照片,递给虎子:"你把这张全家福带上。"虎子拿起全家福看了看,塞进怀里,转身走了,天好和天月跟着出去。天星眼含泪,趴到窗前,向外望着。虎子骑上马,头也不回地奔出院子。天好望着远去的虎子,天月伏在她肩上哭了。

天星也要走了,天好和天月送她,天星牵着马说:"老三,你回去吧,道儿还在家呢,你回去照看一下,让姐送送我。"

天好和天星慢慢往前走,天好问:"你好像有啥话背着天月。"天星说:"是,一直没机会跟你说。我们部队想让你给我们做点工作。""我能做啥?做饭,做鞋,做衣服。"天星说:"在沈阳,周和光是市警察局副局长,了解不少国民党在东北的情况,这对我们非常重要。"天好奇怪地说:"这关我啥事?"

天星说:"上级让我动员你到老三家去,一是监视周和光,从他那里搜集情报,必要的时候和老三一块做周和光的工作,把他争取到我们这边来。""这我哪干得了哇?"天星说:"慢慢来嘛,又不是让你马上做,要找适当的机会。""不行!不行!一想我就胆突突。"天星说:"姐,你可从来没怕过事呀!""那得分啥,干这事跟鬼似的。"

天星说:"姐,这事从大了想,那是光明正大。日本鬼子投降后,国民党还不想让穷人过消停日子,派兵进东北打内战,要消灭共产党、八路军,还想他国民党一家说了算。他国民党领导,咱穷人还是过不上好日子。"天好问:"你们是想把国民党打倒?"天星说:"对,让咱老百姓当家做主人!所以,你给我们共产党做事,就是给自己做事。"天好沉思不语。

天星说:"老三不是要雇人上她家干家务活吗？你借这个机会去正好。"天好说:"你让我想想……"两人默默走了一会儿。天好说:"天星啊,哪天你和虎子在战场上遇上了,你当姐姐的,可得手下留情啊!"天星半天不语。天好心急地催促道:"你倒是吱声啊。"天星叹口气:"姐,我答应。"

送走了天星,天好和道儿送天月。天好说:"天月,你们姐弟仨,你最让人省心。现在也行了,好好过日子吧。"天月说:"大姐,天星、虎子你也都看到了,他们也不恋秀水屯,你就别守在这儿了,跟我到沈阳去吧,我身边也有了亲人。"天好问:"你是想找个给你收拾家的人吗?"天月说:"对呀,姐,你去呗!我可不是让你去干活,你帮我操持家,那我该多放心呐!我还可以去教书……姐,算我求你了!"天好说:"让我再想想……"

3 魏德民随机关撤离沈阳,来到了省城吉林。这天他和侦察科的几位同志共同看着墙上挂的市区地图,他对同志们说:"我们必须尽快熟悉这座城市……"正说着,一位战士进来报告:"魏科长,查清楚了,裘春海仍在这个城市,现在混进治安大队,当了队长。都说他是抗日英雄。"魏德民说:"狗屁,他这个汉奸特务手上沾满了抗日志士的鲜血!马上抓他!"

一辆军用卡车驶向治安大队大楼,车上站满公安战士。裘春海从窗口看到军用卡车,知道大事不妙,立即向楼上跑去。军用卡车停下,魏德民从驾驶室里跳下车,战士们也纷纷跳下车,奔向大楼里。魏德民和战士们来到裘春海办公室门前,枪口对准了门。

魏德民喊:"裘春海,出来!"里面无人应。一战士踹开门,屋里一个人也没有。魏德民说:"搜!"战士们分头走开。

阁楼上,裘春海爬上一架小梯子,要掀开通往楼顶的天窗。魏德民追过来,举枪对准裘春海喊:"裘春海!下来!"裘春海哀告着:"魏老弟,饶我一命吧。"魏德民喝令:"下来!"裘春海身子一歪,从小梯子上摔下来。在往下摔的一瞬间,他向魏德民开了一枪。

魏德民头部中弹倒地。裘春海落地,马上爬起,向一侧跑去。魏德民挣扎起身子,向裘春海跑去的方向连射几枪。

全副美式服装、美式装备的国民党军,排着整齐的队列,浩浩荡荡地行进在沈阳的大街上,路边,人们举着花束、小彩旗,热情地摇动。周和光带着警察在维持秩序。人群中,出现了裘春海。正在维持秩序的周和光看见了裘春海,裘春海也认出了周和光,慌忙躲走。周和光招呼身旁的警察:"跟我来!"周和光和那个警察挤过人群,不见了裘春海的人影。

周和光在吃晚饭的时候对天月说:"今天,我看见裘春海了。人太多,没抓着。"

天月说："这小子,跑沈阳来了!"周和光说："这就是跑进了我的手心,我已经安排专人查找他。"二人吃饭。

忽然,周和光问："哎,你不是说要找个女佣吗?"天月说："不找了,我等我大姐。""什么? 让你大姐给你当佣人?""你说的啥呀? 我大姐,那是世上我最亲的人! 我能把她当佣人使吗? 她说她想想,还不一定来,我看还是来了好。"周和光说："她要是能来那就太好了,咱让她好好享享福。"

这天上午,道儿在炕上玩摔"啪叽",天好伏在桌上写信,她决定不去沈阳了。这时,刘二嫂走进来说："八路进三江镇了,还成立了民主政府! 大街上可热闹,过大年似的!""是吗?"天好边说边往信封里装写好的信。

刘二嫂继续说："那八路对老百姓可热乎了,又扫院子又挑水,当官的也慈眉善目,一点架子都没有。我还看见女兵,头发都剪短了,利利整整的,还在台上跳舞唱歌呢,我真想去当女八路!"天好笑道："那你就去呗。"

在三江镇一个老乡家里,住着八路的一个班,战士们正在学文化,小黑板上写着繁体的"战斗胜利"四个字。几个战士吃力地写着,这时,天星走进屋。

班长站起身喊："立正!"全体战士站起立正。有一个战士腿脚不太灵便。天星说："都坐,都坐。"那个腿脚不便的战士被天星发现："你的腿咋了?"那个战士掩饰着:"没咋的!"天星走过去命令道："把裤子脱下来!"那个战士不好意思："副营长……我……"天星很威严："脱!"那个战士脱下棉裤,露出大腿的伤口,纱布上洇着脓血。天星面有怒色地问："班长! 这是怎么回事?"班长支吾着："他说没事。"天星板着面孔："他说没事就没事啦? 立马给我送医院去!"

战地医院设在三江镇的一个四合院的大院套内,天星和一位军医从屋里出来,军医说："这个战士再晚送来两天,腿就得锯掉。宋副营长,你回去告诉战士们,对轻伤也不能麻痹大意,就比如这个战士吧,早来就不会这么严重。"

天星向院门口走,魏德民和一个战士正好走进院子,两人擦肩而过时,天星一愣神。魏德民向正房走,正房里迎出来一位老军医："你呀,从省城大老远的上这儿来,也不嫌远!"魏德民说："千里求良医呀! 首长说,治枪伤,你最拿手了!"老军医颇为自信地笑道："取你脑袋里的子弹,可以说是探囊取物。"二人和那个战士进了正房。天星奔向正房。

魏德民在一间整洁的诊室内向老军医介绍自己的情况："这颗子弹闹得我时常头疼,疼得厉害的时候,都昏死过去,有好几次了。省城的医生也不敢给我动刀子,怕万一把我弄死了,得个杀害八路干部的罪名,这不扯嘛! 没办法,首长就让我来找你了。"老军医说："他给我打电话了,下的死命令,说不把你治好,三年不见我! 他可不敢给我定罪名,他的命还是我救的呢! 不过,三年不见我,我也受不了呀!"二人笑。

一道门帘将诊室分开里外间。门口站着跟随魏德民来的战士。天星要进里间，被战士拦住。战士说："等等，我们科长正在看病。"天星问："你们科长是不是叫魏德民？"战士说："对呀！"天星有点粗暴地说："你躲开！"

天星掀开门帘，喊了声："魏大哥！"魏德民回头，惊讶地站起，激动地说："天星……"他突然感到一阵头晕，身子倒下去。天星惊愕地一把抱住魏德民。老军医看到这种情况，明白了什么，镇定地说："快把他扶到床上去。"

老军医送天星走出正房说："他脑子里的子弹压迫脑神经，一激动就容易引起昏厥。你五天后再来，我保证你们能正常交谈。"天星说："谢谢大夫。"老军医说："听你说你们是抗联的老战友，五六年没见了，我哪能让你们说不上话呢。我看出来了，"他逗趣地一笑，"是不是还要说些悄悄话？"天星含羞地笑了。

道儿正在院子里玩耍，天星手拿两串糖葫芦走进院子。她把糖葫芦给道儿。天好从屋里迎出来："才几天呐，又见面了！"天星满面带笑："这回咱想见就见，我们部队就驻扎在三江镇。魏大哥也在那儿。"天好说："咱去看看他！""这两天不行，他负伤了，脑袋中了一枪，子弹还在脑子里。"天好"啊"了一声，突然感到一阵眩晕。天星扶住她说："大姐！医生说没事，子弹能取出来。"天好掩饰自己的情绪："我……我这两天，老劲儿头晕。"

老军医成功地从魏德民脑子里取出了子弹。五天后，他果然兑现了自己的诺言，让魏德民和天星正常交谈。魏德民头上缠着纱布，躺在小炕上，和坐在凳子上的天星唠着。"大部分人都牺牲了，团长和我们都跳了江……我回密营找过你，密营已经被日本鬼子烧了……"天星眼里含着泪慢慢讲述着。魏德民简要地讲自己与天星分别后的经历，他讲着，泪水从眼角流出。天星为魏德民擦去泪水。

天星和魏德民似乎有说不完的话。天星说："我姐可是天底下最好的人呐！虎子成了国民党上尉，天月成了国民党官太太，我得把我姐拉到咱这边来！"魏德民问："天好答应了吗？""她说再想想……"

这时，天好领着道儿挎着篮子走进来。魏德民要起身，"躺着！快躺着！"天好把篮子放到桌上说，"给你带点鸡蛋，补补身子。"魏德民说："不用，这儿伙食挺好的……"天好说："咋还客气上了？忘了上俺家要饭的时候了？"魏德民含笑不语。天星看到这种情况，说道："道儿，跟二姨到外面玩去。"天好怕天星犯心思，忙说："天星，我坐一会儿就走，你们俩唠。""我们已经唠一阵子了，你俩唠吧！"天星说着，领道儿走出屋。

魏德民这会儿似乎才想起来说："你坐。"天好坐到凳子上。魏德民说："你知道吗？我头上这枪，是裴春海打的。"天好恨恨地说："又是他！他的罪过太多了，太大了！老天爷咋不报应啊？""总有一天，我要抓住他！"天好从篮子里拿出一个鸡蛋，边剥皮边说："等你这伤治好了，别着急回队伍，到秀水屯将养几天吧。"魏德民说："我真想回秀水屯住两天……"

第 30 章

天好和天星都爱上了魏德民，但情况却不相同。天星和魏德民的关系已被天好当面鼓对面锣地挑明，只是魏德民当时并没有明确表态。天好和魏德民的感情从山洞相救就已经开始有了火花，两人只是暗恋，谁也没有当面说明，但天星知道天好也喜欢魏德民。天星先到，他们说了一会儿话，她见天好来了，就带上道儿出来，让天好和魏德民聊。天星出来到院子里，难免想着一些杂乱的心事。

天好坐在病床前的椅子上和魏德民说着话，魏德民说："听天星说，我们组织要安排你去沈阳？你去吗？"天好看着魏德民反问："你说呢？"魏德民说："不去也好。眼下国民党占据沈阳，军警宪特遍地，万一你有个闪失，我们后悔都来不及。"他了解周和光，觉得让天好利用亲戚关系干这件事并不合适。这时，老军医和两个护士进来，护士端着手术器具。这时，老军医说："还唠呢？真是抗联老战友。"一看不是天星，"哟！换人了？"老军医笑道，"对不起，我又要给他做手术了，有话以后再说吧。"

天星和道儿坐在院子里的石凳上，天星有些愣神。天好从病房里出来问天星："咋的？魏大哥脑子里的子弹还没取出来呀？"天星说："取出来了。"天好问："那咋还要治呢？"天星说："还得做一次手术。咱再等等，看手术的结果咋样。"这时，邮差进了院子，他认识天好，见天好在这里，就说："正好，有你一封信。省得我大老远跑一趟了。"天好看了信对天星说："是天月来的，她还叫我去沈阳。"天星说："那就去吧，去吧。"

突然，传来密集的枪炮声。院子里的人们愣了，从屋里冲出一群持枪战士，向院外跑去。有人喊："保护伤员！"院子里一片忙乱。天星说："是国民党军偷袭三江镇来了！我得马上回营里！"天上一声尖厉的呼啸，天星一下子扑倒天好和道儿。一颗炮弹在不远处爆炸。

伤员们被抬的抬,扶的扶,向院外走去。魏德民躺在担架上也被抬出来。老军医和护士紧跟着。老军医气愤地说:"手术刚做上……这国民党!"天好和天星迎上去,魏德民说:"敌人来了,快走吧。天好,别去沈阳,危险……"这会儿,他再次不让天好去沈阳,完全是出于对天好的担心。老军医摆摆手:"得啦!快走吧!"天好说:"大夫,做完手术再走吧。"老军医说:"这我比你明白!"

　　医护人员抬魏德民冲出院子。天好跟跄追着,摔倒了。天星追上去,魏德民和她说了两句什么,担架远去了。天好担心地问天星:"魏大哥没事吧?"天星说:"没事……魏大哥让我告诉你,别害怕,将来,天下指定是咱们的!"又一颗炮弹爆炸。天好怔怔地站着,"姐,快走吧!""天星,姐答应你,去沈阳。"正是眼前国民党军的这场偷袭,让天好下定了要去沈阳的决心。

　　过了几天,天星所在部队要开赴四平,参加四平保卫战。临行前,她正准备去医院看望魏德民,凑巧魏德民出院要回省城,特来部队向天星辞行。二人见面后,像有许多话说,却又不知道该从何说起。天星问:"都好利索了?"魏德民说:"让我回去再养养。""那还不如就在这儿彻底治好了呢。""科里事挺多的,回去也多少能干点工作。""你要注意身体。"魏德民说:"嗯。战场上,你也要多加小心。"停了一下,他问,"你大姐真去了沈阳?"天星说:"去了。"魏德民说:"地下工作很危险呐……"这是他第三次说出这样的话了。

　　魏德民回到医院向老军医辞行。他和老军医走进净空寺大殿,二人蹚到一侧的地藏王佛龛前。魏德民说:"就在这里,我躲过了日本鬼子的搜查。"老军医摸着佛像,却不见洞开,有点失望:"也没洞啊。"魏德民说:"这可不是你我凡人开得了的。"老军医笑:"咱是心不诚啊,地藏王不理咱!"

　　毓慈住持走过来。魏德民迎上前去问好:"毓慈住持,您好啊?"毓慈住持不认识似的回了一揖说:"施主,你好。"

　　魏德民问:"您不认识我了吗?"毓慈住持含笑看看魏德民,摇摇头。"那年,日本鬼子抓我,您把我藏到这里,还掩护我出城。"毓慈住持还是摇头。"六年前,您忘了?""一切我佛记得,但愿记得我佛。阿弥陀佛。"说完,毓慈住持走去。

　　走出寺庙,魏德民和老军医握手说:"谢谢您!"手指指脑袋。老军医打趣:"我也忘了。一切人民记得,但愿记得人民。马克思保佑。"老军医忽然很有兴趣地问:"哎,有个事我琢磨不透,你到底是跟宋副营长好呢,还是跟她姐姐好?"他看事真是尖锐。魏德民笑着回避:"你这个老家伙,净瞎琢磨!"

　　魏德民离开三江镇,特意绕道去了一趟秀水屯。他知道宋家三姐妹都不在家,但他还是要到这个留有他美好记忆的家里看一看。魏德民和一个战士骑马过来。二人在宋家院门口下马进了院子。魏德民久久地看着房子和院子里的一切。一辆大车路过这里,车老板在唱:"一呀一更里正好安思眠,忽听见寒虫暴叫一声喧。我说寒虫哎,你在外边叫吧咋的,你在外边叫吧咋的。叫的是伤里伤情,我听的是同里同情,同情伤情一个样的情,激激灵灵泪珠横……"

国共两军在四平激战,炮火连天,天星所在的部队也参加了战斗。敌人的进攻被打下去了,战斗间歇,天星和战士们修整阵地,救治伤员。李团长匆匆走过来问:"你们营长呢?"天星说:"营长负伤了。""是你在指挥战斗?"天星说:"是。今天,我们已经打退了敌人六次进攻。"

李团长告诉天星,总部决定放弃四平,让她带本营战士马上到城北柳河阻击敌人,掩护大部队撤退,要死守三个小时。李团长说:"知道吗?你们可能撤不出来!"天星说:"保证完成任务!"李团长看着天星,心绪很复杂,舍不得又无奈。但他还是说了一句:"执行命令!"

天星带领战士们迅速转移到团长指定的位置开始阻击敌人。不断有炮弹爆炸,不断有战士倒下。天星看一眼手表,沿战壕弯腰跑着,检查人员伤亡情况,她发现,一连长牺牲,二连长负伤,她跑到三连长身边说:"三个小时了,我们已经完成阻击任务。现在,全营不足一百人,我留下十个人咬住敌人,其余的同志你带走!"三连长服从命令,带人撤离战壕。

敌人发起更猛烈的进攻,天星和十几个战士顽强阻击,最后,只剩下天星一个人,她的子弹已打完。敌人又哇哇大叫着冲了上来,天星拿起一颗手榴弹,拉了弦。她突然一转念,把手榴弹扔向了敌人。手榴弹在敌群中爆炸,天星就势闭眼躺倒在一个战友身上。

枪声、炮声停息,硝烟还在飘浮,如血的残阳下,是尸横遍野的战场……

虎子、老驴子和几个国民党兵搜查战壕,看有没有活着的民主联军战士。老驴子说:"这帮八路,真玩命啊,硬把我们一万多人堵了三个多小时,他们大部队跑了个溜干净!"

虎子突然发现了倒在死尸中的天星,不由自主地轻喊一声:"二姐……"天星听见虎子的喊声,不禁身子一颤。虎子上前俯下身子,定定地瞅着天星,天星慢慢睁开眼睛。虎子低声说:"咋样?你们共军不行吧?"天星说:"动手吧,你又可以拿赏金了。"虎子瞅了瞅那边的老驴子和几个国民党兵,然后盯着天星的脸说:"连装死你都不会。"说着,他从旁边的尸体上蘸了一把血,抹在天星脸上,起身走向老驴子和几个国民党兵,大声说,"走吧,没活的了。"

天黑了下来,国民党军队走了,天星在夜幕的掩护下潜回部队。见了团长和政委,天星痛哭不止。王政委说:"我们是想把你们一营豁出去了,没想到,你还能带出七八十人来。你们掩护了大部队安全撤退,总部已经对你们通令嘉奖。""嘉奖有啥用啊?多好的战士,说没就没了。"说着,天星哭得更伤心了。李团长说:"哭吧!我还想哭呢!一营,是我的大刀,又好使,又锋利!保卫四平,扔下一百多号;打阻击,剩下不到一个连!这仗打的!宋天星,那七八十人是老底子,你再给我组建个一营!"

2 天好从三江镇的部队医院回到秀水屯的家里,收拾好该带的东西,锁了门,把钥匙交给刘二嫂,带着道儿去了沈阳。来到沈阳,天好领着道儿在大街上走着,她看见,一辆国民党的军车缓缓驰过,车上安着大喇叭,边走边广播:"国军大获全胜,已经攻占抚顺、鞍山、营口、安东等重要城市。在我强大攻势下,共军无力抵抗,节节败退,已逃窜至深山老林和边远农村。"

天好带着道儿找到周和光家的院门前,她不知有门铃,就使劲儿敲门。天月从小洋楼里出来,急步奔向院门,她打开院门一看,门外站着天好和道儿,惊喜得差点跳起来,忙拉过道儿的手说:"哎呀!大姐,你到底来了。"

进了一楼客厅,天好好奇地四下看着,道儿在楼梯上跳上跳下,天好说:"道儿,消停点,别乱蹦!"天月从厨房里探出头说:"没事呀,让他淘吧!"

天好说:"这么大房子,就你跟和光俩住,是太空了。"天月说:"要不我咋盼你来呢!一接到你的信,说不来了,我都哭了。""你就爱哭。""和光说了,让你来享享福。"听天月这么一说,天好脸色有些变化,含着不好意思和愧疚。天月真诚地说:"大姐,以后,这个家就你说了算。"天好说:"你扯呢!"

餐桌上摆满了菜肴,周和光、天月、天好和道儿围着餐桌吃饭。

周和光说:"这个裘春海,能耐确实不小,就是我,对他也无可奈何。"天好说:"他又把魏大哥打伤了。"道儿说:"裘春海是大坏蛋!"天月说:"不提他了!咱今儿个挺高兴的,来,喝酒。明天,我陪你们逛逛沈阳城,故宫、北陵,还有东陵。"周和光说:"对,你姐俩好好玩玩。"天月望着周和光问:"你不陪着呀?"周和光面带歉意:"我有公务嘛。大姐,我真忙。"天好说:"我知道你忙,我知道……"她的心事又被勾起,抿了一口酒,说不上是什么滋味。

晚上,周和光和天月准备上床睡觉,周和光颇为敏感:"我感觉,大姐好像有什么心事?"天月并不在意:"刚离开家,心神不定呗。慢慢就好了,我会让她把这里当成家的。"这边,道儿已经睡着了,天好却睡不着,躺在床上思来想去的。

大清早,一个卖豆腐的推着独轮车沿街叫卖,他走到周和光家院门口,停下车,警觉地四下看看,大声喊着:"豆腐!快来买呀!一天就这一板呀,来晚了就没了!"院门开了,天好拿着一个盘子从院里出来,她把盘子递给卖豆腐的说:"给我捡两块。"卖豆腐的接过盘子,头也不抬低声问:"宋天好同志吧?家里让我负责跟你联系。"天好第一次被人叫同志,又是啥联系,愣怔怔的,不知说什么好。卖豆腐的小声说:"别紧张。你暂时不要有任何行动,先安下身来,隐蔽好,以后我会和你联系。"他把两块豆腐递给天好,然后大声说,"豆腐两块,拿好。"又压低声音,"给我钱呐!"又提高声音,"我是小本生意,不赊不欠。"天好缓过神来,忙掏钱说:"啊,

327

啊……您贵姓?"卖豆腐的收起钱:"以后就叫我大刘。"说完,推车一路走一路吆喝着。天好长出一口气,心还怦怦猛跳。

假扮卖豆腐的大刘回到秘密交通站,对负责人和一个女同志说:"宋天好不行啊,一接头,脸都白了,话也不会说。整不好,一下就叫人看露了。"负责人笑了笑:"她一个农村妇女,哪会做地下工作。不过,她对我们党的态度倒是很坚决的。"女同志说:"这也难怪,谁一开始就能适应这种秘密状态? 我头一次接受任务的时候,那心跳得……"对大刘,"哎,头一次我跟你接头的时候,你不也直哆嗦吗?"大刘嘿嘿笑起来。

这天上午,天好看天月在一楼看报,就悄悄地走进楼上书房,翻看书桌上的文件。天月有事来书房,看见天好在翻看文件,很惊讶,便轻轻走到天好身后叫道:"大姐……"天好吓得一抖,手中文件落地。天月脸色很难看:"大姐,你干啥呢?"天好语无伦次:"我……没干啥……我……啊,我收拾桌子……"天月直截了当地说:"不对吧? 大姐,你是在偷看和光的文件!"天好说:"不是……我没有……"天月说:"大姐,你别遮了。我看出来了,你准是在给共产党干事!"天好说:"不,不是,我不是共产党。"她脸色发白,嘴唇哆嗦着。

天月又怨又气:"大姐,你咋这样啊! 我是你妹妹,你咋能利用这种关系给共产党当密探!"天好说:"天月,大姐我……"她有口难言,不知该说什么才好。天月也不想听天好解释,一针见血地指出:"你别说了,准是二姐挑唆你干的!"她说完不看天好,一人扭身出去了。天好呆呆地站着,脑子里一片空白,听着天月下楼的声音,她也失魂落魄地走下楼去。

晚上,四个人在餐厅吃饭。天好低着头扒拉饭,不敢看天月和周和光。周和光热情地说:"大姐,吃菜呀。"天好木呆地应着:"啊……"急忙伸筷子胡乱夹菜往嘴里送。

吃过饭,周和光去书房忙活,道儿睡了,天月来到天好卧室说:"大姐,那件事我不会跟和光说,你今后别再干就是了。"天好深感内疚:"哎,不干了,大姐对不住你。"天月说:"你也别在意。看你饭都吃不好的样子,我心里怪难受的。""天月,我觉着,共产党办的事对……""大姐,咱就过咱的小日子,管他共产党、国民党呢!"

天月回卧室躺下,周和光进来看着天月:"哎,我发现大姐的情绪不大对头。"天月掩饰着:"啊,她说今天有些不舒服。""用不用上医院看看?""不用,她是又想虎子和二姐了,还有秀水屯的家。"周和光上了床:"哎,我桌上的文件好像有人动过。""我擦桌子动了,睡吧。"天月说着关了灯。周和光看天月这样,也就不再说什么。

这天上午,天好瞅个没人的机会再次走进周和光的书房,还紧张地向后瞅瞅。她看桌上的文件没有了,就去拉抽屉。突然身后传来"啪"的一声响,天好吓得一激灵,回身一看,原来是风把一扇窗户吹开了。天好稳稳神,转身走出屋去,心几乎快跳到嗓子眼里。

第二天早晨,大刘又来了,高声喊着:"豆腐! 大块豆腐!"天好推开院门出来,递上盘子递上钱。大刘边往盘子里捡豆腐,边问:"又没有情报?"天好说:"大刘兄弟,这事我干不了! 我不能对自己的亲人下手,我要走了,以后也不要再来找我!"

大刘回来向负责人和那个女同志汇报:"她说不干就不干,太不像话了吧? 真是无组织、无纪律!"负责人说:"人家本来也没加入咱的组织呀,她或许有不便之处。"大刘说:"会不会出什么问题呀?"负责人说:"我看不会。敌人没发现她,她又没做什么。你别去卖豆腐了。"女同志说:"还是放长线钓大鱼吧。我们需要了解一下,她为什么离开周和光家。"负责人说:"对,摸清她的态度,我们也好决定对她的态度。"

天好决心离开周和光家,到沈阳北市场找了一个偏厦租下来,回来她就把要走的话对天月说了。

天月说:"大姐,那天的事我真没跟和光说,只要你别再做就行了。""别说那些了,大姐心里愧着呢。让我走吧,大姐把房子都找好了。""家里又不是没你的地方住,干吗上外面找房子啊?""这终究是你的家,姐也该有个自己的家呀!"

天月问:"你是不是生我的气了?""不,大姐确实不该在你家干那偷偷摸摸的事。我走,就是想一了百了,彻底断了干那种事的念想。"天月感动地叫道:"大姐……"天好说:"天月,我还在沈阳,还可以常来常往嘛。"

天好带道儿走了,天月家显得有点冷清,吃晚饭时周和光说:"你肯定说她什么了。""没有,我亲姐,我能说她啥?"周和光笑了笑略有所指:"你没发现吗? 最近,我再也没往家里带过文件。"

周和光语意委婉地说:"我怀疑……仅仅是怀疑,你大姐是被共产党利用了。"天月看无法再隐瞒下去,只好说:"你也看出来了?"周和光又笑了笑:"我干地工,可不是一天两天了。""你可别抓我大姐呀!"周和光忙说:"她又没干什么,我凭啥抓她呀? 她就是干了啥,我也不会不讲情义。"天月深感迷惑:"我大姐为啥给共产党干呐? 好好过日子不行吗?""是啊,共产党太厉害了,小老百姓都爱跟着他们走,怪事!"周和光同样迷惑不解。

3 冰化雪消,桃红柳绿,又是一个春天来了。

天好在北市场的一个胡同口租了一间小偏厦,她在这儿支起炉灶摊煎饼卖。几个月下来,生意还算不错,她摊的煎饼还出了小名气,远近的人们常来光顾。

这天,天好正在忙着摊煎饼,一个拉洋车的过来,这人正是大刘,他说:"来两张煎饼。"天好卷好两张煎饼,递给拉洋车的,她一看,不由得愣住了。大刘接过煎饼说:"山东大煎饼,好吃!"天好低声说:"只要不瓜连我妹妹,你们让我干啥都中!"

"好咧！你收好钱！"大刘把钱塞给天好，拉起洋车走了。

天好继续忙着她的生意，天月和周和光来看他们。天月说："大姐，有啥难处可跟我们说呀。""不难，我这煎饼挺好卖的。"周和光说："大姐，我知道你是个要强的人，我也不劝你回家住。我就想说，天月和我是你的亲人，不管遇到什么情况，我们都是亲人。抽空回家看看，串串门嘛。赶道儿该上学了，就住我们家。"天月说："对，道儿我们管了。"

周和光和天月走后，旁边一个卖烟卷的走近天好说："那男的可是警察局副局长！你有这亲戚，咋还摆煎饼啊？"天好说："他是他，我是我！"

在一条很僻静的小街上，行人稀少，大刘用车拉着装成客人的那个地下党的女同志说："看来，她还愿意为我们工作，只是不想瓜连她妹妹。"女同志说："这也是人之常情。周和光不是一般人，他日伪时期就是国民党地工，有很丰富的秘密工作经验，别叫他再发现我们。我们暂时不要跟宋天好接触，以后再说。"

这天上午，天好正在卖煎饼，气度不凡的王老先生走过来，站在摊前，看着那一摞煎饼说："听说咱北市场有一家煎饼好，我踅摸了半天，原来在这儿呢。"天好忙撕一块煎饼，递给王老先生，请他品尝品尝。王老先生吃了一口，品着点头道："好，是咱山东老家的味道。""老先生家哪儿的？""沂水。"天好说："我姥姥家也在沂水，这摊煎饼，我就是跟俺娘学的。"王老先生说："怪不得呢，我一吃就吃出老家的味儿了，山东人都喜好吃这一口。"天好说："俺爹最愿吃煎饼，俺娘总给他摊。俺爹卷上大葱，咔嚓咔嚓咬，天天吃都不腻歪。"

王老先生满脸堆笑："叫你说的，我都流口水了。你叫啥呀？""俺叫宋天好。""宋……你爹叫啥？""宋承祖。"王老先生惊愕地看着天好："拉队伍打鬼子的那个宋承祖？你是承祖的闺女？""嗯，后来俺爹叫鬼子杀了。"王老先生十分感慨："宋营长英雄啊，东北军的弟兄们没忘你爹。"

王老先生听说天好是宋承祖的闺女，对她特别关心，一定要到天好住的地方看看。天好领王老先生进到她住的小偏厦里，王老先生一眼看见桌案上宋承祖的遗像。看着看着，王老先生不禁潸然泪下。

王老先生说："孩子，我原来是东北军的旅长，你爹是我最好的部下。日本人进来，我们撤到关里，我还当上了少将师长。打了几年小鬼子，打得我心寒，国民党那帮当官的，一个个贪污腐败，净想发国难财。我羞与为伍，就离开了军界。后来，老伴儿没了，儿女也都有自己的营生，就剩我孤零零一个。光复后，思念故土，我就回到了沈阳。这北市场，有我一套老宅子。"说到这儿，他一转话题，"哎，你别住这儿了，上我家住！"

天好感到很突然，忙说："不，老伯……""你外道！宋承祖的闺女就是我闺女！跟我走！"天好用实际的问题推辞着："不行啊，俺全靠摊点煎饼挣口饭，住你那儿，俺煎饼咋卖呀？"王老先生哈哈大笑："我那临街的房子当年我爹就开过馆子，眼下全闲着,还愁放不下你一个煎饼鏊子吗？走吧,跟我看看去。"天好不再推辞,收了煎饼摊子,带上道儿,去王老先生家。

王家大院是一套相当讲究的商住两用的中式套院,临街的几间房子可以开店铺。王老先生说:"这几间临街的房子就归你了！"天好领着道儿跟王老先生进了院子,院子也很宽敞,有大树参天遮阴,有花草铺地悦目。正房、厢房青砖到顶,整洁气派。王老先生对天好说:"我一个人住这么大的院子太冷清,东西厢房我招了几家房客,我自个儿住正房。"

树下石凳上,坐着一个不到三十岁的人,正在看一本洋书。王老先生向天好介绍:"这位是秦先生,留学有成,刚从国外回来。"天好打着招呼:"秦先生。"秦先生抬眼看了一下天好,爱搭不理地点点头,又去看书。从西厢房里出来个女人,端着一盆刚洗完的衣裳。这女人看着天好问:"这是房客,还是亲戚呀？"王老先生笑笑:"是房客,也是亲戚。一个老熟人的闺女,比亲戚还亲呀！"

天好看了房子,觉得确实不错,下午就搬了进来。晚上,她想着初来乍到,该和王先生的房客们熟悉一下,就决定用煎饼招待大家。

大树下的一张桌子上,放了厚厚一摞煎饼,还有葱酱和几盘炒菜,一盆汤。王老先生和几家房客围在桌边,天好在张罗着。

天好说:"也没啥好吃的,我就请大伙吃顿煎饼。都一个院住着,往后请多照应。"一位女房客说:"你是王老先生的亲戚,我们还得请你照应呢。"秦先生说:"好吃,这煎饼别有风味！"王老先生说:"比你那牛奶面包好吃吧？""牛奶面包？我喝粥都快喝不上了。"秦先生长叹一口气,"唉,报国无门呐！"

天好是个说干就干的爽快人,吃过晚饭,她就在临街的门面房里忙着收拾东西,准备煎饼摊子早点开张。正忙着,王老先生推门进来,手拿着一卷宣纸说:"天好啊,我琢磨,你还是开个饭店吧。"天好有点心虚:"我怕不行。""是不是没本钱呐？我给你拿。"天好说:"不是,我还有些积蓄。"

王老先生说:"咱就开个小馆子,让普通老百姓能进得来。你就摊煎饼,雇个厨子,做点家常菜,再找个跑堂的,这就齐了。"天好点点头:"是啊,要不这么大房子就糟践了。"王老先生笑道:"我倒不是怕这房子糟践了,我是想找个吃饭的地方。你开馆子,我天天就不愁吃饭了。饭馆的名字我都替你想好了,看！"王老先生展开宣纸,上写:天天好饭店。天好高兴地说:"天天好,真好！"

一切准备停当,在王老先生的热情支持下,天好的小饭馆选一个好日子开张了。这天,临街的房子挂上了"天天好饭店"的牌匾,鞭炮炸响,唢呐声声,天好笑着,王老先生笑着,街坊邻居都来捧场。

4　春夏秋冬轮流转,一眨眼就又到了冬天。部队决定让天星带一个土改工作队到秀水屯一带搞土地改革。王政委还特别要求天星把小任带上,说是人家主动要求下去锻炼。天星本来不乐意带小任，可是经不住政委连批评带数叨的，还是把小任带上了。

三挂爬犁在雪原上奔跑，上面坐满民主联军的干部战士。天星和小任坐在头一挂爬犁上。赶爬犁的老板子问天星："你是老宋家的二丫头吧？""你认识我？""刚一打照儿，我就看你面熟。""你也是秀水屯的？""你忘了？我给你家趟过地。有一回，你还抢我的马骑。"天星高兴地说："哎哟！孙大哥呀！"

小任说："她现在是营长，是我们土改工作队的队长！"老板子说："你这脾性，是当八路的料！"天星问："为啥呀？""当年，你就敢跟日本人斗嘛！"

到了秀水屯，天星决定把工作队队部就放在自己家里。她和小任带领干部战士进了院子，众人列队听天星讲话："这是我家，从现在开始，也就是我们土改工作队的驻地。我住下屋，你们住正房，不够住就搭个炕。从今晚开始，都下去访贫问苦，宣传我们党的土改政策。"一个战士说："营长，门锁着呢。"天星说："那就撬开呗！"

战士刚要撬门，刘二嫂跑进院来喊："哎！哎！八路同志，人家没人，你们怎么撬门啊！"天星一下认出了来人："刘二嫂！"刘二嫂定睛一看，一拍大腿说："哟！是天星啊！我说嘛，八路哪能随便撬老百姓的门呢。"掏出几把钥匙，"天好临走交给我的，让我隔三岔五地过来看看，给你吧。"天星问："刘二嫂，乡亲们知道土改不？""哎呀！早哄哄开了，都等着这一天呐！"

天星一到秀水屯，马上率领工作队开展工作。访贫问苦，发动群众，斗地主，分田地，分房屋，分浮财和骡马牲口，土改工作搞得有声有色。

如火如荼的土改工作遭到反动势力的激烈反抗，他们组成花子队向土改工作队发起疯狂的反扑。这天凌晨，趁工作队大多数人下去没回来的机会，一百多人的花子队包围了工作队队部。天星命令小任骑马突围出去找部队，自己掩护他冲出去。小任冲出包围去了，天星寡不敌众，被花子队抓住。

天星被五花大绑地押着从街上走过，一群花子队土匪持枪跟着。花子队是由一群日伪时期的军人、警察和逃亡地主们组成的政治土匪。他们专门袭击我土改工作队和农会。因其服装混乱，甚至像要饭花子，故老百姓称其为"花子队"，又因其像疯狂的红眼饿狼，又被称为"红眼队"。街两旁站着不少乡亲，其中有刘二嫂、孙大哥。花子队头目对围观的乡亲喊："你们听着，共产党成不了势！你们闹共产，闹翻身，没个好！"天星以更大的声音喊着："乡亲们！我是老宋家的二丫头，你们要相信我，国民党反动派长不了啦！天下最后是咱们的！"花子队头目气急败坏："把这个女共党活埋了！"

天好在自己饭店里听食客讲乡下土改的事，就把想回秀水屯看看的意思对王老先生讲了。王老先生不仅同意帮忙打理几天，还说："以后我想把这个家全给你。"天好感动得不知说什么才好。天好领着道儿回秀水屯，她刚一进村，就碰上刘二嫂。

刘二嫂看见他们娘儿俩，忙迎上去说："你咋回来啦？快上俺家去！"她边说边拽天好走。天好望着前边闹哄哄的人群问："那边咋的啦？"刘二嫂说："没咋的，国民党抓人呢。"天好有点怀疑："我咋听着像俺家天星的动静？"刘二嫂害怕天好知道了，极力掩饰着："哪有她呀！快走吧！"

空场上，挖好一个大土坑。天星被花子队押到坑边。花子队头目推天星："下去！"天星横眉怒目："别碰我！"花子队头目说："哎，你这个共党娘们儿，死到临头还这么横，我……"这时，人群后有人一声喊："干什么的？"人们转身看，是虎子和老驴子率一连国民党兵来了。国民党兵把花子队围上了。

花子队头目一看是国军，赶忙奔向虎子说："报告长官，抓住个女八路，正准备活埋呢。"虎子走到天星身边，扯过来一看，不禁惊愕。天星看到虎子，更是吃惊。虎子略一沉思，扭头喊一声："带走！"两个国民党兵上来拖天星。花子队头目说："长官，她……"虎子十分威严地说："怎么能不审问就活埋呀？押村公所去！"队伍押天星去村公所。老驴子走到虎子身边，低声问："这个女共党你认识吧？"虎子没吱声。

天好心神不宁地跟着刘二嫂到她家，进了院子，刘二嫂领着道儿要进屋，天好说："不行！我得去看看。"她把随身背的包袱塞给刘二嫂，"替我照看一下道儿。"说着回身就走，刘二嫂喊也喊不回来。

天好匆匆往前走，迎面碰见孙大哥。天好问："孙大哥，刚才是不是天星啊？""是啊，花子队抓了她，要活埋，又被虎子领的国军带村公所去了。"天好如五雷轰顶，飞也似的向村公所跑去。

天星被五花大绑地关在村公所的一间草料棚里，门外，有一个国民党兵把守。虎子进来盯着天星："你说咋办吧？我已经救过你一回了。我让你投降，你也不能，投降，就不是你宋天星了。""你还算了解你二姐。"虎子绝情地说："别提二姐。现在讲不得姐弟情分了！"天星说："你动手吧。但有一条，你的枪子不要打我的脸，照胸口打，照我的心脏打，能给我留下一张干净的脸，就算姐姐没白叫你小弟一场。"虎子听天星这么一说，心中如打翻了五味瓶，不知说什么，也不知咋办，只好一转身走出草料棚。

虎子愁得在村公所里来回转。老驴子悠闲地吐了一个烟圈："你转悠啥？有啥愁事不能说呀？"虎子夺下老驴子的烟，抽了一口，压着嗓子说："你知道吗？她是我二姐！"老驴子笑起来："我猜嘛！正正的！"

这时，天好闯了进来。虎子惊异地叫道："大姐……"天好问："是你抓住了你二姐？"虎子说："大姐，这是公务。"天好脸色发白，瞪着虎子说："公务？你想把你二姐咋的？"虎子硬硬地甩出一句话："她不投降，只能枪毙！"天好要上前打虎子，却感到一阵头晕，摔倒了。

虎子忙惊慌地去扶天好，老驴子喊："掐人中！"虎子掐天好人中，天好醒了。她愣愣怔怔，目光呆滞："这是咋啦？"她看虎子，"你是谁呀？"又看四周，"我咋在这儿呀?"天好糊涂了！虎子惊恐地喊:"大姐!"老驴子想了一下,走出屋去。

老驴子装作若无其事的样子,哼着小调走到关天星的草料棚门口,对看守兵说:"这儿没你的事了,走吧!"看守兵问:"这个女共党……"老驴子两眼一瞪:"废什么话呀?"那看守兵离去。老驴子四处看看,打开门锁。

老驴子进来为天星松绑:"快走!"天星愣了一下,不知咋回事。老驴子说:"愣啥呀!往东边走!"天星问:"是我弟弟?""还有你姐!""我姐?"天星不知道天好怎么也来了。"别磨唧啦!快跟我走!"老驴子出门,四下看看,冲天星一摆手,天星走出去。

虎子扶着天好回到自己家里,天好呆坐在炕上,虎子和道儿守在她身边。道儿喊:"娘!"天好连道儿都不认识了,问:"这是谁家的孩子?"道儿大哭:"娘啊……"虎子也哭了:"大姐……"

这时,一个国民党兵跑进来:"报告连长,共军一个团正向这里开进。胡团长命令马上撤退!"虎子气哼哼地说:"去他妈的吧!老子不干了!"胡营长已经升为团长,带着老驴子和几个国民党兵进来。

胡团长说:"宋连长!马上带队伍撤退!""我姐都这样了,我能走吗?我要留下来照看我姐!"胡团长说:"不行,你得服从命令!"虎子说:"你他妈才升团长几天,就闹这个长官脸!"胡团长说:"放肆!这不是论哥们弟兄的时候!"对几个士兵下命令,"把他给我绑了!"几个兵上前抓虎子,虎子挣扎着:"我不能扔下我姐……我姐这样咋活呀……"

胡团长绑着虎子,和国民党兵都走了,老驴子看着天好。天好说:"你认识我吗?看我干啥?"老驴子狠狠扇了天好一耳光。天好激灵一下打个愣怔。老驴子说:"你妹妹逃走了!"天好缓过来了:"天星没事了?""她好好的!"老驴子看天好已经好了,这才出去急忙追赶队伍。道儿扑到天好怀里哭:"娘……"天好搂着道儿:"咱不哭,你二姨她好好的。"

风雪漫天,天好领着道儿踽踽而行。道儿问:"娘,咱这是往哪儿走呀?"天好说:"走吧,哪儿有亮,咱就往哪儿走。"道儿说:"娘,我累了。"天好背起道儿又朝前走。没走几步,道儿趴在天好的肩头睡了。天好问:"道儿,冷吗?"道儿迷迷糊糊地说着梦话:"娘,我看见亮了。""在哪儿呢?"道儿没有应声,他睡着了。

天好背着道儿朝风雪中走去,她自言自语:"娘说的亮,你哪懂啊!娘也是活了这么多年,才知道世上还有一条亮堂堂的道。你大舅、你二姨都走在这条道上,娘也跟着走了几步,可是,娘没出息,又折回来了……可折回来,娘觉着丢人,这不成了光为自个儿活的人了吗?娘还得奔那条亮堂堂的道走啊!"天好既没有疯,也没有迷,她正是往那条有亮的道上走,雪地上,留下她深深的脚印……

小任叫来援军，花子队作鸟兽散，天星又回到了土改工作队。经过那一夜的折腾，院子里一片狼藉，天星、小任和几个工作队员、农会干部收拾院子。小任悄声对天星说："你弟弟可真够浑的。"天星说："他从小就调皮捣蛋，可是没想浑到这个地步。"

天星又发着狠说："他不认我这个姐姐，我也不认他那个弟弟。两个山头碰不到一块，两个人总有相见的时候。""怎么，见面了你还能崩了他？"天星恨恨地说："不崩，留着他祸害这个家，给国民党当炮灰祸害老百姓！""到时候，你就下不去手了，终归是自己的弟弟。"天星气哼哼地说："到时候你把眼珠子瞪圆了，看我能不能下去手！"

一位农会干部过来，拿着一枚衣扣给天星看："我咋看这像是天好的扣子。"天星接过衣扣，看了看："对，是我姐的。"小任叹一声："嗐，也不知你大姐和道儿去哪儿了？"一农会干部说："肯定没在咱这儿周围，农会的人都找好几天了。"天星说："她是叫虎子气疯了，连家都找不着了啊。"小任说："这冰天雪地的，叫大姐和道儿可怎么办呢？"天星黯然神伤："怎么办？听天由命吧。"

一位解放军战士骑着马飞奔而来："宋营长，你的信。"天星接过战士手中的信，看完信朝小任说："任参谋，团部命令你我马上归队，有新的任务。"小任问："那这村里的事咋办？"天星朝几名农会干部说："走，咱们开个会，商量一下。"天星安排好了村里的工作，立即和小任返回了部队。

虎子所在的国民党军在雪原上行进，一个士兵说："当官的全他妈的抽风，刚刚摸着南满共军的尾巴，又叫往北满开。"另一个士兵说："没听当官的说吗，这次去北满，是和共军的主力决战，这场仗打完了，弟兄们就可以回家搂老婆抱孩子喽。"虎子板着脸说:"把嘴闭上,还嫌道走得少是不是?"

一辆吉普车从后面上来,胡团长带着成子坐在上面。胡团长说:"宋老弟,辛苦啊!上车,老哥带你一程。"虎子不搭理,继续走着。成子说:"宋连长,团长喊你呢。"虎子仍不搭腔。老驴子说:"谱儿不小啊,非得团长下来请你吗?"

虎子说:"不用他请,他招下手,就有人替他上来绑我了。"胡团长一笑,跳下吉普车来到虎子身边:"宋老弟,气大伤身哪,上车,咱们弟兄好好聊聊。"他连拉带拽把虎子弄上吉普车。

胡团长递给虎子一支烟,又为他点燃:"宋老弟,那天下令绑你也是老哥不得已而为之。咱们刚刚撤走,共军就杀到了,晚一步后果不堪设想。""可是我不能不管我大姐呀。""宋老弟,当兵的最忌讳肠子软。"虎子说:"这我明白,心肠软我就不当兵了,就不跟你胡团长鞍前马后出生入死了。知道吗,俺爹俺娘走得早,全都是俺大姐把我拉扯大的。"

胡团长掏出一沓钱来:"宋老弟,家里的事,你说过多少遍了。这是老哥的一点意思,一千块钱,找个空寄给你大姐,给她压压惊,补补身子。"虎子不接。"怎么,还得叫我亲自上门给你大姐送去?你别忘了,你我军命在身,我手下还带着两三千号的弟兄!"虎子接过钱:"别甩大的了,替俺大姐谢你了。"

胡团长说:"不过,你那个二姐可不叫物啊——铁杆共匪。"虎子说:"能不能不提她?一提她,我脑仁气得都乱蹦。""不提,不提,只要宋连长脑仁不乱蹦比什么都强。"

胡团长身边的步话机响了,胡团长抓起话筒:"喂,是我,大点声听不清楚……明白,兄弟明白。"虎子问:"怎么了?""又改令了,叫按原路返回。南满的共匪又蹿出来找死了!"胡团长朝身边的成子说,"传我的命令,全团向后转,后队变前队,按原路搜索返回。"

夕阳照耀着白雪皑皑的山林,山林披上了一层金光。山半腰,天星带着队伍急匆匆地往山上走。小任说:"宋营长,蒋匪军真听话呀,咱们往哪儿领,他们就往哪儿奔。"天星说:"跟吧,不跟到鬼门关,他们不能歇脚。"

山底下,虎子带着国民党军正往山上爬,后面传来口令:"往前传,原地休息,团长有话说。"口令由士兵们一个接一个口耳相传,最后传给了走在队伍前面的虎子。老驴子骂了一句:"奶奶的,眼看追上共军了,团长又闹什么新花样。"

山半腰,小任望着山下说:"宋营长,蒋匪军怎么停下来了?"天星停住脚步,向山下望着说:"是他们跑熊了吧!"

山底下,胡团长气喘吁吁地赶到虎子和老驴子身旁说:"炮队还没上来,咱们先陪共军玩一会儿。"虎子问:"咋玩?人家和你玩呀?"胡团长举起手中一个洋铁皮做的喊话筒说:"和共军聊会儿天。看老哥的。"他拿起喊话筒,朝山上喊,"共军弟兄们。跑这几天累了吧？停下来歇一会儿，敞人和你们说几句话。不认识敞人吧？敞人姓胡，是国军的上校团长，你们听见了吗？"

山半腰，天星说："哟嗬，猖狂的，他还喊起话来了，任参谋回他的。"任参谋把双手拢到嘴边，朝山下喊："听见了，有啥话你就说吧！"

山底下，胡团长朝山上喊："都是些好话，共军弟兄们，共产党就像这西边的太阳，眼瞅着要落山了，你们跟着共产党跑，只能钻到山后的黑夜里去，投降吧！你们也累了，也饿了，投降了，国军款待你们。别的好东西没有，美国面包、罐头，管你们吃个够！"

山半腰，天星朝山下喊："你们认美国洋爹，我们不认，我们只认自己的兄弟姐妹、父老乡亲。"

山底下，老驴子朝虎子说："这不是你二姐的动静吗？""我没那个二姐。"又小声地说，"当初你就不该放了她。"老驴子也是小声说："我是看你大姐可怜！"胡团长朝山上喊："共军这位妹妹不要嘴硬了，你们跟着共产党，整天钻山沟，吃糠咽菜，有什么奔头，图些什么？敞人我实在是不明白呀！"

山半腰，天星轻蔑地一笑："他不明白，任参谋领大伙唱个歌，就是你教给大伙的《我们是红色的战士》。"天星朝山下喊，"山下那个敞人，还有国军的弟兄们好好听着，这就告诉你们！"小任朝着战士们，唱着起了个头："为土地又为着自由——预备唱。"

战士们高声唱起来："为土地又为着自由，同志们勇敢地向前进，红色的队伍给人们带来了一切自由。劳动的人民宣誓，进行最后的斗争，在激烈的战斗里，高举起自己的旗帜。"

山底下，老驴子说："奶奶的，死到临头你们还有心思唱歌。"说着他拿过喊话筒，朝山上也唱起来："共军兄弟你听真，今天是吉日又是良辰，金童送你向西去，玉女为你断红尘。别怨爷爷下手狠，来生转世再为人。"

山半腰，天星大声问战士们："唱得好不好？"战士们高声回答："不好！"天星又问战士们："唱得妙不妙？"战士们高声回答："不妙！"天星又问战士们："再来一个要不要？"战士们高声回答："拉倒吧，回家哭他爹爹去吧！"

山底下，胡团长问："老驴子，你唱的什么调？"老驴子说："这叫《辞灵歌》，老百姓出殡唱的，我改了几个词，骂骂他们。"虎子说："太难听了，再换一个。"胡团长说："老驴子你也就会这种东西，咱们新六军能唱这个吗？虎子起个头，唱国民革命军陆军军歌。拖住他们，炮队马上到了。"

虎子答应着，起了个头："风云起，山河动——预备唱。"士兵们跟着唱起来："风云起，山河动，黄埔建军声势雄，革命壮士矢精忠。金戈铁马，百战沙场，安内攘外做先锋。纵横扫荡，复兴中华，所向无敌，立大功。"

山半腰，天星听着山下的歌声，皱起眉头："怪了，这些王八蛋今天咋想起来对歌了?"小任说:"宋营长咱们也唱。"天星说:"唱。"说完她举起望远镜,向山下观望。小任起了个头,战士们唱《中国人民解放军军歌》。战士们唱得坚定有力,歌声嘹亮,山底下却唱得有气无力,参差不齐。

天星在望远镜里发现山下敌人的炮队上来了,她放下望远镜说:"同志们,别唱了! 敌人的炮队上来了,往山后撤!"战士们收住歌声,迅速跑向山后。

山底下,老驴子发现山上的歌声停了:"团长,共军咋不唱了?"胡团长骂道:"妈的,八成是发现咱们的炮队了。传我的命令,赶紧开炮!"虎子说:"玩花样吧! 叫共军跑了! 有这工夫,早干掉他们了。"炮声响了,炮弹在山半腰炸响。可是,天星的队伍已经翻过山坡,山后,又传来《中国人民解放军军歌》。

2 沈阳城冬天的早晨,寒气逼人,街上行人稀少。但是,国民党军宣传车倒是勤快得很,一大早就沿街开着,车上的高音喇叭不住地广播:"国民革命军东北保安司令长官部最新战报:国军节节胜利,共匪连遭重创。3月10日,越过松花江向南窜犯的共匪在农安、德惠一带遭到国军围歼,残部正仓皇北窜。困守南满的共匪,日前妄图攻占南满重镇通化,我守卫通化的国军英勇奋战,以一当十,已将攻城之共匪击溃。现在,国军正在追击逃散之共匪。"

天月洗漱之后走进餐厅,看了看桌子上的早餐,回头喊:"吴妈,你过来一下。"五十岁左右的吴妈应声进来:"太太,什么事?""不是和你说过,早餐的牛奶得配面包吃,你怎么又端上馒头。"吴妈面露愧色:"看我这记性,这就换去。"说着忙端了馒头出去。周和光走进餐厅说:"馒头不也是面粉做的吗?"天月说:"那可不一样,味道不一样,营养成分也不一样。你呀,有福不会享。"二人坐下,吴妈端了两碟面包进来:"太太,您放心,明早肯定错不了。"

天月皱着眉头拿起一片面包:"一大早的大喇叭就满街喊,也不管人家睡不睡觉。"周和光笑了笑:"怎么,国军打胜仗天月不高兴了?""你少来,俺家有当八路的,还有当国军的呢! 天天喊节节胜利,我听腻歪了。"周和光说:"战场上是胜了,可是后院乌七八糟! 昨天有人报案说第四机器厂的设备被人偷了。我带人去现场一问,有工人说那不是偷,是明目张胆地抢! 三辆十轮卡,十好几个人往车上搬。"

"什么人这么大胆?"周和光说:"一查,原来是五十三军一个师参谋长带手下干的。"天月问:"你怎么处理?""很简单,按市政府的治安条例办,赃物全部追回。""那个参谋长呢?"周和光说:"已经报告给东北保安司令长官部了,有这小子好看的。"天月说:"要我说啊,你报告也是白报告。眼下,沈阳这样的事还少吗? 查谁了,办谁了?""还是查办了一些嘛,不过长此以往,前面打多少胜仗恐怕也要白费。"两人一时无话,低头吃饭。

周和光问:"昨天去看你大姐了? 共产党的土改搞得怎么样?""别提了,见面我差点都不认识她了。人整个瘦了一圈。大姐不愿和我详细说,道儿说,他二姨被他小舅抓住了，他娘叫他小舅放他二姨，他小舅不光不放，还想要他二姨的命。他姐弟俩这一闹，把大姐都气糊涂了，深更半夜，领道儿在大风雪里东走西走，差点没命。"周和光说："共产党尽瞎胡闹！抗战的时候实行减租减息不是挺好吗？不管是地主还是农民，不都是一条心打鬼子吗？这回好，搞土地改革，不光地主和农民干起来，连宋家的姐姐和弟弟也刀枪相见了。"

天月说："你要说共产党就干干净净说共产党，别挂上我们老宋家的人。"周和光说："怎么叫挂呀？你二姐宋天星是共产党吧？""先别说我二姐，魏德民是不是共产党？你还和他推杯换盏，给他送行呢！"周和光说："魏德民也是个人才，精明强干，可惜他走错了道，上了共产党那辆破车。"

天月说："要是哪天，你再遇见魏德民咋办？"周和光笑了笑："只有抓，留着这些人，国家没个太平。""我可不敢相信，当初，你们俩打鬼子，好成一个头，就差穿一条裤子了。""还是不一样的！当初不一样，如今仍然不一样。他信他的共产主义，我信我的三民主义。"

这天早上，王老先生正坐在太师椅上喝茶，秦先生进来了。王老先生起身打着招呼："科学家，又有啥新闻哪？"秦先生压低声音说："老人家，早上的最新战报您听见了吧？""能听不见？那动静房上的瓦都要震下来了。"秦先生说："可是，哈尔滨共产党广播电台说的是另一回事，说是共军3月10日在靠山屯歼灭国军八十八师的五个连一千三百多人。"王老先生不动声色地问："还有呢？"秦先生说："还说进攻通化的共军并非被击溃，而是主动撤退。"

王老先生问："你看他们两家谁说的是真话呀？"秦先生说："很难，要作出准确的判断很难！这就像科学研究一样，不占有第一手资料，谁也不敢妄言。"王老先生说："既然如此，就不要琢磨了。像我这样，到点了吃饭，吃完饭喝杯清茶，万事不入心，保你心宽体健。""老人家，我比不得您哪，您是功成名就，赋闲在家，当然可以万事不入心。可是我呢？在国外学了七八年，也算学到一点真本领，漂洋过海回来了，如今想报效国家却找不到门！"

王老先生问："你报国无门和国共之战有啥关系？"秦先生说："有关系，每次要拜见市长，他的秘书都说，市长公务繁忙。后来我总算弄明白了，市长的公务就是忙活怎么剿共，怎么给国军组织兵源，筹集给养。国共总这么打下去，我上哪儿推开报国之门？"王老先生嘿嘿一笑："你把国民政府的市长想得太好了，他心里不光装着剿共，大半拉子还想着自己和七大姑八大姨怎么升官发财呢！"

这时，天好推门进来，向秦先生打过招呼，递给王老先生一沓钱："老人家，这是上个月的房租。"王老先生手一挥："免了吧。这趟你能活着回来，就算捡了条小命，留那俩钱，买点好吃好喝的补补身子吧！"

天好说："补啥补？穷人穷命，折腾去吧！这钱您老还是留下。"王老先生只好收下。天好说："老人家,刚才在街上听人说,国军在吉林把小丰满水电站的闸门打开了,说是要让大水灌满松花江,堵住八路往北撤的后路。"

秦先生说："胡闹！小丰满水电站是全东北乃至全中国最大的水电站,国计民生之所系,放了水还怎么发电？没有电,全东北的工业怎么办？民众生活怎么办？"王老先生说："这倒让我想起花园口那一出了。1938 年 6 月,蒋委员长为阻止日军前进,下令炸开郑州花园口黄河大堤。河南、安徽、江苏三省几十万人被淹死,几百万人流离失所。到头来,还是没挡住日本人攻陷武汉、广州。如今,又打开小丰满水电站的闸门,也未必会有什么大的效果！"

外面隐约传来卖豆腐的梆子声。秦先生问："老人家,国共之战谁是最后赢家？""最后的事我不敢说,眼下是国军不妙呀！"秦先生又问："此话怎讲啊？共军一部分被撵到松花江以北,一部分躲在南满的山中,完全处于劣势嘛。"

王老先生说："讲国军不妙,道理有二:第一,继续打下去,国军的兵源不及八路雄厚。关外国军只有三四十万人马,关内的匪军又抽不出来。别看眼下八路只有那么十来万人,可是他们扔掉城市,退到乡村,这可就了不得！他们一旦打土豪,分田地,农民就会成为八路的兵源！要不了多久,就会有三十万、五十万的农民变成八路。第二,国军战术不及八路灵活。北满,南满,八路兵分两路,南北呼应,令国军南北不能相顾。周旋下去,国军必处下风。"

秦先生说："照您这么说,发展下去,最后的赢家不就是共产党吗？"王老先生赶忙摆手："我可从没这么想,更没这么说。"天好笑了："老人家,连我都听出您是那个意思了,何况人家秦先生。"王老先生一脸正色道："天好,出了这门你可别说这话,我担当不起哟！"秦先生问："老人家,您见多识广,和共产党打过交道吗？""当年随少帅退到关内,在西安时见过共产党。"

外面卖豆腐的梆子声渐渐远去,天好突然意识到梆子声,问道："这是不是卖豆腐的？"王老先生说："人家敲半天了。""你们聊。"天好说着匆匆走出去。

天好急匆匆跑出来,循梆子声望去,卖豆腐的已经推着车转过街角。天好上气不接下气地追上卖豆腐的,跑近前一看,那是个十四五岁的男孩子。天好问："你认识大刘吗？"男孩子反问："哪个大刘呀？""个逛高,眼挺大,三十来岁,也卖豆腐。""不认识。"男孩子说完推着豆腐车走了,天好只好回王家大院。

3 这天上午,天上飘着雪花,刮着小风,挺冷。一个老人路过"天天好饭店"门口,他看见饭馆的牌匾,不由得诡异地一笑。他正要走,道儿出来问："老爷爷,吃饭吗？"老人说不吃饭。道儿说："天多冷啊,老爷爷进来暖和暖和吧。"老人进来,道儿很懂事地端一杯热水给老人喝。

老人这才仔细端详道儿,他眼睛一亮说："小子,我怎么像是见过你？"道儿瞅了瞅那老人："爷爷,我也像是认识你。"老人笑了："这么说,咱们是有缘哪,来,爷爷给你看看手相。"道儿伸出手给老人看，老人看了看说："那只手也伸出来。"

　　老人面露喜色道："小子，咱俩真是有缘哪！你看看，你这两只手都是当中一条横杠子，这叫通贯手。爷爷也是两只通贯手。"说着老人伸出自己的两手给道儿看。道儿说："听大人们说，这样手的人心狠、手狠，是吗？"老人说："别听那些胡说八道，刚才还有人和爷爷这么胡说呢。小子，爷爷活了这么大岁数，心里就存了一个字：善。下手的时候就记住一句话：不可不讲情义。"

　　王老先生进来问："今天怎么冷清了？"伙计赶紧迎上去："老人家，还没到饭口呢。"那老人看见王老先生，赶忙低下头又看道儿的手："来，让爷爷再详细看看。"道儿朝王老先生喊："爷爷，这个爷爷会算命。"

　　王老先生微笑着走过来说："是吗，天天好饭馆也招来高人了？"那老人赶忙起身，垂着头说："不敢，不敢，草木之人。"王老先生说："给我也看看，要问生辰八字吗？"那老人说："兄弟实话实说，八字之术一窍不通，若论面相、手相还可以胡说一二。"王老先生坐下来说："那就说说我的面相、手相。"

　　那老人煞有介事地端详了一阵王老先生，又看了双手掌纹，谦恭地一笑："江湖上那些套话在下就免了，只拣实实在在的说。说得对了，您老人家不必破费；说得错了，您老人家尽管怪罪。""哪能呢，看个相的钱我还掏得起，说吧。"

　　那老人说："您老人家出身不算富贵，但祖上还是攒了些银两，这大院落就是您祖上留下的家业，对吧？"王老先生不动声色。"您老人家年轻时志存高远，不肯经商，不肯从文，投笔从了军。一直干到统领千军万马，为国家征战，出生入死，立下了不起的战功！对吗？"王老先生还是不动声色。

　　天好正在帮着厨师切菜，听见饭馆里王老先生和老人的谈话声，她问厨师："王老先生和谁说话呢？"厨师说："是个算卦的。"天好说："算卦的？说话这动静像是听见过。"

　　王老先生笑着望了望那老人："你相得还真准！你是不是认识我呀？""老人家，这您就太小看兄弟了，兄弟我行走江湖大半生，全靠真本事，从没做过那种坑蒙拐骗的事情，再说兄弟我初来乍到沈阳，咋会认识您老人家？"

　　天好走过来，疑惑地打量着老人。王老先生说："也是，听口音你不像沈阳人。"那老人说："对，老家山东的。"天好走上前问："老先生，您是山东什么地方人呢？"那老人抬起头来，定定瞅着天好，半天才慢吞吞地说："山东牟平的。"道儿说："娘，这个爷爷可会看相了，给王爷爷都说准了。"

　　那老人瞅瞅天好，又瞅瞅道儿问："你们俩是母子？"天好探询地问："对，你有什么话说吗？""没有，只是觉得你们娘儿俩长得不那么像。孩子他爹做什么呀？"道儿说："俺爹丢了。"那老人说："一个大活人能丢了？"天好说："不走正道，走岔道、歪道、邪道还能不丢了吗？"那老人说："那是，老朽大半生看相，阅人无数，凡走邪道的没有一个得好下场，而且还要殃及父母，连累妻子儿女。老朽有一忠言奉告诸位:人这一辈子,无论穷富成败,万万不可误入邪道。"

　　老人又问道儿:"孩子,你叫什么名啊?"道儿说:"小名叫道儿,大名叫宋正道。"天好说:"他爹丢了,姓就随我了。"老人说:"随得好,不光姓要随你,为人处事也得随你走正道,不能像他爹走那样道、歪道、邪道。"

　　天好说:"老先生您是高人,给我也看看吧。"老人微微一笑:"不知你要问什么?""先说说俺爹俺娘吧。"老人抬起手,指着天好的额头:"此处为天庭,天庭右面是月角,左面是日角。若问父母,须看日月二角,你月角偏平偏暗,令堂大人已然不在了吧?"道儿问:"令堂大人是谁呀?"王老先生说:"就是你姥娘。""对,俺姥娘早就不在了,我都没见过。"

　　老人朝着天好:"你这日角偏高偏亮,令尊大人不光健在,而且福禄寿三全,对吗?"王老先生哈哈一笑:"高人哟,错了! 孩子姥爷早就不在了。"老人一愣说:"不会吧,她的面相上清清楚楚这么写着啊?"天好说:"俺爹要是不遇见那个恶人,那个魔头,兴许真能像你说的福禄寿三全。"老人说:"我说嘛,那叫飞来的横祸。老朽的相术还看不出意外之灾。不知令尊大人遇见的是何等恶人?"王老先生说:"不要提了,她父亲的一个部下。"

　　天好说:"俺爹最喜欢他呀。"老人说:"这不奇怪。凡恶人必有大奸之心计,貌似忠厚老实,实则狡诈歹毒。此人还在吗?"天好盯着老人说:"听说他还没死。"老人长叹一声:"咳,这不正应了那句古话好人不长寿、恶人活千年吗? 可叹,可叹!"

　　天好说:"老先生你再说说我自己吧!"老人说:"看相算命必须心静气定,听了令尊大人的事,老朽心里很是不好受。还咋给你看相啊? 容老朽不恭敬了,这就告辞吧。"说着那老人站起来。王老先生说:"等等,看相的银两还没给你。""不必破费,若实在觉得过意不去,就替老朽给这位大姐的令尊大人上两炷香吧!"说完,老人分开众人走出饭馆。

　　老人从饭馆出来,慢慢走去。天好也从饭馆出来,朝老人喊:"老人家,慢走,谢谢你啊!"老人并不回头:"不必客气了,说不定改天还来打扰呢!"天好久久地望着老人的背影,目光满是疑虑。

　　天好领着道儿走进王老先生家客厅,对王老先生说:"老人家,求你件事,能帮我看会儿道儿吗?"王老先生说:"行啊,你要出去?"天好点点头:"你不觉得刚才看相的这个人有点面熟吗?"王老先生想了想说:"好像没见过这个人。"

　　天好把王老先生引到一边,低声说:"我怎么觉着这个人像裘春海。"王老先生说:"当年倒是见过裘春海,可是记不很清了。""我想上天月那儿一趟,把这事告诉周和光。""真是裘春海吗? 如果是,他也应该认出你呀? 这一点我可没看出来。再说,那是个老头子,裘春海才多大年岁?"天好说:"那个魔头花样多着呢! 难保不是他装扮成那么个样。"

　　天好觉得这事一点也不能耽误,她立马去了天月家。到周家客厅,吴妈说太太昨天参加一个聚会回来晚了,现在还没起床。天好忽然听见外面有卖豆腐的梆子声,她一转身出了客厅。

天好从小楼里出来,推开院门见到一位推车卖豆腐的,这是一位中年妇女。天好问:"大姐,你认识大刘吗?"卖豆腐的中年妇女说:"哪个大刘?""个挺高,眼挺大,三十来岁,也卖豆腐。"卖豆腐的说:"买谁的豆腐不一样,非得买他的?"天好说:"那倒不是,有点事要问他。"

一辆小轿车开过来,周和光一身警服从车里出来。天好丢开卖豆腐的,迎上去说:"和光,有点事和你说。""那也不能站大街上说啊。"天好随周和光走进院子,她边走边说:"今天我碰上个蹊跷事,你猜你遇见谁了? 裘春海!"周和光停下脚步问:"在哪儿?"天好说:"就在俺那个饭馆里。"周和光顿时警醒:"是吗? 咋没抓住他?""进屋咱慢慢说。"

进了客厅,天月也出来了,天好把她对那看相人的怀疑前前后后讲了一遍,天月听后笑得前仰后合:"大姐呀大姐,裘春海再会装扮,一个三十来岁的人能装扮成七老八十的老头子?"天好说:"按说不能,可是我就觉着那个老头太像裘春海了。不光脸像,连说话的声音都像。"周和光一面听着姐俩说笑,一面琢磨。

天月说:"大姐,你知道丢斧子的人的故事吧?"天好说:"怎么不知道? 从前有个人家里的斧子丢了……"天月接着说:"对,他就怀疑是一个邻居偷的,怎么看那个邻居,怎么都像是偷斧子的人。"

天好说:"后来,斧子找到了,他怎么看那个邻居,怎么也不像是偷斧子的人了,对不对? 你就臊派大姐吧!"天月说:"不是臊派,这是一种心理现象,叫先入为主。最先产生的念头,很容易左右下面的思考。对不对,和光?"

周和光说:"裘春海这个人太狡诈,不能按常理看。大姐,你说那个老头是看相的,他在哪儿摆摊?""不知道,那老头也没说。"天月说:"和光,我看你也快成丢斧子的人了。"

周和光不以为然地一笑,朝天好说:"你那饭馆离北市场不远,那儿倒是有些算命看相的,他能不能在那儿?"天好说:"对呀,我怎么就没想到呢!"天月说:"怎么,你们真要把那个老头当成裘春海啊?"周和光说:"宁可相信有,不可相信无。绝不能一失足,跌成千古恨哪!"

北市场沿街店铺林立,行人熙攘,七行八作,无所不有,热闹非凡。周和光穿便衣和天好沿街寻找算卦看相的。走了几个卦摊,摊主都不是昨天那位老人。

二人返回到一个卦摊前,摊主是一位中年男子,周和光上前问道:"跟您打听个人,也是干你们这行的。"算卦的说:"只要是北市场算命打卦的,兄弟大都认识。"天好说:"这个人看上去六七十岁,中等个,说话带山东口音。"算卦的说:"这可难为兄弟了,这样的人满街上都是。"周和光对天好说:"他还有什么特征,特殊的地方?"天好想了想:"对了,他两个手都是断掌纹。"

算命的想了想眼睛一亮:"昨天倒遇见这么个老头,可他不是算命打卦的,就是一来一过那么个人。"周和光问:"他在你这儿算命了?"算卦的说:"没,就是看了看手相。嫌我给他说的不好听,临走连卦金都没留下,太不讲究了。"

天好问:"你咋给他说的?"算卦的说:"其实,我也没多说什么,就是按照相理告诉他两句话:两手皆断掌,残骨肉而大刑伤。"天好问:"这句话咋讲啊?"算卦的说:"意思就是说,两个手都是断掌纹的人心狠手辣,伤害自己的骨肉亲人不说,最后他自己也得犯掉脑袋的罪。"天好说:"他倒真是这么个人。"

周和光问:"这个人多大年岁?"算卦的说:"一个老头,靠七十了吧。"周和光问:"他岁数你看得准吗?"算卦的说:"这位兄弟,真能开玩笑,我连今世来生都能看得明明白白,何况是一个人的岁数大小。"天好问:"肯定没错?"算卦的说:"没错,错了你把我这个摊掀了。"

周和光、天好刚要离去,算卦的叫了一声:"怎么,这就走了,卦金呢?"周和光赶紧转身掏出几块钱放在卦摊上说:"对不起,忘了。"算卦的面色一缓:"我说嘛,二位也不像不讲究的人。"周和光和天好离开卦摊。

周和光说:"大姐,看来真是你走眼了,我也多心了。"天好不舍地说:"他也太像裘春海了。"周和光说:"可是年岁不对呀,你不也看那是个老人吗?算卦的也说是老人,这还有错吗?"天好说:"反正到现在我这心里头还是在画符儿。"周和光笑了笑:"大姐,你我真叫天月说着,全成丢斧子的人了。"

那看相的老人在黄昏时分来到一个小旅馆的房间外,他进屋后忙反身小心地将门栓插上,这才来到镜子跟前,摘下帽子,去掉胡须,这老人就是裘春海。

裘春海对着镜子,学天好出来送他的话:"'老人家,慢走,谢谢你啊!'傻狍子,连我裘春海都认不出来了……别说,痴人还真有痴福!投王旅长门下,开上小饭馆了,奶奶的!傻狍子都比你裘春海混得强。我怎么了,我不是还站在这儿喘气吗?我不是连那个王旅长都蒙得一跟头一旁立吗?说我是高人,就是比你们高,怎么,不宾服啊?我裘春海打着口哨,哼着小曲,连儿子都有了!还说什么你不能给我生儿子,生了也得掐死。呸,你宋天好还想欺骗我,看孩子那脸就知道是我裘春海的儿子!这就叫上苍有眼,天不灭裘……你魏德民不行,中了我一枪;你周和光不行,眼皮底下叫我溜了;你宋天好更端不到桌面上来,把你卖了,你还得帮我点钱呢!"

突然,传来敲门声。裘春海装作老人的声音:"谁呀?"门外一个声音:"警察局的。"裘春海赶忙抓起胡须往脸上粘:"稍等,稍等。"裘春海越着急,胡须越粘不周正。门外那个声音:"麻溜点,有怕人的事情吗?"裘春海粘着胡须说:"没有,没有。一个老头子有什么怕见人的。"

门外那个声音笑了:"老爷子,是我,茶房,送开水来了。"裘春海这才稳住神,粘好胡须,转身开门,朝茶房说:"送开水就说送开水,装啥警察局的。"茶房笑了:"不说不笑不热闹。"

　　裘春海接过热水瓶说："人老被人欺,马老被人骑呀。"茶房说:"老人家别生气,我是怕你一个人呆在屋里闷得慌。"裘春海说:"照这么说,我老朽还得谢谢你,谢谢你有这份孝心!"

　　茶房离去,裘春海又将门栓插上,他深深地吸了两口气说:"吓死你爷爷了。共产党抓我,国民党也抓我,奶奶的,这是把我裘春海往绝路上逼啊。逼吧,逼吧,兔子逼急了还咬人呢!不过,眼下还不能咬,咬不好,把自己都搭进去了。我得活着,装儿子,装孙子,我都得活着。此处不留爷爷,自有留爷爷处,远走高飞,离你们远点。不行,不能我一个人走,我裘春海是有儿子的人!傻狍子,我的儿子还跟你姓宋了,你也够歹毒的。不行,杀了我也不行,我裘春海的儿子绝不能留给你们!"

第 32 章

天好和道儿已经在炕上睡了,窗外一个黑影悄悄潜过来,朝屋里打探。屋里,天好睡梦中嘟囔着:"就知道是你,你早晚得来,果不其然你真来了。"窗外那黑影一惊,他正是裘春海。屋里,天好还在睡梦中嘟囔:"来了,你就亮亮堂堂地走进来,不用藏着掖着。你那张脸,别说粘了胡子,就是烧成灰,我也能认出来。"

窗外,裘春海拔出手枪,悄声说:"认出来了,认出来你也是晚了。"屋里,天好睡梦中突然睁大眼睛说:"裘春海,你想干什么?"窗外,裘春海吓得一哆嗦,转身想走,但又蹲下来,凑近窗前,举起手枪。王老先生的门开了,他披件衣服,手里提了支手枪出来。裘春海缩在那儿一动不动。王老先生朝裘春海瞅着:"那是谁呀?哪路神仙蹲在那儿?给我出来!再不出来我可开枪了。"

裘春海抬手朝王老先生打了一枪,拔腿朝院墙奔去,一纵身翻墙而走。

天好从屋里冲出来问:"咋了,老人家?"有几家房客也探出头来询问。王老先生安抚众人:"没什么,刚才来了个贼,见我出来吓跑了。"秦先生问:"是不是还打了一枪?"王老先生说:"是那贼打的。"天好来到王老先生身边:"没伤到您吧?""没有。"王老先生朝众房客们说:"大家睡吧,没事。"

天好问:"老人家,那贼啥样?""没看清,看那身手不像普通的贼。还带着家伙呢!枪出得挺快,像个当兵的。""会不会是裘春海?刚才我就梦见他了,他拿了把枪来,想杀了我,把道儿抢走。""天好,该你命大呀!刚才我半醒半睡听见院里像是有什么动静,拿了枪出来一看,果然,就撞上那贼了。他要真是裘春海,这事还好办了,他再来我就替你参崩了他。"

天好说:"老人家,真要是裘春海他就不会再来了。这个魔头比鬼都精。"王老先生说:"那么,就让他跑了?""跑?没那么容易!""这么大个沈阳城,上哪儿找他去?"天好说:"只要他不死,就能找办法抓住他!"

在北市场十字路口,路边一个卖糖炒栗子的,边翻炒着锅里的栗子,边叫卖:"糖炒栗子,糖炒栗子,刚出锅的糖炒栗子!尝一尝,看一看,不香不甜不要钱。"有过往的客人不断停下来买糖炒栗子。

天好和周和光坐在栗子摊对面茶楼靠窗的一张桌子边,边说着话边向对面的糖炒栗子摊张望,周和光戴了顶礼帽。他问:"大姐,裘春海肯定能来吗?""放心吧,这个人最喜好糖炒栗子这一口。""咱可是在这儿守大半天了。"

天好说:"他指定能来,到了栗子上市的季节,他隔三岔五总得吃点糖炒栗子。会不会是你的人露馅了?"周和光说:"不可能,当警察的知道怎么蹲坑。只要裘春海来了,我把礼帽一摘,街上埋伏的弟兄们保险把他拿下。"

周和光瞅着对面的糖炒栗子摊,突然低声说:"来了,戴狗皮帽子的那个老头。"天好盯着那人看了一阵子:"不是他,裘春海比他高,比他壮实。"周和光有些失望:"天可是要黑了。""反正来了,再等一会儿。"

过了一阵子,天黑了,天好瞅着窗外疑惑地说:"我咋看这个人像。"周和光顺着天好指的方向看去:"像个老太太。"天好仔细地瞅了瞅,笑了:"可不是老太太嘛,没等买先扒开一个尝尝。"周和光说:"大姐,我看今天就到这儿吧。"天好仍然望着窗外问:"明天呢?""照来不误啊!裘春海多咱上钩,多咱收兵。"

突然,天好拽住周和光:"你等等,那就是裘春海!"周和光也转向窗外问:"哪一个?"天好说:"就是那个老太太,正往回走呢!""不会吧?""就是他,他那两步走,我再熟识不过了,赶紧摘帽子。"周和光犹豫着说:"你不会看错了吧?街上这么多人,一旦抓错了……"天好急了:"那我自个儿下去!"

天好从茶楼里跑出来,周和光也跟着跑出来。天好追上那个老太太,抓住"她"一条胳膊。老太太转过脸问:"这是干什么?"天好认清是裘春海,拖着长音:"道滑,怕您老摔着。"裘春海也认出了天好:"哦,天下还是好人多。"说着他将另一只手摸向腰间。

周和光冲过来,一把扭住他这只手。几个便衣警察也迅速围拢上来。裘春海嚷着:"干啥?干啥?抢一个老太太算什么能耐?"周和光低声说:"你小点声。"天好说:"还叫我当街扒下你的小马褂吗?汉奸!老百姓能活吃了你!"周和光从裘春海腰里拔出一支手枪说:"走吧,识趣的你就老实点。"便衣警察给裘春海戴上手铐。围观的人们议论纷纷:"啥怪事都有,老太太腰里还别枪。""八成是土匪婆子吧!"

一辆警察的大卡车停在路边,裘春海被众人押着来到卡车边上。裘春海说:"连襟兄弟,还有你天好,我这一去恐怕只有一个死了。有件事我求求你们,能不能让我看儿子一眼?"周和光说:"别琢磨鬼道眼了,赶紧上车!"天好想了想说:"和光,就成全他吧。孩子长这么大,还没见过他亲爹是个什么鬼模样,将来说起来我还欠孩子的。"周和光说:"他吓着孩子咋办?"天好瞅着裘春海说:"你要是能狠下那个心,就去吓唬孩子。"裘春海赶忙接一句:"我狠不下那个心。"

天好说:"你就是狠下那个心,我也认了。和光,孩子总得长大,总得经历些事情,早经历比晚经历好。再说,弟兄们守候一天了,上我那儿吃顿饭,也算我感谢弟兄们。"周和光对手下的警察说:"那好吧,往天天好饭馆开。"临上车,裘春海又求道:"连襟兄弟,能不能把我这身行头卸下来,总不能让孩子记住他爹是个老太太呀。"周和光说:"行,答应你。"几个便衣警察上来,扒下裘春海那身老太太装束。天好在一旁看着说:"呸,你还知道要脸。"

周和光带着几个便衣警察坐在天天好饭馆的一张桌边,饭馆伙计忙着给他们上菜上饭。另一张桌边,两个便衣警察守着裘春海坐在那里。天好、王老先生、秦先生和道儿从饭馆通院子的门进来。

秦先生问天好:"哪个是裘春海?"王老先生朝裘春海一指:"戴铐子那位。"裘春海抬头看见王老先生朝自己走来,站起身,戴着手铐还将双手别扭地举过一侧肩头,敬了个军礼:"王旅长,你好!"王老先生走到裘春海跟前:"你不是看相的吗?"裘春海勉强一笑:"那是不得已而为之。"秦先生跟过来,打量着裘春海:"你也不像个魔头啊?""这位先生,不瞒您说,我也曾是王旅长手下的少尉排长。"

裘春海刚说完,王老先生劈头抽了他一巴掌。裘春海脑袋一偏,躲过去了。王老先生回手又一巴掌,这下打了个正着,裘春海踉跄两步,一腚坐到地上。

道儿一把抱住王老先生的腿:"爷爷别打人。"王老先生说:"爷爷不打好人,这个鳖犊子,出卖你姥爷,还帮着小鬼子杀中国人。裘春海!"裘春海从地上爬起来,一个立正:"到!"王老先生哼一声:"当兵的规矩还没忘啊!""感谢您当初管教得严。""你给我坐下。"裘春海规规矩矩坐到凳子上。

"这么多年,你丢我王义亭的脸,丢东北军的脸,丢中国人的脸,知罪吗?"裘春海垂着头说:"知罪。"王老先生一拳头砸在裘春海的后脑勺上,裘春海一声惨叫,趴到桌子上。秦先生一旁劝着:"别打了,别打了,都是中国人。"王老先生说:"他也算中国人?"秦先生说:"就算他没有良心,也是中国人嘛。"周和光也过来劝:"王老先生,和裘春海这种败类犯不上生这么大的气。"

裘春海嘴角淌出鲜血,道儿吓得直了眼,呆呆地望着他。天好拿条毛巾扔给他:"擦一擦!"裘春海抓起毛巾擦嘴角的血。天好拽过道儿说:"看好了,记住这张嘴脸,他就是你爹。""俺爹不是丢了吗?""是丢了,跑邪道上去杀你姥爷,祸害中国人去了。"道儿问裘春海:"俺姥爷真是你杀的吗?"裘春海闭着眼点头。道儿又问:"你真祸害中国人了吗?"裘春海仍然闭着眼点头。"俺可不理你了。"道儿说着,拉着天好走开了。

另一张桌边,王老先生问周和光:"周局长,你们是怎么抓住这个鳖犊子的?""天好出了个好主意,她知道裘春海吃糖炒栗子上瘾,我们就在北市场设了个糖炒栗子的局。"天好过来说:"这点事就别说了,抓住裘春海这个魔头还得感谢你和诸位弟兄呢,来,我敬大家一杯!"

秦先生走到裘春海身边,弯下身瞅着他:"裘先生,问你句话可以吗?"裘春海偏着脸:"啥话,问吧。""我想不明白,真想不明白,对自己的岳父你怎么能下得去手?对自己的同胞你怎么能下得去手?"裘春海不屑地白了秦先生一眼:"见过满锅的开水吗?你敢跳进开水锅里吗?"秦先生说:"那是不可以的,怎么能跳进去?人的皮肤是经不住开水的,水滚开的时候,温度高达摄氏一百度,知道吗?""这不就得了,别说我裘春海,就是神仙到了那阵子也得拉稀!"秦先生摇着头:"不明白,还是不明白。"

道儿又回到裘春海身边,端了碗饭给他:"吃饭吧。"裘春海看了看道儿:"孩子,不是不理我了吗?"道儿说:"吃饭吧,别人都在吃饭呢。"裘春海望着道儿问:"孩子,能叫我声爹吗?"道儿说:"别说话,你吃饭吧。"裘春海答应着,戴着手铐扒了两口饭,对道儿说:"孩子,记住千万别走邪道,记住呀!"说着泪水涌出来,伏到桌子上呜呜咽咽地痛哭起来。

天黑了,天好铺着被褥,道儿在一旁脱衣服准备睡觉,他说:"娘,那个人挺可怜的。"天好"哼"一声:"他这阵是挺可怜的。""他原先那些事也够气人的。""他作那些恶,你娘一辈子也忘不了。""我也忘不了。"道儿躺到被窝里,背过脸,朝着墙说,"娘,你说老姨父能杀了他吗?""他做那些恶事,谁能饶了他。"道儿背朝着天好,挺沉重地叹了一声。

2 虎子带着他的士兵追八路到一个山沟口,突然觉得八路有诈,正准备停止前进,老驴子说:"追吧,是不是舍不得你二姐?"虎子说:"扯淡,那就追!"于是士兵们潮水般涌进山沟。他们这下真的中了埋伏。

枪炮声震耳欲聋,寂静的山林变成了惨烈的战场。沟底下,虎子和老驴子蹲在几块大石头后面抵抗,身边不断有士兵倒下。老驴子说:"到底叫你二姐领进鬼门关了。"虎子说:"谁叫你不听我的。""怨我吗?那也是长官的命令。"

山坡上,小任边向沟底下射击边念叨:"叫你们追,追进阎王殿了吧!"天星举着望远镜向沟底下查看,她指着山下一处:"朝那儿打,数那儿火力猛。"

沟底下,密集的子弹将虎子和他周围的几个士兵打得抬不起头来,蜷缩在岩石后面。老驴子说:"妈的,全朝咱这儿来了。"一士兵说:"连长咱撤吧!""往哪儿撤?直起腰来就是死。"

虎子抓过一挺机关枪往岩石上爬。老驴子叫着:"找死啊?下来!""我压住共军的火力,你带弟兄们撤!"老驴子说:"你他妈疯了!"虎子爬上岩石,搂响了机关枪,朝山坡上猛扫。

山坡上,小任隐蔽在树后朝山下望着:"真有不怕死的,还露出头来了。"天星突然看到像是虎子:"怎么是他?"她仔细看了看,"真是这个混蛋!"小任望着山下问:"他是谁呀?"天星说:"我家那个混蛋!"她从身边的战士手里拿过一支长枪。

小任喊:"宋营长别开枪!"天星举起枪,虎子头部在枪准星上左右晃动。天星慢慢扣动扳机,小任跳起来扑到天星的身上。枪响了。沟底下,虎子从岩石上滚下来。山坡上,天星被小任扑倒了,她爬起身,朝小任吼:"你他妈扯淡!"

一战士朝天星喊:"营长,打中了,山下的机枪哑巴了。"天星反倒愣了,像是自言自语:"是吗?"战士们静静地望着天星。天星回过神来:"瞅什么?冲啊!"战士们向山下冲去。

沟底下,虎子胸前满是鲜血。老驴子大声喊着:"虎子,虎子!"虎子瞪着老驴子,说不出话来。老驴子扛起虎子,朝沟外跑。士兵们也跟着逃散而去。

敌人溃逃,得胜的战士们打扫战场,天星和小任审问一个俘虏。小任问:"你们那个宋连长呢?""他挨了一枪。"天星问:"打哪儿了?""像是胸口。""要紧吗?""反正我看眼还睁着。"小任问:"他人呢?""叫连副扛着跑了。"俘虏指着岩石上的一摊血,"那血就是宋连长淌的。"天星来到岩石边望着那摊血,半天没有话。小任对俘虏说:"行了,你走吧。"他来到天星身边:"多亏我推了你一把。""是啊,你救了他一命。"天星的声音很低,几乎让人听不清楚。小任问:"听见打中了,你后悔了吧?"天星说:"说不上后悔,就觉得脑袋里一下子乱了……"

转眼就到了1947年的初夏。天星的部队帮着老百姓锄地,天星哼着轻快的小曲,锄着地。小任从后面锄着,赶上来,满头大汗:"宋营长,你真有两下子,看不出干庄稼活你还是行家里手呢。"天星说:"比你肯定强,我刨土坷垃的时候,你还在背三字经呢!"说完又哼着小曲向前锄地。

小任问:"宋营长,早晨看你接了封信?"天星锄着地说:"对呀,一个战友来的。""多大年岁啊?""比我大几岁。""男同志啊,还是女同志?""当然不是女的。""信上说什么了?""问这么详细干什么?""肯定说的是好事,要不从接了信你就小曲哼个不断。"天星笑了:"你心还挺细啊,真是好消息,他伤好了,又接受新的任务了。""要到咱们部队来?"天星逗着小任:"对呀,来当参谋,顶你的窝!"小任有点急了:"凭什么?我工作哪点不好,用他来代替。"天星笑了:"放心吧,人家是老革命了,接受新任务也不会顶替你这个参谋的职位。"

这是个赶集的日子,大街上满是买东西、卖东西和逛街的人。大街的一头,虎子带着一队国民党士兵,封住了街口。老驴子从大街的另一头快步走过来。经过半年多的治疗,虎子的伤已经好了。

老驴子说:"虎子,那头已经封住了,下手吧。"虎子说:"这事我没做过呀!当兵是自个儿情愿的事,咋能抓呢!"

老驴子说:"我操,咱那个团还剩几个人了?不抓,当官的指望谁给他们卖命?再说,胡团长说了,抓一个壮丁,弟兄们就有一百元的赏钱呢!""你伸头吧,我就负责堵住这头。""也好,你伤口刚刚长上,少动弹点也不错。"老驴子转身向街当间走去。

大街中间,一辆马车旁边,老驴子对车老板说:"老哥借你的地方行吗?"车老板问:"哪块地方?""兄弟想站这车上和乡亲们说两句话。"车老板瞅瞅老驴子:"说吧,不让说你也得说。""老哥真是明白人。"说完老驴子跳到大车上。

老驴子拔出手枪朝天放了一枪,街上的人有些乱了。老驴子高声喊道:"乡亲们,都别怕!兄弟有几句话说,刚才有个共军的探子跑这条街上来了,求乡亲们帮个忙,把这小子抓住。"有人嚷:"谁认识共产党的探子,他脸上还写着字吗?"老驴子说:"当然脸上没写字,他是个爷们儿,二三十岁的模样,个不大高。这样,咱们和他年岁相仿的乡亲都靠街那头去,让兄弟过去把他揪出来。这点事不为难乡亲们吧?"有人答应着:"行啊,不就这么点事吗?"老驴子说:"兄弟我在此先感谢乡亲们了,不会占多少时间,也就半袋烟工夫!"

街上二三十岁的男人开始向虎子这边街头靠拢。老驴子从大街的另一头带过来一队士兵,将这些人围住。人群中有人嚷着:"谁是共产党的探子,赶紧出去,别连累大伙。"还有人嚷:"长官,你们看谁是共产党的探子,赶紧揪出去,俺还得做买卖呢!"老驴子说:"都别嚷,我也不认识共产党的探子,麻烦诸位跟兄弟去队伍上走一趟,到那时候谁是共产党的探子,自然有长官认识。"

人群中议论:"这不是要抓兵吧?""我怎么看像。"人群有些乱了,老驴子喊:"谁也别跑,谁跑谁就是共产党的探子,兄弟的枪子可不客气。听我的口令,向那面转,开步,走!"人群走了几步,便开始有人逃跑。老驴子朝天鸣枪:"抓,给我抓!"国民党士兵蜂拥而上,掏出绳子开始捆人,人群四散逃奔。

一个农民没跑出多远,士兵朝他打了一枪,那农民一腚坐在地上。士兵冲上去要捆他,那农民哀求:"长官,俺不是共产党的探子,俺是种地的。"士兵说:"哪有共产党的探子,抓的就是种地的!"那农民说:"你们这不是骗人吗?"士兵抡起枪抽了他一枪托:"奶奶的,谁骗你了!"

虎子过来说:"他不是中枪了吗?"士兵说:"根本没碰到他,他是吓的。"虎子对那农民喊:"你站起来。"农民战战兢兢爬起来,虎子说:"伸伸胳膊腿。"农民活动了一下腿脚,果真哪儿也没伤到。虎子瞥他一眼:"操蛋货!听见枪响就躺下,当兵也是个窝囊废。"农民哀求:"长官,放了我吧!俺娘七十八了。你也看出来了,俺不是当兵的料。"虎子说:"谁天生是当兵的料?带走!"

3 早晨,周和光已经起床穿衣服,天月躺在床上:"才几点?你就起来了。"周和光说:"去火车站堵一批货,十几车皮钢材,本来是发长春修工事的,昨天听说又要发往天津了,我看不是贪污就是偷盗。"天月说:"这种事还是少管,弄不好就得罪人。""得罪就得罪吧,大家都明哲保身,国家可就保不住了。"

天月爬起身,望着窗外:"是不是下雨了?""半夜就开始下了。""你尽管那些没用的事,裴春海怎么还不毙?""催几遍法院了,他们说共党的案子都办不完呢,没空理那条死狗。对了,裴春海叫你大姐去一趟。""他还有脸见我大姐呀?""叫你大姐送套换季的衣服,他现在还穿着被抓时那套棉衣呢。"

天月幸灾乐祸地笑了:"叫他作孽,给他捂出蛆才好呢!""你去和大姐说一声?""那也得下午,上午已经答应人家有个牌局。"周和光说:"有空你还是去学校看看,终归是个教师。""看什么看?都两个月没开工资了。"

上午,雨还在下着,魏德民给一老一少打着伞,来到王家大院门口。那老人六十来岁,他身边的男孩七八岁的模样。老人叫冯贤礼,那孩子是他的孙子,叫福子。魏德民问:"大爷,就是这个院?"冯贤礼说:"对,进去坐会儿吧。""不必了,我还有事呢。"

冯贤礼拽住魏德民:"大兄弟,到这儿就是到咱家门口了,这房子是我一个亲戚的。进去喝口热水,也算大爷的一份心意。"魏德民四下看了看,随这一老一少进了院子。一进院子冯贤礼就喊起来:"二哥,在家吗?"王老先生打开门:"这不是贤礼吗?赶快进来!"

冯贤礼拽着王老先生的手念叨:"家里头塌天了!"王老先生问:"到底是咋回事?""一言难尽,一言难尽哪!"王老先生看看魏德民:"这位先生是……"冯贤礼说:"好人,多亏他这把伞,要不我和福子能淋个鳖羔样。"

魏德民朝冯贤礼说:"大爷,我该走了。"冯贤礼说:"这可不行,不管怎么得喝口水。"王老先生也劝着:"坐下,坐下,已经进了这个门了。"他打量魏德民问,"先生在何处高就啊?"魏德民笑了笑:"什么高就,跑点小买卖。"

王老先生说:"国共开战,天下大乱,买卖不好做吧?"魏德民说:"那是,不说别的,光说钱就有好多种,苏联红军的,国军的,八路的,它们怎么兑换,国军一个说法,八路一个说法。最后,吃亏的还是买卖人,还是老百姓。"

这时,天好提了壶热水,推门进来。她冲着茶水,随口问:"老人家,来客人了?"王老先生介绍着:"这是我表弟,这是他孙子,这位是他们在路上碰见的,热心肠,打伞把他们送来了。"天好见是魏德民,一时愣了。魏德民朝天好笑一笑:"这不是天好吗?"天好还愣怔着,不知说什么。王老先生问:"你们认识?"魏德民坦然地说:"岂止是认识,这是我表妹,天好,咱们有些年数没见了吧?"

天好这时才缓过神来:"对呀,这些年你钻哪儿去了?""到处跑,做点小生意,混口饭吃呗。"冯贤礼朝魏德民说:"巧不巧,你帮我打伞,老天就叫你找见了自己的妹妹。行好得好,好人得好报啊!"王老先生说:"既然是天好的表哥,那更得坐下了,喝杯茶。"天好说:"不打扰了,他去我那儿坐吧!"

天好和魏德民进到屋里,天好回身带上门问:"你那伤好了?"魏德民指着额角一道月牙形的疤痕："彻底好了。""没落下什么毛病？""没有，比先前还壮实呢！"

天好给魏德民倒了杯热水递过去："你这是打哪儿来呀？"魏德民说："大连。手术完了，队伍上送我去大连疗养了一阵子。""大连没有国民党？""苏联红军占着大连，没让国民党进去。"

天好问："听说，那儿成立了民主政府？"魏德民笑了笑："其实是共产党的。""没去俺那山东大院看一看？""山东大院已经成为共产党的区政府。"天好叹一声："咳，啥时候我也回去看看，想那些老邻居啊！"

道儿跑进来喊着："娘，老姨父来了。"天好紧张地问："在哪儿？"没等道儿回答，周和光进来了。魏德民、周和光二人目光一碰，都先是一惊，而后勉强地笑了笑，相互点点头。

天好看看魏德民，又看看周和光："和光，有事啊？""有点事，本来想叫天月来和你说，碰巧我从这儿过，就进来了。"天好朝道儿说："王爷爷家来个小哥哥，你找他玩去吧。"屋里三人一时无语。

天好说："咱都别闷着，我先说两句。和光你身上佩着枪，魏大哥你腰上也掖着枪吧？"魏德民说："没有，只有几个盘缠钱。""今天你们俩要说什么我不管，但有一条，谁都不许翻脸，更不许把枪拔出来，你对着我，我对着你。行不行？"魏德民说："和光，咱们不会翻脸吧？"周和光说："魏兄，你这是难为老弟啊！"天好问："怎么难为了？"周和光说："大姐，我干的就是抓共产党，能让魏兄从我眼皮底下溜走吗？"

天好说："和光，你别忘了，去年春天你还和魏大哥一块喝酒，给他送行。"周和光说："去年是去年，今年不一样。"天好说："就算今年不一样，你们可是一块打过鬼子，一块斗过裘春海啊！"周和光说："那也是过去的事了，魏兄，实在不好意思，跟兄弟走一趟吧！"魏德民没动，反倒坐到了炕沿上。

周和光说："魏兄，我大姐说了，不让拔枪，我也不愿掏枪啊！"天好说："周和光，你实在要带走魏大哥也行，你先掏枪把大姐给崩了。不然，你休想把魏大哥带出这个门。"周和光瞪起眼："大姐，咱们亲戚是亲戚，公事可得公办！你不要把两事搅一起。"

天好还要和周和光争辩，魏德民拦住她说："天好，别急。"又转向周和光，"兄弟我是明事理的人，绝不干扰你的公务。带走我可以，但我有句话要说，可以吗？""可以。"魏德民说："你说过去的事不提了，我魏德民也不是过去的魏德民了，不干八路了！"天好惊讶地望着魏德民。周和光冷笑着，满脸的不相信。

魏德民说："不要这样看我，你周和光抓我，知道吗？共产党也在抓我。"天好问："为啥？"魏德民伤感地说："共产党疑心大，翻脸不认人哪！"周和光说："你为共产党出生入死，共产党不认谁也得认你呀！"魏德民说："天好刚才说咱们一块斗过裘春海，我就栽在裘春海身上。"周和光说："裘春海和你有什么干系呀？他现在押在大牢里呢！"又朝天好说，"对了，大姐，裘春海叫你送套换季的衣服去。魏兄，先不说裴春海,还是说你。"

魏德民说:"看见我头上这块疤了吗?去年,抓裴春海没抓着,反叫他打了一枪。今年,在大连住院疗养,共产党搞整党,有人就把这件事拿出来,问我为什么叫裴春海这样一个作恶多端的汉奸跑了?问我为什么裴春海一个老牌特务一枪没打死我?你说这事能说清吗?裴春海跑了,只能说他太狡猾;他一枪没打死我,只能说他射术不精!可是,到了共产党嘴里就不这么说了。说裴春海跑了,是因为我拿了他的好处,有意放掉他;说裴春海没死我,是我们俩合伙演的一出苦肉计!我一遍一遍地解释,我一次一次的申诉给打回来了!最后把我关禁闭室里,那阵子我刀口还没彻底愈合呢!关在禁闭室里我越想越窝火,我跟你共产党跑了这么多年,没有功劳,也没有苦劳,但还有一片真心吧?到头来,落到这么个下场。在禁闭室里,我都想过自杀。可是,勒死自己,没有绳;触电,屋里没电灯;撞墙,又想撞不死怎么办?那更是罪加一等。想来想去,跑吧。那天,趁他们来送饭,干掉一个看守,一头扎沈阳来了。"

周和光望着魏德民说:"你说了这些,听起来像是真的,可是,叫我怎么相信是真的呢?"魏德民凄怆地说:"知道你不会相信,我只能认自己倒霉。跑到沈阳来,寻思这回做点小买卖吧,谁知道又撞到你的枪口上。"

天好看着不忍:"和光啊,魏大哥这些话,你不信,我信。再说,他头上这道疤不会假吧?中了子弹,开了刀,又刚刚从共产党的什么室里跑出来。对这么个病人,你真能忍心把他再扔进大牢里?"周和光问:"你说怎么办?"天好说:"你非要抓他,我也不拦着,眼下能不能不抓?让他在我这儿住下养两天,有点体力了,能受得起大牢里的折腾,你再来抓他行不行?"

魏德民苦叹:"天好,别费这个劲儿了。共产党不容我,国民党也不容我,索性今天就跟和光兄弟走吧。"没等周和光回答,天好说:"不行,说什么你也得在这里养两天。我不能看着你一个病恹恹的人,进大牢里去!"周和光问:"大姐,他要是跑了呢?"天好说:"跑了,你就拿大姐是问!"周和光望着魏德民问:"魏兄,这主意你看行吗?""你说呢?""魏兄,说心里话,我不相信你是个撒谎的人。既然有我大姐给你做保人,今天我就不带你走了。"

天好说:"和光,大姐谢谢你!总算给大姐个面子。""魏兄,你也得给我大姐面子呀!""谢谢天好,谢谢和光,你们给我魏德民留了条活路啊!"

天好临出门又说:"和光,说好了的事,咱不能变卦。""大姐,我是那样人吗?""你们先聊着,呆会儿咱一块吃饭。"天好带着道儿出去。

冯贤礼在王老先生家客厅里哭得鼻涕一把泪一把,天好进来问:"大爷,出啥事了?"冯贤礼擦一把泪水说:"他婶,咔嚓一声,七十三坰地没有了,咔嚓一声,五十来间房子没有了,凭什么穷棒子把它们都拿去了!"

天好说:"反正已经拿去了,哭有什么用啊,这么大年岁了。"福子说:"婶,叫俺爷哭吧。要不,晚上对着我也得哭。俺爷爷就好哭。"冯贤礼说:"爷爷喜好哭? 爷爷是恨,恨共产党! 不是共产党给穷棒子们撑腰,穷棒子们敢吗?"

王老先生说:"贤礼呀,把土地给农民不光是共产党的主意,孙中山就提出过'耕者有其田'。好了,把眼泪擦一擦。东厢还空两间房子,你和福子就住那儿吧。"王老先生又问天好:"你表哥走了?"天好说:"我想留他在这儿住两天,你看行吗?""有啥行不行的? 自个儿家的事情,就叫他住你对面那间吧。"

天好住的是一套中国旧式的三间房,中间是堂屋,两边是住屋,天好住了一间,另一间还空着。

堂屋里,天好、魏德民、周和光、道儿围着一张桌子吃饭。外面,雨声不断。道儿说:"大舅,你也当警察呗。老姨父的衣服多好看啊!"周和光说:"小子,你觉着好看,你大舅可不一定啊!"魏德民说:"咋知道不一定? 我也觉得好看,可你大舅当不上啊!"周和光说:"魏兄,明天我就给你报名,干不干?"

天好说:"别斗嘴了。魏大哥,人家不抓你了,你就千恩万谢吧。""是啊,谢谢和光,来,再喝一盅。""本人不善喝酒,今天已经喝多了。魏兄,你自己来吧。"天好说:"是啊,魏大哥,别劝了,这杯我陪你喝。"天好举起杯,魏德民也举起杯。天好望着魏德民说:"但愿,从今往后你能平平安安!"

4　周和光从天好家回到家里,天月已经躺下,他走到床边,脱下外衣准备睡觉。天月闻见酒气问道:"喝酒了?""少喝了一点。""又是那些达官贵人?"周和光笑着说:"你猜吧,猜到明天早晨也猜不到。"天月毫无兴趣:"谁稀罕猜,俺睡觉了。"周和光上床往天月身边靠了靠:"告诉你吧,和魏德民!"天月真的惊奇了:"你能不能不吓唬我?""真的! 在大姐那儿撞上他了。"天月瞅了瞅周和光,嘲笑道:"到底没下手抓?""人家不干八路了,咋抓?"

天月笑起来:"魏德民能不干八路? 我不信。""你不信吧? 我也不信! 可魏德民以为我真信了呢!""魏德民没说他为什么不干八路了?""说了,那故事还挺长呢,等我呆会儿说。你说怪不怪,你大姐却相信魏德民真的不干八路了。""俺大姐呀,心眼实诚,要不裘春海再三地欺骗她? 说说,魏德民咋说他不干八路了。"周和光说:"他编得挺好啊,故事是从裘春海开始的……"他在窗外淅淅沥沥的雨声中,对着天月的耳朵,讲起了魏德民不干八路的故事。

周和光津津有味地讲完了,笑着对天月说:"你说他编的这个故事,我能相信吗?""我也怀疑,怎么查实呀?"周和光说:"别看大连的民主政府是共产党的,共产党里也有我们的人。明天就派人去大连查。"天月说:"魏德民要是说假话,把俺大姐也牵进去了咋办?""那可没办法。""不行,你得想办法,把俺大姐择出来。""到时候再说吧。"

天好的房间里,道儿已经睡了,天好翻来覆去睡不着,望着天棚,心里像十五个吊桶打水,七上八下的。外面的雨下得并不大,但那雨声却像鼓点,点点都砸在她的心上。她烦躁不安,无法入睡。她起身穿衣下地,从自己的房间出来,横穿堂屋,来到魏德民房间门前,轻轻地问:"睡了吗? 魏大哥。"

魏德民也没睡,他躺在床上,听到天好的声音,琢磨了一会儿才回答:"还没呢。"门外天好说:"俺问你件事。你要是真的不干八路了,就答应一声,说不干了;你要是还干八路,就什么也不用说。"魏德民在屋里说:"知道了。"

"魏大哥,你听好了,俺这就问了。你真的不干八路了吗?"魏德民在房间里思量了半天,说了句:"天好,你让我为难哪!""魏大哥,俺再问你一遍。你真的不干八路了吗?"屋里没有声音了,天好又问了一遍,屋里还是没有声音。天好眼中涌出泪水:"魏大哥,俺明白了,睡吧,睡个好觉。"

天好正要转身回自己的房间,魏德民房间的门开了,他走出房间来到堂屋说:"睡不着啊,说会儿话吧。"天好赶忙背过脸,擦拭泪水。魏德民看见了,没说什么,天好拖过两个机凳,两人坐下来。

"说点什么呢?"天好说:"什么都行,这些天,没把俺闷死。"魏德民说:"在秀水屯不是劝你别来沈阳吗?"这是他第四次说这话了。"那天,看你满头的血,叫人抬上了大车,俺心里头不是滋味。""当兵打仗哪能不流点血啊!"天好说:"你们这些人图个什么? 成年累月,风里雨里,枪里炮里,不就是想叫咱中国太平,老百姓能种上地,能吃上饭,能穿上件衣服。我一个女人,没什么大能耐,给你们敲个边鼓,打个下手,俺觉得还行啊!"魏德民问:"这么想着你就来沈阳了?"天好说:"对呀,可是到了沈阳,真要帮你们做事了,自个儿心里慌了,下不去手。"魏德民笑了笑:"天星和我说了,你不忍心从周和光那儿搞情报,怕连累了他。"

天好问:"你看见天星了?""没有,是她在信上说的。"天好说:"俺姐弟四个,数天星闯荡,她认准的道,前面就是一堵城墙,她也能一头撞倒它。我不行啊,到真格的时候就畏缩了。""可别这么说,天星告诉我,她在秀水屯搞土改,幸亏你救了她。""别提那一出了,想起来现在我这心里气得还直颤颤呢。当时,不光气糊涂了,还差点死在大雪地里。后来,一个老猎人把俺娘儿俩救了。等我醒过来,心里头也透亮了,还得回沈阳,还得找那个卖豆腐的地下党。"魏德民问:"找到了吗?""没有,要不这些天心里头闷哪。""现在好点了?""强多了,从下半晌看见你,我心里头就敞亮多了。"

魏德民问:"这么说,连你都不相信我和周和光说的那些话?"天好笑道:"鬼才信呢! 当年从坟坑里把你挖出来,我就知道你是个什么人。""什么人呢?"天好想了想,笑了:"坏人,一个说自己是从八路那儿逃出来的坏人。""天好也开玩笑了。"

天好说:"说正经的,你来沈阳肯定不是一走一过,有事情要办吧?""对,有任务。""说吧,你那任务我能帮上什么?"魏德民说:"很难,这项任务你很难插上手。

过两天找个机会，我还是走吧。周和光多精明，他的职业就是专门琢磨抓人的。"天好说："不行，俺不答应。"魏德民说："放心，我会走得干干净净，肯定牵连不着你和道儿。"

天好说："我不是怕牵连，你头上开了刀总得养一养，再说，你这一走周和光不是更起疑心了吗？叫我说，你就住这儿，有啥事情你就出去办。""可是，总得有个营生遮掩哪。"天好说："这个好办，你就在俺这小馆子里做点事。进个菜，算个账，哪一样都行！"魏德民沉思片刻，笑了："别说，你这也是个办法。"门外的雨还在淅淅沥沥地下着，天好听着那雨声，心里一阵轻松。

第 33 章

天好陷入了感情的漩涡,她是又高兴又难过。再次见到魏德民,她有说不出的高兴;但是,周和光要带走魏德民,又让她十分闹心。说好说歹,周和光总算松了口,让魏德民在天好家先养几天。天好有了好主意,干脆让魏德民在天天好饭馆里当伙计。裘春海的事让天好伤心透了,要换衣服,这就想到天好了。天好有心不理他,又想着他毕竟是道儿的爹,还是决定去给裘春海送衣服。就这么翻来覆去地想大半夜,天快亮了才眯一会儿。

天好吃过早饭来到监狱接见室,坐在凳子上等着,身前放了个小包袱。裘春海蓬头垢面拖着脚镣进来,后面跟着一个看守。他朝前走了几步,转身和看守说:"长官,求你件事,能不能让我和俺媳妇单独呆会儿?""行啊,快点。"说完,看守出去了。

裘春海在桌边坐下,天好把身前的包袱推给裘春海:"你要的衣服。"裘春海说:"到底是夫妻呀!到现在也没嫌弃我。""别说这些牙歪的,我该走了。"裘春海说:"再坐一会儿,我还有些心里话。"天好说:"你那些话没一句真的。"裘春海说:"人之将死,其言也善。我能有什么假话?道儿想没想我?"天好说:"想,想你是个老头会看相。"

裘春海觍着脸笑笑:"没听周和光说我这案子能怎么判?""他说了,明天就朝你头上打一枪。""真能朝我头打一枪,我还得感谢他们呢!大牢里,不是人受的滋味,早死早利索啊!""你也是行好得好啊,当年你不是把魏德民、周和光都扔大牢里了吗?报应!"

裘春海说:"我要是落在共产党手里,他们不管怎么能把我当个人待。""你也知道共产党好了?""至少共产党有坦白从宽、缴枪不杀这条啊!"天好说:"那你就坦白交代,看国民党能不能从宽。"裘春海眼珠子一亮:"天好,你给我指了条道啊!

到底是夫妻,到底是夫妻呀!"

天好起身走了。看守进来:"走吧,你媳妇多好个人,怎么瞎眼找你了。"裴春海说:"长官,还得求你件事,能给我点纸和笔吗?""临死想给老婆孩子留点话?""不是的,我这个人尽想着国家的事,我想把小鬼子和'满洲国'警察、特务的机密,详细提供给咱们国民政府。"

虎子威武地坐在连部的椅子上,进来一个士兵:"连长,你喊我?"他就是那天虎子在街头上抓的那个农民。虎子黑丧着脸说:"我敢喊你吗,梁大栓,我是请,不请你是不来的。"梁大栓低着头不吱声。虎子问:"你老上后街马老太太家干什么?""陪她说会儿话。""和个老太太有什么可说的?""她和俺娘差不多一个岁数。""不光是说话吧? 还给她送吃的了吧?""是,有时候咱吃剩的馒头,我给她送点。""每回送的,她都吃了吗?""都吃了,她说咱的馒头喷香。"

虎子从窗台上抓过一个包裹,扔到梁大栓脚前:"把它打开。"梁大栓迟疑着,慢慢蹲下,伸手打开包袱,里面是一片片晒干的馒头。"梁大栓,你不是说马老太太把馒头都吃了吗,这是什么?"梁大栓嘟囔着:"馒头干呗。"虎子问:"干什么用的?"梁大栓支支吾吾:"想叫大娘多吃些日子。"虎子踹梁大栓一脚:"放你娘的屁! 以为我宋天虎是傻子呀? 你是想逃跑,在路上吃! 说,怎么处罚你?""俺不知道。"

虎子说:"那咱俩商量一下,打断你的腿行不行?""那还怎么走道啊?""叫你演一出'凤凰单展翅'行不行?""什么叫'凤凰单展翅'?""可好看了,把你的一条胳膊的大拇指和一条腿的大脚趾拿小麻绳捆上,给你吊房梁上去,三天三夜!""那俺的胳膊腿不就零碎了。"

虎子说:"哦,这也不行。那就只能用最后一个办法了,把你拉出去,当着全连的面一枪崩了你!""连长求求你留我一条命吧! 俺娘还在家里等俺给她养老送终呢!"梁大栓哭了。

虎子说:"别哭了,我就烦这个动静,当我真要杀你呀? 真杀你就不费这个口舌了! 你给我听着,梁大栓,从今往后不许逃跑。我再查出你的小把戏,可就真崩了你。"梁大栓连声答应着,直起身来。虎子瞅了瞅他:"你一个当兵的,就不能利整点? 看你身前这些饭嘎巴。"

天星的队伍在操场上操练,小任正带一队战士用木枪练习刺杀。他见天星走过来,愈发来了精神,朝和他对练的战士喊:"基本要领都忘了吗? 枪托不能离开腰间。"天星来到旁边看。小任一个虚晃动作将那个战士捅翻在地。

天星称赞:"任参谋有两下子。"小任有点得意:"怎么样,刺杀技术可以吧?"天星"嘿嘿"一笑:"可以啥呀!"朝正从地上爬起来的战士说,"你是新兵吧?"战士回答:"报告营长,俺是上个月入伍的。"

小任不服气,指着一个战士说:"张班长你不是新兵吧? 咱们较量一下。"张班长说:"合适吗? 你是营部的参谋。"小任说:"兵教官,官教兵,相互学习才能提高嘛!"天星说:"张班长,任参谋叫号呢,上!"张班长出列和小任对阵,没几个回合张班长腿上中了小任一枪,他摆着手:"行了,点到为止。"小任炫耀着:"张班长,你太大意了,光注意防着上面,下面留给谁? 这要在实战当中,敌人跟上去,再给你一刺刀,你可就完了。"张班长笑着说:"知道。营长看见了吧,任参谋的刺杀技术第一啦! 你上来也不行。"说着一瘸一拐地入列。

　　天星说:"任参谋,教我两手?"小任说:"行啊,我还真没看你拼过刺刀呢!"天星往身上穿防护服:"论射击我还将就,拼刺刀真没练过几次。"天星站到小任对面,端着枪摆了个姿势:"怎么样,架势还对吧?""像那么回事,注意,开始啦!"小任向前一跃,连着三个突刺,天星灵巧地躲了过去。又是几个回合,小任一枪奔着天星的前胸来了,天星一闪身蹲下来,用枪托猛地一扫,击中小任的小腿,小任向前冲几步,大头朝下扑到地上。

　　小任刚刚站起来,疼得"扑通"又蹲下。天星走上前:"任参谋,这要是实战,敌人跟上来,再给你一刺刀,你可就完了。"小任疼得龇着牙:"宋营长,哪有你这么拼刺刀的!"战士们一片笑声。

　　晚上,天星坐在营部里,小任进来,手里拿了沓稿子递给天星,天星看了看:"呦,真写完了,这么快!""敢不完成吗,军令如山倒。"天星瞅了瞅小任的腿:"还疼吗?""完了,我这条腿肯定叫你打断了。"

　　天星笑道:"再叫你逞能,没看出战士们都让着你呀!""你那一招刺杀动作教程里没有啊!""那叫扫堂棍,我从小就跟俺爹练过。"

　　天星坐下来看稿子,小任没话找话:"最近没接到什么信吗?"天星看着稿子:"没有。""你那个战友也没来信吗?""没有。"小任问:"他长得什么样?"天星抬起头:"任参谋,你烦不烦人,他长什么样碍你什么事?"

　　小任朝门外一瘸一拐地走着说:"没来信就没来信呗,动什么态度呀! 你没来信,我可是接到信了,还是个女的呢!"小任回头气恨地看天星一眼,出门去了。天星望着他的背影,轻轻笑了。

　　魏德民来到北市场附近的三合书店,掌柜的迎上来说:"先生,找点什么书?"魏德民问:"有鲁迅的《彷徨》吗?"掌柜的从书架上抽出一本《彷徨》递给魏德民,魏德民翻开看了看:"掌柜的,不是这个版本,我要1926年8月北新书局第一版的。"掌柜的仔细打量着魏德民说:"那你得跟我去后面找一找。"他领着魏德民朝书店后屋走去。这个三合书店是共产党的一个地下联络点。

　　他们进了一间书库,这里四周摆满了各种书刊,中间一条长桌,四周坐了几个人。掌柜的领魏德民进来对众人说:"这位就是上级新派来的同志。"魏德民说:

"大家好，我姓辛，辛苦的辛，往后大家就叫我老辛。"

掌柜的开始——介绍："在座的都是沈阳学生联合会的核心成员。这位是沈阳师专的陈大昌，这位是沈阳医学院的于延东，这位是女子师范学校的崔玉萍，这位是沈阳第四中学的老师李绍良，我姓李，叫李云升。"

魏德民落座后说："这次组织上派我来，就是要和同志们一起利用沈阳学生联合会这个阵地，在沈阳的教师和学生当中更广泛、更充分地展开反内战、反独裁、反迫害斗争。下面我先传达一下东北局有关这方面的指示……"

裘春海戴着脚镣，趴在褥子上写着什么。监室的门打开，看守进来，后面还跟着两个人，一个是监狱长，另一个他不认识。裘春海见来了这几个人，知道有要事，忙爬起来朝监狱长鞠了一躬。监狱长指着林处长说："这位是东北保安司令长官部督察处的林处长，他老人家看你来了。"裘春海说："多谢林处长。"

林处长说："你写的那些东西我看了，有点意思，对于我们了解日本人和'满洲国'的特务系统有点帮助。不过有的地方啰嗦了，拣紧要的写。""明白，多谢林处长指教。"林处长打量一圈监室："监狱长给他弄张桌子，弄把椅子。"裘春海说："不用了，只是……能不能把我这脚镣下了。林处长，写材料您知道，有时候得思考，思考起来难免就得走两步，这脚镣子实在不方便。"林处长说："那就给他下了吧。"又朝裘春海，"好好写，党国不会亏待你。"裘春海连着鞠躬："多谢林处长，多谢林处长。"看守出去，锁上监室的门。裘春海提着脚镣转悠了两步，脸上有了点喜色："党国不会亏待我，这不就有减刑的口吗？"

这天，魏德民和沈阳学生联合会的核心成员又在开会。魏德民说："5月20日国民党反动派在南京，针对学生制造血腥惨案，再一次暴露了他们反人民、反民主、破坏和平、实行法西斯独裁统治的真实面目。上级要求我们积极声援关内的学生运动，揭露国民党反动派的真面目，更大规模地展开反内战、反迫害、要民主、要自由、要读书的反蒋斗争。"

书店李掌柜说："具体说，就是尽快组织一次全市规模的学生游行示威，抗议国民党反动派制造的'五·二〇惨案'，声援关内学生的正义斗争。从现在开始，三合书店就是这次活动的指挥部，有什么情况和问题，大家及时来这里商量解决。"

于延东说："老辛同志，我们沈阳医学院的同学已经准备了一个告全市同学书，把国民党反动派镇压学生的罪恶行径写得一清二楚。"魏德民说："你们做得很好。下面咱们研究一下，这次游行示威具体怎么搞。"

2 天好在魏德民来后的第二天，就当着饭店张师傅和伙计的面说明魏德民是她表哥，来投奔她，她收下这表哥，也当伙计使。

魏德民真的当了饭店伙计，干得挺欢实。这天下着雨，魏德民用自行车载一筐菜回来，他见饭馆对面街边蹲着一个掌鞋的，身上披着刷了桐油的雨布，下着雨还守摊。他进了饭馆，悄声跟天好说："那个掌鞋的我看不大地道。"天好说："蹲好几天了，街东头还有个修自行车的，也贼眉鼠眼瞅着咱这饭馆。"魏德民说："不用问是周和光的人。"

　　这时，张师傅从后厨捏着一只虾爬子出来："老魏你进这玩意儿干什么？"天好说："那不是海里的虾爬子吗？沈阳人可不喜好这玩意儿。"

　　魏德民说："咱想办法叫他喜好啊！"张师傅说："这玩意儿能怎么做？也就是拿盐水煮一煮，沈阳人可是嫌它腥。"魏德民说："是腥，但我琢磨了个办法，烧盆水，趁热放进去咸盐、葱花、姜片、花椒、大料，等咸盐化了，水凉了，调料的味儿也入水了，再把活的虾爬子扣进去。腌它大半天，就没有腥味，只剩下鲜了！"天好问："是煮熟了吃？"魏德民说："煮熟也行，可是生吃味道更鲜！"天好说："那就试试，张师傅？"张师傅答应着转身进了后厨。

　　天好望着门外那个掌鞋的，悄声说："他们要查看你，就叫他们查看个够。"

　　魏德民问："你要干什么？"天好说："你就听我的吧。"说完她朝门外走去。

　　天好推门出来，转身看看房顶，朝饭馆里喊："老魏，老魏。"魏德民答应着出来。天好责问道："你就空手出来了？""你也没叫我拿什么呀？""扛个梯子去，再拿两块苫布。"魏德民转身进了饭馆。

　　掌鞋的朝天好说："老板娘你这是干什么？"天好说："房子漏了，能叫客人就着雨水吃饭吗？什么事都得我操心。"魏德民扛个梯子，拎几块苫布出来。天好说："上去把漏的地方盖一盖。"又朝掌鞋的，"大兄弟过来帮个手。"

　　掌鞋的起身走过来，天好和掌鞋的扶着梯子，魏德民爬上房顶。天好朝房顶喊："你脚步轻点，别把没漏的地方也蹬漏了。"掌鞋的说："你这个伙计挺勤快呀！""勤快有什么用？不长眼色。"掌鞋的问："他原先是干什么的？"天好说："别提他原先了，原先他做的那些事他自个儿都没脸说。"

　　房顶上，魏德民一面装模作样地压着苫布，一面向街两头扫视。掌鞋的说："我看你这伙计挺老实。""他原先可不是这样，就差上天摘星星了！要不说人到什么时候，都得给自己留条后路。"魏德民顺着梯子下来了，天好说："上后厨帮着择菜去吧。"魏德民答应着进了饭馆，天好又喊："老魏，梯子谁拿呀？"魏德民又赶紧出来，抓过梯子："我拿，我拿。"扛起梯子进饭馆。

　　天黑下来，饭馆已没客人。魏德民坐在柜台前算账，天好过来说："吃饭吧，别算了。"魏德民说："哪敢呀，拿人家的钱，就得好好给人家干事，要不人家又好说，他就这么个人，指点一点干一点！"天好笑了："不愿听啊，当掌柜的就得有这么个派头！"魏德民也笑了："你怎么想的，叫我上去苫房顶？""周和光的人不是要查看你吗？我叫他们看看，你就是个老老实实的小伙计。"

魏德民笑着说："什么小伙计？老伙计吧！"天好也笑："管他是什么伙计，反正不像八路就行。""上了房顶我又发现新情况，不光街东头，街西头还有一拨周和光的人。""周和光对你可是真上心哪。""他监视也没用，该办的事，我在买菜的道上全办了。"

天好和魏德民进到屋里，桌子上已经摆好饭菜，还有一盘腌好的虾爬子。天好给魏德民斟酒，魏德民说："什么日子，还斟上酒了？"天好笑笑："你们男人见了好菜能不喝一口？尝尝吧，你的腌虾爬子。"说着，要为魏德民剥虾爬子。"别，我自己来。"魏德民尝了一口，"是这个味儿，明天保证卖得火。"

天好默默看着魏德民喝酒吃菜，她轻轻叹道："咳，不打仗多好，小鬼子被赶跑了，一家人团团圆圆的，你和天星也早成亲了。"魏德民语意双关地说："你老想着别人，怎么不想想自个儿？""想有什么用，这一辈子算叫裘春海毁了。""他已经进大牢了，国民党也不能放他出来，你也该为自己想一想了。"

天好说："不想了，能把妹妹弟弟们看护好，能把道儿拉扯大，这一辈子就算行了。天星在队伍上整天和枪炮打交道，是叫人担心，可是她走的是正道；天月成了局长太太，不见风不见雨的，也算安稳吧；现在我最放心不下的就是虎子，小时候多伶俐的孩子，怎么就犯浑了呢？在秀水屯还要杀他二姐！他真成我心事了。哪一天他真替国民党倒在战场上，将来叫我怎么去见俺爹娘？"

魏德民说："你又当姐姐又当娘，不容易呀！来，吃个虾爬子吧！剥好了。"天好接过那只剥好的虾爬子，魏德民又起身给天好盛一碗稀粥，"就稀饭吃，要不咸。"天好接过稀粥："看看，你倒侍候开我了。""道儿咳嗽的毛病好了吗？""自打吃了你的药，不大犯了。"

王老先生进来说："魏先生，你的腌虾爬子美呀！在哪儿学的？""受点启发，自个儿又瞎琢磨了一点。"王老先生说："我关里关外大小馆子吃了个遍，这腌虾爬子是第一道美味。"天好说："老先生看您说的，俺表哥还了不得了。"王老先生说："做小买卖的全都循规蹈矩，你可是有推陈出新的能耐呀。"天好说："老先生，您可别夸他了，再夸他好抢我这个掌柜的当了。"王老先生一笑："一个小饭馆子里掌柜可挡不住你表哥，你这个表哥是做大事情的。"魏德民说："年轻的时候也气盛过，如今只想着怎么能吃上口饭哪。"

天好为王老先生斟酒："您看，我这个不长眼色的，忘给您老斟酒了。"魏德民端起酒盅说："老人家还是我敬您吧！"王老先生一摆手："不，还是我敬你，敬你年轻的时候心气就挺高，落到做小买卖的地步，还想着推陈出新！"

秦先生端了盘腌虾爬子进来说："宋姐，你这美味我得完璧归赵，这种海洋生物，看上去就非常恐怖，而且是生的，怎么入口？"

天好热情地说："秦先生，那明天送你一盘煮熟的？"秦先生说："谢谢，熟的就不麻烦了，看见这种海洋生物，我就有一种恶性刺激。"王老先生说："科学家讲究就是多。"魏德民问："秦先生，你研究哪方面科学？"秦先生说："有关国防军事方面的。"魏德民说："国家正需要这样的人哪。"王老先生说："可是秦先生眼下报国无门哪。"

魏德民说："秦先生不要只看眼下，什么事情都会变的，再静下心来等等，说不定明天，或是后天，你就报国有门了呢！"秦先生说："你说得对呀，今天下午市长秘书通知我再交一份研究成果的细目，市长就可以考虑录用我了。"

王老先生说："天好，这么美味的虾爬子你们没起个名？"天好说："起什么名？就叫腌虾爬子呗！"王老先生摇摇头："不行，听不出特别来。虾爬子那个模样张牙舞爪，有股子霸气；这道菜的味道也够拿人的。我看就叫它霸王虾行不行？"魏德民说："这个名好！一听就记住了。"天好说："冲这名这菜就好卖。"

3 冯贤礼得了个怪病，怕看到别人砸玻璃。这天，他的孙子福子向他要冰糖吃，他不给，还数叨着："冰糖就那么一小块，今天给一块，明天给一块，都给你了，我早晨喝鸡蛋水放什么？"冯贤礼话音刚落，福子捡块石头砸在玻璃上，"哗啦"一声，冯贤礼一下子僵那儿，两眼直瞪瞪地一动不动。

在一旁的王老先生忙叫着："贤礼，贤礼，你怎么了？"秦先生也说："奇怪，刚才还挺正常啊。"道儿朝王老先生说："王爷爷，他尿裤子了。"王老先生摇头道："贤礼呀，你丢不丢人？碎块玻璃你都能尿裤裆。"秦先生轻轻拍着冯贤礼的脸："大叔，大叔！没事，没事，就是块玻璃碎了。"

王老先生用大拇指狠狠按冯贤礼的合谷穴，边问福子："你爷爷这毛病怎么弄的？"福子说："那天，俺家去了帮人，跟俺爷要浮财，俺爷不给，人家把镜子砸了，俺爷就得了这么个毛病。"福子又小声说，"他不给我冰糖，我就这么治他。"

冯贤礼总算缓过神来，骂福子："小冤家，你就怕我死晚了。"从衣兜里摸出块冰糖，递给福子，"拿去吧，吃完就来气我！"

秦先生问："砸他家镜子的是些什么人？"王老先生说："恐怕是农民，农村搞土改，他才跑这儿来了。"秦先生说："咳，给农民土地我倒不反对，不能和缓点吗？"王老先生说："压在心里多少年的怨恨，一下子喷出来能和缓吗？"秦先生摇着头："国民党和共产党在战场上打，财主和农民在农村里斗，我不该在这时候回来呀！"

魏德民骑着自行车载了筐菜过来，到饭馆门前，他下了自行车，朝那个掌鞋的说："兄弟，生意还行？"掌鞋的说："守着你们饭馆还能差了？这么多吃霸王虾的。"魏德民朝他笑笑，推车进了饭馆。他直接到后厨找到天好，两人一同进了堂屋。魏德民关上门说："明天，我必须离开这里，有重要的事情要办。顺利了五六天就回来，不顺利恐怕就得离开。"

天好说："周和光找你怎么办？"魏德民看看天好笑了："紧张了吧？我已经想

好了，咱们今天晚上就去见周和光。"天好疑惑地说："见周和光，怎么说？""就说现在是我该离开天天好饭馆的时候了。"天好不解地望着魏德民。正在这时，院里传来王老先生的声音："天好，老魏呢？周和光有电话找他。"

天好和魏德民狐疑地来到王老先生家客厅，魏德民接电话说："巧不巧，我正要拜见你，你倒来电话了，什么事啊……行……还要带着道儿？"魏德民犯了合计，片刻后说，"和天好商量一下吧，晚上见。"魏德民放下电话。天好望着魏德民问："和光有什么事？"魏德民说："好事，请你我到他家吃饭，还嘱咐一定带着道儿。"王老先生问："你和这位周局长有些交情？""有，而且算得上是生死之交。"王老先生说："我说嘛，你不是做小生意的，和周局长能是生死之交。"天好解释着："那都是他们早先的事。"

从王老先生家出来，天好悄声说："王老先生可不是一般人，看人、看事都深哪。"魏德民说："我看他人还正派。"停了一会儿，他对天好说，"周和光为什么这个时候请客呢，还要带上道儿？"

天好有点心神不宁："我看，这里面有事。"魏德民说："别是鸿门宴吧？我看还是不带孩子去为好。"天好也说："对，不能带道儿去。"

天好和魏德民来到周家，进了客厅，桌上摆满丰盛的菜肴，吴妈说："这都是老爷、太太从鹿鸣春现叫的。"魏德民说："鹿鸣春可是沈阳最讲究的馆子。"天月说："还用你说，蒋委员长都上过鹿鸣春。"魏德民问："什么时候？"周和光说："去年国军收复四平，蒋委员长来沈阳就是在鹿鸣春请有功将领吃饭。"

天月说："大姐，怎么没领道儿来，他是不是把老姨和老姨父忘了？""带他来还不够闹的。咱不能光吃鹿鸣春的，也尝尝俺小馆子的风味。"天好说着将一个食盒放到餐桌上，打开端出一盘腌虾爬子，"这是俺自个儿腌的虾爬子。"周和光说："早有耳闻，不是叫霸王虾吗？今天可得尝尝。"众人落座。魏德民问："和光，今天为什么请客呀？"周和光反问："魏兄，你为什么今天要拜见我呀？"天好说："又不是公堂，你们俩还相互审问起来了。"

周和光说："我这个人爽快，有什么说什么，今天请客就两件事，一是告诉魏兄一个喜信儿，再一个还有点事求魏兄。"天月面带喜色地说："和光，你就别一二的了。魏大哥，你的事和光都查清楚了。"周和光说："我派人去大连查了，你真是从共产党那儿逃出来的。"天好问："你的人去大连的共产党里头去查？"天月说："大姐，这有什么奇怪的？国民党里有共产党，共产党里就不许有国民党了？"魏德民和周和光相视一笑。

周和光充满善意看着魏德民："魏兄，这是个喜信儿吧？你终于清白了！"魏德民心中暗喜，同时也喜形于色："多谢和光老弟，来，敬你一杯！"天好说："和光、天月，大姐也敬你们一杯。你们不知道，这些天魏大哥动不动唉声叹气，大姐看着心里也不是滋味。"天好说的当然也是真心话。天月从内心里感到高兴："这回好了,雨过天晴,魏大哥什么事也没有了！来,一块喝一杯！"

周和光说:"魏兄,你替共产党卖了半辈子命,现在叫人家踢出来了,是不是该为国民政府做点事了？也就是说到我这儿来,咱们一块干。"

魏德民赶紧一摆手:"和光兄弟,饶了我吧！天好说我整天唉声叹气,那不是怕你们抓我,是后悔,是恨自己,人这一辈子能吃上口饭,能挣点钱,是再好不过的事了！我魏德民有多大能耐？还要拼死拼活管大众的事、管国家的事、管天下的事,这不是蠢到家了吗？所以说,就别拉我一块干了。"周和光说:"这么说我也是蠢人一个？魏兄,人这一辈子啊,还是得为民众想,为国家想。"魏德民说:"不想,从此往后,魏德民再也不想那些事了。"

天好说:"你们不用劝了,就叫魏大哥太太平平呆两天吧！来,还没尝俺这个霸王虾呢！"天月吃一口"霸王虾":"妈呀,这么鲜亮！"周和光也吃了一口"霸王虾",咂吧着嘴:"大姐,这也算绝活啊！"天好说:"别朝我说,这都是魏大哥琢磨出来的。"周和光说:"就凭你这道霸王虾,咱们也得一块干！你是不是觉得跟了共产党这么多年,一下子站过来,心里别扭？"魏德民说:"实话实说吧,也有这个原因。"周和光说:"那好,今天不再谈这个事了,日后再说。"魏德民说:"也行。也许哪一天我想通了,会自己找上门来。"

送走天好和魏德民,夜已深了,周和光和天月回卧室躺下。天月琢磨着什么事,"扑哧"笑了:"我想给俺大姐和魏德民当回媒人。"周和光说:"瞎琢磨,你大姐不早就撮合天星和魏德民吗？""天星在哪儿？跟着共产党整天钻山沟。""你大姐还有个裴春海呢？""那块臭肉,早晚是个死。""他俩能答应吗？"天月说:"不用问,保险答应。看他俩那个黏乎劲儿,怕是早就好上了。""胡说八道。"天月说:"反正我觉着他俩像那么回事,人品、性情、相貌都般配。"周和光也动了心:"真要是和魏德民成了连襟,我们俩配合起来,肯定顺手。"

从周和光家回来,道儿已经睡着,天好回身关上门说:"你明天走,我帮你收拾一下衣服吧！""不用,没什么好收拾的,早点睡吧。"天好说:"你说顺当了,五六天你就回来,不顺当,你就从此告别了,俺怎么办？你得答应俺件事,帮俺把地下党这根线牵上。"

魏德民说:"天好,我说句话别生气,你还是别干共产党了。"天好感到十分奇怪:"为什么？""因为道儿。""道儿怎么了,碍我什么事？碍你什么事了？能吃能睡,满地跑,说不定还是个帮手呢！"魏德民说:"你那天说干八路的,风里雨里,枪里炮里,我再加上一句,说不定哪一天命都丢了。我不想看到一个孩子没有娘。没有娘的孩子,我知道那是什么滋味。"

天好问:"你这话怎么说呀？"魏德民说:"我娘早就不在了,那是个大冬天,娘出去要了两天饭,要回一个地瓜,娘让我吃,说她自己吃过了。我吃了几口地瓜,想让娘也吃,可是喊娘,娘不答应。我喊破了嗓子,娘也没答应……那时,我才多大呀,也就像道儿这么点。饿了,就一个人上哪儿捡一口,要一口,困了,就倒哪儿迷糊了。多少回梦见俺娘吃了那个地瓜没死,俺偎在娘的怀里睡了,睡得那个香啊!可是,醒过来,自己还是孤零零一个人……"

魏德民眼中满是泪水。天好也是泪光盈盈:"你说得也是,别说道儿那么点个孩子,俺爹娘不在的时候,俺姐弟都多大了,日子照样难熬啊!"

魏德民说:"是呀,你还是守着饭馆吧,让道儿在娘身边,快快乐乐长大。再说,三五天之后,如果我能回来,还在这儿装个伙计,你不也是帮共产党做事吗?"天好说:"对呀,我怎么尽把事情往不好的地方想呢?"

第 34 章

1 闹市街头,沈阳医学院学生于延东站在凳子上演讲。周围人山人海,有学生也有市民。人群中打着横幅标语:"严惩南京五·二〇血案凶手","反对内战,要求和平","坚决支持南京学生的正义行动","要自由,要民主,更要读书"。

于延东高声演讲:"老师们,同学们,父老乡亲们,记住吧,记住 1947 年 5 月 20 日,我们学生的鲜血染红了南京的珠江路、国府路和鼓楼广场。这场血案震惊了中国,震惊了整个世界!是谁制造了这场血案?就是我们南京的国民政府,就是我们国民政府豢养的军警宪特!"

口号声四起:"严惩凶手,还我自由!""反对内战,要求和平!""人民不需要法西斯独裁统治!"

于延东继续演讲:"南京的学生为什么上街游行?仅仅是为了吃饱饭,仅仅是为了挽救中华民族的教育危机。法币急剧贬值,通货膨胀,南京学生每个月的伙食费只能买两根半油条。一个大学教授一个月的工资还买不上半袋大米!于是,5月 20 日南京中央大学学生和来自上海、苏州、杭州的学生代表共六千多人走上街头,游行示威。可是,国民政府的宪兵、警察、军队用皮带、鞭子、铁棍,残暴殴打学生。手无寸铁的学生反抗着、呼叫着,他们的鲜血染红了自己的衣服,染红了刽子手们的凶器,染红了南京的大街小巷。可是学生们没有屈服,他们相互搀扶着,高喊口号,勇敢地一直向前……"

于延东演讲的时候,警笛大作,警车呼啸而至,警察们用警棍、皮鞭冲散人群。学生们反抗的口号声一浪高过一浪。于延东被警察踹下凳子,他又爬上去继续演讲。警察又将他踹下来,沉重的警棍将于延东打倒在地。一些学生重新集合起来,排成队伍,高唱着《团结就是力量》,迎着警察走去。警察们挥舞着警棍、手铐、绳索疯狂抓捕学生。

天好正帮着厨师忙活着,道儿和福子跑进来。道儿说:"娘,街那面躺了个大哥哥,满头是血。"道儿、福子带着天好还有饭馆的几个伙计跑到大街口上,见于延东倒在路边,满头满身的血。天好上前呼喊他:"醒醒,醒醒,你这是怎么了?"于延东抬起头看了看天好,又垂下脑袋。天好朝几个伙计说:"赶快,抬俺家去。"众人抬起于延东朝天天好饭馆跑去。

于延东躺在魏德民房间的炕上,天好为他擦洗头上的伤口和身上的血迹。秦先生提个小皮箱进来说:"我这儿有急救箱,这是生理盐水,先用它擦伤口,擦干净了,然后用碘酒、酒精再擦一遍,这样就可以保证不感染。"

王老先生和冯贤礼进来。王老先生问:"这孩子是怎么了?"天好说:"谁知道呢?倒在街头了。"冯贤礼说:"这是为点什么事,满头的血?"于延东醒过来。天好问:"你这是叫谁打的?"于延东说:"没有良知的警察。"秦先生问:"警察为什么打你?"于延东说:"反对内战,要求民主,声援南京的学生。"秦先生说:"就为这么点儿事?"于延东说:"这事还小吗?关乎光明与黑暗。"冯贤礼背着手朝外走,念叨着:"吓死人了,吓死人了!"

冯贤礼跑到街口领几个警察过来,让他们抓于延东,他自己躲到一边。这种情况让福子看到了,他忙跑到天天好饭馆外喊着:"大婶,警察来了。"王老先生喊:"快,把人往我那儿抬。"警察冲进院子,天好和伙计们恰好把于延东抬出来。

为首的警察上前看了看于延东说:"没错,血头公鸡,就是他了,带走。"警察上来给于延东戴手铐。王老先生说:"诸位弟兄,慢点,这孩子可是我的一个亲戚。"为首的警察说:"王老先生,按说您的亲戚,兄弟可不敢抓啊!可是兄弟也是公务在身,不得不抓呀。"王老先生说:"他还是个学生嘛。"为首的警察说:"眼下的学生比孙悟空都厉害,整个沈阳城都叫他们搅乱了。对不起,王老先生,人我带走了,您实在想救他,跟我们上峰说去。"

天好对王老先生说:"要不,咱给周和光挂个电话?"王老先生说:"没用,他抓的就是这样人。光天化日,殴打抓捕学生,这叫什么政府?"转身朝自家走去。

冯贤礼不知什么时候溜回来了,嘟囔着:"该抓就得抓呀,要不城里的穷棒子也反了。"秦先生很不满地瞅了他一眼。这时王老先生背朝大家,站在自家门前说:"我也就是长了几岁,不然的话,也当八路去。"满院子的房客面面相觑,吓得悄悄退回自己屋子。

天好对秦先生说:"这事挺奇怪呀,谁把警察叫来了?"秦先生说:"让我想一想,一定会推断出来的。"秦先生思考着,走进自己的屋。

上午,周和光到林处长办公室有事,林处长说:"抓来的都审过了?"周和光说:"审过了,大部分问清楚了,是跟着起哄的。有那么几个倒是像共产党,可是到现在还没开口!"林处长起身踱步:"几个月以来,沈阳的教师、学生就没消停,先是小学老师罢课，然后中学老师闹着涨工资，这次南北遥相呼应，全市学生游行示威，声援南京的学生。这一系列的事情，绝不是偶然的，背后一定有共产党。你不是抓了几个像共产党的吗？给他们上手段，不信他们不开口。"

周和光说："是，兄弟一定按你的意思办。林处长，还有件事，前些日子我在火车站堵了批钢材的事，你还记得吗？"林处长问："记得，查清了吗？""查清了，他们是想把那批修工事的钢材卖到天津的工厂，买主我都查清了。这是沈阳警备司令部一个参谋干的，我已经报给东北保安司令长官部。"

林处长说："这不越锅台上炕吗？我们督察处正管这事呢。"周和光说："报给你们了，可是你们没回话。"林处长说："那是下面没和我说，办这种案子有奖赏，我还能少了你的奖金吗？"周和光问："那怎么办呢？"林处长说："你别管了，我有办法。"说完他又骂了一声，"妈的，一个小参谋还想发大财！"

夜晚，秦先生到冯贤礼家，冯贤礼正在桌边哼着小曲抿酒。秦先生一脸郑重："大叔，我想请你回答一个问题。""我一个钻地垄沟的能懂啥？""你说，那个学生是怎么被抓走的？"冯贤礼说："警察'咔嚓'给他戴上铐子，就抓走了。""不对，一定是有人先告了密。""告不告密问我干什么？关我什么事？关你什么事？"秦先生说："做人要正派，要有良知，要明辨是非。""我六十来岁的老头子还用你教训吗？我看你是吃多了，出去吧，遛遛腿，消消食。"

秦先生愤怒了："告密的那个人就是你。"冯贤礼问："凭什么说是我？""就凭你说的话。""我说什么了？我什么都没说。"秦先生说："抓走那个学生的时候，你说该抓就得抓，要不然，城里的穷棒子也反了，对不对？""是，这话我说过，说过你又能怎么的？"秦先生说："这说明，你有告密的动机。有这个动机，你就会行动，你行动的结果就是找警察来，把学生抓走了。这就是逻辑，根据已知的条件，推断出必然的结果。"

冯贤礼问："我问你什么叫逻辑？""逻辑，就是思考问题的规律。""什么龟，什么驴？我冯贤礼就是没告密！""大叔，你告密就告密了吧，我不明白的是，你为什么要告密？看到那个学生满头满身的鲜血，你一点恻隐之心都没有吗？""我不知道，你走，赶紧走，我还想喝一会儿清静酒呢！""只要你回答了我的问题，我马上就走，可是到现在你仍然没给我一个满意的答复。"

冯贤礼一拍桌子："姓秦的，我看你今天是犯魔怔了！我也给你施展点威风！"他站起来围秦先生绕了一圈，咬着牙根："你今天可是把我逼急了，逼急了我什么都能干出来，我的地没有了，房子没有了，我的命也不想要了！我的命不值钱，你那个命可是金贵呀！你那可是拿银子喝洋墨水长大的命！"

冯贤礼眼中充满血丝，边说边朝秦先生跟前逼，秦先生退着说："有话说话，不要耍野蛮。"冯贤礼说："我找把菜刀，叫你说！"秦先生吓得转身逃出去。这时，天好和王老先生走进来。

天好问："大叔，你说今天是谁把警察喊来的？"冯贤礼摇头："不知道，我跟你们一样不知道。"王老先生说："别嘴硬了，别当我没见到，警察前脚进院，后脚你就跟进来了。怎么就那么巧？"冯贤礼说："我在街上看警察进咱院了，就回来看一看咱院里出什么事情了，这不是应当应分的吗？"天好说："那学生躺在俺家炕上，你进去看了吧？"冯贤礼支吾着："我进去了吗？我看见了吗？"秦先生在门边说："怎么没看见？你还问了一句，'为点什么事，满头的血'？"

天好说："没瞅两眼你就走了，还念叨着'吓死人了，吓死人了'。"王老先生说："这就对上茬了，你从天好家出来，就跑去找警察了，对不对？"冯贤礼回答不出来，憋得满脸通红，终于哭咧咧地辩解："我就闹不明白，自打进这个院，我冯贤礼哪件事、哪句话，对不住大家？你们今天非要把屎盆子往我头上扣。"王老先生说："行啊，你就这么说吧，反正大伙心里都明镜似的。"天好朝冯贤礼说："大叔，我们走了，你自个儿也琢磨琢磨。"天好、王老先生、秦先生往门外走。

冯贤礼在后面依然嘴硬："不用琢磨，老话说抓贼抓赃，谁看见我把警察领来了？"他话音刚落，福子和道儿跑进来，福子听到他爷爷的话就说："我看见了，我看见就是爷爷把警察从那面道口领来了。"王老先生说："福子，你真看见了？可不能撒谎。"福子说："我没撒谎，是爷爷撒谎。"他指着爷爷说，"你在道口把警察指引来，自个儿躲起来，我就跑院里喊人了。"秦先生说："你为什么把警察叫来？那个学生和你有什么不共戴天之仇？"冯贤礼："他跟着共产党瞎折腾！"天好说："大叔，连孩子都知道哪个黑，哪个白，你别再糊涂了。"

2　这天早上，裘春海正在加油写材料争取减刑，两个看守进到监室又给他砸上脚镣。裘春海说给他下脚镣是林处长同意的，看守告诉他上脚镣也是林处长的命令。看守还告诉他，他的案子已经判了，是死刑，执行就是这两天的事。裘春海瞪着死鱼眼望着天棚说："完了，这一辈子完了……"

这天晚上，裘春海监室的门打开，两个看守拖着被打得满身伤痕的于延东进来。一个看守问："老裘，没做两个好梦？"裘春海靠在墙根，闭着眼不作声。另一看守说："兄弟怕你临死闷得慌，送来个听说话的。告诉他，临死是什么滋味？叫他赶紧回头。"裘春海仍闭着眼睛。两个看守扔下于延东出去。

于延东躺在地上，轻轻哼着《团结就是力量》。裘春海仍然闭着眼睛说："小老弟，还有心思唱歌？"于延东说："唱歌可以减轻疼痛。""犯的什么案子啊？""跟着同学们游行示威了。"裘春海微微睁开眼睛："为什么事上街？""抗议国民党反动派在南京屠杀学生。"裘春海嘴角一丝冷笑："国民党反动派？你是共产党吧？"

于延东这才觉得自己说走了嘴，望着裘春海："同学们都叫国民党反动派，我哪是共产党啊！"裘春海盯着于延东的眼睛，发现了什么，继而笑了笑："你不会是共产党,共产党人的眼光要坚定得多。""你见过共产党人吗?"裘春海叹了一声:"岂止是见过呀。"他将目光投向外面,轻轻地哼起来:"朔风怒吼,大雪飞扬,征马跚蹰,冷气侵人夜难眠。火烤胸前暖,风吹背后寒,壮士们!精神奋发横扫嫩江原……"

于延东说:"这是抗日联军的歌。"裘春海说:"《露营之歌》,我们李兆麟将军写的。小老弟,你让我想起了很多同志。""你是抗日联军?"裘春海还装作沉浸在歌曲中:"火烤胸前暖,风吹背后寒,当年就是这样……小老弟,你是幸运的,我看不到了,已经倒下去的那些同志们也看不到了。"于延东问:"你要看到什么?"裘春海说:"要看到新中国!一个崭新的中国!"于延东幼稚地说:"我们游行示威也是为了新中国。"

裘春海摇摇头:"只凭一个人赢不来新中国,只凭沈阳市的学生赢不来新中国,要有组织,有了组织一切都会变得有方向、有力量、有成效!"于延东被裘春海吸引了:"我们是有组织的。"裘春海又摇摇头:"年轻人容易冲动,即使有组织也是不行的。为什么我们抗日联军身上披着树皮,嘴里吃着野菜、草根,还能和日本鬼子英勇战斗?就因为我们有共产党的领导,当年打鬼子是这个道理,今天打国民党反动派也是这个道理。"

于延东被裘春海感动了:"你认识老辛吗?他当年也是抗日联军。"裘春海眼睛一亮:"老辛?这个称呼好像有印象,他什么样啊?"于延东说:"不太好说,最明显的是他额头上有一道月牙形的疤。"裘春海说:"哦,那一定是和敌人作战留下的。老辛,当年的抗联战士,如今应该是老革命了,你一定要找到他,只有在他的领导下,你们的斗争才是真正的斗争。"于延东点点头。

裘春海说:"找他的时候一定要注意,身后有没有敌人盯梢,而后,你抬起手来,轻轻扣打门环,一定要轻。"于延东说:"他住的地方没有门环。"裘春海说:"那就轻轻地敲门,进了院子之后,要小心邻居们有没有人发现你,懂吗?"

于延东说:"老辛那儿没邻居,是个书店。"裘春海说:"哦,书店,那名字一定非常赫亮、鼓舞人心,比如,叫正义书店,叫光明书店,叫中华书店。"于延东笑了:"都不对,叫三合书店,很平常的一个名字。"裘春海说:"好,好啊,这样的名字更像老字号,更不易被敌人察觉。如果你找到老辛同志,告诉他,我没有辱没我们的党,我为了中国人民的解放事业,尽了自己最后的一点力量。"

于延东说:"能问一下你叫什么名字吗?"裘春海想了想:"还是不说吧,一个共产党员已经为共产主义事业贡献了自己的一切,难道还有必要留下自己的名字吗?"于延东点点头:"听说,他们已经判你死刑了?"裘春海微微一笑:"是的,也许就是明天,太阳升起来的时候,就是我们永别的时候了……"

裘春海眼圈湿润了,于延东哭了,流下泪来说:"还是把你的名字告诉我吧,我要把你的勇敢、坚定告诉我们的同学,鼓励他们为了新中国,更英勇地斗争!"裘春海琢磨了一阵说:"不,还是唱首歌吧!让你的同学们记住我的歌声。但是,你不要跟着唱,那样,会给你惹麻烦。"裴春海唱起《国际歌》来:"起来,饥寒交迫的奴隶,起来,全世界受苦的人……"

裴春海的歌声越来越高,在夜深人静的走廊里回荡,两个看守冲出来,一个看守喊:"你他妈疯了,半夜三更。"看守打开裴春海的监室:"你他妈给我出来,老子叫你唱个够。"裴春海从监室出来,另一个看守狠狠地朝他头上给了一警棍:"叫你他妈唱。"裴春海倒在地上,还不忘回身对延东嘱咐一句:"小老弟,代我向新中国问好!"两个看守拳打脚踢,拖着裴春海走。没走多远,裴春海爬起来,低声吼:"不要打了!我有重要情报,我要见林处长!"

在三合书店的书库里,魏德民召集沈阳学生联合会的几个核心成员开会,传达中共沈阳地下工作委员会关于这次游行示威的意见。书店李掌柜匆匆进来说:"于延东被捕了。"魏德民说:"那要马上转移!"李掌柜说:"有几个学校的同志已经说好今晚上要来。"魏德民只好说:"那好,和他们说完了,咱们就转移。"

就在同时,裴春海向林处长报告了有关三合书店的重要情报。林处长喜出望外,立即通知周和光,出动大批军警包围三合书店,展开抓捕行动。

沿街布满军警,林处长、周和光站在三合书店门外不远的地方说着话。三合书店里不时传出枪声。林处长说:"差不多了,里面没大动静了,来,抽支烟,美国的骆驼牌。不好意思,深更半夜惊动你。"周和光说:"林处长太客气了,配合你老兄行动是我分内的事。怎么知道共产党在这儿?""意外收获,连我都没想到,是裴春海立了头功。""裴春海不是押在大牢里吗?听说判了死刑。"

林处长说:"越是临死的人越想活,这小子临死抓了根稻草,他硬是从一个被抓的学生嘴里三骗五骗诓出实话来。"周和光说:"临死还搞这一套,这小子还真是人物。"林处长说:"我正琢磨着废物利用呢!"周和光赶紧插一句:"林处长,此人千万用不得。"林处长一笑:"有鸡鸣狗盗这个词吧?连装鸡装狗的人都能派上用场,何况裴春海帮了我们这么大忙。"

两人正说着,几个特务、警察扭着魏德民从三合书店里出来。林处长走上前问:"就抓了一个?"一个特务说:"另一个打死了,这个是从后门冲进去把他扑倒了才抓住的。"林处长上前仔细瞅了瞅魏德民的额角:"真有个月牙形的疤,你就是那个姓辛的?"魏德民冷笑道:"连我的姓你们都知道?"

周和光认出是魏德民,不由得愣了,恰巧被林处长看见。魏德民也看见了周和光。林处长看看魏德民,又看看周和光问:"你们认识?"周和光点点头:"这个人不姓辛,姓魏,叫魏德民,抗战的时候我们就认识。"魏德民朝林处长:"那时,他是你们国民党的地下工作人员,我是抗联的,一块打过鬼子。"林处长说:"今天可不是打鬼子了,带走!"

一大早，有读报习惯的秦先生在报上读到《共匪要犯魏德民昨夜落网》的消息，立即拿着报纸到王老先生家报信儿。王老先生觉得事情重大，必须告诉天好，就让秦先生喊天好过来。

　　天好和秦先生进到王老先生家客厅里，王老先生看看天好，没说话，左右踱了两步。天好觉察出发生了什么事，试探地问："老先生，出事了？"王老先生将报纸递给天好："看看吧。"天好接过报纸，秦先生指着报纸上的那个标题："这一条，看这一条。"天好看一眼，脸色一下子煞白，晃荡两下，险些跌倒。

　　秦先生小心翼翼地问："他真是共产党？"天好点点头。秦先生说："看魏先生也就是平常人，怎么会是共产党呢？"天好垂着头，沉重地说："这可咋办呢？"秦先生朝王老先生说："老先生，您不能想点办法？"王老先生摇摇头，无可奈何地说："这年月只要沾上共产党，事就难办，跑跑周和光那面吧！"

　　3 裘春海以卑鄙的手段骗得了重要情报，得到林处长的赏识，林处长把他叫到办公室，讲了一番训诫加鼓励的话："不信吗？不是免除死刑，不是有期徒刑，是将功抵过，无罪释放。"裘春海眼泪一下子出来，"扑通"跪到地上："长官，您就是我的再生父母啊，您就是我的亲爹，谢谢呀亲爹！"林处长说："不要哭了，我这个人就见不得眼泪，起来吧！"裘春海擦着眼泪从地上爬起来。

　　林处长问："想没想自由了以后干点什么？"裘春海说："没有，还没空想呢，昨天这个时候我还在死牢里，今天就逢凶化吉，死里逃生，到现在我还觉着像是一场大梦，是不是过一会儿还能把我扔牢里去？长官，不会这样吧？"林处长说："你没空想，我倒替你想了，你不是早和魏德民熟悉吗？""扒了皮我能认识他骨头。"林处长说："认识骨头有什么用，你认识字吗？""读过几年书，写写算算，拿得起来，放得下去，肯定不给长官丢脸。"

　　林处长说："倒不用你写写算算。"他拿过一沓文稿，扔到裘春海面前，"先把这些东西看一看吧。"裘春海低头看文稿，轻声念："沈阳学生联合会会员章程。"他望着林处长问，"啥意思，长官？"林处长说："仔细地看看，看完了，剃个头，洗个澡，收拾出个人样来，我有话和你说。"

　　魏德民拖着脚镣在监室里走来走去，不知对来看他的周和光说什么才好。他的脚镣碰着水泥地，"哗啦哗啦"响。周和光说："别走了，听见这动静，看守可进来叫喊了。""戴这玩意儿是够别扭的。""魏兄，你不该骗我，说去营口进什么虾爬子？""说了实话你能让我离开饭馆吗？""你还不该骗我，说是从共产党那儿逃出来的。""说我还是共产党，当时你就抓我了。"

　　周和光说："叫我抓，也比叫姓林的抓强。此人心狠手辣，落到他手里，有你的罪遭。所以，我劝你，该说的还是早说了吧！"魏德民说："和光老弟，你的心我明白，

374

可是进了共产党这个门，就不能害怕遭罪，甚至掉脑袋。不过有件事，你还真得帮我一下。"

"你死都不怕，还要我帮什么？"魏德民说："我在天天好饭馆呆过的事，就不要透出去了。不要连累天好，她也不是共产党。"

周和光说："这句话你倒没骗我，她不是共产党，只是个心肠太软的女人。不然，也不能留你在那个饭馆。"魏德民说："那，我就感谢你了。"

裘春海出现在监室门外，看见里面的魏德民和周和光，得意地咳嗽两声，推开监室的门走进来。他一身国民党军装，满面春风，先和周和光打招呼："这不是连襟兄弟吗？听说昨晚你也参加行动了？咱们这可真是亲上加亲哪！"

周和光问："你这是怎么回事？"裘春海说："没看这身行头吗？我作个自我介绍吧！国民革命军东北保安司令长官部督察处侦审员，军衔嘛待定，林处长说了，至少是少校，这就是刚刚的事。"周和光问："来这儿干什么？"裘春海指着魏德民说："哪儿有这位，自然哪儿就有我。"又朝魏德民，"我走到哪儿，你跟到哪儿，你走到哪儿，我也要跟到哪儿呀！我看这一辈子咱俩是分不开了。"

周和光喝斥道："出去，给我出去！我正审问他呢。"裘春海说："是吗？这回您可以歇着了，他的案子林处长交给我了。走吧，姓魏的，没看侍候你的人已经来了吗？"监室门口果然已经站了两个看守。周和光问门外的看守："把犯人往哪儿带？"一个看守说："报告周副局长，刑讯室。"裘春海走近魏德民说："放心，也就是聊会儿天，叙叙旧。"

魏德民看看周和光："国民党真有眼力，这种人都能用。"裘春海说："我怎么了？我也是逢凶化吉、遇难呈祥的有福之人。和你透个底，知道你是怎么进这个蜜罐里来的吗？全靠我，就是我把你从一个学生的嘴里刨出来的！不容易，很费了我一番工夫，那才叫真功夫呢！"说着，裘春海得意地笑了，"人这一辈子很难有几次这么可劲儿施展本领的机会。"魏德民不理他，拖着脚镣向监室的门走去。裘春海朝周和光说："哟嘀，人家道熟着呢！连襟兄弟你忙。"裘春海带着看守押魏德民走了。周和光想了想，急步走出去。

在刑讯室里，裘春海指着魏德民身边的几个打手说："姓魏的，这几位的块头看见了吧，你我捆在一起也不是人家的个儿。是明白人，早些开口，免得劳累这几位弟兄，自己还吃苦头。我就问你两句话，你回答了，咱们是你好，我好，弟兄们好。"魏德民说："我先跟你打听个人可以吗？"裘春海说："少来这一套，别拉近乎。进这个蜜罐里来了，你找谁也没用。"魏德民笑了笑："这个人你会感兴趣的。""行，你说说看。"魏德民说："这个人也是山东人，闯关东过来，还当了东北军。后来，他混了个排长，又跟着他的营长参加义勇军，打日本鬼子，营长看他有出息还招他做了女婿。你说这人是多有福啊！可是后来这个人就不干人事了……"裘春海恼怒了："臊派谁呢？闭嘴！我问你，你的上级姓什么，叫什么，住在哪里？你的下级姓什么，叫什么，住在哪里？别的少扯！"一个打手说："这点事急什么？有的是工夫，人家说得挺有意思，听听。"

魏德民说："裴春海，办什么事都得顺个民心，这几位喜欢听，我就只好接着说了。"朝几位打手："你们猜这个女婿哪儿去了？跑到日本人那儿，出卖自己的老丈人去了。老丈人被日本人杀了，这个人扔下媳妇，当了日本人的特务，专门欺压中国人。国民党人他抓，他杀；共产党人他抓，他杀；连老百姓他也又抓又杀。"打手说："王八犊子，他肯定不是人揍的，后来呢？"

魏德民指一指裴春海说："后来，你们就得问这位长官了。"打手催促裴春海："长官，接着说。"裴春海脸涨得紫茄子一样，目露凶光："好，我接着说，但是我得想一想。"说着他转到魏德民身后，操起一根木棒子，抡起来就要朝魏德民砸。打手说："这是干什么？人家又没说你。"

裴春海吼着："他妈的，他说的就是我！"抡起棒子还是要砸。魏德民转过身朝着裴春海："急什么？你先把这个人说圆满了再砸。"裴春海说："行，我说。后来，我就入了国军，我就抓了你这个共产党。"魏德民说："还少一节呢。光复了，你要跟日本人跑，人家不带你，你能把那个日本特务科长上了大刑活活整死，还装成抗日英雄！"打手对裴春海说："行啊长官，你比狼都狼！比狐狸都狐狸！人里头是找不出来呀！"

魏德民说："国民政府判了他死刑，昨天还押在牢里呢！"打手瞅着裴春海说："哦，要不看着有点面熟。昨天的死囚，今天的长官，佩服，兄弟实在是佩服。"打手夺下裴春海手里的棒子："你他妈不穿这身皮，爷爷现在就削死你！"裴春海说："不会吧，你我无冤无仇啊？"打手说："王八犊子，俺爹俺叔全死在日本人手里！"裴春海躲开那个打手，向边上闪了两步。

魏德民说："裴春海，你不光不配当中国人，你连人都不是，叫我回答你的问题，你不觉得好笑吗？"刑讯室里一时无人言语。魏德民朝打手们说："我既然进来了，你们该怎么动手就动手吧！"打手说："还是让这位长官动手吧！我们也跟他学一学怎么打中国人！"裴春海说："完全可以，烧桶开水去。"打手问："怎么用？"裴春海咬着牙根说："今天，我就给你们表演一个开水褪人皮！"打手说："奶奶的，你歇着吧，给自己积点阴德，攒点阳寿吧！"

打手来到魏德民身边："这位兄弟，按说你比他有人样。可是犯到这一步，弟兄们又是干这个的，不叫你吃点苦头，我们也没地方领饷钱，实在对不起了。"说完打手们将魏德民吊起来。裴春海抓起一根皮鞭，抡了抡胳膊："今天，我可得好好练一练。"打手们夺下他的鞭子："长官，怎么问归你，怎么打归兄弟们。"裴春海说："不用问，先给我打！"打手说："还是先问一句。"裴春海冲着魏德民，脱口而出："说，说！为啥揭我的老底？"打手们"扑哧"笑了。

周和光在监狱里看到裘春海被重用了，急忙找到林处长，详细讲述了裘春海的为人。林处长摆着手："行了，不要再缠着裘春海不放。还是那句话，只要对党国有用的人，就得用，不计前嫌！"周和光说："我不是因为和裘春海的个人恩怨，他是日本特务，是汉奸。"林处长说："可是，这一次他帮我们抓住了魏德民！再说，你自己就那么干净吗？"周和光说："我怎么了？我和裘春海不可同日而语，我对党国的事情不敢说忠心耿耿，也是一向认真负责。"

　　林处长说："你最近侦查过魏德民吧？你不仅没有抓他，听说还请他到家里吃饭了，对吧？"周和光说："对，那是因为情报说他和共产党已经分道扬镳了。"林处长说："可是，这事你的部下已经捅到上面去了，上面让我查你。"周和光说："查吧，查到什么时候我周和光都是清清白白的。"

　　林处长说："这话我相信，你我是同一期的军统学员，从抗战到现在，风风雨雨，你是啥样的人，你对党国的忠诚，兄弟一清二楚。所以说，事情到我这儿就为止了，但是，你这个副局长不能扶正了。""就因为这件事？"林处长说："这事你还嫌小吗？上头说你这是亲共、通共！当然，到了兄弟我这里，只能往小处说，说你只是工作失察。但局长扶正的事，只能留待日后了。还有，听说上头还要在你亲共、通共上使劲儿呢！小心点吧。来，抽支烟，美国骆驼牌。"

第35章

天好带着道儿来到周和光家的客厅里,周和光、天月两人正面色不悦地闷坐在沙发上。见天好进来,周和光起身:"大姐来了,快坐。"天月没动身,只是招呼道儿:"过来,让老姨看看。"天好落座,周和光让吴妈把道儿领出去玩,他知道,这姐妹俩可能会有一场不愉快的谈话。

天月开门见山:"大姐,你来问魏德民的事吧?""是啊,和光这事可怎么办?"天月沉着脸:"这阵子知道找俺了。""姐也没人可找啊。"天月故意直呼其名地问:"周和光你有办法吗?"周和光客气地说:"大姐,魏德民不如早点跟我交底。"天月说:"早交底你就不抓了?""不是少遭点罪嘛,大姐,你们吃饭了吗?"周和光有意绕开话题。"吃过来的,魏大哥的事一点办法都没有了吗?"

周和光直言相告:"办法倒是有,那就是他早点开口,把知道的都说出来。"天好说:"他不可能这么干。"周和光说:"是啊,那就没有别的办法了。大姐,你们姐俩坐,我书房还有点事。"周和光进书房去了,他知道对此事他无能为力,同时也避开姐妹俩的争吵。

天月说:"大姐,你是不是早就知道魏德民压根没离开共产党?"天好沉思片刻说:"是,大姐知道。""知道你不早说。"天好说:"他不抓进去,到今天大姐也不能说。他是个好人,做的是正事。"天月拔高声音:"好,大姐,你明辨好坏,你有正义感,可是你知道吗?这遭把俺家可给坑了。"书房里传来周和光的声音:"天月,你声小点。"

天好问:"怎么能把你们家给坑了?""本来俺家和光该当正局长,这回全吹了。就因为俺家和光没查明白魏德民还是共产党!这还在其次呢!局长不当就不当吧,还有人抓住这件事说俺家和光亲共、通共,这可是要掉脑袋的事啊!"

天好说:"这么说,是大姐把你们牵连了。"天月说:"也不能那么说,都怨那个姓魏的。可是，话又说回来，大姐，你明知他是共产党，还帮他遮掩！他一唱，你就一和，装扮得那个好啊！就算神仙也分辨不出姓魏的就是个共产党！俺两口子就更傻了，傻到家了，还合计着给你们俩提门亲呢！"天好说："天月，有事说事，你不能骂大姐。大姐是帮着魏德民哄骗你们了，可大姐这是对着魏德民办的事，你要是往别处想，别说大姐不让你。"天月毫不含糊："本来嘛，你们俩那个黏乎劲就是像两口子。"天好瞪天月一眼，没吱声。

天月问："大姐，你知道阶级斗争吗？"天好说："不知道。""你知道马克思是谁吗？""不知道。""你知道什么叫共产主义吗？""不知道。"天月说："这不就得了，关于共产党你什么都不知道。你能豁上性命遮掩姓魏的，和姓魏的一块哄骗俺两口子，你不是看上了姓魏的，能是什么？行，你看上是你自个儿的事，可是不能因为你和姓魏的好，就把俺两口子往火坑里推呀！"

天好听了天月这话，一股热血涌上头顶，不知怎么回事，一巴掌扇在天月的脸上。天月蒙了，天好扇完也蒙了。周和光从屋里出来问："干什么你们姐俩？"道儿也跑进来说："娘，怎么了？"天月直着眼："姐，你打我？"天好也直着眼："姐打你了？"望着天月脸上通红的巴掌印，天好泪水淌下来，伸手要去抚摸："老三，疼吗？"天月也哭了，一把推开她，跳起来："不疼？我抽你试试！"

天好流着泪："抽吧，抽大姐吧！"道儿蹭上前问："娘，你为啥打老姨呀？"周和光问："大姐，你们这是为啥呀？"天好站起来，擦了把泪水："天月、和光，大姐对不住你们，帮着魏大哥哄骗你们，让和光背了亲共、通共的罪名。可是，大姐帮魏大哥，是冲着他办的事，不是因为看上了他这个人！你们别往歪处想。和光，上面要是查办你，你就把大姐交出去，大姐保证把你择得干干净净！大姐宁肯自个儿坐大牢，也不能让你们这个家毁了。道儿，咱回家吧。"

周和光忙安慰："大姐，看你说的，事情没那么严重。"天好叹着气领道儿往外走。周和光推天月一把："跟大姐说句话。"天月抽噎了半天才说："大姐，我错了，不该说那些话……"说着扑上前，一把抱住天好，"大姐，你可不能坐大牢啊。"天月放声痛哭。天好抱着天月，泪流如注："老三，大姐不该和你动巴掌啊……别哭了，你小时候哭大了好背气。"天月哭得更厉害了。

天好回到家里，夜已深了。道儿睡了，天好靠在窗边，望着天上的月亮，一片缺月挂在天上。天好望着月亮说："你怕是也有愁事吧？要不能今天圆明天缺一块？我有点撑不住了，真的，撑不住了。人要是老不长大该多好？整天就知道玩啊，乐啊，有了什么事和爹说，和娘说……可是如今和谁说呢？"天好长叹一声低下头。

天好自言自语着："还和自己的妹妹动巴掌了，不该啊！自个儿现在心里头还疼呢。这个家拢不住了，各人有各人的心事，各人走各人的道了……拢不住你也得拢啊……但愿老二和虎子你们都平平安安吧。"天好又抬起头，瞅着黑暗中什么地方说，"你裘春海，一肚子坏水是从哪儿学来的？你是人吗？人里头有你这种物吗？恶鬼呀，魔头！老天爷怎么就叫你生下来了？怎么还能叫你一回回活了死，死了活的？你花样真多，又把魏大哥陷大牢里去了。你等着，老天爷也有开眼的那一天，我叫他嘎嘣一声死在我跟前！"

那片缺月静静地照着。天好继续对自己说："撑着吧，你月亮有圆的时候，事情也有了结的那天……"

虎子正准备躺下睡觉，老驴子一摇三晃地进来。虎子说："不早点躺下，你又钻哪个娘们儿那儿去了？"老驴子嘻嘻笑着："和二排长抿了两口。""撤退跑了三天，你还有心思喝酒？""喝点酒不正好解乏吗？""这仗越打越他妈操蛋，进了1947年就没得好，南满、北满跑得脚打后脑勺，兵越打越少。""老哥再加一句，钱他妈也越挣越少了。上个月才开了不到七万块钱，够干什么的？刚刚能买二斤高粱米。还他妈找娘们儿？"虎子说："胡团长不是说了吗？戡乱期间军费紧张，叫大家同心同德，共赴国难。当兵的不比你我拿的更少？这话就在这屋说吧，叫胡团长听见，栽你一个扰乱军心的罪名，够你喝上三壶五壶的了。"

"他奶奶个腿！我扰乱军心，军心都叫他姓胡的吃了！"说着，老驴子摸出一张汇票，拍到桌子上，"你看看，认识这玩意儿吗？"虎子说："邮局的汇票呗。""你看看汇了多少钱？"虎子看看汇票说："三千四百万，谁他妈汇这么多钱？"老驴子说："那上面不写着吗？胡炳义，咱那个胡团长。"虎子说："钱数是不少，也就能买千八百斤高粱米呗！"老驴子说："说你是个雏儿，你他妈还真不懂世界上的事！是，关外钱毛，在咱这儿三千四百万也就能买一大车的高粱米。可是，你知道这些钱在胡团长老家长沙能买多少东西吗？那可是十几两的黄金。他压下弟兄们的军饷，全寄回他老家了！"

虎子瞪大了眼，还有点不信："这么说，咱的军饷都成了胡团长家里的黄金了？"老驴子一点头："对，你脑袋还不是块石头。""你这汇票哪儿来的？""二排长从邮电局查出来的。"半天虎子没言语。

老驴子说："共产党那句话没错，咱他妈是炮灰，是当官的炮灰！"虎子火了："弟兄们在前面流血卖命，当官的在后面搂钱，这叫他妈什么事？老子找姓胡的去！""这一阵又成雏儿了！哪个大官不这么干？消停点吧！已经上这趟车，就随它往前咣当吧。来，老哥还给你留一口，喝点。"老驴子摸出半瓶酒递给虎子。虎子抓过酒瓶，喝了一大口："咣当到哪天是头？""你问我，我问谁呀？"

收复本溪，天星所在部队打了大胜仗，她让全营会餐，以示庆祝。小任喝了些酒，晕晕乎乎回到营部。天星见营部亮着灯，就走进来，见屋里没人，轻声喊了两句："任参谋，任参谋。"突然，身后传来一声："报告宋营长。"天星回头一看，见小任靠在门边的墙上,两眼迷迷瞪瞪,左胳膊包着纱布吊在胸前,右手敬着军礼:"在收复本溪的战斗中,我们营共歼敌三百四十二名,俘虏七百零六名,缴获重机枪十二挺……"天星说:"醒一醒吧,把报告拿来,我自己看。"小任这才睁开眼睛:"宋营长,回来了? 报告,什么报告?""战斗总结报告。"小任酒还没醒:"我,我写了吗?""你刚才报告什么了?"小任这才醒过神来,从兜里摸出两张纸递给天星:"对,写了,你看我这脑子。"

天星接过报告:"胳膊不要紧吧?""叫炮弹皮划个口子,没啥。"天星转身将报告放在桌子上看,说:"你回去休息吧。"小任晃晃荡荡凑到天星身后,轻轻握住天星的手。天星甩开,小任又握住她的手,天星又甩开。天星看着报告问:"你干什么?"小任说:"吻一下,也就吻一下。"

天星说:"闻什么? 我这是手又不是猪蹄子。"小任说:"你不懂,不是闻,闻有什么意义啊?"天星仍然看着报告:"没有意义你就赶快回去。"小任转身朝门口走去,来到门口,一趔趄扶住门框,嘟囔着:"连吻都不懂,连吻都不懂……"他慢慢瘫坐在地上,打起了呼噜。

天星听见呼噜声,转过身来到小任身边,拍着他的脸:"不能躺这儿,来,回去睡。"小任打着呼噜,又抓住天星的手,说着梦话:"吻一下,就一下,可不许生气啊。"天星说:"闻吧,你能闻出猪蹄子味儿才怪呢!"小任俯下头来,亲吻天星的手,天星愣了,想抽回自己的手,小任抓住不放。

望着胸前吊着一只胳膊的小任,天星没再抽回自己的手,静静地站着。好半天,她才俯身搀起小任:"睡吧,你该休息了。"小任还在说梦话:"香,真香……"天星把小任扶到自己的床边,放他躺下。小任嘟囔着:"我……我爱你……"天星久久地望着小任,睡梦中的小任露出孩子般的笑靥。

国民党军的宣传车在沈阳大街上徐徐而行,车上的高音喇叭又在广播:"国民革命军东北保安司令长官部最新战报:昨天国军撤离本溪。此次撤离,胜利圆满,未损一兵一卒。自今年5月以来,共匪改以往偷鸡摸狗式的游击战为明目张胆的阵地战。为给共匪以歼灭性的打击,国军由本溪撤离后,已经在抚顺一线布下天罗地网,共军之覆灭指日可待……"

周和光和天月正在吃早饭。天月听到宣传车的广播,不耐烦地说:"前天撤离安东,昨天撤离赤峰,今天又撤离本溪,国军这是怎么了?"周和光说:"兵力不足,战略调整。""调整来调整去,我看共军好进沈阳了,抚顺离沈阳才多远?"周和光说:"那也不怕,国军装备在那儿摆着,身后还有美国人呢! 战场上的事就是千变万化,去年这个时候共军不正从四平逃跑吗? 如果现在从关内调来十万国军,你看吧,撤离的肯定是共产党。"

停了一会儿,周和光说:"我看,你还是去大姐那儿一趟。"天月说:"不去吧,去了又有啥用？""处决魏德民已经定了，还是告诉大姐一声。""告诉大姐，她也没有办法救。"周和光说："当年，大姐把他从坟坑里刨出来，他们还是有些交情的。"天月说："那是啊，可是大姐知道了，也只能是干着急，干上火，白白淌眼泪，叫她操那个心干啥？"

周和光叹道："可惜魏德民这个人了。"天月说："等处决完了，咱再告诉大姐，帮她把魏德民好好发送了。""应该，我们一同斗过小鬼子。""你就别出面了，人家正盯着你。"周和光说："可是，无论如何，我还是要去见魏德民一面哪。"

2　一大早，裘春海就穿着国民党军少校军服，坐着吉普车来到王家大院。他一进院子，和秦先生走了个照面。秦先生问："这位长官找谁呀？"裘春海瞅了瞅秦先生："不认识我了？那天晚上在这饭馆里，你一连问了我好几个不明白……想起来了？"秦先生说："想起来了，那天你戴了个手铐子。"裘春海一笑："鄙人给你敬个礼吧。"秦先生赶忙拦住："免了吧，我可经受不起。"

王老先生从家里出来问："这是哪儿来的大将军呀？"裘春海朝王老先生敬了个军礼："旅长，您早！"王老先生说："你还得给那位先生敬个礼。"裘春海说："人家不让。"王老先生说："不让你也得敬，别看他没穿军装，人家是沈阳兵工总厂上校工程师。""是吗？比我还多两个豆呢！"裘春海说着给秦先生敬个军礼。秦先生吃惊地看着裘春海问："你这种人也成国军了？"

裘春海说："报告上校工程师，鄙人现在是东北保安司令长官部督察处少校侦审员。"秦先生说："不知你侦审谁呀？""共产党啊！""对劲儿，正好对劲儿呀。"说完秦先生走出院子。

王老先生来到裘春海跟前问："听说又立大功了？"裘春海不以为然地笑笑："不值一提，不过是为戡乱剿共大业尽了点心。"王老先生说："那天晚上我下手重了点，还疼吗？"裘春海说："幸亏您老手重，不然学生现在还在歪道上走呢！"

天好和道儿从家里出来，看见裘春海停住脚步。裘春海朝天好走过去："早啊！"天好说："有人更早。"裘春海说："有了喜事，不得早点来报吗？委任状昨天才正式下来，裘春海已经是国军少校了。"道儿问："你不是关大牢里了吗？""这就看自个儿的能耐了，你爹能死里逃生、逢凶化吉不容易啊！"天好斥道："跟孩子别提那个字。"裘春海一梗脖子说："咋不能提，道儿也是我的骨血。"

裘春海说："还有件喜事，魏德民的案子这两天就要大喜了。"天好说："他喜不喜告诉我干什么？"裘春海说："叫你高兴高兴啊！你不还留他在这儿当了几天伙计吗？"他又朝王老先生打招呼，"王旅长，改日学生专门拜访您，回见！"说完昂首挺胸走出院子。裘春海上了吉普车，又朝院里喊了声："道儿，爸爸还有事，过两天来看你。"天好问王老先生："老先生，什么叫案子大喜了？""监牢里的行话，就是说一个人该处决了。"

天好听到这个消息，赶忙给天月打电话问情况："听说，魏德民要被处决了，真有这事吗？""大姐，真有这回事。和光也觉得可惜，想管管不了啊！我和和光商量了，肯定帮你把魏德民的后事好好办。眼下你就别操这份心了，没用啊！"天好放下电话重重叹了口气："一个人就这么没了。"王老先生说："去看一眼吧，监狱里我倒有熟人。"

天好一上午心神不宁，不知该如何办才好。快到中午了，大刘推着自行车边走边吆喝："卖虾爬子咦，卖虾爬子咦。"来到饭馆门前，大刘推开门朝里面喊："掌柜的，要不要虾爬子？"

天好出来见是大刘，先是一愣，接着笑了："哟，改行卖虾爬子了？早先你不是卖豆腐吗？"大刘说："多谢掌柜的还记得，这点虾爬子你就收了吧。"天好朝伙计说："这是老熟人，把货搬进去吧。"大刘帮着伙计把自行车后面的柳条筐卸下来，伙计搬着虾爬子进了饭馆。大刘悄声对天好说："有点事和你说，这儿不方便，出去一下。"

大刘推着自行车站在一僻静胡同墙边，天好急匆匆赶过来问："你怎么找到我了？"大刘说："老魏和地下党的人说起过你。"天好问："有什么事需要我做？"大刘问道："关押老魏的地方，你能进去吗？"

天好说："我们院里的王老先生说监狱里他有熟人。""王老先生？那个东北军旅长？""就是他。"大刘说："你回去问一下王老先生，是不是真能让你见到魏德民？方案已经有了，眼下就看你能不能进去见老魏，把东西送给他。""你在这儿等会儿，我去去就来。"天好转身往回跑。

天好跑到王老先生家，把要去看魏德民的话讲了。王老先生答应立即打电话给监狱管事的，让他给行个方便，并找了几件衣服让天好给魏德民带上。天好有了这个准信儿，忙跑回来对大刘讲了。大刘把两根细钢锯条和一张纸条交给天好，让她设法带给魏德民。

周和光觉得，于情于理，都该见魏德民最后一面，有些话，他也想当面说清楚。黄昏时分，他带了酒菜来监狱看魏德民。进了单独关押魏德民的监室，见魏德民坐在地上，周和光从提篮里拿出几样小菜摆在魏德民跟前，又拿出一瓶酒，充满诚意地说："魏兄，喝酒我是外行，不懂酒的好赖，将就喝吧，也算那么个意思。"魏德民接过酒瓶，看了看说："老龙口，沈阳最好的酒啦，听说当年康熙皇帝都喝过呢！""那，也算没辱没魏兄。"

魏德民听出了周和光的来意："是不是我魏某人的大限到了？"周和光否认："哪有这事，今天有空来看看你。""不说实话也罢，酒还是要喝的。"说完魏德民给周和光和自己斟上酒，他举起酒杯，"先得给你道个歉，没进来之前一直没和你交实底，也算撒谎了，实在对不起。"

周和光说:"可以理解,各为其主,信仰不同嘛。"魏德民一饮而尽,周和光也跟着一饮而尽说:"人不光得讲主义,还得有感情。"魏德民说:"不必为我伤心,这条路是我自己选的。"周和光给魏德民斟上酒:"我就不喝了,魏兄,实在为你惋惜呀!"

魏德民说:"和光,我劝你一句,现在到时候了。"周和光问:"啥意思?"魏德民说:"应该作出选择了,看看东北的形势,看看中国的形势,你应该为自己重新选择一条路了。"周和光说:"魏兄,今天不说这些。"监室门口传来一声喊:"好味儿,好味儿,喝啥好酒啊?"裘春海笑呵呵走进监室。

周和光问:"你怎么来了?"裘春海说:"听说你来了,我能不来吗? 现在魏德民是特殊时期,任何人都不许见。"周和光说:"你这是盯我梢。"裘春海说:"不,是为了保护你,保护你的清白。"

裘春海上前查看那只提篮,查看那几碟小菜,又抓起酒瓶子抿了一口,咂吧咂吧:"还真是老龙口。"周和光说:"你以为是毒药?"裘春海说:"哪能,我怕是不上讲究的酒,那不就对不住魏大哥了吗?"魏德民说:"看不出来你这么仁义。"裘春海笑了:"姓魏的你这是反话,臭派我,我裘春海不生气。明天这个时候,我想听你臭派,找不着你了! 我该多寂寞多冷清啊!"周和光说:"裘春海你说句人话吧!"裘春海说:"临死的滋味我尝过,你看他脸上没事似的,心里头害怕呀,吃也不香,睡也不香,对不对魏大哥?"

魏德民说:"我们的部队已经将南满、北满、东满、西满连成一片,国民党军只能缩在长春、四平、沈阳、锦州几座孤零零的城市里,等着被歼灭。你说我有啥可害怕的?"裘春海警觉地问:"这些情况你怎么知道?"魏德民轻轻一笑:"你们的宣传车哪天早晨不从窗外过呀? 昨天撤离,今天撤离,你们的撤离不就是我们的前进吗?"裘春海说:"眼瞅着命都没了,你还转这种脑筋,佩服。"

监狱长出现在监室门口:"哟,二位长官在这儿呢,我带来个人,她想见见姓魏的。"裘春海说:"不行。"监狱长说:"是王老先生王旅长的面子,不给好吗? 王旅长说了,她和裘长官也熟悉。"天好出现在监室门口,一手提食盒,一手提个小包袱:"叫喊什么,谁不认识谁?"裘春海换一副笑脸:"是你呀,请,请!"说着,上前接过食盒和包袱,打开食盒查看。

魏德民朝天好说:"你怎么来了?"天好冷着脸:"你当我愿意来呀? 你人缘好,早上裘春海去冒了个泡,说你的案子大喜了,饭馆的伙计们都跟着高兴,非叫我来看你。"周和光冷冷地瞅着裘春海:"裘春海你能和大姐说说什么叫案子大喜吗?""大喜就是好事,从明天开始魏大哥就再也不遭罪了。"天好说:"不遭罪好啊,裘春海,俺那院子里的人都感谢你报了这么个喜信儿。"

裘春海说:"那是应该的。"他从食盒里拿出一盘腌虾爬子,"这玩意儿生的也能吃吗?"魏德民说:"不尝一口? 那还是我的手艺呢!"裘春海说:"今天就免了,反正饭馆是俺家的,哪天不能去尝?"天好说:"你去尝吧,伙计们能把你当虾爬子腌了。"裘春海嘻嘻笑着,也不生气,从食盒里拿出一摞煎饼查看。天好说:"你那脏蹄子少摸索!"裘春海说:"我能不尽到自己的职责吗?"

裘春海又从食盒里拿出几根大葱:"到底是山东人,临上路了还想着这一口——煎饼卷大葱。"天好说:"地里长的大葱能藏什么?你放下吧。"裘春海咔嚓将几根大葱当腰折断。周和光说:"把它折断还叫不叫人吃了?"裘春海说:"我是怕里面钻进去地蛆、蟑螂,魏大哥吃了多不卫生。"

裘春海打开那个包袱一件件查看衣服。天好朝魏德民说:"那是王老先生送给你的衣服。"魏德民说:"是吗?谢谢他老人家。"天好说:"王老先生说了,不用你谢,你要是真体谅他的心,就早点把该说的话和长官们说,兴许能保一条命。你们爷儿俩还能再相见,也不知道你人缘怎么那么好,连他老人家都这么上心。"天好说着话,趁裘春海查看那几件旧衣服,将自己袖筒里的一根大葱悄悄插进魏德民的后衣领里面。周和光在一边看见了,假装没看见。

裘春海查看完那几件旧衣裳,直起身来:"别说,这几件衣服还都是好料子,可惜呀,姓魏的你没福气穿喽!天好,你拿回去吧。"天好说:"人家王老先生一片心意,你说拿回去,我就拿回去?"周和光说:"要不留下一件,剩下的拿回去吧。他身上这身衣服还能将就啊。"周和光说着话转到魏德民身后,给他整了整后衣领,将露出的一点葱叶盖上了。天好看在眼里,轻轻松一口气:"王老先生也是这个意思,留下一件就行。"周和光拍拍裘春海的肩膀:"咱都回去吧,时间不短了。"天好朝魏德民说:"魏大哥你慢慢用,俺走了。"

裘春海说:"等等,既然有新行头了,咱就把旧的换下来。"魏德民说:"省下你那份孝心吧,等会儿我自己来。"周和光说:"裘春海,你让人家清净一会儿吧,赶快走!""哪能啊,天好好不容易来一趟,管怎么也得把魏兄衣服扒下来,叫天好看看,这两天魏兄在蜜罐里都享了些什么福!"说着,裘春海就要扒魏德民的衣服,周和光一脚踹开他:"你他妈还叫人吗?明知道人家伤口粘衣服上了,你还要硬扒,想疼死人家?"裘春海又凑上前:"连襟兄弟,别看你是副局长,可是管不着我督察处的人,我今天就想过过扒衣服的瘾!"

天好抓起一截大葱藏在身后:"裘春海,我今天才发现个事!""啥事?"天好说:"你这双眼睛咋这么圆,这么亮?""那是因为你从来没拿正眼看我。"天好说:"那我今天可得好好看看。"裘春海凑到天好面前说:"看吧,管你看够。这双眼也叫浓眉大眼,有光有彩!""是吗?还真挺经端量……"天好说着,把手中的大葱狠狠戳在裘春海的眼睛上,一下,又一下。裘春海让葱汁蜇得呀呀叫,捂着眼四下躲避,天好紧追不放,连打带踢:"我叫你浓眉大眼,我叫你有光有彩,我叫你过扒衣服的瘾,你这个没长人肠子的东西……"裘春海突然站直身,大吼一声:"行了!行了!我不扒他衣服!"

监狱长出现在门口,阴着脸说:"裘长官,监狱里是不许乱喊乱叫的。都出来吧!"周和光说:"裘春海,你督察处的在这里也得听监狱长的吧?"裘春海首先跳出监室揉着眼睛说:"宋天好,你挡着我不让扒他的衣服,你可挡不住我送他上西天吧?""你能耐大,我哪能挡住你呀?你过来,我还想看看你那双狗眼。"裘春海一手揉眼,一手指着天好,朝监狱长说:"这是天底下最歹毒的娘们儿!"监狱长笑着说:"是吗?我看她挺和善个人啊。"

3　夜深了,监狱里死一般寂静,走廊里,灯光昏暗。魏德民站在监室门口,仔细查看外面的动静,外面昏暗的走廊看不见看守,听不到一点动静。他回身走到铺在地下的褥子旁边,从下面抽出一根大葱。他轻轻剥开大葱,发现里面有两根细长的锯条和一个纸条。打开纸条,魏德民看上面写着:今夜锯断窗栏杆,朝窗外学三声布谷鸟叫,有人接应。他立即动手用钢锯条锯窗上的铁栏杆。

一辆卡车悄悄从夜幕中驶来,停在监狱后门外不远的昏暗处。汽车驾驶室里坐着天好、大刘和司机。车厢里蹲着几个环卫工人模样的人。

这时,裘春海和一个外号叫兔子的小特务正在监狱刑讯室里喝酒。兔子说:"老裘,干这事兄弟是第一次呀。"裘春海说:"兔子,别害怕,到时候听我的。"兔子问:"咱往外提他,他大喊大叫怎么办?"裘春海说:"有办法,咱就说,姓魏的,你的案子有大头目还要审一审,请吧。"裘春海突然想起什么,"等等,我得去看看这个姓魏的。"兔子说:"看啥?铁门铁窗关得严严实实,他还能跑了?"裘春海说:"兔子,记住:越是觉着不会出事的时候,越可能出事。"

裘春海蹑手蹑脚进了监狱走廊,他来到魏德民监室门外,正要打开监视窗,突然,一声喊:"什么人?"一个看守出现在走廊拐角。裘春海朝看守摆手,示意不要出声。那看守还是说了句:"我操,是裘长官哪。"裘春海打开监视窗朝里面看,"还没开灯呢!"看守说着,打开监室电灯开关。

裘春海从监视窗里露出眼睛悄声说:"魏兄,还没睡呢?想啥呢?"魏德民倚墙坐着:"想你。进来吧,咱俩再说会儿话。"裘春海嘻嘻一笑:"进去我也得带个帮手,不然你能啃下我的鼻子来。""那你就带个帮手来。""别急,现在还有点酒没喝呢!你老实等着啊,好戏不怕晚哪!"说完,裘春海关上监视窗。

裘春海对看守说:"你就在这儿守着,呆会儿我来提他。"看守说:"是,听裘长官的。"裘春海刚转过拐角,看守骂了句:"人模狗样,爷爷听你的啊。"看守溜溜达达走了。魏德民听外面没有动静了,又起身开始锯窗栏杆。

裘春海回到刑讯室,坐下来对兔子说:"老哥接着教你,咱就对姓魏的说还得去趟督察处,有大头目要审你,委屈你蒙上眼睛。"指着兔子,"你就上前把他眼蒙上。咱们把他带到监狱后院,那个坑你挖好了吧?"兔子说:"白天就挖好了,咱俩能把他推进坑里吗?"裘春海笑了:"兔子你真幼稚!还用推吗?走到坑跟前,"他指着墙边的一根大棒子,"我就用它照姓魏的后脑勺狠狠地来一下,姓魏的自然应声而倒,大头朝下,就栽进坑里去了。然后你把白天挖的土再填回坑里。"兔子问:"那咱现在就去提他?"裴春海说:"这才几点?在监狱里处决囚犯得更深夜静,来,再喝点。"

魏德民终于锯断一根铁栏杆,他拽掉那根铁栏杆,向窗外轻轻学了三声布谷鸟叫,片刻后他又学了三声布谷鸟叫。一个狱工推着一辆装了几麻袋垃圾的平板车过来。魏德民从窗上跳下,狱工赶忙给他套上一条大麻袋,让他躺到平板车上。

狱工推着装满垃圾的平板车从监狱后门出来,走到距离卡车不远的地方卸下垃圾,卡车启动朝那堆垃圾驶去。魏德民从麻袋里钻出来,在两个人的帮助下上了卡车,立即换上环卫工人的衣服。

那辆拉垃圾的卡车飞快离开监狱后门,驰上大街。车厢里,魏德民朝大刘和几位环卫工人说:"谢谢大家,让你们受累了。"大刘说:"还是先谢天好大姐吧,没有她送锯条,我们也是白搭。"魏德民朝天好笑笑:"你到底加入了。"天好也笑笑:"还不是你介绍的?"

夜更深了,裴春海看看手表,抓起大棒子,和兔子从刑讯室出来,进了监狱走廊。看守带着裴春海、兔子朝魏德民监室走来。来到监室门外,裴春海把手中的大棒子藏到门边,看守打开监室的门,裴春海一步踏进去说:"魏德民,你的案子还不能大喜呀,有大头儿要审呀!"监室里黑咕隆咚,没人回应。

裴春海朝看守说:"把灯打开。"灯亮了,里面空荡荡的,魏德民不见了。裴春海大惊失色,他发现窗栏杆断了一根,指着窗口说:"姓魏的跑了!"看守也大惊:"啊,没听见动静啊!"裴春海朝兔子说:"赶紧报告林处长!"

4 裴春海气急败坏地向林处长报告了魏德民逃跑的事。他分析,黄昏时只有天好和周和光去看魏德民,肯定是天好送了锯条,让魏德民锯开铁栏杆逃跑的。他建议马上去抓天好,然后审出共产党的幕后人。林处长同意了。裴春海开着吉普车,带上林处长和几个特务,立即去抓天好。

林处长问:"那娘们儿不承认呢?"裴春海说:"不承认?我就叫她尝尝开水褪人皮。"林处长说:"过分了吧?那可是你老婆。"裴春海说:"老婆?老婆也得先可着党国的利益!"林处长说:"行啊,老裴,你也算得上毁家纾难。"裴春海问:"啥意思?兄弟学问浅。""就是分散自己的家产,解救国难。""我哪有啥家产?"林处长说:"你把老婆都舍上了,不比家产贵重吗?"

道儿已经睡了,天好也躺下来,她沉浸在刚才解救魏德民的兴奋中,还没睡。忽然传来轻轻的敲门声和裴春海的声音:"天好,把门开开。"天好有些紧张:"深更半夜的,有什么事说吧。"裴春海说:"我想道儿了,翻来覆去睡不着,来看看他。"天好说:"孩子睡了,明天吧。"道儿醒了:"娘,和谁说话呢?"裴春海说:"我听见道儿的动静了,开门吧。"天好起身穿衣服下炕,道儿也爬起来。

天好打开门:"你到底想干啥?""不是说了吗,看看道儿。"道儿从天好身后闪出来:"看吧,俺在这儿。"裴春海问:"道儿,你娘今晚上出没出去?"道儿说:"出去了,收白天晾的衣服。"裴春海问:"什么时候回来的?"道儿说:"一转身就回来了。"

天好说:"你问这些干什么?""不是我要查,是一位长官对你感兴趣。"裴春海朝院外喊:"林处长,人家非要劳你的大驾呀。"林处长带几个特务从院门进来,走到天好门前说:"不认识我吧?鄙人是老裴的同事,有点事想和你商量商量,请吧,车在门外。"天好瞅了瞅林处长和那几个特务没言语。

冯贤礼探出头来问:"这么多国军,抓共产党吗?"王老先生走出来问:"这是哪一部分的弟兄啊?"说着他走过来。裴春海赶紧上前介绍:"老人家,这位是东北保安司令长官部督察处的林处长。"又朝林处长说,"林处长,这位是东北军的老旅长王义亭老先生。"

林处长一拱手:"王老先生,久仰久仰。"王老先生问:"深更半夜,弟兄们有何公干呢?"裴春海说:"王老先生,林处长有点事要和天好说。"王老先生说:"哦,那就说吧。"天好看着王老先生:"人家要请我走呢,车子就停在门外。"王老先生说:"还是在这儿说吧,我听着,也长点见识。"林处长说:"王老先生,这恐怕不行,有些事情不方便在这儿说。"房客们纷纷出来观望。

秦先生走上前:"既然不方便在这儿说,那就意味着带走呗?这不是抓人吗?"他朝王老先生重复一句:"老先生,这明摆着是要抓人哪。"王老先生没作声。

房客们议论纷纷:"深更半夜地抓一个女人,什么事!""人家还带个孩子,他们就没有妻子儿女吗?""饭馆老板娘像共产党吗?""咱没长火眼金睛看不出来。"冯贤礼凑近林处长:"长官,他婶不像共产党啊。"裴春海问:"共产党还长特殊模样吗?"冯贤礼说:"据我所见,共产党是大耳朵,比咱的耳朵大。俺村那个共产党就是这个模样。"裴春海厌烦地推开他:"闪一边去。"

天好问:"林处长,你们要抓我,为啥?""有个重要的犯人跑了,想问问你能不能帮我们找到他?""这事就怪了,看押犯人是你们的事,犯人跑了找我干什么?"裴春海说:"说白了吧,魏德民跑了。"王老先生说:"你小点声,吓坏孩子。魏德民跑了和天好有什么关系?"

林处长说:"宋天好下午去探望魏德民了。"天好问:"探望了又怎么样?"裴春海气急败坏:"你给他送锯条,他锯断栏杆跑了!"王老先生问:"有证据吗?"林处长说:"证据嘛,自然有。"天好说:"拿出来我看一看。"林处长说:"这不是请你去吗,我们一块找。"王老先生喝斥道:"混账,连证据都没有就敢抓人!大伙听听,自古以来,有这个道理吗?"房客们摇着头议论纷纷:"没听说,这简直是笑话。""当今怪事就是多,赶快回家吧,说不定还能抓你我呢!"

林处长说:"王老先生,请不要妨碍公务。"王老先生眼睛一瞪:"我也请你不要妨碍我的私务！"他指着天好和道儿，"这是我闺女，这是我外孙。听明白了？"裘春海说："老旅长，别胡闹，天好自己有爹。"王老先生说："呸，你还敢提天好她爹！她爹早死在你手上了。打去年我遇见天好，请天好进这个院子，我就认了她这个闺女，干闺女！"林处长朝特务们一挥手，示意上前抓天好。王老先生一挥手："慢，要抓宋天好，连我一块带去。"

林处长说："王老先生，在下可是没那个意思。"王老先生说："我老了，吃个饭喝个水，换洗衣服，擦擦屋子，都是我闺女宋天好侍候，如今你们要把她抓去，叫我怎么活？干脆把我一块带走！"林处长向特务们使了个眼色，两个特务提了枪上前朝王老先生说："老先生，请往后靠两步可以吗？"王老先生顺手夺下一个特务手中的枪，问那特务："这玩意儿还好用吗？"特务说："小心顶着火呢！"

王老先生举起枪朝天打了两枪说："还真是把好枪。"又朝天好和道儿，"你们俩站我身后来，他们谁敢靠前一步，我就用他的脑袋验这把枪！"裘春海拿出手铐要抓天好，王老先生朝裘春海脚下"当"的一枪。裘春海一个高跳躲开。天好和道儿转到王老先生身后。林处长："王老先生不要这样，有话好商量。"王老先生抬起枪："怎么？还叫我再搂两个响听听吗？回去吧，赶紧回去，趁我手指头还没颤颤。"裘春海说："老旅长，求求您手指头千万别颤颤！"林处长气急败坏地招呼几个特务："走吧，还瞅什么？"

林处长、裘春海和几个特务向院外走。林处长又停下来，朝王老先生说："老先生，消消火，改日会有人来找你的。"王老先生说："好啊，我正愁没人说话呢！你告诉杜聿明，你们的杜长官，我王义亭在家候着他呢！等等，家伙什儿都不要了？"王老先生把那支枪丢过去，一个特务慌忙捡起。裘春海朝道儿说："道儿，爹哪天领你玩去，等着啊。"道儿把脸扭向一边不看裘春海。林处长这伙人灰溜溜走出院子，爬上吉普车跑了。

裘春海开着吉普车，在昏暗的街道上前行，林处长说："早听说王义亭这个人虎性，果然不好惹！你那娘们儿真是他干闺女吗？"裘春海说："也可能啊，东北军的人重义气，当年王义亭就挺得意天好她爹的。"林处长说："奶奶的，这事还麻烦了。""报告杜长官哪，王义亭刚才不叫号吗？""你懂个屁，来到关外，连杜长官也得对东北军那些老人让三分，何况咱们光是怀疑，还没证据。"

裘春海说："能把那个娘们儿抓到手就好了，给她来个开水褪人皮，保险她连祖宗八代都交代出来。"林处长说："你全他妈废话，不是没抓到手吗？""处座，可不能放过那个娘们儿啊！于公于私我早晚都得宰了她。""我也正想辙呢，林某人还从没经过这样事，想抓的人抓不到手！"

林处长那帮人走后，天好随王老先生到他家客厅，天好朝王老先生说："老先生，从今往后我就得改口了，喊你干爹。"王老先生说："行啊，只要你不嫌弃，我高兴有你这么个干女儿。"天好朝道儿说："道儿,给爷爷磕个头吧!"道儿说："不对,应该叫姥爷吧?"天好笑了："对,叫姥爷。"王老先生哈哈大笑："你是得叫姥爷,我可不敢要裘春海那样的干儿子。"

道儿俯下身给王老先生磕头："姥爷在上,外孙磕头了。"天好笑了："干爹,他这么点个孩子还挺会论辈儿。"王老先生说："没看他娘多精明吗?"天好不好意思地说："干爹看你说的。"道儿说："姥爷,那个相面的怎么像变戏法一样,一会儿相面,一会儿进大牢里了,一会儿又戴个大盖帽来了,今晚还要抓俺娘。"王老先生说："姥爷活了这么大年岁,见过不少的人。说坏,没有比他更坏的了;说奸,没有比他更奸的了。别看他挂了个名是你爹,可不能跟他学,懂吗?"道儿说："俺懂,俺名字就叫正道。"

天好问："干爹,杜聿明真来了怎么办?"王老先生说："他真来了,咱也是平平安安。这个人,抗战的时候我在重庆和他打过交道,还算知情知理,绝不能办没有证据就抓人的事。倒是裘春海得防着,这个人不会死心,而且诡计多端。总和他来硬的也不是办法。""干爹,你说怎么办?"王老先生说："走一步看一步吧,这条恶狗! 还叫他难住了? 当年,少帅叫我去抓老蒋我都没打镲儿。"

天好问："哪个老蒋?"王老先生说："蒋介石,蒋总裁,蒋委员长。老蒋不抗日,还逼着东北军打共产党,少帅下令兵谏,派我带部队包围了华清池,也就是三枪两枪把老蒋给活抓了。不是共产党从中调解,老蒋早没命了。咳,一晃十多年喽……国民党、共产党到底没坐一块去,这回怕是要分出输赢了。"天好问："干爹,你盼他们谁赢?"王老先生说："这么精明的闺女咋问傻话呢? 闺女盼谁赢,干爹就盼谁赢呗!"

林处长在第二天把周和光叫到办公室来和他谈话。周和光说："林兄,我查了,那天晚上看守们全在岗,没听见一点动静。那两根锯条也没查到线索。"林处长说："今天找你来,不是谈魏德民怎么逃跑的事。你的职务又有变动了。""又是处分,因为魏德民逃跑?""你说对了一半,上面是要处分你,但不是因为魏德民的事。"周和光问："还有什么事?"

林处长说："你不是查了十车皮钢材吗? 那事主哪是小参谋啊! 背后还有人呢! 不说名字了吧,说出来能吓你一跳。此人是蒋总裁的红人,东北的军政要人,你这次捅马蜂窝了。"周和光一点头道："兄弟明白,挡了他的财路,他就处分我。"林处长说："是呀,人家扣了你一顶亲共的帽子,要抓你。""抓我? 我可都是按照国家法律、治安条例办的。""就别较真了,你不知道本人为你说了无数的好话,好歹这才免了抓你这一条,但还是要处分,叫你离职休息。"

周和光说："就是不干这个副局长了呗?"林处长说："想开点,'胜败兵家事不期,包羞忍耻是男儿。江东子弟多才俊,卷土重来未可知。'记得古人这首诗吧? 这两年你也够忙的,在家休息休息未尝不是一件好事。"周和光说:"是好事。吃私贪污的可以横行无阻,而且高官得做;秉公执法的反倒寸步难行,而且还成了罪人!这当然是好事,是我们党国应该庆幸的好事!"

林处长说:"周老弟,此话过激了。年轻的时候,我记得你凡事就好分出个是非里表来,今天我们已经不是无知少年了! 看不惯的,要学会看得惯;忍不下去,要学会忍下去。这样,我们才能适应眼下的社会,才能做一番我们想做的事业。你说是不是这个道理呢?"周和光说:"妙论,兄弟无言以对。告辞了。"

屋里烟气缭绕。晚上,周和光面色阴沉,坐在沙发上抽烟,抽了一支又一支。天月说:"又抽,今晚上从进家门到现在你一句话都不说,就是抽,也不知那个烟有什么好的!"周和光看看天月笑了:"是呀,老抽烟嘴都尝不出味儿来,我喝口酒吧。""你今天是怎么了? 吃饭时候给你酒你不喝,这阵子想起来了。""刚才那不是红酒吗,我想喝口白的。"

天月问:"你是有什么事了吧?"周和光点点头:"你把酒拿来我再告诉你。"天月拿来瓶白酒和一个酒杯,给周和光斟上酒问:"要啥菜吗?""等会儿。"周和光举起酒杯喝了一大口,闭上眼睛感觉着。片刻,睁开眼睛,"好啊,还是喝口酒好啊!心里头热乎乎的,痛快点了。"朝天月:"你不是问有什么事吗? 有件好事,从明天开始,周和光就离职休息了。"

天月问:"为啥?"周和光端起杯来,又喝了一大口:"说出来丢人。""你赶紧说吧,又没外人。""不光丢我周和光的人,也丢我们党国的人!"天月说:"刚喝两口你就醉了,满嘴胡话。你就耍酒疯吧,我睡觉去。"

周和光说:"等等,我告诉你,就因为我没蜕去少年的无知,不光不懂得贪污,还秉公执法。"天月说:"就因为这个?"周和光说:"对,离职休息也挺好啊,咱们好好学习学习,怎么吃私贪污、贪赃枉法……"周和光眼中泪光闪闪。天月说:"和光,你是那种人吗?"周和光泪流满面:"是啊,我做不到啊。"

第 36 章

转眼到了1947年的深秋。沈阳的大街上落叶飘零,往日热闹的街道变得萧条冷清,国民党军的宣传车不再播放最新战报,而是放着震耳欲聋的军乐。

秋日高照,有些晃眼。王老先生站在自家门前望着满院子的落叶,自言自语:"天凉了,又一年了。"秦先生从家里出来。王老先生问:"今儿个怎么了,才上班啊?"秦先生说:"去早了也没用。国人时间概念太差,不到中午办公楼里看不见人影。"王老先生说:"兵工厂里都没人上班,这仗还怎么打?"秦先生来到王老先生身边小声说:"哈尔滨共产党的电台说,国民党新一军的一个团昨天在范家屯被全部歼灭了。"王老先生说:"新一军那可是国民党的王牌,当年在缅甸打日本人打得好啊!连美国人都佩服。我说嘛,早上听不见最新战报了。"

天好从饭馆后门出来和他俩打了个招呼,进了自己家,片刻又从家门出来,问王老先生:"干爹,没看见道儿啊?"王老先生说:"刚刚叫裘春海领出去玩了。"天好有点急了:"咋也不和我说一声?"

王老先生说:"刚才你不买菜去了吗?放心,不能出事,我叫他把福子也带上了。那个裘春海整天黏在这院里你不烦啊?"天好笑了:"也是,你看这些日子给他勤快的,今天上饭馆帮厨,明天给家里买煤。还真把这里当成他家了。"秦先生说:"多加小心哪!外国人有句话,魔鬼微笑的时候是最可怕的。"天好说:"秦先生,裘春海就是想找个由头把我陷大狱里去。"

秦先生问:"王老先生,冯贤礼还没回来?"王老先生说:"没呢,说是回去收拾收拾地里的庄稼。""对了,看这满地的树叶子,我叫伙计扫扫。"天好说着朝饭馆后门走去。秦先生说:"还真有点想冯贤礼,早晨起来收拾收拾这个院子,真得有那么个人。"王老先生说:"别看他是个财主,勤快了一辈子啊!"

裴春海带着道儿和福子到有名的老边饺子馆吃饭,福子问:"叔叔,饺子咋还没来呀?"裴春海说:"好饭还能怕晚吗?这里的饺子老好吃了,叫老边饺子!有一百来年了。人家的肉馅是先下锅炒了,放上十几种调料煨了,这才拌上菜再包成饺子。"道儿说:"俺也不包饺子,说这些干啥?俺早就饿了。"

"别急,我给你们讲个故事吧。"裴春海说,"古时候有个老头叫老莱子,可孝顺父母了,整天做好东西给他爹他娘吃。因为老莱子没有忘记小的时候他爹他娘给他很多好东西吃,就像今天我领你们来这里吃最美味的老边饺子,懂吗?老莱子七十多岁了,为了叫他爹他娘高兴还穿着花花绿绿的衣服,拿个拨浪鼓,像小孩一样给他爹他娘表演翻跟头,你们说老莱子好不好啊?"

福子看看道儿,道儿也看看福子,两个人一同瘪了瘪嘴不吱声。裴春海说:"那么我接着讲,有一天,老莱子给他爹他娘送水,不小心摔了一跤,他哭了,他所以哭,是因为怕他爹他娘伤心,懂吗?"

跑堂的端饺子过来,两个孩子高兴地喊:"饺子来喽,吃饺子喽!"

吃着饺子,裴春海继续给孩子们讲二十四孝中的故事:"……他娘死了以后,这个叫郭巨的人就领着媳妇供养他爹。后来,家境日渐贫困,郭巨的媳妇生了个男孩。郭巨怕养这个男孩会带累供养自己的爹,就和他媳妇说,咱把儿子埋了吧。儿子死了,咱可以再生一个,爹死了,可就不能再活了!节省些粮食供养俺爹吧。"福子说:"不对呀,俺爷照书给我念的,郭巨供养的是他娘,不是他爹,你讲错了。"

裴春海装模作样地想了想:"哦,是我记错了。"道儿说:"记错了还讲,俺不听了。"裴春海说:"对,郭巨供养的不是他爹,是他娘。其实呀,爹娘都是一样的,对孩子就是一个字:疼。对不对?"福子说:"不对,你还吓唬道儿。"裴春海说:"你闭嘴,我问道儿。"道儿说:"本来嘛,那天晚上你就吓着我了。"裴春海说:"那领你吃饺子不叫疼啊?"道儿说:"疼也是饺子疼俺。"

一辆大卡车开进王家大院里,七八个国民党士兵从卡车上往下卸箱子、柜子、桌椅板凳等家具。冯贤礼在一旁照看着,朝一位国民党军官说:"白连长,叫弟兄们轻点,这八仙桌是紫檀木的,可不能碰坏了!真装东西呀!前清打造的,到现在都没开榫,没掉漆啊。"

王老先生过来问:"贤礼,你这是回去搬家了?"白连长插话:"这趟搬得可不容易。他领我们挨家走,说哪件东西是他的,弟兄们就上前搬。乡下人让吗?又哭又喊,又抢又夺,弟兄们出老力了。"冯贤礼说:"这些东西本来就是俺老冯家的,是叫穷棒子们抢去了。"王老先生笑了笑:"照你这么说,是物归原主。"冯贤礼说:"对,就是这个词,俺一下子想不起来了。"冯贤礼把王老先生扯到一边悄声说:"不光这些,浮财我也追回来一些。"

几个国民党士兵吆五喝六地在天天好饭馆喝酒吃菜,冯贤礼肩头搭了个褡裢陪白连长坐在另一张桌边，冯贤礼酒红着脸，朝邻座的客人说："那个刘大耳朵被绑过来了，这个时候我挺了一杆长枪，拍马上前道：'刘大耳朵还认识你冯爷爷吗？'这个刘大耳朵装着没听见，还朝我吐了一口，我能让了他吗？你们分了我的地，抢了我的房，还挖去了我的浮财！我上前一步，两手一叫劲儿，长枪'扑'一声就扎进刘大耳朵的胸脯里去了。"冯贤礼边说边比比划划。

　　一个伙计过来说："老爷子，把褡裢放下来，扛了个褡裢说话你不累啊？"冯贤礼一把捂住褡裢说："别动。"一个客人说："老爷子，那里装着金银财宝吗？"冯贤礼说："哪有金银财宝，是俺祖宗的牌位。"

　　另一个客人说："老爷子，你本领不小啊，这么大岁数还能动手扎人。"白连长说："听他胡嘞嘞，他刚到刘大耳朵跟前，叫人一脚踹倒了。还是本人开了一枪，刘大耳朵才躺地下。"冯贤礼说："是吗？我怎么记着不是这么回事？反正，我见刘大耳朵躺地下了，上去一刺刀就把他家伙什儿骟下来了。"白连长说："你呀，尽拣大的说。你上去想片人家耳朵，手直颤颤，半天没拉下来！"冯贤礼抻脖子瞪眼说："我拉下来了，肯定拉下来了！"

　　白连长站起身："老人家，咱算账吧。""急什么？再坐会儿。"白连长说："弟兄们还有事呢。""有事你们就忙去，反正，饭钱我结。"白连长说："谁和你说饭钱，这些天弟兄们跟你白跑了？辛苦钱你总得掏几个。""现钱还真不多，就这么几个，你们全拿去，晚上弟兄们再好好喝！"说着，冯贤礼从兜里摸出一把散票，放到白连长跟前。白连长说："你这是打发要饭的？弟兄们可是正牌的国军哪！"冯贤礼说："白连长，我冯贤礼是实诚人，兜里就这么几个钱了，要不过两天你们来我再补两个。"

　　白连长瞅瞅冯贤礼说："行啊，我白某人不难为你，你把这褡裢给我就行了。"听见这一声，冯贤礼双手死死抱住褡裢："白连长，这可是我祖宗的牌位啊！给你什么不能给这个！"白连长冷冷一笑，一把拽过褡裢，冯贤礼被拖倒在地。白连长从褡裢里摸出个小布包，打开来，里面是几根金条和几个金元宝。

　　冯贤礼爬起来要抢金条和元宝，几个士兵上前三拳两脚打倒冯贤礼。白连长晃晃手中的金条和元宝，朝冯贤礼："老杂毛，这就是你家祖宗的牌位吗？"士兵们簇拥着白连长走出饭馆。冯贤礼捶地哭喊："我的金条，我的元宝啊！你们也叫国军吗？土匪、强盗！比刘大耳朵还土匪强盗！"

　　夜深了，院子里各间房屋都已经熄灯。冯贤礼在堂屋里守着一只小炉子，借着炉火烧烤着什么，身边还放着酒壶、酒盅。他用筷子夹起那烧烤的东西咬一口，又抿一口酒，自言自语："别说，还真和猪耳朵差不多。"福子说："爷爷你别烤了，呛死人。""你就忍受点吧，爷爷不吃这点东西睡不着觉。"福子气得小胸脯一起一伏："叫你吃，我找个人来管一管。"说着开门跑出去。

福子跑到天好家门口敲着门："大婶，俺爷在家放火呢。"天好一听大惊，朝冯贤礼家跑去。她进了冯贤礼家，冯贤礼伸手护着炉子上烧烤的东西："这可是好东西，谁也不能动。"天好掩着鼻子："大叔，这味儿够受，别烤了。"

冯贤礼用筷子夹起烧烤的东西，咬了一口，边嚼边念叨："还分不分我的地了？分不分我的房了？还挖我的浮财，我叫你挖！"冯贤礼喝一口酒，咽下嘴里咬的东西。天好压低声音问："大叔，你这是烤什么？"冯贤礼说："不是猪耳朵，是刘大耳朵的耳朵。"天好凑近看看："大叔，这不就是猪耳朵吗？你疯了，非说是人耳朵！"冯贤礼说："我没疯，是刘大耳朵疯了，是穷棒子们疯了。"天好说："大叔，别吃了，赶紧睡吧。"

冯贤礼已经精神恍惚："睡什么，白连长的耳朵我还没吃呢！"他起身抱起一棵白菜，扯下两片帮子，朝天好晃悠："这是白连长的耳朵，我还没尝呢。"他把白菜帮子放到炉子上："谁惹我不痛快，谁夺我的财宝，我就烤谁的耳朵吃。"一道闪电，接着一串"咔嚓嚓"的雷声。天好一激灵，冯贤礼却异常镇定，瞅瞅门外说："敲啥平安锣呀？天下不太平。"

冯贤礼站起身，四处转悠了两步。天好问："大叔，你找什么？"冯贤礼说："那几个国军的耳朵哪儿去了？肉都挺好啊。"天好上前扶他："在那间屋，上那间屋找。"天好将冯贤礼扶进屋，冯贤礼说："他大婶，你是好人，好人得好报啊！"天好从屋里出来，屋里传出冯贤礼粗重的鼾声。天好将炉子盖上，轻叹一声："这人疯了。"她从冯贤礼家出来，掩上门，刚走进家，倾盆大雨骤然而至。

早晨，雨已经停了，冯贤礼拿大扫帚扫满地的落叶。秦先生推门出来："大叔，从乡下回来了？"冯贤礼不搭腔，继续扫着。王老先生从屋里出来："贤礼，还是你勤快呀，一大早就扫院子。"冯贤礼也不搭腔。天好从屋里出来，冯贤礼朝天好说："起来了？你看看这些败家子，把钱扔满地，还得我来收拾。"秦先生问："他是疯了吗？"王老先生说："也难怪，钱财动心哪！"

秦先生苦叹："呆不下去了，我想再出国。厂子里没人管事，管事也没用，像样的设备都卖了。这哪叫国家呀？辞职报告我都打了。"王老先生说："科学家，等两天再说吧，杜聿明走了，来了陈诚，兴许能换个模样。"秦先生说："陈诚也没好到哪里去！前两天，我们的厂房给改成歌舞厅了！说心里话，我也不愿意走，这番回国本想做一番事业，可是你们看看，叫人寒心哪。"天好说："秦先生，再忍耐一段，国家不能总这样乱下去。"

2 虎子所在的部队接连吃败仗，一个劲儿地撤退，搞得当兵的疲乏不堪。这天夜里，虎子和老驴子睡在连部，老驴子鼾声如雷，令虎子难以入睡。忽然，成子敲窗传信儿："老驴子赶紧跑吧，团长要宰了你。"虎子大惊："为什么？"说着，他忙推醒老驴子。成子说："我也不知道，他正喝着酒，不知怎么就叫喊要宰了你，正带人往这儿来呢！快跑吧！"

老驴子坐在炕上没动，琢磨着什么。虎子说："快跑吧，你怎么惹姓胡的了？""肯定是因为他贪兵饷的事，白天他就朝我甩了一句，你小子嘴挺长啊，当时我还没反应过来。"说着，老驴子起身摸出枪来，"他要宰了我，我还想崩了他呢！""好汉不吃眼前亏，逃了命再说。"老驴子说："往哪儿逃？叫共军抓着也是个死。"外面传来吉普车停车的声音。虎子朝后窗推老驴子，老驴子不情愿地上了后窗，回头看看虎子："兄弟，和你没处够啊！"

院里传来脚步声。虎子将老驴子推下去，又将窗关上，钻进被窝。胡团长带着几个士兵进来，他瞪着醉眼，杀气腾腾地问："老驴子呢？"虎子装作刚刚被惊醒，问道："谁呀？"一个士兵喝道："团长都不认识了？"虎子这才爬起身来下地问："团长，什么事？""老驴子呢？"虎子回头看看炕上："刚才还打呼噜，是不是上厕所了？"几个士兵冲出房门。

一会儿，几个士兵跑回来说："报告团长，厕所没人。""给我搜，他跑不远。"几个士兵又冲出去。虎子问："团长，老驴子犯事了？"胡团长问："没听他说我什么事吗？"虎子小声说："那天，他喝完酒，说你贪污军饷邮回老家买金条了。"

胡团长朝虎子吼："你怎不早告诉我？""我根本就没信！多少年了，我还不知道他，喝完酒全是胡话。"胡团长说："他把这胡话传得满城风雨，下午军法处找我问话去了！"虎子故意骂："他妈的，往日你对他不薄啊！"胡团长说："要不我要宰了他。"虎子说："算了，多少年的弟兄了，留他一条命，他不就是嘴不好吗？"胡团长说："不行，非得宰了他，不定哪一天他还说我是共产党呢！"

天星所在的部队正路过一个村庄，小任从队伍中出来，站到路边，侧耳听着什么。天星问："琢磨什么呢？""你听，这是啥声音？"天星顺着小任指的方向，听了听说："谁家死人了，唱《辞灵歌》。"

《辞灵歌》隐隐传来："……金童前引路，玉女送西天，山中走兽云中燕，陆地牛羊海底鲜，这是最后一顿饭，恭请您老来饱餐。"

小任拽住天星："还没听出来吗？就是那小子唱的。""哪个小子？"小任说："忘了？那回咱们和国民党军对歌，在山上对歌？"天星又听了听："像那小子的动静。"小任说："就是他！他气息全打在嘴唇边，声音特别散，特别哑。"天星急忙朝声音传来的方向奔去。

在村庄的一个院子里搭着灵棚，人们为死人举行辞灵仪式，老驴子领唱《辞灵歌》。突然，他发现街口过来两名解放军，他仔细瞄了两眼，认出其中一个是天星。老驴子转身要溜，身边的人说道："老哥别走啊，正要劲儿的口呢！"老驴子说："我方便一下就来。"

天星和小任进了院子，发现歌声没了，天星问吹喇叭的："唱歌的呢？""方便去了。"这时小任发现老驴子正跳过墙头,天星、小任追出去。

老驴子在前面跑,天星、小任紧追不舍。转过一个拐角,天星、小任发现老驴子没了。"任参谋,你往前追,我在这儿找找。"天星拐进一个院子,四下查看。一堆玉米秸下露出一只脚后跟,天星走上前,朝那脚后跟狠狠跺了一脚。老驴子从玉米秸堆里跳起来,扑向天星。天星一闪,踢倒老驴子。

两人激烈打斗,老驴子几次跌翻在地。他抓起一把镢头吼着:"宋天星,老子和你对命了。"小任冲进院子,拔出枪喊:"不许动。"老驴子挥舞镢头扑向小任。天星喊:"任参谋别开枪!"老驴子又转身奔向天星,天星踹倒老驴子,夺过镢头。天星和小任守住院门,老驴子无路可逃。

老驴子气喘吁吁:"今天,你们就想抓活的是不是?想好事吧。"说着转身将头朝墙上撞去。天星跃起身来,抓住老驴子的一只脚,但是老驴子的头还是撞到了墙上。小任赶上前:"奶奶的,你真不要命了!"老驴子已经撞昏了,头上鲜血直流。天星爬起来,看了看:"给他包扎一下。"小任掏出急救包,拿出纱布,给老驴子包扎伤口。

老驴子醒过来,还要挣扎。天星说:"别动,只问你一句话,虎子呢?"老驴子气哼哼地说:"还没死。""他胸口的伤好了吗?""早好了。"天星问:"你跑这儿来干什么?"老驴子眨巴眨巴眼:"化装侦察,你崩了我吧!"天星笑了笑:"要崩早崩了,当年你不还放过我一回吗?"

老驴子站起身,天星看了看他:"还化装侦察,当逃兵了吧?""那是不可能的。"天星说:"看你这脸色,跟黄表纸似的,几天没吃饭了?"老驴子仍然嘴硬:"天天吃,顿顿吃。"天星从兜里掏出几张钱,扔给老驴子说:"找点饭吃吧。"

天星和小任朝院外走,老驴子蒙了,傻了似的问:"你们这就走了?"天星说:"还叫我陪你吃饭哪?尽想好事!"老驴子捡起地上的钱,自言自语:"共军就是他妈怪,送上门来的不抓。"

小任边走边说:"宋营长,抓着他也算个俘虏啊。""这样的俘虏我可不要,他能带坏一个宋天虎,就能带坏第二个,第三个……"

天黑了,晚饭后天星正在擦枪,一个战士进来压低声音说:"营长,有个老乡要见你,但是我看他不太像老乡。"天星说:"让他进来。"战士朝门外喊一声:"进来吧。"老驴子走进来,头上还裹着纱布。

天星说:"我就琢磨是你。"又朝哨兵:"你出去吧。"老驴子问:"虎子他二姐,怎么知道是我呀?"天星说:"什么二姐、三姐的,这是人民军队。你跟了我们大半天,战士们早看见了,说吧,你到底想干什么?"老驴子说:"长官……"天星又打断他:"别说国民党的词,叫我宋营长就行。"

老驴子说:"宋营长,我想加入咱们队伍。"天星走上前盯着老驴子的眼睛,踱了两步说:"先不说这个,你怎么当了逃兵啊?国军不是吃的好,穿的好,武器也好,还发大把钞票吗？"

老驴子说："我把团长贪污军饷的事捅出来了，他就要宰了我，不跑行吗？"天星说："是不行，你为什么要加入我们的队伍呢？"老驴子说："就两条，第一条你们抓到我又放了我，仁义！第二条我愿听你们的歌。"

天星问："哪个歌呀？我们的歌多了。"老驴子说："就是那个'向前，向前，我们的队伍向太阳'，听着就有劲儿，心里就敞亮。"天星说："还有一条呀，你不用东躲西藏了，还能吃饱肚子，对不对？"老驴子脸红了："对，这么多天，我就今天中午吃了顿饱饭，还是你给的钱。"

天星说："行啊，我带你去炊事班报到。""当伙夫？"天星说："怎么？委屈你了？"老驴子不情愿地说："倒也不是，其实放枪打仗倒是我的拿手。""以后再说吧，走，去炊事班。"天星带着老驴子朝门外走，她看看老驴子头上的纱布问："伤口还疼吗？"老驴子说："疼也是自找的，能怨谁？"

深秋的东北，树木凋零，庄稼已经收割完了。天星所在的部队正在行军，老驴子背口锅走在队伍中，天星过来问："累了吧？我来背会儿。"老驴子赶紧摆手："宋营长，这可不是你干的。""革命队伍，人人平等，怎么我就不能背？"天星硬是把锅拽过来，自己背上。

老驴子说："这怎么好！在那面可没有这种事。"天星笑了："哪面啊？"老驴子说："蒋匪军那面。""不叫你们国军了？""咱不是革命战士了吗！"

天星问："对了，这些天我还不知道你大名叫什么？"老驴子嘿嘿一笑："就叫老驴子吧，听着顺耳。"旁边一个战士说："营长，他叫高有志。"天星说："名字赫亮啊！"老驴子说："爹娘瞎起的。"天星问："高有志同志，家里还有什么人呢？"老驴子说："别叫高有志。"想了想才说，"家里有爹，有娘，还有个妹妹。"

天星问："他们日子还行？"老驴子一下子来了精神："那叫阔！方圆三里五村的提起高家大院，没有不知道的。二十来间房子，海青石到顶，檐头上都雕着牛头马面，老远就看见了！"旁边一战士笑着："那不是牛头马面，那叫五脊六兽，镇宅用的。"老驴子说："管他叫什么，干什么用的，反正看上去气派！家里还有二百来亩地，雇了七八个伙计，要不是打鬼子，俺才舍不得出来呢！"

天星问："这些天在队伍里还习惯？"老驴子说："说实话，哪儿都好，就是会太多了。"天星说："战士们没多少文化，有些事就得靠开会和大伙说。"老驴子说："那倒是，在会上也听了不少新道理。宋营长求你件事，我这么空手走不好看，让我扛会儿重机枪呗！"老驴子抬手指了指前面四个战士抬的一挺重机枪。

天星说："可以，去吧。"老驴子跑上前，换下一名抬重机枪的战士，走了两步，他清了清嗓子，喊道："弟兄们，咱唱个歌吧！"天星笑着说："你可别唱那个《辞灵歌》。"老驴子说："哪能啊！注意了，我起个头。"说着他唱起来，"向前，向前，我们的队伍向太阳……"战士们也一同唱起来。

3 周和光官复原职,夫妻俩都很高兴。他们决定举办一个家庭舞会,庆祝一下,另外也借此疏通各方面的关系。吃早饭的时候,天月不喝牛奶了,喝稀饭,吃天好送来的霸王虾,她高兴地对周和光说:"今晚的舞会,俺还请大姐去呢!"周和光笑道:"不是朝她叫喊那阵子了?""当时是叫她气的,回头想想,还是一家人。再说,请她来也是想叫她看看,能给俺老宋家增光添彩的,还得是我宋天月,是你周和光!"周和光说:"你还得请林处长。"天月说:"哪能忘了他!这次人家不是帮你说好话了吗?"

周和光说:"是啊,礼尚往来,官场上的事也得学着做一点了。没请裘春海?"天月说:"这种坏人,你也请?"周和光说:"越是看不惯的人,越要装着看得惯。不然到时候,他咬你一口,真能要命!"

天月问:"你这回官复原职,到底是谁的主意?"周和光说:"随上大溜了。还得感谢陈诚,陈长官。他来东北要整肃军纪,惩办腐败,撤了一批,抓了一批,空下些位置就想起我来了。"天月说:"还得说咱有才干人家才起用。"

周和光说:"吃一堑长一智,悠着干吧!"天月说:"你把裘春海请来,撞见俺大姐怎么办?""闹不起来,听说这些天裘春海没少往大姐那儿跑。"

林处长在办公室对裘春海说:"今晚的舞会你必须去。""处座,别忘了当初就是周和光把我扔进大牢的,叫我给他捧场,成全他的好事,没门!"林处长说:"此言差矣,今天晚上不是你成全他的好事,是他成全你的好事。咱们不是正愁着扎不进去那个小饭馆吗?今天晚上,我就叫周和光帮着你往里扎。""他能帮着我?""周和光不糊涂,他这次能官复原职,我没少帮他说好话,他总得有点回报吧?"裘春海问:"叫他怎么帮?"林处长说:"帮你破镜重圆。"

天好把天月请她参加舞会的事对王老先生讲了,王老先生笑着说:"闺女,你会跳舞吗?不会跳舞你去干啥?"天好说:"前些日子俺姐俩闹翻了,这回人家请,不去不好啊!干爹,你就答应陪我去一趟。"王老先生说:"那种场合多少年不参加了,周和光都请了些什么人?"天好说:"说是有不少当官的,都是头面人物。你叫我怎么和人家说话?你就去一趟吧!"王老先生说:"我听明白了,闺女是想叫当爹的去打听点什么?"天好脸有些红了:"哪儿呀,俺是借干爹的面子想认识几个头面人物,饭馆不也多点生意吗!"王老先生笑着点了点头,一语双关地说:"行啊,试试看吧,兴许真能给你拉点啥生意!"

天刚黑,天好就陪着王老先生来到周家。天月站在小楼门前的台阶上,见是天好来了,笑着跑下来,一把搂住天好:"大姐,你想死我了!"天好也笑着说:"死丫头,不朝我叫喊了?""大姐,不许想那事。""还想那事,大姐就不来了。"王老先生朝天月说:"你就是道儿他老姨吧?"天月打量王老先生,笑着说:"您是王老先生?"天好说:"还没告诉你呢,王老先生认俺是干闺女了!"天月笑着推一把天好说:"真有福你!"又朝王老先生:"老先生:您也收俺当干闺女呗!"王老先生笑了:"老朽不敢,你可是局长夫人哟!"

客厅里灯火辉煌,留声机放着音乐。已经来了几位客人,舞会还没有开始。林处长、裴春海见王老先生和天好进来,起身迎上前。林处长说:"王老先生,裴夫人,那天晚上多有得罪,对不起!""王旅长,天好,给二位赔罪了。"裴春海深深鞠了一躬。王老先生说:"不必客气,往后办事有点分寸就行了。"林处长点着头:"一定。"他笑着朝天好:"裴夫人也有跳舞的雅兴? 老裴,今晚可得陪嫂子好好跳跳。"天好冷冷一笑:"别喊啥夫人,不抓我就谢天谢地了!"

一位身着国民党将官军服的老人朝王老先生迎过来:"这不是王旅长吗? 少见!"王老先生欣喜地说:"严兄,咱们可是多少年没见了!"周和光过来:"王老先生,这是司令长官部政务室的严主任。"王老先生说:"我们是多少年的老相识了,恭喜和光老弟官复原职!"周和光说:"谢谢,这边请,这边请!"

舞会开始了,天月教天好跳华尔兹,一边转着,一边说:"对,再放松点,跟上节奏就行。""大姐有点晕。""晕不怕,就怕大姐还记恨俺。"天好说:"大姐能记恨你吗? 这半辈子,咱姐俩呆在一块的时间最长。"天月说:"可不是吗? 没有咱俩,这个家早四裂八瓣了。还有俺和光,也没少给咱家出力。""是啊,和光帮了我大忙啊!大姐多咱也不能忘。"

周和光端着酒杯四处敬酒,来到林处长和裴春海的座旁:"处座,咋不跳舞啊?""陪老裴说会儿话,人家心情不好。"周和光问:"咋了?"裴春海说:"连襟兄弟,你怎么把天好请来了?""一块乐和乐和。"林处长说:"可是裴兄难以乐和啊。"裴春海一脸凄怆:"你看,人家都对对双双的,莺歌燕舞,我和天好呢? 就隔这么近点,话都不搭一句,心里不是滋味啊!"林处长说:"周老弟,能不能让他俩破镜重圆呢?"

王老先生和严主任喝着酒聊天。严主任说:"陈诚接替杜长官,也没强哪儿去。光这个秋天,就叫共军歼灭了六七万人。枪炮丢失不计其数,十几座城市落入共军手中……"见天好过来,严主任不说了。天好给王老先生和严主任斟酒。天好问:"干爹,喝得还好?"王老先生朝严主任说:"这是我干闺女,开了个小馆子。"天好朝严主任说:"天天好饭馆,在北市场东头,茅草小店。长官不嫌弃的话,欢迎光临!"严主任笑了笑:"有空一定去。"王老先生朝天好饶有深意地说:"看看,干爹没白来,给你拉生意了吧?"

林处长、裴春海还在劝说周和光,周和光深感为难:"裴兄,你有这个意思可以和大姐说啊。""难以开口,我们俩走到今天,罪责全在我。这些年,我做的那些事,实在是对不起她。"林处长说:"周老弟,今天是你的好日子,你就做件好事吧! 和你大姨姐把裴兄的这番心事递过去。"周和光说:"这可是件难事,不过看在处座的面子上,我试一试。"

天好到餐厅帮吴妈做果盘,周和光进来:"大姐,你怎么躲这儿来了?叫我到处找。""帮吴妈做点活,舞俺也跳不好。""林处长叫我劝劝你,让裘春海搬回家。"天好冷下脸没说话。周和光说:"我就知道你不能答应,他们非劝我来。"天好想了一会儿说:"裘春海非要结果是吧!行,我自个儿和他说去!"

客厅里乐曲悠扬,人们仍在跳舞。王老先生朝严主任说:"东北成如此残局,陈长官总得拿个主意啊!"严主任向四下看了看,压低声音:"不瞒你说,下午陈长官主持会议,确定了今后的方针:一、集中优势兵力,固守几个大城市;二、打通辽西走廊,确保与关内的陆上通道。"王老先生说:"照你刚才说的,关外哪还有优势兵力?几张王牌不都被共军打散了吗?"严主任说:"确实如此,矬子里拔大个,重新编组呗。"

天好满面春风地来到裘春海面前:"春海,咱跳段舞吧。"裘春海赶忙站起身:"好啊!"天好说:"我可不会跳啊!"裘春海说:"我的舞技也是平平啊。"林处长笑眯眯地瞅着二人:"今天真是好日子。"天好朝林处长说:"你可别笑话俺哪!"林处长说:"哪能,你们请吧!"天好和裘春海轻轻起舞。

天月来到周和光身边,指着天好和裘春海问:"他俩是怎么回事?可别闹起来。"周和光说:"我也担心哪!"

天好和裘春海跳着舞,裘春海问:"和光都和你说了?"天好带着笑说:"你性子就是急。"裘春海说:"多少年了,我一天也没把你忘了!"天好说:"我也没忘了你呀!""净想我的不是吧?""哪儿呀,你做的都是好事。""别这样说,我是诚心诚意要和好。"天好笑着说:"你要回了家,真是你好我也好了。"裘春海说:"对呀,这么多年,你就少我这么个帮手。"

天好笑着说:"这么多年,你没躺家里的炕上了,不想吗?""想,哪能不想。"天好依然笑着:"等你躺炕上呼呼睡了,我用你的枪,朝你的头一搂火,咱家炕上可就开出大红花来了!"裘春海说:"你敢!"天好点点头,微微笑道:"我不敢,往饭菜里放点毒药,我还有这个胆量吧?叫你吃了,人不知,鬼不觉,就成条死狗了!"裘春海想甩开天好离去,天好拽住他,笑着,大声说:"怎么?还抹不开脸了?"裘春海只好随着天好继续跳舞。

裘春海说:"真回了家,肯定也是我先宰了你。"天好说:"你狠叨叨的干啥?这可是舞会。高兴点,笑一笑吧!"裘春海勉强地作出点笑容,朝周围看看。天好笑眯眯地说:"你笑比哭都难看,还是别笑了。"裘春海咬着牙根说:"你这是想和好吗?我看是找死。"天好笑盈盈地朝四周的人点头,贴着裘春海的耳朵:"对呀,不和好,你能找到死吗?我能有机会朝你开枪,给你喂毒药吗?"

华尔兹乐曲骤起,"天月刚刚教我跳这个调,转,咱也转起来!"天好拖着裘春海随乐曲飞旋。林处长首先为他们叫好、鼓掌,众人也随之叫好鼓掌。天月摇着头:"真是看不明白。"周和光看清了玄机,轻轻笑着:"真是好戏啊!"

舞会散了，裘春海开着吉普车走在大街上，林处长说："看你们跳得像小鸟一样，我以为真和好了呢！"裘春海说："那个丧门娘们儿，专干些人想不到的事。"林处长说："我看还得从你儿子那儿突破呀！""这些日子我一直在培养爷儿俩的感情，孩子心眼再多，也没有他娘的心眼多。"

天好陪着王老先生从天月家回到王家客厅里，她端了盆水进来："干爹，擦把脸睡吧。"王老先生笑着："这回裘春海吃了个哑巴亏。"天好也笑着："再叫他发坏，我这还不解恨呢！干爹，那个严主任都和你说什么了？"王老先生用毛巾擦着脸，逗着天好："都是官场上的话，说了你也听不懂。"天好说："说说呗，听懂一句算一句。"王老先生说："那些事，不是带兵的人真就听不懂。明天我写给你，能帮着你们做点事情，干爹心里高兴。"

曲终舞会散，客人们都离去了，周和光、天月躺在床上。"大姐真伶俐，刚教给她，她就跳那么好。"周和光问："大姐临出门和你嘀咕什么？"天月说："她说跳舞的时候把裘春海给骂了，那样人就该骂，杀了都不解恨。""我早看出来了。"天月问："大姐为啥带王老先生来呢？"周和光说："一定有意图。"

第二天上午，市场里冷冷清清，天好推自行车来到一菜摊前，摊主正是那位大刘："老板娘今天怎么有空了？"天好说："伙计们都忙。"她看看菜案子说："装点大葱、生姜、土豆吧。"大刘为天好称菜。天好掏出个信封来递给大刘说："这是上个月欠你的钱，收好了。"又低声说，"重要情报，赶紧送出去。"

第 37 章

1　虎子连里的兵梁大栓开小差逃跑又没跑掉，被抓住了。胡团长要当着全连人的面整治梁大栓，命令虎子全连集合。

　　虎子命令士兵在操场上集合完毕，整齐地排列成横队。队伍前面的一根柱子上，绑着外衣被扒光的梁大栓。

　　梁大栓身前放了一张桌子。虎子跑步来到胡团长面前："报告团长，全连集合完毕，请讲话。"胡团长向前走了两步说："弟兄们，我胡某人以往待大家不薄吧？"士兵们稀稀落落地回答："是，不薄啊，大伙都记着。"胡团长说："感谢弟兄们记着，可是有人就不记着，他没长良心，就是头喂不熟的狼！这个人就是你们连的梁大栓！"胡团长抬手点了点绑在柱子上的梁大栓，"大战在即，军法必须从严。这个梁大栓，据我所知，已经是跑过几次的惯犯了。不给他来点真的，他不会长记性，你们当中也会有人跟着他跑。"

　　胡团长回头喊一句："成子，把家伙什儿拿过来。"成子应声递给胡团长一个皮口袋，胡团长从口袋里抽出一把匕首："这玩意儿，弟兄们都认识吧？现在叫匕首，先前叫小攮子。"他又从口袋里拿出一块中间有铜钱大的一个圆孔的铁板，"这玩意儿，弟兄们就不知道是干什么用的了吧？这两件玩意儿是我胡某人的传家宝！我爷爷是带兵的，前清的时候，当过总兵，我父亲也是带兵的，当过民国的上尉。这两件玩意儿就是他们留下来对付逃兵的法宝，它们合在一块有个好名，叫'大雁不落单'，再捣蛋的大雁尝过这两件玩意儿，也不敢再放单飞了。今天我胡某人要试试这两件法宝灵不灵！"说完，胡团长拿着匕首和铁板来到梁大栓面前。

　　虎子赶上前说："团长，留他一条命吧！"胡团长说："梁大栓，别怕，团长不会宰了你。"他又转向全连士兵："弟兄们看好了，我给大伙作个示范，然后呢，从宋连长开始，你们每个人都学着做一遍，不及格的必须重来！"全连官兵瞪大眼睛，不知胡团长要耍什么把戏。

　　胡团长把那块铁板按在梁大栓的肩头，边做边讲解："弟兄们看好了，首先把这块铁板放在他的身上，一定要按住，要压紧，不然下面就不好操作了，看清了吗？好，下一个动作是，握住这把小攮子，对准铁板上这个圆孔……"他没再讲下去，将匕首插进铁板的圆孔，迅速一剜，便从里面挑出一块肉来。梁大栓一声惨叫，不少士兵闭眼、扭头，不敢看。

　　胡团长将匕首和铁板扔到梁大栓身前的桌子上，又朝全连官兵："我再补充一点，匕首进去之后，转动一定要快，不然梁大栓兄弟会很疼。宋连长，你来吧。"虎子没动。胡团长一笑："还没看清，我再作遍示范？"梁大栓嘶叫着："连长，给我一枪算了，求求你了连长！"虎子朝梁大栓喝斥："闭上嘴，团长也是为了周正你。"胡团长说："对，周正你梁大栓，也周正那些想跟你学的人。宋连长，动手。"虎子凑近胡团长，低声地："剜块肉容易，可是你看看弟兄们的眼神。"胡团长朝全连官兵望了一眼，队列里全是愤怒的目光。

　　虎子说："团长，大战在即，要把弟兄们惹恼了，先不说上了战场，朝你我后脑勺来一枪，就是不真心跟共军打，你我这个兵还能带吗？"胡团长瞅着愤怒的士兵们，有些心虚。队伍里突然一声枪响，胡团长"噢"的一下卧倒。操场上顿时静下来，连梁大栓也不叫喊了。虎子扶起胡团长，朝全连官兵："都看好自个儿的枪，咋还能走火了？听团长讲话。"胡团长一脸煞白，惊魂未定："你讲，你讲。"

　　虎子问梁大栓："疼吗？""疼。"虎子说："还跑不跑了？""不跑了。""再跑怎么办？"梁大栓说："再跑，甘愿叫团长剜我。"

　　虎子说："你算个啥东西？还叫团长侍候你？再跑，就轮到我了，我可不能像团长那么心疼你，噢一声就把肉挑出来，我得找一把钝刀子，慢慢拉，叫你好好享受！我再问一遍，你还跑不跑了？""连长，不跑了，我再也不跑了。"虎子向全连官兵："梁大栓的话，可信吗？"全连官兵高声喊："可信。"虎子说："那现在怎么办？"一个声音首先喊："放了梁大栓。"众多官兵跟着喊："放了梁大栓，放了梁大栓！"虎子问胡团长："团长，放了行吗？"胡团长无奈说："放吧！"虎子朝梁大栓："还不快感谢团长！"梁大栓忍着疼说："谢谢团长，谢谢团长！"胡团长悄声对虎子说一句："带兵如带虎啊，你也得多加小心哪！"

　　胡团长去了，虎子把梁大栓拉到连部，给他包扎肩头的伤口："你天生个完蛋货，跑了几次都跑不利索。你看人家老驴子一抬腿没影了。"梁大栓说："俺哪能比连副啊，他多鬼头。俺出了驻地就找不着道了！"虎子说："你就老老实实在这儿干吧！""那俺娘怎么办？就一个人在家。"虎子说："要跑，你这个样也得跟我跑。"梁大栓一惊："连长，你可别耍笑俺。""耍笑你干啥？这他妈还是人呆的地方吗？""连长，啥时候跑可别扔下俺哪！""你还是先把这伤口养好吧。"

黄昏，天好叫道儿吃晚饭，却找不见人。福子说是道儿他爹开车把道儿拉走了，天好正不知道咋办，王老先生说道儿来电话了。天好接电话："道儿，你在哪儿呢？急死娘了。"电话里道儿说："娘，在个大戏院外面，刚刚吃完饭。"天好说："你赶紧回来。""俺不认识家在哪儿。"电话里传来裘春海的声音："急什么，急什么，孩子和我在一起，还能丢了吗？"

天好说："你赶紧把道儿送回来。""孩子是你我共同的，我也有抚养权。"电话里裘春海说，"我想叫孩子见识一下沈阳城的夜生活。""什么夜生活，五马六混。""领孩子看看电影，看把你吓的，看完电影保准把孩子送回去。"天好放下电话。王老先生说："裘春海对道儿还真上心哪。""他是想查我的脚步。"

裘春海领着道儿进了酒店的一个房间，打开房间的灯，亮得耀眼。道儿说："这哪是俺家呀，俺要回家。"裘春海说："这叫沙发，多暄和，坐一坐。"

裘春海指着茶几："看看，还给咱准备苹果了，吃一个。"道儿说："你自个儿吃吧。"裘春海又拿起茶几上的一盘饼干："这个你也不要？可甜，可香啦！"裘春海拿起一块饼干塞进道儿嘴里，道儿嚼着。"好不好吃？奶油的，加了苏打，又香又脆吧？"道儿说："吃完就领俺回家。"

裘春海答应着，朝卧室走去："这是睡觉的地方，床架都是铜的，床垫底下全是弹簧，跳上去，一蹦老高。被里面絮的可不是棉花，那叫鸭绒，大雪天，敞着窗，盖上它，你都冒汗……"道儿吃完一块饼干，将盘子里剩下的倒到沙发底下去了，回头喊裘春海："俺吃完饼干了，回家吧！"裘春海从卧室走出来，惊讶地问："这么快吃完了？""你看，没了。"道儿起身往外面走。

裘春海撵上去："道儿，咱再看看这个。"他把道儿领进卫生间说："这是撒尿的地方，这是洗脸的地方。"又指着浴盆，"这是洗澡的地方，还能放出热水。"说着他打开浴盆的水龙头。道儿伸出手试了试水龙头里流出的水，奇怪地说："真是热乎的，也没有炉子烧啊。"裘春海问："好不好呀？"道儿突然来了兴致，嚷着："我要洗澡，我要洗澡！"裘春海巴不得这一声："好，好，这就给你洗。"说着，帮道儿脱光衣服，把道儿抱进浴盆。

裘春海也脱光了，站在浴盆里帮道儿洗澡。肥皂水进了眼里，道儿嗷嗷叫："疼死我了，疼死我了，你想干什么？"裘春海说："大惊小怪，仰起脸，叫水冲冲。"道儿使劲儿推一把裘春海，叫着："不用你，不用你。"裘春海脚下一滑，倒在了浴盆里。道儿吓了一跳问："你怎么了？"裘春海索性装作闭上眼睛，一动不动。道儿上前抓住裘春海的胳膊摇晃："怎么了？你怎么了？"裘春海闭着眼睛一声也不吭。道儿害怕了，爬出浴盆，跑出去。在客厅里，道儿抓起电话喊着："娘，娘，你说话呀，俺是道儿，俺爹死了！俺爹死了！你说话呀！"

卫生间里，裘春海跳出浴盆，想了一下，又趴到地上，慢慢向外爬。电话里总没有回声，道儿急得哭了。裘春海爬进客厅，望着道儿，眼圈湿润了，装作气息奄奄的样子爬到道儿跟前说："孩子,别哭了,我没死,还没死。"道儿擦着眼泪："你吓死我了。"裘春海问："你刚才喊我什么?"道儿抽噎了一阵："爹,爹呗。"裘春海爬起来,搂住道儿,抓过自己的衣服,给道儿盖上,念叨着:"猫惊狗惊,俺家道儿不惊,猫惊狗惊,俺家道儿不惊……"他一边念叨,一边轻轻拍打着道儿。道儿在裘春海怀里,迷迷瞪瞪地睡了。

裘春海往王老先生家里打电话,他轻声轻语:"王旅长吗?"天好没好气地说:"是我,道儿呢?"裘春海还是轻声轻语:"小点声,道儿在我怀里睡了。""你在哪儿?""一家高级旅馆,道儿烫了个热水澡,说什么也不愿回去,我撵他都不走。"天好不相信:"你叫道儿说话。"电话里传来道儿轻轻的酣睡声,片刻,又传来裘春海的声音:"听见了吧,这个动静熟悉吧,放心,孩子跟着我比跟你强。"

天好思量了一阵说:"下半夜,你得叫他起来,他要撒尿。""准确地说,是下半夜几点?"天好说:"两三点钟吧。"裘春海说:"这点事我指定办到。我这才知道,带个孩子不容易啊。""明早你可得把孩子送回来。"

裘春海说:"好的,好的。还有一件事,道儿今晚喊我爹了。""你就编派吧。"裘春海说:"不信明天你问道儿,不说了,别惊动道儿,晚安。"天好嫌弃地一皱眉放下电话。王老先生问:"他领道儿开洋荤去了?"天好沉思片刻:"住高级宾馆,还给道儿烫了个澡,他也能动当爹的心肠!"王老先生叹一句:"骨血相连哪,别说裘春海,虎毒还不吃子呢!"

卧室里,道儿在硕大的床上香甜地睡着。裘春海坐在一边,抽烟看着道儿,他的神情从来没有这样和善,这样宁静,他仿佛变成了另外一个人。他轻轻地吐出一口烟:"这样的日子,也挺好啊。"

早晨起床后,道儿坐在客厅里的沙发上,从裘春海的衣服里摸出把手枪来摆弄。裘春海从卫生间出来,见了说:"道儿放下。""俺看看怕什么?"裘春海抓过手枪说:"这可不是你看的,这叫武器。"说着,将手枪放进衣服里。

提起武器,道儿忽然想起了,他到秦叔叔家里玩,见秦叔叔又是写又是算,写了好多张纸。秦叔叔说,这些纸都是宝贝,把纸上的东西做出来,就是特别厉害的武器。他还说,这些宝贝不能丢,这是他好多年的心血,他特别宝贵。这会儿,道儿就对裘春海说:"啥破武器,秦叔叔的武器才厉害呢!"

裘春海不相信:"他有武器?"道儿说:"那武器老厉害了,秦叔叔说,有了它谁也不敢欺负中国人。""放在哪儿?"道儿说:"一个小皮包,过后又装在一个那么大的柳条包里。"裘春海追着问:"那武器什么样?""还没造出来呢,才画在纸上。"裘春海"嘿嘿"一笑:"呵呵,我寻思他真有呢!"

天好正在吃早饭,道儿一头撞进来:"娘,俺回来了。"天好一愣问:"那个人呢?""他把我放在院门口,就开车走了。"天好说:"过来,娘看看,他没伤着你哪儿啊?"道儿说:"没有,还给俺洗澡了。"天好问:"道儿,你真喊他爹了?"道儿说:"俺是叫他吓的。"

天好问:"他怎么对待你?""他一下子倒那个大盆里了,也不喘气,俺给你挂电话你也不吭声,俺就喊,娘,你说话呀,俺爹要死了!"天好说:"他还能死?那肯定是装的,吓唬你。吃饭了?"道儿说:"吃了,牛奶泡的饼干,还有煎鸡蛋。"天好问:"他还问你什么了?""他还问秦叔叔的武器什么样,放在哪儿。"天好说:"你秦叔叔什么时候有武器了?""你不知道,秦叔叔天天在家画武器。"天好笑了:"那不叫画,那叫设计。"

2 裴春海把道儿送回家,就去向林处长汇报昨天晚上他领儿子住宾馆的事,他还说,儿子告诉他,姓秦的有武器,有了那件武器谁都不敢欺负中国人,不过现在只是画在纸上。林处长对这事特别有兴趣,他思考着:"谁都不敢欺负中国人,不就是谁都怕这件武器吗? 谁都怕的武器是什么?"裴春海问:"那能是什么?"林处长说:"现在,只有美国人手里掌握的那玩意儿,才叫人人都怕。"

裴春海说:"你是说? ……"林处长心照不宣地点点头:"这玩意儿必须拿到手。""姓秦的还在设计中呢。"林处长说:"那图纸和资料也必须拿到手,这玩意儿如果真叫国军造出来,共产党的军队转眼就灰飞烟灭,可是如果落到共产党手里,国军也是转眼就灰飞烟灭。""立即抓那个姓秦的?"林处长说:"慢,有那个姓王的老不死在,那个院不好进。"裴春海想了想说:"处座,我倒有个不太成熟的主意。"他凑近林处长耳语。

天好知道裴春海向道儿打听秦先生"画武器"的事,觉得这事很大,连忙去告诉王老先生和秦先生。他俩一听,不知咋办才好,急得团团转。王老先生说:"科学家,你也是大意,这样重要的事情怎么能和孩子说呢?"天好说:"别怨秦先生,还是我没把道儿管教好。"秦先生说:"万万没有想到,裴春海能和孩子打探这事。这可怎么办?"王老先生说:"把东西拿我这儿来吧,他们胆子再大,也不敢进我这儿乱翻。"秦先生说:"恐怕不行,他们一旦明白,全世界只有美国人有这玩意儿,你也挡不住他们!"

王老先生说:"天好,你说咋办? 找个地方送走?"天好说:"送走? 往哪儿送? 丢了咋办? 再说,他们已经知道有这玩意儿了,找不到东西,是放不过秦先生的。"秦先生满地转着:"一旦落到那些人手里,我就成了千古罪人哪!"天好问:"秦先生,你那屋里还放些什么?""除了书就是资料,还能有什么?""走,咱上你那屋里看看,能不能找个办法出来。"三人匆匆走出屋子。屋外,冯贤礼正扫着台阶上的落叶说:"败家子啊,不知道珍惜,这都是钱票子,哪能随地乱扔啊!"三人没搭理冯贤礼,直奔秦先生家而去。

上午,秦先生刚刚进沈阳兵工厂大门,两个穿工作服的人迎上前,其中一个说:"秦先生,请过来一下好吗?"秦先生说:"你们是谁? 我不认识。"另一个说:"不要紧张,有个人和你很熟悉,正在传达室等你呢。"两人架着秦先生向大门边的传达室走去。

秦先生被架进传达室。裘春海笑着迎上前:"科学家,你好啊!"秦先生问:"你来干啥?"裘春海问:"家里的钥匙揣了吗?"他一递眼色,穿工作服的那两个人伸手从秦先生的衣袋里掏出一串钥匙,递给裘春海。裘春海晃着那串钥匙:"哪个是你家里的钥匙?"秦先生说:"我那屋里装的都是科学,没有你们要的东西。"裘春海说:"这回我们要找的就是科学。"

那两个穿工作服的人迅速来到王家大院,用秦先生那串钥匙,试着打开秦先生家门上的锁。天好从饭馆后门出来问那两个人:"这两位兄弟干啥呢?"一个说:"大姐,俺是兵工厂的。"另一个说:"秦工忘家里一点东西,让我们来拿。"王老先生从家里出来:"主人不在家,开人家的门拿东西不大合适吧?"一个说:"俺俩也怕担这嫌疑,要不请二位进来看着?"王老先生朝天好说:"天好,要不咱就成全人家?"天好说:"行啊,人家办的也是公事。"

王老先生和天好随那两个人进了秦先生家。一个说:"秦工说,东西放在哪里来着?"另一个说:"不是说放在个大柳条包里吗?"天好指着炕梢的一个柳条包问:"是不是那个呀?"两个穿工作服的人上前打开柳条包,一个人拎出一只提包问:"是不是这个?"另一个人点着头:"人家不是说了吗,装在一个皮包里,就是它了。"

王老先生说:"找到了就好,二位放心,我们也放心。"一个说:"那我俩就告辞了,麻烦二位把门锁上,钥匙我们还得带回去。"天好说:"行啊,别把钥匙丢了。"两个穿工作服的带了皮包出去。王老先生和天好相视一笑。

林处长办事真是雷厉风行,他急忙请了几位专家、学者、教授来,对秦先生的图纸进行鉴定。办公室桌旁围了几个人,林处长从那个皮包里掏出一些图纸和资料,神色郑重地说:"今天,请诸位来就是要鉴定一下,这种杀伤力空前巨大的新式武器,究竟已经设计到何等程度?但是,有一条纪律要先说一下,鉴定完了,谁也不许出去说这件事情。因为,这种新式武器关乎国军的安危,关乎整个党国的安危。诸位听清了吧!"

几位专家相互看看:"有这么严重吗?"林处长蛮有把握地说:"你们看看就知道了。"专家们低头查看那些图纸和资料。一旁,裘春海朝秦先生说:"科学家,紧张了吧,喝点什么?"秦先生说:"如果有咖啡,请给我来一杯。"裘春海说:"对不起,这里只有凉水。"秦先生说:"有凉水也可以,但是一定要凉开水。"裘春海说:"蒙我姓裘的行,蒙这几位你可是瞎了眼了。人家有专管装备的副总参谋长,有科学院的'大拿',还有大学教授。"秦先生说:"那可真是专家,我这点小设计人家要笑话了。"

一位专家说:"林处长,这不像你说的那种新式武器呀?"林处长说:"不会吧,那是什么?"另一位专家说:"我看也就是普通的山炮图纸。"林处长一惊:"咋可能呢？你们好好看。"又一位专家说："和普通的山炮倒有些不同。"林处长有些兴奋："仔细看，再仔细看。"一位专家说："所谓不同，也就是在射速和射程上作了点改进。"

另一位专家说："不过这些改进很有价值，一旦实现，杀伤力将大大增加。"林处长又问一位没有说话的专家："老先生，您看呢？"那位专家说："虽然有价值，但是，国内造不出来。"林处长问："为啥？"那位专家朝秦先生抬了一下下巴："你让设计者说吧。"

秦先生站起来，朝那位专家说："设计的时候我还没意识到这一点，设计完了，一询问有关方面，人家说国内还生产不了能适应我这种设计的钢材。老先生您说真是这种情况吗？"那位专家说："是的，咱们中国不缺少武器设计方面的人才，只是钢铁生产能力不行，别说你需要的这种高质量的钢，连普通的钢材我们全国一年才生产多少吨哪？"

林处长听不下去了："行了，今天就到这儿，诸位请回吧。"刚才讲话的那位专家说："林处长，往后不要叫我们鉴定这种实现不了的东西。"几位专家出去。

林处长气得无地自容，冲到裘春海跟前："你不是说有了它谁也不敢欺负中国人了吗？"裘春海说："俺儿子就这么说的。"林处长给了裘春海一嘴巴："你儿子这么说，你也这么说！"秦先生说："不要打人。"林处长说："我还要打你呢。"秦先生说："不要这样，孔子教导我们仁者爱人。你我都是中国人，都应该争取做一名爱人的仁者。我可以走了吗？"林处长气哼哼地瞅了秦先生半天说："走吧。"秦先生问："林处长，那些图纸我可以带回去吗？"

林处长说："屁图纸，一堆揩腚纸！"秦先生上前收拾那堆图纸："用它们揩腚，恐怕不合适，质地太硬。等到我们国家能生产出优质钢材了，它们就是宝贝呀……"裘春海揉着脸，朝秦先生吼："滚，你赶紧滚！"秦先生夹着图纸朝门外走："裘先生，人不是球形物体，怎么可以滚呢？走，只能这样堂堂正正地走。"

晚上，天好和秦先生来到王老先生的客厅里，秦先生把当天的事情讲述一遍，王老先生听了哈哈大笑："说得好，说得好。人就得堂堂正正地走！"天好也笑："再叫他张牙舞爪，张开牙咬他自个儿的舌头，舞起那个狗爪子抓他自个儿的脸！"秦先生收住笑问："老先生，我那些宝贝呢？"天好说："你找吧，就藏在这厅里。"秦先生四下寻找："就这么几张桌椅板凳，能藏哪儿啊？"王老先生说："科学家，别找了。在这儿呢。"王老先生按动太师椅上的一个机关，太师椅的椅面腾地翻起来，下面是一个比椅面小点的匣子。

秦先生往匣子里瞅："什么也没有啊？"王老先生和天好大惊，赶忙凑近看，匣子里果然什么也没有。天好说："干爹，早上咱俩一块放的！"王老先生说："是啊，没外人看见哪。"秦先生痛不欲生："糟了，糟了，费尽移山心力，还是丢了！"天好说："秦先生，别急；干爹，你再没动它？好好想想。"王老先生用劲儿想着说："没有啊……这不出鬼了吗!"

这时,冯贤礼拿了个小包袱进来,眼睛瞅着脚下,念叨着:"宝贝可不能丢啊。"王老先生惊喜地问:"贤礼呀,你拿它干什么?"秦先生一把抢过那个包袱,打开来看。冯贤礼说:"咱院里谁家的宝贝也不能丢啊。"天好问秦先生:"是那些东西吗?"秦先生一块石头落了地:"正是,正是,一点都没错,一张也没少啊。"王老先生问冯贤礼:"你什么时候拿走的?"冯贤礼不回答,转身朝门外走:"谁都不听俺的话,天下不太平,家家关好门吧。"说着出去了。天好问王老先生:"干爹,他怎么知道你这个机关呢?"秦先生也是一脸的不解:"他还知道给送回来……"王老先生说:"神神道道。"

3 已经靠近年根,村里不时响起零零散散的鞭炮声。老驴子在村当中的碾盘那儿抱着碾杠推碾子,一位妇女跟在他后面,用小笤帚不断收着碾碎的黄米。那妇女叫秋云,丈夫去世了,秋云说:"大哥歇会儿吧。"老驴子不作声,继续推碾子。秋云说:"别嫌俺一下子碾这么多黄米,俺这地方正月里就好吃黄米包的黏豆包。"老驴子还是不搭腔。

秋云瞅瞅老驴子,轻轻笑了:"队伍上的人咋都叫你老驴子呢?""驴性,当驴的命。"秋云说:"看大哥说的,挺好个爷们儿,咋糟践自己?""不是驴命能在这儿推碾子吗?"秋云说:"可别怨俺,是你们队伍上派的。"老驴子也不吱声,闷头推碾子。"大哥,一下响你咋也没个话呀?"老驴子说:"今儿个不愿说话。""为啥,身子不舒服?"老驴子吭哧半天:"是日子不对。"秋云问:"明天就是小年了,啥日子不对? 没听见性急的人家都放鞭炮啦! 日子还有对不对的? 今儿个过了就是明儿个,明儿个过了就是后儿个,一天接一天过呗,哪有对不对的时候。"老驴子回头瞅一眼秋云:"你年岁不大,话可不少!"

"大哥,是遇见不顺心的事了吧? 说一说,妹子帮你排遣排遣。"老驴子扔下碾杠,站到一边:"你自个儿干吧,反正也没剩多少了。"说着,拾起放在一旁的军装要走。秋云接过碾杠说:"你看看,早叫你歇歇,你不歇,这阵累了吧? 赶紧回去吧! 黏豆包蒸出来,俺去喊你。"秋云一个人一面推碾子,一面用笤帚扫着碾盘上的黄米。老驴子看了看说:"算了,还是我来吧。"

秋云推辞着,老驴子还是接过了碾杠:"帮人帮到底吧,这些黄米还有糠皮子,加上这些家什,你自个儿也拿不了。"老驴子抱住碾杠又开始推碾子,秋云默默地跟在后面。老驴子问:"怎么没话了?"秋云说:"俺怕哪句话又惹你不高兴。"老驴子叹了一声:"和你没关系,俺就是不愿过小年。对不起,刚才俺还和你动了点态度。"秋云说:"你比俺家那个强多了,他发起火来,上天入地,三天五天不跟你搭腔,还得你给他赔笑脸,他才能消停。"

老驴子问:"一下午怎么没看见他?"秋云说:"咳,那个人不在了,抓劳工害上肺痨,回家死了。"老驴子有所触动:"哦,也是肺痨,那病可不好治。"秋云伤心地说:"他走了,婆婆家嫌俺晦气,俺就一个人支门过了。"老驴子说:"扯淡,什么晦气?那得怨鬼子,怨肺痨。"秋云没再接话。太阳快落山了,两人默默地干着活,只有碾子压着碾盘呼隆呼隆地响。

太阳下山,黄米碾完了,秋云回家打开院门,老驴子挑着碾完的黄米和糠皮子进院门时,叫什么剐了一下,只听"哧啦"一声。秋云问:"咋了?"凑近一看,老驴子军装的前襟破了个口子。老驴子将担子挑到秋云家堂屋门前放下:"妹子,俺该回去了。"秋云说:"别呀,俺给你衣服缝缝。"老驴子说:"不用,队伍上有针线,共产党的兵都会使唤针线。"秋云笑了:"大老爷们儿还会使唤针线?这样吧,你等等。"她说完进了家门,很快拿出个针线板,还有个顶针。秋云说:"用俺的吧,你们的针线肯定不及俺的好用。"老驴子接过针线板和顶针,也笑了笑:"那我就试一试。"老驴子转身走了。秋云查看院门,见一根捆院门的铁丝伸出挺长,她将那根铁丝缠好,嗔怪地说:"剐谁不行?挂队伍上的人!"

一弯残月静静地挂在天上,老驴子来到院门外喊:"屋里有人吗?"秋云走出来:"进来吧,放心,院门叫俺整了。"老驴子走进院子,将针线板和顶针递给秋云。秋云接过来:"咋样,好使吧?""比俺的强。"秋云查看老驴子军装前襟的破处说:"妈呀,丑死了,疙瘩溜秋,可惜俺的针线了。进来,还是俺给你缝吧。"她拽了老驴子进屋里。

秋云从针线板上取下针线说:"把衣服脱了。"老驴子说:"就这么缝吧。""这咋缝啊?别别扭扭,扎到你呢?"秋云说着帮老驴子把外衣脱下来。老驴子打量着屋子说:"也该贴张年画了。""贴了也没人看,你们队伍上咋过年?""过啥年?明天就开拔。"秋云把缝完的衣服递给老驴子:"看看,缝得咋样?"老驴子瞅了瞅:"好,跟没缝过一样。""大哥你真会说话。"老驴子穿上衣服。"这一走啥时候还能回来呀?"老驴子说:"难说了。"秋云说:"战场上,枪子不长眼睛啊,自个儿照看好自个儿。""放心,枪子怕我老驴子呢!"秋云笑着说:"吹牛!把这针线板拿着吧,衣裳破了自个儿缝缝连连,你不说它好用吗?"老驴子不要,两人撕扯着,秋云一下子闪了个跟头,老驴子慌忙扶住。秋云直起身,老驴子想抽回自己的手,秋云紧紧按住。

老驴子说:"别这样。"秋云满脸通红,慢慢松开手。"俺走了,你也照看好自个儿。"老驴子转过身朝门口走。秋云从后面一把紧紧搂住他:"哥……"

事有凑巧,老驴子和秋云的事被秋云的婆婆撞见了,那老太太一手拽着老驴子、一手拽着秋云来到天星的营部外。老驴子说:"松开手,我老驴子不带跑的。"秋云说:"娘,放了他吧。"婆婆说:"闭你那个脏腔!"又朝老驴子,"真可惜你披八路这张皮了。你胆子不小啊,敢糟蹋俺老张家的媳妇!"老驴子甩开那个婆婆,大步走进营部。那婆婆紧跑两步,又抢到老驴子前面,喊着:"长官,长官,八路还有没有王法?"

婆婆一头撞进来对天星说:"瞅瞅你的这个手下。"天星望着衣帽不整的老驴子问:"高有志,这是咋了?"婆婆说:"还咋了?他扣子都没扣全乎呢!"老驴子来到天星面前说:"营长,我犯纪律了。"婆婆说:"娘咪,你说得可真轻巧!那叫犯纪律吗,那叫犯王法,天打五雷轰你!"天星说:"大娘,有话慢慢说。""长官,俺媳妇的清白,俺老张家的名声,全叫你这个手下给毁了。"

天星朝老驴子:"高有志,到底怎么回事?"秋云说:"长官,是俺的错,不怨这位大哥呀!"婆婆抡圆了胳膊,给秋云一嘴巴:"你个脏蹄子,你豁上脸不要清白,俺老张家还要!"老驴子朝婆婆瞪了一眼:"你再动她一下!"婆婆向后退着,"瞅瞅,瞅瞅你这个手下,他还有理了。"老驴子说:"营长,和这位妹子没关系,是我……"老驴子支吾了。天星说:"你把话说全了。"

老驴子说:"是我,是我强逼着……"天星吼着:"说,往下说。"婆婆说:"他没脸说,他强逼着把俺媳妇糟蹋啦!长官,你可得开开眼哪,给俺小民作主啊!"婆婆撒开泼,嚎啕大哭。天星说:"大娘,您别哭,我们一定严肃处理。"又朝哨兵说,"把文书找来,作个记录。"

为了消除影响,天星决定当着全村人的面,公开处决老驴子。早上,太阳刚升起,部队整齐地排列在村中有碾盘的那块空地上。队列前面,老驴子被五花大绑,旁边站着两个持枪的战士,四周满是围观的村民。

天星朝队伍前面走来,小任跟在一旁。小任说:"营长,执行前你是不是得讲几句话?""讲个屁,丢人的事!问问高有志,他有没有话说。"两人来到老驴子跟前。小任问:"高有志,昨晚的口供有没有反悔?""手印都盖了,反悔还叫爷们儿吗?"天星朝小任说:"把酒给我。"小任从挎包里掏出一瓶酒和一个搪缸。天星将缸里斟满酒,来到老驴子面前。

天星说:"高有志,如果没有这件事,你也算个挺好的革命战士。"老驴子说:"我给咱队伍抹黑了,营长,忘了我吧!""能忘吗?你败坏革命队伍的名声!把酒喝了吧!"天星将酒送到老驴子嘴边,老驴子一饮而尽。"乡亲们,我叫宋天星,是这个人的营长,他做了伤天害理的事,全怨我平日里对他管教不严,在这里我给乡亲们赔罪了!"她朝乡亲们深深地鞠躬,然后朝那两个看押的战士说,"带走,执行吧。"秋云哭着喊着从村里冲过来,婆婆跟在后面边追边骂:"你这个丢人不够的东西,回来,给我回来!"

秋云跑到天星跟前,"扑通"跪下:"长官,留他一条命吧,都怨俺,是俺强逼他的呀!"秋云泣不成声。婆婆追上来:"他自个儿都招了,你还替他择巴!你愿替他择巴,他前脚死,我就叫你后脚跟去!"老驴子朝秋云说:"妹子,别喊了,咱真有缘的话,下辈子见。"他朝看押的战士说,"走吧,执行。"

天星朝小任说:"这事还得和老驴子的家里有个交代呀。"小任答应着,朝老驴子:"高有志,你把家里的地址、你父亲的名字说一下。"老驴子想了片刻:"好汉做事好汉当,告诉他们干什么?"天星说:"你对自己不负责任,革命军队可要对你的家人负责。""不说吧,俺没有家。"小任说:"你不是说家里又有高墙又有大院,还有几百亩地吗?"老驴子说:"那都是胡扯,国民党那边都好摆阔,我就跟着胡编了。"天星说:"今天就不要胡编了,照实说吧。"

老驴子从嗓子眼挤出点动静:"照实说的话,俺从来都没有家。"他朝着四周的人们说:"你们好赖都有个家吧? 瓦房、草房,哪怕是席棚子总还有个家,我没有这样的家,我是在挑筐里长大的,真的,就这些。"

天星问:"你爹你娘呢?"老驴子说:"俺娘死得早,从我记事就是俺爹挑个担子,一头挑筐里是我,那一头挑筐里是俺妹。俺爹身板不好,动不动就咳嗽,痰里头还带血。后来知道那叫肺痨。有时候,他给人家打短工,打不上短工,就领俺兄妹俩要饭吃,晚上就睡人家屋檐下。满世界那么多房子,没有俺家一间;那么多田地,没有俺家一垄。我问俺爹,咱怎么没有家呀? 俺爹说,咱欠了丁大户家三吊钱,还不起,爹就领你们逃出来了。宋营长,执行吧!"

小任问:"你爹到底叫什么名,住在哪儿呀?"老驴子央求:"别问了,叫我痛痛快快走吧。"天星说:"高有志别为难任参谋。"老驴子想了想说:"也罢,俺说。俺七岁那年,也是快靠年根了,俺爹领俺住进个破窑洞,他咳了半宿的血,最后抓住俺的手,嘱咐俺,'有志,爹是不行了,临死的人身上脏,你领着妹妹赶紧走吧。长大了,好好给人家扛活,攒两个钱,盖间房子,你们兄妹也算有个家了。'俺和妹妹不肯走,爹又咳了两口血就迷糊过去了。第二天早上,我醒了一看,俺爹早把自个儿挂在窑洞外的大树上了。"老驴子眼圈有些红了。

老驴子说:"没过几天就到小年了,傍黑天,俺妹妹也吐血了,我背着她去找大夫。我七岁,俺妹五岁,顶风冒雪的,我也背不动她,走两步歇一歇,俺妹就说,哥你放下俺,俺自个儿走。我就信她的话了,把她放下。"老驴子哭了:"不说吧,那个年头,这样的事太多了。营长,感谢共产党,感谢咱们队伍,叫老驴子过了几天像人样的日子。"老驴子朝那位婆婆和秋云说,"大娘,俺对不起你了! 妹子,俺来生再报答你吧!"老驴子又朝天星说:"营长,下命令吧。"

天星问:"你妹妹现在在哪儿? 有信儿吗?"老驴子说:"咳,真不愿意说呀……那天,她从我背上下去,真走了几步,还往前跑了一截子,回头朝俺笑,脸蛋那个红啊,红得都晃眼,说:'哥,你看俺还能跑呢! 追俺呀!'话没说完,她就倒地上去了,血顺着她的嘴往外喷,俺就拿手堵,堵不住啊……"老驴子痛苦万分,脸色煞白,张着嘴想哭哭不出来,好半天才叫了一声:"妹儿,俺那可怜的妹儿啊!"老驴子昏厥倒地。

秋云扑上去哭喊着:"大哥,俺对不起你呀,大哥。"有几个战士跑上前,呼喊、救治老驴子。天星说:"解开,先把他解开!"那位婆婆擦着眼泪,凑到天星身边:"饶了她大哥吧,事情不是像俺说的那样。"秋云给天星跪下,哭着说:"长官,都怨俺,俺没把持住自己。就饶了他吧!"

老驴子醒了,挣扎着站起来。天星把他扯到一边低声问:"我不明白,你为啥不为自己分辩?"老驴子说:"咋分辩呢?""照实说。"老驴子说:"那样,叫人家秋云还怎么活人哪?"天星叹了口气:"你呀,归队吧。"那位婆婆说:"她大哥,俺是老糊涂了,别记恨俺。"她又招呼秋云,"还傻那儿干什么?过来,给八路大哥赔个罪。"

秋云过来,抽噎着说不出话。老驴子说:"妹子,等着俺,俺指定回来。"秋云低着头说:"俺等着,只要你不嫌弃……"

白雪覆盖着田野,天星所在的部队正在行进,老驴子抬着重机枪走在队伍里。旁边一战士说:"今儿个是小年,也不知道中午吃什么好饭?"另一战士说:"你呀,一脸吃相,刚吃完大菜,又琢磨晌午了。""瞪眼胡说,啥时候吃大菜了?""早上,老驴子那一出不比过年的大菜还受吃吗?"老驴子说:"就嘲笑俺吧,这遭你们可有话把了!"

小任赶上来:"高有志,别生气,大家开玩笑呢!""俺知道。"小任说:"你还真给同志们上了一堂阶级教育课。大伙说,不彻底打倒国民党反动派,天下还不知道有多少人会像你们家一样呢!"老驴子说:"行了,就你词多。"一个战士说:"任参谋,人家老驴子不愿听表扬话。"另一个战士说:"人家就愿意五花大绑,等营长下令执行啊!"战士们哄笑,见天星赶上来,又都收住了笑声。

天星问:"怎么了?啥好事怕我听见?"战士们相互看看,抿着嘴笑,谁也不回答。老驴子说:"营长,早上有句话,我没敢说。"天星问:"啥话?"老驴子说:"俺要真被执行了,你别告诉虎子,怕他瞧不起俺,俺在他眼里是个人物,挺宾服俺的。""你真说了,我又能怎么样?""你指定骂俺,说俺把虎子带进了狼窝。"天星说:"他都多大了,也不能全怨你。"老驴子说:"营长,你信不信,虎子早晚起义。"天星说:"当姐姐的,更是这么想啊!"

第 38 章

一辆吉普车驶来,停在王家大院外面。车上跳下来两个国民党士兵,守在了大院门口,又下来一位身着国民党将官军服的军官,抬头打量了一番王家大院,朝里面走去。这位军官是国民党五十三军驻守沈阳某师的万师长。

冯贤礼正在院子里扫雪,万师长问:"老人家,王义亭老先生住这儿吧?"冯贤礼不抬头,扫一眼万师长的脚下说:"还穿上皮靴了? 真是知冷知热,知道过年了,你白连长还我的财宝吧!"万师长问:"老人家,你说些什么?""姓白的,套双靴子我就不认识你了? 我的金条,我的元宝呢? 你这个丧天良的!"说着,冯贤礼就要抬手撕扯万师长。

天好从饭馆后门出来,喊着:"大叔,你这是干啥呢?"一个国民党士兵冲过来,将冯贤礼推倒在地。天好上前扶起冯贤礼:"大叔,你认错人了吧?"天好又看了看万师长,"这位长官,您找谁呀?"万师长说:"请问,王义亭老先生还住在这儿吗?"天好答应着:"在,就住上房呢!"万师长瞅一眼冯贤礼问:"这人怎么了?"天好说:"长官,别在意,他受了点惊吓。"

王老先生从屋里出来:"大过年的,谁在这儿耍威风?"万师长敬了个军礼:"王老,学生万秉忠给您拜年来了。"王老先生盯着万师长,看了一会儿,笑逐颜开:"哎哟哟,秉忠挂上少将军衔了! 屋里请,屋里请。闺女,打壶热水来。"

二人携手进了客厅,入座之后,王老先生问:"秉忠,你这戎马倥偬的怎么得空到我这儿来了?"万师长说:"队伍撤回沈阳了,寻思还没出正月,给您拜个年来。"王老先生说:"还记着我这院子啊?""您在讲武堂给我们上课的时候,我们不是常上这儿来打扰您吗?"

王老先生说:"这又是多少年过去了,那时候我也就你这个岁数吧! 现在带多少兵啊?"万师长说:"在五十三军混个师长,手下有万把人吧!"正说着,天好提水进来，给二人沏茶、倒水。王老先生为万师长和天好相互介绍。"干爹，有啥事喊我一声。"天好说着要出去，王老先生说："你也坐着吧，万师长不是外人。"

万师长说："部队在东陵到文官屯一带设防，我到东陵视察阵地，看东陵已经没有原来的模样喽！从'九一八'我离开沈阳，到现在正好十八个年头。昔日的东陵松柏参天，森林茂密，现在成了光秃秃一片。陵园佳景，荡然无存。询问当地父老，说是那些古树已经被国军伐卖一空了！"王老先生说："五十三军都撤回沈阳了？"万师长说："主力全回来了，沈阳的城防全靠五十三军了。"王老先生说："据我所知，五十三军可是东北军的底子。"万师长说："是啊，从军长周福成到下面的师团长，差不多都是东北军的老人。"

天好试探地问："沈阳是东北军的老家，靠东北军守咱沈阳，老百姓该有指望了。"万师长摇摇头："妹子，谁也不愿意让自己的家乡再遭受战火啊！能守得住吗？共军已经今非昔比。"王老先生说："照你这么说，沈阳早晚会落共军手里？"万师长点点头："稍有点眼光的人，都能看清楚这一点。"

王老先生说："如此看来，弟兄们得准备退路了。"万师长说："没处可退了，沈阳东西南北已经全是共军，突出去就是送死。"王老先生问："你们军长周福成也这么看吗？"万师长说："他可不这么看，还想和共军决一死战呢！"王老先生说："为啥，他不也是东北军的人吗？"万师长说："周福成刚刚提拔当了第八兵团司令官，官瘾还没过足呢！"王老先生看看天好，又看看万师长说："事到如今，老师有句话，你愿意听就听着，不愿意听权当老师没说。"

"您说，学生听着。"王老先生说："为保全家乡父老不遭战火之难起见，为保全自己身家性命起见，秉忠，你得想另一条路了。""干爹，东西南北都是共军，没有地方去了，哪还有路啊？你这不是难为万师长吗？"万师长看看天好："这位妹子，你干爹的话，我明白。也不是难为我，只是风险大了点。"王老先生说："大不了掉脑袋！好不容易打回老家了，还能让老家再毁于战火吗？"万师长说："那就只有投降共军了。"王老先生说："投降多难听啊，当兵的不能做那种事。"万师长说："可是起义得找到中共的人哪！"王老先生说："要找，总能找到。"

王老先生看看天好。天好说："干爹，你说话轻巧，共产党是那么好找的吗？说找就找着了？"又朝万师长，"万师长，俺干爹指这个道，也不能说是错，你要真有心走这条道，俺开了个馆子，人来人往的，倒是可以给你打听着。"万师长看了看天好，微微笑了："听妹子这个话，像是有些道行啊！"王老先生笑着说："道行她倒谈不上，求她的事，能认真办倒是真的。"万师长说："那就麻烦妹子，替我打听着。"天好笑了："客气什么？能认识万师长俺巴不得呢！"万师长朝王老先生："王老，这个年拜得值啊！"王老先生说："往后就多来两趟。"

客厅的门开了，裴春海进来，他一抱拳说："王旅长，过年好啊！"天好说："你来干什么？大正月的，也不让人消停。"裴春海说："一正月里没来，就怕你们烦我。这不都正月二十八了吗,再不来给你们拜个年,哪还像一家人哪!再说,我也想念道儿,来看看他。"天好说:"孩子出去玩了,你走吧。"

裘春海看见万师长,嘻嘻一笑:"这位长官贵姓啊?"王老先生说:"这是五十三军的万师长,我请来的,想叫他帮天好宰头牲口。"裘春海说:"老人家,你净要笑俺,宰头牲口还用这位少将长官吗?"天好说:"那头牲口腰里别着枪,背后还有林处长撑腰。"裘春海朝万师长:"长官别见怪,他们和我开玩笑,俺是一家人。兄弟自我介绍一下,东北剿匪总司令部督察处少校侦审员裘春海。"

王老先生朝万师长:"不要理这个人。"裘春海还是伸出手和万师长握了一下:"非常荣幸认识万师长。"天好说:"你就别让人恶心了。"裘春海说:"别这么说话,叫人家笑话。"又朝王老先生和万师长,"你们聊,我先告辞了。"裘春海转身出去。王老先生说:"东北军的败类,中国人的败类。"

送万师长上车,王老先生说:"给熟悉的弟兄们带个好。"天好说:"万师长,你嘱托的事,就放心吧。"吉普车启动,三人挥手告别。王老先生和天好往院子里走。天好说:"干爹,你说万师长是真心要投靠共产党吗?""不像假的。已经走投无路,谁再打下去,谁就是沈阳的罪人,东北的罪人!"

裘春海从王老先生家来到林处长办公室:"处座,五十三军真有个姓万的师长吗?"林处长想了想:"有这么个人,咋了?""今天他去王家大院拜见那个老不死的。"林处长说:"都是东北军的,他们说啥了?"裘春海说:"那倒没听见,像是挺高兴的。"林处长说:"这点屁事你也来报告。"裘春海说:"处座,最近可是有好几起国军投降的事了,咱们不得不防啊!"林处长说:"你是说那个老不死的策反他的东北军旧部?""俺家那个死娘们儿也在场,那个老不死的是不是还受了共产党的指使?"林处长点头道:"你老裘想得细,想得深哪!"

2 国民党军和解放军在四平激战,四平面粉厂的大门被堵上,改建成碉堡,后面厂里楼房的窗户正向外喷射着一道道火舌,也成了国民党军的工事。面粉厂对面的民房里隐蔽着天星所在的部队。天星透过民房的窗户,注视着外面的战斗,又有两个抱着炸药包冲向面粉厂大门的战士中弹倒下。天星朝身边的小任吼着:"压住,叫机枪班压住敌人的火力。"

小任刚刚跑出去,老驴子冲进来:"营长,仗不能这么打。"天星说:"咋打?压不住敌人的机枪,爆破组上不去。"老驴子说:"咱那几挺机枪不够,压得住楼上的,压不住下面的。上去多少得倒下多少。我有个办法。""啥办法?快说!"老驴子说:"装小炸药包,人不用出工事,先把小炸药包扔过去,趁着崩起的烟雾,再把大炸药包送上去。敌人的火力再猛,也看不见咱人在哪儿。"天星想了想:"这还真是个办法,赶快装小炸药包。"老驴子答应着跑出去。

面粉厂楼房里,虎子手下的士兵在向外面射击,虎子朝一个机枪手喊:"往哪儿打？你他妈没长记性啊，不是叫你朝天打吗？"机枪手龇牙一乐："忘了，习惯朝有人的地方打了。"胡团长带几个人进来说："虎子，你们的人是吃草的还是吃饭的？光听见你们枪响，怎么看不见共军倒下？"虎子说："团长，共军火力太猛，弟兄们抬不起头来。"胡团长说："扯他妈淡！领军饷的时候一个个嗷嗷叫，见了共军抬不起头来了！"

胡团长举起望远镜向对面解放军的阵地观看："不就那么几挺破机枪吗。"他突然一惊，"那怎么像是老驴子？"虎子也赶忙拿起望远镜向对面观看。在一个院落里，几个解放军战士正在忙活什么，其中一个指手画脚的正是老驴子。就在虎子观看的时候，胡团长要过来一支长枪，瞄准了老驴子，枪响了，老驴子一头栽在地上。虎子回头大叫："谁他妈开的枪？"梁大栓朝胡团长努努嘴。

虎子瞪着胡团长："团长，他可是咱的弟兄啊！"胡团长说："狗屁弟兄，一张臭嘴四处埋汰我，如今又投了共产党。"虎子朝胡团长吼："别忘了，咱们在一个锅里吃过饭，在一个桌上喝过酒，这他妈才几天的事！"胡团长说："你吼什么？他投了共产党就不是弟兄。"虎子冲上去，骂了一声："我看你他妈是没长人肠子！"一拳打在胡团长的脸上。胡团长倒退了几步，向腰里摸枪，被周围的人劝住。他指着虎子咆哮："你他妈疯了，敢打我！捆起来！"胡团长的几个随从扑上去，摁住虎子。虎子还要挣扎，胡团长冲过来，将虎子打晕。

对面天星隐蔽的房子里，小任跑进来："营长，小炸药包准备好了。"天星说："那就赶快试试。"小任答应着跑出去。几个战士抬着老驴子进来，老驴子胸口满是鲜血。天星问："高有志，你这是怎么了？"老驴子努力笑一笑："妈的，叫跳蚤啃了一口。营长，赶紧试试，看这法子灵不灵？"外面响起接二连三的爆炸声，老驴子挣扎着爬到窗口。

烟雾迷漫，几个战士夹着大炸药包冲向面粉厂大门，他们拉响了炸药包，回身跑过来，刚刚跳进工事，炸药包响了，面粉厂的大门出现一个豁口，战士们跳出工事冲向豁口。天星高兴地朝老驴子说："高有志，这回你立功了。"老驴子朝天星笑笑："老驴子不是白给的吧……"说着瘫倒下去。天星大声喊："高有志，高有志！"老驴子笑着合上了眼睛，头无力地垂向一边。天星呼喊他，老驴子又睁开眼，目光已经散漫，断断续续地说："替俺……给秋云妹子……道个歉吧……"任天星再怎样呼喊，老驴子也没有醒过来。

面粉厂楼房里，虎子昏迷着躺在一边。胡团长一边疯狂地喊着，一边带着几个随从向外走。成子问："团长，宋连长怎么办？他可救过你的命啊！"一个随从也劝："团长，宋天虎打仗是把好手，不能留给共军。"胡团长说："成子，把他背上，回头看我怎么治他。"

早晨，天月坐在餐桌旁，周和光进来，看了看桌上的饭菜："怎么改吃春饼了？"

天月说:"吴妈说牛奶买不着,你领的面包也吃光了。"周和光说:"真应了老百姓那句话,老太太拜年,一年不如一年了。"天月说:"春饼还是俺大姐昨晚送的呢!昨天不是二月初二吗!山东人逢这个日子要吃春饼。"

外面传来宣传车上播放圆舞曲的声音,周和光:"还有心思放这种曲子,四平陷落了,昨晚回来我没和你说。"他从橱柜里拿出一瓶酒和一只酒杯,给自己斟了一杯酒,一口捅进去。

周和光说:"四平的工事,国军苦心经营了三年,我去看过,可以说是最现代化的防御工事。如今完了,一朝土崩瓦解。"天月说:"杜聿明不行,换个陈诚来;陈诚不行,又换个卫立煌来,我看卫立煌还不如前两个。从年初上任到现在才几天,败仗一个接一个,沈阳四周全是共军。"

周和光说:"不能指望卫立煌之流了,事到如今,就看蒋委员长能拿出什么挽回颓势的办法。"天月说:"我看也够呛。"周和光说:"不能这样说,作为一个党的领袖,作为一个国家的元首,我相信,蒋委员长总会比那些人强。"

冯贤礼抱着个扫帚,站在秦先生家窗外,朝里面听着什么。天好从家里出来说:"大叔,你站那儿不冷啊?"冯贤礼说:"听听天上的动静。"秦先生从屋里出来,冯贤礼又开始扫院子。天好问冯贤礼:"大叔,天上有啥动静?"冯贤礼扫着院子,朝一边走去:"都怨那地方名起得不好啊!"

王老先生从家里出来问:"科学家,又有啥新消息啊?"秦先生小声说:"中共的军队昨天把四平打下来了。"王老先生说:"意料之中。"冯贤礼扫着院子扔过来一句:"从四五年秋天到眼下,那地方不多不少,正好打了四回,这回真该平安了。"秦先生说:"我决定不辞职,也不出国了。"王老先生问:"为啥?看国民政府顺眼了?"秦先生说:"我相信再熬两天,中国就得翻天覆地!"

一个士兵给胡团长理发、刮脸,成子呆在一旁。胡团长问:"成子,那个宋天虎怎么样了?"成子说:"还押在禁闭室呢。""我问他老没老实?""按时吃饭,按时睡觉,没听说有什么动静。"胡团长朝给他剃头的那个士兵说:"呆会儿,你去给宋天虎的头也剃一剃,我挺想这个小子的。"

虎子那个连的二排长和梁大栓来到禁闭室门外,二排长朝卫兵说:"兄弟,我们是一连的,来看看宋连长。"卫兵说:"团长有话,谁也不让进去。"梁大栓说:"就让俺进去看一眼。"卫兵说:"让你看一眼,我得蹲十天禁闭。"

二排长塞给卫兵一沓钱:"一点小意思,买两盒烟抽,真蹲禁闭我替你。"卫兵收下钱:"回去告诉你们连的弟兄都来看他,我可就发大财了。"三个人都笑了。卫兵打开禁闭室的门:"有什么话快说,别磨蹭。"

虎子哼着小曲满地溜达。梁大栓说:"连长,这都啥时候了,你还哼小曲。"虎子说:"那也不能哭啊。"二排长说:"这回,姓胡的恐怕不能饶了你,弟兄们想把你抢出去。""咋抢?我可不能连累弟兄们。"二排长说:"老驴子常说,好死不如赖活着,总不能死在姓胡的手上。你定个日子、时辰,弟兄们在外面接应。"虎子说:"千万别动这个心思,枪一响,看押我的弟兄倒了,咱们连的弟兄也得倒。都是弟兄,谁倒下,我虎子都舍不得。"

二排长掏出一支手枪递给虎子:"连长,要不你把这个揣着,真到那时候,兴许依靠它,还能逃条命。"虎子说:"二排长,你赶紧把它收起来。这两天我琢磨了,姓胡的还不想真杀了我,他真要杀我,那天就不能把我扛出来。"二排长想了想说:"也是这个道理。"虎子说:"我真要跑,也得和全连的弟兄们一块跑。咱们生在一起,死也得死在一道!"二排长说:"放心,你的心弟兄们明白。"

禁闭室的门开了,卫兵说:"二位该走了,又来新客了。"那个理发的士兵进来:"宋连长,团长叫我来给你剃个头。"二排长问:"啥意思?"梁大栓悄声对二排长说:"是不是要送连长上路啊?"那个理发的士兵说:"团长说,挺想宋连长的,呆会儿要来看看。"二排长说:"连长,那我们在外面等着。"虎子说:"不用了,这位兄弟不是说了吗,团长就是想来看看我。你们回去吧,给连里的弟兄们带个好。告诉大家,我宋天虎在这儿吃得饱,睡得着,挺好的。"

梁大栓和二排长躲在禁闭室门外不远的隐蔽处,二排长望着正好走来的胡团长说:"不像是要动手,只带了个成子。"梁大栓说:"那咱也得在这儿等着,姓胡的手黑呀。"二排长点点头:"是得防着,等姓胡的进去,咱们守门外去。"

虎子理完发,胡团长打量着虎子说:"这多精神个小伙子,知道为什么给你剃头吗?"虎子说:"好像有个说法,送犯人上路,都得剃头。"胡团长说:"懂得还不少呢!老哥可不是那个意思,就是给你剃个龙头。"虎子说:"剃啥龙头,有啥话就说吧,今天又不是二月二。"胡团长说:"别提二月二,二月二咱们在四平,你一拳差点把老哥的命要了!"虎子说:"团长,我知道你忘不了那一出。"

胡团长说:"老哥不是小肚鸡肠的人,如果记恨,当时就把你崩了。老哥是直来直去的人,今天来,就想问你一句话,为啥老哥打死老驴子那个忘恩负义的王八蛋,你就像疯了一样,朝我来了?"虎子说:"当时,见老驴子倒在自己弟兄的枪口下,我一下子过不来呀!做些什么,自己都不知道了!你也知道,我和老驴子一块当劳工,修要塞,钻野林子,我没有亲哥,老驴子待我比亲哥都亲哪!他倒下了,我能不动心吗?"胡团长说:"你动心了,我的脸蛋子就倒霉了。""当时我是疯了,在这里给团长赔不是。"虎子深深地给胡团长鞠躬。

二排长和梁大栓从不远的隐蔽处又回到禁闭室门外,卫兵问:"刚刚看完,怎么又来了?"二排长说:"俺听听,团长怎么训斥他。"梁大栓咧着嘴故意说:"连长平时对俺可狠了,没想到他也有今天。"卫兵说:"当官的没个好玩意儿。"二排长和梁大栓贴着门缝听。

虎子说:"这些天关在这里,我才一点点琢磨过味儿来,老驴子是对我好,可是他私下造你的谣,到头来还投了共产党,这个王八蛋真像你说的,忘恩负义! 你打死他,打得对! 团长,这些天我也琢磨你这个人,我宋天虎能从一个狗屁不懂的劳工,当上国军,立功受奖,还一下子提拔成上尉连长,全靠你老哥一手栽培! 可是,我为个老驴子,给了你一拳! 想到这里,我都恨不得抽自己两个嘴巴,我这不也跟老驴子一样,忘恩负义吗?"说着,虎子的眼泪都要出来了。胡团长问:"知道老哥对你真心好吗?"虎子说:"不光知道,还得感谢团长,临死还给我剃了个头。"

虎子含着泪说:"团长,你今天崩了我,我半句怨言都没有。"胡团长说:"按军法论处,是该崩了你。可是崩了你,老哥的心也碎了! 今天,你能认错,你能说心里话,咱就给军法也打个折扣。老哥不光不崩你了,还叫你回去继续带兵,不过有言在先,下不为例!"虎子哭了,给胡团长又鞠了一躬:"团长,我再死一次也报答不了你的恩情啊!"

禁闭室外,二排长说:"还听什么,赶紧走吧。"扯着梁大栓急步离去。

胡团长、成子从禁闭室出来。成子说:"团长,我以为你今天来要了结宋连长呢!"胡团长说:"不是没有这个意思,他今天敢来横的,晚上我就送他找老驴子去。不过,还有点舍不得,打仗他还真是把手。"成子说:"团长,我看宋连长今天是蔫了,打心眼里服你了。"胡团长一笑:"我手底下的人哪个敢不服?"

虎子从禁闭室出来了,当天夜晚,他请二排长在连部喝酒,梁大栓在一旁伺候。梁大栓说:"连长,今儿个你在姓胡的跟前咋那么顺从?"虎子说:"不顺从,他就能崩了我。再说,他还指望我给他卖命呢!"二排长举起酒杯:"连长,再来一口顺顺气。"虎子端起酒杯,喝了一口。二排长说:"连长,给他们卖命的事,不可再干了。眼下,得自个儿精神自个儿耍了!"虎子长叹一声:"我怎么浑了,上这条贼船了。"二排长说:"连长,现在醒悟也不晚哪! 咱才多大年岁,往后的日子长着呢! 你不是说要带着弟兄们一块跑吗?"虎子说:"眼下还不是时候,是虎咱得卧着,是龙咱得盘着。"二排长说:"行,听连长的。"

3 一列火车在夜色中飞驰,它拖着闷罐车,里面坐着解放军战士;还拖着平板车,上面装着蒙了苫布的大炮、坦克车。

闷罐车里,天星和小任靠在车厢边说话。天星说:"高有志牺牲整整半年了。"小任说:"挺可惜的,不愧是行伍出身,他创造的那套攻坚办法在咱东野都被总结推广了。营长,咱这是往哪儿开呀?"天星说:"上级没说,肯定是长春呗。"小任说:"对呀,喊了多少天了,'练好本领,打长春'。"

小任问:"你那个战友没再来信?"天星说:"你就对我那个战友感兴趣。来了两封信,他从监狱出来,去咱们东北局的社会部了。"小任说:"这不改行了吗? 社会部可不是行军打仗的,专搞策反。"天星瞅瞅小任,轻轻笑问:"你那个女同志没来信哪?"小任不好意思地一笑:"哪有什么女同志,那是我的即兴创作。你那个战友没再说别的?""说了,说我大姐也参加了咱们的地下工作。"

列车停下,车门打开,解放军战士跳下车。小任跑到天星身边说:"营长,咱们到阜新了,团部命令:集合队伍,向南开进。"天星说:"明白了,这是要打锦州!"小任说:"出发的时候怎么不说呀?"天星说:"这就叫保密。中国的兵法,不是有句话吗? 兵者,诡道也。你光在苏联念外国书了,不明白这一套。"小任说:"别瞧不起人,'突然性是战略的本质'是谁说的?"天星想了想:"我看的兵书没这句话。"小任笑了:"这就对了,是英国人利德尔·哈特说的。你也不懂吧?"

黄昏,王老先生和天好站在窗前往外看,王老先生说:"这个冯贤礼,知道逗孩子们玩了。"天好说:"打从秋风凉,我看他精神头强多了。"王老先生说:"也没强哪儿去,一时清醒,一时糊涂。你说的那个重要客人怎么还没来?""不是说晚上吗?"王老先生说:"这太阳也好落了。"天好说:"哈尔滨到沈阳火车也不通,或许是道上耽搁了。"王老先生说:"老来老去不经事喽! 从一早上就坐不稳当。""干爹,看你说的,您老什么世面没见过呀? 坐下,再喝口茶吧!"

天好给王老先生斟茶:"干爹,辽西十来天以前就开打,咋这些天国民党没有战报,共产党的广播里也没有动静?""国民党是没脸说了,肯定叫人家打得鼻青脸肿,共产党是在那儿炖大菜,菜不好也不能起锅呀!"

周和光醉醺醺地进了客厅,一屁股坐在沙发上。一直等丈夫的天月忙问:"都啥人去了?"周和光说:"沈阳党、政、军,有头有脸的都到场了。"天月关切地问:"人家讲什么了?"周和光说:"讲得好啊,到底是党的领袖,国家的元首。"周和光又找来一瓶酒和酒杯给自己斟上。

天月又问:"你就想着喝,人家到底讲什么了?"周和光呷了一口酒:"人家说,'自抗战胜利以来,本党在社会上的信誉已经一落千丈……老实说,古今中外,任何革命党都没有我们今天这样颓唐和腐败,也没有像我们今天这样的没有精神,没有纪律,更没有是非标准,这样的党早就应该被消灭、被淘汰了!'"天月说:"这话他好像在哪儿讲过呀!"周和光说:"年初我参加戡乱建国干部训练班,他在开学典礼上讲过。当时,他对手下的颓唐、腐败,怒不可遏,痛心疾首! 可是,今天他自己就颓唐,就没精神,只剩下唉声叹气和破口大骂了。"

天月说:"不会吧? 那不更叫大伙泄气吗?"周和光喝着酒:"他先是骂卫立煌不敢出兵援救锦州是荒谬,是愚蠢,又骂东北的党、政、军不团结,让共党钻空子。最后说:'我这次来沈阳是救诸位出去,如果你们这次打不好,那么不光明年此时不能在这里开会,而且只有来生再见了!'"天月说:"蒋委员长真这么说?"周和光点点头说:"不光你,当时在座的全都惊呆了!"天月问:"关于辽西的战局,蒋委员长出什么主意了？"周和光说："他拍板决定廖耀湘兵团增援锦州。"天月问："能行吗？"

周和光说："散会了，吃饭的时候，'剿总'的一个副参谋长私下说，按老头子的办法，完蛋得更快，正中了共军围点打援的奸计。"天月说："锦州守不住，东北不就完了吗？"周和光喝了口酒，半天才说："辛亥革命，推翻帝制；北伐战争，打倒军阀；当初的国民党是何等朝气蓬勃！七七事变，卢沟桥抗战，上海抗战，太原抗战，后来又远征缅甸，痛歼日军，国军打得何等英勇，何等顽强！"天月叹息说："东北完了，咱咋办？"周和光还沉浸在对往事的思索中："辛亥革命到今天，还不到四十年吧？国民党怎么就到了如此地步呢？连党的领袖都只剩下唉声叹气了……难以理解，难以理解……"

天月说："别想你的党国了，咱自个儿怎么办？"周和光又喝了一口酒，扬起头望着天花板不语。天月说："问你哪！拿个主意吧！"周和光说："我能有什么主意？喝酒吧。"周和光又给自己斟了一杯酒，醉眼蒙眬地瞅着那杯酒，并没有喝。

一个商人打扮的人趁着夜色走进院子，来到王老先生家门前，轻轻敲门，那人低声说："我，讨口吃的。"此人正是魏德民。门开了，天好见是魏德民，忙笑着让他进屋。

王老先生见是魏德民来了，忙问："你这是打哪儿来呀？""哈尔滨。"天好问："你就是那个重要客人？"魏德民笑了："啥重要客人，咱们不都是老熟人了吗？"王老先生也笑了："原来是你！看看这一天把我盼的。"

王老先生说："快说说，有什么重要的事？"魏德民说："眼下，解放军已经完成了对锦州的包围，解放锦州指日可待。锦州解放之后，紧接着就是解放沈阳的问题。我这次是奉中共东北局社会部的指示，来沈阳做国民党军队起义的工作。具体地说，就是想通过您老人家在东北军旧部中的威望，联系一批人，团结一批人，把这项工作开展起来。"

天好说："魏大哥，沈阳地下党已经指示我们做了一些这方面的工作。"王老先生说："已经和国民党五十三军的万师长和他底下的几个团长打过招呼。"魏德民问："他们态度怎么样？"天好说："都很积极。"王老先生说："不想让家乡涂炭，这是他们共同的意思。"魏德民说："我们还要抓紧，而且还需要联系更多的人。锦州再有十天八天就可能打下来，对了，王老先生，我这儿还有您一封信。"

王老先生看了看信封上那几个字："是吕正操的吧？这字体像他的。"魏德民说："对，他现在是东北人民解放军副总司令。"王老先生看着信，不觉读出声来："西安一别，一十有二载。当年，公服膺正义、追随少帅兵谏之英气，至今犹历历在目。当此国家民族光明与黑暗决战之际，深信公仍能肩担大义，不畏艰险，说服旧部，为沈阳二百万民众之幸福，再展壮心……"

天好陪魏德民先到她屋里，让魏德民看了看他十分关心、已经睡着的道儿，然后他们又回到堂屋说事，天好问："没见天星？"魏德民说："接过她几封信，眼下，她正在打锦州！"天好说："等沈阳解放了，你们俩的事可真得办了。"魏德民笑了笑："我没急，天星没急，你急啥呀？"天好说："这可是当年说好的事。"魏德民说："当年，也就是你提了那么回事，我也没应承呀。"天好说："那倒是，可是你也没说不啊！"

魏德民没接话茬，换了个话题说："我来的时候，总部领导还叫我感谢你，说你提供了几次很有价值的情报。""总部的领导能知道俺？""不知道你叫宋天好，但是都知道宋天星有个做地工的姐姐。裘春海现在咋样？"

天好说："他能咋样？经常往这儿钻，瞪着双贼眼净琢磨害人的道，就不能想办法把他除了吗？"魏德民说："这个人太狡猾了，几回死里逃生。对他不能轻易下手，要除，就得除个干净利索。不然，可能搅了全局，尤其在现在这个时候。"

天好说："魏大哥，咱不说裘春海那个东西了，说说你吧，你咋就看不上天星呢？"魏德民笑了："也不是看不上天星，人挺怪的，心里一旦有了一个人，就装不下别的人了。"天好问："这么说，你心里早就有个人？认识多久了？"

魏德民抬头想了想："那可长了，有十几年吧。"天好说："那时候你在哪儿呀？"魏德民深情地说："在大连，她把我从坟坑里刨出来，从那一刻，我们就认识了，我再也没忘记她！"天好愣了。

魏德民说："在秀水屯，她掩护过我。秀水屯那几间草房，我永远也忘不了！那几间草房就像是自己的家一样……"天好明白他在说自己，感动了："魏大哥，别说了。"魏德民说："后来，她又把我从监狱里救出去……"天好说："魏大哥，别说了，俺不值得你这样。"

魏德民轻轻握着天好的手："天好，答应我。"天好说："魏大哥，真的，俺不值得你这样。"魏德民静静地望着天好："天好，答应我，就答应我吧！"天好望着魏德民深情的目光，泪水一下子出来了："让俺想一想，想一想行吧？你冷不丁提这么个话，叫俺真不知道咋回答。"魏德民说："那好，我等着。等你答应我的那一天。"天好点着头，用衣袖擦拭泪水。

裘春海向王家大院走来，见门口停一辆军用吉普车，想了想，闪到一边，瞄着大院门口。不一会儿，五十三军万师长的副官从大院出来，上了吉普车。裘春海见吉普车驶来，走到路中央，抬起手喊着："停车，停车。"吉普车急刹车停下，车上的陈副官骂："活腻了，你奶奶的。"裘春海走上前："对不起，兄弟是'剿总'督察处的，想搭个车。"陈副官打量裘春海，眼睛一亮："你是不是裘春海啊？"裘春海一愣："你是？""我是陈贵堂，咱们同年当兵！"裘春海热情万分："哎哟，看我这狗眼，连自己的弟兄都认不出来了！"

裘春海上了吉普车,陈副官问:"裘兄,去哪儿?"裘春海反问:"陈老弟,如今在哪儿高就啊?""给万师长当副官。""五十三军的那个万师长?""对,干点伺候人的差事。你这是去哪儿啊?"裘春海来了精神:"见了你陈老弟,我哪儿也不去了!找个地方咱哥俩好好喝一壶。"

裘春海和陈副官来到一个酒馆,他们喝得都有了些醉意。裘春海还在劝酒:"再来一盅。"陈副官说:"不能喝了,万师长嘱咐,给王旅长送完信,早去早回,别在道上耽搁。"裘春海醉眼蒙眬:"陈老弟,我不多喝不行啊!喝醉了,就不看眼前的事了,不想往后的路了。""你老兄不是混得挺好吗?督察处的,想查谁就查谁,谁都不敢惹呀!""陈老弟,你是知其一不知其二啊!老哥心里苦着哪,叫人前明月光,人后赛砒霜!死的心都有。"

"为啥?"裘春海说:"别跟老哥装糊涂了,为啥,你心里还不清楚吗?"陈副官说:"你心里想啥我怎么能知道?"裘春海苦笑着摇摇头:"连多少年的弟兄都不说实话喽!我问你,锦州还能守多少日子?"陈副官说:"这你得问守锦州的国军。"裘春海说:"你不肯说实话,老哥说,最多也就二十天、一个月吧!锦州完了,沈阳能守多长时间?也就两个月三个月吧!到那时候,老哥往哪儿走?不只有死路一条吗?"裘春海眼泪汪汪,"陈老弟,我这一肚子苦水和谁说?和谁也不敢说!说了,汇报上去就是掉脑袋!"

裘春海喝了一盅,又喝一盅,还要再喝。陈副官拦住他:"裘兄,有一条路,你不妨试试。""别拦我,啥路也不试了,喝死拉倒。"陈副官说:"王旅长你认识吧?咱们的老长官王义亭啊!"裘春海说:"他自个儿都窝在家里没人理,我找他干啥?"陈副官四下看看,小声说:"最近不少东北军的老人都找王旅长。"裘春海说:"好啊,都没忘了老长官。"陈副官说:"不光是叙旧,也为自个儿找后路啊!"裘春海说:"王旅长要东山再起,重新带兵?"

陈副官说:"你呀,真是喝多了,他那么大岁数,还怎么带兵?他是和共产党有瓜连。"裘春海装作没听清:"啥?和谁有瓜连?"陈副官说:"这还用问吗?不然这个时候大伙找他干啥?叫他牵线,起义!"裘春海长出一口气:"好啊,我也想投共产党,我也想起义,正愁找不着门路呢!陈老弟,我去找王旅长,他不会见死不救吧?"陈副官说:"那也得去试试。"裘春海说:"谢谢你陈老弟,给老哥指了条生路啊!"

第 39 章

1 裴春海从陈副官那里得到了情报,真是如获至宝,立刻到林处长办公室报告,
他满嘴酒气地说:"处座,王义亭受共党指使,煽动五十三军的人投降。"林处
长一惊:"消息确切?"裴春海说:"五十三军万师长的陈副官亲口和我说的。"林处
长起身转了两步,有些犹豫:"那个老不死的不好抓呀!"

裴春海说:"刚才来的道上我琢磨了,这次咱们也不能贸然下手,咱们先向卫立
煌总司令汇报。卫老总不会不管吧? 然后咱们打着卫总司令的旗号,把那个老不
死的请来。只要进了东北'剿总'的大门,他就算是孙悟空,也进了太上老君的火炉
子。"林处长笑了:"可是那个老不死身后的共产党是谁?""就是俺家那个死娘们
儿。只要抓了王义亭,那死娘们儿不是伸手就薅来了吗!"林处长说:"妙,你把情报
整个材料,咱们报给卫总司令。"

王老先生接到万师长通风报信的电话:"陈副官酒喝多了,把找你联系起义的
事和裴春海说了。"王老先生痛心疾首道:"这不是要误大事吗? 裴春海会整天盯着
我这大院的。"万师长说:"好在没让姓裴的抓住真凭实据,学生已经想了一个补救
的办法,除掉裴春海。"王老先生说:"那家伙可是狡猾呀,必须保证万无一失。"电
话里万师长说:"裴春海在我们师还有些熟人,我想以大伙请他吃饭叙旧的
名义……"

裴春海接到邀请电话,把此事转告林处长,林处长笑着说:"你老裴人缘不错
呀! 还有人请你吃饭。"裴春海说:"都是东北军里的熟人,中午在北市场聚宾楼里
要摆一桌,请请我。处座,卫总司令有信儿了吗?"林处长说:"他的副官说,卫老总
这两天忙,没空。""这事可得催着点,别叫他们真闹成了。""卫老总是你我能管得
着的吗? 老裴,今天赴宴,你也得带着任务去,想方设法抓住那个老不死和你家娘
们儿的小尾巴。"裴春海说:"我是谁? 平白无故就去吃他们的席? 喝得烂醉,我也

得套出他们的底细。处座，我还有个请求，能不能让兔子跟我一块去？"

林处长问："带他干啥？"裘春海说："虽说是熟人，但也不得不防。要是他们今天设的是鸿门宴呢？兔子也好帮着长个眼色。"林处长说："也好，你喊他去吧。"裘春海出去了。

桌上的电话响了，林处长接电话。电话里说："我是卫总司令的副官，总司令今天要去王义亭老先生家。"林处长说："不是说好了，我们请他来吗？"对方质问："是你听卫总司令的，还是卫总司令听你的？""当然是我听卫总司令的。"电话里认真交代："总司令让你先联系一下，但是一定不要说是总司令去，别把他吓跑了，你只问王义亭他中午之前在不在家，告诉他有位长官要见他。"林处长说："明白，我这就办。"

林处长立即给王老先生打电话，通知有长官要在上午见他。王老先生到饭馆把这事告诉了天好，天好说："他这葫芦里卖的什么药啊？你答应在家等着了？"王老先生说："不答应，显得我有短处，怕他们了。"天好焦急地说："魏大哥又回哈尔滨去了，我找大刘他们商量一下吧。"王老先生说："来不及，这就到中午了。把心放稳当，天塌下来，还有地擎着呢！"

天好不时到外面瞅着，看来的是什么人。不一会儿，一伙兵来了，大街立马戒严。天好快步进来："干爹，他们来了，大街两头都站上了兵，拿着枪，不让行人过。"王老先生冷冷一笑："看来还真是个大头目，坐下，咱等着他。""干爹，你可真稳得住。"王老先生笑了笑说："过了慌乱的年岁了。"

一辆轿车开来，后面跟一辆吉普车。轿车门开了，下来位一身戎装的国民党将官，此人就是国民党东北"剿总"总司令卫立煌。吉普车上跳下来林处长，还有几个特务。卫立煌的卫兵守住大院门口，林处长上前引着卫立煌进了王家大院。

林处长向卫立煌说："卫总司令，王老先生就住在上房。"卫立煌走进院子，四下打量着，最后把目光落在院子里那棵高大的白果树上。满树金黄的叶子，微风掠过，在阳光下闪闪发光。王老先生由天好陪着，推开房门。天好悄声问："认识吗？"王老先生点点头："认识，他就是卫立煌。"

王老先生走下台阶迎上前，双手一抱拳："卫总司令大驾光临，草民未曾远迎，赔罪赔罪！"卫立煌笑着说："王老先生，你这棵大树好啊，老远就看见了，一片金黄，你猜我想起了什么？""猜不到。"卫立煌说："西安黄昏中的大雁塔。"王老先生说："卫总司令开玩笑了，大雁塔高耸入云，我这棵小树算什么！"卫立煌说："颜色相仿，都是金光闪闪。"

王老先生笑着说："卫总司令对西安耿耿于怀啊！"卫立煌也笑了："那倒不是，随便打个比方。"王老先生说："请，屋里请。"林处长也要跟着进屋，卫立煌说："你就在外面歇着吧。"林处长问："卫总司令，不需要我介绍点情况吗？"卫立煌说："你那报告上不都写了吗？我和王老先生叙叙旧。"天好站在门边将王老先生和卫立煌让进屋里。

天好给王老先生和卫立煌上茶。王老先生说："卫总司令今天怎么想起到我这草民这儿来了？"卫立煌笑着说："你是草民？我还当过草民的阶下囚呢！"王老先生大笑："卫总司令果然对西安那一出耿耿于怀呀！"卫立煌说："那也怨不得你，张学良要兵谏蒋委员长，我作为随员自然难免被抓。"

王老先生说："如今你可不比西安那阵了，威震东北的卫总司令，手下有几十万人马呢！"卫立煌说："王老先生此言差矣，此一时还不如彼一时呢！"王老先生问："卫总司令此话怎讲啊？"卫立煌说："当年我只是蒋委员长一名随员，如今东北的军政大事全压在我一个人身上，若有闪失，将如何向国人交代？"王老先生说："卫总司令威名远扬，连美国人都说你是中国的常胜将军，怎么会有闪失呢？"卫立煌说："王老先生，实不相瞒，东北的事情名义上是我卫立煌主持，实际上蒋委员长事事插手，叫我卫某人很是为难啊！"

"哦，卫总司令也不容易啊。"王老先生向卫立煌介绍天好，"卫总司令，这是我的干闺女叫天好。"天好朝卫立煌点点头："卫总司令。"卫立煌朝天好说："人老了，身边是得有个人。平日里做点什么啊？"天好说："就在院子大门边开了个小饭馆。"卫立煌说："你也出去吧，我和你干爹有点事说。"

裘春海坏事干得太多，步步总怀疑有人暗算他。他开着吉普车带兔子来到聚宾楼对面的一个小商店前，下了车，担心地瞅着聚宾楼，生怕这回是摆的鸿门宴，就让兔子扮成跑堂的先去打探虚实。万师长、陈副官和另几位军官已经在聚宾楼一个雅间落座，兔子一身跑堂的打扮，提一壶茶水进来说："茶水来了，各位长官点什么菜呀？"陈副官说："稍等一会儿，请的客人还没到呢！"万师长说："告诉你们掌柜的，呆会儿客人来了，谁也不要进来打扰。"兔子说："好的，我这就和掌柜的说。"兔子出去，在雅间门外，耳贴门边偷听里面谈话。

雅间里，一军官朝陈副官说："你呀，喝点酒嘴上就把不住门，什么话都能和裘春海说吗？"陈副官说："你不知道，他当时都要哭了。作为多少年的老熟人，我能不和他多说几句吗？"另一军官说："这都分开多少年了？你咋就能保准他还是当年那个裘春海。"陈副官说："是啊，当时我也不知道他出卖了宋营长，还当了日本特务，如今又抓共产党。"

万师长说："好了，做错的事不要再提了，大家都带着家伙吧？"众人说："按师长的吩咐，带了。"陈副官问："是在这儿下手，还是把裘春海先带走？"万师长说："就在这儿下手，姓裘的进来，你们就和他说宋营长的事，大声骂他，叫外面的人都听见，然后就由你开枪崩他。"一军官问："在这儿下手好吗？"万师长说："杀个汉奸谁能说什么？连他们督察处也没话可说。"另一军官问陈副官："陈兄，下得去手吗？"陈副官说："我恨不得零刀剐了他！"

兔子听了屋里众人的话,转身跑到聚宾楼对面的小商店里,神色慌张地对裴春海说:"老裴,他们要杀了你。"裴春海问:"咋说的?"兔子说:"那个师长说你一进门,就叫他们提什么宋营长的事……"裴春海一听,忙说:"快走!"

陈副官站在雅间窗边,向外面看着说:"姓裴的咋还没来呀?""是不是他听到啥风声了?"万师长说:"不会吧,这事也就你们几位知道。"陈副官望着窗外,突然一惊:"那个是不是裴春海?"众人赶忙来到窗前,只见裴春海和兔子正要打开车门上车。一个军官说:"是他。边上那个是谁?"另一个军官说:"那不是刚才进来的跑堂吗?"万师长说:"赶快去抓。"众人冲出雅间,到街上去追那辆吉普车,那车已经跑得无影无踪。陈副官说:"完了,叫他跑了。"万师长说:"事情麻烦了。"他想了想说,"咱们先去王老先生那里,和他商量一下再说。"这帮人饭也不吃了,离开聚宾楼,去王老先生家。

2 在王老先生家客厅里,卫立煌正与王老先生说话。卫立煌说:"王老先生,听说你在东北军的一些旧部常到这儿来?""是啊,感谢他们还想着我。"卫立煌问:"这些人来了,都说些什么?"王老先生说:"为眼下的战局担忧,为党国的前途担忧,作为东北人,他们也为自己的家乡担忧。好不容易光复了,回到家乡,如今家乡又要落到共产党手里。"卫立煌说:"这样想,这样说,也都情有可原。你和他们都说些什么?"王老先生说:"一个落伍的人能说什么? 也只能鼓励他们,追随蒋委员长,追随卫总司令,固守沈阳。"

卫立煌朝王老先生笑笑:"我还有句话问你,是,你就说是;不是,你就说不是。""我王义亭向来是有一说一,有二说二。"卫立煌说:"好,那我问你,你那个干闺女,就是个开小馆子的吗?"王老先生反问:"她不开小馆子还能干什么?"卫立煌说:"有人说,她是共产党。"王老先生笑了:"我知道和你说这话的人是谁,就是那个林处长,还有他们督察处的裴春海。"

卫立煌点点头:"我现在只问,你那个干闺女是不是共产党?"王老先生说:"卫总司令,你今天光临寒舍的用心我听明白了。先是问东北军旧部来我这儿串门的事,这又问我干闺女宋天好是不是共产党的事。卫总司令是不是在怀疑,我王义亭受了共产党的指使,在煽动东北军的旧部造反、投降啊?"卫立煌说:"督察处的人确实这样怀疑。你知道,督察处直接通着南京国防部保密局,国防部保密局又直接通着蒋委员长。督察处既然向我报告了这件事,我卫某人还能装聋作哑吗? 我要为东北的战局负责,为党国的兴衰负责!"王老先生说:"卫总司令过问是应当的,事关党国安危嘛。可是,督察处的怀疑没有任何凭据!"

二人正说着,天好领万师长进来了。天好说:"卫总司令,这位长官非要进来。"卫立煌问万师长:"你怎么来了?"万师长说:"报告卫总司令,进城来见个老熟人,没见到,顺便来看看王老先生。没想到,卫总司令也在这儿。"

这时，林处长进来说："卫总司令，您可以出来一下吗？我的手下有个重要情报。"卫立煌说："叫你的手下进来吧。"林处长说："在这儿说恐怕不方便。"卫立煌说："有啥不方便？王老先生，他的干闺女，万师长，没有一个外人。"林处长思量再三朝门外喊道："裘春海。"裘春海应声进来。

林处长说："你当着卫总司令和这几位的面把事情说一下。"裘春海看看众人，低下头："报告卫总司令，刚才万师长带手下的人要杀我。"卫立煌看一眼万师长问："有这等事？"万师长说："报告卫总司令，弟兄们确实要杀了他。"卫立煌问："为什么？"万师长说："他向日本人出卖了我们东北军的宋营长。"

卫立煌问："哪个宋营长，把话说详细了。"天好说："卫总司令，俺插句话行吗？"卫立煌瞅一眼天好，没言语。王老先生说："卫总司令，可以听听她的话。"卫立煌说："好吧。"天好说："谢谢卫总司令。"又转向裘春海，"裘春海，你不把我治死，你是不能心甘！"卫立煌指着裘春海问天好："你们是什么关系？"裘春海抢先回答："报告卫总司令，我是她丈夫。"

天好说："卫总司令，俺是和他拜过堂，可是俺爹就死在他手上！"天好气得浑身打战。卫立煌说："不要急，你慢慢讲。"天好说："'九一八'鬼子占了沈阳城，俺爹不甘心随着大队伍撤退，领着手下参加了义勇军，鬼子四处通缉俺爹，裘春海为了保他的狗命，就把俺爹出卖了……"天好眼泪下来了。

卫立煌瞅着裘春海问："你是林处长的手下？"裘春海说："报告卫总司令，在下裘春海，是督察处的少校侦审员。"卫立煌一拍桌子，骂道："你他妈是汉奸！"屋子里鸦雀无声。卫立煌看看天好："接着说。"天好擦把眼泪说："把俺爹出卖，他又当上了日本人的特务。不光抓义勇军，还抓国民党的地工，抓共产党的抗联，只要是反抗日本人的中国人，他都抓，都杀！俺姊妹为了报家仇国恨，那年堵住他，要把他宰了，他耍个花招装死，跑了！他这就恨死俺姊妹，非把俺整死不可！光复了，他不知怎么又当上国军的少校，本事更大了，就更放不过俺，先是说俺通共产党要抓，幸亏有俺干爹护着，没叫他得逞。"

卫立煌问林处长："林处长，你怎么能留用一个汉奸？怎么还能容忍一个汉奸公报私仇？"林处长说："卫总司令，不可听这个女人的一面之词。"裘春海说："卫总司令，这个女人从监狱里救走了共产党的要犯。"天好说："卫总司令，他说的那个要犯是在俺这个小馆子当过几天伙计，后来被他们抓去了，说是共产党。我怎么知道他是共产党？听说，那个人又从监狱里跑了，裘春海还有林处长非说是我给救出去的！卫总司令，我一个女人家，又不是天兵天将，哪有那么大本事，还能去劫大牢！"卫立煌问："林处长，你们说这个天好救走了共党的要犯，为什么不抓呀？"

林处长说："王老先生不让。"卫立煌说："王老先生，你这可是通共啊！"裘春海说："卫总司令，他确实通共。"王老先生说："卫总司令，国民政府是讲究法制的，他们没有证据就要抓天好，我能让吗？"卫立煌问："林处长，你们不会没有证据就抓人

430

吧?"林处长支吾着:"当时确实没有证据。"

卫立煌问:"现在呢?"林处长还是支吾着:"还正在搜集。"卫立煌看看万师长:"你那儿有个陈副官吗?""有。""他认识这个裘春海吗?""认识。"卫立煌问:"陈副官最近没和你说起这个裘春海?"万师长说:"说了,他说裘春海要投靠共产党。"裘春海说:"卫总司令,那天,是陈副官先说了要找王老先生联系共产党投降,而后我才说了那句话。那是为了迷惑陈副官,是侦查的需要。"卫立煌问:"当时,还有谁在场?"裘春海说:"只有我和陈副官。"卫立煌看看众人:"诸位,他们俩没有证人,我卫某人该相信谁的话呢?"众人无语。

卫立煌看看王老先生:"王老先生,此刻我卫某人不知该干什么了。"王老先生说:"那就喝口茶。"卫立煌喝了口茶水:"你这茶倒是不错,也算我没白来一趟。"他坐在太师椅上叫道:"林处长。"林处长赶紧答应:"在。"卫立煌说:"裘春海。"裘春海赶紧答应:"在。"卫立煌说:"我想听听你们二位的主意,今天的事该怎么办?"林处长说:"在下听卫总司令的。"裘春海说:"是,听卫总司令的。"卫立煌说:"那我就说两句。你们打了个报告,说共产党通过这个天好指使王老先生煽动东北军旧部投降。可是,我查到现在,连这个天好是不是共产党你们都拿不出证据;王老先生是不是煽动东北军旧部投降,你们也是证据不足。那我今天来干什么?跟你们吃夹生饭,办无头案,跟你们丢人现眼!"

林处长说:"在下本来是想叫王老先生去见您。"卫立煌说:"他去了你就能拿出今天需要的证据?你们呀,办事太不认真!如果听你们的,今天就要伤害一个抗日烈士的女儿,就要伤害王老先生和他的东北军旧部。沈阳城还怎么守?往后这样的事就不要办了。"林处长和裘春海点头答应。

王老先生说:"卫总司令,眼瞅天晌了,就在这儿吃点便饭吧。"天好说:"是呀,也请卫总司令尝尝俺小饭馆的风味。"卫立煌看看王老先生,笑了:"今天我来这里,还有个私人目的,就是想尝尝天天好饭馆的霸王虾。"天好说:"卫总司令也知道俺的霸王虾?"卫立煌说:"早有耳闻,不是林处长他们今天这个事,我还没空来呢!"又朝万师长说,"告诉外面的弟兄,也都进来尝尝霸王虾。"万师长答应着出去。天好说:"林处长,今天这份生意还得谢谢你啊!"

天天好饭馆里坐满了随卫立煌来王家大院的官兵,随万师长来抓捕裘春海的那几个军官也在座。林处长和裘春海坐在一个角落里。裘春海剥好一只虾爬子递给林处长:"尝尝,味道很不错。""你他妈还有心思品味道!"

陈副官向周围的人讲裘春海的那些丑事:"直到今天,这个人还追着宋营长的女儿不放,说人家是共产党,要鼓动咱东北军的旧部投降,非要置人家于死地!"一个士兵说:"长官,这不是你编的故事吧?"一个军官说:"你们东北军里还有这种蹩犊子吗?"一个士兵说:"叫俺说,他是畜生。"陈副官说:"这畜生今天也来了,大伙要不要见一见啊?"一个士兵说:"在哪儿?崩了他得了!"

陈副官一指裘春海："看没看见，就是那位正在啃霸王虾的。"陈副官端起一杯酒来到裘春海身边："裘兄，干一杯。"裘春海瞅一眼陈副官说："你小子黑呀，还想宰了我。""宰你是轻的，零刀剐了你，我都不解恨！"林处长说："陈副官，你是不是离开这儿？"陈副官说："卫总司令请我在这儿吃饭，你算老几？"

裘春海说："你把眼睛瞪大了，这是督察处的林处长！"陈副官说："哦，林处长。"又转身朝众人，"这里还有一位跟裘春海一块坑害宋营长的女儿、栽赃王老先生和我们万师长的林处长。大伙一块来敬二位一杯吧！"满屋的国民党官兵举起酒杯围上来。林处长有些害怕地站起身："干啥，干啥？不要放肆，督察处正管着你们呢！"众人哄笑，嚷着："酒桌上没有官大、官小。""都是当兵的，谁管谁呀？腰里都揣着家伙。""这年月，天王老子也怕手里拿枪的。""太不像话，成何体统！"林处长说完推开众人走出去。

陈副官揪住裘春海说："喝呀，你怎么不喝了？那天的酒量哪儿去了？还和我擦眼抹泪！"裘春海拿起酒杯："喝，兄弟这就喝。"陈副官打掉裘春海的酒杯："喝你个老勺子，你找共产党去吧！"说着，将一杯酒泼到裘春海脸上。周围的国民党官兵笑着、骂着，纷纷将酒泼在裘春海的头上、衣服上。

在王老先生家客厅里，八仙桌边围坐着卫立煌、王老先生、万师长和天好。卫立煌拿起一只霸王虾，笑着说："诸位不要见笑，我这已经是第四只了，味道确实不错。"天好说："多谢卫总司令夸奖。"王老先生说："卫总司令，我想请教个问题，共军从上个月中旬就开始出兵辽西，国军为什么迟迟不去增援呢？"卫立煌说："共军的战术一向是围点打援，辽西走廊地形复杂，又横着三条大河，不利于大兵团速进速退。沈阳国军主力一旦西援锦州，必将被共军歼灭。"王老先生问："那为什么本月中旬又发兵锦州了呢？"

卫立煌说："这都是蒋委员长的命令。当着来沈阳督战的总参谋长顾祝同的面，我发誓赌咒，增援锦州必定全军覆没，不信我都敢签字画押！可是顾祝同不听，蒋委员长不听！增援锦州的国军，此去危矣！"卫立煌朝万师长说："锦州一旦陷落，共军下一个目标就是沈阳。固守沈阳，全仰仗你们五十三军了。"万师长看看王老先生说："这些天，我所以常到王老先生这儿来，就是向王老先生讨教如何固守沈阳的办法。"

卫立煌问王老先生："办法已经有了？"王老先生说："我在沈阳驻守多年，不敢说一山一水、一草一木全了然于心，但是哪儿轻哪儿重，我还是知道的。尽自己所能和万师长他们说了点办法。卫总司令想具体地听听吗？"卫立煌看看王老先生，又看看万师长，饶有深意地问："万师长，王老先生的办法可行吗？"万师长说："我以为可行，至少可以让沈阳城少受炮火之灾。"

卫立煌笑着点点头："好啊，能让沈阳这座工业城市不受破坏，也是我卫某人的心愿哪！"王老先生说："万师长，哪天你把咱们商量的办法向卫总司令报告一下，请卫总司令指教。""指教不敢,看看倒是我的职责。更重要的是,我明白了你们的心思,不是要投降,而是要守护好沈阳!这我就放心了。"说完,卫立煌朝三人笑了笑。王老先生、万师长、天好也都会心地笑了。

卫立煌又吃了一口霸王虾说:"掌柜的,这种霸王虾一年四季都有吗?"天好说:"有是有,秋天的味道最好,明年这个时候还请卫总司令来吃!"卫立煌叹了一声:"不要说那么远了,明年?明年能在哪儿呢?"席间一时无语。卫立煌望着窗外那棵金黄的白果树:"秋天,我喜欢,又不喜欢。喜欢它天透亮了,风清爽了,可是,秋风一起,树叶哗哗地响,心里又有几分不安啊……"王老先生说:"看不出卫总司令还有文人的情怀,多愁善感。"

道儿跑进来嚷着:"娘,俺上哪儿吃饭哪?到处都是兵,俺饿死了。"卫立煌招呼道儿:"过来,过来,满桌子的东西能没有你吃的吗?"天好一把拽过来道儿:"别打扰长官。"王老先生将道儿抱过来:"在姥爷这儿吃。"卫立煌问道儿:"孩子,叫啥名啊?""俺叫道儿。""大名呢?"道儿说:"叫宋正道。"卫立煌说:"好,人要走正道,国家也要走正道。孩子,你将来可得有出息。"

天好说:"卫总司令,俺就怕他哪天跟那个裘春海学坏了。"卫立煌问:"怎么,裘春海那个汉奸还经常回来?""没叫他烦死,三天两头往这院子里扎。"卫立煌想了片刻说:"你去把那个裘春海还有林处长喊来。"

林处长和裘春海正垂头丧气地在饭馆门外抽烟,天好过来问:"二位咋躲这儿来了?"裘春海问:"你又想干啥?"天好说:"不是我想干啥,卫总司令请二位。"林处长问:"什么事?"天好说:"你们长官之间的事我咋知道。"林处长瞅着天好,恶狠狠地说:"你就往死里闹腾!"

林处长、裘春海和天好进了王老先生家客厅,卫立煌问:"林处长,你想怎么发落这个汉奸?"林处长说:"这我得请示。"卫立煌说:"不用请示了,我给他找了个好地方,就把他交给万师长吧!"万师长说:"我同意,弟兄们也都很想念这个裘春海。"裘春海说:"卫总司令,您别忘了,今天早上他们刚刚要宰了我。"卫立煌说:"那不正好吗?省得林处长请示了。"林处长说:"卫总司令,您知道,动督察处的人要经过南京国防部保密局的。"

卫立煌说:"这样说,我连杀个汉奸的权力都没有?那我可以不再见到这个人吗?"林处长说:"保证办到,不让他再出现在您面前。"卫立煌指着裘春海问道儿:"孩子,你喜欢这个人常来吗?"道儿说:"他来了,净琢磨抓俺娘,抓俺姥爷。"卫立煌朝裘春海说:"从今天开始,你不要再进这个院子,可以吗?"裘春海说:"卫总司令,俺家在这儿啊!"天好说:"这里没有你的家。"卫立煌说:"听见了吗?人总得要点脸吧。"裘春海忙点头:"我要脸,再也不来了。"

卫立煌说:"裘春海,还有件事你得办。今天中午,所有人在这里的花费全由你掏。"林处长说:"卫总司令,这好吗?"王老先生说:"怎么不好?权当他祭奠宋承祖营长了!"万师长说:"也算他裘春海为抗日家属捐献抚恤金了!"卫立煌说:"对,就是这个意思。"裘春海说:"谢谢,谢谢卫总司令这样高看我。"

散席了,裘春海开着吉普车行进在遍地落叶的街道上,他说:"奶奶的,今天赔大了。"林处长说:"就别想你那几个钱了。""处座,卫总司令咋那么糊涂?全听那个老不死和俺家那个死娘们儿的。"林处长说:"他是装糊涂!你没觉得他是有意祖护他们吗?我得向南京报告他。"

客人全走了,天好收拾餐后的客厅,她说:"干爹,卫总司令这个人挺怪的。"王老先生品着茶:"我也正琢磨这个人。"天好说:"他话里话外都向着咱呀!"王老先生说:"恐怕他什么都明白,知道咱在给共产党做事,也知道万师长他们要起义。"天好问:"他也能是共产党吗?"王老先生说:"未必。"

天好问:"那他为啥护着咱哪?"王老先生说:"此人作为东北的第一长官,对时局比你我看得更清楚。恐怕他已经为自己选准了一条路。""他选择的是啥路?"王老先生说:"很可能是和你我一样的路。""不会吧?他可是国民党那么大的官儿。"王老先生说:"是啊,我也不敢相信,可是今天的事怎么解释呢?"

3 国民党军和解放军在锦州展开激战,胡团长奉命带着他们的部队从辽西往锦州方向增援。黄昏时分,部队在一个村庄宿营,虎子的铁杆兄弟二排长特意找了一间正对村口的房子给虎子当连部。

虎子进来说:"二排长,怎么找这么间屋子?正把着村口。"二排长说:"我查看地形了,出了村口是条河,河对面是老大一片树林子,一旦钻进去,鬼都没法找。"虎子问:"你啥意思?"二排长说:"你不是嘱咐我,多留点心寻找投奔共军的机会吗?我看今天就是个机会,晚上还没月亮。"虎子想了想:"这儿离团部还有两趟街,拉队伍出去倒是方便,可是共军在哪儿呀?"二排长说:"我打听老乡了,树林子后面的大山里就有共军的地方部队。"虎子说:"你先不要和任何人说,吃完饭咱俩再去看看地形。"

两人正说着,胡团长进来问:"宋连长,咋住这儿来了?"二排长说:"报告团长,我们连长说守着村口,也好让团长安全点。"胡团长笑了:"宋连长,是这么想的吗?"虎子说:"真是这样。"

胡团长说:"咱们弟兄真是心心相通啊!你们现在就搬到团部那条街,而且从今天起你们连随团部行动。"虎子问:"为啥?"胡团长说:"为团部的安全啊!"二排长问:"团长,团部不是有个警卫排吗?"胡团长说:"眼下是非常时期。此次西进增援锦州,路途远,地形复杂,而且多是共产党的解放区,风险太大。一旦遇到突然情况,一个警卫排够吗?我需要一只虎,一只镇妖辟邪的虎!于是,就想到了你们连,想到了你宋天虎!"虎子笑笑:"多谢团长器重。"又看了看二排长,"按团长的命令通知全连,马上行动。"

二排长答应着出去。胡团长说："家贫思贤妻，国难想良臣哪，老哥全指望你了。"虎子说："团长，你放心，我宋天虎已经不是那个四六不懂的傻小子啦。"胡团长说："早应该这样。此次增援锦州，你好好护着老哥，回来我就提你个少校团副！"虎子说："多谢团长，你说得对，我早该懂事了。"

天星和小任在锦州城外的乡间小路上散步。天星说："你再想想，现在改变主意还来得及。"小任说："还想啥？我自己要求的，营党委也决定了，我坚决不改！"天星说："别看只是个代理连长，到时候要承担责任。总部首长有话，这次攻打锦州只准胜不准败。完不成任务，是要杀头的。"小任说："咋知道我完不成任务？我还想立大功！"天星："先别说大话，到了连队，多向有作战经验的同志学习，把书生气收一收。""大不了瞎指挥犯点错误，错了就改呗。"

天星说："战场上的错误可是流血和死人，人死了不能活。"小任说："营长，你今天咋婆婆妈妈的？忘了？你还嘲笑我，白托生了个男人身子！"天星笑了笑："我说过吗？""营长，我可记得清清楚楚。那年你不当参谋，要下连队带兵，我说太危险，你就说了这句话。""那也是开玩笑。你小任还是挺像个爷们儿的。""营长，我把你这句话翻译一下，就是说我没有白托生这个男人身子呗？"天星微微笑了笑："不开玩笑吧，到了连队把仗打好，自己也多保重。"

小任敬了个军礼："请营长放心，保证完成任务。"天星看了看小任说："袖口都剐破了，回去缝缝。"小任看了看自己的袖口："怎么缺点都在你面前暴露了？"天星说："你最大的缺点就是不知道什么是缺点。""啥？你再说一遍，像绕口令似的，我没记住。"天星笑了："你最大的优点就是不知道什么是优点。""慢点，让我记一下，挺精辟的。""好了，书生气又来了，我逗你呢！"

在解放锦州的战役中，天星的营负责进攻原辽西省政府大楼。敌人防守很严，大楼的每扇窗户都成了火力点，轻重机枪喷着火焰。照明弹一颗一颗升上天，把一切照得惨白。大楼四周燃烧着熊熊大火，不时闪耀爆炸的火光。大楼前面不远的防护壕里隐蔽着小任和一些战士。

一个战士指着正抱着炸药包向大楼冲去的两名解放军战士说："看，任连长，他们上去了。"小任满脸烟尘，嗓子哑了："再不上去就他妈耽误事了！"突然，那两个战士先后倒下去了。小任抓过身边的一个炸药包："三排长你们掩护。"说着，就要跳出防护壕。三排长说："连长，你不能上去，让我来。"小任急了："我咋不能上去？服从命令！"三排长说："连长，指导员已经牺牲了，阵地上不能没有你。"说着，三排长从小任怀里夺过炸药包，跳出防护壕。

天星顺着防护壕跑过来，冲到小任身边说："你他妈能干不能干？叫你们六点以前拿下省政府大楼，现在都几点了？"小任说："敌人火力太猛，上去几拨都倒下了。"天星吼着："敌人都是尿泥还用你吗？"小任说："营长，再等等，三排长已经上去了。"天星顺着小任指的方向望去，三排长抱着炸药包已经接近省政府大楼。天星朝小任说："今天不按时完成任务，你这个代理连长就别干了！"小任瞅着已经冲到大楼下面的三排长："你先听听这一响吧！"一颗手榴弹在三排长身边爆炸，三排长被炸飞了。

天星朝着小任说："听见了，三排长被炸飞了！拿炸药包来！"一个战士抱着炸药包过来，天星抓过炸药包。小任说："营长，这不是你干的。"天星推开小任："我不上去，你就不知道仗是怎么打的！"天星摘下胸前的望远镜，递给小任："先替我拿着。"小任一把抢过炸药包，纵身跳出防护壕："营长，别把人看扁了！"他猫腰抱着炸药包向大楼冲去。

天星朝战士们喊："打，瞄准敌人的火力点狠狠打。"小任向前冲着，敌人的子弹在他脚下打起一朵朵土花。一颗颗手榴弹落下来，小任东躲西闪，不时卧倒，待手榴弹爆炸之后，又跳起来向前冲。天星和战士们紧张地望着小任。一阵手榴弹爆炸之后，浓烟滚滚，不见了小任。一个战士说："营长，任连长没了。"天星一言不发，向前望着。

手榴弹爆炸的浓烟中，小任从牺牲的爆破手怀里又抓过两个炸药包，将三个炸药包捆在一起。小任抱着三个炸药包冲到大楼底下，拉下导火索，他看了一会儿，导火索闪着蓝光，咻咻燃烧，他这才跳起身来向回跑。没跑几步，身后一声巨响，爆炸的火光照亮半个天空，那座大楼轰然坍塌！烟尘蔽天，小任无影无踪。防护壕里跳出无数解放军战士，呐喊着冲向大楼。天星也跳出防护壕，朝小任消失的地方跑去。

天星在一片瓦砾边发现了小任，小任仰面躺在地上，两眼直瞪瞪地望着天空。天星喊着："任参谋，任参谋，伤哪儿了？"小任瞪着眼不说话。天星俯下身，扶起小任："你醒醒，我是宋天星！"小任仍然直直地瞪着眼，不说话。天星眼睛湿润了，抬手将小任的眼皮合上，低声骂了一句："还说爱我，你他妈倒先光荣了。"天星轻轻放下小任，回身招呼担架员："把这位同志抬下去。"说罢，天星朝大楼冲去，跑了几步，她又回头看了看，两个担架员正把小任放到担架上。天星朝前面冲去，再也没有回头。

战斗已经结束，早晨的街道上，硝烟仍未散尽。天星所在的部队在街道两旁休息，有的战士在吃饭，有的战士在包扎伤口，有的战士靠着墙边睡了。一个参谋朝天星走来："报告营长，全营的伤亡统计已经出来了。"他递给天星一个展开的小本子。天星低头看那个小本子，两个随军记者模样的人走过来。

一个记者说："您是宋营长吧，我们是《东北日报》的记者。"天星说："你们好。"一个记者说："今天高兴吧？打下锦州了！"天星沉着脸："是应该高兴，可是，现在没那个心情。"另一个记者说："听说，辽西省政府大楼就是你们营打下来的？""是的。""宋营长，我们想采访一下这场战斗中的英雄人物。"

天星看看两个记者："什么英雄？我们营全都是英雄！"另一个记者说："都是英雄也得有个代表人物吧！"天星说："每一个战士都是代表人物，以我们的六连为例，代理连长、指导员都牺牲了。六个排长、副排长就剩下一个，二十个班长、副班长剩下三个，全连一百二十四名指战员，只下来五十四个。无论死了的还是活着的都是英雄，都是代表人物！"

正说着，小任拄着一支长枪，一瘸一拐地过来了。天星愣了："你还活着？""你说啥？"小任用手指了指自己的耳朵，"听不清楚了。"天星大声说："我说你还活着！"小任点头："是活着，昨晚被震昏了，现在耳朵还聋。"天星指着小任的腿问："你这腿咋了？""脚后跟叫弹片削了一块。"天星朝两位记者说："你们采访他吧，他就是六连的代理连长，省政府的大楼就是他们突破的。昨天我以为他光荣了。"

一个记者说："连长同志，你好。可以说说这次战斗中你们连里的英雄事迹吗？"小任看看天星："他们说什么哪？我听不清。"天星大声地说："他们是记者，叫你讲这次战斗中的英雄事迹！"小任看了看两位记者，摇摇头，良久一言不发。"连长同志，是不是你们连里的英雄事迹太多了？""那就一个个地说。"

小任终于开口，神色凝重："你们说，将来还会有人知道这场战斗吗？"两个记者愣了。小任说："还会有人记得昨天牺牲的那些同志吗？"两个记者愣怔了半天。一个记者说："牺牲的同志将永垂不朽。"小任说："怎么，你说他们睡了？"另一记者又说："牺牲的同志会永垂不朽。"小任有些哽咽："是啊，他们永远地睡了，再也醒不过来……"小任哭了："营长，我们连只剩下五十四个人啦……"天星眼中含着泪水，朝两个记者说："写吧，我们的每一个战士都是英雄……"

沈阳的国民党军官俱乐部，是一个兼有酒吧和舞厅的场所，入夜，这里灯光昏暗，烟气缭绕，国民党军官出出进进，有的饮酒聊天，有的拥着妖冶的女人跳舞，还有的玩牌、赌博。

角落里，周和光与林处长正在饮酒。林处长说："周老弟别老闷着，应该高兴，你都当正局长了。"周和光强打精神："是应该高兴，我这次提升，你也没少出力。"两人喝了一口酒。林处长说："告诉你个不好的消息，昨天晚上锦州陷落。"周和光问："确切吗？你咋知道的？"林处长说："锦州我们保密局的密报，'剿总'也知道了，只是不让说。"周和光说："锦州到底没有保住，这不沈阳也快了吗？"林处长看看周围："是啊，这些傻小子还穷乐呢！"

周和光说："我到现在也想不明白，全部美式装备的国军怎么就打不过那些土八路呢？"林处长说："我告诉你吧，道理很简单，国民党里像你这种认真做事的人太少了。""你不是说我是无知少年吗？"林处长说："对，你就是无知少年，如果官场里都是你这样的无知少年，国民党就不会到今天。我也当过无知少年，可是无知少年在官场上行不通！为了升官，为了有点钱，就得装糊涂，就得像你所说的同流合污。"周和光说:"可是,大伙都这么干,不就葬送了我们的党,我们的国家,也葬送了我们自己吗?"林处长笑了:"放心,在你我的有生之年,我们的党不能亡,我们的国家不能亡。"

正说着,什么地方传来两声枪响,俱乐部里一阵骚乱。有几个宪兵朝枪响的地方冲过去。林处长说:"这准是谁又赌红眼了。"几个宪兵押着一名国民党军官走过来。宪兵训斥那军官:"你他妈输不起就别玩!"那军官分辩着:"那个王八蛋欠了我三百来万,就是不还!"宪兵说:"不还你就开枪? 就不怕他也开枪?"那军官说:"奶奶的,早晚是个死,早死早利索!"周和光说:"看看,就这个熊样还能带兵打仗?"

林处长说:"他们咱不能指望,咱得指望美国人,美国人能看着共产党坐天下吗? 他们肯定得插手,美国人一插手,共产党管保完蛋! 周老弟,咱就放心地喝吧!"周和光说:"中国人的事还得中国人办,交给美国人,蒋委员长也不能答应。抗战的时候,他就和那个美国人史迪威顶着干,到底把史迪威撵走了。"

林处长瞅一瞅周和光,诡秘地笑了:"你这个无知少年哪,到现在也没成熟!"又压低声音,"你以为姓蒋的就那么干净? 孔祥熙是姓蒋的连襟,孔的女儿孔令侃在上海投机倒把,扰乱金融,蒋经国要惩办她。孔令侃找到姓蒋的,姓蒋的扔下东北和华北的战局不管,跑上海把孔小姐救出来了。孔小姐一出来,金圆券一落千丈,全国的金融市场乱他妈套了!"周和光问:"这是啥时候的事?"林处长说:"就是前两天,'双十节'前后的事! 这是国防部保密局的人告诉我的,千万不要和任何人说!"周和光良久无语。

第40章

虎子所在部队进驻到黑山附近，准备攻打黑山。战局突然变化，打下锦州的解放军已经增援到黑山，胡团长命令虎子带领全连向沈阳撤退。虎子连夜召集班排长开会，决定趁撤退的乱劲儿，起义去投解放军，班排长们一致赞同。他们正研究行动方案，胡团长匆匆跑来，告诉虎子，情况变化，让他们连马上随团出发。

虎子问："不是说半小时以后集合吗？"胡团长说："来不及了，赶紧走！"虎子一使眼色，二排长掏枪逼住胡团长。胡团长一惊："干啥？造反呢？"虎子说："你说对了，弟兄们不想给你们卖命了。"胡团长大骂："你他妈敢！"几个军官上前按住胡团长。二排长说："姓胡的，老实点。"虎子说："你就别耍威风了，不想死就跟我们一道走。要是活腻了，我宋天虎现在就成全你。"胡团长软下来："宋老弟，不要这样，咱们是多少年的兄弟了！"虎子眼睛一瞪："今天不是论咱们儿弟兄的时候，我只问你想死还是想活？"胡团长连声说："想活，当然想活！"

虎子的连队在夜色中悄然行进，虎子和二排长将胡团长夹在中间，二排长用手枪顶着胡团长的肋间。梁大栓、成子跟在后面。胡团长说："二排长，你手头轻点，疼得慌。"梁大栓说："我还想拿刺刀捅你呢！忘了你剜我的肉了？"虎子说："团长，只要你老老实实，不喊叫，不捣蛋，翻过这个山坡，我肯定放了你。"胡团长说："谢谢，谢谢你。"

虎子说："不过，我劝你还是跟弟兄们投解放军吧！国民党就要完蛋了。"胡团长说："可是，共产党能饶了我吗？"虎子说："多少比你官大的投降了，解放军也没杀。"胡团长说："即便解放军不杀我，你手下的弟兄也不能轻饶了我。刚才不还说我剜他的肉了吗？"二排长说："都是你手下的兵，你咋就下得去手！"梁大栓说："连长，不能放了他。"

这时，一队国民党兵迎面过来，为首的朝虎子打招呼："宋连长，不是命令撤退吗?"虎子笑一笑:"哦,是赵营长啊。胡团长爱护部下,怕命令没传达到,要亲自上前面看一看。"又问胡团长,"是这个意思吧,团长?"

胡团长点头支吾着,突然甩开虎子和二排长要跑,梁大栓一刺刀捅在胡团长的大腿上。胡团长"嗷"的一声,扑向赵营长说:"他们要反水!"二排长手中的枪响了,两边队伍大乱。虎子高声喊:"都别动!赵营长你走你的,我走我的可以吗?"赵营长赔着笑:"都是自己的弟兄,有什么不可以的,请便,请便!"

虎子说:"姓胡的,希望你走好!"胡团长躲在赵营长身后瑟瑟发抖,用手枪对着成子:"你给我过来。"梁大栓说:"成子,别听他的。"成子说:"我是他的传令兵,得听他的。"又朝虎子,"宋连长,你们走吧。"虎子回头朝自己的连队一招手说:"跑步前进。"

虎子正带着连队快步奔跑,二排长跑过来:"连长,他们追上来了。"虎子停下来,朝后面望去,循着急促的马蹄声,看到隐隐约约有一大队骑兵正追过来。虎子思量片刻说:"二排长,把三班留下来,剩下的人由你带着赶紧走!"二排长说:"不行,要死要活咱们得在一道!"虎子厉声地说:"服从命令。"又向队伍喊道,"三班跟我来!"虎子带着三班的士兵向另一个方向跑去,边跑边向追过来的骑兵开枪射击。那一大队骑兵朝虎子他们追去。

天星所在的部队在公路上急速前进。小任拄了根棍子一步一颠走得飞快,还不时催促身边的战士跟上。天星骑着马过来,跳下马:"任连长,上马吧!一瘸一拐的耽误事。"小任说:"我要以身作则,再疼不出声,再苦不叫累。"天星说:"伤口化脓咋办?"小任说:"化脓就化脓,带好队伍是重要的。"天星说:"行,像个连长的样!嘉奖令下来了,你们六连集体立了个大功,你个人是一等功。祝贺你呀!"小任快步走着说:"祝贺啥?多少同志倒下去了。"

正说着,黑暗中斜刺里跑过来一支队伍,看不清是什么人。有战士问:"哪一部分的?"对方回答:"新六军的,你们呢?"小任一惊说:"我们?我们是新一军的。"对方过来一个人,瘸着,边上还有人搀着他。那瘸子正是胡团长,边上搀着他的人是成子。胡团长说:"可找到你们了!共军已经从黑山那面压过来了。"小任迎上前,掏枪逼住胡团长:"好好看看,我们是谁?"胡团长这才看清眼前是解放军,转身就要跑,被成子一脚踹倒。小任高喊一声:"缴枪不杀,我们是解放军!"对面那支队伍纷纷举起手来。

天星问胡团长:"你是什么官?""不是官,是个兵。"成子说:"报告长官,他是团长。"天星问胡团长:"这位团长,你们真是新六军的?""是新六军的。"天星问:"认识一个叫宋天虎的吗?"胡团长点点头问:"长官,你是他什么人?""姐姐。"胡团长说:"咱们是亲人哪,长官!虎子和我是拜了把子的生死弟兄!"成子说:"别听他的,他要杀虎子呢!宋连长起义啦。"指着胡团长,"他派骑兵正追呢!"天星问:

"在哪儿?"成子说:"在牛头洼那边。"天星从战士手中抓过一支卡宾枪,翻身上马。小任喊着:"营长,你一个人不行!"天星也不回答,策马飞奔而去。

天好和道儿睡在炕上,道儿睡着突然哭了,嚷着:"不嘛,我不下去……"天好醒来,推着道儿:"咋了,道儿?"道儿睁开眼:"小舅回来了。""胡说,你是睡毛了。"道儿眨了眨眼睛,也清醒了,说:"刚才做了个梦,梦见小舅抱我骑了个大马,在咱乡下的小河边上跑。马跑得那个快呀。我偎在小舅的怀里又拍手又乐,跑着,跑着,小舅不跑了,叫我下去。说他要回去了,我不让,就哭了……"天好叹道:"你是想小舅了……睡吧。"天好轻轻拍着道儿,哼起东北民歌《摇篮曲》:"月儿明,风儿静,树叶遮窗棂……"哼着,天好又念叨,"也不知你小舅在哪儿,活得咋样……睡吧……"

一大片苇塘,无边无垠。天星在拂晓时分来到这里,她看见,苇塘边,散散落落倒着死伤的战马,战马边上躺着国民党士兵。天星牵着马,挨个查看那些倒在地上的国民党士兵,可是查看了几个都已经死了。突然,苇塘里传来一声枪响,天星仔细倾听,那枪声间隔一段时间响一下,很有节奏。天星循着枪声走进苇塘。

天星拨开芦苇,看见虎子陷在一片沼泽中,只有胸口以上还露在外面,虎子身边的泥浆被鲜血染成了暗红。虎子手中举着一支卡宾枪,不时朝空中打一枪。天星跳进沼泽,大声叫着:"虎子,虎子!"朝虎子奔去。虎子看见天星说:"别过来,深坑。"天星趟着泥浆靠近虎子:"把枪伸过来。"虎子抓住卡宾枪的一头,天星抓住另一头,向外拽虎子,可是拽着拽着,天星自己也在向下陷。天星问:"你受伤了?"虎子点点头说:"胸口挨了一枪。松手吧,这是个深坑。"天星说:"把枪抓紧,我死也得把你拽出来!"天星用力拽着虎子,脚下越陷越深。

虎子松开枪,天星一下子仰倒。天星爬起来,又把枪顺给虎子:"疯了你,抓住!"虎子摇摇头:"姐,不能都死在这儿……姐……"天星喊着:"抓住枪把子,你给我抓住枪把子!"虎子越陷越深,望着天星,微微笑了。天星说:"笑啥?赶紧抓住枪把子!"虎子只有脸还露在泥浆外面,他努力笑着,有气无力地说:"二姐,刚才我叫你姐了……"天星泪水下来了,扑腾着向前,伸手抓虎子。可是泥浆淹没了虎子,天星一头拱进泥浆,抓住虎子的一只胳膊,奋力向外挣扎。

太阳升起来了,天星扛着虎子走出苇塘,两人身上、脸上全是泥浆。天星说:"虎子,挺住。大姐、三姐都想你呀!"虎子说:"二姐,放下我吧。""二姐扛得动,马就在那边。"天星扛着虎子,吃力地走着,脚下一绊,两人倒在地上。天星搀起虎子,虎子身子一软又瘫倒了。天星蹲下来,扶起虎子:"虎子,听话,咱得回家。"虎子伸手想从上衣的口袋里掏什么东西,可是,手已经不听使唤了。

天星从虎子上衣口袋里摸出了那张全家人的合影。虎子久久地看着那张合影,微微笑着,喃喃地说:"……咱爹,大姐,二姐,三姐……"虎子头一歪,慢慢闭上眼睛。天星大声喊着:"虎子,虎子。"虎子靠在天星的怀里,一点声音也没有,脸上的笑容渐渐凝固了。天星望着初升的太阳,泪水无声地淌下来。金色的阳光,静静地照着泥塑一样的姐弟俩。东北民歌《摇篮曲》远远地传来……

2 早晨,国民党军的宣传车徐徐驶来,宣传车上的高音喇叭广播:"全体沈阳市民请注意,全体沈阳市民请注意! 东北剿匪总司令部重要通告:关内援军即将由飞机运到,沈阳防务固若金汤,务请全体市民保持镇定,万万不可听信共匪谣言……"

天月坐在餐桌边,吴妈往上端早饭,外面高音喇叭的声音令天月心烦。天月刚吃了几口饭,周和光醉醺醺进来,笑眯眯地说:"还没晚哪,赶上吃早饭了。"天月看看周和光问:"你这又上哪儿喝了?"周和光瞪着醉眼:"我正想问,你上哪儿了?"天月说:"我能上哪儿,哪儿也没去!"周和光嘿嘿笑了:"显然是撒谎,你去上海了!"天月愣了:"说啥?"周和光说:"你去上海救你的外甥女了!"

天月说:"你是不是疯了? 俺只有道儿那么个外甥!"周和光一甩手:"承认了吧,全国的金圆券贬值,就是你那个外甥女干的! 国家就败在你手上,你就是全中国的裘春海!""你说啥梦话? 太阳大老高了!"周和光朝窗前晃荡着:"太阳真出来了! 可是,我周和光却要死了。"说完,一头摔倒在窗边。天月着急地喊着:"和光,和光! 你咋了?"吴妈说:"老爷醉了,扶他睡会儿去吧!"

王家大院里,秦先生家的窗开着。天好、王老先生还有众多房客聚在秦先生家窗外,屋里传出收音机的声音:"截至10月28日拂晓,辽西围歼战胜利结束,我东北人民解放军全歼廖耀湘兵团五个军十二个师共十万余人。国民党第六兵团司令官廖耀湘、新六军军长李涛、新一军副军长文小山等均被解放军俘获……"

收音机的声音:"东北新华广播电台现在播送最新消息:10月28日16时,中共中央给东北人民解放军发来贺电:'祝贺你们此次在辽西地区歼灭东北敌军主力五个军十二个师的伟大胜利。你们在两个星期内连获锦州、长春、辽西三次大捷,使敌人损失共约三十万人的兵力,对全国战局贡献极大,还望激励全军,再接再厉,为全歼东北敌军、解放沈阳而战斗。'"

福子问秦先生:"秦叔叔,啥叫解放啊?"秦先生说:"解放,就是每个人都可以大声地说话,都可以做自己想做的事! 收音机刚才还说解放军已经抵达沈阳城外!解放的日子就要到了。"众人笑逐颜开,兴奋地议论着。王老先生说:"叫我说,首先得提防反动派的垂死挣扎,把自己的厂子、自己的店铺都看护好。"秦先生说:"这两天裘春海带了几个人总在兵工厂周围转悠。"王老先生说:"你们可得小心。"秦先生说:"我们的护厂队早盯上他了。"

裘春海推门进到林处长办公室内:"处座,傍天亮才从地沟进去把炸药装上,护厂队看得太紧。"林处长说:"我还以为你死在兵工厂了。"裘春海说:"哪能,我是谁?只等插头接上,一推电闸,保管兵工厂转眼上天!"林处长说:"好,这我就放心了,回去休息吧!"裘春海问:"处座,咱们是不是也该订飞机票了?"林处长说:"兵工厂还没炸呢,得等上面的命令。"裘春海说:"处座,订晚了就没咱的份儿啦!"林处长说:"放心,撤下谁也撤不下你!我不是你的那个小川科长,不能把你扔给共产党。放心,回去好好休息吧!"

裘春海走出办公室,在走廊上和一个国民党军官打招呼:"忙呢,赵副官?"赵副官问:"处座在吗?"裘春海说:"在,我刚从他那儿出来。"赵副官说:"当官的就是聪明,后路都留好了。"他晃了晃手里的一个信封,"飞机票,去北平的飞机票。"裘春海问:"就他自己的?"赵副官说:"怎么,还能带着你?"裘春海低声骂道:"王八蛋,和小川一路货。"

客厅里,坐着几位国民党军官,还有几位身着长衫的社会贤达模样的人。王老先生说:"今天,咱们'沈阳和平解放委员会'就算正式成立了,具体的行动方案也都讨论过了。我这儿就算是临时指挥部,有什么事就往这儿来电话。俗话说,开弓没有回头箭!在座的有沈阳守军的几位长官,有沈阳商会的会长、副会长,诸位都是在沈阳说了算的人物,我们生在沈阳,长在沈阳,此时此刻必须对得起沈阳这座城市,对得起沈阳二百多万父老乡亲。哪怕是掉脑袋,也要实现沈阳和平解放!下面,请共产党方面的魏德民先生讲话。"

魏德民说:"首先,对大家能放下武器,毅然起义,投向人民,我表示热烈的欢迎。和平解放沈阳,这将在历史上留下光荣的一页。这种光荣属于在座的各位,属于沈阳这座城市。咱们马上就要行动了,不知大家还有什么问题没有?"

万师长说:"我们五十三军的几个师都同意起义,只有军长周福成态度不明朗。"魏德民问:"他可能阻挠起义吗?"万师长说:"非常可能,这两天正忙着发号施令,布置防务呢!"魏德民说:"这是个危险人物,必须拿下!"王老先生说:"我去见他。不信他还能不认自己是沈阳人!"

一军官说:"魏先生,咱们能不能效仿西安事变,把东北'剿总'的卫立煌等人扣起来,一网打尽。"王老先生说:"我打听了,他身边有一个警卫团,不大好对付。"魏德民说:"即便抓他也要等解放军大部队进城。大家还有什么问题?"天好说:"我找了几次周和光,他都不在家。"魏德民思考着说:"周和光的问题必须解决,他手下有几千条枪啊!"

王老先生和魏德民在万师长的引导下来到周福成的指挥部。王老先生劝他起义。周福成咆哮着:"王义亭,你这都是废话!我受蒋委员长嘱托与沈阳共存亡!

我有两个月的粮食,有足够的弹药,一定要和共产党拼个你死我活!你就闭嘴吧!"

万师长说:"军座,事到如今,沈阳市的全体市民连同咱们五十三军的许多弟兄在内,都欢迎解放军进城,你自己能起多大作用?"周福成说:"万秉忠你敢!""军座,大势已去,不能再打了。我万秉忠这个师已经决定放下武器。"周福成大叫:"来人哪,把万秉忠捆了!"

几个卫兵冲进来,万师长朝门外也喊了一声:"陈副官!"陈副官带着更多的士兵冲进来。周福成要拔出腰间的枪来,魏德民上前轻轻按住说:"周军长冷静一下。"周福成问:"你算干什么的?"魏德民说:"周军长,你只要不反抗到底,本人负责保全你的性命,连同你在沈阳和北平的一切财产。"周福成冷笑道:"你算个什么东西?口气不小啊!"王老先生说:"周老弟,我来介绍一下,这位是解放军的代表,魏先生。"周福成愕然,呆呆地望着魏德民。

魏德民说:"周军长,请你下道命令,把五十三军的指挥权交给万师长。"周福成朝万师长吼:"万秉忠,你他妈对不起党国,对不起我周福成!"魏德民说:"周军长,还是下命令吧!"周福成嚎叫着:"给我拿笔来!"副官上前递给他纸和笔。周福成坐到椅子上望着眼前的纸和笔,伏到桌子上嚎啕大哭。

3 天星作为解放军的代表团成员,到沈阳接受万师长起义,抽空看看大姐,陈副官开着吉普车把她送到王家大院门口,天星着一身便装往大门里走,道儿站在门口问:"你找谁啊?"天星认出是道儿,高兴地笑:"我就找你呀。"道儿也认出了天星,笑着说:"二姨,是你呀?"说着转身跑进大院,天星对陈副官说:"请稍等一会儿,我马上出来。"说完就去追道儿。

天好、天月、魏德民正在说话,道儿跑进来说:"娘,二姨来了。"天好说:"胡说,她能从天上掉下来?"天星进来:"真就从天上掉下来啦。"她看到魏德民和天月也在,笑道,"哟,都在呀!"天好问:"老二,你这是打哪儿来呀?"天星说:"接受万师长起义,插空回来看看。"又朝魏德民,"魏大哥,你们真行!五十三军没放一枪全部起义。"魏德民笑笑:"也有你大姐的功劳。"

天星问天月:"老三,周和光也起义了?"天月哭丧着脸:"刚才正说他呢。整天喝了醉,醉了喝,都不成人样了。大姐正要去劝他呢!"天好向魏德民说:"你还是留在这儿吧,守着电话。一旦有个事也好处理。"魏德民说:"城里这么乱,不安全,再说,跟和光我还有话说。还是一块去。"道儿拽着天星的手问:"二姨,你看见小舅了吗?"天星默默地点点头。天好问:"老二,你看见虎子了?""看见了。"天星掏出那张全家福,"这是虎子给我的。"

天好问:"虎子他人在哪儿?"天星说:"虎子起义了……"天好长舒一口气:"妈妈呀,他总算醒过腔来了。好事啊!"天月问:"也来沈阳了?"天星说,"没有,为了掩护起义的弟兄们,他牺牲了。"天好惊叫:"你说啥?可别吓唬我!"天星说:

"真的，在一片苇塘边牺牲了……"天月"哇"的一声扑到天星身上哭了。天好如五雷轰顶，目光直了，身子一软差点倒下，魏德民一把扶住她。

道儿抓住天好的裤腿，使劲摇晃，哭着喊："娘，娘！"好半天，天好终于哭出声："虎子，姐姐没照看好你呀！"天好抱住天星和天月。天月捶打着天星，哭着："你咋没救了他呀？"天星望着窗外，一言不发。天好瞅着天星的脸问："老二，虎子走的时候你在他跟前？"天星说："在，他就躺在我怀里，太阳升起来了，他像小时候那样笑着，笑着……"天星的泪水也下来了。

魏德民送天星出来。天星说："魏大哥，谢谢你把我姐姐领上这条路。""也是她自己一再要求的。"天星停下来，朝魏德民笑了笑："年轻的时候，我做过一些可笑的事，你别介意。"魏德民说："没啥，现在想想，挺美好的。"天星说："那时候，还强扭着要和你成亲。"魏德民笑笑："也是你大姐提的。"

"魏大哥，请你照顾好我姐姐……现在想想，当时真傻！那时候，你心里早就有一个人了。对不对？"魏德民说："对，是你大姐。"天星说："你和她说了吗？""前两天才和她说，她说得想一想再回答。""魏大哥，你放心，我大姐会答应的。我现在就祝福你们！"天星和魏德民紧紧握手。魏德民说："谢谢，也祝你幸福！"天星跳上吉普车，挥手告别。魏德民望着远去的吉普车，良久才回身走进院子。

为了争取周和光，天好和魏德民一同到周家。客厅里，魏德民说："和光，你只说对了一点，国民党在东北的失败不仅仅因为他们从上到下的腐败；还有一点，国民党没有解决中国的农民问题，而共产党做到了这一点，使农民有了土地，有了粮食，有了衣裳穿，他们必然要跟共产党走。"周和光说："魏兄，你说得或许有道理，可是我不想辩论，我还是那句话，共产党胜利就胜利了，我有我自己的退路。"

魏德民说："你是想跟着国民党从沈阳逃跑？"周和光轻蔑地一笑："逃跑的都不是中山先生的忠实信徒。"天月说："和光，你别固执了！多少国军，多少有头有脸的人都抢着找魏大哥他们要求起义，你也走这条道吧！"周和光说："起义，我周和光更做不到，那是变节，是叛徒。"天好问："和光，说了半天你到底想怎么做？"周和光抓起酒杯："我现在就是想喝酒。"天月带着哭音说："别喝了，这一整天你就没停下杯。"周和光推开天月："这是最后一杯，喝了我就告诉你们我的退路。"周和光喝下一杯酒，放下杯子，"我的退路只有四个字：到天上去。"

天月问："啥，到天上去？"周和光醉眼蒙眬："我想到天上去，去见中山先生，去见武昌起义、北伐战争、八年抗战中那些国民党的仁人志士。"天月哭了："可不能这样啊！你走了，我咋办？这个家咋办呢！"天好说："和光，你无论如何不能走，咱们家已经走一个了。"周和光问："谁走在我前头？"天好说："虎子前两天不在了。""在国军里阵亡了？"天月哭着说："人家是起义，叫你们国军给打死了。"周和光沉默半天，轻叹一声："挺好的孩子呀！"

魏德民说："和光，你说你要追随国民党的那些仁人志士，共产党现在做的正是你说的那些仁人志士没有做到的事情：建设一个独立、自由、民主、富强的新中国。你为啥就不肯站过来呢？"天好说："和光，其实你早就在帮着共产党了，那年不是你帮着我遮掩，魏大哥哪能从大牢里跑出来？"魏德民说："是啊，没有你我早就死在裴春海手里。"

天月惊愕地问："和光，真有他们说的这事？"周和光点点头。天月说："大姐，魏大哥，共产党可不能忘了俺们和光呀！"周和光黯然地说："说这些干什么。"魏德民问："和光，当时你为啥要救我？"周和光说："并不因为你是共产党，魏兄是个有才能的人，是个好人，我不想看到一个好人死在裴春海那样的败类手中。"魏德民说："我也不愿意看到，你这样一个好人为国民党反动派殉葬。那样我魏德民对不起朋友，对不起自己的救命恩人！"

有电话找魏德民，他接完电话说："那面出了点情况，我必须过去。和光，这是最后的选择了，你千万不能做那种亲者痛、仇者快的事情。"周和光说："忙你的去吧！让我再想一想。"天好说："魏大哥，你放心去吧！我和他再聊一会儿。"

周和光倚在沙发上睡了，另一张沙发上天月靠在天好的肩头也睡了。天好望着天花板，心事重重。墙上的挂钟响了，天月醒来，问："大姐，还没走？"天好说："我走了，你和和光咋办？"天月说："他要是就不答应呢？"天好说："不答应，我就坐在这儿。"周和光也醒了："大姐，你和天月去屋里睡吧。"天好说："和光，当年天月和你认识的时候，你是多精明个人啊，和小日本鬼子斗，你敢把命豁上！周大娘也是为了你抗日才死的。你今天咋就糊涂了？非要跟国民党往黑影里走？"周和光哀叹："大姐，我实在不愿看到自己信仰的东西破灭。"

天好说："你说的信仰我不懂，大姐没念两年书，不懂什么信仰，什么主义。可是大姐明白一个道理，哪个主义能叫老百姓过上好日子，就是好主义！咱就得跟它走。和光，你那个信仰，你那个主义，不管它多好听，给老百姓带来什么了？种地的吃不上饭，做工的厂子倒闭，天天涨价，到处是战火，到处在死人，这样的主义还信它干什么？早破灭早好！"天月说："和光，眼瞅天亮了，大姐陪咱一整宿了。为了啥？为了你和我，为咱这个家有个好前途！你怎么就一点不动心呢？"周和光说："对不起大姐，让你受累了。"

天好说："只要你答应大姐，大姐再熬一宿也值。"周和光伤心地说："我对那种人总是抱有幻想，以为有一天他们能真正实行三民主义，让人民幸福，让国家富强！可是他们不是那种人啊……"天好说："你想的事共产党能做到。"周和光含着泪："希望是这样吧！"天好说："和光，那你算答应了？"周和光含着泪苦笑。天月说："和光，你就答应吧！"周和光点点头，泪水下来了："答应，再不答应就成历史的罪人了！"

裴春海躲在一个酒店的房间里自斟自饮。他已经准备好一套人民解放军的军装,打算在必要的时候穿上,他还想着等美国人来,借美国人的力量,来个"君子报仇,十年不晚"。早晨,裘春海还在酣睡,传来门铃声。裘春海醒来,睡眼惺忪地下床问:"谁呀?"门外的声音说:"服务生,送早餐。"裘春海打开门,兔子站在门外。裘春海问:"你咋知道我在这儿?"林处长突然出现在兔子身边:"你钻到哪儿我都能知道啊!"裘春海慌忙赔笑:"昨晚出来乐和乐和。"

林处长说:"走吧,今天有任务。"他走进房间,拎起沙发上的解放军军装问:"怎么,想化装逃跑啊?"裘春海头一摇:"逃跑?我得和共产党血战到底。""这套衣服怎么解释?"裘春海说:"听说已经有解放军进城了,穿上他们的衣服执行任务不是更方便吗?"林处长说:"赶快收拾,马上回处里。"

上午,王老先生接到卫立煌打来的电话:"王老先生,恐怕咱们要分别几天了,委员长让我到葫芦岛指挥。"王老先生说:"沈阳的事你不能扔下不管哪。"电话里卫立煌笑着:"有你王老先生在,有万师长他们在,沈阳还能出大错吗?我卫某人完全放心。"王老先生问:"卫总司令,咱们什么时候能再见哪?"电话里卫立煌依然笑着:"我想不会太远吧?"王老先生也笑了:"但愿如此!还是找个秋天见,咱们再吃霸王虾。"

王老先生放下电话,天好乐颠颠地进来:"干爹,警察局那面利索了,周和光已经把警察总队的人都派下去,全市戒严,还派了宣传车上街广播咱的公告。"王老先生说:"好,这回和平解放沈阳更稳当了。刚才卫总司令来电话,说他去葫芦岛了,人家说还会回来,回来吃你的霸王虾。还让我给你带好呢!"天好笑了:"就冲他治了裘春海,俺也得请他吃霸王虾。"王老先生笑了笑:"闺女,他的功过可不是咱评说的啊!"

4 一辆警车改装的宣传车沿街而来,后面是几辆敲锣打鼓的大卡车,车上坐满持枪的警察。卡车四周插着彩旗,贴着"欢迎解放军入城"之类的标语。

宣传车在广播:"沈阳和平解放委员会第一号公告。报告大家一个好消息,人民解放军正在开进沈阳。驻守沈阳的国民党军队和警察部队,绝大部分已经放下武器宣布起义。黑暗的沈阳就要成为过去,光明的沈阳即将诞生。请广大市民赶快行动起来迎接沈阳解放,同时也正告一切不甘心失败的反动分子,你们胆敢负隅顽抗,只有死路一条⋯⋯"成群的市民跟在卡车后面欢呼奔跑。

天天好饭馆里灯火辉煌,人们正在忙着制作小彩旗、写标语,这里面有房客,有饭店的伙计,还有周围的市民。道儿和福子跟着大人们里出外进,送糨糊,递纸张,到街上贴标语。天月正往彩纸上写标语,天好过来说:"老三,你不能快点写吗?不够贴的。"天月说:"我自个儿哪能写过来,再找几个人来。"冯贤礼过来,瞅了瞅天月写的字,晃晃脑袋:"不咋的呀。"天好说:"冯大叔,要不你也写两张?"冯贤礼说:

"写就写,俺三岁起就练大字。"冯贤礼闭着眼想了想,提起笔,一挥而就:忠厚传家久,诗书继世长。天月说:"大叔,这是往家门上贴的对子,词太老了!"冯贤礼不理天月:"人得忠厚,不能偷,不能抢,偷了抢了,准没好报应;人还得学点书,脑瓜子顶着高粱花,做不成大事。"冯贤礼转身倒背着手走了。

王老先生挑了一挂鞭炮,站在院当间,他招呼着天好:"闺女,道儿呢?赶紧找回来,我要放鞭炮了。"人们纷纷聚拢来。天好说:"放吧,你一放鞭他们就跑回来了。"有人点燃了爆竹。乒乒乓乓,烟火升腾,好不热闹。

这时,福子从外面跑到天好身旁说:"婶子,不好了,道儿叫人抢跑了!"天好问:"你说啥?"鞭炮声停歇了,福子大声喊:"道儿叫人抢跑了!就在路口那儿。"

福子领人们跑到门外不远的一个路口,边比划边说:"就在这儿,一个大人叫我和道儿给他家贴标语,刚走到这儿,他抱起道儿就跳上一辆吉普车。"天好问:"车上还有什么人?"福子说:"俺没看清,好像坐了个解放军。"王老先生说:"准是裘春海下手了,赶紧报告德民跟和光!"

兔子开着吉普车,裘春海穿着解放军军装,抱着道儿坐在一旁。兔子说:"老裘,你净扯淡,执行任务带他干什么?"裘春海说:"执行完任务我就领他远走高飞。"兔子问:"那我咋办?""放心,老哥管你!"道儿在裘春海怀里挣扎着大叫:"放下,俺要回家,救命啊!"裘春海赶紧捂住道儿的嘴巴。

魏德民和周和光坐着警车来到王家大院,二人进王老先生家客厅,天好迎上去:"找到了?"周和光说:"没有。"魏德民说:"'剿总'大楼已经乱了,督察处里也没人。"王老先生说:"大意啊!咋能叫裘春海得手呢?"

电话响了,王老先生接电话,电话里说:"沈阳和平解放委员会吗?我是兵工厂的。""说吧,有啥事?"电话那边说:"刚才来了个解放军,把秦工程师劫持了,现在正往变电所去。秦工程师说那个解放军叫裘春海,还骂他是特务。""明白了,我现在就派人去!"王老先生放下电话,向魏德民和周和光说:"裘春海他们要破坏兵工厂,赶紧过去,八成孩子也在那儿。"

林处长、兔子还有几个特务在变电所围住秦先生。林处长问:"说,总电门在哪儿?"秦先生说:"你们不能这样,这里是中国军事工业的基地!"林处长说:"正因为它重要才得炸掉。"秦先生说:"我不知道总电门在哪儿。""聪明的赶快说,不然它会咬人的!"裘春海晃了晃手中的钳子。

秦先生说:"咬吧,咬死我也不能当国家的罪人!"裘春海抓过秦先生的手,用钳子夹住一根指头问:"说不说?"秦先生忍着疼说:"你这个人渣!"裘春海手上用劲儿,再用劲儿,咆哮着:"你给我说!"秦先生疼得高声叫:"魔鬼!"裘春海狠命一握钳子,"嘎嘣"一声,秦先生的一根手指掉到地上。秦先生一声惨叫,昏厥倒地。魏德民、周和光、天好带着一群警察冲进来,林处长、裘春海和兔子拖着昏过去的秦先生向窗口退。

裘春海挥着手中的枪喊:"都别过来,过来我就打死姓秦的。"魏德民说:"裘春海,又是你!"天好问:"孩子呢?"裘春海说:"放心,他在个好地方。"周和光说:"林处长,你把枪放下。"林处长冷笑:"哟,周老弟,你也成共产党了?"周和光说:"林处长,我劝你也站过来,不要学那个姓裘的。"林处长说:"无知少年,你真是辜负了我的一片心意。"魏德民说:"你们跑不了啦,兵工厂已经叫警察包围了。"林处长说:"周老弟,还是先小心你脚下的炸药吧!"周和光低头扫一眼脚下,林处长手中的枪响了,魏德民推开周和光,自己却中弹倒下。

林处长、裘春海、兔子丢下秦先生,朝窗口逃去。警察们的枪响了,兔子倒下,林处长、裘春海跳窗逃跑。鲜血从魏德民胸口涌出来,天好撕开衣服给魏德民包扎伤口。周和光拎起兔子问:"孩子在哪儿?""就在厂子后墙外的吉普车上。"魏德民说:"赶紧救孩子去。"天好说:"总得把你伤口包上。"一个警察说:"大姐,我来吧。"魏德民把手中的枪递给天好:"带上。"天好抓过手枪跑出去。

林处长、裘春海从车间角落里悄悄溜过来。林处长问:"你说的地沟在哪儿?"裘春海说:"就在这一块。"裘春海借着暗淡的月光,四下查找。终于,看见一个铁盖子,揭开铁盖子,下面是黑漆漆的地沟。

裘春海说:"处座,快过来,找到了。"林处长说:"老裘,天不灭曹啊!"裘春海说:"这里直通厂子后墙外。处座,你先走,我掩护!"林处长猫腰要跳进地沟,裘春海挥起手枪,用枪把狠狠砸在林处长后脑勺上,林处长无声地倒下。裘春海说:"你他妈想跑,我咋办?"他从林处长的怀里摸出一张飞机票说:"处座,谢谢。我也尝尝坐飞机是啥滋味。"

裘春海正要下地沟,林处长醒过来,朝裘春海举起了枪。裘春海扑过去,狠狠地掐住林处长的脖子,枪还是响了。黑暗中,警察们听见枪声。周和光问:"哪儿枪响?"一个警察说:"好像在那面。"周和光带着警察摸过去。

林处长已经翻了白眼,裘春海这才松开手说:"处座,来生再见吧!"他转身下了地沟。周和光带警察们搜索过来,发现林处长的尸体和地沟口。周和光说:"追!"

在兵工厂后墙外。天好围着一辆吉普车里外查找,没见道儿的踪影。突然,她听见吉普车里传来道儿的呻吟声。天好循着呻吟声,在吉普车的后座底下发现了道儿。道儿手脚被捆着,嘴里塞了一块毛巾。天好将道儿拽出来,抱下车,为他拿出口中的毛巾,解身上的绳子。

道儿突然朝着天好身后生气地喊:"你,你坏死了!"天好一扭头,裘春海站在身后。裘春海"嘿嘿"笑着:"真好,咱一家人总算团圆了。"天好轻蔑地说:"你真行,还能逃出来。"裘春海说:"可是你逃不掉了。"朝道儿说,"孩子,靠一边去,别喷身上血。"裘春海抬起手中的枪。后面,黑暗中一声断喝:"裘春海,把枪放下!"裘春海一个高跳跳到天好身后,见周和光带着警察们冲过来,他从后面勒住天好的脖子,将枪顶在天好太阳穴上。

裘春海说:"周和光,你别过来。"周和光说:"裘春海,放下枪,我饶你一命。"裘春海说:"你敢不饶我,我掐死姓林的,也算是起义吧?道儿,上车去。"道儿说:"呸,俺可不跟你走!"裘春海向天好说:"叫孩子上车,不然我打死你。"天好说:"叫孩子自个儿选择吧!"裘春海说:"死娘们儿,你真不想活了?"

天好悄悄从兜里摸出手枪,转过身,对裘春海说:"大不了是个死,我瞅着你,看你是怎么把我打死的!"裘春海说:"我打死你,他们也得打死我。"又冷冷一笑,"可是我还不想死呢。"天好轻蔑一笑:"今天可就由不得你了,你早就该死!"裘春海"嘿嘿"笑着:"那也得你死在我前头。"天好笑着问:"是吗?我倒想试一试。"裘春海一脸无赖的笑:"想得美,你不想活,我还不想死呢!转过去!"天好的枪响了,裘春海一声惨叫,仰面倒地。

周和光冲过来,又朝裘春海打了几枪,裘春海在地上打了几个滚,挣扎着抬起身,两眼直直地瞅着天好:"你……你还真长本事了……"他两眼一翻倒下去。周和光朝身边的警察说:"再补几枪,这个人善于装死。"几个警察上前,一起开枪,裘春海的身子抽搐了几下再也不动。

5 魏德民被送往医院急救室,大伙都焦急地守在急救室门外。道儿问:"娘,大舅病好了还走吗?"天好说:"不走了,就住在咱家。"道儿乐了:"那我天天叫大舅讲抗联的故事。"秦先生说:"道儿,那时候大舅没空给你讲故事了,他要忙着建设新中国呢!"道儿问:"新中国啥样啊?"秦先生笑了笑说:"叫我咋说呀?"又朝王老先生,"老人家,您说新中国是个什么样?"

王老先生说:"我光知道旧中国啥样,新中国咱没经历过呀!和光,你能说清个模样?"周和光笑了笑:"想不出来。"冯贤礼跟着福子从外面进来说:"魏先生厚道人,又知书达理,好人能有好报啊。"医生从急救室里出来。天好问:"咋样了,医生?"医生说:"病人刚醒过来,说要见见道儿。"

道儿来到病床边,魏德民朝他笑笑。"大舅,疼吗?""不疼。"道儿凑到魏德民耳边:"告诉你一个好消息,裘春海叫俺娘他们打死了。"魏德民说:"其实,应该让他活着。""为啥?他坏死了!"魏德民说:"把他放在一个橱窗里,给好人们提个醒:世界上还有这种恶人。"

道儿说:"大舅,俺娘说你病好了就住在俺家,再也不走了。"魏德民惨然一笑:"大舅也想住在你家,可是大舅得走了……"道儿问:"你病还没好咋走呀?"魏德民说:"道儿,大舅和你说句话:听你娘的话,好好长大,长大了好好建设咱们国家,给你娘争气,叫你娘高兴。记住了吗?"道儿点着头说:"大舅,俺记住了。俺要像一座大山那样,让娘高高兴兴地依靠着。"魏德民握着道儿的手:"道儿,大舅真羡慕你能在新中国长大,多幸福啊!""大舅,新中国啥样啊?"魏德民想了想,艰难地喘着气:"应该到处都是阳光,到处都是欢笑……"

魏德民疲惫地合上眼睛。道儿害怕了,喊着:"大舅,大舅,你咋了?"人们听见喊声,推开门涌进来,呼喊魏德民。魏德民睁开眼,看了看天好,一笑说:"孩子说,你答应了。"天好说:"是啊,俺答应,俺答应了!"魏德民望着天花板说:"咋这么亮堂啊?"周和光上前,轻轻握住魏德民的手:"天亮了,太阳出来了。"魏德民望着周和光:"哦,太阳出来了……舍不得你呀,朋友……"

周和光眼中含泪:"魏兄,你救了我,咱们是生死弟兄……"魏德民又转过头望着众人,人们眼含热泪,深情地看着魏德民。魏德民艰难地说:"哦,大伙都来了,谢谢……"他还想说什么,但是已经说不出来了。道儿喊:"大舅,有啥话你说呀?"魏德民一个字一个字地说:"真想和大伙一块看看,看看新中国……新中国……"魏德民的声音越来越低,人们默默地肃立在魏德民身边。朝霞透过窗户照进来,病房里一片金光。

1949年10月1日下午,北京长安街上人山人海,彩旗招展,有工人,有农民,还有解放军的队伍。天星所在的部队已经列队,准备参加开国大典。小任的腿还有点瘸,他问:"营长,为啥不让我参加检阅?"天星说:"瞅瞅自个儿的腿,能代表人民军队吗?一瘸一拐,你给人民军队丢脸。"小任说:"从关外打到关内,我啥时候给人民军队丢脸了?"天星说:"可今天是接受党中央毛主席的检阅。"小任说:"为人民负伤是革命战士的光荣!甚至我都想把牺牲的同志们请来,一块参加今天的检阅,让党中央毛主席看看,我们有多少英雄的士兵。"周围的战士们也在劝着:"营长,就答应俺连长的请求吧!"天星想了想说:"好吧,不过任连长你只能夹在队伍中间。"小任这才有了笑模样:"可以,我本来就是人民军队当中的一员。"

天星所在的部队向天安门前进,准备接受检阅,天星和小任走在队伍中央。小任问:"听说接受完检阅队伍就要南下?南下之后你干啥?"天星说:"解放全中国。""全国解放之后你干啥?""我干啥关你屁事!""你干啥我就跟着干啥。""你那条腿能跟上吗?拉倒吧!"小任不高兴地说:"那好,检阅完了我就打报告要求调离。"天星说:"你敢!"小任说:"凭啥我不敢?到哪儿都是干革命。"天星轻轻笑着说:"就凭你说过——爱我!"小任也笑了:"说话可得算话!"天星高声地提醒部队:"注意走好,前面就是天安门了。"小任和战士们一道挺胸迈步,但他脚下还是有那么点瘸。

周和光、天月和道儿正在餐厅里包饺子,客厅里传来收音机的声音。收音机里正在实况直播开国大典。道儿问:"老姨,今天过啥节啊?"天月说:"今天可是个大节日。""比过大年还大吗?"道儿又问。周和光说:"大多了,而且重要,中国老百姓总算有了自己的政府。""老姨,俺娘咋还不回来?"天月说:"看你大舅去了,还得一阵子。"周和光说:"道儿,没有你大舅他们,就没有今天这个节日!"

煮好的饺子和几样菜肴在茶几上摆着，周和光、天月和道儿坐在沙发上，听收音机里的开国大典实况直播。

雄壮的《义勇军进行曲》刚刚结束，毛泽东同志庄严宣布："中华人民共和国中央人民政府今天成立了！"

道儿说："老姨，这个人声音真高啊！"天月说："这是毛主席的声音，道儿，吃饺子吧，新中国成立了！"周和光眼中泪花闪烁："是啊，从今天起就是新中国了。"天月说："和光，喝口酒吧！"道儿高兴地跳着嚷："新中国喽！新中国喽！"周和光举起杯，泪水淌下来："今天得喝！不容易啊，新中国！"

沈阳郊外的山坡上，秋林如染，一片火红，一棵高大的山梨树下有一座坟墓，墓前面竖着一块石碑：人民战士魏德民之墓。天好提了只篮子来到墓前，望着墓碑，她说："魏大哥，俺看你来了。今天是个好日子，你说了多少遍的新中国就要成立了。天星跟队伍在北京参加典礼，说是等彻底消灭了反动派就回来看你。"天好从篮子里拿出各色祭品，摆放在石碑前："天月、和光还有道儿都挺好的，王老先生、秦先生还有冯大叔也挺好的，你就放心吧！"

天好坐在魏德民墓前，喝尽杯里的最后一点酒："魏大哥，俺该回去了。不来关东，兴许俺就不能认识你；认识你了，俺才知道世界上还有一帮人，专门为老百姓想。没有你们这帮人，还不知道老百姓要受几辈子穷，遭几辈子罪！"天好站起身，望着墓碑说，"昨天晚上俺又梦见你了，你进了秀水屯那个院子，就朝俺笑，俺问魏大哥笑啥呀？你说，不容易啊，总算回到家了……"

天好眼中湿润了："魏大哥，俺这一辈子忘不了你。"什么地方传来"嘎巴嘎巴"的响声，像是咬碎了榛子，像是折断了秫秸。天好仰起脸，愣了：头上的山梨树竟然开花了，一朵又一朵，像大团的雪花，那么轻柔，那么耀眼。

天好自言自语："大秋天的，山梨树咋就开花了呢？"她望着墓碑，"魏大哥，它们是不是怕你一个人冷清得慌？俺会常来看你，大伙也会常来看你。"天好伫立墓前，无限深情地说，"有那么一天，俺也躺在这里，再也不走了，陪你说这些年咱没说完的话，说那些新中国咱没经历过的新鲜事……"